花颜五

寒池弄风雪
燕云秀峰峦
画骨情长情不媚
燃尽江山色不衰
一人倾城艳
风华两不沾
江山顾，望久安
情起春风，微雨酣
红烛灼烫指间香微暖
流年轻不褪
风月无双
一笑醉花颜

西子情

作品

粉妆夺谋

5

北京联合出版公司
Beijing United Publishing Co.,Ltd.

图书在版编目（CIP）数据

粉妆夺谋. 5 / 西子情著. — 北京：北京联合出版公司，2019.1
ISBN 978-7-5596-2836-7

Ⅰ. ①粉… Ⅱ. ①西… Ⅲ. ①言情小说—中国—当代 Ⅳ. ①I247.5

中国版本图书馆CIP数据核字（2018）第263038号

粉妆夺谋. 5

作　　者：西子情
选题策划：北京磨铁图书有限公司
责任编辑：徐　鹏
封面设计：VIOLET
内文排版：刘珍珍

北京联合出版公司出版
（北京市西城区德外大街83号楼9层　100088）
北京嘉业印刷厂印刷　新华书店经销
字数535千字　700毫米×980毫米　1/16　印张25.5
2019年1月第1版　2019年1月第1次印刷
ISBN 978-7-5596-2836-7
定价：42.00元

目录

第一章
叶昔赶来

二人出了寒池山，回到望归殿，发现秋华的爹娘已经到了。诚如苏风暖所说，在燕云峰待了十年的秋华爹，真是保养了一副绝顶的好容貌，相反，秋华娘普普通通，属于扔在人堆里找不出来的那种。

苏风暖拉着叶裳进来，对二人介绍："两位师父，他是叶裳。"

叶裳上前，按规矩给二人见礼："两位师叔好。"

虽是初次见面，但秋华爹娘似乎格外喜爱叶裳，四人闲聊片刻，相处甚好。

秋华爹娘上了望帝山后，为叶裳解毒之事便提上了日程。

转日，望帝山的师祖、众位师叔、苏风暖的师兄弟们坐在一起，商讨为叶裳解毒之事。

秋华娘给叶裳号脉后，一脸凝重，听完了苏风暖的解毒之法，她沉思许久，点头道："这确实是最好的解毒之法了，普天之下，应该唯此一法可解这无比霸道的热毒了。"

最年长的师祖道："既然如此，我们就来商议一下解毒过程中需要注意之处以及护法人选的安排。"

于是，众人仔细地商议起来。

最终敲定的方案是，苏风暖为叶裳解热毒，最靠近二人的是秋华爹娘。二人本是夫妻，心意相通，秋华娘医术高绝，出了事情，可以随时以医术应变；秋华爹习的是以柔克刚的绵柔功法，可以辅助叶裳。三位师祖坐于四人外围，必要时，以功力辅助二人。众位师叔和师兄弟坐于三位师祖外围，以备不时之需。

商议妥当后，众人休息一日，次日上寒池山解毒。

当晚，趁着叶裳被三位师祖叫去熟悉望帝山的吸纳禁术，苏风暖去了秋华娘的房间。

秋华娘正在配置药材，见她来了，看了她一眼，说道："这般偷偷摸摸地来找我，是有事求我？"

苏风暖嘻嘻一笑："什么都瞒不住师叔。"

秋华娘轻"哼"了一声："小丫头胆子大，竟敢妄动禁术，千百年来，我望帝山的师祖辈无数人，无人敢用此术，如今你也算是第一人了。说吧！什么事？"

苏风暖靠近她，低声说："师叔，叶裳虽然是宗室子孙，但是对于容安王府来说，他算是一脉单传。我早晚要嫁给叶裳，我想为他生儿育女，留下血脉，但我修习的至寒之术本就有伤身体，再加上热毒，更伤根本。无论如何，我总要保全一脉，所以，哪怕到时候废除我的一身功力，哪怕我伤势过重成为废人，也请您和师叔一定要帮我护住宫腹。我什么都可以不要，但一定要这个，不能有失。”

秋华娘闻言看着她，片刻后，深深地叹了口气，摸摸她的头，说：“你自幼入我望帝山，是望帝山千百年来少有的女弟子，又是帝师令的传人，虽是女子，但比天下无数男儿都强，若是什么都不要，你自此，可就是一个真正的普通人了。”

苏风暖看着她：“我不怕，您一定要答应我这件事。明日保我这个是最重要的。”

秋华娘点头：“好，既然是你所求所愿，我就答应你。”

苏风暖伸手抱了秋华娘一下，由衷道：“多谢师叔了。”

转日，众人前往寒池山，为叶裳解热毒。

来到寒池山，依照昨日商议好之法，苏风暖和叶裳仅着单衣，秋华爹娘分别护在二人左右，其余的三位师祖、四位师叔、一众师兄弟护在四人外围。

苏风暖与叶裳盘膝而坐，双掌相对，准备好后，启动吸纳功法，探寻叶裳体内的热毒，找到毒脉后，她启动禁术，将他体内的热毒以吸纳之法引到自己的身上来。

众人丝毫不敢大意，在一旁协助，帮苏风暖引导热毒，使热毒顺利地被她吸入体内。

叶裳体内的热毒盘踞多年，十分顽固，苏风暖抽丝剥茧，也只能一丝丝地抽出盘着的毒丝，但这些毒丝出了叶裳的体内后，引发扑面的热潮，几乎要将人烤化，寒池山的飘雪还未落下来，便化成了水珠。

进展到一半时，秋华爹忽然说：“小丫头，有没有一种可能，不用你以身体的至寒功法炼化这热毒，而是利用整个寒池山的寒冰之气炼化这热毒？”

苏风暖手一顿，众人心神一振。

秋华爹道：“你可以试试，将你的至寒功法与吸纳功法同时输出，将热毒引出来后，以易转乾坤的手法，移到寒池山的无数冰层上，我们在一旁以寒池山的固本还原之术辅助你。”

苏风暖还没答话，叶裳当即道：“可以依照师叔所言，试上一试。”

秋华娘当即道：“这样做有两种可能：一是真的成功了，不必让小丫头受极大的危害；二是小丫头和小裳也许都会有危险，甚至有性命之忧。”

叶裳道：“我们能同生也能共死，就用这个方法吧。”

秋华娘看向苏风暖。

苏风暖咬了一下唇，偌大的寒池山，若是能化解这热毒，自然比将热毒放在她身体里炼化要好得多，但这确实是极难做到的事，弄不好，她和叶裳都会被热毒反噬。她看着叶裳。

叶裳对她肯定地点点头。

秋华爹在一旁道："小丫头，你不是要为这个臭小子传宗接代吗？热毒入你身体，我们能插手护住你宫腹的能力有限，不如不让它进入你的身体，而是把你的至寒功法也导出，移接到这寒池山，集我们众人之力，一起炼化。"

苏风暖闻言一咬牙，点头："好，就听师叔的。"

于是，众人临时改变早已经商议好的决策，依照秋华爹所言执行起来。

这无疑是最难的事。不多时，苏风暖的额头上已经落下了大滴的汗珠子，叶裳的眉心拧在一处，面色却如热毒发作时一般，潮红得烫人，可见他的身体正承受着极大的痛苦。

坐在二人周围的一众人等并不好受，叶裳体内的热毒如熊熊大火，被引发后，熊熊火焰喷出身体，如火山一般，几乎要吞噬一切。火焰被苏风暖的至寒功法拢住，由众人在外运功辅助，一点点地移向寒池山寒意的源头——寒冰窟。

当第一丝热潮到达寒冰窟时，最年长的师祖忍不住大喜道："成功了！"

众人也大喜，精神齐齐一振。

成功了，也就是说，叶裳体内的热毒可以不经由苏风暖的身体炼化，而经由寒池山炼化，这样一来，苏风暖便不会因热毒入体而受到无数不可预知的危害。

叶裳身体里盘踞多年的热毒，无异于在他身体里藏了一座火山。

他的热毒被引出体外到达寒冰窟，寒冰窟里的寒冰遇到热毒，无比快速地融化着，很快无数寒冰化成了水。

整整一日一夜，苏风暖所有的功力都耗尽时，叶裳体内的热毒还未彻底炼化。

在座的所有人都没有料到叶裳体内盘踞多年的热毒竟然深到如此惊人的地步，苏风暖自幼修习至寒功法，一身功力可谓天下少有，她已经倾尽了一身功力，竟然还没将叶裳体内的寒毒吸尽，无可奈何之下，苏风暖动用了元气本源。

元气本源，是一个人的根本元体，若是受到重损，那么这个人一身功力尽废不说，还可能造成终此一生再不能承受半丝力，成为真正的废人。

叶裳早已经虚脱，但与苏风暖心意相通，立即阻止她："就到这里吧。"

苏风暖摇头，虚弱道："到了这种地步，你已经没有能封得住热毒的力气，留有一丝热毒在你体内，也会要了你的命。"她咬牙将守体的本元引出体外，势必要将他身体的余毒清净。

秋华爹娘距离二人最近，情况不比二人好多少，闻言也只能帮助苏风暖以本元炼化叶裳体内的余毒。

就在这时，有一人闯进了寒池山。

这人带着一身风尘，刚一到来，便冲破重重屏障，到了苏风暖身边，将她引出本体的本元之气强行打了回去，紧接着，与她修习的一模一样的至寒功法从这人掌下使出，紧贴她的后背。

苏风暖一惊，扭头去看，脱口而出："师兄？"

众人同样惊讶出声，难以置信地看着突然出现的叶昔。

望帝山的众人都知晓，江南叶家大乱，叶昔于数日前受了重伤，因此，苏风暖给叶裳解毒之事并没有知会叶昔，却没想到，他竟然在这时赶来了。

叶昔运气于掌，源源不断的内息输入苏风暖的身体。

苏风暖惊异于叶昔与她一模一样的至寒内息，难以置信地转头去看叶昔。

因至寒功法伤身，又极其难学，千百年来，望帝山修习至寒功法之人屈指可数，这一代，据苏风暖所知，唯她一人。可是没想到，她最熟悉的师兄，竟然背地里修习了至寒功法。

她分神之际，叶昔轻声训斥道："臭丫头，专心点儿，你想让我们都跟着你走火入魔吗？"

苏风暖不敢再乱想，顿时集中精力，将叶昔输入她体内的内息调以运用，融合吸纳之法，引出叶裳身体里剩余的热毒，予以炼化。

叶昔来到之后，有他辅助，秋华爹娘顿感轻松了许多，但也不敢掉以轻心。

每隔半个时辰，秋华娘便给叶裳和苏风暖一人喂一颗药。

时间一分一秒过去，从子夜到黎明，当天边第一道曙光乍现时，叶裳体内的热毒被全部清除，苏风暖已经连抬手的力气都没有了。

她收功后，身子一软，倒在了地上。

叶裳想伸手去拉他，手也软得没力气，盘坐着的身子也跟着倒在了地上。

随后，叶昔喷出一口鲜血，直接昏死了过去。

苏风暖惊骇地喊了一声："师兄。"

秋华娘立即上前伸手扶住叶昔，为他探脉，片刻后，吩咐外围的子弟道："快，将他送去我的住处，他旧伤未好，又强行运功，如今体内空凋，必须立即诊治，否则恐有性命危险。"

有弟子立即上前，扛着叶昔，出了寒池山。

秋华娘又要动手给苏风暖把脉，苏风暖摇头，对她说："师叔，我没事，快，去救我师兄，江南叶家以后需要他支撑，他不能出事……"

秋华娘点头，立即出了寒池山。

苏风暖又对秋华爹道："师叔，您也跟去……"

秋华爹看着双双躺在地上的苏风暖和叶裳，两个人的脸色都比纸还白，但能说话，性命看来无碍了，他点点头，也跟了去。

苏风暖躺在地上，动了动手指，发现连手腕都抬不起来，遑论起身了。她很累，很想睡去，但是又担心叶昔，便硬挺着掀起眼皮。

最年长的师祖上前为叶裳把脉，片刻后，欣慰地说道："所有热毒俱已清除，虽然经脉有些许受损，但休养月余，便能恢复了，总算功夫没白费。"

叶裳的手指动了动，手腕一样抬不起来，但他却感觉四肢百骸都顺畅不已，再没有积压在气海里的热毒，也不必如以前一样，将修习的全部功力都用来镇压热毒，更不必再喝什么三月醉，也就不会在喝了三月醉酒醒后，满心的苍凉迷茫。

他费力地伸手钩住了苏风暖软在一旁的手指，用尽力气地钩住。

苏风暖能感受到叶裳多年来积压在心底的愁绪一朝散去后的心情，她觉得，无论付出多少，总算还了他一具安然无恙的身体，也就值了。

半晌后，叶裳对玄青道：“师叔，将我们也送过去看看表兄的情况吧。”

玄青点头。

来到秋华娘的住处，秋华娘正在为叶昔医治，众人只看到她将一碗又一碗的药灌入叶昔的嘴里，便可知叶昔伤势之重。

苏风暖和叶裳没力气，便半靠在画堂外的躺椅上，看着昏迷不醒的叶昔。

二人等了一个时辰后，秋华娘才擦着汗疲惫地坐在了苏风暖身边，为她把脉。待苏风暖要问叶昔的情况时，她放下手，叹了口气，开口道：“他的伤势太重，一身功力几乎尽数干涸，比你好不了多少。不过他比你强的一点就是，内腹尚有一丝细微的余息，若是休养得好，通过慢慢调息半年后还可恢复功力。但你啊，一身功力，自此废了。如果休养得好，兴许十年八年之后，能通过调息重新修习内力。”

苏风暖松了一口气：“师兄没事就好。”说完这句话，她支撑不住，晕了过去。

待苏风暖再醒来时，已经过了三日，她睁开眼睛，转头便看到了叶裳。

叶裳见她醒来，露出笑意：“醒了？”

苏风暖眨眨眼睛，看着他：“我睡了多久？”

叶裳摸了摸她的头说：“三日三夜。”

苏风暖问：“师兄的情况怎么样？醒了吗？”

叶裳道：“他比你早醒了半日，但还不能下床，在床上躺着呢。师叔说，他的伤势最少要躺上半个月才能下床走动。”

苏风暖试着起身，发现依旧无力。

叶裳伸手将她扶起来，对她说：“你本就虚软无力，又躺了许久，昏迷时，只喂你一些米汤，你先在床上坐片刻，我给你倒一杯水，再去厨房给你做些清粥小菜，等你有了力气，我再扶你去见表兄。如今他醒来了，一时半会儿只能躺在床上，你想见他，也不急于一时。”

苏风暖点头。

叶裳起身给她倒了一杯水，苏风暖喝了水后，嗓子总算舒服了些。叶裳去了厨房。

不多时，叶裳回来了，他将饭菜放在桌案上，之后来扶苏风暖下床。

二人来到桌前，苏风暖浑身全无力气，叶裳只能喂她吃食。

苏风暖一边吃一边说：“多少年了，我总是被你这个少爷使唤，跟个丫鬟一般，如今总算找回了场子。”

叶裳失笑。

吃过饭后，叶裳扶着苏风暖出了房间，来到叶昔的住处。

见苏风暖由叶裳扶着过来，叶昔挑了挑眉，开口便训斥道："臭丫头，这么大的事，竟然不派人知会我。你为了救他，不想要自己的命了吗？"

苏风暖也瞪眼："我哪里知道你背着我偷偷修习了至寒功法？我想着江南大乱，你本就受了重伤，哪能脱得开身？"

叶昔冷哼一声："我还没那么废物。难道在你心里，你师兄就这么废物，连区区江南都治理不了？"

苏风暖顿时笑了，告饶道："好好，我师兄最厉害了，区区江南，不在话下。早知道你背地里修习了至寒功法，我早就将你揪回这里了。"

叶昔又"哼"了一声："这么多年，别以为我不知道，你着急突破至寒功法第九重，就是为了解他的热毒。他的热毒在身体里盘踞了十一年之久，哪能那么轻易解除？就算你废了一身功力再搭进去自己的命，也不见得能解了这天下无敌的霸道热毒。"

"所以你也修习了至寒功法。"苏风暖瞧着他，"这么多年，你隐藏得很深嘛，连我都没发现。"

叶昔忽然怒意一敛，露出得意的笑容："师父教了我一门隐藏术。"

苏风暖顿时不满："臭老道！他竟然也帮你瞒着我。"

叶昔收了得意之色，正色说："师父只你我两个弟子，早就告诉你我，要守望互助。我身为你的大师兄，又是叶裳的表兄，无论是对你，还是对他，帮他解毒，义不容辞。你不该瞒我。你若是出事，他也会没命，那我呢？难道我也陪着你们一起死？"

苏风暖诚恳认错："师兄，我错了，确实不该瞒你。"

叶昔绷起脸："即便不要江南，你也不能出事，知道吗？下不为例。"

苏风暖点头，乖觉受教，说道："知道了。"

叶裳扶着苏风暖坐下，见叶昔似乎还要教训苏风暖，不忍地开口说："表兄，你不如骂我好了。"

叶昔瞪眼："我骂完她就骂你，你以为我不会骂你吗？笨蛋，人人说你聪明，其实你就是一个笨蛋。直到上了望帝山，才知道她要为你用这种方法解毒吗？笨死了。"

叶裳道："我是笨蛋，早先她抱回了一只蓝火狐，养在了我的府中，我以为她要用蓝火狐为我解毒，确实没想到这层，的确笨死了。表兄骂得对。你不如再多骂我几句，我听着就是了。"

叶昔一噎，瞪了他半晌，说道："懒得骂你，你也下不为例。"

苏风暖见叶昔还能教训人，心彻底踏实了下来。

她和叶裳坐下后，问道："师兄，你是从哪里知晓我在望帝山给叶裳解毒的？"

叶昔"哼"了一声："自然是从西境得到的消息。你与表弟这一回狠狠地欺负了北周，却没有回京，带着他来了望帝山，我得到消息后，便料定你是来望帝山为他解毒了。”

苏风暖又问道：“那江南呢？你就这么将江南丢下了？江南如今还乱着吧？”

叶昔道：“有一句话叫不破不立。江南安稳得太久了，外人看着江南叶家荣华锦绣，稳如磐石，其实内里不然。这些年，内部旁支子嗣，争权夺利，明争暗斗不断。如今乱一乱也没什么不好，我就让他们乱，捅破了天，我再回去一起收拾他们。”

苏风暖偏头看了叶裳一眼，纳闷道：“不是因为湘郡王祸乱江南吗？怎么是叶家内部的分歧争斗？”

叶昔道：“这些年，我不在叶家，爷爷仁善，顾念旁支子孙同姓一叶，舍不得下手。渐渐地，旁支子孙翅膀硬了，以为可以取代我，这里面自然有湘郡王的推波助澜。”

苏风暖点头：“没想到江南叶家这么乱。”她叹口气，“这个湘郡王也真是有本事，知晓燕北苏家拧成一根绳，无缝可钻，便联合北周攻打燕北；知晓江南叶家内部有缝隙可钻，就鼓动滋事。隐藏这么多年，他也是个人才。”

叶昔磨牙道：“总有一天，我会收拾了他。”

叶裳这时开口道：“你如今的伤，最少要养半年，至于湘郡王，我来收拾好了。”

叶昔挑眉：“你？”

叶裳道：“收拾湘郡王，不在这一时半刻。不只你想收拾湘郡王，皇上也想收拾他。但不能因为收拾他而丢了东境万千子民，总要待我们回京后，与皇上商议，从长计议。”

叶昔点头：“这倒也是。”

三人又闲聊片刻，叶昔露出疲惫之色，叶裳便扶着苏风暖出了他的房间，回到了自己的院子。

因叶昔和苏风暖都重伤在身，叶裳比二人好也有限，于是三人便在望帝山继续住了下来。

半个月后，苏风暖身体好了很多。一大早起来便拉着叶裳去找叶昔，用椅子推着叶昔，三个人去了寒池山。

据望帝山的师兄弟说，自从那日后，整个寒池山的冰雪便融化了，如今的寒池山，成了一片围绕山峦的山湖，当年的雪景一去不复返了。这都是叶裳体内的热毒惹的祸，怕是要记载到望帝山的史册上了。

三人来到望帝山，果然没有飘飞的雪花了，入目处，一片极其清澈的湖泊，围绕着寒池山的山体，寒池山立在水中央，寒冰窟成了水流的泉眼。

苏风暖能自己走动后，回京之事便提上了日程。

两日后，苏风暖和叶裳、叶昔三人起身离开望帝山，秋华爹娘与他们一起下山，回恶狼谷。

白雕驮着几人来到山下，千寒等人已经等了二十几日。虽然早先有苏风暖的交代，但因为半月前叶昔心急火燎地冲上望帝山，使得千寒和一众府卫知晓望帝山上肯定出了事，联想到苏风暖带着叶裳前往望帝山，不可能是赏景这么简单，便也跟着担足了心。如今见二人下来，顿时大喜。

千寒毕竟跟随叶裳最久，与苏风暖极其熟悉，乍见到二人，一眼便看出了二人的不对劲，他道："你们这是……"

叶裳简短地接过话，对千寒道："她把我的热毒解了，但她也因为我的热毒，废了一身功力，以后你跟在她身边吧。"

千寒点了点头，不知是该做欢喜的表情还是该做担忧的表情。

千寒又看向叶昔："叶昔公子也受了重伤？"

叶裳说："他与我们一起回京，回京的路上，你先照看他，他也是为了给我解毒，需要养半年的伤，不能动武。"

千寒点头应了一声"是"。

一行人下了望帝山，来到山脚下，苏风暖、叶裳、叶昔三人与秋华爹娘分路离开。

离别在即，秋华娘抓了苏风暖的手，对她说："小丫头，如今南齐与北周的战事已了，你爹处理完西境之事，也该回京了吧？待他回京后，你与小裳的婚事是否也该提上日程了？"

苏风暖想了想，说道："可能吧！"

秋华娘道："还有一个半月就过年了，你们的婚事最快也要年后再议吧？也就是明年的事了。届时，派人给望帝山和恶狼谷都传个信儿。我们总要进京观礼的。"

苏风暖点头："师叔放心。"

秋华娘看了一眼叶裳，凑到苏风暖耳边，压低声音以传音入密之法说："你的身体，两年之内不能要孩子，切忌心急。几个月后，不伤身的避子汤倒是可以喝。"

话外之意，不言而喻。

苏风暖脸一红，轻声说："我知道了，师叔。"

秋华娘交代完该交代的事，后退了一步，又转头对叶裳笑着说："小裳，以后小丫头就要交给你照顾了，师叔相信你一定会照顾好她的。我们望帝山的所有人都很喜欢你，但愿你不负我们所望。"

叶裳深施一礼："多谢师叔信任，我一定照顾好她。"

随后三人由千寒和燕北王府的府卫护卫着启程前往京城。

一路上甚是太平，顶着寒风和飘雪走了半个月，他们终于回到了京城。

小泉子已经带着人在城门口等着了，见到容安王府的人马，立即上前："皇上知晓叶世子和苏小姐回京了，特命奴才前来迎接，请世子和苏小姐先进宫一趟再回府。"

叶裳挑开帘幕，看了一眼小泉子，点点头："好！你先去回禀一声，表兄与我们一起来京了，他也跟着去见皇上。"

小泉子连连应声，打马提前回皇宫去报信了。

马车进了城门，来到皇宫。

三人来到暖阁，皇帝已经在等候。见到三人后，皇帝惊道："苏丫头，你这是受了重伤？"接着，又看了叶昔一眼，"叶昔，你也受了重伤？"

苏风暖还没开口，就听叶裳温声道："您知晓，我身体的热毒盘踞多年，这一回前往望帝山，暖暖和表兄以及望帝山的众人相助，将我身体里的热毒解了。但因为如此，她的一身功力也尽数废了。表兄的伤势极重，需要养半年的伤。"

皇帝闻言惊道："你的热毒竟然解了？"

叶裳点头。

皇帝大喜："解了热毒就好，多少年了，是朕对不住你，当年没让叶家主将你带去叶家，放在京城，以为在朕的眼皮子底下罩着你，总没人敢动的，没想到，你还是被人暗中害了。多年来，朕虽然不与你说此事，但心下也是愧疚不已。"

叶裳笑了笑："皇上不必自责，是叶裳年幼，遭人惦记，不关您的事。"

皇帝上前一步，拍拍他的肩膀："总之解了热毒就好。"话落，他又看向苏风暖："小丫头舍了一身功力，看起来着实孱弱了些，叶裳总归是我刘家的子孙，你救了他，这一功，朕给你记着，说吧，你要什么奖赏，朕都依你。"

苏风暖眨巴了一下眼睛，笑嘻嘻地说："救了他，也是救了我自己，我没想奖赏的事，不过您要给我奖赏的话，我也是乐意收着的。"

皇帝大笑。"小丫头果然还是那个小丫头，这调皮的本性可没改。"他痛快地道，"保住燕北是一大功劳，在西境对战时，夺城、夺粮草、夺兵器是一大功劳，议和谈判大获全胜也是一大功劳，解了叶裳热毒更是一大功劳。这四桩大功，你要什么，朕都赏你。只要你敢要，朕就敢赏。"

苏风暖暗暗惊了一下，但面色不表露出来，依旧笑嘻嘻地说："别的封赏嘛，我都不稀罕，就是十分稀罕容安王府世子妃的位置，您下一道圣旨，叶裳终此一生，只娶苏风暖一人为妻，什么侧妃啊，小妾啊，都不准有，只准有我一人，就行了。"

叶裳听后，顿时露出暖暖的笑意，轻轻的，浅浅的，十分欢愉。

第二章
商议婚事

皇帝一怔，对苏风暖道："小丫头，这个要求未免太小儿科了，换一个，朕都依你。"

苏风暖笑看着皇帝："您刚刚还金口玉言说无论我要什么，都赏我，如今我刚提了一个微小的要求，您就推三阻四，说话不算数。"

皇帝一噎。

叶裳这时敲了一下苏风暖的头，笑着说："就算皇上不给你下圣旨，我也不会再娶别的女子，你何必多此一举？"

苏风暖扁嘴："那也不如皇上给我一道圣旨名正言顺嘛！免得以后我要应付麻烦，我最不耐烦应付痴心断肠的女人了。"

皇帝笑着无奈地道："行了，你们别在朕面前闹了。朕知晓你们矢志不渝、忠贞无比，既然苏丫头求赏这个，朕就应了你，不过这道圣旨在朕有生之年不得张扬。"

叶裳、苏风暖当即跪地谢恩："多谢皇上厚爱。"

皇帝摆摆手，喊小泉子进来给三人赐坐。

之后，皇帝先是询问了苏风暖、叶裳解毒经过，听罢，连连感慨，又询问叶昔关于江南叶家之事。

叶昔也对皇帝说了"不破不立"四个字，皇帝本来十分忧心江南之事，如今听他如此说，面容如此笃定，也就放宽了心。

皇帝又与三人叙话片刻，便放三人离开。

等出了皇宫后，叶裳对千寒吩咐："先去苏府。"

来到苏府，苏夫人早已经得到消息，正带着人在门口等着，见马车来到，不等马车停下，便连忙走上前。

叶裳挑开帘幕，正赶上苏夫人走到近前，他浅浅一笑，温声道："伯母久等了。"

苏夫人欢喜地摇头："没等多久。"

这时，苏风暖探出头，笑嘻嘻地喊了一声："娘，您知道我们回来，给我们做好吃的了吗？"

苏夫人笑骂："做了做了，就知道吃。"

这时，叶昔也探出头，对苏夫人道："伯母，好吃的有我的份儿吧？"

苏夫人笑道："自然有！天这么冷，都快下车吧！"

来到正院，苏夫人将三人带进了暖阁。暖阁里的炉火燃烧得正旺，屋中暖意融融，已经摆了些茶水点心，炕上铺了软垫。

苏风暖进屋后，便如软了骨头一般，径直躺到了炕上。

叶昔与苏风暖差不多，也不客气地脱了鞋，占了炕头一角，歪倒在了炕上。

叶裳没落座，而是对苏夫人正儿八经地施了一礼，歉然道："我该向伯母请罪，因为解我的热毒，暖儿的一身功力都废了，以后她或许会比寻常人更体弱多病。"

苏夫人一怔，本来以为苏风暖只是受了重伤，可是如今听叶裳这样一说，顿时吃了一惊："一身功力都废了？"

叶裳诚恳地点头："不只她，表兄被我牵连，受伤也极重，至少要养半年的伤。"

苏夫人立即问："那你的热毒解了没有？"

叶裳点头："解了。"

苏夫人松了一口气，缓和了面色道："解了就好，至于她的功力，没了就没了，总比你丢了命强。”

叶裳目光微暖：“伯母厚爱，以后我定好好照看她。”

苏夫人点点头，看了苏风暖一眼，见她抱着软枕舒服地躺在炕上，对此事没有丝毫芥蒂，便转过头对叶裳说：“小丫头舍了一身功力解你盘踞多年的热毒，这是好事。她认为值得，你便无须自责，对谁也不必愧疚，总归你与她是要携手一辈子的，你们相互扶持，能相守一辈子，我就开心了。”

叶裳和叶昔在苏府用过了饭菜，又与苏夫人叙了一个多时辰的话，二人才起身离开苏府。

叶裳和叶昔走后，母女二人又躺在床上叙了会儿话，随后王大人和王夫人来了。

苏风暖抱着软枕坐在床上，见二人进来，笑吟吟地喊了一声：“外公，外婆。”

王禄瞅了苏风暖一眼，说道：“叶裳那小子从苏府出来，便去了王府，与我说了你一身功力被废之事，我过来看看。”

苏风暖眨了眨眼睛：“他从这府里出去，没直接回容安王府，而是去了王府？”

王禄点点头。

王夫人来到炕沿，一把握住苏风暖的手，心疼地瞧着她：“本来就瘦，如今更是风一刮就倒了。本来好好的身子骨，偏偏这么一折腾，得亏你还年轻，不然怎么养得回来？”

苏风暖笑嘻嘻地说：“有个一年半载，就养回来了，您别担心。”

王禄和王夫人坐了片刻，说了一些别话后，王禄便与苏风暖说起了她与叶裳的婚事。

王禄的意思是，既然如今南齐和北周已经休战议和，没了战事困扰，苏澈也该回京了。他回京后，二人的婚事也该提上日程了。

苏风暖瞅着王禄：“外公，这也太着急了吧？也不用这么急的。”

王禄对她瞪眼：“你是不急，可是今日叶裳那小子去了我府里，就是为了说这事，他急着要娶你。你当我乐意将你嫁出去？”

苏风暖一噎，难以置信地看着王禄：“他与我今日才刚回京啊，怎么也要缓缓劲儿吧？这么着急提这件事做什么？在这府里时，他可是半声没吭，没说着急婚事，怎么跑去您那里就急得不行了？”

王禄胡子翘了翘，说道：“他了解你的脾气，说若是他与你提了，你一准推托，而他又舍不得催你迫紧你，也就只得让我出面，与你说项，做你的主。”

苏风暖无语。

王禄又道：“他明日想将你接去容安王府住，说要时刻看着你。既然如此，这事必须尽快，两府议亲，大婚之事提上日程后，你住在容安王府，也不怕有什么闲言碎语了。”

苏风暖觉得有理，不再辩驳，对王禄说：“按规矩，即便有圣旨赐婚，议了亲，定下六礼的日子，我也不该住去容安王府吧？也不合规矩啊！”

王禄哼道：“是不合规矩，不过容安王府如今有叶家主在，有长辈在的话，接你过去住些时日熟悉容安王府也不框外。总之，这六礼的日子要赶紧定下来，你爹回来后，也近年关了，过完年，立即将婚事提上日程。”

苏风暖看着王禄，挣扎地说：“外公，我手里还有皇上交代的秘造兵器一事未做完，再说还有湘郡王之事未曾解决，我们的婚事总要……”

王禄瞪眼，截住她的话说：“你离京数月，军器监弩坊署做得好好的，没出什么大差错，如今越来越顺手，用不到你了。过几日，你向皇上辞了此事便是。况且你如今的身子骨，最好安分些，好好养着。至于湘郡王之事，要慢慢筹谋，不是急事，就算要理会湘郡王之事，如今的你，能做什么？也用不到你。你安分些，养养身子骨，学学闺仪，还要亲手做嫁衣……”

苏风暖被堵得没了话，只能看向苏夫人，转头抱着她的胳膊撒娇：“娘，用不着这么急吧？明年再议呗，您难道舍得我？您可就我这么一个女儿啊，嫁出去了，可就没了啊。”

苏夫人顿时乐了：“容安王府和苏府距离这么近，若是你乐意，一天可以跑无数个来回。本就在京城，我有什么舍不得的？你嫁给小裳，我不但没少了女儿，还多了个儿子，多好的事。”

苏风暖彻底没了话。

王禄问：“如今看你百般不乐意，难道你是不想嫁给叶裳那小子？”

苏风暖闻言立即摇头：“不是不想嫁，是我觉得还没准备好。”她挠了挠头，“我刚适应了与叶裳两情相悦，还没准备好做一个妻子，总要给我些时间，我怕我做不好……”

王禄闻言琢磨了一下，觉得也有些道理，对她道：“你说得倒也有理。”

苏风暖趁机说：“距离过年也就一个多月了，等我爹回来再议吧，也让我缓缓劲儿。”

王禄总算听进了她的话，点头道：“那这样，从明日起，你住进王府养伤好了，我日日看着你，有我看着你，谅你这个小丫头也翻不了天。”

于是，她点点头：“好吧，就这样定吧。”

王禄与王夫人又坐了片刻，对苏风暖嘱咐了一堆话，才回了王府。

二人走后，苏家母女二人又说了一会儿话便歇下了。

第二日，天色尚早，苏夫人刚起床，管家便来禀告说：“叶世子来了，正等在前厅，说来接小姐过府。”

苏夫人看了一眼天色，顿时笑了，转头对已经醒了的苏风暖说：“这么早就来了，这一夜指不定怎么熬过来的呢。你快起来随他去吧，否则咱们府里的板凳今天怕是会被他坐穿了。”

苏风暖无语，又气又笑地从床上爬了起来。

简单梳洗后，苏风暖便与苏夫人一起去了前厅。

苏夫人先迈进门，笑着对已等候在前厅的叶裳说："小裳，怎么过来这么早？"

叶裳放下茶盏，给苏夫人见了礼，说："伯母见谅，我起来得早，睡不着，便过来了。"

苏夫人见他眼底浮着一层青色，笑起来："我吩咐厨房去准备早膳，你吃过早膳再带着暖儿回府吧。"

叶裳点点头："多谢伯母。"

苏夫人转身出了前厅。

苏风暖来到叶裳身边，瞧着他，看清了他眼底的青影后乐不可支："你这是一夜未睡？"

叶裳伸手一把将她抱进了怀里，低声说："我就是一夜未睡，你不在我身边，我睡不着。"

苏风暖无言地瞅着他，又气又笑。

不多时，苏夫人带着人端来了早膳。

叶裳在苏府用过早膳后，便接苏风暖回了容安王府。

二人离开后，苏夫人便吩咐人备车，前往王府，与王大人和王夫人商议请人掐算六礼的吉日之事。

清晨的街道上，十分清静，没什么人走动。

马车来到容安王府后，叶裳扶着苏风暖下了车，径直向他住的正院走去。

进了房间，房中暖意融融，生了三个火炉，一股热气扑面而来。

苏风暖解了披风，坐在椅子上，对叶裳笑道："你昨日没睡好，赶紧休息一下，我找一卷书看，乖乖的，不出屋，就在这屋子里陪着你。"

叶裳从书架上拿出一卷书，将她从椅子上拽起，拽到了床前，对她说："看书可以，坐在床上看。"

上了床后，苏风暖还没拿起书卷，便被叶裳按在床上吻了一记，直到她气喘吁吁、几欲窒息，她伸手推他，他才放开，轻喘着贴在她耳边沙哑地说："望帝山的传音秘术我也学了，秋华娘与你说的话，我都听到了。"

苏风暖已经忘了这茬儿，如今被他提起来，脸顿时一红，羞愤地瞪着他说："你怎么偷听人说话？"

叶裳轻笑着吻她说："我不是故意听的，声音自动就进了我的耳朵里了。"

她无语片刻，小声说："那你也听到了她说的两年之内不能……"

叶裳点头："听到了。"他轻吻着她，"我还听到了几个月后不伤身的避子汤你也是可以喝的……"

苏风暖的脸彻底地红透了，伸手推他，避开话题："好重，快下去。"

叶裳从她身上滑下，躺在她身边，搂着她说：“明日起，我也抽时间研读医书，与你学医如何？”

苏风暖道：“你用不着学吧。”

叶裳道：“用得着，免得找个避子汤还要求人，实在没面子。”

苏风暖嘴角抽了抽，又气又笑，彻底没了话。

叶裳与苏风暖在床上笑闹了一阵，实在困乏得很，便睡了过去。

叶裳这一觉睡了大半日，苏风暖也跟着他睡了大半日。叶裳睡醒后，偏头便看到苏风暖偎在他怀里，睡得酣然，也不吵醒她，便那样看着她，越看心里越满足。

苏风暖似有所觉，睁开了眼睛，便正对上叶裳温柔似水地看着她的眼睛，她眨了眨眼睛，扭身搂住他的脖子，问道：“你什么时候醒的？几时了？”

“刚醒不久，看天色，怕是未时都过了。”叶裳顺势抱住她的腰。

苏风暖摸摸肚子：“好饿啊。”

叶裳笑着说：“好，马上喂饱你。”接着，就听他对外面喊道：“千寒，去厨房看看，赶紧做些饭菜来，要暖儿爱吃的。”

不多时，千寒带着人端来了饭菜，二人净了手，坐在桌前。

苏风暖刚吃完，准备说些什么，管家匆匆来到门口，对里面禀告：“世子，叶老爷子说您和姑娘休息好了就去他那里一趟。”

叶裳点点头：“你去告诉外公，我们这就过去。”

管家应了一声，立即去了。

苏风暖站起身，说道：“正好吃饱喝足了出去走动走动。”

叶裳笑着点头，将披风拿过来，帮她系好，又给自己披了披风，将一个手炉塞到苏风暖手里让她抱着，收拾妥当，这才出了房门。

苏风暖忽然想起楚含，问叶裳：“楚含住在哪处院子？”

叶裳道：“玉雪斋。”

苏风暖一怔，失笑：“你倒不亏待他，玉雪斋是个赏雪景的好住处。”

叶裳笑了笑，说道：“玉雪斋外有五百名府卫看守，除了在玉雪斋内赏景，没有我的吩咐，他不得踏出玉雪斋半步。”

苏风暖笑着说：“他虽然是北周质子，北周对南齐服软割地赔款了，但也不是真正的软脚虾，北周皇帝十分宠爱楚含，若非迫于无奈，一定不同意他前来做质子。即便将他放在玉雪斋，有五百名府卫看守，怕也不是长久之计。”

叶裳道：“我也没打算长久困着他，只不过先磨磨他的性子，让他有做一只笼中鸟的自觉罢了。”

苏风暖笑着点头，不置可否。

二人来到叶家主住的院子，叶昔正在与叶家主对弈。二人来到后，叶家主抬头看了一眼，笑着对叶裳和苏风暖说：“今日上午，王大学士请我去了一趟王府，商议行六礼的日子。王大人的意思是请礼部的人推算一番。我想着苏丫头出身于望帝山，对观星象占卜之术应该十分精通，不如自己来定六礼的日子，再拿去给礼部的人，报给宗室，由我与王大学士一起奏请皇上，再商议定下来，入手准备。”

苏风暖嘟嘴：“大婚好麻烦啊。”

叶裳对苏风暖说：“我总归出身于宗室，大婚议程是麻烦些，但你我一辈子，只这一次，虽然我十分着急，但想着总不能简化了程序，麻烦就麻烦些吧。”

叶家主道：“苏丫头，凡事有我们，麻烦也是我们的事，你除了亲手绣嫁衣，别的就无须准备了。别怕麻烦，总归要隆重些。”

苏风暖想想觉得也是，便点了点头。

叶家主拿出一本皇历，递给苏风暖。

苏风暖还没接，叶裳伸手先一步接了过来，对叶家主说：“我来。”

纳彩、问名、纳吉、纳征、请期、亲迎，是为六礼。

叶裳和苏风暖因为是由皇上指婚，所以纳采之礼免了。问名、纳吉本可以省去，但叶裳不想省，想走全套的议亲流程，也就需要择日。

叶裳接过皇历后，推着日子，以指掐算着，片刻后，便将问名、纳吉、纳征、请期、亲迎的日子算了出来，之后，拿给苏风暖，问她：“你看看，这些日子可行？”

苏风暖看着叶裳择出的五个日子，问名和纳吉就在几日后，纳征、请期、亲迎都是在春节后，纳征在明年的正月十六，请期在三月十八，大婚在五月二十。

也就是说，距离大婚之日，还有半年。

这个时间说长不长，说短也不短，兴许叶裳怕时间太短了，让苏风暖有压力，显得急促紧张，太长了他又不乐意，琢磨之下，将日子定在了半年后。这个时间也够苏风暖绣嫁衣了。

苏风暖看了一会儿，觉得这日子定得果然可心可意，她偏头，指着请期的日子，笑着瞅着他：“这一日才是择定婚期之日呢，你一下都给择出来了，到时候那一日做什么？”

叶裳见她如此说，便知是同意了，笑着说：“到时候再走个过场罢了。”

苏风暖点头：“我没意见。”

叶家主也十分满意叶裳定下的日子，将皇历收了起来，对叶裳说：“我看你定的这个日子也觉得极好，明日我便再去王府一趟，与王大学士商议一番，报予礼部，再上奏皇上，另禀宗室。”

叶裳点点头：“劳烦外公了！”

叶家主笑着摆摆手，感慨道：“你爹娘若是在世，想必十分欣喜，你爹与苏大将军是知己近交，你娘与苏夫人脾性也十分投，如今结为儿女亲家，更是亲近。奈何他们没这个福气看着你们过六礼、行大婚。”

叶裳微抿了一下嘴角，浅浅一笑：“他们在天之灵，总会看到。”

叶家主怅然地点了点头。

苏风暖握了握叶裳的手，对他说："届时将牌位请出来吧，我们总要叩拜一番。"

叶裳笑着"嗯"了一声。

此事就此说定，四人又叙了一番别话，天色已晚，苏风暖和叶裳出了叶家主的院子，向正院走去。

还未回到正院，管家前来禀告："世子，小国舅来了！您是现在见他，还是推托明日再见？"

叶裳道："见，请他去前厅吧。"

管家点头，连忙去了。

二人来到前厅时，许云初已经到了。

许云初见到随后进来的苏风暖，笑意微收，对她说："我听宫里传出的话，说苏姑娘受了重伤，出行都由叶世子扶着，可如今看来，仿佛不是。"

苏风暖笑着说："比受了重伤稍微严重了那么一点儿。"

许云初微微蹙眉："你气息微重，行路虚浮，身体孱弱，比常人还……这好像……"

叶裳拉着苏风暖落座，对许云初解释道："她因为解我体内热毒，一身功力废了。"

许云初闻言大惊，腾地站了起来，难以置信地看着苏风暖。

好半晌，他才定下神，问道："这样说来，叶世子的热毒解了？"

叶裳点头："解了。"

许云初暗暗叹了口气道："热毒盘踞在叶世子身体内多年，如今解了最好，否则定会有性命之忧。姑娘的一身功力救回叶世子的性命，也是值了。"

苏风暖笑吟吟地说："自然是值了。"

许云初闻言对叶裳笑着说："姑娘待叶世子情深如海，如今南齐和北周议和了，西境再无战事，东境湘郡王之事不急于一时，苏大将军很快就会回京了，两位的婚事也该提上日程了吧？"

叶裳微笑着说："已经定下了六礼的日子，明日由我外公与王大人商议一番后，向皇上、礼部、宗室报备。"

许云初笑道："我想着你们一旦回京，叶世子最要紧的便是这一桩事。京中许久未曾热闹了，真是可喜可贺。"

苏风暖好笑地说："至少半年呢。"

"半年时间也很快就到。"许云初笑着道，"不过叶世子如今回京了，你身体大好了，皇上想必也不会让你太轻松。虽然南齐与北周议和了，但内政积压的很多事情，还待着手处理。一直拖延的文武科考之事，也会提上日程，六部老一辈的官员已经心有余而力不足了。"

叶裳揉揉眉心，说道："真烦。"

许云初笑道："朝中缺人，也是没办法之事。"

叶裳轻叹了口气，不置可否。

许云初又道："早先说的林之孝似乎暗中在谋划什么，但我命人探查后，并没发现任何动作。这林二公子真是个人物，看来还需要慢慢查探了。"

苏风暖道："林之孝自然是个人物，不可小视。"顿了下，又道，"兴许你可以从林客入手，仔细地查查林客，别只盯着林之孝。"

许云初恍然："好。"

三人又叙了一番别话，许云初告辞，离开了容安王府。

叶裳和苏风暖要相送时，许云初摆手："我不是外人，两位止步吧。苏姑娘身子骨弱，好生养着吧，国丈府有些调理经络的药，回头我吩咐人送来。"

叶裳也不客气，说道："那就多谢了。"

第三章
情根深种

许云初出了容安王府后，回到国丈府。

刚进门，他便吩咐管家将活络通经的药材悉数装车，送去容安王府。

他的举动惊动了国丈，国丈派人喊他前去问话。

许云初来到国丈的住处，在国丈的询问下，隐瞒了几分实情，只道叶裳的热毒解了，苏风暖为解叶裳的热毒，受了重伤，短时间内不能动武了，他清点出的药材是要送去容安王府，如今苏风暖被叶裳接去容安王府照料了。

国丈看着许云初，见他眉心拢着一丝轻愁和心疼，心里咯噔了一下，立即惶恐地说："初儿，你是不是对苏风暖情根深种了？"

许云初闻言看向国丈，笑了笑，淡然道："爷爷，人最不能控制的，便是自己的心；最能控制的，也是自己的心。我不能控制自己不去倾慕她，但能控制自己不去妨碍她心有所属。喜欢一个人并没有错，我不觉得我需要逼着自己将她从我心里剔除，那样，兴许适得其反。若没有她与叶世子两情相悦，情深似海，我说不定真会对她情根深种，但如今，我却觉得她能和叶世子一世长安，便是我最想看到的事了。"

国丈欣慰地点点头："你说得有道理，这样说来，是爷爷多虑了。"

许云初笑了笑："爷爷不必多虑，叶世子手里已经攥有皇上的赐婚圣旨，他们如今回京了，已经定下了过六礼的日子，顶多半年，就是大婚了。"

国丈颔首："届时送一份贵重些的贺礼吧。"

许云初笑道："自然。"

国丈伸手拍拍他的肩膀："去看看你妹妹吧！总将她关在府中也不是办法，当心把人给关坏了。你毕竟只有这一个妹妹。"

许云初揉揉眉心，点点头，随后便去了许灵依的院子。

自从中秋夜宴之后，许灵依回到府中就将自己关在了院子里，再未踏出院门一步。后来，许云初前往燕北，安国公和景阳侯两府被抄家入狱，瑞悦大长公主以免死金牌保下了沈芝兰，安国公以大宗丹书保下了幼女陈芝苒，但皇上有旨，虽免了两女的死罪，但将二人贬为奴籍。在两府一众人被砍头的那一日，许灵依向国丈请示后，出了国丈府，前往天牢接沈芝兰。不过沈芝兰出了天牢后，并未随许灵依前往国丈府寻求暂避，而是自己卖身入了红粉楼。

沈芝兰喜欢叶裳之事，京中不少人是知晓的，如今见她自甘卖身入红粉楼，都感念她痴心一片。当时一众目光都聚在了在容安王府养伤的叶裳身上，想着不知叶世子是否会感念这一片女儿家的痴情，念在沈三公子的面子上，将他唯一保下的长姐接入府中照料。

不过众人关注了几日，叶裳自当日前往天牢送了沈琪一程外，回府后便病倒了，一直在府中闭门未外出，也没有吩咐人理会沈芝兰之事。

而许灵依将陈芝苒接到府中后，便将她养在了自己的闺阁里，依旧照着她以前在安国公府做小姐时的模样养着。而她也再未踏出自己所住的院子。

许云初来到许灵依的院子，有婆子看到他，惊喜地道："公子，您来啦，奴婢这便去禀告小姐。"

不多时，婆子回来，小心地说："公子，小姐请您进去。"

许灵依的院子里种满了梅树，此时正值寒冬时节，梅树却半朵花未开。

院子中有一股沉暗之气。

许云初四处看看，便蹙了眉，由婆子领着，进了画堂。

画堂内，许灵依一边咳嗽着一边从里面走出，由婢女扶着，脸色苍白，见到许云初后，她福了福身，虚弱地喊了一声"哥哥"。

许云初没想到会看到这样的许灵依，顿时一怔，立即问："你这是怎么了？病了？"

许灵依道："是染了风寒。"

许云初立即问："可请大夫了？"

许灵依道："未曾请大夫，我自身便研习医书，也有一段时间了，我便是大夫。昨日不小心着凉了，今日才感到不适，没什么大碍。"

许云初看着许灵依，问她道："你何时开始研习医书了？"

许灵依轻声说："中秋夜宴之后。"

他沉默片刻，叹了口气，对她道："妹妹，直到今日，你还放不下叶世子吗？"

许灵依黯然一笑："哥哥误会了，即便我放不下，想与叶世子成就百年之好，也由不得自己不是？明知飞蛾扑火，我为何还要去扑？上一次若非哥哥救我，叶世子险些杀了我，我便已经知晓了，他对我没有半分情意，我又何必再念着他？"

许云初道："你若是真能这样想，那是最好。"

许灵依抿了一下嘴角，说道：“我虽然日日待在府中，但外面的风声依旧传进了耳里，哥哥就不必与我说了。我识趣的。你放心好了。”

许云初见她如此说，欣慰地点了点头，伸手摸摸她的头，说道：“我稍后请孟太医过府给你看看吧。你这副样子，着实让人不放心。”

许灵依闻言也不推辞，笑着点头：“听哥哥的。”

许云初难得见她脸上露出笑容，想着有多久未见了，他暗暗感慨一声，问她：“我听爷爷说，你将陈芝苒接到了府中，为何？”

许灵依闻言道：“哥哥，你还记得国丈府被抄家打入天牢那几日吗？在天牢内，我以为我们国丈府完了，我以为我肯定要死了。所以对于沈芝兰和陈芝苒的遭遇，我深有同感。于是便去接了她们二人，奈何沈芝兰不与我来国丈府，我便将陈芝苒接来了。”

许云初点头，对她说：“陈姑娘在哪里？喊她来，我见见。”

许灵依吩咐了婢女一声，婢女立即去了，不多时，带出来了一个十分瘦弱的小姑娘。小姑娘有一双很大的眼睛，从前看人的时候，让人心中如小鹿在撞。但如今这双眼睛里，满是怯弱和害怕。

许云初是知晓些安国公府内部之事的，陈述的兄长就死在这个小姑娘的出生之日，他始终引以为恨。哪怕她活着，他怕是也不想理会她；她如何活着，他根本不会关心。他若是关心了，便对不起九泉之下的兄长了。

许云初没说话，摆摆手，让那婢女又带着陈芝苒下去了。

许灵依对许云初道：“哥哥，她也是可怜，就让她跟着我吧。”

许云初点点头。

兄妹二人如以前一样，和气地说了些别话，许云初见许灵依咳嗽不停，便吩咐人前去请孟太医。

孟太医不多时便来了，给许灵依把了脉，对许云初道：“许小姐是染了风寒，老夫开几服药就好。”

许云初闻言点点头，孟太医开完药便出了国丈府。

天色将晚，许云初从许灵依的院子里出来，对近身的护卫低声吩咐：“派两个人，暗中盯好小姐。再派个人去问问孟太医，我见他刚刚离开时神色有异，请他告知实情。”

护卫应了声“是”，便立即去了。

孟太医出了国丈府后没回府，而是去了容安王府。

容安王府的守门人见孟太医来了，连忙前去禀告叶裳。

听闻孟太医求见，叶裳挑了挑眉，对管家吩咐：“将他请进外屋的画堂吧。”

不多时，孟太医径直来到了叶裳所住的正院，进了外屋画堂，苏风暖和叶裳从里面走出来，他连忙见礼：“叶世子、苏小姐，老夫打扰了。”

叶裳扬眉，拉着苏风暖坐下身，对孟太医随意地挥了挥手道：“你还知道自己打扰了我们？说吧，什么事？若是求教医术，暖儿累得很，免谈。”

苏风暖伸手打了叶裳一下，说道：“白日睡了大半日，如今天色虽然有点儿晚了，但也不会这么早睡下。孟太医既然来了，有事便说吧。”

孟太医看着叶裳，叶裳虽然脸色差，但没再阻止，于是，他立即道：“今日，小国舅请我去国丈府给许小姐看诊，我从许小姐的脉象里诊出些不对劲来，思前想后，十分不解。苏小姐知道，老夫于医术一事，几近痴迷，但凡有解不开的疑虑之事，便难以入眠，于是便来容安王府打扰了。”

“哦？许云初的妹妹？她的脉象怎么了？”苏风暖有了几分兴趣，看了叶裳一眼。

孟太医见苏风暖有意听，连忙将给许灵依把脉时探得的异常情形说了。

苏风暖听罢，琢磨着孟太医所说的脉象，眉头轻蹙：“你说的这种脉象，我听着倒像中了一种毒。”

孟太医一惊：“请苏姑娘赐教！”

苏风暖说道：“这种毒，很像江湖上失传已久的恨春风。”

孟太医没听说过，对苏风暖拱手：“请姑娘说说这种毒，老夫不曾听闻。”

苏风暖道：“我也只是在我师叔的古籍里面看过这种毒。据说中这种毒的人会经历三个阶段：第一个阶段像染了风寒，这种毒会让人气血倒行，因此脉象浮动如水倒流，冲劲极大，与我们练武之人内力倒行逆施是一个道理；第二个阶段手腕处会长出一朵凤尾花，十分漂亮，像文上去的一样，这时，脉象如正常人，容貌也会极美，让所有看到的人，都忍不住一见倾心；第三个阶段，就是毒入心脉的阶段了，这时，全身都是有毒的，无论是什么人，沾之即死。”

孟太医大惊：“世上竟然还有这种毒？”

苏风暖点头：“有的，我师叔的医书囊括天下医毒之术，收录齐全。尤其是这恨春风，当年我的另一位师叔想变美，就曾找过恨春风，后来被我师叔给严厉制止了，说谁若是服用恨春风，这一辈子都别想再碰旁人。”

孟太医惊骇地说：“那这样说来，许小姐中了这种毒？”

苏风暖道：“据你所说，她脉象如此，很像中了这种毒，但我未见过这种毒，也不确定是否真是恨春风。若是恨春风……”

孟太医立即问：“如何？”

苏风暖疑惑：“国丈府的许小姐怎么会中了恨春风之毒？”片刻，又道，“我师叔研习医术多年，若是恨春风初期，我师叔能解此毒；若是过了初期，这毒我师叔怕是解不了了。”顿了下，她问孟太医，“你与许云初说许小姐脉象异常了吗？”

孟太医摇头：“老夫没与小国舅说，老夫只是觉得这伤寒之症不太对劲，出了国丈府后，知晓你住在容安王府，便特意前来请教你了。”

苏风暖点头，转身对叶裳道：“这件事情，必须让许云初知晓。”

叶裳“哼”了一声，懒得理会。

苏风暖对孟太医说：“你先在这府里逗留片刻。”接着，就见她对外面喊道：“千寒。”

“姑娘！”千寒在外面应声。

苏风暖道：“你派人去国丈府传个话，请小国舅来一趟容安王府。”

千寒应了一声“是”，立即去了。

国丈府内，许云初听闻近身府卫禀告孟太医去了容安王府，眉头皱紧，想着若是细究孟太医最不乐意踏入京城谁家的府邸，那么非容安王府莫属。孟太医怕了叶裳，是打死都不想去容安王府的，但是如今从国丈府出去后，主动去了容安王府，只能说明一件事，这个爱医成痴的孟太医，又有了疑难之事寻人请教了。毫无疑问，他想请教的那个人是苏风暖，因为苏风暖目前住在容安王府，让他不得不去容安王府。

可见他的感觉没错，一定是她的妹妹身体有什么不对劲，连孟太医也看不出来。

他正想着，管家禀告，容安王府来人请小国舅再过府一趟。

许云初闻言，立马出了书房，前往容安王府。

来到容安王府，他被直接请去了叶裳正院的画堂。

许云初进了画堂后，看了三人一眼，拂了拂身上的寒气，对三人问：“天色这么晚了，喊我过来，是不是出了什么事情？”

叶裳看着他说：“你真是有一个好妹妹。”

许云初心里咯噔了一下，问叶裳：“她又出了什么事情？叶世子明示。”

叶裳慢悠悠地说：“这一次倒是与我没什么关系，是孟太医从你府里出来后，到我府里找麻烦。你让他说吧。”

许云初闻言看向孟太医。

孟太医连忙站起身，将给许灵依把脉存有疑惑、令他不解之事说了一遍，之后，他便看向苏风暖。

苏风暖告诉许云初，孟太医把脉探查的脉象表明，他妹妹可能中了一种叫恨春风的毒。

许云初听罢，面色大变：“恨春风？”

苏风暖点头：“毕竟我没有给令妹把脉，但是孟太医的医术，在京中也是出了名的，他把脉所得，想必不会错。所以，我斟酌之下，还是觉得这件事情要尽快地告诉你。令妹怎么会中了恨春风之毒？可是除了中这种毒有这种脉象，我实在想不出来，还有什么原因。”

许云初一时又惊又怒：“我今日见了她，便觉得她不对劲，但我也说不上哪里不对劲。孟太医把脉时，我便更是心有疑虑，想着派人私下问询孟太医，不想他直接来了容安王府。”顿了下，他又道，“我听爷爷说，百花宴之日后，她一直闭门待在内院，只有安国公和景阳侯两府满门被斩时，她出了一趟府，去接沈芝兰和陈芝苒。

我从燕北回来后，一直忙于筹备粮草，也无暇理会她，今日爷爷让我去看看她，我见她病得有些重，便请了孟太医，原来不是患了伤寒，竟是中了恨春风之毒吗？”

苏风暖道：“我从师叔的古籍上知晓这种毒，也未亲眼见过，但十有八九不会错。”接着，她将恨春风的三个阶段，以及每个阶段的不同之处细说了一遍，最后道，“恨春风的初期，我师叔可以解，但过了初期，就是大罗金仙来了，也没救了。”

许云初面色一白：“我不明白，她日夜在府中，怎么会中了恨春风之毒？照这样说来，如今是初期，也就是说，她中毒的时间不是太长？”

苏风暖点头：“一个阶段三个月，她如今的症状，应该在三个月内，还是初期。”

许云初抿唇：“也就是说，她的毒，兴许是我在燕北时中的，兴许是我回京后中的。”

苏风暖颔首：“从燕北战事到西境战事，再到如今，差不多有三个月的时间。定然是在这一段时间中的了。”

许云初道：“她与我说，从中秋夜宴之后，她在研读医书……”

孟太医脱口说：“难道是许小姐自己服毒？”

苏风暖道：“那也要看这毒是怎么来的。她一个深闺女子，哪会有江湖上失传已久的恨春风？中毒无非两种可能，一种是别人下毒，一种是自身服毒。”

许云初道：“不错，我也想知道她的毒是怎么中的。”说完，就起身告辞，“我现在就回去让人查。”

苏风暖点头，对许云初说：“我这便飞鹰传书去问问我师叔，听听她如何说，看看令妹是否真中了这种毒，若真是恨春风，这种毒初期是何解法，让她告知我。”

许云初道谢：“多谢姑娘了，你本就受伤，切忌忧思，但为了……”

叶裳抬手，打断许云初的话，对她说：“看好你妹妹，别出来为祸人间便行了，不必谢。”

许云初住了口，面色沉暗地点了点头，告辞后出了容安王府。

许云初离开后，孟太医也起身告辞。

二人走后，叶裳见苏风暖低头寻思着什么，伸手不客气地轻敲了一下她的头，轻嗤道：“左右是别人的事，你费这么多心思做什么？不准想了。”

苏风暖抬头看着他，笑着仰起脸：“你以前打我脑袋，下手总是重，打得疼，如今一点儿也不疼。”

叶裳瞪了她一眼：“我的话你到底听进去了没有？”

苏风暖好笑地抱住他的胳膊，笑吟吟地说：“听进去了，叶世子。我哪敢不听话啊。”她将脑袋靠在他的身上，慢慢分析道，“许灵依中的恨春风之毒与太子中的无伤花之毒，有异曲同工之效。我在想，会不会出自一人之手？”

无论是恨春风，还是无伤花，都是世间难解之毒，确实有异曲同工之效。

叶裳听了苏风暖的话后，琢磨了片刻，问她：“你的意思是，死的月贵妃又复活了，还在兴风作浪？”

苏风暖摇头：“月贵妃是我杀的，那一日，她死后，皇上便纵火焚宫，将她的尸体与被她杀死的皇宫侍卫一并焚烧了。她是不可能死而复活的。”

叶裳看着她：“那就是还有人与她是一条线上的了，惯会使用这种失传已久的毒术。”

苏风暖点头：“试想，她一宫妃嫔，十分受宠，而皇后善妒，她常年在皇后的眼皮子底下，能有多少出宫接触朝臣的机会？自然是有人在暗中与她牵成一线，伙同她一起谋权乱政。”

叶裳点头：“不错。”

苏风暖又道：“湘郡王毕竟是东境一境之王，他就算每年暗中跑出东境一次，接触月贵妃和朝臣的机会也有限。就如你所说，他即便能遮住东境的天，也不能遮住京都的天，他还没到只手遮天的地步。所以，必定还有一个极其厉害之人，伙同月贵妃、湘郡王，只不过一直没被揪出来而已。”

叶裳冷笑：“隐藏得再隐秘，也没有不透风的墙。”

苏风暖点头：“所以，许灵依为何中毒，是怎么中的毒，一定要查个清楚。”

话落，苏风暖便写了一封信，当夜以飞鹰送往恶狼谷。

第二日清早，苏风暖和叶裳刚起身，管家便来报，说小泉子公公来了，请叶世子进宫。同时皇上又传话，说苏姑娘若是身子好些了，也一并进宫；若是身子不便利，过几日再进宫也行。

苏风暖看向叶裳。

叶裳好笑地说：“既然以后你让我去哪里都带上你，那今日与我一并进宫好了。军器监弩坊署的事情，你也跟皇上请个旨意，把担子卸去。”

苏风暖笑着点头：“我还要跟皇上说一声，无论他给你安排什么职务，你以后去多机密的要地，也给我能出入行走的令牌，做你的小跟班。”

叶裳轻笑：“难道不是跟屁虫？”

苏风暖瞋了他一眼，转过身：“叶世子若是不乐意，我去做别人的跟屁虫好了。”

叶裳伸手搂住她，霸道地说：“不行，就做我的。”转头对外面吩咐，“去回话，我们这就进宫。”

二人来到大门口，坐上马车，一路说着闲话，来到了皇宫。

小泉子先一步来到门外禀报：“皇上，叶世子和苏小姐来了。”

“请他们进来。”皇帝的声音从里面传出。

二人进去后，皇帝抬头瞅了一眼，点头道：“苏丫头的气色比前日里好多了。”又转向叶裳：“你歇了一日也该歇好了吧？总不能一直懒下去，拖延着朕。”

叶裳看着皇帝说道：“若是我说我没歇够，您看来也不会再准许我歇着了。有什么事，您只管吩咐吧。不过，我有一个条件，您得给暖儿一块出入哪里都无阻碍的令牌，无论我到哪里，她都能跟着。不将她放在我身边每日看着，我着实不放心，一旦不放心，什么事情也做不好。”

皇帝瞪视半晌，对叶裳道：“朕早就与你说过，让你管户部，苏丫头是个女子，你每日将她带在身边，朝廷官员恐有微词。”

叶裳闻言道：“您让她秘造兵器这么大的事，不是也未曾经过朝廷官员同意吗？兵部尚书和军器监的周大人皆对她心服口服。她既然是个女子，早先您就不该让她涉及兵器，更不该让她在北周侵犯燕北时披甲上战场，更不该传出旨意让她和我一起与北周议和谈判。她做这些大事时，天下谁不知道她是女子？她保家卫国，拼死护卫疆土时，朝野上下怎么没有人有微词？如今她深受重伤，需要我照看，只不过随身跟着我，不涉朝事，做我的小跟班而已，就让朝廷上下的官员有微词了？”

皇帝顿时噎住。

叶裳看着皇帝：“您若是不同意，那恕我也不能入朝了，左右我是容安王府的世子，有世袭的俸禄可拿，做个混吃等死的人也不错，免得操心易老……”

皇帝被哽得说不出话来，伸手指着叶裳：“好啊，臭小子，如今竟敢欺负到朕的头上了，是不是？你当真觉得朕拿你没办法？”

叶裳摇头：“不敢，您是皇上，踩死我如踩死一只蚂蚁。您大清早派人将我从被窝里喊起来，我只能乖乖地来，没敢拖延半分……”

皇帝瞪眼。

苏风暖笑着说：“要不您就答应了他吧，我保证只做他的小跟班，不生乱，不惹事。”

皇帝哼哼两声道：“朕本来想着让你好生养一阵子，然后继续盯着军器监弩坊署的兵器之事，如今你做了他的小跟班，还如何帮朕盯着军器监弩坊署？”

苏风暖闻言笑道：“我离京这些日子，据说军器监弩坊署没出大错，一切都十分顺畅。有兵部尚书和周大人在，军器监弩坊署以后可以井然有序，用不到我了。况且，我区区一个女子，总是与兵器打交道，也不太好啊。以前是情况紧急，无人能做此事，皇上交给了我，如今有人可用，皇上就让我安心养伤好了。”

叶裳接过话说：“她如今武功尽废，若是还交给她事情，我是不放心的。”

皇帝的八字胡翘了翘，对叶裳道：“朕知道，只有将她放在你眼皮子底下，你才放心，是不是？”

叶裳笑着点头：“正是。”

皇帝无奈摆手：“罢了，朕就依了你。”话落，他从怀里拿出一块令牌，扔给苏风暖：“小丫头，好生保管着，别丢了。”

苏风暖刚要伸手去接，叶裳大约是怕令牌砸到她，先一步伸手接到了手里，看了一眼，嘴角微勾，递给了苏风暖。

苏风暖接过令牌后，见令牌上刻着“如朕亲临”四个字，她暗暗惊了一下，对皇帝说："我只要一个跟着叶裳行走出入方便的令牌就行，您给我这个，这也太……"

皇帝无所谓地说："既然给了你，就别废话了，拿着吧。"

苏风暖本也不是磨叽废话的人，闻言就收了起来。

三人又说了几句闲话后，皇帝便开始与叶裳说起了政事。

苏风暖不参与事情时，是个不合格的听众。皇帝说让叶裳明日起入户部，职位是代天子督管户部。这个职位虽然历来没有，但他是打着皇帝的名号，职位显然高于户部尚书，可监察督管户部一切事务，她听了一会儿，便睡着了。

叶裳在她睡着时，第一时间便发现了，用眼角余光看了她一眼，便继续与皇上商议如何督管整治户部之事。

户部掌管举国户口，财源收支、预算，田土地册，铸造货币，税收，等等，把着国库的钥匙，无论要推行什么关乎民生的政策，都要经过户部。

这些年，南齐看着富饶繁荣，但国库连年空虚，不得不说，户部掌管不力是一大原因。多年来，户部尚书换了一任又一任，都治理不了户部。这也是朝野上下不安的根源，赈灾的款项年年拨出，却不见成效，各地还是需要年年赈灾，哪里发了大水，哪里大旱，哪里大雪，哪里大风，哪里闹蝗虫之灾，哪里堤坝决堤淹了多少良田、多少百姓，等等，都需要赈灾救民，户部被拖得一年不如一年。

燕北打仗，没需要京中多少粮草；西境打仗，户部已然拿不出来粮草军饷，多亏苏风暖早先备下粮草，又和叶裳在浏阳城打劫了北周两个粮仓的粮草军饷，还有许云初大力督办粮草军饷。仗打完了，北周议和送来一百九十万两黄金，填充了三分之一的国库，但偌大的南齐，若不从根源整治，这些金子也只能赈几回灾。入不敷出，早晚是祸害。

这是皇帝继燕北战事、西境战事、江南叶家和湘郡王之事暂且搁置之后，首先要解决之事。他思来想去，这事还就得叶裳来做。

对于进入户部，皇帝对叶裳早有明示，叶裳如今并无意见，于是，就南齐当前的情形与户部内部的整顿，与皇帝商议起来。这一商议，便足足半日。

第四章 金屋藏娇

议完事，用完午膳后，皇帝乏了，便打发二人出皇宫。

苏风暖睡了一觉，神清气爽，一手把手炉抱在怀里，一手晃着叶裳的手说："你与皇上议事多久？是不是很累？"

叶裳笑着说："不累。"

苏风暖对他说："既然不累，咱们去红粉楼听听曲吧？"

叶裳眸光动了动，对她笑着说："也好。"

苏风暖敏感地觉察到他提起红粉楼时有些不同寻常，顿时问：“怎么？红粉楼出了什么事情吗？”

叶裳笑道：“没有出什么事情，不过倒是多了一个人，这等小事，想必无人告诉你，等你去了就知道了。”

苏风暖纳闷，但见叶裳不说，她也不问。

马车来到红粉楼，叶裳牵着苏风暖的手，一起走了进去。

比起晚上，白天的红粉楼相对冷清些，但依稀也有丝竹管弦声从楼上飘出来。

老鸨与几位姑娘正在闲聊嗑瓜子，听龟奴报说叶世子和苏小姐一起来了，老鸨愣了一下，连忙起身，向门口迎来。

叶裳和苏风暖跨进门，老鸨也来到了门口，乍然见到裹了厚厚衣裙和披风的苏风暖，惊了一下，又隐约觉得她气息微微浊重，比寻常人还差，顿时骇然地说：“姑娘，您这是……”

苏风暖抬手，笑着说：“上楼与你细说好了。”

老鸨知晓门口不是说话之地，连连点头，带着叶裳和苏风暖上了楼。

三人来到早先是瑟瑟居住，后来是涟涟居住，但涟涟随苏风暖离京后，一直空着的房间，坐了下来，苏风暖便简单地将暂时没了功力之事告诉了老鸨，在老鸨又惊又骇的目光中笑着说：“我还没来得及将消息传回阁里，你回头便给阁内的长老们传个信儿，告知这个消息吧，我这个阁主，以后怕是不能胜任了，让长老们择个人选出来。”

老鸨一听，顿时道：“这怎么行？老阁主当初将碧轩阁交给姑娘，早已经言明，您有生之年，不得推卸阁主之位。碧轩阁上上下下，唯您之命是从，哪怕您暂时没了一身功力，也是我们碧轩阁的主子。您让奴家将这个消息传出去，是想让碧轩阁炸开锅吗？不行不行。”

苏风暖好笑地说：“刚刚不是说了唯阁主之命是从吗？怎么这眨眼间就反驳我了？”

老鸨噎了一下，对苏风暖说：“除了阁主卸任之事，碧轩阁上上下下都听姑娘的。您可别拿这事情噎奴家。”

苏风暖见她一脸坚决，于是笑着说：“罢了，此事以后再说。”

老鸨松了一口气。

苏风暖笑着说：“我和叶世子是来听曲的，红粉楼最近有出什么新鲜的曲子吗？叫上来几位姑娘，让我和叶世子听听曲，赏赏美人。”

老鸨闻言看了叶裳一眼，叶裳一副漫不经心的神色，老鸨咳了一下说：“红粉楼最近是出了几首新曲子，且十分好听。但有一件小事，因为早些时候燕北、西境一直在打仗，奴家就没派人知会姑娘。”

苏风暖好笑：“什么小事？说说。”

老鸨压低声音说："景阳侯府的大小姐沈芝兰被瑞悦大长公主的免死金牌保下，皇上虽然免其死罪，但将其贬为奴籍，国丈府的许小姐在安国公府和景阳侯府一干人等行刑的那一日前往天牢接她，但她没去国丈府，却来了红粉楼自卖自身，奴家斟酌再三，还是收下了她。"

苏风暖一怔："沈芝兰来了红粉楼？"

老鸨点头。

苏风暖偏头问叶裳："早先你跟我说你将沈妍暗中救出来，通过红粉楼送去了碧轩阁之事时，怎么没与我提沈芝兰来红粉楼？"

叶裳看着她说："沈妍的事情是我做的，自然要知会你，这沈芝兰的事情与我无关，我做什么长舌妇要告诉你？"

苏风暖被气笑，看着叶裳，拉长音说："叶世子，她来红粉楼，真的与你无关吗？"

叶裳肯定道："自然无关。"

苏风暖轻轻"哼"了一声："我看才不是无关，她这是此地无银三百两，京中无数青楼，她为何别的地方不去，偏偏来了红粉楼？甚至许灵依要将她接入国丈府，她都不去，为奴为婢总好过来这红粉烟花之地，就算卖艺不卖身，也沾染了风尘。她又不是傻子，为何非要进这红粉楼？难道不是为了你？"

老鸨在一旁说："姑娘说得在理，京中人人都知晓叶世子是红粉楼的常客，以为这红粉楼是叶世子的地盘，殊不知这红粉楼是姑娘为了叶世子置办的。那沈姑娘自然也不知。奴家以为，她就是冲着叶世子来的。"

叶裳闻言，闲闲地瞥了老鸨一眼，依旧漫不经心道："不说话没人将你当哑巴。"

老鸨顿时噤了声。

苏风暖好笑地说："我就猜到是这个原因。"话落，嗔恼地看着叶裳，"你太招桃花了，有什么不能让人说的？"

叶裳伸手搂住她说："说到招桃花，比起许云初，我是不是差远了？红粉楼是你的地盘，她若是识趣，你就给她一条生路；她若是不识趣，搓扁捏圆甚至打杀了，也没人追究红粉楼里死个人。总之与我无关，别将这等破事算我头上，惹得你吃闲醋，对养伤不利。"

"谁吃闲醋了？"苏风暖翻白眼。

叶裳轻笑："哦，我说错了，不是吃闲醋，是吃醋了。"

苏风暖被气笑，伸手捶他。

叶裳攥住她的手，笑着问："还有心情听曲子吗？"

"有，怎么没有？"苏风暖知晓沈芝兰来了红粉楼后虽然十分讶异，但讶异之后，便恍悟了因果。对于叶裳招桃花的事，她觉得他长了这么样的一张脸，虽然这些年刻意地败坏名声，但总有被他魅惑的人吧。她对老鸨说："但凡新曲子，都叫上来，我与叶世子累了数日，难得清闲，今日就好好地听听曲。”

老鸨试探地问：“那沈芝兰也叫上来？”

苏风暖笑着说：“你去问问，就说叶世子和苏小姐来了，苏小姐想听曲子，是叶世子陪着来的。问楼里的姑娘谁愿意过来唱曲，她若是愿意，就一并过来。”

老鸨笑着点头。

不久老鸨便带了一群人进来。

苏风暖看着进来的人，还真不少，每张脸看过去，认识的不认识的，二十人之多，倒没见到沈芝兰。

她勾了勾嘴角，笑着问老鸨：“就这些吗？”

老鸨颔首：“新来的芝兰姑娘身子不适。”

苏风暖点点头，对老鸨问：“红粉楼里有不强求姑娘的规矩，是不是？”

老鸨看了一眼苏风暖，会意地说：“虽然有不强求人的规矩，但若是叶世子开口，楼里也会破这个例的。”

苏风暖闻言仰着脸看向叶裳。

叶裳懒洋洋地靠着软榻半躺着，苏风暖枕在他腿上，轻得跟没分量一般。此时见她仰着脸看来，也明白了她的意思，便漫不经心地说：“听说新来的姑娘词曲不错，我未婚妻想听最好的新鲜曲子，红粉楼便破例一回吧！稍后本世子赏钱加倍。”

老鸨顿时笑了，连连点头：“奴家这就去将人喊来。”说完便又出去了。

苏风暖收回视线，颇有兴致地对屋子里的姑娘们摆手：“挨个来，将你们擅长的小曲都唱一遍。”

姑娘们应声，一排排坐好，不多时，丝竹管弦声声慢，吹拉弹唱样样全，红粉楼不愧叫红粉楼，呢喃软语，红粉香软，曼妙无比。

苏风暖是最喜欢这种柔软的香粉软调的，听得十分有滋有味。

多年来，叶裳最喜欢听的曲子便是《思君行》，对这种香软的调子不是太有感，但与苏风暖一起听，便也觉得别有一番滋味。他把玩着她的柔软青丝，搁在手中缠缠绕绕，心中也随着软调和歌声以及柔软的青丝而越发柔情似水。

一个人深爱一个人，深情地看着那个人时，流露出的表情最是骗不了人。叶裳看着苏风暖的表情，惹得一众姑娘羡慕不已。

老鸨领着沈芝兰来时，便看到了这样的一幅画面。

沈芝兰从来没在叶裳的脸上看过这样温柔如水的表情，她一时呆在了门口。

老鸨看了一眼屋中，伸手推推沈芝兰，低声说：“傻站着做什么？屋中那人是叶世子，你该认识；那女子是他的未婚妻，苏府小姐，你也该识得。”话落，低声警告，“苏小姐喜欢听曲，稍后你好好表现，叶世子说了，讨得苏小姐欢喜了，赏银加倍。”

沈芝兰惊醒，忽然心底涌出了一种屈辱，谁要讨好苏小姐？谁稀罕他的加倍的赏银？但她不能将这话说出来。她已经不是景阳侯府的大小姐了，如今只是个自卖自身的烟花女子，她强行将屈辱压下，点了点头，乖觉地说：“妈妈，我晓得了。”

老鸨先一步走进来，对叶裳恭敬地说：“叶世子，这位就是新来的芝兰姑娘，她会的曲子可多了，今日身体有些不适，若是弹唱得不好，您与苏小姐多多包涵。”

她话音刚落，苏风暖扭头看向沈芝兰，面上的笑容一收，忽地坐起身，佯装震惊地指着她：“你……你……你是沈芝兰？你怎么会在红粉楼？”话落，她猛地转头看向叶裳，恼怒地说：“叶裳，好啊你，竟然敢背着我金屋藏娇！”

突如其来的恼怒质问让叶裳微微一怔，继而便明白了苏风暖这是拿他作戏呢。

叶裳闲闲地瞥了一眼沈芝兰，微微起身，伸手揽住苏风暖的腰，笑着柔声哄道：“我若是金屋藏娇，也该藏你，这等货色，还入不了本世子的眼。”

苏风暖似乎十分好哄骗，闻言顿时止住怒意，看着叶裳，纯真地问：“当真？”

叶裳爱怜地摸摸她的脸，指尖扫过，带着浅浅情色，笑着点头，柔声说：“自然当真。”

苏风暖立即说：“那她比你以前宠爱的瑟瑟呢？”

叶裳状似尴尬地咳嗽了一声，扭过脸又看了一眼沈芝兰说：“也不比瑟瑟。”话落，又连忙补救，“你不是派人将瑟瑟装在口袋里绑了绳子沉入湖底了吗？还提她做什么？”

苏风暖轻轻“哼”了一声，霸道地说：“以后你只准许有我一人，若是被我知晓你还喜欢别的女人，休怪我不客气。”

叶裳笑着点头，哄她说：“好好好，你说什么都好，我只看你一人就是了。”又问她道，“还听曲吗？”

苏风暖转头，看向沈芝兰，推开叶裳的手，没答他的话，缓缓站起身，来到沈芝兰面前，盛气凌人地看着她轻蔑地说：“昔日景阳侯府的沈大小姐，京城三美之一，皇上既然放了你一条生路，你为什么不去别的地方谋生，偏偏来这红粉楼？”

沈芝兰垂下头，双手在袖中紧握成拳，低声说：“我一个柔弱女子，能去哪里谋生？”

苏风暖看着她，冷声说：“京城遍地青楼，那你为何偏偏进了红粉楼？”

沈芝兰低头看着脚尖说：“据传言红粉楼与其他地方不同，不会强迫楼里的姑娘们，奴家只卖艺不卖身……”

苏风暖闻言“哦”了一声，从袖中拿出一袋金子，在沈芝兰面前晃了晃：“卖艺不卖身吗？那若是叶世子要买你一夜，也照样不卖吗？”

沈芝兰一惊，猛地抬起了头。

叶裳闻言险些吐血，忍了忍，面无表情地看着，终究没阻止。

苏风暖晃着袋里的金子，看着沈芝兰：“这一袋金子，足有千金，以你如今的身价，绰绰有余了。卖吗？若是卖，这一袋金子就是你的。”

沈芝兰看向叶裳。

叶裳脸上早先的温柔和笑意悉数收起，沈芝兰面对着叶裳，苏风暖背对着叶裳，从沈芝兰的方向来看，他越发地面无表情，不知是在盯着苏风暖的背影，还是盯着站在苏风暖面前的她。

她心中一时间起伏不已，但到底是被景阳侯府瑞悦大长公主看重保下的沈芝兰，她强行压下心口的跳动与震颤，垂下头说："不卖，我只卖艺不卖身。"

苏风暖晃着金袋子说："你确定？"

沈芝兰点头："确定。"

苏风暖忽然笑了一声，笑容一改清冷，颇具意味，看着她说："沈小姐看来还没从景阳侯府被灭门，你已经成为落难千金的境地中回过神来。在红粉楼，你不该称我，应该自称奴家。"

沈芝兰脸色一白，没说话。

苏风暖收起了金子，伸手去抬她的下巴。

沈芝兰下巴僵硬，周身如冻结了一般，也十分僵硬。

苏风暖微微用力，还是迫使她抬起了下巴，她如风流公子一般轻佻、戏谑地看着她，似笑非笑地说："芝兰姑娘，看着我的眼睛，我再问你一次，我用千金代替叶世子买你一夜，你卖身吗？"

沈芝兰脸色越发地白，她身子抖了抖，摇头，说道："不卖。"

苏风暖笑着，爱怜地摸了摸她的下巴，指尖浅浅、颇具情色地打了个回旋，看着她说："那我用万两黄金代替叶世子买你一辈子呢？寻常时，笔墨添香，铺被暖床……"

面对苏风暖的再度问话，沈芝兰咬着唇摇头，重重地说："我……奴家说了，卖艺不卖身。"

苏风暖看着她的模样，顿时笑了，伸手拍拍她僵硬的肩膀，笑着说："这样说来，芝兰姑娘不愿卖给叶世子一夜，也不愿意卖一辈子入容安王府，看来是不喜叶世子了。我还以为芝兰姑娘刻意入红粉楼，是为了叶世子呢。"

沈芝兰心底猛地一震，默不作声。

苏风暖看着她挑眉："到底喜还是不喜？"

沈芝兰咬着牙说："不喜。"

苏风暖笑吟吟地看着她："看来沈姑娘虽然落难青楼，但还是很有骨气的，不愿卖身，不愿为奴为婢。可是你这般有骨气傲气，为何偏偏要来红粉楼呢？虽然皇上将你贬为奴籍，但以你的容貌才华，找个良人嫁了也不难。既然不喜叶世子，我还真不明白你为何进这红粉楼了。"

苏风暖明明拍得很轻柔，沈芝兰却感觉被拍到的地方，火辣辣地痛，她抿唇不语。

苏风暖看着她的眼睛，笑着说："你当日来红粉楼，不管是什么想法，既然你不说，我也不问了。你待在这红粉楼，总归是烟花之地。如今你待了也有一段时间了，是否后悔了？若是后悔，今日我心情好，叶世子也在这里，你若是想离开红粉楼，只需说一句，我手中的金子便给你做赎金了。以后海阔凭鱼跃，天高任鸟飞，天下之大，离开京城，除红粉之地外，也总有容身之处。你可同意？”

沈芝兰看向叶裳。

叶裳立在一旁，长身玉立，气质清贵。她只看一眼，心尖就止不住地颤起来。她不敢多看，收回视线，垂下头，低声说：“多谢苏小姐的好意，奴家既入了红粉楼，就没想过离开，奴家贱命一条，早断绝了寻良人而嫁的心思，甘愿一辈子待在红粉楼……”

苏风暖眯了眯眼睛，沉默了一下，忽然轻轻地笑了，又伸手拍了拍她的肩膀，这一次，略微有些重，对她说：“有一句话叫人各有志，不能强求。既然你喜欢红粉楼，我自然不能强求了。”

沈芝兰不语，忽然觉得压在她肩膀上的手极重，重得她喘不过气来。

苏风暖慢慢地撤回手，忽然笑意一收，正了神色道：“今日我给了你机会，你说不喜叶世子，心里没他，不妄想他，我是听在了耳里，记在了心里。今日，我说你可以离开红粉楼，你说甘愿在红粉楼待一辈子，我也听在了耳里，记在了心里。他日，若是被我知道这两桩事你口不对心，言不由衷，那么，别怪我心狠。”

沈芝兰看着苏风暖，又看向苏风暖身边的叶裳，忽然心底莫名地涌上一丝绝望，一时说不出话来。

试探一番后，苏风暖得出一个结论，沈芝兰来红粉楼，正是为了叶裳。

家破人亡后，这个女子还是忘不了、放不下叶裳，于是，入了红粉楼，以为他会像以前一样，时常光顾红粉楼吗？还是以为，红粉楼是叶裳的，总有一日，他会对她青眼有加，执手相护？

她暗暗叹了口气，她喜欢谁不好，偏偏喜欢叶裳。她虽然心有善念，但也不是心慈手软的人。今日给了她离开红粉楼的机会，她不珍惜，那么但愿她以后不后悔。

苏风暖看了沈芝兰一眼，见她一脸苍白，连咬破的唇瓣也没有血色了，想必血都被她吞进了肚子里。她暗暗叹了口气，也懒得再说什么，跟着叶裳出了红粉楼。

老鸨将二人送出红粉楼，在车前对苏风暖压低声音说：“姑娘，您虽然是好心让她死心，离开红粉楼谋个良人，但这位沈姑娘怕是难以对世子死心。要不然我好生地折磨她一番，让她绝了心思？”

叶裳冷声说：“留着她做什么？杀了算了。”

苏风暖瞋了叶裳一眼，气笑说：“爱慕你的女子，以后想必更多，难道都杀了吗？”话落，对老鸨说：“由着她去吧，她既然一辈子不离开红粉楼，那就不要离开好了，也不必折磨她。”又道，“比折磨苦千倍的是无望和绝望，她此时想必还不明白，岁月才是真正的杀人的刀。女人容颜老去，又无身份依傍，也就如枝上花，弹指一挥间，说枯萎就枯萎了。”

这话说得再洞彻不过，老鸨点了点头。

苏风暖放手落下了帘幕，偎依进叶裳的怀里，打了个哈欠。

叶裳笑着说：“你睡了半日，如今又困乏了？”

苏风暖懒洋洋地说：“打仗我在行，与别人打架我也在行……”

叶裳接过话说：“天下你不在行的事情似乎不多。”

苏风暖轻笑，用手指在他心口画圈圈，笑着说：“可是为难女人我不在行，以后这种事情，还是少做为好，看着那么一个如花似玉的美人，我着实手软心软啊。”

叶裳闻言被气笑，伸手敲她额头：“你没生作男儿，还真是枉费一副怜香惜玉的心肠了。”

苏风暖大乐，伸手捏他的脸：“你生得一副好样貌，却没有一副怜香惜玉的心肠。”

叶裳低头吻她：“没有怜香惜玉的心肠吗？我只怜你。”

苏风暖“嗯”了一声，软软地说：“这样说来，枉费得好。”

叶裳笑意加深，吻得也深了。

马车回到容安王府，天色已经不早了。叶裳和苏风暖下了马车，向府内走去。

二人刚进内院，管家便前来禀告：“世子、苏姑娘，小国舅来了。”

叶裳和苏风暖停住脚步，对看一眼，叶裳吩咐：“将小国舅请去前厅，我们这就去前厅。”

管家应了一声，连忙去了。

不多时，二人来到前厅。

许云初脸色不好，面上笼罩着浓郁的疲惫之色，想必昨晚一夜未睡，见二人来到，他站起身，对二人施一礼：“云初又来劳烦叶世子和苏姑娘了，实在抱歉。”

叶裳对他摆摆手，请他入座：“我虽然懒得理会你妹妹的事，但看在你的面子上，有什么需要帮忙的地方，只管说就是了。不必说什么劳烦不劳烦的，也不必抱歉。”

苏风暖点头，接过话说：“我昨日已经给我师叔传信了，快的话，两三日便可回信，你昨日可查出了什么结果？”

许云初揉揉眉心，一脸心痛，疲惫地说：“是查出了些结果，不过，这个结果实在让我……”他顿了顿，对叶裳和苏风暖道，“是她自己服了恨春风。”

叶裳挑眉。

苏风暖一怔，问道：“她哪里来的恨春风？”

许云初摇头：“我通过蛛丝马迹，查得是她自己服用了恨春风，但我斟酌再三，没找她盘问。我妹妹性子烈，又执拗，我怕盘问，她也死活不说。我觉得这件事情不简单，万一盘问之下，什么也盘问不出来，反而打草惊蛇。”

叶裳扬眉："你的意思是，是别有用心之人给她恨春风，想利用她达到某种目的？"

许云初颔首："她毕竟是我的胞妹，我对她不能说了如指掌，但也熟悉她的日常生活，她手里是不可能有这种失传已久的毒药的。如苏姑娘所说，这种毒药难求，想必是别人给她的，为达到某种目的。"

苏风暖闻言沉思道："要让一个人心甘情愿地服毒，那么，一定是捏住了这个人的软肋，且这个软肋对你妹妹来说是如饮甘泉，哪怕飞蛾扑火，也在所不辞。"

许云初点头："我也是这样想的。"

苏风暖忽然心神一凛，看了叶裳一眼，说道："你妹妹自小到大，唯一的心愿，便是嫁给叶裳吧？那么，这个恨春风，怕也是为他服用了。唯叶裳是她的软肋执念。她的软肋既然是叶裳，恨春风既然是她为叶裳所服，也就是说，她的目的是蛊惑叶裳痴迷于她，成就一段佳话？或者是……"她顿了顿，"拉着叶裳一起去死，生不能同日，死能同时？"

叶裳腾地站起来，怒道："她做梦！"

苏风暖也觉得若真是这样，许灵依实在是个疯子，为了得到叶裳，不惜搭上自己的命，拉着他一起去死。她站起身，伸手拽住叶裳的胳膊，柔声安抚他："我只是猜测而已，你别怒，不见得是这样。"

叶裳怒不可遏："她这个疯子，什么事情做不出来？"话落，又对许云初道："你有这样的妹妹，还留着她做什么？这样的祸害，不怕她牵连整个国丈府吗？干脆杀了得了。"

许云初抿了抿嘴，说道："她总归是我妹妹。"话落，又道，"若是真不能救，我自然也不会任由她出来祸害人。"顿了顿，又道，"诚如叶世子所说，背后之人兴许有什么筹谋，算计你不说，还要拉国丈府下水。"

苏风暖立即说："是了，如今朝野上下皆知你与叶裳和睦，你妹妹若是害了叶裳，那么，国丈府也跟着完了，如今国丈府执掌门庭的人是你，就是要拉你一起下水。若是叶裳与你都出事，这南齐朝野，还有几个得用之人？皇上如今最倚重你们二人。"

许云初凝重地道："背后不知是什么人，真是其心可诛！"

叶裳冷笑："这么多年来，唯十一年前，我被人算计了一回中了热毒，这十一年间，再无人敢动我，看来如今真是有人不怕死了。"

许云初看着叶裳道："不只算计你，也算计国丈府，算计我，甚至将南齐的朝局一并算计在内。"

苏风暖道："昨日，知道你妹妹中了恨春风，我突然想到了太子中的无伤花。两种毒倒是有异曲同工之效。太子中的毒既然是月贵妃所下，那么，恨春风是否也可以顺着这根线来查？"

许云初惊道："月贵妃已经死了。"

苏风暖颔首："她是死了，且是我杀的，但人死了，牵扯的线可不见得都断了。无论是叶裳查月贵妃案，还是你查十二年前和四年前的两大旧案，都牵扯了湘郡王，他可还活着。但他是东境之王，一手难遮掩京都的天吧？继安国公、景阳侯之后，怕是还有人没揪出来。"

许云初闻言，思忖片刻，点头道："说得有理。"话落，他忽然道，"这个背后之人，会不会是林家？前一段时间，我便说林之孝不太对劲，但一直没有查到他什么。"

叶裳冷声怒道："也许是他利用你妹妹想杀我，杀了我之后呢？他就能妄想暖儿了吗？"

苏风暖偏头瞅了叶裳一眼，说道："太子除了中无伤花之毒，在太后的百花宴当日，叶裳拉着我娘、我外公以及他外公进宫请赐婚旨意之日，太子恰巧又中了阎王渡之毒。"话落，她又看向许云初，道："当日，你查到林客曾出入太子府的秘道。"

许云初点头："不错，正是他。"话落，又道，"皇上查太子中阎王渡之毒一事，还未查出所以然来，燕北便出事了。后来，你、我、叶世子先后前往燕北。我回京后筹备粮草军饷，忙于皇上交代的朝事，皇上为战事，为湘郡王之事，为诸事日夜忧心，这件事情便搁置了。"

苏风暖道："若这件事情也是林之孝所为，那他可真是……"

叶裳接过她的话，吐出两个字："该死！"

苏风暖默然，林之孝似乎与许灵依有相同点——执拗，偏执，只要自己认为是对的，不在乎强取豪夺。这样的人，发起疯来，是相当可怕的。

许云初道："听了你的建议后，我正在查林客。不过林客这个人十分缜密，精于谋算，是个饱学之才，本事比宫廷里的教习先生都大，武功也奇高。但偏偏屈居于林之孝旗下，着实令人费解。"

叶裳哼笑了一声："这么大的本事，甘愿屈居人下，必有所图。林之孝能给他什么，便是他所图之事了。"

许云初道："我派出了国丈府内十名精干隐卫，希望能尽快从林客的身上查出点儿东西来。"

苏风暖捻了一下手指，对许云初道："要查林客，就免不了要牵扯林家。林家人毕竟是江湖中人，查江湖之事的话，你怕是不太顺手。我来查吧。"

叶裳转头对她道："你又不听话了，这件事情你别管，我来查。"

苏风暖摇头道："若说京都，这是你们的地盘，我不说二话，但是江湖嘛，你们不如我。哪怕小国舅对江湖涉足颇深，但只手也盖不住整个江湖。查这等事情，还是我来吧。"接着，她又道，"我只需要传几封信，便有人在江湖布下海网来帮我查了，费不了什么心。这事情不小，事关你，也事关小国舅，还可能事关我，再往大了说，也许还事关南齐，我如何能不管？你放心，累不到。”

叶裳闻言住了嘴。

许云初见叶裳不再反对，也觉得苏风暖说得有理，便道：“既然如此，就劳烦姑娘吧。”

从恨春风到无伤花，再到阎王渡，从许灵依牵扯到月贵妃，再到太子，再到林客，南齐的京都似乎有一只藏在背后的手，在搅动云雨，暗中筹谋。

除去月贵妃、安国公、景阳侯，还有未曾查办的湘郡王，南齐的京中谁是那只背后的手？

林之孝吗？

但林家一直久居江湖，虽然与京城中人来往甚密，但并不在京都，若说这么多年来诸事都是林之孝所为，也不见得。毕竟是十二年前的旧案，那时林之孝才多大？

而林家主被林之孝软禁了起来。

苏风暖这样想着，便与叶裳和许云初将心中怀疑之事说了。

叶裳闻言道：“十二年前，我五岁，他也是稚子之龄，自然做不得牵扯月贵妃之事。”

许云初道：“兴许是林家主也说不准，我见过林家主，也是个心有城府之人。”话落，又道，“不过苏姑娘说林家久居江湖，确实如此，湘郡王都不能只手盖住京都的天，林家更不能遮住京都的天。”

苏风暖道：“是啊，什么人能只手遮住京都的天？”

叶裳琢磨道：“也许，这个人也不见得身居高位，可能是不太受关注的一个人。”

许云初道：“若是这样说，从今日起，你我就要查查京城了！”

叶裳点头：“朝廷上下，但凡京中的人，都查一番。尤其是林家入京后接触的人，太子未中无伤花之毒前接触的人，月贵妃生前可能接触过的人，甚至与安国公、景阳侯生前有过不同寻常来往的人，都要查。”

苏风暖看着二人道：“你们联手，也够将京城翻个底朝天了。”

许云初点头，对苏风暖道：“这样，你查江湖，京城交给我们。”话落，又对叶裳道：“南城归我，北城归你，以荣华街为界线，如何？”

叶裳颔首：“好！”

三人商议了一番后，定下彻查的事情，天色已经晚了。

叶裳邀许云初在容安王府用晚膳，许云初也不推辞，留在容安王府用了晚膳。这期间苏风暖对许云初吩咐国丈府的管家送来一大车好药之事道了谢，许云初笑着摇头，说：“你我之间，不必道谢。”饭后，许云初告辞，出了容安王府。

许云初离开后，苏风暖当即执笔写信。

苏风暖一共写了十封信，有几人在江湖上赫赫有名，但目前都已是隐退状态。比如凤阳镖局的凤老爷子，再比如丐帮的齐老爷子，还有几人在江湖上没什么名声，名字也不十分起眼，但叶裳知晓，苏风暖这十封信送出去，这十个人应能帮她撑起整个江湖了。

每封信写得都极其简短，且用了特殊的隐晦字词，即便叶裳与苏风暖亲近至此，也不能辨出字词之意，但因为是自己与苏风暖、许云初三人商议下的事情，他了若指掌，自然知道写的是什么。

十封信写好，苏风暖喊来千寒，对他吩咐，将十封信送去红粉楼，交给小喜，让他以飞鹰快速送出去。

千寒应了声“是”。

小喜有很长时间没有收到苏风暖吩咐的事情了，如今见一下子送来十封信，这么多年来，姑娘还未曾如此大手笔过，知晓定然出了大事，不敢耽搁，当即以专门圈养的飞鹰绑了信函，送出了京城。

飞鹰从红粉楼出去后，一飞冲天，飞上了南齐京城的上空云层，眨眼不见了。

小喜以飞鹰送走十封信后，千寒回府禀告了苏风暖。

苏风暖对叶裳说：“几日后应该就有林客与林家的消息了。”

叶裳颔首，开始调派府中精卫，依照与许云初商议好的约定，暗查荣华街以北的北城。

第五章
如朕亲临

第二日清早，叶裳要起来上早朝。

天刚蒙蒙亮，叶裳舍不得喊醒苏风暖，穿戴好后，便悄悄出了房门。

出了房门后，叶裳对千寒吩咐：“照看好她，待她醒来，若是找我，就送她去户部，多派些府卫保护着。”

“是。”千寒应声。

叶裳出了府门，驱车前往皇宫。

苏风暖这一觉直睡到了天色大亮，她睁开眼睛，伸了个懒腰，才懒洋洋地起身。

千寒守在门口，听到动静，问道：“姑娘，您醒了吗？”

苏风暖“嗯”了一声：“醒了，已经起了。”

千寒道：“世子走时吩咐了，他下朝后会去户部，您若是找他，属下送您去户部。”

苏风暖应了一声，看了一眼外面的天色，雪花飘着，寒风吹着，看起来十分冷，她想了想说：“看来时辰还早，不急，你去师兄的院子里看看他起了没有。”

千寒应一声“是”，连忙去了。

苏风暖梳洗妥当，千寒已经来了，与他一同来的还有叶昔。

叶昔解了披风，坐在火炉旁，一边烤着火一边说："我听闻叶裳一早就去上早朝了，可真是辛苦。"

苏风暖笑着说："皇上让他督管户部，以后怕是都要早出晚归了。"

叶昔挑了挑眉说："户部可是个忙差，一年四季都不闲着。皇上可真是重用他。"

苏风暖不置可否："若只是一个户部就好了，还有别的事情呢。"话落，她便将许灵依服用了恨春风，她和许云初、叶裳三人商量揣测的事情说了一遍。

叶昔听闻后，面色沉重，看着苏风暖说："你猜测她是要与叶裳一起死吗？难道不是要害你？"

苏风暖一怔，失笑说："我还真没想过这个，她毕竟心喜叶裳，为他痴狂，拉着他一起死，也是全了她的痴情。"

叶昔闻言道："小丫头，你太不了解女人了，女子大多容易因爱生恨，你如今怎么知道她是爱叶裳，不是恨叶裳呢？若是恨一个人，就想毁了他所爱，陪他死还是太容易了。"

苏风暖面色一沉，眸光顿时一冽："这样说来，她可能是冲着我来的了？"

叶昔道："十有八九吧！"

苏风暖心头涌起冷寒之意，说道："若真是如此，许灵依真是个地地道道的疯女人！"

叶昔道："幸好这件事情知晓得早，若是知晓得晚了，没准就出事了。"话落，他眸光一厉，说道，"从望帝山请两位师兄弟过来暗中保护你吧，内忧猛于虎，皇上让叶裳进入户部，他定然会忙得人仰马翻，不见得顾得上你，就算他将千寒给你了，危急时刻，千寒不见得能保你万无一失。"

苏风暖看着叶昔，摇头道："师兄，没你说的那么严重吧？用不着。"

叶昔伸手敲敲桌子："我倒是觉得十分有必要，南齐京城这一潭水，底下有多浑，兴许比我们想象的都要严重。"

苏风暖这些年天不怕地不怕惯了，如今听叶昔分析一番，才觉得自己的心态可能放得太轻松了。她已经不是烈火炼不坏的金刚之身了，如今这副身子弱得很。

苏风暖叹了口气，对叶昔道："我还是不想望帝山掺和到京中这一潭浑水里。"话落，又道，"我从碧轩阁调人来京城吧。"

望帝山历来不涉朝局政事，苏风暖和叶昔是望帝山弟子之事，鲜有人知。

对于叶昔的提议，苏风暖摇头否决，她宁愿把碧轩阁的人调入京城，也不想让望帝山的弟子沾染京城的污垢，将望帝山拉入浑水中。

叶昔看着她道："你是望帝山帝师令的传人，望帝山所有人，唯你调令是从，你若是出事，望帝山这一脉的帝师令主便无人了。对于望帝山来说，是不可承受之重。"话落，又道，"小丫头，听我的话，就调望帝山的人，望帝山的人从小到大，什么没见过？每个人都是自小四处游历磨炼，本就是从天下凡尘泥里滚打出来的人。碧轩阁避世多年，你与碧轩阁的联系，江湖知情者众，不见得能适应京中这潭浑水。”

苏风暖觉得叶昔说得有理，摆出一副恭敬的样子道：“谨遵师兄的安排。”

叶昔这才笑了，颇为得意地说：“小丫头，比以前懂事了不少。”话落，催促她，“现在就给望帝山三位师祖传信吧！请师祖们派两位涉世颇深的师兄弟来京城暂住一段时间，暗中保护你。”

苏风暖点头，铺开了宣纸笔墨，写了一封信，递给叶昔，低声说：“千寒如今时刻跟着我，他跟叶裳久了，叶裳什么都会告知他。这封信就由师兄传回望帝山吧！”

师兄妹二人又说了会儿话，叶昔知晓苏风暖从皇上那里讨了一块“如朕亲临”的令牌，可以跟着叶裳出入户部，又大翻了一阵白眼。知晓她这么冷的天还要去户部，似乎对她更无语了，嘲笑她跟块黏米糖似的。苏风暖对他的嘲笑也不在意，叶昔离开后，她还是收拾了一番，让千寒备车，将她送去了户部。

叶昔回到自己住的院子后，以飞鹰传书，将书信送往望帝山。

天空飘着雪，冷风呼啸，寒意入骨。

不过容安王府的马车遮了厚厚的几层帘幕，铺了软绵绵的锦绣被褥，里面放了一个大的暖炉，十分暖和，苏风暖坐在马车里，一点儿也感觉不到冷。

马车来到户部，千寒停下马车，对户部门口的守门人说了一句：“劳烦通禀一声，告诉我家世子，苏姑娘来了。”

户部守门人大约是一早就得了叶裳的吩咐，闻言连忙点头哈腰地说：“小人给苏姑娘见礼，叶世子早先就吩咐了，若是苏小姐来了，不必通禀，直接进去找叶世子就好。”

千寒道谢：“多谢。”

苏风暖扶着车辕，缓缓地下了马车。

守门人带着苏风暖，千寒跟在苏风暖身后，一起进了户部。

户部掌管着南齐国库，一年里没有一时清闲，若是遇到大旱、大涝，或者雪灾人祸，更是忙得人仰马翻。这一任的户部尚书上任了三年，被皇上提拔到户部后，也曾新官上任三把火地整顿过户部，可是后来他发现，户部的水太深，将他拖得与空虚的国库一般，也没了力气，整日里唉声叹气，愁眉苦脸。如今皇帝没罢免了他户部尚书的职位，却横空将叶世子派到了户部代天子督管户部，他真是又喜又忧。

喜的是，终于有人来整治户部了，以后他可以松缓一口气了。忧的是，叶世子的脾气不好，他怕顶不住叶世子的脾气，在他手底下怕是不好过活啊。

这一日，叶裳下了早朝，直接前往户部。

户部尚书提心吊胆地跟在叶裳身边，陪着叶裳熟悉户部情况，他是揣了十成的诚意，欢迎叶世子代天子督管户部，打算将户部的情况和盘托出。可是没想到，叶裳对于户部的了解一点儿都不少，不但不少，反而有些地方连他这个户部尚书都不晓得、不通透。

半日下来，他对叶裳心服口服。

但唯有一件事，他是颇有些微词的，但是没敢言语，生怕叶裳翻脸好比翻书，将和颜悦色的脸色扒去，第一天就让他下不来台。

这件事就是叶世子吩咐下人将他的办公之处重新修整一番，他的办公之处本是昨日户部尚书听闻皇上下了旨意命叶世子代天子督管户部后，吩咐人新收拾出来的，与他的办公之处相隔不远，曾是皇上偶尔亲临户部时的临时休息之地。

如今叶世子不满意这处的安排，吩咐人添加了些女儿家用的东西以及欣赏的盆景事物。

在一众人疑惑的眼神下，叶世子清清淡淡地说："以后暖儿要时刻跟在我身边，我办公，她可以在这里陪着我，自己看书或者歇着。"

关于苏小姐要陪着叶世子来户部之事，一众官员早先半丝风声也没闻到，如今听到叶裳如此说，一时间面面相觑。

六部是朝中重地，户部更是重中之重，从来没有女子踏足户部，如今叶世子来户部，还要带上苏小姐陪着，这实在是古来未闻，破天荒之事了。

一众官员虽然觉得这于理不合，但是看着叶裳清清淡淡的脸，也没人敢质问。

户部尚书斟酌再三，话到嘴边几次，也没说出反对的话来。

户部一应人员还是依照叶裳的吩咐，将他办公之地收拾好了。半日一晃而过，苏风暖当真来了户部。

听闻苏小姐当真来了户部，户部的一众官员纷纷从窗前探头向外望。

户部尚书也从窗前向外望了一眼，只见顶着飘雪进来的女子，穿着一身浅粉色的绫罗裙，披着红狐皮的披风，手中抱了一个手炉，整个人裹得十分厚重严实。

苏风暖虽然穿得厚重，但一点儿也不显臃肿，就那样慢慢地踱进户部，面上浅浅淡淡、坦坦荡荡，一边欣赏着户部院内栽种的几株雪松，一边把玩着手里的手炉，在飘雪中、冷风中，偏偏给人一种闲庭信步的感觉。

户部破天荒地进来女子，大小官员都无心做事了。在众人小声的议论中，户部尚书忽然灵台清明地想着，苏小姐跟来户部陪着叶世子，皇上到底知不知道？叶世子素来胆大妄为，恣意得很，凭心里所想随意行事，没与皇上请旨也不奇怪。但京城是天子之地，六部更是重地，即便叶世子没请旨，皇上这时能不知道苏小姐来了户部吗？

户部尚书琢磨着，眼见苏风暖越走越近，他觉得他身为户部尚书，应该出去见见她，探探苏小姐口风才是。他不敢去问叶世子，可以从苏小姐这里问问，毕竟她进户部是一桩大事。

这样一想，户部尚书便出了房门，快步来到门口，这时，苏风暖已经由守门人领着来到了门前。

户部尚书对苏风暖拱拱手："苏小姐！"

苏风暖停住脚步，看了户部尚书一眼，抱着手炉笑着说："尚书大人。"

户部尚书站得距离苏风暖近了，这才看到苏风暖容色清丽，飘雪中，更觉倾城。他回头瞅了一眼，叶裳没出来迎，他上前一步，小声试探地问："苏小姐，本官有一句不当之言想问询苏小姐一二，若有不妥之处，还望苏小姐海涵。"

苏风暖眸光微动，会意地笑着道："尚书大人请问。"

户部尚书压低声音问："户部毕竟是重地，苏小姐此来户部，皇上可知晓？"

苏风暖笑着点头："自然知晓。"

户部尚书倒吸了一口凉气，看着苏风暖，说道："南齐建朝以来，女子不得涉足重地要地，这……皇上怎么说？"

苏风暖看着他，浅浅笑道："我还以为叶世子来到户部后，与大人已经说过了。"

户部尚书面上现出尴尬之色，轻咳了一声说："这……苏小姐见笑，叶世子初到户部，半日里都在繁忙，下官还未得闲问过叶世子。"

苏风暖了然，心想户部尚书怕是没敢问叶裳，便跑来拦截她询问了。她本想刁难他一下，但想着户部尚书一把年纪了，也是不易，便伸手入怀，拿出令牌，摊开给他看。

户部尚书看到"如朕亲临"的令牌，顿时大惊骇然，难以置信地看着苏风暖。

苏风暖心想皇上给她令牌时，她也着实吓了一跳，如今拿出来惊吓别人，原来这样的恶趣味如此令人舒坦。她笑吟吟地看着户部尚书说："皇上将它给了我，就这样了，据说这块令牌可以随意行走南齐各处，我也不太明白皇上的意思。尚书大人若是有什么不明白的，不如去问问皇上？"

户部尚书额头的冷汗流了下来，他当即跪在了地上："见令牌如见皇上，皇上万岁，本官给苏小姐……"

苏风暖当即侧身，避开了他的跪拜之礼，想着以后这令牌不能随意拿出来，让朝中重臣给她跪拜，这可不是什么好事。她当即将令牌收了起来，对户部尚书说："尚书大人，您快起来吧！这令牌不过是作四处行走之用，您可别当真跟见了皇上似的行这叩拜之礼，我可受不住。"

户部尚书没想到皇帝将"如朕亲临"的令牌交给苏风暖，据他所知，"如朕亲临"令牌不过打造了两块。一直以来，皇上都没交给谁使这权力，如今却给了苏风暖，可见苏小姐在皇上心中，十分值得信任。

他一时间跪在地上，觉得冰天雪地里的地面都没那么寒了，后背也渗出了汗。

这时，叶裳从里面走出来，闲闲地看了一眼跪在地上的户部尚书，忽而一笑，声音清越润耳："尚书大人，你这是作何？是地上有雪打滑吗？"

户部尚书又是一惊，连忙从地上站了起来，一时间讷讷不得言语。

苏风暖想着，南齐朝堂里的重臣原来这么不禁吓吗？怪不得户部被拖得垮了一年又一年，整治不了。她从户部尚书身上收回视线，笑着对叶裳说：“这户部院内的雪比别处都大，尚书大人可不就是脚底打滑了，偏巧被你出来瞧见了。”

叶裳轻笑，对她招手：“外面冷得很，还不快进来。”

苏风暖“嗯”了一声，快步走到叶裳身边，叶裳握住她的手，牵着她进了里面。

户部尚书见二人进去了，一时间脸色变幻了几番，过了好久，还是没能从“如朕亲临”令牌的惊吓中缓过劲儿来。心想着果然老了，如今叶世子来了，他受不住这户部院内比别处雪大的话，应该琢磨着哪天告老还乡了。

户部的一众官员没看清苏风暖拿出的令牌是什么，只从窗子里看到户部尚书跪在了地上给苏风暖请安，都惊骇不已。坐到户部尚书这个位置，除了见到皇上，就不会再对谁行跪拜大礼了。即便见了太后、皇后，也只是深深地作揖拱手而已。能进入户部混的人，都明白几分，苏风暖手中拿的东西一定是与皇上有关的重物，见叶世子走出来，都连忙收了看戏的做派，缩回了脑袋。

苏风暖被叶裳牵着手进了他的办公之处后，看了一眼里面的摆设，不由得笑出声。

叶裳接过她手中的手炉放下，又帮她解了披风，笑看着她：“什么事让你眉眼含笑，这般高兴？”

苏风暖回头瞋了他一眼，笑着说：“你把这里当作我的闺阁了吗？弄些女儿家的物事摆在这里，若是不明所以的人进来，还以为进了女子闺房。怪不得户部尚书见到我，怕成那个样子，怕是以为我与你要在这重地风花雪月、垒窝筑巢呢。”

叶裳闻言失笑，将她披风叠放好，说：“是他想多了，在这种破地方垒窝筑巢、风花雪月的话，岂不是委屈了你？”

苏风暖大乐，对他道：“这话说得甚得我心。”话落，她把身子歪在了软榻上，随手拿起一本放在软榻上的书，对叶裳摆手，“忙你的吧！别理我了。”

叶裳笑着点了点头。

户部里包括户部尚书在内的一众官员都竖起耳朵听着叶裳这边的动静。从午时后，半日里都十分安静，没任何动静传出，二人连交谈都极少。官员们都暗想叶世子和苏小姐真是两个特别的人，年少的男子女子独处一个房间，定然免不了谈情说爱，可是这半日里，他们也太安静了。

其间，户部尚书到底觉得不踏实，借故来到叶裳房中一次，只见那二人一个翻阅卷宗，一个窝在榻上安静地看书，各有事情做，没有交谈。他暗想，若是每日都这样，苏小姐待在户部倒还好，不会搅乱户部的秩序。

一日一晃而过。

到了时辰，叶裳与苏风暖出了户部，天空依旧飘着雪，有越下越大的势头。

二人一边说着话，一边驱车回到了容安王府。

容安王府门口停着一辆苏府的马车，苏风暖看到自家的马车，挑了挑眉。

管家见二人回府，对叶裳和苏风暖见礼后道：“世子、苏姑娘，苏夫人来了，如今正在叶老爷子处，与老爷子商议六礼之事。老爷子嘱咐过，待您二人回来，到他那里去一趟。”

叶裳点头，与苏风暖一起去了叶家主住处。

来到叶家主住处，苏夫人正在，见到二人携手进来，笑意浓浓。

叶家主对二人道：“今日我已经与王大人商议妥当，将你们定下的六礼日子报与了皇上，还有礼部、宗室。皇上和礼部都没有意见，只是宗室那里，晋王说大婚之日定得有些不妥。”

叶裳挑眉：“哦？怎么个不妥法？”

叶家主道：“晋王说半年的时间太赶了，也太短了。你刚入户部，身上担子重，半年内，又要整治户部，又要筹备大婚之事，怕是会累垮身子，时间可以往后挪挪，怎么也要一年。”

叶裳笑了一声：“晋王倒是真心疼我。”话落，他摇头，“不必理会他，半年我还嫌拖延得久呢。就按照我们定好的日子来，宗室也不过是报备而已，他还当不了我的家。”

叶家主道：“晋王多年来对你十分照顾，他的意见也不能无视……”

叶裳道：“外公只管按照我们定好的日子办，他那里，哪日遇到他，我再与他说。”

叶家主闻言点了点头：“我是觉得，有我在，有王大人、王夫人、苏夫人，我们几人就把你的大婚事宜操办了，用不到你们忙累什么，半年时间倒也不赶。”

苏夫人接过话说：“我觉得不赶，日子定得挺好。”话落，对苏风暖说：“你爹今日来信了，说半个月后回京。”

半个月后，距离过年也就仅剩个十多天了。

苏风暖点点头，询问苏夫人：“我爹来信可说到他给皇上递折子说辞官之事？皇上怎么说？”

苏夫人点点头，说道：“你爹递了折子说了辞官之事，皇上当即给否决了。你爹说待他回京后，再与皇上当面细说。如今不打仗了，朝廷也不需要大将军了，他想建一个军事书院授教，我觉得挺好。”

苏风暖取笑她说：“爹不再出去打仗了，娘您自然觉得挺好。”

苏夫人脸一红，笑骂：“臭丫头，总是取笑你娘，也不怕叶家主笑话你。”话落，又说，“嫁衣的布料和花纹十分多，明日你回府一趟，将嫁衣的布料和花纹选了。这些年，但凡有好的鲜艳的布料，我都收了起来，府中有七八匹布料，你择选一匹喜欢的。”

苏风暖点头。

苏夫人又坐了片刻，将要交代的事情交代了，离开了容安王府。

翌日午后，叶裳和苏风暖正在户部办公，千寒对二人道：“苏夫人传了话来，说让世子和苏姑娘从户部出来后，回一趟苏府，将嫁衣的布料择选了。”

来到苏府，苏夫人正在煮姜汤枣茶，画堂里放了两个大火炉，烧得暖意融融，桌案上摆了十几匹颜色鲜红华艳的布料，十分夺目。

苏风暖解了披风，瞅着榻上摆着的布料说：“我看这些都极好呢，娘您帮我选了就好了。”

苏夫人瞋了她一眼：“那怎么行？你自己的嫁衣，还是要你选。”

苏风暖走上前，展开布料，一匹一匹地看着，红色的缎子，艳华至极，光彩夺目，每匹缎子花纹都不一样。她笑着说：“娘，您什么时候收了这么多红缎子？”

苏夫人笑着说：“我只有你这么一个女儿，你早晚要嫁人的，每年见到好的布料，我便收起来了，就想着给你用。”

苏风暖说：“这么多，也用不完啊。”

叶裳在一旁说：“除了嫁衣，还要做几十件的新衣，在新婚的一年里，你可以每天换着花样穿。”

苏风暖笑着点头，择选了片刻，抽出一匹岭山织造的红绸缎，以及一匹颜色鲜华、柔软如水的绸缎回头看向叶裳：“这两匹，你觉得哪匹好？”

叶裳站起身，来到近前，看了两眼，指了指后一匹对她说：“就要这个吧！这是一匹红云青羽的锦绣华缎，是被誉为‘织娘子’的女子织造的，她一年只织一匹，但大红绸缎，这么多年，也就出了一匹，没想到被伯母收着了。岭山织造的东西虽好，奈何没个好寓意，不用也罢。”

苏风暖闻言看向苏夫人，笑道：“娘，织娘子的绸缎万金难求，您是怎么收来的？”

苏夫人看着被叶裳点出的那匹绸缎，回忆半晌说：“好像是你三哥与人打赌赢回来的，他知晓我遇见好的红绸缎便给你收着，拿回来时说要给你留着做嫁衣。”突然，她一拍脑门，恍然道，“是了，你三哥当时还说我收的那些绸缎都不及这个，若是让你选，一准相中这个。”

苏风暖笑着说：“想不到三哥竟然如此惦念我。”

苏夫人欣慰地笑着点点头。

嫁衣的布料选定后，苏风暖与叶裳又与苏夫人说了片刻话，便启程回了容安王府。

第六章
护得太紧

转日，叶裳上早朝，苏风暖径自睡得香甜。

等睡醒后，便收到了恶狼谷传回的飞鹰传书。

苏风暖取下绑在它腿上的信笺，信笺上只有一句话：“听闻你描述，的确是恨春风，恨春风即便有解法，也是常人难解的解法，就算将解法告知你，此时的你，没有武功助力，也解不了恨春风，我们不日进京。”

从恶狼谷到京城，快的话，也要六七日，何况如今下这么大的雪？两位师叔即便冒雪赶路，恐怕也要拖延一日。以飞鹰送去恶狼谷的时间来算，他们昨日早上启程的话，最快也要五日到京城。

五日应该来得及。

苏风暖折好信笺，喊来千寒，吩咐他：“你去给小国舅传个信，就说五日后，我两位师叔进京为许小姐解恨春风之毒。”

千寒应了一“声”，立即去了。

吩咐完，苏风暖便裹了厚厚的披风，去了叶昔的院子。

叶昔见她匆匆而来，扬了扬眉：“小丫头今日怎么没去户部，跑来我这里？”

苏风暖对他说：“刚刚恶狼谷那两位师叔传来了信，说不日进京。”

叶昔“嗯”了一声：“为了恨春风？”

苏风暖颔首：“说我没有武功助力，即便将办法教给我，也解不了恨春风的毒，他们亲自来了。”

叶昔“啧啧”一声，说道：“他们多少年没踏足京城了，没想到如今为了恨春风来了。”

苏风暖道：“我来正是要问你这件事，恨春风的来历和典故师兄可知道？当初我在师叔的古籍上看到，只记载了恨春风的三个阶段的脉象。我也没想到他们竟然亲自来了京城，可有什么理由？”

叶昔说：“恨春风的来历和典故我不知，但我却知晓一件事。就是大约在两位师叔还年轻时，江湖上失传已有百年的恨春风，那时候却出现了，一个女子为了紫风师叔对自己下了恨春风之毒，紫风师叔险些中招，玉灵师叔对此事耿耿于怀。”

苏风暖还真不知道有这样的一件事，对叶昔问：“我听闻紫风师叔为了美，到处找恨春风要服用，难道不是？”

叶昔摇头：“不是，这不过是紫风师叔为了面子后来胡编的，真实原因则是这个，也是师父喝醉时不小心说漏了嘴，被我知晓了。”

苏风暖看着叶昔，好奇地问：“什么样的女子为了紫风师叔服用恨春风，不要命了？”

叶昔道：“那女子到了第三阶段，全身是毒，是被紫风师叔和玉灵师叔一起给火化了，遍查天下，不知她来历。”

苏风暖恍然：“看来两位师叔是想通过许灵依和这一次的恨春风，查出那个女子的身份。”

叶昔点头：“八九不离十。这件事情一直是两位师叔的心结，当年二人险些因为她闹翻，错失连理。”

苏风暖道："原来是这样。"话落，又道，"我发往江湖的信已经走了两日了，叶裳和许云初也正在查此事，再过几日，都该有消息了。"

叶昔颔首。

苏风暖又与叶昔叙话片刻，出了他的院子，千寒此时已经给许云初送信回来，小国舅回话，说他知晓了，他多谢姑娘。

苏风暖点头，随后与千寒一起，前往户部。

马车途经荣华街，迎面一辆马车等在路口，那辆马车通体十分普通，但在这样的大雪天，在没什么人过往的街道上，还是十分显眼。

待容安王府的马车来到近前，那辆马车横着拦在了路中间。

千寒顿时警惕地看着拦住去路的马车，压低声音对车内说："姑娘，有人拦路。"

苏风暖闻言挑了一下眉，伸手挑开车帘，看向车外，这时，拦住她去路的马车也挑开了帘幕，露出了车内坐着的人的脸。

林之孝！

几个月不见，林家二公子似乎没什么变化，在漫天飘雪中，他一手挑着帘幕，一手扶着车辕，任飘雪随着风刮入车里，就那么静静地看着苏风暖。

苏风暖被林之孝看得不舒服，先扬眉开口笑道："二公子看起来好有闲情逸致啊，这是大雪天在街道上赏雪？"

林之孝看着她道："我在等你。"

苏风暖高挑眉梢，笑道："二公子是手痒了，要与我比试一番？可惜，如今我重伤在身，剑都提不起来了。恐怕要让你失望了。"

林之孝对她摇头道："并非我手痒了要找你比试。只是觉得几个月不见姑娘了，特意等在这里见见你。"

苏风暖道："我倒不觉得自己有什么可看的，二公子在京城看起来倒是待得极为舒服。我以前不知京城的水土养人，如今见了二公子，倒是知晓了。"

林之孝看着她，目光凝然："姑娘重伤之下瘦了很多，看起来一身功力仿佛失了。"

苏风暖不动声色地说："从燕北到西境，几个月都在打仗，没丢了命便不错了，哪里还在乎功力？伤养好了，自然就回来了。"

林之孝浅浅扬眉，想起苏风暖的性情，不置可否，看了一眼天色对她道："这样的大雪，与姑娘这样说话，恐车厢进了寒气，姑娘身子骨弱，染了风寒，不若在下请客，择一处与姑娘说话？我也有一件要事想与姑娘说。"

苏风暖刚要拒绝，街头一匹马冲了过来，马蹄声十分急，溅起长街一地雪花。她闻声扭头看去，正是叶裳，他连披风都没穿，一身轻袍缓带，显然是得到消息匆忙赶来了这里。

林之孝自然也听到了马蹄声，见是叶裳，他眸光浅浅荡开波纹，有些许清凉之意，笑着说："叶世子倒是极为紧张姑娘，说几句话的工夫，便让叶世子得了信，匆匆赶来了。看来今日我想邀姑娘择地一叙之事是不成了。”

苏风暖没说话，她觉得叶裳来得正好，她与林之孝没什么可叙的。

不多时，叶裳便纵马来到了近前，他猛地勒住马缰绳，马儿发出一声长嘶，前蹄扬起，马掌重重地踏在了地上。

他面色冷然地看着林之孝，不客气地扬声冷冷地问：“林二公子当街拦人，意欲何为？”

林之孝浅浅淡淡、清清凉凉地看着叶裳，笑了笑：“只是数月不见苏姑娘，想见见她，便特意等在这里，与她说几句话而已。叶世子得到消息未免太快了。”

叶裳拢着马缰绳晃了一圈，冷声道：“你想见的人，是我未婚妻，但愿林二公子以后谨记，我的人，你动不得心思。”

林之孝眸光微微一暗，说道：“未婚妻毕竟不等于妻子，天下多少未婚人最后不成眷属，叶世子说她是你的人，此时未免说得太早了。”

叶裳目光清冽，冰冷地扬眉：“无论何时，她都是我的人，早与不早，不是你说了算。”

林之孝闻言扯动嘴角，意味不明地看着叶裳一笑：“既然如此，我们就拭目以待吧！我也十分想知道，叶世子哪里来的底气，说她一辈子都是你的人。”

叶裳冷声道：“我若是没有底气这样说，天下男子都没有资格。”

“叶世子好大的口气！”林之孝闻言轻嘲地看着他，“若是我猜测得不错，苏姑娘这一身重伤，十有八九是为了叶世子落下的吧？只因为她一心喜你，你便有恃无恐了吗？叶世子也是堂堂男儿，多少年来，被一个小女子步步护着，这便是你的资格？若这就是你的底气，林某还真是无话可说。”

叶裳冷寒地看着他：“那又如何？她多年来对我步步护着，我心悦之，她甘之如饴，怎容外人置喙？林二公子未免太闲了！你无话可说，便不要说好了。”话落，他不再看林之孝，转向苏风暖，对她说：“走了！”

苏风暖点点头，抬手痛快地落下帘幕。

叶裳将手中的马鞭子甩了出去，林之孝乘坐的马车的马儿被惊起，让开了被拦阻的道路。

千寒一挥马鞭，马车跟在叶裳的马匹身后，离开了荣华街，折回户部。

林之孝目送着叶裳的身影和苏风暖乘坐的马车消失在街道一角，他面沉如水，就那样看着，任天空飘落的雪花和呼啸的北风将他的面部染成一片霜色。

林客从暗处现身，轻声说：“公子，天气太冷，您仔细身体。”

林之孝收回视线，点点头，落下了帘幕。

傍晚，叶裳和苏风暖从户部回到容安王府。

二人用过晚膳，刚回到正院房间，一只飞鹰飞进容安王府。

苏风暖打开了窗子，飞鹰进了房间，她摸摸飞鹰的头，取下了绑在它腿上的纸条。原来是凤阳镖局的凤老爷子的来信，上面只写着简短的几句话：“林客，出身于望帝山。四十年前，望帝山弃之。生父无所查，生母无所查，二十年前的生平无所查。二十余年前，以客卿身份落于林家，林之孝出生后，便一直陪在他身边做教习先生。至今未娶妻。”

短短几句话，把苏风暖惊得无以复加。

林客竟然出身于望帝山，是望帝山的弃子？她执掌望帝山帝师令，能接触到望帝山最深的秘闻，可是多年来，未曾听闻望帝山曾经弃过一个孩子。

事关望帝山，凤阳镖局的凤老爷子即便手眼通天，也是查不到望帝山更多消息的。

苏风暖当即拿着信函去找叶昔。

来到门口，她抬手叩门，门环响了几声后，才传出叶昔困意浓浓的声音：“小丫头？”

苏风暖“嗯”了一声。

叶昔穿着软袍，坐在床边，带着三分被吵醒的不满：“又有什么事啊？”

苏风暖面色凝重，正色问：“师兄，你知道不知道四十年前，望帝山曾经有一个弃子？”

“嗯？”叶昔一怔。

苏风暖将手中的信函递给他看。

叶昔与苏风暖游历江湖多年，对于她与别人的传信暗语自然熟悉知晓，他接过凤阳老爷子的手笔看罢，也惊道：“竟然有这样的事？未曾听师父说起啊！”

苏风暖见他也不知道，说道：“可见这件事情是我们望帝山极其隐秘的事了。”顿了顿，又道，“不知道紫风师叔和玉灵师叔可知晓此事。”

叶昔的睡意被赶了个精光，皱眉说：“凤阳镖局的眼线遍布天下，虽然京中部分眼线在半年前受损严重，被挑了几大分舵，但也不碍江湖上的地位。凤老爷子查到之事，十有八九属实。”

苏风暖点头：“正因为我相信凤老爷子所查，林客竟然出身于望帝山，才让我觉得惊异。”

叶昔也觉得惊异：“林客如今也就四十岁，也就是说在他出生时就被望帝山弃了。那是什么人生了他？为何弃了？甚至他在林之孝出生时，便去了林家，一待就二十余年。”

苏风暖揉揉眉心：“没想到查来查去，查到了我们望帝山。”

叶昔道：“算算日子，紫风师叔和玉灵师叔也该到京城了吧？他们若是也不知晓，那么只能询问望帝山的几位师祖了。”

苏风暖道：“既然是秘辛，望帝山的师祖不见得会告知。”

叶昔道：“你不是执掌帝师令吗？一旦你拿出帝师令，望帝山的师祖们也要遵循帝师令，以帝师令传人为尊。他们会不告诉你？”

苏风暖道：“可是京城距离望帝山毕竟远，我如何当面问？”

叶昔看着她：“书信去问，软硬兼施。我们都查到林客了，他们应该不会瞒你。”

苏风暖点头，当即在叶昔之处写了一封书信，飞鹰传书送往望帝山。

书信传走后，窗外飘来一缕疾风，两个身影瞬间从墙外翻墙而入。

千寒守在外面，立即轻喝：“什么人？”

“是我们！”秋华娘开口。

千寒这才看清是秋华爹娘，连忙后退一步，给二人见礼，同时对里面禀告：“姑娘、叶昔公子，有客到！”

苏风暖已经听到外面的声音，连忙打开房门，说道：“两位师叔，请进。”

秋华爹娘一起进了房中。

二人皆作寻常百姓的打扮，只不过稍做了易容。进屋之后，叶昔笑着给二人见礼：“刚刚我们还提到两位师叔，你们来得正好。”

秋华爹坐下身，瞅了苏风暖一眼，说道：“养了多日伤了，怎么半丝没长进？”

秋华娘伸手扯过她的手，给她把脉，话音一转，笑着说：“伤势虽然没多大长进，气色确实养回了不少。”

苏风暖笑看着她：“对嘛，证明还是有点儿长进的。”

秋华娘给她把脉片刻，微微蹙眉，对她说：“你这脉象怎么不对劲儿？”

苏风暖一怔：“怎么不对劲儿？”

秋华娘换了另外一只手，对她说：“你这些日子，自己都没给自己把脉吗？你没发现自己的脉象像冻住了一般？”

苏风暖闻言立即伸手给自己把脉，片刻后，也觉得奇怪，说道：“不错，我的脉象怎么会这样？”

秋华娘也是不得其解，对她说：“按理说，你一身功力尽废，脉络受损，若是好生调养，快的话三五年，慢的话七八年，总能恢复如常。即便不能让你再达到昔日的高峰，但也总比一般江湖高手强。可是如今，这经络像凝结了一般，半丝没恢复。那你又何谈三年五年、七年八年养好经络重新修习武功？”

苏风暖的面色也凝重起来，又给自己仔细把了把脉，说道：“我从望帝山回京也有二十余日了。这些日子，我确实没做什么，真的仔细养伤了，这样半丝未恢复，若是一两年后还这样，是不是说明我一辈子也不能重新习武了？”

秋华娘道：“也许时日尚浅，你伤势太重，脉象暂且被冻封着了。”

苏风暖心底有丝丝凉意冒出：“按理说，也不应该啊。”

秋华娘看着她，说道：“是啊，反正我要在京中待几日，让我再好好想想是怎么回事。”

苏风暖点了点头。

叶昔看着苏风暖，一时没有说话。

秋华爹问："叶裳呢？"

苏风暖道："他代天子督管户部，这一场雪灾极大，受灾之处众多，他正在户部忙赈灾之事。"

秋华爹点点头。

苏风暖暂且将自己的伤势放下，对秋华爹娘问："两位师叔，你们可知道四十年前，望帝山曾经有一个弃子？"

秋华爹娘一怔，齐声问："什么弃子？"

苏风暖看着二人这副表情，看来也不知道了，她道："四十年前，望帝山曾经有一个弃子。"

秋华爹娘对看一眼，都露出疑惑的神色："竟有这事？你在哪里听来的？望帝山四十年前有弃子，我们怎么未曾听闻？"

苏风暖看着二人的表情，不像作假，便将凤阳镖局凤老爷子查到林客的身世之事说了。

听完之后，二人皆一副从未听闻的模样，秋华爹道："你说的林客，是林家二公子身边的教习先生林客？他长什么模样？"

苏风暖点点头，走到桌前，执笔作了一幅林客的画像。

秋华爹娘对着画像仔细看了半晌，齐齐摇头，问道："会不会弄错了？他怎么会是望帝山的弃子？"

苏风暖道："凤阳镖局的凤老爷子纵横江湖一辈子，他的消息，不会有错。"

秋华爹娘一时无言。

叶昔道："四十年前的弃子，也就是与两位师叔年岁相差无几，那时你们还是婴孩，不知道也不奇怪。"

秋华娘道："昔儿说得不错，他与我年岁相差无几，若是出身于望帝山，也是在那时候就封了消息。连我都不知，想必是望帝山不能说之事了。"

苏风暖道："我在两位师叔到来前一刻已经传信给望帝山的师祖询问此事了。林客的身份，以及他出生后二十年间，入林府之前，他到底生活在哪里，极为重要。凤老爷子只能查到这么多，想必他成长的那二十年十分隐秘。"

叶昔道："普天之下，还没有望帝山不能掌控之事，连凤老爷子都查不到，说明，他虽然被望帝山弃了，但依旧有望帝山的人暗中照拂。所以，凤阳镖局也查不到望帝山更多事。"

秋华爹蹙眉问："为何要查这个林客？"

苏风暖将许灵依自己服用了恨春风，她联想到无伤花、阎王渡等失传已久的毒术与恨春风有异曲同工之效，进而从太子入手，查到了林客身上的事说了一遍。

秋华爹听罢道："此事暂且搁下，先带我们去看看国丈府那个自己服用了恨春风的女子。"

苏风暖点了点头。

要去国丈府，必定要知会许云初。

苏风暖当即命千寒给许云初传信，就说她的两位师叔到了，恨春风耽搁不得，最好尽快让二人给许小姐看诊。

许云初很快就回信，说待他布置一番，入夜后请两位入国丈府。

因许灵依是主动服用的恨春风，恨春风的来历至今没查清，苏风暖的两位师叔要给许灵依解毒，也不能大摇大摆地前往国丈府，总要避人耳目。

收到回信后，苏风暖安排二人暂且歇息片刻，入夜再前往国丈府。毕竟二人一路奔波来京，又冒着大雪赶路，也累了。

二人便暂且歇在了叶昔的院落。

傍晚，叶裳回府，径直来了叶昔的院落。

苏风暖见到叶裳，当即将凤老爷子查出的林客的身世之事说了，叶裳也是分外讶异，没想到林客竟然是望帝山的弃子。他蹙眉凝目片刻，问道："望帝山一般在什么情况下舍弃弟子？"

苏风暖道："欺师灭祖，大逆不道，不遵守望帝山千百年的传承，步入邪道。"

叶裳又问："望帝山千百年的传承是什么？"

苏风暖道："立于天地，兼容万物，博广善行。"

叶裳扬眉："何为步入邪道？"

苏风暖道："学阴邪功法，行阴毒狠辣之事，心术不正，不遵训导，毁望帝山千年基业。"

叶裳道："四十年前，是林客出生之日，他一个刚出生的婴儿，自然不会做这些。就是说，当年望帝山有人做了你所说之事，导致了一定的后果，致使望帝山狠心地将一个婴儿弃之。"

苏风暖蹙眉道："这样说来，就是生他之人了？"

叶裳道："兴许。"

苏风暖想着连两位师叔都不知道这等事情，可见被从望帝山的历史记载里抹去了。三位师祖一把年纪了，应该清楚此事，唯有问他们了。

入夜，许云初已经安排好，秋华爹娘暗中去了国丈府。

苏风暖其实也想跟去看看，奈何她没有武功，两位师叔虽然带着她不嫌麻烦，但叶裳极其厌恶许灵依，说什么也不准许她去，她只能作罢，与叶裳一起等在了容安王府。

等到深夜，那二人也没回来，苏风暖担心地对叶裳说："两位师叔不会出事吧？"

叶裳摸摸她的头，说道："有许云初安排好国丈府，再加上两位师叔武功高强，能出什么事？恨春风若是容易解的毒，也不必劳烦他们千里奔波进京了。"

苏风暖想想觉得也是。

叶裳道："睡吧，他们今夜不见得回来。"

苏风暖也实在困乏了，便歇下了。

第二日，叶裳照常去了早朝，苏风暖也早早就醒了，去了叶昔的住处。

叶昔见她早早醒来就跑到他的院子，吵了他的好眠，起床气十足，不太高兴地说："小丫头，你最近每日不都睡到日上三竿吗？今日起这么早做什么？"

苏风暖问："两位师叔昨夜没回来？"

叶昔打着哈欠说："没有！"

苏风暖对外面吩咐："千寒，你去看小国舅上朝了没有，如果上朝了，拦住他问问。"

千寒应了一声"是"，立即去了。

叶昔拍拍她肩膀："你这也太操心了！别忘了，那个许灵依，她可是惦记着叶裳的，这么死心眼的人，我看就算把她救好，她也不见得会收了心。"

苏风暖坐下，说道："喜欢一个人并没有错，她毕竟是许云初的同胞妹妹，在燕北，我欠许云初良多，他的妹妹但凡能救，还是要帮他救的。我只是担心师叔，这样的毒，不知道师叔要用什么办法解。"

叶昔道："不是寻常法子能解的，玉灵师叔既然说要用到武功，可见这毒是要她伤功夫的。"

等了半个时辰，千寒回来禀告："姑娘，小国舅今日没上朝，与皇上告了假，说染了风寒。他的近身侍卫回话，说小国舅与两位师叔昨夜就带许小姐去了密室，今日还未出来。"

苏风暖点头："好，我知道了。"

晌午，苏风暖与叶昔一起用的午膳。

又等了半日，天色已黑，两位师叔还没回来，苏风暖是真的坐不住了。

这时，管家前来禀告："姑娘，世子已经回府了，如今等在门口，让您多穿些，他与您一起前往国丈府探望小国舅。"

苏风暖闻言，连忙披了披风，捧了手炉，快步踏出了叶昔的院子，前往容安王府门口。

来到门口，叶裳的马车果然等在那里。

来到国丈府，国丈府的管家将二人请进了许云初的院子，来到画堂，对二人低声道："叶世子、苏小姐先稍坐片刻，奴才已经禀了国丈，国丈稍后就过来。我家公子如今还在里面未出来。"

叶裳和苏风暖点头。

不多时，国丈来了会客厅，二人起身见礼。

国丈看着二人，十分和气地说："叶世子、苏小姐，难得来国丈府，坐吧！"

叶裳和苏风暖落座。

国丈屏退了屋内的人，对二人叹气道：“初儿与我说了，没想到我国丈府养出了这样的女儿。国丈府本就人丁不旺，我这个做祖父的都狠不下心不管她，遑论初儿是她亲兄长。让二位劳心劳力，实在见笑了。”

叶裳道：“国丈客气了！”

苏风暖道：“在燕北时，小国舅助我良多，这等事情，我自然不会见死不救。只希望许小姐能悬崖勒马，否则这样下去，被人利用，不只于国丈府不利，于容安王府，甚至朝局，都可能不利。”

国丈道：“这一次，即便将她救好，我也决定对她不再姑息了，待她解了毒，便派府卫将她送去许家的族里。让族里的长辈好好地调教。”

半个时辰后，许云初的近身侍卫浮影出来禀告，说密室门开了。

国丈立即站起身问：“如何？”

浮影摇摇头：“密室门刚开，属下也不知是何情形。”

国丈道：“快去看。”

浮影点头，回身又进了里面。

苏风暖和叶裳坐在外面，听着里面传出动静，不多时，秋华爹娘从里面先走了出来，二人皆是一脸疲惫，苏风暖站起身，走上前，急问：“两位师叔，你们可还好？”

秋华爹娘点了点头。

国丈连忙拱手：“两位快请坐。”话落，喊来近身侍候之人，吩咐看茶。

秋华爹娘坐下后，看了国丈一眼，对叶裳和苏风暖道：“我们倒还好，只是小国舅折了半数功力，怕是要休养几个月了。不过幸好救治得及时，许小姐的恨春风之毒解了。”

这时，许云初从里面走出来，脸色苍白，由浮影扶着走到秋华爹娘面前，对二人深施一礼：“多谢两位前辈不辞辛苦救了我妹妹，云初感激不尽。”

秋华爹娘同时摆手：“小国舅无须客气。”

许云初站起身，看向苏风暖和叶裳，揉揉眉心说：“如今她还昏迷着，我对她下了迷药，才趁机解了她身上的恨春风。但此事不能就这么算了，总要揪出幕后黑手。”

苏风暖点头。

国丈怒道：“这样的不孝女，将她即刻逐出家门，送去许家族里，做个族中养女，待她重新改过，再给她择个人家嫁了好了，我们国丈府没有这样的女儿。”

许云初看着国丈道：“爷爷，即便将她逐出家门，也要将谁给她恨春风之事查出来。早先在解毒之时，两位前辈对她以催心术盘问，也没问出个所以然来，只说是在安国公和景阳侯满门抄斩，她出府去接沈芝兰和陈芝苒那日，一个黑衣人给她的。”话落，他看了叶裳一眼，“如我们猜测，灵依是为了叶世子，被人利用了。”

叶裳闻言面无表情。

国丈怒哼一声：“自甘下贱。”

许云初揉揉眉心道：“我妹妹也略懂医术，她体内没有了恨春风，醒来后自然会察觉……”

秋华娘道：“我这里有一种药，服用后，与中了恨春风会出现略微相似的症状，你妹妹医术浅薄，也许可以蒙蔽她，让她以为恨春风还在她体内。以她为引，查出幕后之人。”

许云初闻言道：“如此甚好！可是第二阶段手腕会长出凤尾花，这个……”

秋华娘道：“这个简单，我稍后便以入药的针法，为她刻上一朵凤尾花，看起来像从体内长出来的一般。”

许云初闻言道：“这样不失为一个好办法。”话落，他看向苏风暖和叶裳：“你们以为呢？”

叶裳没说话。

苏风暖看了叶裳一眼，点头应承：“这个办法好，就依照师叔所言吧！我们总要揪出幕后黑手。”话落，她看向叶裳：“若是这样，就不能再关着许小姐了，她四处走动时，遇到你，就配合一下。”

叶裳嫌恶地撇开脸。

苏风暖对许云初道：“就这样定了吧！”

许云初看向国丈，国丈深深地叹了口气，点了点头。许云初对秋华爹娘道：“只能再劳烦前辈了。”

秋华娘又走进密室，给昏迷未醒的许灵依喂了药，施了针，她手腕果真长出了一朵凤尾花，十分漂亮。

出了密室，秋华爹娘施展功力，跳墙离开，回了容安王府。

叶裳和苏风暖也起身告辞，许云初送二人出府。

秋华爹娘累坏了，回到容安王府后，便径直去了叶昔的院子歇下了。叶裳和苏风暖也未再去打扰他们，便回了主院。

第二日，叶裳上早朝，苏风暖早早醒来后，去看了秋华爹娘，秋华娘对苏风暖道：“本来我与你紫风师叔想的是在京城多待两日，但今早醒来，我们商议之下，还是决定即刻启程离京，我要回去好好地翻翻医书古籍，看看你的脉象到底是怎么回事。你的身体总归是大事，不能马虎。若是经脉一直这样凝结，于子嗣怕是有害。”

苏风暖点头：“那就劳烦两位师叔了，你们刚来京城，便匆匆离开，我也未曾好好款待两位，要不然，你们今日歇一日，明日再离京？”

秋华爹道：“我们什么好吃的没吃过，有什么好款待的。京城这等污秽之地，早离开早好。”

叶昔这时开口：“那明年师妹大婚呢？师叔嫌弃京城污秽，不来了？”

秋华爹“哼”了一声。

秋华娘笑着说：“自然要来！”

苏风暖笑道："既然如此，两位师叔便趁早启程吧！我的大婚之期定在明年的五月二十。"

秋华娘拍拍她的手说："一定来。"

秋华爹娘都是随心所欲的性情，说走就走，片刻不耽搁，很快就出了容安王府，出了京城。

苏风暖在二人走后，由千寒护送，驱车去了户部。

她刚迈进叶裳的办公之地，便听到外面有人来禀告："世子，小泉子公公来传话，说皇上请苏小姐火速入宫一趟。"

叶裳蹙眉，放下手中的户部公文，对苏风暖说："我陪你去。"

苏风暖点点头，重新裹了披风，与叶裳一起，出了户部。

第七章
脉络结冰

苏风暖和叶裳进了皇宫，来到皇帝经常召见苏风暖的临近御书房的那处暖阁。

皇帝面色奇差，见叶裳陪着苏风暖前来，也没说什么，将桌案上放着的一纸信函递给了苏风暖，对她沉声道："你自己看吧。"

苏风暖伸手接过，凝神细看，只见上面写着："苏大将军回京途中于沛城遇大批不明黑衣人设伏，幸轻武卫将其救下，但大将军深受重伤，性命垂危，当地无医者可救。"

她面色唰地一白。

叶裳伸手将信函夺过来，看了一眼，当机立断对苏风暖说："即刻给玉灵师叔传信，让她从京城离开后，即刻赶往沛城。你先别急，奏报里说伯父受了重伤，性命垂危，当地医者救不得，但没说无人能救。两位师叔骑快马，日夜兼程赶往沛城，兴许来得及。"

苏风暖勉强镇定地说："只能如此了。"话落，她转身冲出了暖阁，对守在门口的千寒低声交代了几句话，千寒立即飞奔出了皇宫，回了容安王府。

容安王府内，叶昔得到千寒传回的消息，即刻书信一封，飞鹰传书，去追秋华爹娘传信。

秋华爹娘毕竟刚走出京城不远，飞鹰很快就追上了二人，二人收到叶昔的传信后，面上露出焦急之色，当即骑快马，奔往沛城。

苏风暖回到暖阁，叶裳握住她的手，轻声安慰："伯父一定会没事的。"

苏风暖抿唇点了点头。

皇帝看着二人道："大将军回朝，轻装简行，没想到遇到如此之事，竟然有人敢对他下黑手，其罪当诛。苏丫头，你放心，朕已经让轻武卫查了。"

苏风暖看着皇帝，沉默地点了点头。半晌后道：“皇上的轻武卫怎么恰巧在沛城？”

皇帝道：“朕一直在查湘郡王之事，暗中派了轻武卫去查沛城的茶庄，却恰巧被轻武卫遇到了这样的事，救下了苏大将军，但望大将军挺得住。”

苏风暖点了点头。

皇帝对叶裳道：“朕准你半日假，今日不必再回户部了，回府陪着苏丫头吧！”

叶裳还未应答，苏风暖摇头道：“不必。我父亲一定会没事的，战场多凶险，他都活下来了，何况区区暗杀迫害？他定然会安然无事。”

皇帝点头：“那好，你们回户部吧。”

苏风暖与叶裳出了皇宫暖阁。

苏风暖一路沉默，面色暗淡。

叶裳低声对她说：“你是否在想，若是你还有一身功力在，身子骨没有这么弱，便不必传信给玉灵师叔去救伯父了，你自己就可以骑快马赶去沛城了？”

苏风暖摇头：“不是。我是怪自己没想到有人要对父亲动手，若是父亲出事，我真不敢想象母亲会如何，怕是也会随了父亲而去。”

叶裳将她搂在怀里，抱着她说：“没有谁会面面俱到，什么事情都想个万全。伯父回京，轻装简行，早先我也没有料到。”

苏风暖道：“父亲这个人就是这样，他不想得胜回朝太过张扬，便轻装简行低调回京，可是偏偏有人不想让他回京。”

叶裳道：“关键还是朝局，朝局不清，天下难以久安。”

苏风暖又沉默片刻，忽然道：“叶裳，我与你说一件事。”

“嗯？”叶裳低头瞅着她。

苏风暖对他道：“玉灵师叔来到容安王府后，先给我把了脉，发现我脉象一直凝结着，伤势没半丝复原。我竟然一直忽略了，没为自己把脉，没发现此事。”

叶裳面色微变：“怎么会这样？”

苏风暖摇头：“我也不知。”话落，见他脸色十分难看，她伸手摸摸他的眉心，轻声问，“叶裳，你这些日子，日日看顾着我，累不累？”

叶裳摇头：“不累。”

苏风暖对他道：“可是我累。”

叶裳看着她：“你想说什么？”

苏风暖软软地靠在他怀里，闭上眼睛，平静地说：“被你日夜看着，我十分不习惯，我试着让自己习惯，想让你安心，让你放心，让你宽心，勉强自己顺着你的心意，乖觉地什么事情也不做，不独自出行，尽量不让自己劳心劳力，却发现越来越心累。”

叶裳抿唇：“你的意思是，不想与我在一起了？”

苏风暖摇头："我怎么会不想与你在一起呢？你是我多年来的执念，但你能这样时时刻刻看顾我一辈子吗？也许你能，可是我呢？我能做得到吗？没有任何自由，完全依附于你。你说我伤势好些，如正常人一般了，便不会再限制我，可是如今我经脉被凝结，伤势半丝不见好转，也许以后都是这样了。总不能一直这样让你看顾下去，是不是？"

叶裳沉默，不言语。

苏风暖睁开眼睛，看着他，轻轻描绘他眉目的轮廓："叶裳，其实你也很累吧？不要跟我说不累。你代天子督管户部，户部本来就是个烂摊子，又恰逢大雪，各地受灾，你每日忙到深夜，早起又赶着去上朝，每日还要分心思盯着我。怎么可能不累？不要骗我了。"

叶裳看着她："可是你让我放手不管你的话，我如何能放心你？"

苏风暖对他说："我早已经让师兄传信，会从望帝山调派两名师兄弟暗中保护我，碧轩阁应该也得到了消息，长老们想必也会派人进京，你又把千寒给了我。你放心，我只不过不想日夜被你亲自盯着而已，你累我也累，我但凡有什么动向，有千寒在，你总会知晓，我不会有事的。"话落，又道，"我想回苏府。"

叶裳揉揉眉心，说道："让我想想。"

苏风暖点头，不再多言。

马车回到户部，叶裳先下了马车，对千寒吩咐："将她送回苏府吧！你以后仔细保护着，但有要事，及时回禀我。"

千寒应了一声"是"。

叶裳没再与苏风暖说话，缓步进了户部。

苏风暖坐在马车里，看着他一步步地走进户部，身影被冬日里的寒风吹得萧索寒峭，她想着，叶裳怕是伤心了。

她很想追进去，但手扶着车辕，却怎么也迈不出腿。

她真的已经很努力了，可是刚知晓了她经脉凝结，可能一辈子也恢复不了武功，还未曾接受事实，紧接着便听闻父亲出了事，她是真的受不住了。

多少年，她从未做过徒长着一双眼睛和耳朵，却看不见、听不到周遭事物的瞎子、聋子。她被叶裳看顾在容安王府，看顾在户部，她感觉自己像折了翅膀、被圈养在笼子里的金丝雀。

哪怕没了武功，她骨子里还是以前的苏风暖，做不了被叶裳养在笼子里的鸟。哪怕情深似海，不惜为他失去性命，哪怕一身武功尽废，也做不到一辈子像现在这副样子，被他保护得密不透风。

苏风暖挑着帘幕看着叶裳的身影消失在户部内院高墙，她慢慢地落下了帘幕，对千寒轻声说："去将我放在户部内的嫁衣布料取来，我带回苏府。"

不多时，千寒取来布匹，用锦缎包着，看着帘幕已经落下，他轻声说："姑娘，取来了。”

苏风暖懒懒抬手，挑开帘幕，说道：“放进来吧。”

千寒应了一声“是”，将布匹顺着苏风暖打开的帘幕，放入了车中。

马车离开了户部，前往苏府。

苏夫人正在府中摆弄花草，听闻管家来报苏风暖回府了，愣了一下，问道：“每天这个时候，她不是去户部的吗？今日怎么回府了？”

管家摇头：“小姐带回了嫁衣绣布，估摸着是有地方不会绣，回来找夫人您了。”

苏夫人笑起来：“兴许是为了这件事。”话落，她放下手中的活儿，快步出了房门。

苏风暖来到正院，见到面上带笑的苏夫人，想到她爹被害，身受重伤、性命垂危，她娘还这样年轻，如娇花一朵，若是她爹出事，娘深爱她爹，一准随了他去，心便有些难受。但她面上不表现出来，笑着说：“娘，我又不是客人，哪用得着您出门来迎我？”

苏夫人笑骂：“臭丫头，你怎么不是客人了？我问你，你从小到大，哪一次回家不是把家里当客栈？多少年了，你总共住了几日？”

苏风暖笑着说：“我也想起来这件事了，这不搬回府里住了吗？”

苏夫人玩笑归玩笑，但没想到苏风暖说出这样一句话来，立即问：“怎么了？你在容安王府住得好好的，出了什么事情，怎么又搬回府里来住了？小裳愿意放你回来了？”

苏风暖听她提到叶裳，说了个“放”字，她暗暗叹了口气，答道：“嗯，放了我回来。”

苏夫人面上笑意顿收，担心地问：“怎么了？你们两个吵架了？”

苏风暖见苏夫人一脸紧张，失笑摇头：“没有。”

苏夫人看着她的表情，感觉有事发生，于是脸色凝重，说道：“进屋里说，到底怎么回事？你不准糊弄娘，您都议亲定了六礼的日子了，大婚之期也定了，可开不得玩笑，胡闹不得。”

苏风暖进了屋，解了披风，身子懒洋洋地躺去了热炕头，才觉得暖和了些。

苏夫人坐在炕边看着她。

苏风暖斟酌了一下言辞，问她：“娘，您与爹大婚多年，生了我们兄妹四人，是什么事情都听我爹的吗？”

苏夫人一怔，失笑道：“出嫁从夫，自然要听你爹的。”

苏风暖道：“可是您也有小脾气，不是吗？我怎么记得每次您与我爹意见相左时，都是我爹哄您，随了您的意思呢？”

苏夫人笑起来：“那是小事。大事上，我还是听你爹的。”

苏风暖道：“我爹是什么都管着您，处处看着您，不让您做这，不让您做那吗？”

苏夫人一怔，听出几分味道来，看着她说：“你是因为小裳处处管着你，看着你，不让你做这做那，所以，一气之下跑回府了？”

苏风暖摇头：“不是因生气回来的，是不太适应被他这样管着，长久下去，不用有人害我，怕是自己先憋闷死了。今天我与他提了，他让千寒送我回来的。”

苏夫人闻言气笑，伸手点她额头：“你呀，这么多年，天天在外面疯跑，即便回家，也不闲着，不是与你三个哥哥打架，就是拉着他们胡闹，闹腾惯了，突然让你闲下来，你自然受不住。你身子这么弱……”突然，她疑惑道，“你在容安王府也养了多日了，怎么看起来还与你回京时一般无二，没见什么起色？”

苏风暖不由得笑了：“连您也这样说，看来真是没长进了。”她捂住脸深深叹了口气，小声道，“娘，您说人怎么就这么不知足呢？我以前只想着给叶裳解了热毒让我如何都行，拿命去换都行。可是如今，解了热毒，我能走能动，没瘫痪在床，与他每日相对，该是最好的结果了，可是我又想着，这样下去，我就不是我了。被他看着，被他管着，被他限制着，事事都要经过他的同意，我没有半丝自由，我便日渐累积，即便知道他比我累，比我辛苦，可我还是受不住了。”

苏夫人听完她的话，终于知道症结在哪里了，摸摸她的头，说道：“要我说啊，这件事，你与小裳都没错。小裳是太紧张你了，想对你好，将你照看万全，怕出丝毫差错，本也没错。而你呢，本就是个活泼的性子，从小就不耐被人管着。如今哪怕你身子骨弱，骨子里也是个闲不住的主儿。长此下去，自然受不住了。”

苏风暖没了言语，谁都没错，但以后总不能彼此舍弃，总是要在一起的，她该怎么办？

苏夫人见她不吭声了，便道：“你回来住也好，我本来也觉得你们未成婚，长久住在容安王府也不太好，哪怕定了六礼的日子。奈何小裳不亲自照看着你不放心，才依了他。如今距你们大婚还有半年，总能找到相处之法的。”

苏风暖点点头，只能暂且先这样了。

苏夫人拍拍她的肩膀：“我看你也累了，歇着吧！”转头瞅见了嫁衣绣布，又道，“还有半年呢，也不急于一时，待身子有起色了再绣不迟。”

苏风暖“嗯”了一声，说道：“娘，您派人将我的院子收拾出来，给千寒收拾出一间房间，叶裳将他给了我，他以后就随我出入了。”

苏夫人点头，起身：“我这就去安排。”

叶裳忍了三日，终于忍不住了，在这日午时来到了苏府。

苏夫人听到叶裳来了，眉开眼笑，本来午时准时开饭，又将开饭的时辰推后了些，连忙吩咐厨房多加几个叶裳爱吃的菜。

叶裳进了苏府后，听闻苏风暖在书房，便径直找去了书房。

千寒在门口给叶裳见礼。

叶裳点点头，推开了房门，便见到苏风暖捧着一本书，懒洋洋地靠在窗前的榻上，嘴角含笑，看得津津有味。听到动静，她抬头看来，见是叶裳，更弯了嘴角，对他说："我算计着你这一两日也该过府看我了。"

叶裳也忍不住好笑地说："我不敢来烦你，没想到你倒是过得悠闲自在，怡然自得，看起来半丝没想我。"

苏风暖眨眨眼睛，放下书本，笑意深了些，对他软软地伸出手，娇柔地说："叶裳，快来抱抱。"

叶裳看着她娇柔类似撒娇的模样，像回到了以前。他笑着走到近前，伸手将她抱进了怀里。软软的身子，带着体香，沁人心脾，他深深地吸了一口气，才觉得短短两三日，已经思念入骨，让他恨不得将她揉进身体里。

苏风暖感觉到叶裳的紧箍，她伸手捶他："才两三日，骨头都硌人了，没好好吃饭吧？"

叶裳想说，没有你在食不下咽，寝难以安，但想到她回到苏府，就是因为他看得太紧了，让她觉得窒闷，于是微微放开手，笑着敲她的额头说："总要适应几日。"

苏风暖仰脸看着叶裳，忽然想到，这么多年虽然她护着他、让着他，但他也在迁就着她。

她伸手摸摸他的脸，轻声说："叶裳，对不起，是我不太适应被你护着，才……"

叶裳低头吻她，截住了她的话，将她吻到几欲窒息，才放开她，贴在她唇边，轻轻喘气，沙哑地说："我从小爱着的苏风暖，天下只有一个，她从小就任性随性，不被谁禁锢，这样的你才是你，是我不懂得如何对你好，哪里用得着你说对不起。"

苏风暖心下触动，红着脸小声说："我从小爱着的叶裳，天下也只有一个，从小就别扭拧巴，我迫使着他改了很多我不喜欢的规矩，变成了我喜欢的样子。其实很多时候，都是他在迁就我，不是他不懂得如何对我好，是我不懂得怎样才是对他和我都好。"

叶裳轻笑，伸手点她鼻尖："学得可真快！"

苏风暖也轻笑。

二人相视一笑，隔在中间的小小的疙瘩解开，阴霾散去。

叶裳揽着她，环视了一圈书房，蹙眉说："我听千寒说你连个火炉也不生，为何？"

苏风暖靠在她怀里，懒洋洋地说："我以前在冬日里，也不怎么生火炉。而且书房采光好，白日里阳光照进来，热得很，用不到火炉。"

叶裳看着她："你以前不生火炉，是有内功护体，如今怎能一样？"

苏风暖笑着说："你看，我在这里待了三日了，不是好好的吗？也没被冻僵。"

叶裳瞧着她，见她离开他眼前三日，脸色虽然未见红润，但眉目却也未见任何不适之色，整个人比待在容安王府时，随意轻松不少。可见他时刻看管着，让她颇有压力，如今离开他，确实还不错。他笑道："也对！"

二人又闲话片刻，管家前来禀告，说午膳好了。

苏风暖与叶裳一起出了书房，去了会客厅。

苏夫人见二人手牵着手迈进门，笑意深了，欢喜地招呼叶裳入席，将他喜欢吃的菜都摆放在了他面前。苏风暖又一次感受到了在叶裳面前，她又从娘的宝变回娘的草了。

饭后，叶裳回了容安王府。

苏夫人在叶裳走后，对苏风暖说："臭丫头，小裳这样的孩子，打着灯笼都难找，你的小脾性以后要适当地改改。"

苏风暖抱着苏夫人胳膊撒娇，开玩笑说："娘，要不然等我们大婚时，您去容安王府坐镇，娶儿媳妇好了，别在苏府嫁女儿了。"

苏夫人气笑，狠狠地拍了她脑袋一下："贫嘴，从来没个正经模样。"

苏风暖回了自己住的院子。

转日清早，一只飞鹰飞进了苏府，来到风暖阁，她解下绑在飞鹰腿上的信条，见是秋华爹娘的来信，上面写着："幸亏赶得及时，苏大将军已脱离生命危险，安心。"

苏风暖彻底放下了一颗心，虽然一直相信她爹会没事，但免不了心里担忧，如今收到来信，确认安好，她提着的心也彻底地放回了肚子里。

她还未收起书信，便听到风暖阁外有哭声传来，她向窗外看去，见苏夫人哭着走了过来。她当即走到门口，打开房门，迎了出去，立即问："娘，怎么了？您哭什么？"

苏夫人哭成了泪人一般，来到近前，一把拽住苏风暖的胳膊："暖儿，你爹他……我听到外面有人在说，你爹回京途中被人截杀，生命垂危……他……他……"

苏风暖没想到是这件事，想着已经过了四五日，消息确实也该传到京城了，她当即道："娘，我爹没事，您别哭了。"

苏夫人看着她，眼泪珠子噼里啪啦地掉："你知道？"

苏风暖点头，掏出帕子帮她擦净眼泪，一边扶着她进屋，一边说："五日前，皇上的轻武卫便得到了消息，知会了我，我传信给我师叔赶去沛城救父亲了。"话落，她展开手中的信函，给苏夫人看，"喏，我刚刚收到她的来信，我爹已经脱离生命危险，您放心吧。"

苏夫人睁大眼睛，仔细地看了看信函，上面写的字符她看不懂，问苏风暖："当真？"

苏风暖笑着说："我骗您做什么？自然当真，我爹福大命大造化大，多少战场凶险都没事，何况区区截杀？"话落，见苏夫人依旧哭丧着一张脸，不太相信地看着她，她失笑，"他是我亲爹，他若是真出事，我不得跟您一样哭啊，还能笑得出来？"

苏夫人这回算是相信了苏风暖的话，伸手打她："臭丫头，你爹出事，你做什么瞒着不告诉我？"

苏风暖着着实实地挨了打，无奈地说："告诉您让您早着急哭几日的话，如今还能看吗？我爹回来，怕是都不认识你了。"话落，她像哄小孩子一样又轻轻为又气又笑的苏夫人擦了新流出的泪水说，"好娘亲，乖，不哭，您要美美地等着我爹回来啊。"

苏夫人被女儿哄，又想笑又觉得暖心，拍拍胸脯说："吓死娘了，你爹要是丢了命，娘也不活了。"

苏风暖心想我就知道会这样，随后她又宽慰了被惊吓的苏夫人半晌，直到苏夫人笑逐颜开才作罢。

苏大将军被人截杀的消息在京中传开，一时间，甚嚣尘上，众人纷纷猜测，是什么人要杀苏大将军，有很多百姓骂坏人不得好死。

几日前，皇帝暗中压下了此事，如今事情传到京城，朝野皆知，他在早朝上大为震怒，怒斥南齐何人狼子野心，竟然连苏大将军也敢截杀，真是其心可诛。此事一定要查！

文武百官也都震惊了，没想到苏大将军回朝途中竟然出了这等事情。

皇帝当即问文武百官："谁来查此案？"

叶裳出列："我去查！"

皇帝当即摆手："你户部的事情一大堆，怎么能丢下？不准！"

许云初出列："臣请旨前去！"

皇帝看着许云初道："朕看你还在病中，今日还是拖着病体上了早朝，这大冷的冬日里，你这副样子，怎么奔波去沛城？若是出了什么事，朕对不起国丈。"话落，摇头，"你也不准。"

孙泽玉看了丞相一眼，出列："臣请旨前去。"

皇帝看着孙泽玉，又看看丞相，开口说："沛城远在千里，你可受得住奔波之苦？"

孙泽玉道："皇上放心，臣受得住奔波之苦。臣查案有经验，定要查出背后暗害苏大将军的凶手，不辱皇命。"

皇帝闻言，问丞相："丞相以为如何？"

丞相出列拱手道："老臣赞成。"

皇帝当即拍板，对孙泽玉道："好！朕封你为钦差，前往沛城，彻查苏大将军被人截杀一案。当地官员，一律供你差遣。"

孙泽玉叩首："臣领旨。"

皇帝当即拟旨，小泉子将圣旨递到了孙泽玉手中。

下了早朝后，文武百官陆续走出大殿，许云初与叶裳一同迈出宫门，避开群臣道："苏大将军被人截杀，苏姑娘应该很焦急吧？"

叶裳点头道："今早得到了消息，苏大将军已经脱离生命危险，她提着的心已经放下了。”

许云初点点头，压低声音道：“我查南城，查出了些东西。你可有收获？”

叶裳看了他一眼：“有些收获！”

许云初道：“我听闻苏姑娘回府住了，晚上一起去一趟苏府吧！”

叶裳颔首：“好！”

第八章 以静待动

孙泽玉奉皇命前往沛城，当日便领了圣旨启程。

苏风暖听闻孙泽玉请旨前往沛城查案，她琢磨了一下，派了府中小厮去红粉楼传信，让小喜收拾一番随孙泽玉前往沛城，收拾好之后，在城门口等着她。

小喜收到消息后，高兴不已，多年来，他一直被姑娘安置在红粉楼，从未踏出京城，如今姑娘总算让他出去走走了。他当即收拾好包裹，去了城门口。

苏风暖派人给小喜传信后，吩咐管家备车，她披了披风，也出了房门。

她备车出府的动静惊动了苏夫人，苏夫人连忙赶来，问她：“暖儿，你要去哪里？”

苏风暖笑着说：“娘，我正要去问问您，孙公子前往沛城查我爹遭人截杀一案，您有什么话要捎给我爹吗？我稍后去城外见孙公子，让他替您传个话。”

苏夫人说：“你就让孙公子给你爹传一句话，就说我在家里等着他。”

苏风暖笑着点头：“好，务必传到。”

千寒代替了车夫，赶车前往城门。

来到城门口，孙泽玉的马车还没到，小喜已经等在城门口。

苏风暖见了小喜，对他招手，小喜高兴地跳上了她的马车，千寒将马车赶向城外五里亭。

马车内，苏风暖对小喜说：“孙公子这一次前往沛城查我爹被截杀一案，兴许如我三哥查河间驿站一案一样，会有不可预知的危险。他会从丞相府带上一批府卫，皇上也会派一队护卫跟着他，但我思索再三，还是觉得派你跟着他前去更安全。关键时刻，府卫和宫廷护卫也不见得护得住他。”

小喜连连点头：“姑娘您派我就对了，我早就在京城待腻了，就等着您的吩咐呢。不过，您征得孙公子的同意了吗？他毕竟不认识我，会让我跟着吗？”

苏风暖笑着说：“会的！”

小喜顿时放心了。

苏风暖又对他说：“带着鹰鸟吧？”

小喜点头：“带着了。”话落，他拍拍背着的包裹，“带了两只，乖着呢。”

苏风暖笑了一下，顿了顿，她伸手入怀，拿出一枚铜钱，递给小喜：“你收好这个，到了沛城后，你去万通钱庄，掌柜的看到这枚铜钱后，你就说我吩咐了，调派沛城所有暗线，保护孙公子，不得出错。”

小喜点头：“姑娘放心吧！我这一段时间会将孙公子当作叶世子来忠心保护的！”

苏风暖笑着点头。

大约等了两盏茶的工夫，孙泽玉带着人马来到了五里亭。

孙泽玉坐在车中，听到车夫禀告，他挑开车帘，看向五里亭内，认出是苏风暖，立即吩咐队伍停下。

苏风暖看着孙泽玉带走的人，一百名宫廷护卫，一百名府卫，说多不多，说少不少。

孙泽玉下了马车后，来到苏风暖近前，拱手，温和有礼：“苏小姐，你有什么话让我捎给苏大将军，早先派人去丞相府知会一声就是了，这样冷的冬日，怎么自己来了这五里亭等候？”

苏风暖笑着说：“我回京后，总是在府中闷着，一直未出城走走，正好借此机会出来走走，倒也不冷。”话落，她切入正题，“我娘有话要劳烦孙公子带给我爹。”

孙泽玉连忙拱手：“苏小姐请说，我务必带到。”

苏风暖笑着说：“只一句话，我娘劳烦你告诉我爹，说她在家里等着他回家。”

孙泽玉颔首：“记下了，苏小姐回府后请告知苏夫人放心好了。”

苏风暖笑着点头，对身后招手，小喜等在不远处，立即跑上前，躬身哈腰，十分喜庆地见礼：“孙公子好。”

孙泽玉看向小喜，见他背着包袱，微微点头，疑惑地询问苏风暖：“苏小姐，你这是？”

苏风暖对他道：“他叫小喜。孙公子此次前往沛城查我爹遭人截杀案，前路凶险，兴许如当初我三哥查河间驿站案一样。我三哥有武功傍身，仍然被人算计险些丢命。孙公子无武功傍身，我将他暂且借给你，待你平安回京后，再还我。”

孙泽玉一怔，看着小喜，他年纪不大，背着包袱，就如一个小书童，他当即道：“皇上和我父亲都调派了人给我……”

苏风暖笑了笑：“无论皇上，还是丞相，在京城待久了，虽然知晓江湖凶险，但也难以预料万全。孙公子收下他吧！有他在，保你此次查案顺利，不出纰漏。”话落，又道，“即便出了纰漏，也能保你性命无忧。”

小喜立即拍着胸脯保证：“孙公子，我保证乖乖的，只跟着你，不妨碍你，你别看我年纪小，我武功可不低。”话落，他伸手一指，悄声说，“你这两百名护卫，我若是正当比武，能打一百；若是不正当比武，我全能杀了。”

苏风暖笑着拍拍他的头：“你别吓到孙公子，说得这么血腥，当心不带你去了。”

小喜顿时怕怕地噤了声。

孙泽玉愣了片刻，哑然失笑，拱手说：“多谢苏小姐好意，既然如此，我就不客气地收下了。”话落，他又转头对小喜拱拱手，“小公子有劳了！”

小喜立即说：“我当公子的书童就好，您叫我小喜吧。”

孙泽玉笑着点头。

苏风暖见孙泽玉收下了人，便不再多说，看着天色道：“天色不早了，孙公子启程吧！这一路落宿打点，不要住沿途的驿站，都交给小喜就好，会有人提前安排好。京城是斗谋，看不见血雨腥风；江湖是斗险，真正的刀风剑雨，凶杀比京城狠。”

孙泽玉再次拱手：“听苏小姐的！天气寒冷，苏小姐出来等了这么久，快回城吧！”

苏风暖颔首，打住话，转身上了马车。

孙泽玉在苏风暖的马车离开后，收回视线，对小喜说：“你与我一起坐马车吧！”

小喜点点头，与孙泽玉一起上了马车，前往沛城。

马车回到苏府，苏风暖下了马车，去了苏夫人的正院。

苏夫人见她回来了，问她：“怎么去了这么久？”

苏风暖道：“在城外五里亭等了孙公子两盏茶的工夫，耽搁了片刻。”

苏夫人对她说：“你快去歇着吧，刚刚小裳传来话，晚上他与小国舅一起来府里用晚膳。”

苏风暖想着叶裳和许云初一起来，看来他们联手查京城府邸有了些眉目，她点点头，走了一圈儿，确实有些累了，便回了自己的院子。

傍晚，叶裳与许云初一起来了苏府。

苏夫人招呼二人入席用膳。

吃过晚饭后，苏夫人知道他们二人一起来，想必是找苏风暖有话说，便出了会客厅。

苏夫人离开后，许云初开始说正事：“我查荣华街以南，王大学士府、丞相府、苏府、六部尚书府等一众府宅，连普通寻常百姓的府宅也未放过，都仔细筛选了一遍。”

苏风暖看着他：“可有收获？”

许云初点头，从怀中拿出一份名单，递给苏风暖看：“林家入京后接触的人、太子未中无伤花之毒前接触的人、月贵妃生前接触过有非常交情的人，还有安国公、景阳侯生前有过不同寻常来往的人，都在这份名单上。”

苏风暖接过名单，凝目细看。

叶裳距离苏风暖近，偏头与她一起看，片刻后，他的的眼睛微微地眯了眯。

苏风暖看了片刻后，忽然笑道：“这可有意思了，纵横交错，看着没关系的两个人，却有着千丝万缕的联系。看着有关系挨得近的两个人，偏偏来往不多。”

叶裳从怀中也拿出一份名单，递给她：“你再看这一份。”

苏风暖伸手接过叶裳递给她的名单，同样看了片刻，忽然露出惊讶之色，须臾，也眯起了眼睛，将名单递给了许云初。

许云初过目之后，眉心仿佛笼罩着一层云雾，也眯了眯眼睛。

两份名单摆在一处，千丝万缕的联系中，指向一个府邸和一个人。

晋王府一直是南齐京城极其尊贵的一处府宅，晋王与先皇和容安王的父亲都是亲兄弟，是当今皇上的亲皇叔，论亲疏辈分，叶裳要管他叫一声叔公。

自从容安王和王妃战死沙场，叶裳年幼失去双亲，独自一人守着偌大的容安王府，颇得晋王照拂。南齐上上下下都知道晋王对叶裳是真的好，虽然见面吹胡子瞪眼，但这么多年，私下没少照拂他；更知道，以晋王为首的宗室一直心向叶裳。

无论是许云初，还是苏风暖，以及叶裳自己，都没料到他会出现在这两份名单上。

叶裳和许云初两个人一个查荣华街以北，一个查荣华街以南，两份名单相关人员千丝万缕的联系经过核对后，拧成一股线，这股线直直地指向晋王府和晋王。

三人看着并排放在桌案上的两份名单，不约而同地沉默着。

从北周侵犯西境，到苏大将军临危受命前往西境抗敌，再到苏风暖重伤楚含、大败北周回京，叶裳于灵云镇东湖画舫遭人刺杀沉湖，牵扯东宫，太子前往灵云镇，中了无伤花之毒，叶裳破月贵妃一案，牵出两大旧案，燕北告急，河间驿站被屠，秋风山被血洗，西境兴兵，等等，他们都知道，背后有一只看不见的手在搅动云雨，暗中筹谋。

可是这中间他们竟然忽视了两桩十分要紧的事，一桩是晋王奉命前往灵云镇查案，一桩是叶裳在晋王府中毒……

即便三人遍数了京城身居高位、心思缜密、有谋略之人，包括国丈、丞相、王大学士、六部尚书等，也从来没有怀疑过晋王。

若非许云初和叶裳联手深查数日，以二人的本事，两双手覆盖京都，将南齐京城的南北城翻了个遍，怕是想破脑袋也想不到晋王身上。

苏风暖想到那一日，师兄离开容安王府后，晋王便派人急急地喊走了叶裳，只她一人守着风美人。后来，千寒惨白着脸回府找她说叶裳在晋王府内中了毒，她离府前往晋王府，发现叶裳中的是天下剧毒榜上排名前十的半步死之毒。

半步死，顾名思义，离阎王殿的门槛只差半步，沾之即发，毒入心脉即死。

她三哥有千年雪莲，千寒在找她三哥取千年雪莲的途中遭人截杀，后来，她质问叶裳时，叶裳对她说了一番话，她至今依旧记得。

他说："晋王这些年，表面对我嫌弃，实则相护，我虽然明面气他，但对他自然也有着对长者的敬重。他有急事找我，我自然要去，背后之人也将这个算准了。到了晋王府后，明知那茶有毒，且是剧毒，若是想入虎穴，得虎子，这毒我是一定要喝的，否则如何能入套查案，将计就计？"

她当时本有些疑惑，冯盛说皇上咳血，私下知会了晋王，晋王情急之下找了叶裳，虽然合情理，但未免太巧了，像精心布置好的一样。但因为背后之人确实谋算得厉害，与一把年纪看起来对叶裳惯会吹胡子瞪眼的晋王实在相差甚远，她的疑心也就随着他这一番话打消了。

还有，谁会在自己的府邸里明目张胆地杀人？何况是杀叶裳这样被皇上护着的人？容安王府都能进入大批黑衣人，晋王府被黑手潜入也没什么可奇怪的。

后来，晋王大肆在府中彻查凶手的同时，叶裳请旨查案，一时间掀翻了京中的天，于重重疑团中揪出了月贵妃，干脆利落地破了月贵妃一案。

当时揪出了皇上的大内总管冯盛，那时候得到的结论是冯盛本是晋王送给皇上的人，最后被月贵妃收买倒戈，于晋王府陷害叶裳，也是月贵妃指使。诸多事情，都是出自月贵妃手笔。一时间，京城内外出现的一系列的密谋刺杀案都找到了源头。月贵妃被她一剑杀死，皇上烧了月贵妃的宫殿，自此结案。

冯盛一死，叶裳在晋王府被毒杀的案件也就没人再提了，甚至忘了。

从恨春风往回追溯，追溯到阎王渡、无伤花，都没想起半步死。

这些年，晋王是真真切切地对叶裳表面冷脸实则相护，谁能想得到串在这一条线上的埋藏得最深的幕后黑手，竟然是晋王？

这些事情若都有他的手笔，那么，他是真想叶裳死。

若非她相救，叶裳死一百次也有了。

三人沉默了足足有一盏茶的时间，许云初才缓缓开口，问叶裳："怎么办？"

叶裳面色浅淡，闻言问："什么怎么办？"

许云初看着他："月贵妃一案结了，十二年前容安王和王妃战死一案以及四年前岭山瘟疫一案也结了。如今，我们背后查的这些线索，做不得证据，也只能推测出这个人而已。我是说，接下来你打算怎么办？"

叶裳摇头："不怎么办。"

许云初闻言看向苏风暖。

苏风暖琢磨片刻，说道："我不太明白，若是晋王，他为了什么？江山皇位？他已经老了，还争什么？他的孙子刘焱，稚嫩、纯真得很。教导出这样的孙子，晋王这个幕后黑手，也实在让人想不透。"

许云初道："但凡有所为，必有原因。我与叶世子几乎翻遍了京城，既然指向晋王，就不得不相信我们查得的结果。若非隐藏得深，谋算得深，又怎么会从这么多大案里择出去？月贵妃死，安国公、景阳侯两府牵扯了多少人掉脑袋，而他不沾染半丝鲜血，让我们至今都难以置信。"

苏风暖叹了口气道："这两份名单，只能说是挖出的线索，联系到了晋王，但做不得证据。况且，随着月贵妃死，冯盛死，太子失忆，该断的都断了，我们如今确实不能将他怎么办。"

许云初点头："既然如此，那……"

叶裳这时伸手叩了叩桌面，开口截住许云初的话，对他道："还是以荣华街为界，你派人密切盯着荣华街以南，我派人密切盯着荣华街以北。"话落，他伸手点了名单上几个人名，"盯好这几个人。"

许云初低头瞅了一眼说："那晋王府呢？"

叶裳摇头："晋王府以前如何，如今还让它如何。"

许云初看着他："你是不想打草惊蛇？"

叶裳吐出一个字："等。"

许云初了然，今年南齐京城内外发生了这么多事，若背后真是晋王所为，那么，如今叶裳好好的，他总会再次动手，这是以静待动。

苏风暖想起小驰在晋王府的学堂，对叶裳道："明日我想去一趟晋王府的学堂看看小驰。将他带回京后，便送去晋王府的学堂，将近半年之久了，我再没见过那孩子。"

叶裳点头："明日让千寒送你去。"话落，又嘱咐他，"不过你不能让千寒离开你半步。"

苏风暖见他没反对，对他露出笑意："我知道了！我赶都赶不走他，不必你嘱咐。"

许云初对苏风暖道："关于江湖，姑娘可查出一二？"

苏风暖想起风老爷子传信说林客出身于望帝山，是望帝山的弃子，此事她还未查清楚，况且此事事关望帝山，她不好说。其余人还没回信，她便摇摇头，对许云初道："恰逢大雪，消息不太便利，我送出去的书信怕是要再过几日才能得到回复。"

许云初不疑有他，点了点头。

叶裳站起身，对许云初道："天色晚了，走吧！"

许云初点点头，也站起身，对苏风暖道："姑娘的伤势看起来没什么起色，可能与劳心太过、忧思伤神有关。定要好生将养，不得大意才是。"

"我晓得。"苏风暖从袖中拿出一个锦盒，递给许云初道，"这是疗内功之伤的药，答谢你前些日子送了那么多好药给我。"

许云初笑着说："多谢姑娘，那我就不客气了。"

二人离开后，苏风暖回了苏夫人的住处。

苏夫人见她回来，笑着问："小裳和小国舅走了？"

苏风暖点头，问苏夫人："娘，您觉得晋王这个人怎么样？"

苏夫人一怔："你怎么突然问起了这个？"

苏风暖道："我回京也有数日了，想小驰了，明日去晋王府学堂看看小驰。晋王总归是长辈，我去晋王府学堂看小驰，是否要先拜见他？我想问问您的意思。"

苏夫人闻言点头："是该先去拜见晋王。"

提起晋王，苏夫人便将晋王喜好什么、晋王的惯常作息、什么时间去拜访晋王合适等交代了一番。

苏风暖没想到询问苏夫人一句，便从她嘴里听到了一大堆关于晋王的事，从喜好到日常等，事无巨细。她听罢，好笑地问：“娘，您怎么对晋王知道得这么多？”

苏夫人闻言笑道：“小裳没有别的长辈，多年来深得晋王疼护，你总归要嫁入容安王府，将来你们大婚后，除了要进宫谢皇恩侍奉早茶，也要去拜一拜宗室一干人等。虽然小裳的身份摆在那里，是容安王府世子，将来要继承容安王爵位，不必全拜过来，或者很多人可以免了，但独独晋王不能免。你总要过晋王府给晋王敬一杯茶。”

苏风暖眨眨眼睛：“所以？”

苏夫人笑着说：“所以，从你和小裳的婚事定下后，我便找人私下询问打听了这些事。虽然外面传言你是个乡野丫头没礼数，但这给长辈孝敬之事，断然不能没有礼数。”

苏风暖笑了笑：“娘，您考虑得可真周全啊！”

苏夫人摸摸她的脑袋：“娘就你一个女儿，你不耐烦去做这些事，娘都替你做了，你知道就好了。明日你去晋王府先拜见晋王也好，宗室一干人等都以晋王为首，晋王这些年对小裳极好，小裳很敬重晋王，以后他也是你的长辈，要多亲近。”

苏风暖暗暗叹了口气，想着晋王与湘郡王何等相似。湘郡王在东境，人人说好，天下传遍。而晋王在京城对叶裳，人人提起来，也都说好，连她娘都这样说。

“你怎么脸色不大对劲？”苏夫人看着她，“一说起与人来往待客之道以及将来大婚的事，你每次都是这副神色。”话落，又问，“你是不是心里还是不太赞同，觉得六礼的日子定得太赶了，大婚之期定得太早了？”

苏风暖摇头，笑着说：“没有，六礼的日子是叶裳定的，我也是同意了的。半年时间呢，没觉得太赶。”话落，又道，“我是琢磨着明日过府，给晋王带什么东西好。”

苏夫人道：“将天香锦给晋王带去一盒。晋王也爱喝茶。”

苏风暖顿时笑了：“娘，我当初从叶裳手里打劫十盒天香锦，是给您喝的，您这么手松，送了这个又送那个，为了礼数，还剩几盒了？”

苏夫人笑着打了她一下，说道：“原来你当初拿回的十盒天香锦是从小裳那里打劫的。”话落，苏夫人瞋了她一眼，“娘虽然爱喝茶，但好东西若是独享，也会失了味道。当初刚回京，给了冯公公一盒；后来在灵云寺，与灵风大师投缘，又送了灵风大师一盒；剩下的我喝了两盒，如今还剩六盒，你再拿去晋王府一盒，还剩五盒呢。”

苏风暖闻言抽了抽嘴角，想着她娘送了冯公公一盒，冯公公死了；送了灵风大师一盒，灵风大师也死了；如今再送给晋王一盒……

她面色有片刻古怪，忍不住好笑地说：“娘，这茶啊，是叶裳孝敬您的，可不能随便送人，有的人无福，消受不起。”

苏夫人顿时瞪眼，笑骂：“说什么乱七八糟的呢！听娘的，明日给晋王送去一盒。他多年来对小裳颇为照顾，受得起一盒茶的。”

苏风暖应承：“好，那我明日就带它去晋王府。”

苏夫人见她答应了，又嘱咐了两句在晋王府不准失礼淘气的话，便打发她回去休息了。

苏风暖从正院出来，见夜空繁星满天，不觉看向容安王府的方向。夜色浓重，层层屋脊楼阁，她看不到那里的灯火，想着叶裳现在应该已经回到容安王府了。他素来惯会掩藏情绪，总喜欢在没人的时候舔舐伤口，这一夜，应该会想起晋王多年来待他的许多事吧？

一个人对另一个人好，好到蒙蔽了对方，蒙蔽了所有人，心思该深到何种地步？

她感觉心里又冒出丝丝寒意，周身骤冷，她打住思绪，立即伸手给自己把脉，惊异地发现，冰层似乎又厚了些。她可以清晰地感知到身体的某一处像有一个无底洞，那里埋了寒冰，寒气正在丝丝往外蔓延。

寒气从无底洞里出来后，盘绕在经络处，渐渐地汇聚成冰，贴覆在了上面，冻住了经络。

千寒感觉到苏风暖气息不对劲，当即上前问道：“姑娘，您怎么了？可有不适？”

苏风暖没答话，闭着眼睛仔细地感知身体内的情形，随着她的探知，她发现无底洞来自她身体的本源之处，那里本来存着她的本元之气，犹记得在望帝山给叶裳解热毒，她本来已经无可奈何要动用本元之气时，师兄及时出现，将她的本元之气打回了体内。后来，她重伤之下，本元之气封存，经脉受了重伤，师叔断定她要养个几年才能重新习武。可是如今，她体内似乎没有了本元之气，本源之处变成了一个无底洞，而这个无底洞相当于望帝山的千万年的寒冰窟，似乎有源源不断的寒冰之气从里面溢出。

她感知半晌，发现随着她心境平和，这无底洞又渐渐地收拢了，再没寒气溢出。可是经络上的冰层经过一番变化，还是加厚了。通体冰寒如至冰窟。

“姑娘！”千寒见苏风暖不答话，面上一片寒冰之色，周身溢出寒气，他一靠近便觉得极冷，顿时又紧张地大喊了两声。

苏风暖慢慢地睁开了眼睛，看着千寒紧张焦急的脸，轻声说：“没事。”

千寒看着她：“您的身体……”

苏风暖摇摇头：“可能还需要仔细地查查，才能知道我的身体到底是怎么回事。”

千寒住了口。

苏风暖踱步往自己的院子走，一边走一边想，她刚刚是因为想到晋王蒙蔽叶裳，心底便冒出丝丝寒意，也就是说，她身体里的寒冰是受她心意主宰。

若是靠心意主宰，那么她能不能让寒冰消失？

她想着，便又停住脚步，试探着用心神去感应，发现没有丝毫动静。

“姑娘？”千寒不敢打扰她，但看着她的模样，又十分不放心。

苏风暖感应半晌，一无所获，索性放弃，对千寒说：“无碍，我似乎找到了我身体经络冻住的源头和原因，但一时不得其解，需要慢慢察看。别担心，没事。”

千寒闻言立即喜道：“姑娘，您既然找到了源头和原因，是否说明也许有办法解除？”

苏风暖想着望帝山的万年寒冰窟，她的身体若是真的引入了寒冰窟的极致寒气，哪能轻易解除？但她不想让千寒紧张得承受不住，连隐瞒也做不到而跑去找叶裳，便道：“也许能找到办法。”

第二日，苏风暖清早起来，依照苏夫人的安排，派人往晋王府下了拜帖。

晋王府很快就传回了话，说晋王今日赋闲在家，在府中等着苏小姐。

苏风暖带了一盒天香锦，由千寒驾车，前往晋王府。

来到晋王府，已经有管家等在门口，见苏风暖来到，连忙笑呵呵地上前，十分热情且恭敬：“苏小姐来了？王爷正在暖阁里等着苏小姐。”

苏风暖笑着点头。

管家领着她来到暖阁外，快走了几步，对里面禀告：“王爷，苏小姐来了。”

里面传出晋王的声音：“请她进来。”

晋王正坐在太师椅上喝茶，见到她，顿时笑着说：“苏小姐，稀客啊！”

苏风暖看着晋王，几个月不见，晋王还是与以前一样，十分精神，她对晋王福了福身，笑着直说来意：“我回京也有些日子了，想着好久没见我弟弟苏驰了，便过来看看他。”话落，苏风暖从袖中拿出那盒天香锦，上前一步，放在了他面前的桌案上，“听说我来晋王府，我娘知晓您也是爱茶之人，特意让我给您带了一盒天香锦。”

晋王见了天香锦，也不推辞，笑着捋着胡须道：“苏夫人与本王是同道中人啊，天香锦千金难求，本王多谢了。”

苏风暖坐在一旁的椅子上，笑着说：“王爷不必客气，我娘说您是长辈，多年来颇照顾叶裳，以后我与他大婚，也是要拿您当长辈侍奉的。”

晋王闻言翘了翘胡子，头疼地说：“那个臭小子，对于你们的大婚之事，似乎太着急了。本王觉得，他刚入朝，代天子督管户部，差事紧，肩头的担子重，你们年岁还小，既然皇上已经赐婚，将你们的婚事下了圣旨，大婚之事就不急，等个一年半载，缓缓劲儿，再好好筹备一番，他偏偏不听本王的。”

苏风暖笑着附和他的话：“可不是嘛，我也觉得仓促了些。”话落，她叹了口气道，“这也怪我，我一身武功尽失，他为了早些将我接去容安王府照顾我，才让日子赶得紧了些。”

晋王大惊：“你一身武功尽失？”

苏风暖点头：“半丝不剩，王爷是自己人，我才与您直白地说了；若是外人，我只说是受了重伤，养一阵子就好了。”

晋王闻言道：“怪不得呢。”话落，他仔细地看了苏风暖两眼，发现她果真与以前大为不同，面色苍白，像失血过多的久病之人，气息浊重，比寻常女子还要弱三分。这副病弱的样子，失了以前的三分英气和活泼之气，却有了另外一种娇弱美。

片刻后，晋王问：“既然如此，叶裳的热毒可解了？”

苏风暖笑得开心：“解了！我一身武功尽废，换他一个好身子，也不算亏。”

晋王闻言动容道：“好孩子，臭小子有福气，容安王和王妃在天之灵，可以安息了。”

苏风暖笑了笑，不再言语。

这时，刘焱从院外冲进来，人未到声先到：“爷爷，我听说苏府的姐姐来咱们府里了！”

苏风暖向外看去，见刘焱冲过报堂厅，进了屋，少年还十分年少稚嫩，带着童真和孩子气，染着外面的寒气，冲撞得帘幕哗啦哗啦地响，大踏步进了暖阁。

晋王顿时训斥：“没规矩！”

刘焱看到苏风暖坐在客座的椅子上歪着头看着他笑，脸顿时红了，停住了脚步，站在门口先对晋王施一礼，又转头对苏风暖施一礼，红着脸小声说：“爷爷、苏姐姐！”

晋王看着他问：“你不温习功课，跑来这里做什么？”

刘焱说：“我听闻苏姐姐来咱们府了，过来看看。”

晋王训道：“有客到，却冒冒失失，回去罚抄十遍……”

他话音未落，刘焱脸顿时一白。

苏风暖见了，趁机开口，打断晋王的话，笑着说：“王爷，我也坐了有些时候了，就不叨扰您了。既然小公子恰巧来了，就请他为我带路去一趟晋王府学堂如何？”

刘焱眼珠子一转，知道苏风暖是在给他解围，连连说：“爷爷，先生昨天布置的功课我已经做完了，今日先生不适，没来府中。我早起温习了两个时辰功课，全会了，您就让我带苏姐姐去吧！”

晋王闻言收回了到嘴边的话，板着脸说：“既然苏小姐开口让你带路，你就去吧！下次再莽莽撞撞，两次一起罚。”

刘焱松了一口气：“谢谢爷爷。”话落，他又高兴地对苏风暖说：“苏姐姐，走吧。”

出了报堂厅后，刘焱引路，带着苏风暖前往晋王府的学堂。

晋王府的学堂建立之时，是单独从晋王府隔出了一个大跨院，供金贵的宗室子弟学习课业，授教的师父也是极其有名望的学者。虽然师父好，但宗室子弟却没有几个成才有出息的，叶裳将苏驰送来晋王府学堂，除了看中晋王府学堂的师父，也是因为在这些贵胄子弟的云集之处，最能磨炼一个人的心志。

刘焱边走边对苏风暖说："苏姐姐，我听学堂的师父跟爷爷说，小驰在学堂里表现极好，比他年长几岁的人，都不如他。"

苏风暖回头瞅了一眼，见已经出了正院，除了她和刘焱、千寒三人，这一处没什么人经过，她不经意地笑问："是吗？王爷也关心小驰的事情？"

刘焱笑着说："当初叶哥哥将小驰送到学堂，怕他受欺负，让爷爷照看着些，爷爷说哪个子弟求学不受些苦，说不管。但叶哥哥说小驰若是少了一根汗毛，晋王府的学堂以后就不用开了。爷爷气得吹胡子瞪眼，在叶哥哥走后，便嘱咐了管家勤照看着，听管家隔三岔五禀告小驰的学业，夸他比我聪明多了。"

苏风暖笑着说："王爷劳心了！"

刘焱道："但凡是叶哥哥的事，爷爷嘴上说不管，但私下都会照看，就是刀子嘴豆腐心。"

苏风暖点头。

通往晋王府学堂的路，两旁种了树木，中间是一条青石砖铺的路，十分安静，没什么人经过。

苏风暖问刘焱："寻常这条路没什么人走动吗？"

刘焱点头："除了管家和我时常走动，爷爷吩咐，奴仆们不准随意到这边来。毕竟这里挨着学堂，不能打扰里面的人学课业。"

苏风暖点点头："在我们南齐，除了麓山书院，当数京城晋王府学堂出名了。也是贵在这里的师父和封闭授课，使得学子们可以心无旁骛。"

刘焱颔首："苏姐姐说得对。"

苏风暖道："你也在晋王府学堂里学课业吗？"

刘焱摇头："爷爷说我贪玩，将我扔进学堂里，不但自己学不好，还打扰宗室的子弟们，便将我带在身边，与晋王府学堂的师父们轮流教导我，爷爷授课一日，师父们授课一日。今日授我课业的师父身体不适没来，我才得以偷闲。"

苏风暖闻言微微挑眉，笑着说："看来晋王对你十分严苛了？"

刘焱垂下头说："爷爷怕我步我父亲的后尘，被养成宗室里的废物，整日里除了斗蛐蛐、养鸟，与府中歌姬小妾厮混，便不知别物了。爷爷也是为我好。"

苏风暖想起刘焱的父亲，晋王的嫡长子，多年来是真正的荒唐废物，晋王府什么事务都不管，所以，在嫡长子屡教不改的情况之下，晋王将支撑晋王府门庭的希望寄托到了刘焱的身上。

第九章
天作之合

不多时，三人来到晋王府学堂，守门人见到刘焱，连忙打开了门，刘焱领着苏风暖往里走，说道："苏姐姐，这个时辰，师父正在授课，我们直接去授课处，将他喊出来就是了。"

苏风暖颔首，打量着晋王府学堂，不愧是京城有名的学堂，修建得十分气派。

来到一处房舍外，刘焱要去喊人，苏风暖拦了他一下说："等等。"

刘焱停住脚步，疑惑地看着苏风暖。

苏风暖指指窗前，刘焱意会，三人来到窗前，站在窗下，向里面望去。

只见里面坐着数十名子弟，年纪参差不齐。有的子弟趴在桌子上睡觉，有的在私下拿着玩物玩耍，有的在两两说话，专心学课业的没有几人。苏驰坐在前方第二排中间的位置，不算是最年幼的，但与一众子弟相比，他坐得最笔直、最规矩，是最认真学课业的。

苏风暖忽然明白叶裳当初为什么要将苏驰送到晋王府学堂了，在这里，更能让他知道自己无依无靠，能靠的只有自己。

她看了片刻，便见那授课先生让苏驰起来答话，他小小年纪，对答如流，令人欣慰。

她不由得露出笑意，想着他来晋王府学堂也半年之久了，看来是适应了晋王府学堂的日常生活和授课。

刘焱悄声说："苏姐姐，你看苏驰学得好吧？怪不得我爷爷夸他呢。"

苏风暖点头，苏驰学得的确好，但是如今查出晋王有问题，苏驰再待在这里，她也不放心了，万一牵连到他，使他被晋王算计，岭山织造就真的绝后了。她心中琢磨着，若是将他转了学堂，在这京城又能转去哪里？这难免会令晋王起疑，除非……

她正想着，学堂的门从里面打开，授课的先生走出来，对刘焱见礼："公子。"

刘焱点点头，对那授课先生说："这位是苏府的小姐。"

那授课先生一怔，惊讶地看向苏风暖，须臾，连忙上前见礼。

苏风暖笑着摆摆手："先生免礼。"

刘焱道："苏姐姐来看望苏驰。"

那授课先生对里面看了一眼，对苏驰招招手，苏驰疑惑地起身，小小年纪，一板一眼地走了出来。苏风暖看着他的模样，忽然想起了叶裳小时候，似乎也是这副模样，规规矩矩，一板一眼，她忍不住笑了。

苏驰出了门槛，见到了她，睁大了眼睛，喊了一声"姐姐"，然后便扑向她的怀里。

千寒怕苏驰将苏风暖撞倒，连忙上前，伸手挡了苏驰一下，说：“苏驰公子，小心撞倒姑娘。”

苏驰顿时止步，看向苏风暖，忽然想起什么，立即红了眼眶说：“姐姐，我听人说你打仗时受了极重的伤，是不是？”

苏风暖笑着说：“是受了些伤，不过无碍，养些日子就能恢复。”

苏驰似乎想像以前那样扑进她怀里要抱抱，但又想起夫子所言，男女有别，君子要守礼，便站在原地，瞅着她问：“养些日子是养多少时日？”

苏风暖笑着说：“用不了多少时日。”

苏驰看着她，他即便小小年纪，也是懂得看人面色的，苏风暖的面色虽然笑着，但气息虚弱，像一阵风来便会被刮倒一般，他抿着嘴角说：“姐姐，我跟你说一件事。”

苏风暖笑着说：“好啊，你说。”

苏驰认真地说：“姐姐，我不想再待在晋王府学堂学课业了。”

苏风暖一怔，她虽然有这个想法，但没想到苏驰竟然提了出来，她问：“为何？”

苏驰咬着牙说：“我想学武，将来再有战争，我去打仗，再不让姐姐受伤了。”

苏风暖顿时笑了，看着他认真的小脸，心下触动，笑着上前一步，捏捏他的鼻子说：“咱们苏家不缺打仗的人，如今两国议和了，也不会再打仗了，你用不着学武受那等苦。”

苏驰摇头：“反正我不想在晋王府学堂了，我今日就要跟着姐姐走，我就要学武。姐姐若是不依我，我就去求外祖母，外祖母疼我，一定会应允我。”

苏风暖一时无言。

刘焱瞪着苏驰：“每个先生都夸你学东西快，十分聪明，是可塑之才。咱们晋王府学堂，也是有骑马射箭可学的。”

苏驰摇头：“我要学姐姐的武功、本事，将来与姐姐一样厉害，晋王府学堂教不了我这个。”

刘焱顿时没声了，晋王府学堂的确教不了苏风暖的本事。

苏风暖想着如今刘焱在这里，她正好趁苏驰提要求带走他，也免于周折，惹晋王起疑。于是，她痛快地说：“好吧，我就你这么一个弟弟，你喜欢如何，我都可以由着你。”话落，又道，“你现在就去收拾东西，既然你随我离开，我得与王爷说一声。”

苏驰顿时高兴地扬起笑脸：“姐姐真好。”话落，他转头就向自己住的地方跑去。

刘焱叫了他一声，他头都没回。

刘焱顿时看向苏风暖，惊讶地说：“苏姐姐，你这也太爽快了吧！我每次求我爷爷什么事，都要磨好久他才应允。苏驰只两句话，你就同意了，太不可思议了。要知道为了让他进这学堂，叶哥哥可是与爷爷说了半晌，爷爷才同意的。”

苏风暖笑着说："小驰是岭山遗孤，岭山满门覆灭，唯他一人存活，我想让他这一辈子都遵从自己的心意，活得自由畅快。他既然不想待在晋王府学堂了，喜欢学武，就让他学好了。"

刘焱顿时羡慕地说："我若是有你这样的姐姐就好了。"

苏驰收拾东西很快，没用两盏茶的工夫便收拾好了。他小小的人儿，自己背了一个大包裹，里面装的是王夫人给他做的衣服鞋袜。

他收拾好后，欢喜地仰着小脸看着苏风暖说："姐姐，走吧。"

苏风暖笑着摸摸他的头，对他说："在晋王府学堂这半年，你颇得王爷照顾，如今既然离开，就与我一起前去与晋王叩个礼，答谢王爷收留之恩。"

苏驰点点头。

刘焱看着苏驰，羡慕地说："你小子真有福气，有苏姐姐这样的姐姐，想做什么就做什么，想离开晋王府学堂，也不过是一句话的事。"

苏驰稚气地看着刘焱说："焱哥哥，多谢你这半年对我的照顾，出了晋王府学堂，我也会记着你这样的好哥哥的。"

刘焱本也有些孩子气，如今在比他小的孩子面前，他觉得自己是大人了，也学着苏风暖拍拍苏驰的肩膀说："你自然要记着我的好，不能忘了。在这晋王府中我没有弟妹，以后你就做我的小兄弟吧！闲暇时，我带你玩。"

苏驰点点头，拜别了授课先生，与苏风暖一起离开了晋王府学堂。

几人依照原路返回，路上依旧十分安静，鸦雀无声。

来到正院，晋王听闻苏驰要跟着苏风暖离开，皱了一下眉，说道："早先没听你说不让这孩子继续留在晋王府学堂，如今怎么要带走他？"

苏风暖还没答话，刘焱解释说："爷爷，不是苏姐姐要带走小驰，是小驰见了苏姐姐后，见她因为打仗伤成这个样子，说要弃文学武，他学成后上战场，就不用苏姐姐上战场了。我们晋王府学堂虽然教授骑马射箭的功夫，但哪有苏姐姐上阵杀敌的本事？"

晋王闻言点头："原来是这样。"话落，他看向苏驰："如今南齐和北周议和，以后不见得会再打仗，你学武上阵杀敌，也不见得会派上用场。"

苏驰道："即便不能派上用场，我也能留在姐姐身边保护姐姐，总之武比文要好用。"

晋王闻言摇头："你还年少，要知道，男儿有志，当报效朝廷，师父夸你有天赋，你这般弃文从武，只是为了保护你姐姐，是心志走偏了。她有叶裳保护，恐怕用不到你。"话落，又说，"况且，你怎么知道武比文好用？没有头脑，粗鲁武夫，不及文。"

苏驰咬唇说："叶哥哥的保护是他的保护，我的保护是我的保护。"话落，又说，"我跟着姐姐，文武都学，但晋王府只能学文。"

晋王闻言再次摇头，说道："你姐姐如今武功尽失，你看她的样子，教导你，怕是心有余而力不足。"

苏驰道："姐姐会好的。"

晋王看着他："这么说，你非要离开晋王府学堂了？"

苏驰重重地点点头。

晋王不再与他说话，看向苏风暖道："他年纪还小，如今因为你而轻易决定一辈子的事，你看来也是轻易地答应了，但你可想过这样真是对他好吗？我看这孩子学文天赋极好，若是弃文从武，对他来说未必好。"

苏风暖笑着说："岭山唯他一人存活，福大命大造化大，我不求他将来文武双全、出类拔萃，只想他按照自己的心愿，一世无忧就可。"

晋王道："大丈夫立世，如何能如此没出息！"话落，他看着苏风暖摇头，"你是女子，这样想无可厚非，但他是男子，男儿立世，报效朝廷是第一，光耀门楣是第二，一世无忧是没出息。"

苏风暖好笑地说："王爷，报效朝廷的人多得是，不差小驰这一个。"

晋王一噎，顿时吹胡子瞪眼，没了话。

苏风暖对晋王福了福身："我父母没为我再生弟弟妹妹，小驰是上天送我的弟弟。多谢王爷半年来对他的照看了，他既已无心再留在晋王府学堂，强求他也是枉然，我便带他回府了。"

晋王看看苏驰，又看看苏风暖，胡子抖着，好半晌，才摆手："本以为你是个明智的，谁知道宠惯起孩子来竟这么随意。罢了，既然他无心再留在晋王府学堂，那你就带他回去吧！回府后，若是反悔了，再送回来好了。"

苏风暖笑着说："多谢王爷。"话落，看了小驰一眼。

小驰跪在地上，给晋王叩了个头，稚气地说："多谢王爷半年来对我照顾有加，小驰虽然离开晋王府，但也会记着王爷的恩情的。"

晋王点点头，摆手："去吧！"

苏风暖与晋王又说了两句闲话，周身现出疲惫乏累的神色，起身告辞。

出了晋王府，苏风暖上了马车，小驰挨着苏风暖坐下后，刘焱在车前对苏风暖悄声说："我爷爷舍不得小驰呢，估计又该私下里磨叨可惜了，以前他就常磨叨叶哥哥可惜了。"

苏风暖笑了笑，没说话。

马车离开晋王府，折返回苏府，正好晌午了。

苏夫人听闻苏风暖带了小驰回府，迎出去，问明情况后，捏着小驰的脸蛋，连连笑着说："哎哟，可真是个好孩子，这般小小年纪，就会为姐姐着想，真是可人疼。"

苏驰被她说得小脸红红的。

苏夫人看着他，笑着说："小小年纪，就这么漂亮，长大了指不定怎么招人呢。”话落，对苏风暖偏头说，“我将哪处院子收拾出来给小驰住呢？”

苏风暖道：“我院子旁边的阅书斋给他住吧。”

苏夫人笑着说：“阅书斋通书房，一直没住过人。”

苏风暖说：“没事，娘再给小驰找一个小厮，与他一起住。”

苏驰这时说：“姐姐，我不用小厮伺候，我不怕自己住的。”

苏风暖笑着摸摸他的头说：“如今冬天冷，你需要有人帮你生火炉取火、收拾院落。听话。”

苏驰乖乖地点点头。

安置好小驰，苏风暖确实累了，用过午膳后，回自己的院子睡了一觉。

她这一觉睡到傍晚，醒来睁开眼睛，发现叶裳坐在她身边，她眨眨眼睛，问道：“你什么时候来的？”

叶裳放下书卷，看着她说：“来了有一会儿了，看你睡得沉，便没喊醒你。睡醒了？”

苏风暖翻了个身，伸手抱住他的腰，懒洋洋地将头靠进他怀里，语调娇娇柔柔、绵绵软软地说：“嗯，睡醒了。户部今日没什么事吗？你怎么来得这么早？”

叶裳伸手揽住她，将她又往自己的怀里抱了抱，点头：“今日的确没什么事，明日就要腥风血雨了。”

苏风暖仰着脸看着他，轻轻抬手，指尖温柔地描绘着他的脸，说道：“叶裳，查出晋王这件事，你很难受吧？”

叶裳道：“早已经难受过了，便不难受了。”

苏风暖觉得他这话里有话，看着他问：“‘早已经难受过了’是什么时候？难道在查出之前，你就已经有了猜测？”

叶裳道：“隐约猜测。”

苏风暖看着他：“未曾听你说起。”

叶裳握住她的手，脸色平静地说：“破了月贵妃之案后，我将当日府卫带回风美人、晋王急找我过府，以及我过府后中毒之事的经过，仔细地回想了一遍，我发现，晋王府便是个漏洞。”

“嗯？”苏风暖看着他。

叶裳道：“多年来，晋王立足京城，老一辈的王爷，如今仅剩晋王一人了。他安安稳稳地在京里待了一辈子。他的府邸若是松懈到一个小婢女都能下毒害我的地步，那他这些年不知死了多少次了。”

苏风暖看着他说：“原来那么久之前你就怀疑晋王了。”话落，又道，“当日，我是有些疑惑，但因你说那一番话，我便打消了疑虑。”

叶裳叹了口气道：“这么多年，我真的没发现他有待我不好之处，他素来见到我不是吹胡子就是瞪眼，可是背地里却十分维护我。我早先以为，晋王府也被我牵连，卷入了局中，但哪里知道，晋王本来就设了局，一直将我困在局里。”

苏风暖心疼地抱住他：“再高明的局，只要是人为设局，有着欺人之心，总不能长久到十几年。晋王能将你蒙骗十几年，可见他首先就把自己活在了局里。一个人把戏演成了生活，苦心蒙骗你，难道只是为了杀你？何至如此处心积虑？”

叶裳没答话，看着她问：“你还记得文叔叔吗？”

苏风暖一怔，点头：“记得啊，晋王府长子刘文，我只见过他一次，我当年去容安王府找你时，你正在和他斗蛐蛐嘛。后来我再没见过他，今日去晋王府，也没见到他。”话落，问道，“怎么了？”

叶裳道：“文叔叔曾经告诉我，没事别总往晋王跟前凑，他爹不待见我。”

苏风暖看着他：“他是如何说出这样的话的？”

叶裳笑了笑：“一次喝醉时说的。”

苏风暖看着他：“但你也没多想，是不是？”

叶裳点头：“的确没多想，文叔叔说他不待见我，又说也不待见他。”

苏风暖感慨道：“做人做到晋王这个境界，也是少有了。只是我不明白，晋王为了什么？”

叶裳摸摸她的脸：“十几年设局，总有原因。现在不明白，以后也会明白。不急。”

苏风暖点头，对他说：“你已经知道了吧？我去晋王府学堂，本来是想看看小驰，还没决定是否将他带出晋王府另行安置，但这孩子却提出不想再待在晋王府学堂了，我想着正好免于周折，趁着他提出，我便答应了。我怕将来会牵连到小驰。”

叶裳点头：“他若是不提出与你回来，我也正有此意将他移出晋王府学堂。你费了颇多辛苦，从岭山的死人堆里救出的孩子，好不容易养这么大了，自然不能受了牵连。”

苏风暖道：“晋王可与你提了这个？”

叶裳道：“提了，没说什么。”

苏风暖笑着道：“小驰的确适合学文，不太适合学武，若他是学武的料子，我早就教导他了。我让我娘将他安置在了阅书斋，先让他住一阵子再与他慢慢地说。”

叶裳道：“高深的内家功夫学不成，普通功夫总能学个七八成。骑马射箭，兵法谋略，也不需要于内功武学上天赋异禀。在你这里住几日，让他陪陪你，过了年，让他去容安王府，我将他带在身边好了。”

苏风暖一怔：“你要将他带在身边？”

叶裳道：“你如今身子骨弱，将他带在身边，总会费心思。”话落，又道，“你确定你如今有精力教导一个孩子？”

苏风暖想想觉得也是，于是她点点头，答道：“好，先让他在府中过了这个年，年后你便将他带在身边吧！”话落，笑着说，“跟着你，我总是放心的。”

叶裳点了点她的鼻尖，说道："你怎么就不想想，我岂能让这小子每日都跟着你？他如今还小，便日日看着你，以后长大了，天下女子可还入得了眼？岂不是与我一般受你荼毒魅惑？"

苏风暖失笑："是这样吗？我还真没想到这个。"话落，笑着说，"叶世子啊，您可真是……"

叶裳看着她："嗯？"

苏风暖搂住他脖子，笑着说道："你自小看着我，与我自小看着你，有何不同？你受我荼毒魅惑没错，焉能说我没受你荼毒魅惑？五十步笑百步。"

叶裳嘴角弯起，笑意深深，低头吻她："这样便不负传言，你我果真是天作之合了。"

苏风暖轻笑。

不多时，苏夫人派人来喊二人过去用晚膳，叶裳才与苏风暖出了房间。

苏驰见到叶裳，睁大了眼睛，小声问："叶哥哥，你怎么来了？你是不是来抓我，要再次把我送去晋王府？"

叶裳看了他一眼，坐下来，对他挑眉，不答反问："我问你，你今年几岁了？"

苏驰答："过了年七岁了。"

叶裳看着他说："七岁，再长十年，也才十七岁，就如我现在这么大，也才勉强说能保护一个人。"顿了顿，又道，"十年，三千六百多天，这个时间，长不长？"

苏驰绷起小脸："我努力学，不用十年就能保护姐姐。"

叶裳点头："你努力学，有毅力，成效自然会有。不用十年，也需要七八年。这期间呢，你要让姐姐教你，她如今受着重伤，今日前往晋王府看你一趟，便足足睡了半日。若是再教导你，你有没有想过，等不到你学成保护她，便先将她累垮了？"

苏驰显然没想过这件事，顿时转头看苏风暖，眼眶又红了。

苏风暖瞋了叶裳一眼："有话说话，别拐弯抹角欺负孩子。"

叶裳不理会苏风暖，对苏驰说："你想学武，虽然有些晚了，但也不是不可以。不想待在晋王府学堂了，也可以，但是不能累到姐姐，以她如今的身体，教导你会累坏她。过完年，你跟我去容安王府，跟在我身边，我教你。"

苏驰睁大眼睛，看着叶裳："叶哥哥，你教我？"

叶裳点头："怎么？这个表情，是不乐意？"

苏驰看看他，又看看苏风暖，半晌才说："可是，你……真的会武功吗？"

叶裳拿起桌子上的一根筷子，顺着窗子扔了出去，只听院中"啪嗒"一声落下一物，他对苏驰说："你去看看。"

苏驰立即跑了出去，到了院中，看到两只鸟被一根筷子穿成了串，他惊异地捡了起来，拿着回了屋，对苏风暖说："姐姐，叶哥哥好厉害！"

苏风暖笑着说："他是很厉害，你以后就跟着他学吧，我确实心有余而力不足。"

苏驰懂事地点了点头。

第二日早朝，叶裳递了追溯十年间户部款项去处的折子。

其中牵扯出了三件贪赃枉法、欺君罔上的大案。

一件是十年前庆川大旱，三百万两赈灾白银不翼而飞；一件是六年前，青州大水，河坝决堤，为修筑河堤拨款两百万两白银，可是次年就再度决堤；一件是三年前，沛城大火，烧毁府衙三个粮仓，百姓民房烧毁几百户，赈灾拿出去的五百万两白银。

这三件大案，叶裳当堂呈递奏折，皇帝看罢后，几欲吐血。

皇帝捏着奏折的手颤了几颤，才啪地将奏折扔下了金銮殿，站起来指着满朝文武官员，勃然大怒："三件大案，千万两白银，还有那些数不清的小案，十年间，近一千五百万两白银，原来朕的国库，就是这么被败出去的。"

群臣大惊，没想到叶世子刚到户部没几日，便翻出了这样的三件大案。

一时间，很多人胆战心惊，更有人吓得魂儿都没了。在朝为官，除了清流寒门官员，可以说，满朝文武官员没几个是真正手脚干净的。

所以，三件大案一出，有的人坦然自若，比如孙丞相、王大学士、许云初、兵部尚书等人；有的人脸白如纸，后背顷刻间冒出了冷汗，比如工部尚书、平郡王等人。

叶裳面色平静，立于大殿中间，在皇帝扔出他的奏折后，他俯身捡了起来。

皇帝看着满朝文武官员，身子颤抖半晌，怒道："来人，将工部尚书和平郡王给朕拖出午门斩首！"

工部尚书和平郡王吓得"扑通"一声跪在了地上，连连求饶："皇上饶命，臣知错了。"

皇帝怒不可遏："拖出去！"

有侍卫从外面冲进来，摘了二人的官帽，将二人拖出了大殿。

皇帝在将二人拖出去后，犹不息怒，大喝道："还有谁？别让朕一一点名，都给朕出来。再无人出来，朕就喊名字了，被朕喊到名字，诛九族！"

话音一落，顿时又有七八人跪在了地上求饶。

皇帝气得脸都青了："都给朕拖出去！拖出去！"

转眼间，又有七八人被摘了官帽，被侍卫拖出了大殿。

短短时间，近十名朝廷官员被推出了午门。

群臣人人屏息，剩余大半人都惨白着脸，战战兢兢。

皇帝看着那些吓白了脸的官员，身子晃了晃，猛地咳嗽起来。

小泉子连忙上前，扶住皇上，急急地说："皇上保重龙体！"

皇帝抬手挥开小泉子，又指着那些大臣，震怒道："多年来，朕仁善厚待臣卿等，没想到，你们却在背后毁朕的江山。今日，朕就……"他顿了一下，怒道，"小泉子，给朕宣读，还有哪些人涉案！不出来是吧？那么，朕不但要砍了尔等，还要诛九族！”

皇帝话落，又有十几人跪在了地上：“皇上饶命啊！”

皇帝指着这些人，气道：“来人，都给朕拖出去，拖出去！当即斩首！”

侍卫又摘了十几人的官帽，推出了大殿，将人推到了午门外。

一下子少了二十几人，整个朝堂空了一个角。

皇帝看着文武百官空出的那一大角，气得哆嗦。他自认多年来是个无功无过的帝王，可是没想到，前有十二年前和四年前两大旧案，后有月贵妃大案，再有河间驿站秋风山血洗大案未解，如今又来了这户部查出的千万两白银被贪墨案。

一桩桩、一件件，都在证明他做帝王治理江山，何等失败！

剩余的朝臣都白着脸，即便是孙丞相、王大学士也都蹙起了眉头。若是这二十多名朝臣都被砍杀，那么朝廷就会空出一角，且不论以后何人还敢入朝为官，只说临时到哪里去找能胜任这些人所担任的重要职位的替补官员？

二人看向叶裳。

叶裳面无表情，脸色寡淡，看不出心中所想，像对于皇帝因为他的奏折一下子推出去这么多人斩首无动于衷。

许云初也没想到皇上竟然当即就将这些人推出午门斩首，连打入天牢的缓和机会都不给。他也看向叶裳，见叶裳面色如常，他便也没出面求情，暗想着叶裳必有后招。

多年来，国库亏空，掌管着国库钥匙的户部更是一年不如一年。皇上早就想整治户部，却无能为力，如今让叶裳代天子督管户部，要的就是整顿户部，拔草带出淤泥，打响肃清朝局的首战。

叶裳如今做的就是皇上所需所想，他就是一把代天子治国的剑。

如今剑已出鞘，拔出萝卜带出泥，就如破月贵妃案一般，整个朝局都要震三震，满朝文武官员，也唯有他下得了手，查得出这样的大案，做得了这把皇上的治国之剑。

叶裳背靠皇上，背靠宗室，有王府、苏府、江南叶家，甚至燕北苏家撑腰，他不怕。

皇帝一连拖出二十几人后，一屁股坐在金椅上，闭上了眼睛。

朝堂内鸦雀无声。

不只孙丞相、王大学士、许云初看向叶裳，兵部尚书、户部尚书等剩余的人也都看向叶裳。叶世子不开口为这些人求情，便无人敢这时候出列触皇上霉头，弄不好就会引火烧身。

叶裳却像没看见这些人一般，径自从袖中拿出一卷卷宗，慢慢地翻看着。

两盏茶的工夫后，外面有人大声喊：“报！晋王求见！”

许云初眯了一下眼睛。

孙丞相和王大学士对看一眼，又看向叶裳，都露出了然之色，群臣也露出了然之色。谁人都知道，以晋王为首的宗室都心向叶世子，如今叶世子上奏折抖出十年间的三件大案，想必暗中知会了晋王前来为这些人求情了。

晋王虽然早已经不上朝，但是皇上十分敬重这位老王叔，一旦有需要，还是要请晋王出马的，比如半年前查灵云镇东湖画舫沉船一案。

如今晋王来了，看来这些人就算不能都保住，也能保住一半。

皇帝闻言，闭着眼睛道："宣！"

一声接一声的"宣晋王上殿"的声音传了出去。

不多时，晋王上了大殿，对皇帝见礼："老臣叩见皇上，吾皇万岁万岁万万岁！"

皇帝睁开眼睛，看了晋王一眼，沉声说："王叔，你不在府中待着，因何事匆匆上殿？"

晋王道："皇上，老臣听闻皇上要斩二十几个朝廷命官，这……斩不得啊！"

"嗯？他们贪赃枉法，结党营私，窃盗国库，谋取私利，朕如何斩不得？"皇帝怒道，"若是王叔为了这事上殿为他们求情开脱罪责，便不用多言了，回去吧！"

晋王连忙道："皇上，古往今来，历代帝王也没有当殿斩杀这么多朝中要臣的，虽然这些人犯了重罪，但罪不至死啊！"

"罪不至死？"皇帝大怒，"三件大案，一千五百万两国库雪花银，都被贪墨了。这还罪不至死？你晋王府多年来拿着朝堂俸禄，另外又经营店铺以及良田，一年能进出多少银两？十万有没有？"

晋王闻言立即说："老臣……府里……每年进益也就这个数。"

皇帝怒道："你每年进益这些，但花费多少？难道能超过这个数？可是朕的国库呢？十年时间，便流失一千五百万两白银，足以养一千五百个晋王府了。这些银子，没用于赈灾，都去了哪里？你不让朕杀他们，你说出理由！今日你来求情，朕给王叔颜面，只要你说出的不能杀的理由足够充分，朕就放了他们。"

"这……"晋王看着皇帝，默了片刻说，"皇上，今年以来，出了诸多案子，早先翻出了十二年前和四年前的旧案，朝野上下，哀哭一片，星河蔽日，足足月余；如今一连再斩杀这么多朝廷重臣，恐江山不稳，社稷动荡，朝政瘫痪，国将不国啊。皇上，不能杀！"

皇帝闻言怒道："王叔，你说为了江山社稷，为了我南齐国泰安稳，朕今日不做这嗜血之君，难道就纵容他们徇私枉法，欺君欺国不成？那么，再下一个十年呢？无数人效仿他们，我南齐就能得以久安了？"

晋王道："皇上，老臣的意思是，不能都杀，杀……杀一儆百就够了。"

"杀一儆百？"皇帝怒道，"杀哪个？是工部尚书，还是平郡王？除了他们二人，涉案大，贪墨银钱多，其余人贪墨的也不比他们少多少，难道其余人就都放过了，不治罪了？"

晋王一噎："可以……用别的方法惩治……"

"你说，怎么惩治？"皇帝看着晋王。

晋王似乎一时说不出来，扫了满朝文武官员一眼，见众人都看着他，唯独叶裳在闲闲淡淡地翻着卷宗，他立即喊："叶裳！"

叶裳头也不抬，懒洋洋地开口："晋王喊我何事？"

晋王瞪眼道："皇上让你整治户部，你就是这般整治的？揪出大案，满朝文武斩去二十多人，难道这就是你的奏折所请？同时斩杀二十多位朝中重臣，将来载入史册，皇上难免会留下残暴之君的名声，朝局社稷也会动荡，你却如没事人一样吗？"

叶裳缓缓转身，看向晋王，挑眉道："那您的意思是，我不该查出这些背地里肮脏污秽的贪墨之事了？任由他们贪墨下去，一直将国库贪墨空，将江山社稷拖垮，就对了？"

晋王顿时又被噎住，怒道："本王不是这个意思！你少曲解本王的意思。"

叶裳看着他说："那您说明白一些，我不懂您喊我是什么意思。"

晋王吹胡子瞪眼，怒道："本王的意思是，这些人不能都杀，但也不能不惩治，你可有什么好办法，既能惩治了他们，又能警醒于世？"

叶裳点点头，笑了笑，说道："原来您说的是这个意思啊！您来求情，皇上问您，您却把责任推给我，王爷，您对我可真好啊！"

晋王面色一僵。

叶裳仿佛没看到他微僵的脸，笑着道："不能杀，又不能不惩治，那还不好办。"话落，他一抖手中的卷宗说，"这上面所有涉案的人员，无论贪墨多少，都给补上。贪墨得多，多补；贪墨得少，少补。把贪墨的银子都还给国库，还得上的，就不杀；还不上的，不只要杀，还要诛九族。"

晋王一怔。

文武百官一怔。

叶裳转身，看向皇帝，带着一丝笑意问："皇上，您以为这个办法如何？外面的那些人，您还真不能都斩了。如今我管着户部，缺钱。您都给杀了，我找谁去要钱？"

皇帝闻言息了怒意，看了一眼满朝文武官员，询问道："众位爱卿，你们以为叶世子提议如何？"

孙丞相和王大学士对看一眼，齐齐出列："老臣以为叶世子所言甚是！朝中正是用人之际，国库也正空虚，这些人不能杀！贪墨的银两归还回来可以抵罪。"

许云初也出列："臣附议！"

户部尚书连忙出列："臣也附议！"

兵部尚书也出来："臣也附议！"

"臣等也附议！"

皇帝闻言点点头，说道："好，传朕旨意，把那些人都给朕先放了！无论是工部尚书，还是平郡王，但凡涉案人员，以叶世子所查卷宗证据为准，贪墨多少银两，都还上，以半个月为限。还不上者，诛九族！”

圣旨一出，群臣高呼：“皇上圣明！吾皇万岁万岁万万岁！”

工部尚书、平郡王等二十几名朝臣被从午门外拖回来，齐齐惨白着脸，惊魂未定地谢恩。

早朝便在这样惊心动魄的刺激下散了。

早朝上，叶裳上奏折揪出十年间户部银两被贪墨大案，皇帝雷霆震怒，推出去二十几位朝中重臣斩首，此事在京城传开，一片哗然。

工部尚书府、平郡王府等二十几名重臣府邸的一众人等吓得魂飞魄散。

平郡王府的小郡王齐舒更是惊吓得扔了拿在手中正在温习的书卷，难以置信地揪住管家问：“你说什么？我爹被推出午门斩首？”

管家吓得脸色发白，哭着点头，说叶裳上了奏折，揪出十年间户部一千五百万两银子被贪墨的三件大案，工部尚书、平郡王首当其冲。

齐舒听罢，一屁股坐在了椅子上，脸色发白地说：“我爹……什么时候贪墨了赈灾款项？”

管家摇摇头：“老奴也不知……会不会是叶世子弄错了？”

“弄错？”齐舒声音忽地拔高，又蓦地降低，摇头，“既是叶裳上奏，断然不会弄错。”

管家立即说：“小郡王，您和叶世子交情甚深，快去求求叶世子，救救郡王啊。”

“救？”齐舒忽然想到了当初安国公府和景阳侯府满门抄斩之事来。他闭上眼睛，摇摇头，“能救的话，不必我开口，叶裳一定会救。不能救的话，就算我开口，也是无用。”话落，又道，“父亲怎么会贪墨赈灾款项？他什么时候贪墨了赈灾款项？我怎么半丝没听他提起过？”

管家摇头。

这时，外面传来一阵哭声，不多时，平郡王妃哭着跑进了齐舒的院子，冲进门后，看到他就抓住他的手说：“我的儿，快救救你爹啊，娘听说你爹被推出午门要斩首了。”

齐舒看着他娘，问道：“娘，您知道我爹贪墨赈灾款项之事吗？”

平郡王妃大声说：“你爹怎么会贪墨？他一定是被冤枉的，儿啊，你不是与叶世子交好吗？他为何这般害我们平郡王府啊？你去问问他，他为什么害了安国公府和景阳侯府还不够，还要害我们平郡王府？他这个煞……”

“娘！”齐舒恼怒地打断平郡王妃的话，甩开她的手道，“叶裳从不会冤枉人！安国公府和景阳侯府伙同月贵妃通敌卖国，是国丈府小国舅许云初和丞相府公子孙泽玉查的案，怎么怨得到叶裳身上？与他何干？如今他查户部白银被贪墨案，我爹是其一而已。若没有真凭实据，他如何能让朝臣信服？定然是我爹真的贪墨了！”

平郡王妃被齐舒恼怒的呵斥声震得顿时蒙了，看着他，好半晌，才复又哭道：“可是你爹就要被斩首了啊，那是你亲爹啊，是叶裳查的你爹，你怎么还向着他啊？难道你就不管你爹了吗？”

齐舒咬唇，无力地说：“娘，一千五百万两白银啊，我爹与工部尚书是主犯，定然是不小的数字，您让我如何管？如今早朝还未散，我连入朝的资格都没有，如何救？”

平郡王妃一屁股坐在了椅子上，大哭了起来：“你爹若是被斩首，郡王府是不是也要跟着被满门抄斩啊？你还有弟弟、妹妹……”

齐舒忽然道：“我去苏府找苏小姐！”

齐舒骑快马，很快就到了苏府。

苏府自然也得到了早朝上的消息，叶昔一大早就来了苏府，与苏风暖坐在书房里说话。

听闻平郡王府的小郡王齐舒急匆匆上门，叶昔看了苏风暖一眼，笑着说：“这小郡王不傻嘛，知道来苏府找你。”

苏风暖笑了一声：“跟叶裳从小混到大的人，有几个傻子？”话落，她对管家吩咐道：“去将小郡王请来这里。”

管家应了一声“是”，连忙去了。

不多时，管家带着齐舒，来到了书房。

房门打开，苏风暖和叶昔闲适地坐在桌前，书房内没生火炉，十分清冷，但那二人像不惧冷意，面色随意，待得舒服。

苏风暖正一手拿着茶壶往一个空茶盏里斟茶，见到齐舒，先笑道：“小郡王看起来受惊不小，过来坐吧，喝一盏热茶，压压惊。”

齐舒平复一下心中的焦躁，走上前，对二人拱手：“叶昔兄，苏小姐。”话落，他缓缓地坐下，端起苏风暖新倒的热茶，喝了一口，放下道，“苏小姐应该知晓我的来意。”

苏风暖笑着点头，对他道：“小郡王不必焦躁惊慌，平郡王不会被斩首的，你大可安心。”

只这一句话，齐舒顿时放下了一半的心，看着苏风暖，又拱手虚心求教说：“请苏小姐直言。”

苏风暖也不隐瞒，对他道：“十年间，三大赈灾重案，无数小案，朝廷上下，真正要清算的话，没多少人是真正手脚干净的。皇上难道真都杀了？文武百官，如今揪出二十几人。二十几人都杀的话，朝廷上下掀起血雨腥风，定然会导致朝局不稳，自古以来，以杀止贪，下下策。”

齐舒道：“可是如今人已经被推到午门外了！”

苏风暖笑着说：“你不必心急，推到午门外，还能再放了，只要刀没落下，就不算没活路。这时候已经有人去救人了。”

齐舒立即问：“谁？”

苏风暖道：“晋王！”

齐舒看着她：“数目这么庞大的银两贪墨案，即便晋王去救，皇上会放人吗？”

苏风暖笑着说：“晋王求情，不过是借坡下驴而已。”话落，又道，“你若是信我所说平郡王会没事，就耐心在这里喝完这一盏茶，很快就有消息传回来了。”

齐舒闻言看着苏风暖，她姿态柔弱，面色也比寻常女儿家苍白，可是即便这样，她的话语以及神情也能奇迹般地给人镇定和安抚之感。

他压下心中的焦躁，缓缓地点了点头：“既然如此，我便信苏小姐所说，等上片刻。”

苏风暖颔首。

齐舒笑着端起茶盏，也慢慢地喝着。热腾腾的茶水下肚，齐舒觉得纵马奔来的一身寒意褪去了不少。

他喝完后，放下茶盏，外面传来千寒的声音：“姑娘，晋王前往大殿求情，果然将难题推给了世子。世子顺势向皇上和满朝文武官员提出以钱换命的说法。皇上应允，不杀这些朝臣，传旨将人放了，圣旨言，凡涉案人员，以世子所查卷宗证据为准，贪墨多少银两都还上，补给户部，以半个月为限。还不上者，诛九族！”

苏风暖闻言笑着对齐舒说：“小郡王听到了？平郡王只要把贪墨的银钱都还上，就不会出事。”

齐舒又惊又喜，站起身，对苏风暖拱手道谢：“多谢苏小姐！”

苏风暖摆手，浅浅笑着说：“小郡王不必谢我，我没做什么。”话落，又道，“叶裳身为宗室子孙，肩上担着容安王府的烫金牌匾，即便容安王和王妃不在多年，但他身为容安王府世子，也不会败父母傲骨和遗志，责任当头，义不容辞。”

齐舒点点头。

苏风暖又道：“南齐如今虽然外患已除，两国议和，但内政乱如麻，繁冗多年的陈年弊病多如牛毛。国久祸而不治的话，即便没有外敌入侵，也会毁于内里腐蚀。叶裳从不会冤枉任何人，平郡王涉案太深，导致这个后果，小郡王别怪叶裳就好。他虽然姓叶，但血脉里流着的是刘氏子孙的血。他年少失去双亲，多年来，十分珍视与你等兄弟情分。兄弟与夫妻一样，都是几辈子修来的。”

齐舒道：“我明白，我不会怪他。”话落，又抿唇道，“若非因为其中有父亲，今日午门外想必总要斩杀一二重臣以儆效尤。他虽然举查此案，但背后定然也在极力周旋，保平郡王府了。”

苏风暖颔首，对他道：“小郡王明白就好，户部把着南齐国库的钥匙，贪墨之风不整，国被拖垮还何谈振兴？的确，若没有你父亲，今日涉案贪墨超过百万两的官员都得死。据我所知，你父亲贪墨了三百万两白银，与工部尚书等同，涉案金额最大。他二人，若没有叶裳早先与皇上周旋，皇上今日定不会饶他们的性命。”

齐舒脸都白了：“竟然这么多……”

苏风暖看着他说：“小郡王回去吧！皇上宽限半个月，你好好问问令尊这三百万两白银。这么大笔银子，哪里去了？是藏起来了，还是花了？总该有去路。还不上的话，平郡王府的九族，怕是有上万人吧！叶裳能保平郡王一次，是看在与你的兄弟情分，平郡王若还不上，又说不出去处，叶裳保不了他第二次。”

齐舒点头，应道：“我这就回府！”

第十章
探不到脉

齐舒离开后，叶昔对苏风暖直摇头叹气。

苏风暖扬眉，瞅着叶昔：“师兄这是什么表情？我与齐舒说的话有什么纰漏不成？”

叶昔“哼”了一声，说道：“没什么纰漏，说得好极了。你怕齐舒因此对表弟恼恨，伤了兄弟情分，言谈间，句句维护，剖解表弟的辛苦。家国天下与兄弟情连在一起，可谓煞费苦心。”话落，叶昔又恨铁不成钢地说，“师妹啊，我说你什么时候能好好想想自己的事情！你若是真被冻成冰人，叶裳还谈什么护着兄弟情？他根本不用活着了。家国天下、兄弟情，在他眼里心里不及一个你。”

苏风暖闻言一时没了话。

叶昔对她伸出手：“手拿过来，我再给你把把脉。”

苏风暖将手递给他。

叶昔给苏风暖把脉，片刻后，撤回手，脸色凝重地道：“我竟然探不到你的脉了，怎么回事？里面尽是寒冰之气。”

苏风暖对他摇头：“我也是今早发现，我探不到自己的脉了。”

叶昔面色大变：“连你也探不到自己的脉了，这是不是说明，又恶化了？”

苏风暖道：“我的身体并没有感觉到难受，不像是恶化。”话落，又道，“虽然我自己也探不到脉了，但我的心境似乎可以感知里面的情形。”

“竟然是这样，里面是什么情形？”叶昔立即问。

苏风暖道：“本元之处，有寒气在回旋，将脉络给笼罩住了。”

叶昔皱眉说：“这是什么原因？”

苏风暖将那日自己发现情绪似乎能触动体内的寒冰之气之事与叶昔说了，之后又道：“这两日，我自己在试着探寻体内的寒冰之气的本源，想必随着我试图探知本源的心境变化，搅动了本元里的寒冰之气，所以，将脉象给笼罩住了。”

叶昔听罢，惊异地说：“这……怎么还有这样的事？简直是闻所未闻！”

苏风暖道："看来年后，还是需要回一趟望帝山，也许回了望帝山，才能解惑。我感觉我体内的寒气来自望帝山的寒冰窟，当时被引入我体内驻留了。"

叶昔闻言倒吸了一口凉气，脸顿时白了，骇然道："望帝山的寒冰窟，怕是有几千年，甚至万年。若真如你猜测，那……你还有什么活路？"

苏风暖抿唇，说道："我修习的是至寒功法，体内住了一个冰窟，也许……"

叶昔顿时打住她的话："别忘了，你经络损伤到几乎尽断的地步，一身武功尽废，还如何能调动功法化这些寒冰为自己所用？简直不可能！"

苏风暖住了口。

叶昔站起身，对她说："不行，我要去告诉表弟，不能再瞒着他了。"

苏风暖一把拽住他："师兄，不可。"

叶昔恼道："都什么时候了，你还要瞒着他？难道要等你被冻死了、被冰封，才告诉他吗？"

苏风暖摇头，看着他说："再等等，如今我一切如常，与几日前没什么不同，虽然探不到脉象，但也没觉得有被冻住的征兆。他如今正在办贪墨案，若是被他知道，他定然再不会管什么朝局，那么回京以来他的所有辛苦都前功尽弃了。"

叶昔伸手狠狠敲了敲苏风暖的脑袋，怒道："那你怎么就不瞒着我？你当初干脆也瞒着我好了！"

苏风暖被他敲了两下，笑嘻嘻地说："师父说了，让我们守望互助，你是师兄嘛，自然要对师妹多担待着些。"

叶昔听到苏风暖的话，态度稍微软了下来，不过他还是摆出一副怒火未消的样子："我去给玉灵师叔传信，伯父如今无性命之忧了，让玉灵师叔赶紧回望帝山给你查医书古籍。"

苏风暖点点头。

叶昔出了书房，匆匆地回了容安王府。

苏风暖又坐回书房的矮榻上，阳光从窗外射进来，分外明媚。她趴在窗前，看着窗外，几只鸟儿在海棠树的枝头叽叽地叫，她记得，那几株海棠树是在她很小很小的时候栽种的，那时候，她喜欢海棠花开满枝头的娇嫩模样，便央求三个哥哥与她一起栽种了海棠。

大哥说海棠是娇嫩的物种，十分难养，需要精心呵护。

后来，苏府众人离京，这处府宅空置了多年，如今回府，她发现，十几年了，那几株海棠还是好好活着，没有死掉。它们并没有大哥说的那么娇嫩。

它们的花娇嫩，但不代表树根、树干也娇嫩，在如此寒冷的冬日里，风雪严寒，它们的枝干也未见干枯。

也许她的身体不会到最坏的那一步，总有办法将不可能变成可能。

她转回头，对千寒说："千寒，去搬几个火炉来。"

千寒一怔："姑娘是觉得冷了，要在书房生火炉？"

苏风暖摇头："不是。"话落，她伸手一指，"你看到外面那几株海棠树了吗？稍后，你搬来火炉，我们就将火炉放在树下，再给这几株树搭个暖棚，兴许在这寒冬腊月里，能焐出几朵海棠花来。"

千寒看着她，怀疑道："这样的话，能让海棠在冬日里开花吗？"

"试试呗。"苏风暖笑着说，"反正左右无事，闲着也是闲着。"

千寒点点头，转身去了。

苏风暖下了软榻，出了书房的门，叫来管家，让他喊几名小厮，为几株海棠树搭建暖棚。

管家瞅着苏风暖，见小姐心情很好，便将怀疑的话吞了回去，应声去了。

不多时，小厮们带着一干物事来到书房外的院落里，开始动手搭建暖棚。千寒依照苏风暖的吩咐，搬来了几个火炉，放在了树下。

这件事惊动了苏夫人，苏夫人闻讯来到了书房外，对着苏风暖嗔怪地说："我听说你要在大冬天里将海棠树焐开花，这怎么可能？我看你真是闲得慌，没事干，给自己找点儿事做。"

苏风暖笑着挽住苏夫人的胳膊说："娘，我小时候就喜欢海棠花，这几株海棠树，可是我亲手种下的呢！我们多少年不在京城，也见不着它们开花，年后，我可能要出一趟远门，不知多久回来，没准又会错过它们的花期，不如早些让它们在我在的时候开了好了。"

苏夫人一怔："你年后要出远门？去哪里？"

苏风暖笑着说："与我师兄一起回一趟师门，是师门的事。"

苏夫人问："跟小裳说了吗？"

苏风暖摇头："还没说，过了年再与他说，如今他忙得昏天暗地，先不烦他了。"

苏夫人点点头，笑着对她道："我就没听说过大冬天里海棠树会开花的？我倒要看看你焐不焐得开这几株海棠树，别到头来白折腾一番。"

苏风暖对她吐吐舌头："没有做不成的事，就看舍不舍得下功夫。"

苏夫人点了点她额头："那好，我也等着观赏你的海棠花了！若是你这海棠树在大冬日里开花了，也算是奇景了。"

苏风暖看着暖棚很快就搭建好，将几株海棠都给围护了起来，棚内暖意融融，笑着点头："若是我真把海棠花在大冬天给焐开了，到时候不仅娘可以赏，您还能邀请与您要好的夫人们来咱们府赏海棠花。独乐乐不如众乐乐。"

苏夫人失笑："打算得这么远？还是等你把海棠花真焐开了再说吧。"

苏风暖笑着扬了扬眉。

搭建好暖棚后，苏风暖回到自己的院子，刚踏进门，千寒忽然拔出刀剑，清喝："什么人？"

苏风暖闻言回头，便看到两道身影立在了院中，正是望帝山来的两位师兄，她顿时笑了，对千寒说："自己人。"话落，又对那二人笑道："七师兄、十一师兄，原来是你们两人来了，一路辛苦了。"

来的人正是望帝山这一辈子弟里排行第七的萧离、排行第十一的谢轩。

二人看了千寒一眼，又看向苏风暖，蹙了蹙眉，齐声问："师妹，你出了望帝山，也有一个多月了，伤势怎么半分没见好，还是下山时的样子？"

苏风暖见二人一身风尘，显然是刚刚赶到京城，让开门口，笑着说："两位师兄进屋说吧。"

二人点点头，进了屋。

来到画堂，苏风暖亲手给二人倒了两杯茶，见二人不喝茶，只看着她，她叹了口气，将身体经络结冰之事说了。

二人面上齐齐露出惊骇之色。

苏风暖想着这样的事情，真是说出来就能吓坏听的人，她笑着说："应该没什么大碍，我身体并没有感受到任何不适。"

二人对看一眼，虽然于医术上不是十分精通，但也不是一点不懂，经络结冰，这是闻所未闻的奇事，这种事情意味着什么？往坏处想的话，是会将整个人给冻住的。

萧离立即说："几日前，我们在沛城见到了紫风师叔和玉灵师叔，他们并没有说起你经络结冰之事，只说你伤势不见好转，脉络凝结，如今这是又恶化了吗？"

苏风暖点头道："经脉结冰是这几日的事情，在两位师叔离京之后。"话落，她看着二人，"两位师兄途经沛城，可是正赶上我爹出事？"

萧离颔首："正是那一日，苏大将军出事，我们恰巧途经沛城，奈何我们医术不高明，幸好两位师叔赶到了沛城，才保住了大将军的命。"

苏风暖道："怪不得两位师兄比我预料的晚了几日进京，原来是在沛城因为我爹之事耽搁了。"

谢轩道："那一日，我们正好路过苏大将军出事的地点，那一批截杀苏大将军的黑衣人手段狠辣，就连皇上的轻武卫与之对打，都不占上风；我们也与之交了手，发现其中一人的武功路数，竟然是我们望帝山的武功路数。"

苏风暖一怔："什么样的人？"

萧离道："那人黑衣蒙面，只露出一双眼睛，武功奇高，显然是领头之人。十一师弟竟然不是他的对手。我们二人联手，最终也没能擒住他，让他撤走了。"

苏风暖问："什么样的一双眼睛？身形如何？两位师兄可还记得？"

谢轩点点头："记得。"

苏风暖拿出笔墨纸砚，铺在桌案上："十一师兄擅长丹青，不如就画一画他。"

谢轩颔首，执起笔，寻思片刻，将那人当时的样子画了出来。

苏风暖看着他画好的人像，黑衣蒙面，一双眼睛平凡无奇，身形不高不矮、不胖不瘦，也没什么出奇之处。她打量半晌，蹙起眉头。

萧离看着她："师妹可识得出是什么人？"

苏风暖摇头："识不出。"

谢轩道："我也纳闷，怎么会有外人会我们望帝山的武功路数？多年来，除了我们望帝山的子弟，唯你那未婚夫叶裳受你所教，学了我们望帝山的绝学。"

苏风暖想起望帝山的弃子林客，但这画像上的人与他的身形不符，便问："两位师兄，你们可还记得交手时那人所用的招式，是我们望帝山的哪门武功？"

谢轩点头："记得，我这就给你演练一遍，是我们望帝山的绝学，青九堂的武学。"话落，他便在画堂里，将当日与那人交手的情形演练了一遍。

苏风暖看罢，又看向萧离："七师兄呢？"

萧离站起身道："当时十一师弟在与那人对打时，我正在苏大将军身边为他止血，十一师弟喊了我一声，我才发现那人用的竟然是我们望帝山的绝学——青九堂灭杀式，十一师弟不敌，我去帮十一师弟，那人接了我一掌，趁机撤走了。"话落，他将当时的情形以及出掌动作也演练了一遍。

苏风暖看罢，眯起眼睛道："青九堂的武学，隶属望帝山九派里最高级的武学功法，非望帝山嫡系传人不可学。灭杀式更是灭天杀地的霸道功法，需要达到青九堂九重功法之大成，才能学会灭杀式。"接着，她看着谢轩道，"十一师兄功法仅到第七重，自然不敌九重功法大成后的灭杀式了。"

谢轩后怕道："幸亏我眼看不对喊了一声师兄，否则当日我怕是要把命栽在那人手里。"

萧离道："我用的是青九堂的回天式，险险从那人手下救了十一师弟。那人接我的回天式不见吃力，显然精通我望帝山武学，见我加入，没再恋战，撤走了。"

苏风暖沉默片刻，对二人问："两位师兄下山来京时，三位师祖可有什么书信让你二人转交给我？"

萧离立即说："有书信！"他伸手入怀，拿出书信，"是忘提师叔祖亲笔写的。"

苏风暖伸手接过，当即打开，只有寥寥数语。

信中言，四十年前，望帝山确实有一个弃子，是苏风暖师父的同父异母的弟弟，出生时，便被遗弃。如今他活着，想必是她师父暗中庇护了他。此事事关望帝山上一代的恩怨，书信不能详述。说待她什么时候回望帝山，再与她细表。

苏风暖没想到林客是她师父同父异母的弟弟，一时间心情分外沉重。

她师父本就出身于望帝山，是望帝山斩熠师祖之子，斩熠师祖娶的是南齐高祖之女英夙。据她所知，当年，英夙公主弃了身份，随斩熠师祖居于望帝山，生有一子，就是她的师父，那时高祖已崩，太宗为他师父赐名云凰，望帝山的弟子名为青凰。

至于斩熠师祖什么时候另娶了妻子，给她师父生了个同父异母的弟弟，她是不知的。

望帝山虽然不染尘世，但也是南齐的望帝山，南齐建国以来，望帝山与皇室从不曾断了牵连。以至于，她手中的铁券符传到了她师父手中，她师父临终又将帝师令与铁券符一并传给了她。

她想起师父的死，经脉尽断，天命大限，回天无力。她跪在他身前，不停地问是谁伤了他，以他的武功，如何能被人重伤至此？他却摇头说是他天命大限到了，经脉自断，摸着她的脑袋说："我一生最得意之事，莫过于收了两个徒弟。一生最失败之事，莫过于……罢了，罢了，天命如此。"

她当时以为，他最失败之事想必说的是鬼山派的掌门玉颜轻，门派殊途，不能结为连理，实为憾事，他一生未娶，她一生未嫁。以师父的武功，没人能杀死他，除非他自杀。

如今既然林客是她师父同父异母的兄弟，如忘提师祖所说，师父一直包庇他，那么，师父的死是否另有隐情？

她沉默思索得太久，想必脸色十分不好看，以至于萧离忍不住开口："师妹，怎么了？忘提师叔祖信中可说了什么不好的事情？"

苏风暖折了信纸，也不隐瞒，将林客是望帝山的弃子，且是她师父同父异母的兄弟之事说了。

二人听罢，震惊不已，显然也不知道望帝山竟然还有这样的一桩秘辛。

苏风暖将信纸扔进了香炉里，说道："师父心地仁善，我在想，既然他背着望帝山庇护了被望帝山遗弃的弃子弟弟，是否也私下教了他望帝山的绝学？"

二人对看一眼，更是惊得不知道该说什么。

苏风暖又道："我代替师父教会了叶裳望帝山的所有绝学，师父默认收了叶裳，只不过没行拜师礼。想必，叶裳不是先例。"

二人看着她，齐声问："师妹的意思是，这一次截杀苏大将军，也许就是那个林客做的？"

苏风暖道："是不是他做的，还不能断言。望帝山传承千百年，不是一代两代，只我们九派的嫡系子弟传承了下来，但武功也未严谨到除嫡系不传的地步。"

二人点点头。

苏风暖深吸一口气，说道："两位师兄一路奔波辛苦，我先命人给你们在我这院落里收拾出房间，你们先沐浴，用过午膳后歇一歇。"话落，又道，"若非师兄和叶裳不放心我，也不会劳累两位师兄来京保护我了，往后怕是要劳烦两位师兄在京城住一阵子了。"

"师妹不必客气，你身系我们望帝山传承，是帝师令传人，如今你武功尽失，身体抱恙，确实需要人保护。"萧离道，"我们本是孤儿，别说住一阵子，就是住上几年，也不算什么。"

谢轩笑着说："在师妹身边，比在望帝山待着有意思，师兄弟们听闻后，都抢着要来京跟在你身边，不过没抢过我们。”

苏风暖失笑，喊来管家，吩咐在她的院子里清扫出两间房间，供二人居住。

苏风暖特意嘱咐了管家，她的风暖阁住了两个人之事不得张扬。

苏府的管家是老管家，多年来，跟随苏家离京到乡野，又跟随苏家回了京城，十分忠心，听到苏风暖的嘱咐，便知晓这两位定然是贵客，连连点头，叫了个嘴巴严实的小厮收拾出了两间房间。

苏风暖的风暖阁住了两个人，此事管家自然不瞒苏夫人，苏大人闻声，很快就来了风暖阁。

萧离和谢轩本来打算沐浴之后再去拜见苏夫人，没想到苏夫人来了，二人连忙起身给苏夫人见礼。

苏夫人看着两个年轻人，容貌虽然比不得叶裳和叶昔，但也是鲜有的清秀俊美。她笑着摆手，说道：“我听说暖儿这里来了贵客，恐怕这小丫头随性惯了，怠慢你们，便过来瞧瞧。”

萧离连忙说：“师妹没有怠慢我们，我们刚到这里，因出身于望帝山，来京不敢张扬，恐惹麻烦，便没走正门，翻墙而来，叨扰了伯母。”

苏夫人隐约听苏风暖提过，她从望帝山请了师兄弟来京保护她，闻言恍然，连忙说：“我早就听暖儿说她的师兄弟要来，没想到你们这么快就到了。”话落又道，“她这风暖阁院子小，让你们挤在这里实在怠慢……”

谢轩连忙说：“不怠慢，我们与师妹自小相识，同门师兄妹，既然要保护她，自然要住得离她近些。”

萧离道：“伯母无须拿我们当客人。”

苏风暖这时开口：“娘，两位师兄都是自家人，您若是当贵客一般待他们，恐怕不出今日，京城就该传扬开了，没有谁家府邸能瞒得住消息。两位师兄来京未曾张扬，住在京城期间，也不能张扬。我这风暖阁，您嘱咐下去，没有我的吩咐，府中人不得靠近风暖阁，两位师兄需要什么，我会告诉您，寻常时候，你就当不知道他们住在这府里就是了。”

苏夫人闻言看向二人。

二人齐齐点头：“师妹说得正是，伯母大张旗鼓，反而惹人关注。”

苏夫人点点头：“好，就依你们。”话落，对苏风暖道：“这样，你这院子今后住的人多，除了你们，还有千寒，我将那个小厮泥鳅派到你的院子里当值吧，有什么事，他也能给管家传个话，这孩子虽然名字叫泥鳅，但嘴巴严，是咱们苏府的老人了，知道什么该说，什么不该说。”

苏风暖知晓泥鳅就是嘴巴严实、被管家安排给她收拾屋子的那个，的确是苏府的老人，是当年在乡野时，管家收的乞儿义子，自然放心。她点头应允：“好，让他来吧，以后就在风暖阁当值。”话落，她又对萧离和谢轩说：“两位师兄快先去沐浴，稍后我命泥鳅将饭菜送去你们的房里，你们用过午膳，就歇着吧！”

二人确实也累了，颔首，去了苏风暖为他们安排的房间。

这个上午苏风暖在苏府没闲着，叶裳在宫里也没闲着。

这日，叶裳被皇帝喊去了御书房，到了御书房后，皇帝挥退了侍候的人，看着叶裳沉声道：“昨日你与朕说，让朕今日配合你演一出戏，会引出要引的人，你指的是晋王？”

叶裳点头。

皇帝皱了一下眉，看着他：“你的意思是，晋王与这十年来的银两贪墨案有关？”

皇帝眉目现出厉色，盯着叶裳：“你发现了晋王什么？”

叶裳伸手入怀，将他和许云初查出的两张名单，递给了皇上：“您自己看吧！”

皇帝伸手接过，对比两张名单，看了许久，忽然攥紧了手，捏碎了宣纸，半晌，吐出几个字：“晋王，他竟然……”

叶裳道：“这份名单虽然做不得证据，但也能说明有些问题，千丝万缕的联系里，指向这一处，空穴来风必有因。这么多年，无论是十二年前和四年前的旧案，还是月贵妃案，甚至灵云镇东湖画舫沉船案，以及晋王府毒茶要我的命等案，他都脱不开干系。”

皇帝一时气血上涌：“好个晋王。”

叶裳看着皇帝，慢慢道：“今日，朝廷上下，都会以为我与晋王早先是商议好的，他来大殿为这些人求情，而我顺势建议，以钱换命放了他们。可是他们不知，我压根儿就没知会晋王，而是与您做了一场戏，晋王不足两盏茶的工夫就上了大殿，消息传得未免太快了。”

皇帝闭上眼睛，气怒难平：“晋王……晋王……”

叶裳道：“昨日我仔细将这些年晋王待我之事都回想了一遍，倒是想起了一件事。”

皇帝问：“什么事？”

叶裳道：“十一年前的除夕夜，我身体本就不舒服，吃不下什么东西，您赏了我一杯果酒，命冯公公端给我。我只喝了那杯果酒，回府后，便中了热毒。”

皇帝点头：“不错，朕知晓这事，当时朕的两边分别坐了皇后和月贵妃。那果酒，她们也喝了，并无事，但只有你出了事。朕多年来不说，一直怀疑是许家和皇后所为，但奈何没有证据。后来你破月贵妃案，她毒伤太子，朕才知晓月贵妃心如蛇蝎，她也承认是她早就想杀你。”

叶裳颔首：“所以，我们都认为是月贵妃。”话落，又道，“我们都知道冯盛是晋王的人，后来投靠了月贵妃，但是否被此事误导了？其实，冯盛一直都是晋王的人，月贵妃和晋王本就是一根绳上的。无论是以热毒害我，还是给太子下无伤花之毒，都出自冯盛，也就是晋王。”

皇帝面色一寒："他一个宗室亲王，哪里来的这么多歹毒的毒？"

叶裳道："这就要仔细查了。是不是他，还有待查清，但总归脱不了干系。"话落，又道，"虽然帝王面前不该行猜疑之事，也不该没证据而进言，但我思索再三，觉得这件事还是应该告诉您，您也好早有个准备。毕竟，处理完户部之事，我就会离开京城，暂且不能为您分忧了。"

皇帝一怔："你要离开京城？去哪里？"

叶裳道："陪暖儿回望帝山。"

皇帝蹙眉，看着叶裳。

望帝山距离京城有千里之遥，去一趟望帝山，不耽搁的话，来回最快也要半个月的时间。

他沉声问："你的热毒不是解了吗？陪她去望帝山做什么？"

叶裳抿唇道："她的身体出了问题。"

皇帝一怔："什么问题？不是说武功尽失，但养伤几年就能恢复，重新习武吗？"

叶裳道："她经脉凝结，体内寒气笼罩，从望帝山回来后，伤势不但半分不见好，反而恶化了。若是这样下去，恐怕人就要被体内的寒气冻成冰。"

皇帝一惊："这是为何？"

叶裳摇头："具体是什么情形，我也不知，她瞒着我，不告诉我。但我从小与她一起长大，相处这么久，她身体有什么变化，我岂能察觉不到？"

皇帝看着他："所以，你又要扔下朝事，随她去望帝山，不管朕了？不管京中诸事了？"

叶裳顿时笑了："皇上，您是九五之尊，可用不着我管，您这样说不是折我的寿吗？再说，朝局之事，很多人都能取我代之，但她之事，我却必须在她身边，不能让别人取我代之。"

皇帝顿时噎住。

叶裳又道："她死，我也不会独活。我血脉里流着刘氏子孙的血是不错，但这么多年，支撑我活着的信念不是刘氏血脉，而是她。"话落，又道，"南齐没有我叶裳，江山社稷照样轮转，但我若没了她，生不如死。"

"你……"皇帝伸手指着他，怒道，"你这是什么话？照你这样说来，她是没活路了吗？"

叶裳默了片刻，道："也许吧！体内被寒冰笼罩，眉心都溢出寒气，靠近她身边，竟然比外面数九寒天还要冷寒。这样的寒到了极致，她没有一丝一毫内力护体，如何能抵抗得住？"

皇帝闻言缓和了面色道："你的意思是，陪她去望帝山，有解决之法？"

叶裳道："也许有，我思来想去，她身体内的寒气，应该是为我解热毒时，将望帝山寒冰窟的极致寒气引到自己身上所致。去了望帝山，兴许能找到生机。"

皇帝看着他，见他面色沉暗，问道："那朝局呢？如今京城有晋王，东境有湘郡王，身边有猛虎，卧榻有豺狼，太子已经是真正的废人了。朕不依靠你，还能依靠谁？"

叶裳摇头："皇上，您不能依靠我，我的命是苏风暖的，不是南齐江山的。"

皇帝闻言又震怒："你……是要气死朕吗？江山基业，比不过一个女子？"

叶裳道："在我心里，比不过！"

皇帝勃然震怒，腾地站起身，气极道："你给朕滚！"

叶裳见皇帝的脸都气青了，他缓缓站起身，拂了拂衣袖，干脆痛快地转身出了御书房。

他刚踏出御书房的门，便听到里面一阵稀里哗啦的声响，显然皇上将御书房砸了。

小泉子守在门口，看了叶裳一眼，惊吓得赶紧冲了进去，大呼道："皇上，您息怒啊，您的手……手出血了……快来人啊，请太医……"

叶裳脚步顿了顿，没回头，离开御书房，前往户部。

他还没踏进户部的门，六部便传开了叶世子在御书房惹得皇上大怒，砸了御书房之事，都暗暗猜想着，二人想必是因为贪墨案，叶世子言不中听，触了皇上霉头，惹得本就心里窝了一团火的皇上发了这么大的火。

户部尚书以及一众人等见叶裳回来，仔细观察叶裳面色，见他面无表情，都不由得提着心。

叶裳从袖中抽出两页宣纸，递给户部尚书，只说了一句话："从今日起，户部所有人，按照这份名单前往各府催银两，半个月为期。还不上的，说出银钱去处，连银钱去处也说不出来的，告诉他们，数清楚自己的九族有多少人，一一上报。"

"是！"户部尚书连忙接过宣纸。

叶裳不再多言，回了自己的办公之处。

晋王府自然也得到了叶裳惹得皇帝大怒，皇帝连御书房都砸了的消息。晋王今日出了大殿后，便心中气闷不已，坐在书房内，一张脸沉着。

听闻府中管家来报此事，晋王一怔，问道："他因何惹了皇上大怒？"

管家摇头："宫里传出的消息，太医院都惊动了，皇上自己用手砸的玉案，生生把手砸出一个窟窿，血流如注，太医院的孟太医是见惯重伤的老太医了，可是给皇上包扎时，据说手都是哆嗦着的。"

晋王皱眉："发这么大的火，难道是因为贪墨案？"

管家道："当时皇上将叶世子叫去了御书房，只吩咐小泉子一人守着，其余人都挥退回避了。小泉子是皇上亲自提拔的人，他嘴巴严实得很，恐怕套不出什么话来。"

晋王道："皇上重伤，我认为还是叶裳气的，本王是不是该赶紧进宫去看看皇上？"

管家立即垂下头："若是搁在往日，您都是去的。"

晋王闻言道："备车，本王进宫一趟。"

不多时，晋王出了晋王府，进了宫。

皇帝依旧在御书房，听闻小泉子禀告晋王来了，他看了一眼自己包扎好的手与砸烂的御书房，闭上眼睛，疲惫地说："请王叔进来。"

晋王进了御书房，一见之下，吓了一跳，骇然地问："皇上，你这是……"

皇帝摇摇头，摆摆手："王叔坐吧！"

晋王择了一处干净之处坐下，看着皇上："你是九五之尊，身体发肤，受于天恩，怎么能不爱惜龙体？你这是……这是……我听闻叶裳那混账小子又气你了。"

听闻提起叶裳，皇帝又生起怒意："王叔，不要与朕提他。"

晋王道："他自小失去双亲，有失教养，皇上宠爱他，老臣身为长辈，也没教导好他，才导致他目无尊长，顶撞人顶撞惯了，皇上别与他一般见识。"

皇帝深吸了一口气，说道："是朕的错，不该太过宠爱他，以至于他连祖宗的江山都不看在眼里，眼里心里只有一个女子！真是让朕失望啊。"

晋王闻言试探地问："皇上是因为苏府小姐，与他起了争执？"

皇帝点点头："你大约知道吧？苏府丫头为了他，身子骨坏了，性命恐怕都由不得自己了。他今日与朕说，要陪她去四处寻医问药，待理清了户部之事，就要丢下这朝局离京。亏他是容安王府世子，肩上的责任、大好的荣华，说不要就不要，也不知为朕解忧，朕多年来真是白疼他了。"

"原来皇上是因此事与他置气。依老臣看，皇上大可不必与他置这等气。"晋王闻言劝道，"他毕竟年少，正是与女子风花雪月、浓情蜜意的轻狂年纪。苏府小姐为了他，失了一身功力，也是痴心一片。如今她有性命之忧，这小子又是个情种，眼里自然再装不下别的了。"

皇帝叹了口气："还是王叔想得开，朕虽然也明白，但……唉，太子如今这副样子，这江山的承继之人，朕本来……罢了罢了，他眼里没有江山，只有女人，靠不住。"话落，睁开眼睛，对晋王说，"王叔，从明日起，让刘焱进宫，朕将他带在身边教导吧！"

晋王闻言吓了一跳，看向皇帝，那神情像怀疑自己听错了。

皇帝看着晋王，直白地说："王叔，祖宗的江山，不能毁在朕的手上啊，除了太子，其余皇子都还小，无一是能成才之人，朕都指望不上。朕看着刘焱不错，自小被你带在身边悉心教导，是可塑之才，朕再悉心栽培一番，兴许能当大用。"

晋王立即起身，拱手骇然地说："皇上使不得啊！"

"怎么使不得？王叔是不乐意为朕分忧解难了？"皇帝看着晋王，"还是说，你看重叶裳比自己的孙子更甚？如今他将朕气成这副样子，眼里只有女人，没有朝局江山，你还对他寄予厚望？"

晋王惊慌失措地说："老臣没有……老臣不敢。"

皇帝“哼”了一声：“王叔，什么叫作不敢？是不敢想，还是不敢为？”

晋王扑通一声跪在了地上，也顾不得地上杯盏杂乱一片，脸色发白地说：“皇上还年轻，诸皇子虽然年幼，但好生培养，为时不晚。皇上切莫说如此丧气之话，祖宗的江山，自然不能毁……”

皇帝闻言缓和了面色道：“皇室子嗣单薄，无成器之人，从宗室里选继承人，也无可厚非。虽然我南齐建朝至今，还没有先例，但古来却有多例可循。”他顿了顿，叹了口气道，“朕也不年轻了，王叔早就退朝，不劳心朝事，如今若是照镜子对比，你比朕还年轻。这把椅子磋磨人，趁着朕还有力气，赶紧选个继承人，总不能让祖宗的江山无人承继。”

晋王看着皇帝：“皇上，刘焱他……他还年少……恐怕担不起重任啊……”

皇帝摆摆手，说道：“朕当年登基，比他大不了几岁。王叔无须多言了，你起来吧，明日把刘焱送进宫就是。自从太子出事，朕身边也好久没有儿郎出入陪伴了。”

“皇上……”晋王还要再说什么。

皇帝疲惫至极地闭上眼睛，沉痛地说：“王叔，这是圣旨。难道你也与叶裳一样，想弃朕不管吗？他好歹不姓刘，姓叶。可是王叔别忘了，你姓刘，刘焱姓刘。”

晋王顿时没了声，垂下头，无奈地说：“老臣接旨。”

皇帝摆摆手，对外面喊：“小泉子，送王叔出宫，送回晋王府，顺便向刘焱传达朕的旨意，让他明日进宫伴驾。”

“是！”小泉子垂首应声，上前扶起晋王，“王爷，奴才送您。”

晋王站起身，点点头，行了个告退礼，出了御书房。

晋王踏出御书房后，皇帝睁开了眼睛，眸光凉薄冷厉。

晋王出了御书房后，回头看了一眼，御书房静静的，半丝声响不闻，他收回视线，向宫外走去。

小泉子亦步亦趋地跟在晋王身后。

出了皇宫，一行人乘坐马车到晋王府。

晋王下了马车后，对管家吩咐：“去喊刘焱，出来接旨。”

管家看了晋王一眼，连忙去喊刘焱了。

晋王对小泉子道：“小泉子公公，先去会客厅喝一盏茶吧！你送本王回来，辛苦了。”

“奴才不辛苦。”小泉子连忙摇头，笑呵呵地说，“奴才正巧口渴了，多谢王爷赏茶。”

来到会客厅，晋王落座，对小泉子道：“刘焱明日进宫，陪皇伴驾，以后就劳公公照看了。”

小泉子顿时笑眯眯地说：“王爷哪里的话？以后奴才啊，怕是还需要刘焱公子多多照顾才是。”

晋王道："咱们皇上素来宽厚，刘焱进宫陪皇伴驾本王不担心，但就怕深宫幽寂，这孩子又是个好玩的性子，以后就劳烦公公多多提点了。"话落，他对近身内侍说："去将我收藏的菩提珠算盘拿来。"

近身内侍连忙去了。

不多时，内侍拿来了收藏的菩提珠算盘，递给了晋王。

晋王伸手接过，递给小泉子："本王甚喜此物，今日便送给公公了。"

小泉子连忙说："使不得，使不得，既是王爷心头所爱，奴才怎么能……"

晋王摆手，制止他的话，说道："公公自小是被冯公公养大的，本王与冯公公知交多年，可惜他被月贵妃迷惑，铸成大错，本王救不得，可惜了。你是冯公公的养子，这菩提珠算盘就算本王借他之手，送你的好了。你若是推拒本王，本王……"

小泉子闻言连忙伸手接过，截住晋王的话，机灵地说："既然王爷这么说，奴才就收了。多谢王爷厚爱，以后王爷但凡有需要奴才之处，尽管开口。"

晋王见他收下，便打住话，捋着胡须说："本王一个年迈之人，无甚所求，不过是想孙子平安。"

小泉子闻言意会，答道："王爷放心吧！深宫虽然深，但也不是照不见光的。刘焱公子但凡有需要奴才之处，奴才必当全力维护。"

晋王点点头："有公公这句话，本王就放心了。"

不多时，刘焱来到会客厅，先给晋王见礼，喊了一声"爷爷"，又好奇地看向小泉子。

小泉子见到刘焱，连忙起身，笑呵呵地说："奴才奉皇上之命，前来给公子您传一句话，皇上有旨，明日起，公子进宫伴驾。"

刘焱顿时睁大了眼睛，伸手指着自己："我？"

小泉子笑着说："没错，正是公子您。"

"这……皇上怎么会让我进宫伴驾？"刘焱受惊吓地看向晋王，"爷爷？"

晋王道："皇上厚爱晚辈，你接旨就是了。"

刘焱"哦"了一声，连忙跪地叩首："谢皇上厚爱，刘焱接旨。"

小泉子上前一步，机灵地伸手扶起刘焱，笑眯眯地说："明日公子进宫，以后奴才就会常常见到公子了，公子但凡有什么吩咐，只管差遣奴才。"

刘焱又吓了一跳，小泉子别看年纪小，但如今是皇上身边的大总管，只有皇上能差遣他。他赶紧摇头："公公……客气了，不敢劳烦公公。"

小泉子撤回手，笑眯眯地对晋王说："公子与奴才还生疏，以后接触得久了，熟悉了就好了。"话落，又道，"奴才回宫复旨了，王爷好生嘱咐公子一番吧。"

晋王点头，吩咐管家送小泉子出府。

小泉子出了晋王府，上了马车，捧着菩提珠算盘，摸了一会儿，打了个哈欠，扔在了一旁。

回到皇宫后，小泉子揣了菩提珠算盘，进了御书房复旨。

皇帝抬眼瞅了他一眼，沉声问："晋王给了你什么好东西？"

小泉子连忙将菩提珠算盘呈递到皇帝面前，小声说："回皇上，晋王给了奴才这个。"话落，将去晋王府的经过，一五一十地禀告给了皇帝。

皇帝伸手接过菩提珠算盘，眯着眼睛扒拉了一会儿上面的珠子，笑着说："晋王的心爱之物，今日舍得送给了你，看来在他心里，刘焱的位置十分重要啊。"

小泉子点点头。

皇帝将菩提珠算盘递还给他，说道："既然他给了你，你就好生把玩吧，别让它生锈了。"

小泉子垂首："是！"

皇帝传旨命刘焱入宫陪皇伴驾的消息很快就传遍了京都。

文武百官一时间炸开了锅。

太子一直是南齐江山继承人的一个结，如今太子未被废黜，皇上便传晋王的长孙刘焱入宫陪皇伴驾，这说明了什么？是不是皇上有意让刘焱接替太子之位做南齐江山的继承人？

皇帝除了太子，还有几个年幼的皇子，虽然说年幼的皇子们如今看起来不成气候，但……毕竟是皇上的亲子，难道皇上真的决定从宗室里选继承人，不指望那些年幼的小皇子了？

众人又想到，今日皇帝将叶裳喊去了御书房，随后便听说叶裳顶撞了皇上，导致皇上发了大怒，砸了御书房，随后，晋王入宫，皇上便传旨刘焱入宫陪皇伴驾……

难道叶世子与此事有关？

一时间，朝廷官员都觉得以后的官途需要颇费思量了。

刘焱入宫陪皇伴驾的消息虽然惊吓了一众人等，但偌大的贪墨案才是当务之急。户部官员几乎倾巢派出，依照叶裳的名单，将官员们分了三六九等，前往各府，收缴补还银两入账。

贪墨少的官员们，都赶紧清点府中银两，着紧地还了。

贪墨多的官员们，除了清点府中的存银，还着紧地变卖良田、店铺，甚至女眷的首饰，赶紧补上银两。

贪墨更多，银两百万两以上的官员们，一个个惨白着脸，从皇宫出来，坚持回到府中，便都晕倒在了府门口。

工部尚书是其一，平郡王是其二。

齐舒从苏府出来，便奔回了平郡王府，在门口等着回府的平郡王。当他看到自己的父亲惨白着脸，由人搀扶着下了马车，便晕倒在府门口时，一时间气血上涌，上前一把将他父亲从地上拽了起来，摇晃着他的肩膀，怒急道："爹，您告诉我，您怎么会贪墨了这么多银两？那些银两都哪里去了？"

管家看着齐舒骇人的模样，白着脸抖着身子说：“小郡王，您轻些，郡王他……他受不住您这般摇晃。”

“受不住？”齐舒怒道，“他贪墨时怎么就没想到自己有朝一日受不住？他贪墨了那么多银两，高达三百万，哪里去了？哪里去了啊？爹，您告诉我！”

平郡王昏迷不醒，不知是吓的，还是惊的，自然没法回答他。

平郡王妃从内院哭着跑出来，见到齐舒吓人的脸色，将平郡王摇晃得如风吹树叶一般，她急着跑上前，一把扯开齐舒，怒道：“舒儿，你这是做什么？你爹好不容易活着回来了，你是想摇晃死他吗？”

齐舒恼怒地放开手，看着平郡王妃，红着眼睛说：“娘，您知道不知道？我爹贪墨了三百万两银子，皇上法外开恩，以钱换命，还上贪墨的银子，他不会死；还不上，不只他死，我们齐家九族都会被诛！”

平郡王妃骇然地睁大了眼睛，看看平郡王，又看看齐舒：“这……是真的？”

齐舒道：“我骗您做什么？”

平郡王妃想到三百万两白银，府中哪有那么多钱，一百万两都没有，一口气没上来，白眼一翻，也晕了过去。

齐舒看着晕过去的爹娘，欲哭无泪。

管家看着齐舒：“小郡王，这可怎么办啊？”

齐舒无力地摆手：“将我爹抬进客厅，用冷水泼醒。将我娘送去后院房里，命人好生照看。”

管家应了一声“是”，连忙命人抬了平郡王去了客厅，将平郡王妃送去了后院房里。

齐舒跟着进了客厅，府中的下人们不敢对平郡王泼水，端来水盆后，都怯懦地看着管家，管家一咬牙，接过水，对着平郡王泼去。

平郡王一个激灵，一下子被冷水激醒了。

齐舒上前，双手按着平郡王的肩膀，盯着他，红着眼睛问：“爹，您贪墨了那么多钱，都哪里去了？”

平郡王头上脸上湿答答地滴着冷水，看着齐舒，抖了抖嘴角，说不出话来。

“您说啊！”齐舒大喊。

平郡王面无血色。

“您是想让我们齐家真被诛九族吗？”齐舒又恨又怒，“您知道不知道，今日若没有我与叶裳的交情，您早就在午门外被斩首了！”

平郡王顿时落下泪来，哭道：“舒儿，是为父的错……为父不该……不该糊涂……”

“您说，那些银两哪里去了？”齐舒扣着他肩膀的手抠紧，盯着他追问。

平郡王抖着嘴角摇头。

“您摇头是什么意思？都花没了？花哪里去了？别告诉我您不知道！”齐舒

大怒。

平郡王闭上眼睛，道：“为父……为父养了几个外室……”

“什么？”齐舒睁大了眼睛，扣着平郡王肩膀的手几乎要扯下一块肉来，他难以置信地问道，“几个外室？”

平郡王疼痛得哑着嗓子说：“七个。”

齐舒险些昏厥过去，他盯着平郡王，磨牙问：“就算养七个外室，也不该花这么多钱，三百万两呢……”

平郡王道：“十多年了……七个外室，还有子嗣……我也不知道都怎么花了……”

齐舒看着平郡王，若是身边有剑，他恨不得拿剑杀了自己的亲生父亲。他怎么也没想到，逼问之下，竟然是这个结果，他松开手，冷笑起来：“七个外室，几个子嗣？都在哪里？姓甚名谁？您最好全部交代清楚，让我们齐家九族为您养外室的钱偿命，您可真是我的好父亲！”

平郡王身子猛地颤了起来，哭道：“我哪里知道……哪里知道叶裳会翻旧案……”突然，他猛地睁开眼睛，看着满眼血丝、眼神狠戾的齐舒说，“是叶裳，是他不安好心，是他……”

“您闭嘴！”齐舒大喝，一脚踢翻了身边的桌子。

桌子倒下来，砸到了平郡王的腿，他顿时哀号了一声。

齐舒目眦欲裂地看着平郡王：“您贪墨国库赈灾银两，却反过来怨究办之人！皇上为何让他代天子督管户部？就是要查你们这些贪官污吏。你们享受着荣华富贵，却做猪狗不如之事，那些银两从户部拨出，都是赈灾所用啊，是百姓的换命钱，你们与禽兽何异？”

平郡王作为老子今日颜面扫地，威严尽失，被齐舒震怒地骂着，一声也不吭。

“说！哪些人花了您的钱？都说出来。”齐舒怒喝。

平郡王哆嗦着说：“舒儿啊，他们……他们都是你的姨娘弟妹，你……”

齐舒猛地抽出墙上挂着的剑，一剑挥下，劈翻了桌子，眼睛嗜血地看着平郡王：“您若是不如实说，等着我命人查出，他们一个也别想活，都得死！会比您，比我们齐家九族死得早，死得快！”

平郡王被吓住了，颤抖地说：“我说……我说……”

不多时，在齐舒执剑逼问下，平郡王说出了七个外室的下落，七个外室，十七个孩子，比平郡王府的孩子还多。他看着平郡王窝囊的样子，满脸失望地说：“您可真是我的好父亲，有您这样的父亲，我备感羞耻！”说完，他扔了剑，踉跄地出了会客厅。

出了会客厅后，齐舒站在院中吹冷风，冬日里的寒风刮在他脸上，如刀割一般。

管家随后跟出来，站在他身后，小声喊：“小郡王。”

齐舒闭了闭眼睛，说道：“将名单给我。”

齐舒接过名单，看了一眼，冷声高喊，声音让人胆寒："来人。"

"小郡王！"近身侍卫来到近前。

齐舒咬牙吩咐："带上所有府卫，随我出府。"

第十一章
废黜太子

齐舒带上了平郡王府的所有府卫，去了平郡王说出的那七个外室所在之处。

每到一处，发现都是高门大院，里面锦衣玉食，仆从无数，无上荣华，丝毫不次于平郡王府的气派。

原来他爹贪墨的钱，真是花在了这些地方！

他端坐在马上，气得几欲昏厥，面对受惊吓的众人，他咬着牙只说了一句话："将他们所有人，都带走！"

一声令下，府卫们捆了里面的人，男女老少，一并带出了府邸。

姨娘们吓得花容失色，他那些白捡的弟弟妹妹们，吓得哇哇大叫。

他视而不见、听而不闻，一连抄了七个府邸，带出了七个姨娘、十七个弟妹，各府仆从加起来有几百人。

他将这些人带入平郡王府后，冷着脸去了户部。

户部的官员们都派了出去，唯独叶裳坐镇户部。听人禀告齐舒求见，他说了句："请他进来。"

齐舒踏进户部，深一脚浅一脚地进了叶裳的办公之地。

叶裳捧了一卷医书，倚在矮榻上，见齐舒狼狈地从外面进来，他挑了挑眉："平郡王府的天还没塌，你怎么就把自己弄成了这副样子？"

齐舒看着叶裳，走到他面前，红着眼睛说："我想杀了他。"

"嗯？"叶裳放下书卷，"你是说平郡王，你爹？"

齐舒点点头。

叶裳指指身旁："坐下说。"

齐舒一屁股坐下，又气又怒地说："他……他竟然用贪墨的银两，瞒着我们，在外面养了七个外室……七个女人，生了十七个子女……这些年，我和娘竟然被蒙在鼓里……"

叶裳不觉意外地说："平郡王养外室，也不算什么稀罕事，平郡王妃厉害，府中管制得严，而平郡王喜女色，府里吃不到，自然要去外面吃了。"

齐舒一时哑口无言。

叶裳道："你爹什么样子，你也是知晓的，真不必如此心痛，折磨自己。"

齐舒摇头："我是没想到，三百万两白银啊，他竟然花在了这里，实在是……

那七座府邸，每座府邸都不次于平郡王府，就在这京城，我却没早些发现……如今银两都花没了，怎么还？我倒是真恨不得等着皇上诛了九族，反正，他的外室们也算在九族内。”

叶裳看着他：“因为你爹的错处惩罚自己，不太明智。”他伸手拍拍齐舒的肩膀，“将能折卖的悉数折卖，看看能有多少。”他压低了声音道，“你爹好色，胆子其实不大，能贪墨如此之多，确实令人意外。你可以再问问他，兴许有什么不能说的秘密。”

齐舒一怔：“你的意思是，有人怂恿我爹？”

叶裳点头：“即便凑不够，或许有什么秘密，可以将功折罪。”

齐舒心神一振。

叶裳重新拿起书卷，对他道：“你我兄弟四人，沈琪死了，我本能救，可他是自愿求死，我有天大的本事，也救不了自己想死的人。陈述远在西境，他是自己看开了，能活，而且活着的他，每日很快活，以后连京城都不见得想回来了。我不希望你被这件事情击垮。哪怕银两还不上，总有折中之法，我未必不能保下你平郡王府的九族，但就要看你爹怎么配合自保了。”

齐舒闻言看着叶裳，眼眶发酸：“身为兄弟，我不但不能帮你，还给你添麻烦……”

叶裳道：“既然是兄弟，就不必说这些了。”

齐舒点点头，抹了一把眼泪，站起身，咬牙道：“我这就回府，刀架在他脖子上，哪怕行大不孝之事，也要让他说出来。”

叶裳点点头，对他说：“守好你的平郡王府，别让他在没说出来前先出了事情。”

齐舒顿时凛然，从心底凉飕飕地冒着寒气，答道：“我知道。”

叶裳想了想说：“我派几个府卫，暗中入平郡王府助你吧。”

齐舒点点头。

回到平郡王府，齐舒已经冷静了下来，他刚下马，管家便跑上前，白着脸说：“小郡王，您……您总算回来了！郡王妃听说郡王爷用贪墨的三百万两银子养了外室和子嗣，气得要杀了那些人……如今郡王在拦着，二人闹僵了……您快去看看吧……”

齐舒冷笑一声：“我爹还有力气拦着，真是好得很！”

管家顿时不吭声了。

齐舒迈步往里面走，他刚到内院，有五名府卫翻墙跃进平郡王府，立在他身后，其中一人道：“小郡王，我等奉世子之命，听候您吩咐。”

齐舒脚步一顿，回头看了一眼，面色缓和地说：“多谢了！随我进去。”

“是！”五人跟在齐舒身后，入了内院。

管家看着突然出现的五人，这五人身穿黑色锦衣，腰牌隐着，辨不出身份，他们跃墙而入，竟然没惊动平郡王府的府卫，可见武功高绝。他慢走了两步，更是大气也不敢出了。

齐舒抄了七座府宅之事，并没有避讳人，不足一个时辰，京城的大街小巷便传开了平郡王用贪墨的银子养七个外室和十七个子嗣之事。

第二日，晋王府长孙刘焱奉旨入宫陪皇伴驾。

当日，皇帝见了刘焱后，便将他带在了身边，将他的住处也安排在了帝寝殿外殿。

刘焱入宫前，晋王对他好生教导了一番，让他不准如以前一般贪玩胡闹，深宫高墙内，不同于晋王府，出不得半丝差错。

刘焱身为宗室子孙，从小入宫无数次，但这还是第一次住进皇宫，不免心里打鼓。他虽然年纪比叶裳、许云初等人小，但也不是如苏驰那般的小孩子，他隐隐觉得，皇上让他进宫背后的那层深意。

他求过晋王，说他不要进宫陪皇伴驾，他怕做不好。

晋王却摸着他的脑袋说："这是皇上的圣旨，你只管依照皇上的意思做就好，圣旨不可违。"

刘焱见说不通晋王，只能心里打着鼓，入了宫。

他入宫后，皇帝刚下早朝，见到他十分和善，如慈爱的长者，命小泉子安置了他一应所用后，便带着他去慈安宫给太后请安。

太后昨日听闻皇帝下旨命刘焱进宫陪皇伴驾，半宿没睡好。

在她的想法里，早就认定皇上指望不上太子，最中意的人选应该是叶裳。叶裳虽然早些年荒唐纨绔的名声在外，但自今年来看，无论是手腕，还是本事，抑或魄力，都堪当这个人选。而且叶裳如今与许云初交好，许家承他搭救之恩，他做继承人，必不会对许家差了。

太后即便心向着许家，但她在深宫一生，姓氏早已经不是许家的姓氏，而是皇室的媳妇儿。她的心里除了希望许家一直享有荣华，做她的支柱，也有一半是向着南齐的江山的。

可是她没想到，叶裳与皇帝闹翻，晋王入宫规劝后，皇帝下旨，让刘焱入宫陪皇伴驾。

刘焱这孩子太后说不出他的不好来，但被晋王保护得太好，未经风雨，怎么说还是个孩子。

她觉得，刘焱不能当大任。

皇后也没睡好，一大早便来了太后住处，挨着坐在太后身边，对她说："母后，皇上这是什么意思啊？是想让刘焱……"

太后道："意思不是明摆着吗？"

皇后皱眉说："皇上又不是没有子嗣，记在我名下养一个，将来培养扶持为太子也就是了。刘焱都那么大了，就算将他记在我名下，我也喂不熟他。"

太后偏头看了她一眼，哼道："皇室子嗣，那些妃嫔所生，不是胆小，就是怯懦，再就是爱哭闹，你将后宫管得严，家世良好、教养良好的女子，你都不给她们脸面，不让她们生出孩子来。导致如今这些低贱的妃嫔所生的种，没一个能拿得出手，他们焉能支撑起这偌大的南齐江山？"

皇后自知有愧，顿时不言声了。

太后后悔地说："哀家错就错在将你扶上后位，哀家将来在九泉之下，也对不起列祖列宗。以至于如今皇上大位无人继承，只能从宗室里择选人。"话落，又道，"好在同姓一刘。"

皇后小声说："可是刘焱……合适吗？"

"刘焱这孩子……合不合适，皇上说了算。"太后摆摆手，"罢了，别说此事了，好在皇上身子骨还好，能撑几年，他选刘焱，就随了他吧。"

皇后点点头。

皇帝带着刘焱来到慈安宫后，太后和皇后也都收整了神色。太后慈爱地拉着刘焱的手说话，告诉他需要什么尽管开口，奴才们办不好，过来找她；又说他初来居住在皇宫，可能一时半会儿不习惯，久了就会习惯了。

皇后也应和着太后的话。

慈安宫里和乐融融。

皇帝手上绑着白色的绸缎，包裹得如粽子一般，太后见他伤的正是右手，对他嗔怪地说："皇上怎么不爱惜龙体？你这手伤了，可怎么批阅奏折？"

皇帝道："是朕的错，一时被叶裳那混账给气坏了，忘了顾忌。"话落，看了刘焱一眼，那孩子乖乖巧巧地坐在那里，他道，"刘焱如今跟在朕的身边，让他代笔好了。"

太后一怔，刚想脱口说这怎么行，但见皇上面色含笑，帝王威严不怒自显，她收回了话。

皇后却不如太后忍得住，闻言立即说："这……代笔之事，古来少有，皇上不可吧？"

皇帝道："无碍，朕就在一旁，所谓教导，不外如是，让他趁此机会，熟悉一番也好。"

皇后闻言也住了嘴。

刘焱咬着唇，不知道该不该开口说他不行，此事便在谈话间敲定了。

给太后请完安，皇帝带刘焱出了慈安宫后，没回御书房，而是去了太子的住处——明净苑。

明净苑内没几个侍候的人，听闻皇上驾到，里面的人匆匆到门口迎接。

太子由一女子扶着走出来，他看起来面色苍白，身骨清瘦，每走一步，咳嗽一声。扶着他的女子姿容姣好，皓腕如雪，深宫难掩其丽色。

太子跪在地上给皇帝请安。

皇帝看着太子，又看了那女子一眼，问道："你是何人？叫什么名字？"

那女子的头几乎垂到了地上，低声开口："奴婢是两个月前调到太子身边侍候的，叫卿卿。"

"卿卿？"皇帝没什么印象。

小泉子凑近皇帝，低声说："皇上，她就是灵云镇东湖画舫沉船案唯一的幸存者，叶世子获救时，顺带救了她。晋王查案时，将她带进了皇宫，一直交由太后身边的嬷嬷调教。"他也有点儿疑惑，"不知为何派到了太子身边……"

皇帝点点头，对太子摆手："平身吧！"

太子一边咳嗽，一边站起身。

皇帝对太子问："病了？"

太子垂首道："回父皇，染了风寒，无碍。"

皇帝问："可请了太医？"

太子不语。

卿卿这时红着眼睛说："回皇上，十多日前，太子便病着了，因这明净苑有禁令，不准奴婢等人随意外出，故而无法出去给太子请太医。奴婢试着让每日送膳食的人给太医院传信，可是杳无音信，至今无太医前来……"

皇帝看向小泉子。

小泉子连忙说："奴才这些时日一直跟在皇上身边，也不知太子病了……"顿了下，他又道，"这明净苑居于后宫，皇上久不涉足后宫之地，奴才自然也跟着皇上没来，没想到太子病了多日了，竟……"

皇帝摆手："派人去请太医。"片刻，又补了句，"请孟太医。"

"是！"小泉子应了一声"是"，连忙抬手招了一个小太监，吩咐了下去。

皇帝进了内殿，坐下对太子说："你自醒来失忆，也有半年之久了。可有什么要与朕说的？"

太子对皇帝低声道："据身边侍候的人说，儿臣失忆前，有出家之愿，请求父皇准许。"

"灵云寺？"皇帝问。

太子颔首："灵云寺可以，再远些的寺庙也可。"

皇帝又问："还有吗？"

太子偏头看了一眼卿卿，说道："卿卿不是自愿入宫，父皇放她出宫吧。"

卿卿闻言顿时跪在了地上："奴婢当初虽然不是自愿入宫，但奴婢身世飘零，早已经无家可归，奴婢愿侍候太子一辈子，太子您别赶奴婢走……"

太子又咳嗽了两声，道："我要出家，不必你侍候了。"

卿卿顿时哭了起来。

太子见卿卿虽然不停地流泪，却没哭出声，他转头对皇帝道："卿卿自从入宫，受了许多苦，要不然父皇将她安置了吧！儿臣有怜人之心，却无怜人之力。如此废人，出家便了无牵挂了。"

皇帝闻言看了卿卿一眼，美人梨花带雨，我见犹怜，他声色不动地说："还有吗？"

太子摇摇头："再没有了！"

皇帝沉默片刻，对小泉子吩咐："传朕旨意，废太子，贬为庶人，病愈后，择日遣送灵云寺出家。"顿了顿，又道，"卿卿侍候太子有功，封为美人，赐花容苑。"

卿卿抬头，一双水汪汪的眼睛看向皇帝，似是惊呆了。

太子起身，跪地叩首："谢父皇恩典。"

当日，皇帝下旨废太子，赐封卿卿为美人，这两则消息一出，顿时引起了不小的震动。

朝廷上下齐齐想着，晋王长孙入宫的第一天，皇帝就废了太子，这心思昭然若揭。

后宫之中，皇后在皇帝离开慈安宫后，回了自己的宫殿，听闻后，惊异地说："卿卿？就是那个灵云镇卿华坊的头牌卿卿？"

身边侍候的宫女肯定地点头："就是被您贬去了浣衣局的那个卿卿。"

皇后立即问："她怎么跑去太子那里侍候了？而且已经两个月了，怎么没人报我？"

身边侍候的宫女摇头，也不知卿卿是怎么去太子身边侍候的。

皇后怒道："赶紧给本宫去查！"

身边侍候的人应了一声"是"，立即去了。

皇后又有了危机感，自从月贵妃一死，皇帝国事繁忙，对后宫女人也兴趣寡淡，每日敬事房虽然按规矩给皇上呈递牌子，但一个月皇上也不过应景地翻那么几次。来她这里的时间虽然不多，但每月的初一、十五，是必然会过来的。

她没想到这个卿卿竟然在被她贬去了浣衣局后，又周折地跑去侍候太子了，如今还被皇上敕封了美人。她没坐住，便跑去了太后那里。

太后也很是意外，自从月贵妃死后，她也想开了，便不大插手后宫之事了。好在皇后也收敛了性子，不会动不动就吃醋惩罚人了，她也将卿卿之事给忘了。

没想到，今日皇帝从她宫里出去后，带着刘焱前往太子处，遇到了本该在浣衣局的卿卿。

她吩咐严公公："给哀家去查，那个女人是怎么去侍候太子的？"

严公公应了一声"是"，立即去了。

皇后去而复返，又来到了太后宫，刚迈进门槛，便哭诉说："母后，我要打死那个女人，您不让，她竟然神不知鬼不觉地从浣衣局跑去侍候太子了，如今被皇上看中，竟然被封为美人了！她曾经是卿华坊的头牌，学的就是怎么侍候男人的狐媚伎俩，这莫不是死了一个月贵妃，又来了一个卿美人宠冠后宫吗？”

太后就知道皇后会坐不住来她这里闹，她确实有些理亏，当初的确是她拦着，才没让皇后惩处那女人。如今入了皇上的眼，且有了封号，就不是随意能惩处打杀的了，但她依旧板着脸训斥说：“哭什么哭？一个小小的美人而已，你贵为皇后，这便坐不住了？瞧你那点儿出息！还以为你长进了，真是半丝没有。”

皇后委屈地说：“儿臣是怕了啊。”

太后“哼”了一声：“一个小小的美人，出身不高，连嫔都及不上，皇上封她为美人，也没封高，你紧张害怕什么？她不是月贵妃，也成不了月贵妃。”

皇后抹着眼泪说：“如今皇上还没宠幸她，等宠幸之后，被她狐媚住的话，怕是要加封她。”

太后恨铁不成钢地说：“就算宠幸后加封她，还能高得过你这个皇后？在你面前，她也一样要规矩乖巧。”话落，太后又苦口婆心地说，“你也一把年纪了，这么多年，你拈酸吃醋，累不累？贵为皇后，你的男人是南齐江山之主，你就该有母仪天下的风度。”

皇后看着太后：“月贵妃死了，儿臣总算熬出了头，若是再出一个如月贵妃一样的卿美人，儿臣……”

太后看着她，叹了口气说：“你怎么始终不明白？我们许家，如今云初深受皇上器重，只要家门一日不倒，你这个皇后就能稳稳当当地坐着。贵为皇后，你的男人是天下共主，你就不能奢求爱情。至于地位，你怕什么？月贵妃受宠那么些年，也没扳倒你，更没怎么着你，还不是因为她不敢动你！为何？因为你背后有许家！家族是我们的支撑。”

皇后闻言心下安定了些，小声说：“是儿臣紧张太过了，母后教训得是。”

太后见她服软，不再闹腾，叹了口气说：“你知道哀家的一番苦心就行。”话落，又道，“皇上愿意宠幸她就宠幸她，你该如何就如何。月贵妃死后，皇上对你和悦不少，你可不要把这好不容易缓和的关系因为一个青楼女子受宠幸给作没了。你贵为皇后，拿她作比，有失身份。”

皇后颔首：“儿臣听母后的。”

太后道：“云初也有好些日子没进宫了。”话落，她对外面说：“来人，去给小国舅传个话，让他有空儿来一趟。哀家想他了。”

“是。”有人应声，立即去了。

太后又对皇后问：“淑雅这些日子在做什么？哀家好些日子没见到她了！”

皇后道：“在闭门思过。”

太后道：“她还没想开吗？”

皇后点点头，对太后说：“母后，若不然便依了……”

“不行！”太后断然地道，“她虽然是哀家的孙女，是你的女儿，但正因为如此，更不能让她毁了云初。云初是我们许家支撑门庭之人，也是你我的支柱。将来哀家百年之后，你能依靠的，就是云初了。”

皇后想想觉得也是，答道：“可是她一直想不开，说若是不让她嫁云初，她就去死。”

太后怒道：“那就去死好了！就当你白养了她，哀家白疼了她。喜欢谁不好，偏偏喜欢云初！苏府的三公子哀家看着就很好，这样的良缘她不想要，非要惦记不该求的。就算哀家和你同意，云初也不会同意。”

皇后道：“回头儿臣再劝劝她。”话落，又道，“苏三公子过年时不知可会从东境回来，他去东境也有几个月了呢。”

太后道：“湘郡王的病据说是好了，不过皇上也没催他回来，想必有什么朝事交代他。”

皇后点点头。

北周兵败，南齐与北周议和后，京中沉静了一段时间。

如今终于又因叶裳查户部赈灾白银被贪墨案，皇帝下旨宣晋王长孙刘焱入宫陪皇伴驾，同时废黜太子、送往灵云寺，封卿华坊的卿卿为美人这几件事掀起了浓浓热潮。

平郡王养七个外室和十七个子女，平郡王妃杀平郡王那些外室和子女不得，气得要上吊，小郡王齐舒安抚下了母亲后，将那些外室和子女关进了平郡王府的一处院子里，又将平郡王带入密室，以他那些外室和子女的命威胁逼问内情。

诚如叶裳所说，平郡王虽然好色，但胆子并不大，贪墨这三百万两白银，总有由来。

平郡王本来打死也不说，但齐舒将他最宠爱的一个外室和她生的子女带到了他面前，当面用剑划花了外室的脸，又狠厉地说他若是瞒着，就让他亲眼看着自己是怎么一刀一刀把这个女人切碎，又怎么一刀一刀将他那外室所生的子女给杀了。然后，再效仿此法，一个一个地将他那些外室和子女都杀了，反正，平郡王府还不上银子，九族早晚要被诛，自己也不怕杀人偿命。

在那女子哀哀痛呼声中，平郡王终于舍不得让美人受苦，崩溃地说出了几个名字，以及贪墨案的内情。

这几个名字和贪墨案的内情，足够齐舒和叶裳派来的府卫听在耳里，记在心里。

之后，齐舒便严密关押了平郡王，然后将他那些外室和子女也严密地看管了起来。整顿好府中的一切后，他开始大张旗鼓地变卖那些外室的府宅以及一应所用，变卖完之后，又将平郡王府能变卖之物都变卖了，筹集白银，以还户部。

外面是风云一日一变，平郡王府是风云一日几变。

除了平郡王府，工部尚书府也闹得不可开交，工部尚书没有养外室，但把钱都捐献给了青楼的姑娘们。工部尚书的夫人没有一个像齐舒一样的好儿子，当即上了吊，死在了自己房中。大夫不但没抢救过来，还发现她已经怀有三个月的身孕。

工部尚书悔之晚矣，扶棺痛哭，被他大女儿拿了一把菜刀，砍死在了她娘的棺木前。

随即，他大女儿也在她娘的棺木前自杀了。

一夜之间，工部尚书府天塌了，只剩下平日里寻花问柳、不务正业的一子，他看着死去的爹娘和姐姐，抱着酒坛，坐在院中，大笑不止。

工部尚书府的仆从们都道公子疯了，四散逃出了府。

重臣府邸的工部尚书府，顷刻间就剩下了几个忠实的老仆人以及半疯半癫的公子贺知，萧萧索索，凄凄凉凉。工部尚书府的九族，人人惊骇，生怕贺知也死了，那么，他们就真的受牵连被灭族了，他们都齐齐涌入工部尚书府，看着贺知，商议对策。

其余各府邸，也是因贪墨案，揪出了阴暗丑陋的诸事来，花样百出，这倒给了京城茶楼酒肆的说书先生们无数的谈资话柄，够说上一年半载了。

各府有各府的热闹，朝局有朝局的热闹。

那些没被贪墨案牵扯的官员，更关心的是南齐的朝局。如今很多人都看不明白朝局的走向了。无论是皇帝，还是晋王，抑或叶世子，包括入宫陪皇伴驾的晋王府长孙刘焱，以及国丈府小国舅许云初等人，每个人都觉得如蒙在风雪大雾里一般，难窥其真。

京中空前热闹，又空前小心翼翼。

自从给海棠树搭建了暖棚，苏风暖便每日必进暖棚里坐上一个时辰，打理海棠树。听闻平郡王府和工部尚书府之事后，她拨弄着树下的暖炉，对千寒说："查查贺知，给我一份他从小到大的细报。"

千寒点点头，命人去查了。

萧离和谢轩休息了两日后，神清气爽，陪苏风暖坐在暖棚里，见她认真地拨弄着火炉里的炭火，二人忍不住开口："师妹，这大冬天的，即便这暖棚里暖和，还当真能焐出海棠花吗？"

苏风暖道："也许真能。"

二人看看她，又看看几棵海棠树，想着这大冬天的，海棠树若是真能开花，也算是打破时令的奇迹了。

当晚，千寒便将工部尚书府公子贺知的细报给了苏风暖。

苏风暖看过细报后，才见识到了什么是真正的风流公子。

酒、女人，从十三四岁起，到如今六七年的时间，贺知就没断过。

有一件事让苏风暖觉得查他还真是查对了，因为，他的风流竟然与他那当工部尚书的爹如出一辙。他爹逛哪个青楼，他就去逛哪个青楼；他爹喜欢哪个女子，他就喜欢哪个女子，这样的事，可真是新鲜。

古往今来，深宅大院，数不完道不尽的肮脏之事，但这种儿子喜欢老子的女人的奇葩事，还真是少有。背后的原因，更是令人咂舌。

于是，苏风暖对萧寒和谢轩道：“七师兄、十一师兄，你们也歇了两日了，出去活动活动手脚呗！”

萧寒和谢轩对看一眼，萧寒看着她笑问：“师妹这副神色，看起来不像要做什么好事，说吧，让我们去做什么？”

谢轩道：“应该说谁又要倒霉了！”

苏风暖笑着说：“简单，就是你们二人去一趟工部尚书府，帮我将贺知神不知鬼不觉地请来。我发现这位贺知公子十分有意思，可以会一会。”

二人齐齐点头：“好说！”

当夜，萧寒和谢轩便去了工部尚书府，半个时辰后，将贺知装在麻袋里，带回了苏府。

二人回来后，萧寒对苏风暖说：“这小子竟然有武功，而且武功不低，若非我们两个人去，还真不见得能将他弄来。”

谢轩道：“南齐京城可真是卧虎藏龙，没想到这么一个酒色东西，竟然武功如此高。”

“哦？”苏风暖有些意外，千寒的细报里，没说贺知会武功，她更是有了兴趣，她起身，走上前，亲手解开了麻袋绳子，瞬间，从麻袋里亮出一把匕首，对准了她的脖颈。

萧寒和谢轩刚要出手，苏风暖抬手，制止了二人的动作。她蹲着身子，看着麻袋的绳口松落，露出一张俊秀的脸和一只手，他手骨修长，手中握着匕首，目光带着一股杀意，直视着苏风暖，匕首离她脖颈仅三寸之距。

苏风暖仿佛没看到匕首对着她的脖子，只是对着贺知一笑，说道：“贺公子大约不知晓我是谁，容我自己介绍一下，我是苏风暖。今夜请公子入府，是因为觉得公子是个十分有意思的人，或许，我们可以交个朋友。”

贺知一双眸子中满满的杀意换作讶异，看着苏风暖，他没见过苏风暖，但听过她的名字，没想到竟然是她。灯光下，她容色清丽，倾国倾城，但气息孱弱，面容娇柔，倒也附合市井间关于她的传言。他眯了眯眼睛，匕首往前推送了一寸，风流地笑着说：“我贺知平生只与女人谈床上功夫，不交朋友。”

苏风暖轻笑：“当命都不由己时，贺公子难道还有心情谈床上功夫？”

贺知笑得风流：“我这种喜好酒色之人，惯做风流下作之事，苏小姐是苏大将军府的小姐，凛然正气，不与我谈床上功夫，也不该和我这样的人交朋友。你确定你是那个名扬天下的苏小姐？没冒别人之名？”

苏风暖大笑：“货真价实，童叟无欺！我自然是苏风暖。做大义之事，也不影响我私下交朋友。”话落，她轻轻抬手，将贺知的匕首移开，慢慢起身，对他说，

“我从小到大，交的朋友多如牛毛，只要能谈得来，不分三六九等，都是朋友，没什么忌讳。贺公子大可放心，若是谈得拢，我绝对是一个合格的朋友。”

贺知扔了匕首，抖了抖麻袋，站起身，指着不远处坐着喝茶的萧寒和谢轩道：“苏小姐看来很有诚意，不妨先告诉我，将我用麻袋装来的这两人是什么人？我从小到大，可没这么被人欺负过。”

苏风暖笑着说：“这两位是我的师兄，他们二人出手欺负你，贺公子不亏。普天之下，他们鲜少联手欺负人，贺公子算是第一号。”

贺知闻言，看着萧寒和谢轩挑了挑眉。

谢轩轻“哼”了一声，问贺知：“怎么？贺公子这副神情，是不信？”

贺知拍拍屁股坐在一旁的椅子上，收回视线说：“不敢，我在两位手下过不了五十招，苏小姐本事大，天下皆知，身为她的师兄，自然本事一样高绝。”话落，又道，“只是我未曾听闻苏小姐除了江南叶家的嫡子叶昔，还有别的师兄。”

谢轩道：“贺公子整日泡在青楼的温柔乡里饮酒作乐，难免会孤陋寡闻。”

贺知“哈”地大笑了一声，说道：“言之有理，我便是那等不学无术、喜好女色之人，除了女人和酒，我还真不知道人活着的意义。”

萧寒道：“贺公子妄自菲薄了，你的武功路数，出自鬼山派，能在我二人联手之下过四十九招，可不是只喜好酒色之人。被酒色掏空了身子之人，也不会有如此功力。”

贺知眯起眼睛：“可是与两位过了四十九招，我竟然没看出两位的武功路数，让我猜猜。”话落，又道，“鬼山派的武功，普天之下，唯有望帝山的武功能克制，想必两位出自望帝山了。”话落，他对苏风暖扬眉：“原来苏小姐师承望帝山，怪不得有如此大的本事，可惜你如今一身功力废了。”

苏风暖想着贺知果然有意思，她没料错，是个人物。她浅浅一笑，给他倒了一杯茶，说道：“我虽然一身武功尽废，但也不影响与贺公子做朋友。”

贺知不客气地端起茶喝了一口说：“与苏小姐交朋友，可有什么论法？”

苏风暖道：“彼此互利。”

“哦？”贺知忽然笑看着苏风暖，色眯眯地说，“在我看来，利就要在温柔乡里找，让我快乐。苏小姐是想与叶世子悔婚，转而喜欢我不成？”

谢轩忽然抽出剑，肃杀之气迎面指向贺知，怒道：“再说这种下流之言，要了你的命。”

贺知面不改色，继续喝着茶说：“我的命不值钱！”

苏风暖好笑，她这个十一师兄，是个耿直之人，见不得贺知这种酒色风流之人，她伸手推开谢轩的剑，笑着说：“十一师兄，贺公子在说笑而已，当不得真。”

谢轩收剑入鞘。

贺知不怕死地说：“我可没说笑。”

苏风暖看着他，说："贺公子错了，你即便认为利要在温柔乡里找，让你快乐，但也该是在保全性命的基础上。如今你性命都在别人的刀刃下，想必即便在温柔乡里也不能快乐。"话落，补充道，"我与叶世子，自然是不会悔婚的，与贺公子交朋友，可以聊聊你的性命之事。"

贺知冷笑："我爹娘死了，姐姐死了，阖府只剩下我这么一个耽于酒色的废物了，要不要命有什么打紧？不聊也罢。"

苏风暖笑看着他："贺公子从十三岁起便纵情酒色，据我所查，也不是没有原因的。你有一个同胞妹妹，自小与你感情极好。可是就在你十三岁那年，她被人暗害进了青楼，而那一晚，接的客人正是你父亲贺正。被你知晓后，你怨恨你父亲，恨不得杀了他。但他是你父亲，你不能杀他。所以，自此父子隔阂这么多年。"

贺知面色一变，忽然"啪"地放下茶盏，狠厉地看着苏风暖，满眼杀意地说："苏小姐，你果真是好本事，将这等陈年旧事都查得一清二楚。"

苏风暖笑着说："与人交朋友，自然要查清底细，方知可不可交。"

贺知盯着她："你所谓的朋友，就是利字当头，做买卖吗？"

苏风暖摇头："利字当头，做买卖，只不过是彼此了解的第一步，若是熟悉了，真能成为朋友，不惜赴汤蹈火。"顿了顿，又道，"朋友也有很多种，一面之交者与终身为知己者，这区别大了。"

贺知冷笑地瞅着她："我竟然不知道苏小姐如此工于心计且巧舌如簧。"

苏风暖浅笑："如今你知道了，我们是否可以开诚布公地好好谈谈？谈不妥，我让我的两位师兄神不知鬼不觉地送贺公子回去，你我以后权当不识；谈得妥，互惠互利，贺公子帮我，我帮贺公子，以后终身做朋友也说不定。"

贺知收起了杀意，看着苏风暖，嘲讽道："苏小姐不与我谈床上的快乐事，还能帮我什么？"

苏风暖道："贺公子纵情风月这么久，是不是也腻了？我想床上的快乐事也未必真能让你快乐。"话落，又道，"帮你报仇，如何？"

贺知嘲笑："我娘是自己上吊而死，我爹是被我姐姐捅死的，我姐姐捅死我爹后自杀。何谈报仇？"

苏风暖扬眉："真是这样吗？贺公子是聪明人，你若是揣着明白装糊涂，我觉得再说下去可就没意思了。"

贺知瞅着苏风暖，苏风暖对他扬眉。

片刻后，贺知收回视线，冷声说："苏小姐既然请我来你这里，就要做好东道主的表率，大可说明白些。你不说明白，你让我如何配合你说出有意思的话？"

苏风暖忍不住乐了，看着贺知说："贺公子果然是有意思的人，看来我没找错人。"话落，她将早先千寒查得的资料拿在手里，随意地翻了翻说，"当年，你妹妹之事，是有人算计你爹，给你爹下套，你爹本是好色之人，纵酒之下，果然中了套。事后，他悔恨不已，但没有办法，只能杀了你妹妹，毁尸灭迹，隐藏这等有违人伦之事，答应了背后之人的条件，一是保他官位官途，二是保你们阖家平安。”

贺知脸色难看，不语。

苏风暖又道：“你为了追查你妹妹的下落，暗中找到了江湖上以情报和杀手出名的组织杀手门，杀手门酬金极高，你请不起，但风美人看你根骨极佳，让你自卖给杀手门，来做酬金。你不同意，她难得有惜才之心，便暗中收了你做徒弟。”

贺知的脸色越发难看，但并未打断苏风暖的话。

苏风暖又道：“风美人的老相好是易疯子，易疯子有一个同胞姐妹，师出鬼山派，就是月贵妃。月贵妃被逐出鬼山派后，为了让易疯子隐藏身份，以鬼山派的名头帮她做背后之事，将所学武功尽数授给了易疯子。而易疯子对风美人这个老相好的确好，除了不告知他有同胞姐妹之事，武功之事并未瞒着她。所以，风美人也学了鬼山派的武功。你是她暗中收的唯一徒弟，她除了自己的本门武功，自然也教给了你鬼山派的武功。”

贺知抿唇：“苏小姐果然神通广大，这样的事都能查得。”

苏风暖摇头：“这样的隐秘事，不是查的，是我通过查得的这些蛛丝马迹猜的。”话落，她抖了抖手中的资料细报，笑看着贺知说，“你的师父既然是风美人，她应该告诉过你，有一个人，若想知道江湖里的任何事，没人能瞒得过她。除非她没兴趣，不想知道。”

贺知意外地看着苏风暖：“那个人就是你？”

苏风暖点点头：“不过在此之前，我还真不知道她暗中收了你这么一个徒弟，果然是风美人，行事不拘小节，往往出人意料。”

贺知看着她，不接话。

苏风暖道：“风美人收你做了徒弟后，查了你妹妹之死，告诉了你。但她估计也想到这里面的水会很深，于是，便没再敢进一步涉足深查，选择了明哲保身。”

贺知依旧不接话。

苏风暖又道：“你得知你妹妹是因为你父亲而死，恨你父亲做出这等猪狗不如之事，恨意一日一日地深扎在了你的心里。你十分聪明，不是真正不通事务的废物，定然很快就发现了你父亲的某些秘密，于是，才有了他去逛哪家青楼，你就去逛哪家青楼；他点哪个妓子，你就点哪个妓子。”

贺知忽然冷笑了一声。

苏风暖继续道：“起初，你可能是以此为幌子，想查出背后之人来报仇。后来，你发现这里面的水比你想象的深而可怕，于是，你为了求全，也为了放松别人的警惕，便真正堕落，让自己成了酒色之徒。”顿了顿，她又道，“只有蒙骗住自己，真正成为风流下流的废物，才能蒙骗过别人。”话落，她看着贺知，“贺公子，我说得对不对？”

贺知忽然抬手，慢慢地鼓了两下掌说：“不愧是苏小姐，说得对。”他自嘲地说，“这么多年，我都不知道我自己是谁了，感谢你让我记起这个初衷。”话落，扬眉，“你让我帮你什么？我若是有本事，也不至于到头来家破人亡。”

苏风暖道：“多年下来，贺公子手中不可能没有一点儿收获，我想要的，就是你这些年的收获。”话落，她诚恳地道，“当然，以此交换，我帮你揪出幕后之人，为你报仇。”

贺知闻言，看着苏风暖，忽然大笑起来：“苏小姐果然让人刮目相看，即便没了武功，脑子依旧好使。”

苏风暖看着他：“多谢夸奖。”

贺知收了笑，对她说：“收获有是有，不过被我放在了一个地方，我如今是进不去了，苏小姐也许可以帮我拿回来。”

苏风暖静听下文。

贺知道：“皇宫，帝寝殿的房顶上，从左数，第九片瓦里。”

苏风暖扬眉：“贺公子亲自放的？什么时候？为何放在了帝寝殿的房顶上？”

贺知道：“今年的除夕夜，皇上赐宴，文武重臣携家眷入宫贺岁，我趁机偷偷溜去了帝寝殿的房顶。”话落，又道，“至于为何，我觉得那东西放在我自己手里留不住，以我的能力，不能将之公之于众，恐早晚有一日，工部尚书府出事，我自己的命也要搭进去，便早做了打算。”

苏风暖颔首：“贺公子这个打算倒是做得好，是为了有朝一日，帝寝殿房顶的瓦漏了，将你藏的东西漏下去，掉在皇上的龙床上？”

贺知大笑：“正是这个道理。”

苏风暖点点头，想了想，问贺知：“贺公子还打算回府吗？”

贺知一怔，看着苏风暖：“你什么意思？”

苏风暖道：“工部尚书死了，你一家如今只剩下你一人了，贺家九族的人如今都盯着你，但除了贺家九族的人，难免也会有人如我一般，盯上贺公子。你若是失踪不见，你觉得是一桩好事，还是一桩坏事？”

贺知寻思片刻，对苏风暖说：“苏小姐这是想保我了？我以为你如今拿到了我这些年查得的东西，以我为饵，引出幕后之人才是上策，我一个废人，死不足惜。”

苏风暖摇头：“人命虽然脆弱，但不轻贱。我没将贺公子的性命看得低贱不值钱，也请贺公子不要自暴自弃。”

贺知闻言道：“那贺家九族呢？我若是玩失踪，他们的性命便不值一钱了。”

苏风暖道：“皇上不是嗜杀之君，是个圣明的君主，贺公子若是依我之言，兴许，可以保下贺家九族不受牵连。你阖府一家虽然毁了，但不是没有希望让你贺家九族的人活着。”

贺知低下头，看着桌面：“我本以为，我也是必死之人了，娘受不住，带着腹中胎儿一尸两命。姐姐做了我一直以来想做却不敢做的事情。我苟活于世，无非想报仇，既然苏小姐能为我报仇，我将东西给了你，活着倒没什么必要了。”

苏风暖笑了笑，对他说：“贺公子出过京城吗？”

贺知摇摇头。

苏风暖道：“贺公子没出过京城，不知南齐之大，没出过南齐，不知天下之大。我素来以为，死了的确轻松，一了百了，但是死乃懦夫所为。天下之大，上天既然给了你性命，未成人之前，生命是父母的，成人后，生命是自己的。人有很多种活法，就看你怎么活了。贺公子这些年，想必活得十分痛苦，若是走出困顿和工部尚书府的牵绊，未必不能活出个精彩来。”

贺知看着苏风暖，半晌才道：“苏小姐有仁善心肠，听你这一番话，很难与战场上火烧北周九万兵马的女子联系起来。我以为苏小姐是狠辣之人呢，连我师父都惧你。”

苏风暖道：“我的确有仁善之心，但也不是没有狠辣之心。两国交战，伤亡在所难免，以此评判人性善恶，未免会以偏概全。”话落，又道，“诚如对待贺公子，我并没有因为你这些年的所作所为而看轻你。”

贺知闻言陷入沉默。

苏风暖也不着急等他答复，端起茶水来喝。

许久后，贺知抬起头，对苏风暖拱手，说道：“诚如苏小姐所说，这些年，我过腻了这种日子，每日都等着工部尚书府灾难临头，就像头上悬着一把刀，夜不能寐。我的确不知南齐多大，不知天下多大，这一生若是就此了了，的确遗憾。”

苏风暖道：“安国公府的陈二公子能活，你未必不能活。我不是喜欢做菩萨解救谁，只不过觉得，人生一世，白驹过隙，死只一条路，活着有千万条路。我与风美人交情不浅，她为了保护你，即便在那种境地下，将杀手门托付给我，也未说出关于你这个徒弟的只言片语，我如今既然知晓你是她的徒弟，能不让你死，自然还是要帮你不死，也算成全了我与她相交一场的朋友之谊。”

贺知被触动，说道：“我一直认为师父冷血……”

苏风暖道：“杀手也有人性，也有情。冷血不过是明哲保身，人性的自我保护，本就没错。”

贺知点点头。

苏风暖对他道：“贺公子若是同意，便在我这里暂且住下吧！年后我会出京，届时顺带你一起出京。”

话说到这份儿上，贺知觉得，他本灰暗不见颜色的天空，似乎因为一场瓢泼大雨，在雨后现出了一丝晴朗的色泽，就如生命中照进了光亮，让他对人生、对活着，有了新的定义。

于是，贺知听从了苏风暖的建议，不再回工部尚书府，暂且住在了苏风暖的风暖阁。

萧寒和谢轩对看一眼，本来他们觉得，像贺知这样真正风流堕落的人沾染不得，可是听了他和苏风暖一席话，没想到贺知风流堕落的背后另有内情。于是，二人对贺知有了改观，对于苏风暖留下他，二人出身于望帝山，也不是世俗之人，并没有意见。

当晚，苏风暖便命泥鳅又收拾出了一间房间，安置了贺知。

第二日清早，叶裳来苏府找苏风暖。

苏风暖简单地将昨日深夜与贺知谈话之事与他说了一遍，最后提到贺知暗中放在帝寝殿房顶上的东西时，笑着说："贺知也是个人才，竟然在皇宫大内森严的护卫下，将东西放到了皇上的帝寝殿上。"

叶裳道："能让风美人看中，暗中收为弟子，自然是个人才。"话落，他又不客气地说，"玩他老子玩过的女人，本身就是个人才。"

苏风暖无语，堕落到贺知这个份儿上，干常人干不出的事，委实是个人才。不过他少年时经历了那么大的事，任谁知道自己父亲逛青楼睡了他胞妹，之后隐藏罪过，杀人毁尸灭迹，都会承受不住，做出些常人做不出的事也不奇怪。

叶裳道："他放在帝寝殿上面的东西，你不必管了，得了机会，我将之取出来。"

苏风暖点头，叶裳现在不必压制热毒，一身武功出入皇宫大内都不在话下，去帝寝殿上取个东西，自然也是轻而易举之事。她如今武功尽废，爬都爬不上帝寝殿房顶。

第十二章 威胁悔婚

翌日，苏风暖应皇上召见来到皇宫。

此时，皇上正在御书房旁的暖阁里批阅奏章。

皇帝忙完，突然转头问苏风暖："苏丫头，你觉得朕一把年纪了，可还能再有子嗣？"

苏风暖眨眨眼睛，转着心思道："若是皇上身子骨好，后宫的娘娘们身子骨也好，自然是能再有子嗣的。"

皇帝道："朕这身子骨，还真不好。"话落，对她招手，"你过来，给朕把把脉。"

苏风暖来到皇帝面前，伸手给他把脉。

她本来想开皇上两句玩笑，但触到他脉搏后，顿时打住了心思，皇帝的脉象显示他心腹积郁已久，郁火结于心，心血不造，脾肾不通，体乏溃弱，有衰竭之象。

这样的脉象，若是继续劳累，顶多撑个三年两载，还是她往多说了。

他的年岁与她爹相差无几，可是如今竟然已经预见到寿命终结的那一日了。

她一时心下沉重，想着这南齐偌大的江山基业，千万黎民百姓，若是皇上这么早就寿终正寝，那么，这南齐江山谁能顶得住？

皇帝见她把着他的脉许久不说话，便开口问：“苏丫头，如何？你怎么不说话？”

苏风暖即便心里有无数想法翻滚，但面上素来不露声色，她闻言撤回手，笑吟吟地说：“皇上，您身体好着呢，别说要一个子嗣，就是要一堆子嗣，也不成问题，只要后宫的娘娘们个个身子骨好。”

皇帝闻言笑骂：“臭丫头，如此昏话，你也能说出来。”话落，又说，“你与朕说实情，朕不求后宫多少子嗣，只求能让卿美人有孕。”

苏风暖心思微转，想着帝王的心思真是难测啊！她笑着说：“能啊，只要卿美人身子骨好，我再给您开一个药方，您服用一段时日，就能让卿美人怀上。”

“当真？”皇帝问。

苏风暖点头：“再真不过。”

皇帝颔首：“既然如此，你现在就给朕开一个方子吧。”

苏风暖应允，走到桌前，提笔写了一张药方。

她写好药方，递给皇上，贴心地嘱咐说：“您若是想要卿美人怀上，那恐怕就要在服药期间辛苦些，夜夜专宠了。”

皇帝收了药方，对她道：“皇亲宗室诸多子弟都算上，朕最喜叶裳，你该懂的。”

苏风暖笑吟吟地说：“懂，您对他的厚爱，不次于我。”

皇帝又道：“如今刘焱在御书房帮朕看奏折，倒是个好孩子，听话乖巧，比这混账小子听朕的话。”话落，又道，“可惜，他出身于晋王府。”

苏风暖闻言想着，只这“可惜”二字，便定了刘焱一生了。她暗暗叹了口气，说道：“刘焱的确不错，若是可以，但求皇上宽厚吧！这偌大的南齐江山，每个人都是您的子民。”

皇帝闻言大笑：“苏丫头啊，你仁善大义，真是样样不缺。跟朕抢人，朕依旧觉得你讨喜。”话落，他摆摆手，“行了，朕看你也乏了，便不留你用午膳了，出宫回府去吧。”

出了皇宫，苏风暖看到叶裳正在宫门外等着她。

二人一起上了马车，苏风暖靠在叶裳怀里，对他轻声说：“我探皇上脉象，有衰竭之兆，若是朝事一直繁忙劳累，再不安心调养，撑不过三年。”

叶裳伸手拍拍她的头，动作温柔，声音低浅：“即便如此，你我也帮不上什么忙，天命已定，岂能逆天？”

苏风暖仰脸看着他，犹豫了片刻，终于决定摊开了，第一次直白地与他提起她避讳之事，低声说：“皇上心中还是最中意你吧？若晋王是这京城的幕后黑手，哪怕刘焱再无辜，皇上也绝对不会让他继承大位的。若是你甩手，那南齐江山该何人来承继？”

叶裳轻柔地拍拍她的脸：“南齐若是没我，国事便不转了吗？不见得，自有人会承继。”

苏风暖道：“话虽然这样说，但我真想不出还有何人能承继。坐那个位置，以如今南齐的国运形势来说，没有本事能力，焉能掌控得住这偌大的狼群虎窝？怕是会被狼虎给撕碎了。那样的话，南齐也就完了。”

叶裳道：“哪怕是这样，我也帮不上什么忙，也许你性命不保，我也随了你去。届时，还管他南齐如何，朝事如何，一副棺木、一座坟冢，你我同棺同寝，埋在一起。世间不能相伴，碧落九泉相伴去了。”

苏风暖咬唇，看着他，低声说：“叶裳，有没有一种可能，若我真不能得救了，你好好活着，就接下这南齐江山，厚待这万千子民，承接起肩上的重担，对天下苍生负责？”

叶裳蓦地冷下脸：“不可能！你怎么能有这种想法？你又想弃我而去？”

苏风暖看着他，叹了口气道：“我只是觉得，这世上，不只你我，还有你我的亲人，容安王府虽然只你一人了，但江南叶家还有外公和师兄，还有我父母、三个哥哥，燕北苏家人……”

叶裳怒道：“即便我们死了，他们也能活得好好的，无论是江南叶家，还是燕北苏家，抑或苏大将军府、王大学士府，受不了谁的欺负。”

苏风暖摇头：“不见得！”

叶裳坐直身子，将她推开，直视着她：“你告诉我，怎么就不见得？”

苏风暖道：“我爹回京途中被人截杀，敢对他下手，便是不惧我。的确，如今的我，不比从前，没什么让人好惧的；还有燕北苏家，北周铁骑照样践踏，差点儿毁于一旦；还有江南叶家，依旧在乱着，虽然不至于血流成河，但也尸骨无数了；我外公府邸能在京中屹立多年，靠的是皇上的信任器重，皇上一旦驾崩，王大学士府失了这份信任和器重，也就失了庇护；还有我爹娘和哥哥，虽然握着兵权，但论谋术来说，玩不过那些阴暗之人……”

叶裳黑下脸：“所以你的意思是，你可以一死了之，让我来守着这些人，孤独终老？”

苏风暖摇摇头：“不只是我们的亲人，还有这南齐江山……”

叶裳忽然震怒：“苏风暖，你仁善大义，是骨子里天生就带的吗？你有仁善大义，菩萨心肠，悲天悯人，也就罢了，偏偏也要拉着我跟你一起吗？我告诉你，从爹娘战死沙场，我活下来后，就没有这些东西了。我有的，只是你。你说你要弃我而去，让我独活，你残忍不残忍？天下人活得好不好，与我何干？我只要与你在一起，自私自利，不管南齐朝局，不管江山天下，我只管你。不论死活，我都甘愿！”

苏风暖一时被他的怒气震撼，无言反驳。

叶裳看着苏风暖，一双眸子泛起火光，但看着她孱弱的模样，他有天大的火气，也奈何不得她，更不敢奈何她，只能克制地压制下，一字一句狠狠地道：“你别想撇开我，这辈子，都不可能！”话落，他气怒地挑开帘子，跳下了车。

随着他下车，似乎带走了身上压制的风暴。

苏风暖一惊，伸手挑开车帘，外面已经没了叶裳的身影，她喊了一声：“叶裳？”

寒冷的天气，如刀子般的北风。

千寒坐在车前，赶着车，自然听清楚了二人在车内的争吵，他看着苏风暖，低声说：“姑娘，世子下了车后，以轻功向容安王府方向去了，应该是回府了。”

苏风暖立即说：“去容安王府。”

千寒点点头。

苏风暖放下车帘，心底一片凉寒。

她心中是有仁善大义，但也没到至死无私的地步，她只是觉得，今日给皇帝把了脉后，才真正体会到了生死之间的意义，心里有所感，第一次真正认真地想了想关于她和叶裳，想了关于生与死。

想着她若是真死了，难道真让叶裳陪着她一起死？虽然他说这样的话，她死也无憾了，有爱自己的人陪着一起去黄泉，总好过独自一人，但他一身才华本事，付诸东流水，未免太可惜了。

还有皇上守护着南齐江山，对叶裳寄予厚望，虽然身体已有枯竭之象，明明已经心有余而力不足，依旧撑着偌大的江山，使千万子民安居乐业。这种胸怀天下的大义，令她思考，是否可以舍弃什么，成全什么。

如今的南齐江山，背后黑手一直祸乱不仁，筹谋甚大，若筹谋的是这江山基业，她不相信待有朝一日筹谋到手，真会善待黎民百姓。

厚待江山者，是帝王；不厚待江山者，是魔王。对子民来说，是一世长安与万丈地狱的区别。

而他和她的亲人，也许会在他与她死后不久，也不能安稳，兴许就是九泉下见了。

她觉得自己陷入了一片困顿之中。

片刻后，她感觉心底寒气剧烈地蔓延，寒气运转得极快，快到她能清晰地感觉到体内的经络在快速地结冰，一层又一层，几乎让她承受不住。

当心底传来刺骨的冷意时，她猛地惊醒，连忙牵动思绪，堪堪打住了快速冻结的冰层。她第一时间伸手给自己把脉，指尖触到的手腕肌肤，轻轻掉了一层冰碴。

她惊异地看着那冰碴碎裂在了车内柔软的锦绣被垫上，虽然只是薄薄的一层，但也足够令她惊悸。

她看着那冰碴，伸手捏起来，晶莹剔透，这是她体内溢出来的。

她又低头去看周身，外衣结了一层冰霜，寒峭如大雪天里站在冷风中吹了一晚上。

她抿唇看了片刻，轻轻地抖了抖外衣，随着她衣衫抖动，又轻轻地掉落了些冰碴。她伸手将之收在一起，双掌合在一起，想用手焐化，好半晌，依旧没焐化。

她遂放弃，扔掉了那些冰碴，慢慢地将手指又放在了手腕上把脉，脉象如冰柱，近于死脉。

她放下手，看着被垫上的那些冰碴，神色怔怔。

师兄担心她体内的冰窟有朝一日会将她冰封，也许不是耸人听闻，刚刚若不是她心念急转，制止得及时，也许现在她就是一尊冰人了。

她闭了闭眼，身体靠在了车壁上，如今全身都已经寒透，倒不觉得冷了。

片刻后，她对外面轻声说："千寒！"

"姑娘！"千寒应声，车内的变化他没察觉，听她语调轻软，也不由得放低了声音。

苏风暖道："不去容安王府了，我好久没听说书先生讲书了，去一品香茶楼吧。"

千寒一怔："去一品香茶楼？那世子那里……"

苏风暖轻声说："我惹恼了他，他没法对我发火，应该是回府自己找方式发火去了。如今他刚回府，不见得气消，见到我也许更气怒，不去了，就去茶楼吧！"

千寒道："可是姑娘不累吗？快午膳时候了。"

苏风暖道："不累，听完书再找个地方用午膳好了。"话落，又说，"你带着银子吗？"

千寒点点头。

苏风暖笑着说："我想起来，一品香茶楼是你家世子开的，没带银子也没关系，掌柜的看在你家世子的面子上，总不会撵我。不过一品香茶楼不卖饭菜，去别的地方还是需要银子的，你带着就好了。"

千寒知晓苏风暖心情不好，便没反对，说道："属下身上带的银子足够姑娘用了。"

苏风暖"嗯"了一声，不再说话。

千寒将马车转了道，赶去了一品香茶楼。

来到一品香茶楼，苏风暖挑开帘子，下了车。

千寒陪着她走了进去。

一品香茶楼是京城最大的茶楼，无论什么时候，茶楼里都人满为患，说书先生的书讲得好，都是时下最新发生的事，从说书先生的嘴里说出来，便比寻常人说出来别有一番味道。

迈进门槛，一丝暖融融的茶香热气扑面而来，拂散了苏风暖身上的几丝凉气。

掌柜的见到苏风暖，连忙从柜台后出来，笑呵呵地见礼："苏小姐，您来啦，是要喝茶听书？"

苏风暖扫了一圈里面闹哄哄的人，问道："掌柜的，可还有地方坐？"

掌柜的连连点头："有，世子的雅间一直留着，您既然来了，去世子常去的雅间就好。”

苏风暖摇头：“我就想坐在这大堂中。”

掌柜的一怔，看了一眼大堂说：“有是有地方，不过是在角落里，客人都不喜……”

苏风暖笑着说：“没关系。”

掌柜的看着她：“位置不好，还挤得慌，您怎么能……”

苏风暖打断他的话，笑道：“大堂热闹，我就喜欢热闹的地方。”

掌柜的住了口，连忙说：“我带您过去。”

苏风暖点点头。

掌柜的头前带路，将苏风暖引向东南角的一个角落里，那里空着一张桌子，因位置不好，距离说书先生远，客人们都挤在最好的位置不愿意去那个角落。

苏风暖坐下后，对跟着她进来的千寒指了指对面的椅子。

千寒点头，也坐了下来。

掌柜的笑着问：“您喝什么茶？”话落，又说，“一品香都被您拿走了，春茶要明年开春才能采摘。小店里没有一品香了。”

苏风暖好笑地看了他一眼说：“随便什么茶都行，只要能喝就行。”

掌柜看着她，试探地问：“那喝冬日暖？冬日里天气凉寒，这个茶入口唇齿留香不说，还暖身子。”

“好。”苏风暖笑着点头。

掌柜的连忙去了。

不多时，小二拿来一壶茶，又端了几碟小吃，有瓜子、瓜果、点心。

苏风暖嗑着瓜子，听着说书先生说书。

千寒坐在一旁，陪着苏风暖喝茶。

他们坐了一会儿，一品香茶楼又来了两个客人，那二人来到之后，扫了一圈大堂内的人，径直走向了苏风暖。

千寒看清二人是谁，第一时间握紧了剑柄。

苏风暖也看到那向她走来的二人，林之孝、林客。

那二人来到后，千寒横剑挡在了二人面前，冷着声音说：“两位止步！”

林之孝看了千寒一眼，笑着说：“叶世子将他的近身侍卫给了姑娘，当真是尽职尽责地守护着。”话落，他看着苏风暖，挑眉说，“苏姑娘，你我不是仇人吧？没必要如此防着我，这么怕见我。”

苏风暖对他同样挑了挑眉，不客气地说：“不是仇人，也不算是朋友。”

林之孝看着她：“我心仪姑娘，虽然前去苏府提了一次亲，但也不算做了什么天理不容之事吧？苏姑娘当真这般怕我，连坐着聊片刻的面子也不给？未免太小气了！我所认识的苏姑娘，可不是这般小气之人。”

苏风暖摇头：“你错了，我从来也没心胸大度过，许多时候，的确是小气的。”

林之孝笑了一声："莫不是苏姑娘一身武功废了，整个人也变了？"话落，他压低声音说，"我想与苏姑娘聊聊杀手门，如今杀手门的所有人都在我的手上，但是据说风美人临死前将杀手门的门主令交给了姑娘。你若是对他们没兴趣，他们又都不服从我，我可就都杀了。"

苏风暖看着林之孝，见他神色不像说假，于是不露声色地说："我如今没有武功了，也护不住杀手门，林二公子若是有兴趣杀人，都杀了好了，左右不过是我受人之托未能终人之事，将来在九泉下见了风美人，我向她道个歉的事。"

林之孝看着她："那瑟瑟姑娘呢？她跟着苏姑娘多年，难道苏姑娘也不在意她的生死？"话落，他从袖中拿出一物，展示给苏风暖看。

苏风暖认清这枚月牙玉坠正是瑟瑟自小不离身之物，现在到了林之孝手中，自然是出了变故。她心里虽然有些恼怒，但依旧面不改色地说："如今的我，自保都做不到，还需要人护着，不会去做不自量力之事，林二公子若是想威胁我，你就错了。我已经不是昔日的我了，拔不出剑了。"

林之孝一笑："我没让姑娘拔剑，只是想与姑娘坐下来喝一杯茶而已。"

苏风暖开口说："千寒，让林二公子坐下说。"

千寒让开路，持剑立在了苏风暖身边。

林之孝坐下，仔细地看着苏风暖，在这样热闹的大堂里，暖炉暖和，人潮哄哄，每个人的脸上都泛着红润之色，只有她面色莹白，是像染了风雪的霜色，他打量她半晌，轻声问："苏姑娘，为了叶世子，折损一身功力，再不能习武，变成这副肩不能扛手不能提的模样，值得吗？"

苏风暖端起茶盏，喝了一口说："自然值得。"

林之孝摇头："依我看，不值。"

苏风暖不客气地说："你看是你看，我看是我看，我值不值何须你评说？"

林之孝点点头："姑娘这样说，任性得很。看来我方才说错了，有些东西变了，有些东西还是没变。至少姑娘这刚毅的性子，没改多少。"

苏风暖扯了扯嘴角。

林之孝给自己倒了一盏茶，用茶盖拂着茶盏内漂浮着的茶叶说："看来叶世子也没将姑娘养好，这身子骨是越养越差了。观姑娘面相，若是我所料不差，姑娘体内是寒气聚集成毒，汹涌无比，不可抑制了吧？"

苏风暖瞅着他："林二公子不学医术，简直是浪费。"

林之孝道："这么说，看来我是猜对了。"话落，又道，"姑娘解了叶世子的热毒，却引了一身寒毒在体内。热毒尚能解，这寒毒呢？天下可有解法？我倒是不曾听闻。"

苏风暖放下茶盏，不想再与他闲扯，淡淡地问："林二公子想说什么？直言吧！"

林之孝却是不慌不忙地说：“姑娘这么快就没耐性了，看来这寒气成毒，已入心脉了。”

苏风暖云淡风轻地道：“那又如何？人总有一死，重新投胎，十几年后又能长这么大。”

林之孝笑了一声：“姑娘可真想得开，将生死看淡，令人钦佩。”话落，他将茶盖随手盖在了茶盏上，两相碰撞，发出“啪”的一声轻响，他继续道，“既然姑娘不想兜圈子，那我就直言了。”

苏风暖知晓他找来这里，拿杀手门和瑟瑟威胁她，必有来意：“洗耳恭听。”

林之孝瞅着她，说道：“姑娘与叶世子悔婚，同意你我的婚事，我便放过杀手门和瑟瑟。”

苏风暖嗤笑：“林二公子是在开玩笑吧？我不觉得我与叶裳悔婚，同意你的婚事，与杀手门和瑟瑟有什么关联。”

林之孝道：“自然大有关联。”

苏风暖扬眉。

林之孝看着她道：“姑娘将江湖攥在手里，也攥了很多年了，这一年来，苏府回京，姑娘也跟着回京，不再理会江湖事，是否知道如今的江湖已经不是昔日的江湖，大改了样子？”话落，又道，“姑娘在江湖上调查林客，如今到你手里的消息只来自凤老爷子一人。这么久了，姑娘就没有怀疑过江湖已经不是你所掌控的江湖了吗？”

苏风暖心底一沉，她一连发出了十封信，只有凤老爷子一人给她回了信。这么久了，其他人片纸未回，即便是大雪封山，信函也该回复了，如今都没消息，自然是出了变故。

林之孝看着她，又道：“除了杀手门、瑟瑟，还有姑娘在乎的人，他们与姑娘相交甚深，他们的性命，姑娘都可以罔顾吗？”

苏风暖没想到林之孝今日找她，是真正的有备而来。

他若是已经将偌大的江湖攥在了手中，那么可想而知，这庞大的势力将会是多锋利的一把剑。

这一年，她的确离江湖远了。

原来林之孝在这半年里，已经不声不响地掌控了整个江湖吗？

她在燕北打仗时，在西境打仗时，在望帝山给叶裳解热毒时，以及在回京养伤的这些日子里，林之孝暗中做了这么大的一件事情吗？

怪不得许云初在京城没揪到他有什么动作，原来他的动作放在了江湖上。

她的心虽然渐渐下沉，但习惯了不动声色，面上依旧云淡风轻，待林之孝住了口，看着她，她平静地说：“江湖不是一个人的，能者居之，林二公子既然有能力掌控江湖，那是你的本事，我如今性命都堪忧了，又哪有能力和闲心再管江湖事？

林二公子太看得起我了。”

林之孝眯起眼睛：“这么说苏姑娘是将他们的性命不看在眼里了？”话落，他感慨地说，“既然如此，便真可惜了那些前辈。我虽然不忍下手，但奈何我心仪姑娘久矣，为情而心狠手辣，也是无可奈何。”

苏风暖忽然冷笑：“林二公子，在你眼里心中，情为何物？”

林之孝看着她说：“是我对姑娘这般，心心念之，梦寐思之，辗转反侧，苦苦求之。”

苏风暖偏头，用衣袖遮了一下脸，说道：“林二公子这般说话，是想我把喝进去的茶水都吐出来吗？当心溅你一身。”

林之孝看着她道：“姑娘即便听不得这些肺腑之言，真吐出来，在下也会担着，不怕。”

苏风暖放下衣袖，嘲讽地看着林之孝：“你也看出来了，我恐怕命不久矣，我死了，叶裳也会陪着我一起死，林二公子这是何苦？要一个将死之人，对你来说，没多大用处吧。”

林之孝道：“不是为了什么用处不用处，只为了我想要姑娘，哪怕你是将死之人，我也想要你冠我之姓。”

苏风暖看着他：“你是认真的？”

林之孝道：“比真金还真！”

苏风暖冷声说：“你疯了吧？”

林之孝道：“为姑娘而疯，甘之如饴。”

千寒终于听不下去了，拔出腰间的宝剑，一剑刺向林之孝。

林之孝偏头躲过，待在他身边的林客突然出手，两指夹住了千寒的宝剑，不见他用力，只听“咔”的一声，千寒的宝剑被他双指折断了。

千寒面色一变，拿着断剑的手被林客的内力震得颤了颤。

苏风暖也暗惊了一下，没想到林客的武功如此高深，千寒这柄宝剑，虽然不是什么传世的名剑，但也是削铁如泥，竟然就被他这么斩断了。

林客轻松地放开断剑，对千寒道：“再对我家公子出剑，下次就是你的脑袋。”

千寒勃然大怒，拿着断剑就要刺向林客。

苏风暖抬手，按住了千寒的剑柄，虽然她武功尽失，但出手的速度还有，声音平静地说：“千寒，住手！”

千寒转头，看着苏风暖：“姑娘！”

“我说住手。”苏风暖沉声道。

千寒不甘心地撤回宝剑，虽然他自知从刚刚那一招便能看出他不是林客的对手，但还是不想让苏风暖如此受辱。

千寒住手，退到了苏风暖身后。苏风暖眯着眼睛看着林客道：“欺负小辈，不该是长辈的风度吧？若是千寒也到您这么大的岁数，武功不见得比您差。”

林客平静地道：“苏姑娘只允许州官放火，不允许百姓点灯，是他先对我家公子拔剑的，我见不得别人对我家公子拔剑而已。”

苏风暖笑了笑：“我的确查了您的身份，不查还真不知道，原来您是我师父的弟弟。我是该称呼您为师叔，还是叔叔？您受我师父教导庇护成人，可是却对林二公子十分忠心啊。我师父坟头的草如今都长满了，也未见您去烧一次纸，这是什么道理呢？我是不是该趁着今日，问问您？”

林客面不改色地说：“你师父与我没有关系，苏姑娘问错人了。”

苏风暖笑看着他：“林叔叔这断层指法可是传自我师父，虽然此指法是出自望帝山，但我师父却将其改进了，断指先断魂，以气断功。你在我面前使，还堂而皇之地说与我师父没关系吗？”

林客漠然地看着她：“即便有关系，你又待如何？”

苏风暖摇头：“不能如何，我如今是手无缚鸡之力的将死之人。我只想知道，我师父的死，是不是与林叔叔您有关？”

林客冷声道：“有关系如何？没关系又如何？他总归是死了。”

苏风暖看着他，盯入他眼底，看了片刻，收回视线，点了点头：“是啊，总归是死了，一了百了，他死前没说是别人害的，只说是天命所归，也没给我留下仇人，我倒也不必庸人自扰。”

林客不再说话。

林之孝坐在一旁，待二人你来我往说了片刻话后，才又开口：“苏姑娘对于我的提议，可有了决定？”

苏风暖摇头，缓缓站起身，对林客说：“林二公子不知道吧？我其实内心是个自私自利的人。江湖朋友无数，也不过是利字当头。但这普天之下，唯一人可以让我舍利而无私，我父母都不行，那个人只能是叶裳。”

林之孝脸一沉。

苏风暖看着他又说：“要杀谁，要剐谁，林二公子乐意怎么为就怎么为吧！我既然是将死之人，性命之事，生死之忧，早已经置之度外，还谈什么救人，未免惹人笑话！只求余下的日子里，过个舒服惬意罢了。”

说完这句话，她抬步向外走去。

林之孝伸手拦住她，随之站起来，沉着脸说：“苏姑娘，你可真看得开，放得下，狠得下心，是不是？那么，除了江湖的朋友，还有你京城苏府的人呢？你父亲、你母亲、你三个哥哥，你外祖父、外祖母，燕北苏家的人，你都不在乎了，是吗？”

苏风暖想着，现世报如今这么快就来了，她今日与叶裳起了争执，将他快气疯了，无非为了这个。但她与叶裳说是这般，与别人就未必要这样说了。她从来就不是个能受人威胁的人。

于是，她平静地道："二公子这是要大开杀戒，杀了这个杀那个？你不如将天下人都杀尽好了。你若是能要了他们所有人的性命，我当佩服你，也当感谢你，九泉之下有这么多人陪着，倒也热闹不孤独。"

林之孝伸手扣住她手腕："若是我现在就要你跟我走呢？"

千寒面色一变，扬手就对林之孝劈出一掌。

林客当即接过了千寒的掌，反手打了千寒一掌，千寒承受不住，顿时吐了一口血。

因为这里是茶馆，早先他们坐在角落里，小声交谈，没引起他人注意，如今这样在大堂的过道上大打出手，千寒身子撞到了桌子上，顿时桌子碎裂，上面的茶盏瓜果都被打翻在地，发出脆响。

苏风暖喊了一声："千寒！"

千寒捂住胸口，一扬手，高喝："来人！"

他这一声高喝，虽然因为受伤声音沙哑，但还是传了出去，顿时外面冲进了数十名黑色锦衣府卫，当即将林客和林之孝围住。

茶馆内响起客人们的惊呼声，茶客纷纷向外逃去。

苏风暖动了怒，直视着林客，一字一句地道："林叔叔下手可真够狠，一掌就让人重伤，我望帝山的武功可不是让人这么用的。"

林客看着她说："苏姑娘，识时务者为俊杰。"

苏风暖嗤笑："我生来就不知道什么是识时务。"

林客道："那就不要怪我下手狠了。"话落，他扫了一眼围困他和林之孝的府卫道，"姑娘若是不识时务，这些府卫，我也一样不容。"

苏风暖从林客断了千寒的宝剑来看，知道林客的武功怕是已经堪比他师父当年了，这样的武功内功，即便在她没受伤的全盛时期，也不见得有把握胜了他。如今她这模样，更是他动动手指头就能把她解决了。这些府卫虽然人多势众，但也是奈何不了林客的。

于是，她开口道："你们都退下。"

"姑娘！"千寒不同意。

"我说退下！"苏风暖怒喝，"听不懂我的话吗？"

千寒见她怒了，咬牙挥手："你们退下。"

那些人看看千寒，又看看被林之孝钳住手腕的苏风暖以及林客，默默地退出了茶楼外。

苏风暖见府卫退下，她转头看着林之孝嘲讽地说："林二公子，这里可是京城，你让我跟你走，是想做绑匪吗？"

林之孝看着苏风暖，她眼底冰冷一片，可见是真正动了怒。

他先是对她笑了笑，温声说："姑娘发怒的样子，也是美极了。"话落，又对她摇头，"我不是想做绑匪，只不过是想请姑娘去我府里喝一杯茶。"

苏风暖冷着面容说："我早已经喝饱了。"

林之孝道："我府中有上好的金银花，这茶不仅暖胃，还能降火气。姑娘若是不赏脸，在下只能强求了。"

苏风暖眯着眼睛看着林之孝："在这京城，天子之地，林二公子强人所难，做得可真光明正大。"

林之孝笑着说："我心仪姑娘，京城几乎无人不知、无人不晓，早先求娶之事想必大家都还没忘，我也不介意再为这间茶楼的说书先生添些谈资。"

苏风暖冷哼一声。

林之孝看着她说："姑娘不遂我心意，是想等着叶世子来救你吗？我不妨告诉姑娘，今日叶世子脱不开身了，我既然来这里找姑娘，自然不会如上一次当街拦截一样，无功而返。"

苏风暖冷笑："林二公子可真是大费周章。"话落，她沉声说，"你松手，我随你去。"

林之孝闻言，松开了扣着她的手。

苏风暖拂了拂衣袖，回身对千寒说："你带着人回府去吧！"

千寒面色大变："姑娘不可！"

苏风暖沉声说："这是命令。"

千寒面色发白，看着苏风暖，说不出话来。

苏风暖抬步向外走去，与来时的拥挤相比，如今的一品香茶楼客人都吓跑了，冷清得很，她顺畅地出了一品香茶楼。

林之孝随后跟了出来，对她伸手一指："坐我的马车。"

苏风暖面无表情地上了马车。

林之孝随后也上了马车，落下帘幕后，他对车夫吩咐："回府！"

车夫扬起马鞭，驾车前往林府而去。

马车上，苏风暖靠着车壁坐着，林之孝坐在她对面，目不转睛地看着她，片刻后，对她说："我要怎么说，姑娘才能相信，我心仪姑娘多年，当真是梦寐以求？"

苏风暖懒得搭理他，不语。

林之孝又道："姑娘喜欢叶世子，是因自小到大的情意，但你可有想过，叶世子对你，未必不是因为时日长久，熟而生情。这样的情分，最禁不住磨砺。"

苏风暖依旧不说话。

林之孝看着她："姑娘其实是识时务的，懂得进退，否则今日就不会因为不想让叶世子的府卫遭受不必要的伤亡而随我上车了。"话落，又道，"姑娘虽然嘴里说着自私自利，但其实有仁善之心，不想牵连无辜者。"

苏风暖依旧不说话。

林之孝又道："所以，我不相信姑娘能够眼看着别人因为你而死，你却置身事外。无论是杀手门，还是瑟瑟，抑或是江湖上那些与姑娘私交甚深的前辈，还有你的亲人……”

苏风暖终是听不下去，看着林之孝道：“林二公子空有一张嘴，倒是会颠倒黑白，乱说一通。江湖之大，我很想知道林二公子凭什么说被你掌控了，就凭一个林客吗？武功只能让少数人屈服，不能让有骨气的人屈服，还有无论是京城苏府、王府，还是燕北苏家，我真不相信，林二公子可以翻云覆雨，执掌别人的生死。连宫里金銮殿上的皇上都不敢这样张口闭口就要人死。”

林之孝道：“姑娘可以不信，但事实胜于雄辩。”

苏风暖住了口。

林之孝看着她：“姑娘应不应我？”

苏风暖冷笑：“我不知道我哪里好了，让林二公子连个将死之人都不放过，不如林二公子说说。你知道，我从来不喜欢受人威胁，哪怕是死。”

林之孝道：“在我看来，姑娘哪里都好，哪怕没有武功的姑娘，也不失一身风骨。多年来，我日日观摩姑娘画像，求的无非就是同床共枕。”

苏风暖嗤笑：“林二公子可真是痴心一片啊，就不怕我在枕边杀了你？”

林之孝道：“能死在姑娘手里，倒也死而无憾，只要姑娘能杀了我。”

苏风暖眯着眼睛看着他：“林二公子看来是真觉得我手无缚鸡之力了，便好欺负了是吗？”话落，又道，“林二公子笃定我如今没有杀你的本事是吗？”

林之孝看着苏风暖，她脸色寻常，但一双眸子却越来越冰，他清晰地感觉到车内渐渐笼罩的寒意，他不惧地慢慢开口道：“姑娘既然知晓林客出身于望帝山，就该知道，望帝山对于他来说，无论是武学，还是其他，都不是什么秘密。姑娘体内住着至寒之气，寒气成毒，万不可真动了催引它的心思，否则，姑娘身体爆破成冰碴也是说不定的事。”

苏风暖冷着眸子看着他。

林之孝又道：“姑娘若是想与我同归于尽，我倒觉得，未尝不是一件令人愉悦的好事。至少，你我死后，双宿双飞，就算叶世子来了，在后死，也是晚了时辰的。”

苏风暖猛地克制住游走在身体经脉处的寒冰之气，冷笑说：“我苏风暖鲜少佩服什么人，林二公子当真令我佩服。无所不用其极，普天之下，非楚含莫属，以后他这名号还要匀你一半。”

林之孝道：“姑娘过奖了。”

苏风暖闭上眼睛，不想再看他。

林之孝却看着苏风暖，刚刚短短的时间，她已经让车厢内结了一层轻薄的冰碴，这样的寒气，是令他震惊的。寒气如此之大，可见寒气成毒已攻心，若没有解救之法，当真是活不了多久的。

他一时间也住了口，不再多言。

车轱辘滚过地面，发出有节奏的声响，从马蹄声听来，车赶得并不慢。

走了片刻，马车突然停住，车夫压低声音在外面禀告："公子，小国舅拦路。"

苏风暖听闻后，立即睁开了眼睛。

林之孝看了苏风暖一眼，伸手挑开了车帘，只见许云初骑着马，拦在街道前，他身后是清一色的国丈府的府卫，足有两三百人之多。

林之孝眸光缩了缩，转头对苏风暖说："看来惦记姑娘的人真不少。"

苏风暖冷哼一声。

许云初端坐在马上，对着挑开车帘的林之孝道："我恰巧途经一品香茶楼，茶楼的人拦截报案，说有人光天化日之下劫走了苏府小姐，追来一看，原来是林二公子。"

林之孝看着许云初道："小国舅怕是听错了，在下是请苏小姐过府喝茶。"

许云初挑眉："一人报案，我听错，十人报案，我难道也听错？林二公子别忘了，这里是京城，不是你江湖乡野的林家之地，容不得光天化日之下如此放肆！王法不是摆设。"

林之孝道："小国舅没听错，那就是报案之人误会在下了，在下就住在这京城林府。如今这是回府的路，在下当真只是请苏小姐过府喝茶而已。"

许云初扬眉："可是我怎么听闻苏姑娘不乐意跟随林二公子前去，是林二公子强求？"

林之孝失笑："是苏小姐自己走上马车的。"

许云初沉声说："请苏姑娘出来见我。"

林之孝偏头瞅向车内的苏风暖，对她意味深长地说："苏姑娘可要想好了，我林府的茶虽然比不上宫廷御茶，但也是上好难求的好茶，最降心火。苏姑娘若是改了主意下车，可就糟蹋好茶了。"

这话意有所指，杀手门、瑟瑟，还有那些江湖上的前辈的性命，被他当作了好茶，也的确是好茶。

可是她不能就这样去林府，若是被林之孝这样公然地劫去，再留她一晚，那么明早指不定会传出什么流言了。她虽然大不了鱼死网破，不惧什么，但到底是众口铄金，无论是叶裳，还是苏府的爹娘、哥哥们，以及王府的外公外婆都受不住。

她之所以甘愿下了命令让千寒不必跟着，就是为了在这途中等来救兵。

如今许云初就是她的救兵，她自然要下车。

于是，她对林之孝道："林二公子，你的茶我改日再喝，今日我进了皇宫一趟，见了太后，又见了皇上，现下天色不早了，还没回府，若是就这么半途跟你去喝茶，苏府以为我失踪，报了案，皇上和太后都是要问责的。我总不好将林二公子请我喝茶的好心喂狗。"

林之孝顿时笑了："既然苏姑娘对我有如此好心，我就收了姑娘的心意了。"话落，他挑开帘子，不再阻拦，对她说，"我等着姑娘说的改日，不过不要太久，我耐心不太好。”

苏风暖不再接话，下了马车。

许云初见苏风暖下了马车，将她上下打量了一遍，见她周身带着霜色，他不由得蹙眉。

苏风暖来到许云初面前，对他说：“劳烦小国舅送我回府。”

许云初颔首，对她说：“这里没有车，姑娘可能骑马？”

苏风暖点点头。

许云初不好与她共乘一骑，于是，对身后招手，吩咐了一声，有一名府卫将马给了苏风暖。

苏风暖踩着脚蹬，慢慢地上了马。

许云初见她上马的动作缓慢，目光不由得黯然了一下，想着在燕北打仗时的苏风暖，英姿飒爽，何曾是这副柔弱的模样？果然是今非昔比了。他见她端坐好，便对依旧坐在车内挑着帘子看着车外的林之孝沉声道：“林二公子，别忘了你脚下踩着的土地是京城，天子脚下，是有王法的地方。”

林之孝笑着说：“在下没犯王法吧？小国舅多虑了。”

许云初冷然道：“不犯王法最好，我只不过是提醒林二公子，别做损人不利己之事。”

林之孝笑道：“好说。”

许云初不再多言，一挥马鞭，朗声道：“走！”

苏风暖纵马跟上了他。

国丈府的两三百名府卫整齐地跟在了他身后。

京中若论势大，当数与皇上抗衡了多年的许家，哪怕经历了月贵妃一案的打击，瘦死的骆驼仍然比马大。不过这也是许云初第一次动用如此大批的府卫当街行事，只为从林之孝的手里救下苏风暖。

纵马来到苏府，苏风暖翻身下马，对许云初道：“我午膳还没吃，你可吃了？若是没吃，让厨子做两个菜，你与我一起吧！”

许云初应允道：“我也没吃午膳，好。”

苏风暖将马缰绳还给一名府卫，转身进了苏府。

许云初对府卫统领吩咐了一声，府卫便撤回了国丈府。

苏风暖抬步往里走，许云初跟在她身旁，对她道：“我收到叶世子派人传的信后，便赶去了荣华街，幸好及时。没想到林之孝真是胆大包天，光天化日之下就想劫你进林府。”

苏风暖偏头看着他：“林之孝说叶裳脱不开身，不知他给叶裳找了什么麻烦？”

许云初道：“平郡王和王妃都死了，如今他在平郡王府。”

苏风暖一怔：“怎么死的？林之孝做了什么？”

许云初道："是平郡王妃杀了平郡王，又自杀了。"顿了顿，又道，"兴许是林之孝得到了这个消息，才跑去了一品香茶楼劫你，料定叶裳在平郡王府脱不开身，所以才与你如此说。"

苏风暖停住脚步："平郡王妃不是被齐舒安抚住了吗？怎么竟然又起意杀了平郡王？据我所知，平郡王被齐舒暗中控制起来了。"

许云初叹了口气："总归是他父亲与他母亲，就算一个控制，一个安抚，但也不可能不让二人见面，兴许他也没想到会有这个意外。"话落，又道，"不过也可以理解，平郡王妃本就厉害，这么多年，平郡王府能在京城有这个地位，平郡王能在朝中受皇上器重，与平郡王妃以及她娘家的扶持脱不开干系。平郡王妃操持着平郡王府不易，可是平郡王却养了七个外室、十七个子女，她本就刚烈，咽不下这口气。"

苏风暖想着平郡王妃含恨杀了平郡王，这样来说也情有可原。

许云初道："我本来听闻此事后，也要去平郡王府，但叶世子派人传信给我，我急急赶去救你了。"话落，又道，"叶世子派了两批府卫暗中保护你，每一批五十人，可是我听闻你让他们撤退了，为什么？"

苏风暖道："林客的武功已经登峰造极，用手指折断千寒手中的宝剑不费吹灰之力，若是我强硬地让容安王府的府卫与他对打起来，今日就会血染一品香茶楼。府卫的命也是命，没必要造成无辜伤亡。况且，我这不是等到你来救我了吗？且没有伤亡，轻易就让他放了我。"

许云初道："我带了两三百名府卫，他若是不放人，我就要请旨调五城兵马司的兵了。就不信他林之孝因为有个林客，真能在京城翻出天来。"

苏风暖平静地道："他在京城是不敢翻出天来，所以，这半年来暗中将江湖给控制住了。"

许云初一怔。

苏风暖对他不隐瞒，道："早先，查林客，我对江湖发出了十封信函，只有凤阳镖局的凤老爷子给我回了信。我本来就隐隐觉得不对劲，想着兴许是出了事，今日林之孝便对我说，江湖已经不是我以前所在时的江湖了，我这一年来，未理会江湖中的事，如今江湖已经换了天。"

许云初惊讶道："这么说来，我在京中没查出他哪里不对劲，原来是在江湖上有所动作。"

苏风暖点头："凤美人临终前，将杀手门交付给我，我无暇顾及，交给了瑟瑟。如今杀手门的所有人和瑟瑟都在他的手中。还有我传信出去未得回话的那些前辈，应该都被他控制了。"

许云初面色微沉，聪明地猜测道："所以，他拿这些威胁你什么？"

苏风暖抿了一下唇，说道："与叶裳悔婚，答应他的婚约。"

许云初顿时沉默了。

二人说着话，来到了会客厅门口，正逢苏夫人从后院匆匆走来，见到她立即问："暖儿，我听说林府二公子在一品香茶楼为难你，他没将你怎么样吧？"

苏风暖不想让她娘担心，云淡风轻地笑着说："这里可是京城，天子脚下，他能将我怎么样？不过是说爱慕我，请我去林府喝一杯金玉花茶，幸好小国舅路过，解了我的围，送我回来了。"话落，苏风暖挽住她娘的胳膊说，"娘，我饿了，小国舅也没用午膳，您去让厨子做两个菜来，赶紧填饱我们的肚子。"

苏夫人闻言放下心，笑着说："好，我这就去。"话落，转身去了厨房。

苏风暖请许云初进了会客厅。

他们刚坐下，萧寒和谢轩赶来了会客厅，将苏风暖上上下下打量了一遍道："师妹，你不是与叶裳一起去皇宫了吗？怎么我们听说……"

苏风暖笑着打断二人的话："是一起进宫，一起出来的，我好久没听说书先生讲书了，他回府后，我便去了一品香茶楼。"

萧寒轻斥道："叶裳回府后，你就该给我们传个话。"

谢轩道："这京城果然危险。"

苏风暖也没想到林之孝胆子会这么大，竟敢公然地劫她入林府，主要是她没想到杀手门、瑟瑟、江湖上的那些前辈，竟然都被他掌控在了手中，以至于让他如此胆大，有恃无恐。

她的碧轩阁呢？看来要好好地探一探江湖上的消息了。

萧寒和谢轩听闻林客轻而易举地以指法折断千寒的宝剑，一时间惊异不已，于是，二人对苏风暖道："伤苏大将军的黑衣蒙面人，会不会是林客？"

苏风暖看向许云初，问道："你从燕北回京后，可知道林客曾离开过京城？"

许云初道："我从燕北回京后，筹备粮草繁忙，注意力都在西境打仗上，那一段时间，无暇理会林之孝，自然也未注意他身边的林客；后来，我发现他不对劲，便开始查他，自从南齐和北周议和，你回京之后，这一段日子都未见林之孝和林客离开过京城。"

苏风暖道："爹被人截杀，是在我和叶裳回京后养伤那一段时间的事了，既然林之孝和林客都没离京，便不是他们所为了。"

萧寒震惊地道："那人使用望帝山的功法，难道除了林客，还有别人也对望帝山功法运用自如且博学精通？"

苏风暖道："这就要仔细查了。"话落，又道，"林之孝和林客既然没离京，那他们是怎样掌控江湖的？难道另外有人武功不输林客，才控制了江湖上那些前辈？"

谢轩道："我们望帝山功法虽然允许外传，不甚严密，但也仅限于普通功法，精绝的武功还是代代嫡传，从不外传。可是那人的功法，显然是不外传之功法。"话落，他怀疑道，"难道我们望帝山出了叛徒？"

苏风暖顿时笑了："十一师兄别乱猜，自我接掌望帝山的帝师令起，嫡系一脉所有人我都见了，不可能出现这种事。”话落，又道，“出了一个林客，难免没有第二个林客，可能就在这个纰漏里还有这样的人。”

谢轩敲敲脑袋说：“偏偏你如今身体是这般情况，性命堪忧，否则，谁又能奈何你？别说一个林客，十个也不惧。”

萧寒闻言对苏风暖道：“师妹，如今的情形凶险难测，恐怕还有更大的危险，一日不查，一日为祸。师弟说得对，你如今身体是这般状况，出不得差错，你调动帝师令吧！”

调动帝师令可是大事，望帝山的帝师令轻易不能调动。

苏风暖听闻萧寒的话，思忖片刻，摇了摇头：“师兄，如今南齐虽然看起来乱作一团，但幸好北周已经乖觉下来，只有内忧，没有外祸，南齐的江山也没到危急关头，帝师令不能出。”

萧寒道：“可是如今情形已经如旋涡一般，凶险难测，今日林之孝和林客竟然敢在光天化日之下劫你入府，还是在京城，可想而知他今日不达目的，他日指不定还有什么凶险算计等着你。”

苏风暖道：“即便这样，也不能调动帝师令。”

谢轩看着她：“为何？若是你调动了帝师令，我们望帝山嫡系一脉所有子弟倾巢而出，就不信摆不平这一团乱象。”

苏风暖道：“虽然如今形势颇乱，但天下应该还没有哪个门派有与望帝山相抗衡的实力。帝师令一出，即便我没有武功，也能摆平这乱象和格局。”

萧寒道：“那你还不同意作何？”

苏风暖叹了口气，对二人道：“两位师兄，若不是我请你们入京来护我，你们现在或许在望帝山修习功法，或许如其他师兄弟们一般在天下游历，无论是哪一种，都会十分自在。”

谢轩道：“我们如今跟在你身边，也自在有意思。”

苏风暖摇头，说道：“你们如今跟在我身边，与我调动了帝师令后是不一样的。”话落，又道，“你们可能只知斩熠师祖将帝师令传给了我师父，我师父将帝师令传给了我，帝师令是望帝山执掌门庭之人的传承之物。可是你们不知，还有一个必须遵循的规矩。”

“什么规矩？”二人齐声问。

苏风暖道：“帝师令出，天下风云涌动，星辰乱，血染长天，在帝师令的掌控下，势必会影响南齐国运。于是，昔年南齐高祖皇帝与望帝山斩熠师祖有一个约定，一旦调动帝师令，必须履行南齐皇室与望帝山相约的诺言。”顿了顿，她道，“诺言是：帝师令出，择明主而投。”

二人齐齐惊异。

苏风暖看着二人，直白地道：“也就是说，我一旦调动了帝师令，就要选出南齐江山新一代的继承人，对其投诚，平乱世，保天下长安。”

二人顿时沉默了。

望帝山之所以称为望帝山，是因为始祖建立望帝山之初，便受了皇室的帝师封号，传承千百年，到南齐这一代，多少门派衰竭，望帝山传承不衰，望帝山之所以一直存留于世，不单单是因为望帝山内紧外松的规矩，还有每一代帝师令的传人以望帝都风云而动帝师令。

这是他们都知道的。

但他们不知道竟然还有这样的内情，帝师令出，择明主而投。如今的南齐京城，太子已经被废，皇帝还没立太子，虽然宣晋王长孙刘焱入宫陪皇伴驾，带在身边教导，但刘焱不见得真是未来的太子，也不见得就是明主。

望帝山已经有数代未曾卷入朝政纷争了，望帝山所有嫡系一脉的子弟，在这世间，或闭门修习武功，或游历天下，修身养性。天下各大门派，论自由，所有门派的子弟都不如望帝山嫡系一脉的弟子。

若是调动帝师令，必须择明主，对其投诚，那么就是卷入江山易主政权纷争了。所有望帝山的子弟，都会打破常规，束缚住手脚，将匡扶天下当为己任了。

这样看来，帝师令还真是不能动。

因苏风暖与许云初在燕北并肩作战的生死交情，回京后，又因许云初的妹妹许灵依中了恨春风，被苏风暖请来的两位师叔救下性命，他对于望帝山也不是一无所知，所以三人说话，并没有避讳许云初。

许云初看着三人，待三人话落后，他温声开口：“依我看，南齐如今的情形，还没有恶化到非动望帝山帝师令不可的地步，林之孝虽然掌控了江湖，但在京城，我们总有办法让他吐出钳制住姑娘的人。”

萧寒和谢轩看着许云初，二人虽然是第一次见这位小国舅，觉得天下对他的传言看来不虚——才华冠盖京城，人品名动天下；温和君子的外表下，内里也是有手腕、有谋略、有胆魄。

苏风暖点头：“此事要从长计议。”

四人又说了片刻话，苏夫人带着人端来做好的饭菜，又温了两壶酒，放在了桌案上，招呼着萧寒和谢轩陪着许云初一起喝两杯。

许云初笑道：“我今晚还有事情要做，就不喝酒了。”

苏夫人笑看着他：“外面天冷，喝一杯酒，暖暖身子，当是无碍的，耽误不了事。”

苏风暖笑着说：“就喝一杯好了，我也陪你喝。”

苏夫人立即说：“你伤势未好，不能喝。”

苏风暖笑着道：“娘，您派人去打探打探，算算日程，我爹应该不是今晚就是明日回京。我伤势左右不过是这个样子，吃药跟喝酒估计差不多，都不起什么作用，无碍的。倒是您，得赶紧去收拾收拾。万一今晚我爹就进城了，您总要让他第一眼就见到美美的您，不是吗？”

苏夫人闻言笑骂，伸手打她：“又拿你爹做幌子，其实是怕我在这里叨叨你吧？行，我不在这里看着你了，不过你还是要少喝，不准多喝。”

苏风暖笑吟吟地说：“好。”

苏夫人见她答应得痛快，不放心，又嘱咐了萧寒和谢轩，让二人看着她，二人笑着答应，苏夫人便出了会客厅。

苏风暖给三个人各自斟了一杯酒后，也给自己斟了满满一杯。

许云初看了她一眼，说道：“我观你面色不太好，体内寒气似乎极烈……”

苏风暖对他一笑：“所以才需要喝些酒暖暖。”

许云初闻言住了口。

萧寒和谢轩对看一眼，齐齐叹了口气：“距离过年没几日了，过了除夕，便立即启程吧。”

苏风暖道：“再议吧！”

二人一怔：“不是早就说好的吗？为何又要再议？”

苏风暖喝了一口酒道：“我受风美人所托，总不能不管她耗了半生心血创下的杀手门，任其毁了。而且瑟瑟跟随我多年，我岂能真不管她？还有江湖上的那些前辈，多年来，与我交情深厚，多半都已经隐世安享晚年，因为我查林客，惹此祸端，我若是袖手不管，岂不是成了不仁不义之人？”

二人立即说：“那你身体呢？如今你这副样子，如何管得了？”

苏风暖道：“诚如刚刚小国舅所言，林之孝就算掌控了江湖，但他如今总归是在这京城之地。京城这样的地方，最大的是皇权，我唯有以此来压他了。若是如此，势必要费一番心思和他较量，距离过年没有几日了，短短时间，不见得能处理完。”

许云初闻言道：“身体要紧，林之孝之事不妨交给我吧。”

苏风暖摇头：“林客武功极其厉害，林之孝比楚含有过之而无不及，也是个无所不用其极的人，你本该置身事外，我如今已经将你拖下水，此事再交给你的话……”

许云初道：“我不信我妹妹中的恨春风之毒与林客和林之孝没有关系，你不拖我下水，我本身已然在水里了。”

苏风暖道：“牵扯了江湖事，你虽然对江湖有涉猎，但涉猎不深，没办法深入出手。加上朝局，国丈未退朝时，与皇上抗衡多年，不得皇上信任。如今国丈退朝，你入朝，终于让国丈府和皇室握手言和，你得到了皇上的信任。若是因为此事，你大动干戈，怕是又会将国丈府推到风口浪尖，失去皇上的信任，对于国丈府来说，总归不是好事。”

许云初闻言道：“不怕的，我……”

他还要再说什么，外面传来动静，他打住话，向外看去，只见管家领着叶裳来到了会客厅。

外面不知何时飘起了细碎的雪花，叶裳顶着细碎的风雪而来，穿着一身素雅的锦缎，轻袍缓带，袍袖随风扬起，他面上是清清冷冷的霜色，倒与苏风暖面色隐隐露出的霜色相似。

苏风暖看到叶裳，想起他们今日在马车上起的争执，心疼了一下。

管家挑开帘子，叶裳迈步而入，站在门口扫了屋内一眼，拂了拂衣袖上的寒气，来到了苏风暖身边，缓缓坐下说："天太冷，是该喝些酒，给我也斟一杯。"

苏风暖拿起壶，给他斟了一杯酒。

第十三章 背后倚仗

因叶裳的到来，苏风暖与许云初的话暂且告一段落，打住不提。

苏风暖斟满一杯酒，推到了叶裳身边，问他："齐舒还好吧？"

叶裳端起酒杯，一饮而尽，对她道："平郡王府的担子自此都落在了他的身上，他一日间失去父母，不是太好。"

苏风暖看到叶裳衣袖隐隐有血迹，立即伸手去扯他的袖子。

叶裳避开躲过，对她说："沾染的是别人的血迹，无碍。"

苏风暖瞅着他，见他说话这么片刻，面色依旧清清冷冷，暗想他怕是还在生她的气，明显就是他自己受伤了，不让她看。她固执地伸手去扯他的手，身子几乎贴到了他身上。

叶裳一再避开，沉声说："我说没事就没事，你听不懂吗？"

苏风暖见他死活不给她看，怒道："叶裳，我听得懂，如今你不给我看你的伤势，你的意思是以后都不用我管了吗？我不管你，你也不必管我了，对吗？"

叶裳避开的手一顿。

苏风暖一双眸子瞪着他："也就是说，我今日在马车上与你说的话，你同意了是不是？若是这样，我也不必……"

叶裳目光染上怒火："我没同意。"

苏风暖看着他："既然你没同意，那你这是作何？以前伤了一点儿，你都会将伤势扩大一万倍地让我心疼你，如今倒是学会隐瞒伤势了。"

叶裳抿唇，片刻后，将手臂慢慢地伸到了苏风暖的面前。

苏风暖伸手挽起他的衣袖，他的手臂果然受伤了，且已经被包扎过了，宽大的衣袖遮住了他手臂被包扎之处，包扎处有隐隐的血迹露出，而他伸过来胳膊时动作缓慢，可见伤势不轻。

她难以想象，以叶裳如今的武功，谁伤得了他："怎么伤的？谁给你包扎的？"

叶裳道："齐舒伤的，孟太医给包扎的。"

苏风暖一怔："齐舒伤的你？为何？他怪你查出贪墨大案，他父母因此而死？"

叶裳道："我去时，他神志不清，不是有意伤我。"

苏风暖立即追问："为何神志不清？"

叶裳看了她一眼："孟太医查出他当时中了迷幻药。"

苏风暖想着平郡王府出事，看来还真不是偶然，不知道这背后是否真是林之孝的手笔，只为了对付叶裳。她道："既然是孟太医给你包扎的，我就不必拆开给你另看了。"话落，她伸手按住了他的脉，给他把脉。

发现他似乎也吸入了迷幻药，不过药量极轻，除了手臂的外伤，没造成内伤，并无大碍，她放下手，对他说："你受了伤，不能饮酒。"话落，她将酒杯拿开了。

叶裳偏头对她说："你要扔下我独自活在这世上的话，以后还能这般管我受不受伤，喝不喝酒？"

苏风暖呼吸一窒，一时没了话。

叶裳看着她，见她不言声了，他平静地说："我晌午也没用膳，添一副碗筷吧。"

苏风暖对外面喊了一声："来人，给叶世子添一副碗筷。"

有人应了一声，立即去了。

许云初看着苏风暖与叶裳，发现今日二人看起来似有隔膜，不是太好，不过想想这是两个人之间的事，不需要别人多言，便没说话。

不多时，有人拿来碗筷，放在了叶裳面前。

饭后，叶裳才询问苏风暖今日林之孝拦截她之事。

苏风暖简略地将林之孝以杀手门、瑟瑟、江湖那些前辈，以及苏府、王府、燕北苏家威胁她之事和经过说了一遍。

叶裳听罢，脸上蒙上了一层阴沉之色。

苏风暖想起千寒，问他："回府后，我没见到千寒，他哪里去了？"

叶裳淡淡道："他去我府里跪着了，说有负我所托，没尽到职责，甘愿自缢谢罪。"

苏风暖立即说："他不是林客的对手，那是因为林客修习的是望帝山的武功，又较他年长一倍，内功深厚，也不怪他。这样冷的天，他被林客打了一掌，受了极重的伤……"

叶裳截断她的话，忽然怒道："我容安王府的上百名府卫，暗中保护你，为了什么？就是为了让你不受一丝半点儿的伤害。他们就算都死了，你也不该让林之孝将你劫去林府，我脱不开身，若不是请小国舅出面去救你，你就从没想过被劫去林府的后果吗？"话落，他一双眸子涌上火意，"还是你真打算将我舍弃到底了？真打算受他威胁与我退婚，连死后都不想冠我之名了？用你的仁善之心救那些你在乎的人，只对我一人心狠，是不是？"

苏风暖刚要开口，叶裳忽地起身，不给她再说话的机会，拂袖出了会客厅。

苏风暖也跟着起身，出手去拽他，但她没有武功之后，身子绵软，手骨无力，动作快不了，没拽到叶裳，只能眼看着他出了会客厅，砰地挥手关上了会客厅的门。

苏风暖抬脚想要追去，不小心绊住了桌脚，整个人向地上栽去。

许云初一惊，立即起身，伸手扶住了她。

苏风暖站稳身子，对许云初说了句“多谢”，便提了裙摆，快步走到门口，打开房门，入眼处是下大了的雪花，叶裳的身影伴随着风雪，与来时一样，孤单、冷傲、单薄、凉寂，一步步走远。

她立在门槛处，看着这样的他，一时间失去了追去的勇气。

这天下是否凌驾于爱情之上，她不知道，只是觉得，相比轻松地毫无价值地死去，可以让他活得更有意义。也许这意义与爱情无关，但可以名垂青史，千古留名。

千万年后，历史消弭了苏风暖这个名字后，叶裳也会因为力挽南齐这大厦将倾的狂澜，而在史记里惊才绝艳，受人推崇敬仰。

对比之下，她与叶裳的小小爱情在历史的河流里微末成沙，不值一提。

看着他身影消失，她慢慢地伸手关上了门，转身又回了会客厅。

谢轩看着苏风暖一脸神伤，因爱护师妹，不满地说：“我还当外面传言叶世子脾气极大，是所言虚夸了，如今看来，他果然脾气极大。怎么一言不合就发了这么大的怒火？有什么话不能好好说吗？”

萧寒接过话，摇摇头说：“叶世子脾气虽然算不上好，但也不是个无缘无故对人发火之人，尤其是对师妹。依我看，他在望帝山寸步不离地守护师妹，生怕她磕了碰了；回京后，他处处护着紧张着，怕她被人欺负了。如今他之所以发了这么大的脾气，定然是师妹做了他不可容忍之事触了他的底线。”

谢轩闻言对苏风暖问：“你做了什么？”

许云初也看向苏风暖。

苏风暖见三人都看着她，她和叶裳吵架，生了嫌隙，被这三人正好遇到，她觉得实在是一言难尽，便简略地将原因说了说。

三人听罢，互看一眼，都觉得这样的事情还真是不好置喙。

若让他们说出谁有错来，他们说不出，当真算起来，谁都没错，只能怪情势弄人、造化弄人。

片刻后，许云初温声道：“姑娘切莫灰心，也许你的身体没有你想象的这般严重，以至于真会性命不保，你既然修习的是至寒功法，兴许体内的寒气会因你的功法而化掉，不会碍到性命。”

苏风暖摇头道：“我全身经络损伤，功力半丝不剩，功法已经废了。前两日，我还相信也许会有奇迹，可是今日之后，我却不怎么相信了。”话落，她挽起衣袖，露出皓腕，对三人道，“你们看，我这身体，血管脉络都结了冰碴，这可能就是将我整个人冰封的预兆了。我还怎么相信奇迹？”

三人见了，面色齐齐一变。

苏风暖落下衣袖，又对三人道：“但凡有一丝可能，我自然是不会放弃的，但就怕回天乏力，谁也救不了我。”

许云初面露难受之色，但依然道：“能否试着催动体内的寒气，全部外溢出来？既然如今有外溢之象，也许倾泻一身寒气，就会性命无碍了呢！”

苏风暖顿时笑了：“我是能催动体内寒气外溢，也许如你所说，可以倾泻一身寒气，但当寒气彻底封死我的心脏，封住我的头脑，神思阻断，不能控制之时，岂不是恰恰让外泄的寒气从内到外将我冻成冰人了吗？”

许云初闻言住了口。

寒气成毒，寒冰之气外溢成冰碴，也就是说，体内的寒气一寸寸地侵蚀着苏风暖的身体。

这样下去，连一线生机都不敢想。

他暗暗叹了口气。

苏风暖清楚地看到许云初面上的心疼之色，她笑着说：“三四年前，我就做好了给叶裳解了热毒，自己丢了命的准备。如今给他解了热毒后，我还能活蹦乱跳这么久，已然知足。”话落，她收了笑意又道，“这么多年，我视他的性命如自己的性命，我的信念是让他活着。我唯一觉得自己做错的地方，就是不该在他逼迫下心软应了他所求，将我们的关系发展到了这步田地，让他陷得如此之深，而我却不能陪他一起活着。”

许云初看着苏风暖，早先他羡慕叶裳，如今却觉得这心疼之苦连他都不能承受，何况叶裳？他声音微哑地说：“叶世子未必会听姑娘的话独活。”

苏风暖道：“十二年前，在战场上，他活了下来。如今，虽然我的死会让他受剜心之苦，但他是叶裳，也许可以独活下来。”话落，她抿了一下唇，怅然地说，“虽然多年来，一直都是我惯着他，但其实很多时候，都是他随了我的意。因受我影响，他的脾性与我相差无几。我能想到的、做到的，他也能想到、做到。”

许云初一时说不出话来。

苏风暖又道：“我如今唯一牵挂的，不是林之孝的威胁，而是想叶裳若是能活，就好好地活着。我虽然不想让他将来另娶，但也知道长夜漫漫，耿耿星河，活着定然会日日痛苦孤寂。也许几年，也许十年，也许二十年，当关于我的记忆在他心里变淡，有那么一个女子兴许可以取我而代之。”

许云初深深地觉得难受起来。

萧寒受不住地说：“师妹，别说这样的话了，我们听着你这样说，都难受至极，何况叶世子？”

谢轩道：“就是，你一定会没事的，总能找到办法，我们望帝山博通天下武学医术，难道还真救不了你的命？”

萧寒又道：“对，紫风师叔和玉灵师叔已经回望帝山了，兴许有办法。”

苏风暖闻言看着三人，对许云初道：“今日既然提到了这件事，我便将这些心里话与你说说，若是我真不能活了，叶裳能活，但望你能帮我多照看他，帮衬着些，让他挺过最难的关头，他在京城除了齐舒，也没有别的兄弟了。”

许云初撇开脸，直白地拒绝道：“我今日听姑娘这些话，像在交代后事，姑娘心知，我对你虽然不及叶世子情深似海，但也不是无情。若是你死，比我亲眼看着你嫁给叶世子还要难以忍受。我届时都受不住，如何能帮衬着叶世子？”话落，他站起来，说道，“姑娘今日累了，歇着吧，什么也别想了，我回府想想办法，林之孝之事就交给我吧！”

许云初话落，告辞出了会客厅。

苏风暖对外面道：“管家，代我送小国舅出府。”

管家应了一声“是”，连忙去了。

许云初离开后，萧寒和谢轩看着苏风暖，一时间难受得几乎要窒息。

苏风暖又坐了片刻，确实乏了，感觉累得很，刚要起身，便听到外面又有脚步声传来，她抬眼望去，见是叶昔来了。

叶昔很快便进了会客厅，见到苏风暖，当即骂道：“臭丫头，你与叶裳又折腾什么？他回府后，点齐了所有府卫，带着人去林府了。”

苏风暖一怔：“他带着府卫去林府了？”

叶昔没好气地说：“是啊。他回府后，满身杀气，点齐了人，出了容安王府，府卫有一千人，他都带走了，是要灭了林府吗？”

苏风暖腾地站了起来。

叶昔却坐下来，对她道：“你跟我说说，怎么回事？”

苏风暖看着他，不答反问：“他是一个人带着府卫去的？”

叶昔“哼”了一声：“是啊，这里是京城，天子脚下，他要跑去杀人，灭人家满门，难道我还跟着不成？我可不想跟他一样被御史台弹劾。”

苏风暖对他说：“师兄怎么没拦一拦？”

叶昔翻白眼：“我拦得住吗？他的脾气你又不是不知。你被人欺负了，如今他不找回场子，就不是叶裳了！别忘了这么多年在京城他是怎么活着的，御史台的弹劾对他来说，不疼不痒。他昔日连国丈的面子都不给，何况区区林之孝？”

苏风暖本来听闻叶裳带着人去了林府，惊了一下，如今听叶昔如此说，她也缓缓坐下来，说道：“他带着人去林府也好，总要让林之孝知道知道，叶裳不是好欺负的。”

叶昔“哼”了一声，又问：“你给我如实说，你们两个是怎么回事？我看他不像只因为林之孝，定也在你这里受了气。”

苏风暖揉揉眉心，简略地将今日之事与叶昔说了说。

虽然她说得简略，但叶昔聪明，还是从中间听出了症结所在，她话刚落，便对她训骂道："等你真死了再说，人还没死，就张口闭口说什么死啊死的。以后我若是再听到你说一句，我干脆掐死你得了，省心。"

苏风暖顿时住了口。

萧寒忍不住说："叶昔师兄，这也不怪师妹，你看她如今的模样着实……"

叶昔道："这副样子不也活得好好的吗？未必就会死了。"话落，他对苏风暖道，"我来的时候，在门口遇到了小国舅，他脸色也不大好，隐隐有怒气，你也气着他了？"

苏风暖闻言，便将与许云初说的话简略地提了提。

叶昔听罢，被气笑："你如今这是逮住一个气一个吗？早先气走了一个，如今又气走了另一个。你这命里的桃花都被你气走了，你若是真死了，当心下辈子做一辈子的老姑娘，没人娶。"

苏风暖无奈地说："这一辈子都没过好，哪还有心情想下一辈子的事？"

叶昔"哼"了一声，对她说："你有力气想这些气人的话，不如现在就进宫一趟。在这京城，皇权最大，林之孝今日威胁你之事，也关系到南齐江山，听听皇上怎么说。只要皇上下了明旨，表弟今日就算杀了林之孝，也不犯法。"

苏风暖想着她的确要再进宫一趟，于是对叶昔说："师兄与我一起去吧。"

叶昔道："我来找你，正是这个意思。"话落，他站起身，对萧寒和谢轩道："如今任何地方，都可能出差错，两位师弟换了苏府侍卫的衣服，与我们一起吧。"

萧寒和谢轩齐齐点头，他们来京城就是为了保护苏风暖，今日因为叶裳陪着，他们没一起随护，便是错误。否则不至于生出这么多事，有他们在，虽然合力也不见得能打过林客，但也不会让他讨了好处。

于是，二人换了苏府侍卫的衣服，苏风暖吩咐管家备车。

迈出会客厅的门，迎面而来的北风夹杂着飘雪，寒气袭人。

苏风暖早已经适应了身体的至寒冷意，这样的天气，反而感觉不到冷意了，而叶昔却被冻得直打寒战，对她说："冷死了，因为为你操心，我养了这么久的伤也没多大进展，连这点儿寒气都抵不住。你这个臭丫头，你若是死了，我估计被你拖累，也活不久了。"

苏风暖好笑地看了叶昔一眼："师兄的伤是可治之伤，总不会如我一样的。"

叶昔哼道："师父用星辰石给你推算过命，说你命硬着呢，否则你以为臭老道会将帝师令传给你？虽然帝师令择主，但也是因为你的命比别人硬，没那么容易死，不是有句话说，祸害遗千年吗？"

苏风暖想起师父似乎给她推算过，不过以星辰石推算天命之说，在她看来，本就是不靠谱的事，毕竟日月星辰一日都会数变，又岂能把人的命固定不变？

苏风暖和叶昔乘坐马车途经荣华街，虽然天空下着雪，但街道上的人却冒着风雪沿街讨论着什么，苏风暖细听之下，发现是在谈论叶裳带着一千名府卫杀去了林府之事。

她想着，这样的事，今日势必在京城引起偌大的风波。

叶昔靠着车壁，笑着说："叶裳自小在京城长大，从没受过别人的欺负，如今你是他的未婚妻，还是圣旨赐婚，林之孝今日在一品香茶楼，叶棠的地盘，光天化日之下劫持你，若是叶裳能咽得下这口气，他就不是叶裳了。如今他带着一千名府卫杀去林府，找林之孝算账，会让京城甚至天下人，重新记起他是容安王府的叶裳，纨绔嚣张，年少轻狂，不会因为如今入朝为官，就需要忍着，顾全面子。"

苏风暖也笑了一下，说道："是啊，他是叶裳，苏府和我没回京之前，他从来就没让人忽视和忘记他的存在，他让容安王府的牌匾熠熠生辉，未蒙尘土，纨绔的名声也是响彻天下。"

叶昔道："宫里如今应该也得到信儿了，你猜皇上是个什么想法？"

苏风暖思忖片刻，说道："林府如今虽然安住在了京城，但到底是江湖帮派，早先牵扯的机关暗器之案未有定论。这半年来，朝廷内外，诸事忙乱，皇上也许已经将林之孝给忘了。如今突然出了这样的事，站在皇上的角度，应该会深思一番，林之孝到底凭什么敢劫我。"

叶昔道："所以，也就是说，皇上会任叶裳施为，看看林之孝凭什么？"

苏风暖点头。

叶昔道："我也很好奇，林之孝到底凭什么？只凭一个林客吗？"

苏风暖摇头："单凭一个林客，还做不到控制整个江湖，也做不到光天化日之下劫持我，他必有仰仗。"话落，又道，"今日叶裳带着一千名府卫杀去林府，他若是想在叶裳一千名府卫下全身而退，保全自身，就要亮出倚仗。我们就会知道他凭的是什么了。"

叶昔点头。

马车顺畅地来到皇宫，苏风暖递了宫牌，侍卫们连忙去通禀。

不多时，侍卫传话，皇上有旨，宣苏小姐和叶昔公子入宫觐见。

苏风暖和叶昔顶着风雪，来到御书房旁的暖阁。小泉子见二人来到，又看了一眼二人身后跟着穿着苏府护卫服饰的萧寒和谢轩，连忙说："苏小姐、叶昔公子，皇上在里面等着您二位了。"

苏风暖点点头。

小泉子挑开帘子，请苏风暖和叶昔入内。

苏风暖进了暖阁，在门槛处，抖了抖身上的雪花，便随意地走了进去，叶昔规规矩矩地给皇帝行礼。

皇帝对叶昔摆摆手，说道："免礼吧！"话落，随手一指，"坐吧。"

苏风暖照旧坐在老地方，叶昔也随意地择了一处坐下。

皇帝看着二人道："你们一起进宫，是为了叶裳带着一千名府卫前往林府之事？"

苏风暖点点头："皇上英明。"

皇帝"哼"了一声："苏丫头，你可真是一个惹祸精，早先从皇宫出来，不好好回府歇着，去什么茶楼喝茶？"

苏风暖叹了口气："我在府里也憋闷了数日了，便想去茶楼热闹一番。"话落，她看着皇帝，"京城治安不好，不能怪出门玩耍的人啊！"

皇帝一噎，瞪眼道："你跟朕说说，怎么回事？"

苏风暖便简略地将林之孝威胁她之事说了，自从早先皇上将军器监弩坊署交给她，后来她在燕北，又命她查湘郡王，她在江湖上的本事便没瞒着皇帝，如今自然也没什么可隐瞒的。

皇帝听罢，沉了眉眼："林之孝控制了整个江湖？"话落，他又问，"他身边的那个林客，当真出自望帝山？"

苏风暖点头，也将林客是望帝山弃子之事说了。

皇帝听罢，问道："他做了这么多，只是为了让你对叶裳悔婚？"

苏风暖道："他是这样要求的。"

皇帝思忖片刻，说道："你们是朕御笔圣旨赐婚，一个是容安王府世子，背后有朕，有江南叶家；一个是苏府小姐，背后有苏大将军、王大学士府、燕北苏家，他竟然也敢如此，打的什么主意？"

苏风暖道："这也正是我觉得奇怪之处，我如今一身功力尽废不说，有可能性命不保，一个将死之人，他也想要，他不怕惹叶裳，也不怕得罪皇上您，单凭他一个小小的林家，林府的二公子，如今就居住在这京城，不是疯了，就是背后倚仗让他不惧。"

皇帝颔首，面色沉重："你们来找朕，可知道他的倚仗是什么？"

苏风暖摇头："不知道，不过现在叶裳去了林府，他府中的一千名府卫不是吃素的，林府即便是江湖世家，在这京中也不过是一个小小的府宅，论府中养府卫的规制，不及容安王府十之一二。他只有一个林客，以及林家带进京的百人，应付不了叶裳，必定会亮出倚仗。"

皇帝点点头。

叶昔这时开口说："我们觐见皇上的意思是，请皇上做好准备，恐怕这倚仗关系南齐的江山社稷。"

"嗯？"皇帝转头看叶昔。

叶昔道："这也只是猜测，一个在京城待了半年，不声不响地在半年内将江湖攥在了手中的人；一个出身于望帝山，学尽了望帝山绝学，却甘心待在林之孝身边的人，倚仗最大莫过于这南齐的江山，莫过于皇权。"

皇帝脸色微变："你的意思是指？"

叶昔道："说得直白点儿，他的倚仗势必与皇上您有关。"

皇帝脸色一时间不太好看。

苏风暖看着皇帝道："今日，林之孝找到一品香茶楼，茶楼人声鼎沸，他公然劫持我，恰逢平郡王府出事，平郡王妃杀了平郡王，而能主事的齐舒被人下了迷幻药，叶裳前去平郡王府也吸入了少量迷幻药，被齐舒所伤，脱不开身救我。这个时机把握得如此之好，而我去茶楼，是临时起意，可这么短短的时间，他就铺成了一张网，算计得刚好。"

皇帝点头。

苏风暖又分析道："林之孝来京城也有半年多了，天下人都知道叶裳是个不受人欺负的主，他岂能料不到叶裳因我受欺负，定会点齐府卫，前往林府找他算账？所以，这背后定有不可告人之事，就等着这一刻揭开了。"

皇帝闻言沉着眉目说："你们便与朕在这里等着消息吧！朕也想知道，一个小小的江湖帮派，虽然被称为暗器世家，但到底也是不入流的，他凭什么在京城嚣张！"

苏风暖点点头。

皇帝招手："叶昔，你过来陪朕下一盘棋，苏丫头看起来疲乏得紧，便歪在榻上睡片刻吧！"

叶昔应了一声"是"，走到皇上面前，在桌前坐下。

苏风暖确实累了，她虽然担心叶裳，但觉得叶裳自小长在京城，别说如今的他能带着容安王府一千名府卫杀去林府，就是调五城兵马司的人也不是做不到。于是，她对皇上道了一声谢，便歪在了软榻上。

她实在是累极了，合上眼睛后，很快就睡着了。

皇帝与叶昔刚摆上棋，便见苏风暖已经沉沉睡去。皇上对叶昔道："你们是一个师父教出来的师兄妹，想必自小在一起的时日十分之多，你跟朕讲讲苏丫头这些年的趣事吧。"

叶昔笑着说："若说她的趣事，怕是有一箩筐。"话落，便应了皇上所说，讲了起来。

苏风暖这些年真是干了不少事，上山打猎，下河摸鱼，揪和尚眉毛，拔老道胡子，混迹于江湖的三教九流，好的事她干过，坏的事也干过不少。

叶昔挑了几样与他无关的丢脸事，讲给了皇上听。

皇帝虽然心情极差，但还是被她这些趣事逗得哈哈大笑，一时忘了林之孝惹起的不快。

苏风暖沉沉地睡着，他们的说话声和笑声都没将她惊醒。

一局棋下完，皇帝对叶昔赞赏有加，问他："江南如何了？"

叶昔想着这些日子，他为了苏风暖操碎了心，哪里还有闲暇理会江南之事？不过他早已经安排好了，那些人就算闹，也不会闹翻天来。他道："江南还乱着，但只要我和爷爷安稳地活着，江南之乱便不会为祸到京城来。几百年繁冗的家族，也该经历一场这样血的洗礼，不破不立，皇上放心吧。”

皇帝颔首，叹道：“南齐这江山，也不过一百三十多年，怕是也到了不破不立的时候了。”

苏风暖是被一声急报声惊醒的，她睁开眼睛，见皇上和叶昔显然已经下完了一局棋。

皇帝听到这声急报，沉声开口：“说！”

那人跪在地上，手中捧着一个锦盒，急促地禀道：“皇上，叶世子吩咐属下，有一重要物事，立即呈递给皇上过目。”

皇帝沉着脸色说：“拿过来。”

小泉子立即接过了那人手中之物，呈递给了皇帝。

皇帝接过锦盒打开，里面放着一块龙纹玉佩，玉佩下方压着的是一块绢帛，他拿起龙纹玉佩看了一眼，放下，又拿出底下压着的绢帛打开，当看完上面的文字时，面色惊变，露出极度的难以置信之色，身子猛地震颤，手中的东西脱手滑落。

小泉子守在一旁，眼看玉佩要落地摔碎，他连忙伸手去接，身子摔倒，但堪堪接住了玉佩。锦盒和绢帛“啪”的一声落在地上。

苏风暖和叶昔对看一眼，想着果然事关皇上，而且是天大的事，否则皇帝不会是这等神色。

皇帝被锦盒摔在地上的声音惊醒，腾地站了起来，对那禀告之人说：“这东西是哪里来的？”

那人立即说：“是林府的二公子交给世子的，世子看过之后，第一时间命属下交给皇上。”

皇帝身子颤起来：“林之孝……林之孝他……”

苏风暖这时从矮榻上起身，来到皇上面前，弯身捡起了地上的绢帛，只见上面写着血字，她看了皇上一眼，见他没有反对，便拿着血书看了起来。

血书上言：“皇上读到这封血书的时候，臣妾可以含笑九泉了。臣妾生于岭山，学于鬼山派，痴于容安王，最终累于皇上，困顿皇宫一生。臣妾昔日有恩于林家，林家为报我之恩，应我所求，易子而养。所以，皇上多年来厚爱的太子，实乃林家二公子，而林家二公子实乃臣妾和皇上的儿子。臣妾自知叶世子查案，命不久矣，特留书一封，以证太子之身。皇上若不信，有龙纹玉为证，再有他出生时皇上亲手给他在身上刻的龙纹为证。另：臣妾一生，就是要毁了容安王所守护的江山，毁了他的孩子，毁他尸骨，令他在九泉之下都不能长安。皇上多年来厚爱臣妾，臣妾自知愧对皇上。古语云，人之将死，其心也善，特还太子。愿来生，臣妾洗脱罪责，再不踏足皇宫半步。”

这样的一封血书，苏风暖看罢，也是久久沉默。

叶昔凑上前，也看清楚了血书所言，盖着月贵妃的印信，他读罢，暗自咋舌，这个世上竟然有这样的女人，她简直是个疯子。

皇帝一时间气血翻涌，一口血喷了出来，整个人受不住，昏厥了过去。

小泉子大呼："皇上，快，太医，快请太医……"

苏风暖转头一看，见皇帝晕倒在地，她连忙扔了手中的血书，上前给皇上把脉，片刻后，对小泉子说："快，将皇上扶到榻上。"

小泉子连忙停住叫喊，想着苏小姐就在这里，她的医术比太医院的太医强多了，连忙叫了人进来，一起将皇上扶上了软榻。

苏风暖从怀中拿出一瓶药，倒了三颗，塞进了皇上嘴里。

小泉子看着皇帝胸前的血和嘴角的血，颤着声问："苏小姐，皇上会不会有事？"

苏风暖沉静地说："有我在，皇上不会有事。"

小泉子顿时放下了心。

苏风暖给皇帝喂下了药，连忙走到桌前，提笔开了一个药方，递给小泉子："吩咐人快去抓药，立即煎了送来。"

小泉子应声，连忙喊进来一个人，那人拿着药方匆匆去了。

叶昔来到床前，对苏风暖说："是气血攻心？"

苏风暖道："比气血攻心严重，皇上的身子骨本就不好，这回怕是真伤了龙体。"

叶昔看着她道："真没想到啊，林之孝竟然是真正的太子，这事会不会有假？"

苏风暖缓缓摇头："这事不见得是假的，当年，涟涟犯了不可饶恕之错，林家主罚她关进思过堂十年，她不愿受罚，逃出了林家。林家主对她下了追杀令，当日我揣测，她犯了一个触动了林家家族生死存亡的极重的过错，才让林家主痛下杀手。当年我没过多探究，后来我倒是隐约知道了些，这件事关乎林之孝。"

叶昔道："所以，你的意思是，涟涟当时撞破的就是这桩易子而养的事？"

苏风暖点头："若林之孝是太子，太子是林之孝，这样的事情被捅出来，林家就万劫不复。所以，林家主即便再宠爱涟涟，也只能忍痛对她下杀手。"

叶昔道："可是我不解，月贵妃血书言对林家有恩，应她所求，才易子而养。可是她竟然下手让太子中了无伤花之毒，那林家岂能答应？"

苏风暖道："所以，太子出事后，机关暗器牵扯出了林家主，林家主入京后，就被林之孝给控制起来了，至今连皇上的面都没见到，林家不干又能怎样？"

叶昔闻言沉默了："月贵妃这个女人，就是个疯子啊！"话落，他又道，"不对啊，月贵妃既然是林之孝的亲娘，你杀了月贵妃，他该恨你啊，怎么他心心念念要娶你？"

苏风暖嗤笑一声："他的娶跟报复有什么不同？"

叶昔又沉默了，还真是这样！

苏风暖看着地上被她扔掉的血书，又捡了起来，重新看了一遍，说道："没想到，月贵妃真是什么都干得出来，勾结北周，害容安王和容安王妃战死，给叶裳下热毒，杀叶裳，如今又多了一件易子而养，倒也没那么令人惊奇了。”

叶昔道：“叶裳是不是早就知道这件事？”

苏风暖想了想说：“当日，瑟瑟离开红粉楼，我调涟涟入京，曾经跟他提过涟涟，后来他也见了涟涟两次，曾经说过，既然如今林家入了局，被圈在了案子里，涟涟的事他倒是想探究一番。只要他探究，便没有探究不出来的事，后来我没问他。”

叶昔道：“这林之孝既然是真太子，以后你们怕是要有麻烦了。”

苏风暖揉揉眉心：“他在刘焱刚入宫陪皇伴驾这个当口，借我和叶裳之手，将此事公之于众。外面风评林府二公子品貌兼备，才华不输于京城一众公子，如今又是皇上亲子，此事一旦确定，也算是解了南齐江山无人继承的危急。以后还真不好说。”

二人说着话，外面有人高喊：“太后娘娘驾到！皇后娘娘驾到！”

叶昔和苏风暖对看一眼，想着这两宫之主到底也不是吃干饭的，皇上身边的一丝风吹草动，这么快就惊动了这二人，来得真快。于是叶昔和苏风暖一起出了暖阁迎接。

太后脸色极差，看到叶昔和苏风暖，忍不住兴师问罪道：“发生了什么事？哀家听闻皇上召见你们，如今昏厥不醒，喊了太医，你们做了什么？”

苏风暖平静地说：“太后娘娘、皇后娘娘，皇上只是暂时性昏迷，不会有事，请里面说吧，此事事关重大。”

太后见二人面色无异常，便进了暖阁。

皇后也跟在太后身后，进了暖阁。

苏风暖待二人进了暖阁后，便将皇上的病情简单提了提，之后，便将那个摔裂的锦盒以及龙纹的玉佩还有月贵妃的那封血书一起拿给了太后和皇后过目。

太后看罢又惊又怒：“这不可能！”

皇后也惊怒地说：“这怎么可能？怎么会是易子而养？月贵妃疼宠太子，多年来日日看着，本宫连见他一面都见不到。不是亲子，怎么能够……”她说着，忽然想到了太子中了无伤花之毒，不能人道，彻底残废，若是亲子，她能做得出来吗？一时间又惊骇得住了口。

太后的身子也颤抖起来，不知是气的，还是怒的，抑或是被惊的，她拿着月贵妃的绢帛的手抖啊抖，好半晌，才转向昏迷不醒的皇上，问苏风暖：“这些东西，哪里来的？”

苏风暖便将林之孝威胁、欺负她，叶裳一怒之下带了一千名府卫前往林府找回场子，林之孝拿出了这些东西，三言两语地说了。

太后听罢，震怒地放下血书：“事情尚未查明，凭她这一封血书，就能说明易子而养之事吗？月贵妃这个女人，死也不安好心。”

皇后接过话："母后说得是，指不定月贵妃安的是什么心！她这个疯女人，都死了多久了，还阴魂不散地生事！"

苏风暖不语。

叶昔看着二人，想着若真是月贵妃不安好心，这事是假的就好了，否则麻烦就大了。

在太后和皇后的震惊气怒中，昏迷的皇帝悠悠醒转。

皇后见皇上醒转，顿时大喜，连忙上前，握住皇上的手说："皇上，您可醒了，吓死臣妾了。"

太后在一旁道："说什么死不死的，醒来就好。"

皇帝看着皇后又担忧又惊喜的模样，又看了一眼太后微微板着的僵硬的脸，移开视线，便看到了不远处的苏风暖和叶昔，顿时回想起早先发生的事，脸色又变了变，把着皇后的手，剧烈地咳嗽起来。

皇后惊慌紧张地连声说："皇上，您怎么样？太医……快……"

太后也紧张起来，训斥道："大呼小叫什么？这里不就有现成的大夫吗？"话落，她看向苏风暖："苏小姐，快给皇上诊诊脉。"

皇后这才想起苏风暖来，连忙让开了地方。

苏风暖上前，伸手给皇上把脉，片刻后道："皇上是急火攻心，气血瘀滞，怒气伤肺，我早先已经开了药方，让小泉子公公吩咐人去煎药了。皇上没有大碍，太后和皇后宽心吧。"

太后闻言放下了心。

这时，小泉子从外面走进来，见皇上醒来，大喜，小声说："奴才刚才慌张之下，也忘了苏小姐会医术之事，喊人请了太医，如今孟太医来了。"话落，他试探地问，"皇上可见？"

苏风暖道："我如今受伤，手骨乏力，把脉也有可能失了水准，还是请孟太医进来再帮皇上诊诊脉为好。"

太后点点头："那就请孟太医进来吧。"

小泉子对外吩咐了一声，孟太医提着药箱进来，他一眼便看到了苏风暖，愣了一下，刚想脱口说什么，想起这里是皇宫，便将话吞了回去，给皇帝、太后、皇后一一见礼。

太后便将苏风暖刚才的话说了一遍，然后请孟太医上前给皇帝把脉。

孟太医虽然觉得苏小姐即便是手骨乏力，也不会把脉不准，但还是遵旨上前给皇帝把脉。

他把脉之后，所言与苏风暖一般无二。

太后闻言放下了心，让孟太医退了下去，对皇帝道："皇上，你真相信月贵妃那个贱人所说的易子而养之事？"

皇帝闭了闭眼睛，乏力地说："母后，是与不是，查证便知。"话落，他吩咐道："小泉子，传朕旨意，命叶裳押解林之孝入宫觐见。"

"是。"小泉子应声。

苏风暖和叶昔对看一眼，他们都敏感地听到了皇上说了"押解"二字，当然太后和皇后也听得清楚，都没有提反对意见。

皇帝慢慢地坐起身。

皇后见他身上已经脏了，立即说："皇上，换一件衣服吧，否则一会儿怎么见人？"

皇帝点点头。

皇后吩咐了下去，有人去取皇上的衣服，她又吩咐人打扫了地上的血迹。

皇帝在屏风后换好衣服，神色已经恢复平静，仿佛早先震怒吐血昏迷的人不是他一般。有人将煎熬好的药端来，小太监试了药，皇帝喝了之后，对苏风暖问："苏丫头，这件事你怎么看？"

苏风暖道："就算月贵妃如太后所言不安好心，但林之孝断然不会拿自己的性命开玩笑。此事十有八九是真的。"

太后闻言一时没了话。

皇后立即说："这怎么可能？虽然本宫时常见不到太子，但逢年节祭日必是要一见的，这么多年，本宫一直盯着月贵妃，不放过她丝毫动静，还有太后、皇上，也关心太子。难道她一个人能有通天之能，将太子给换了这么多年，我们不知道？"

太后点点头道："哀家也不太相信。"

皇帝道："只有一种可能，就是太子出生后，朕亲手在他身上刻了龙纹后，就被月贵妃换了。"话落，又道，"等林之孝来了，给他验身。如今废太子还没前往灵云寺，一并喊过来，便知真假。"

皇后道："皇上刻的龙纹，万一能被人仿造呢？月贵妃那个女人，什么都做得出来。"

皇帝摇头道："当年月贵妃生太子时，朕请了灵云寺的灵云大师赠给了朕一种稀世罕见的文刻药料，此药料普天之下只有一瓶。灵云大师赠给了朕，别人就算仿造，也仿造不出来。"话落，皇帝又对太后道："这件事情，母后知道。"

太后点头，不高兴地说："皇上偏爱太子，哀家知道，从出生起，他就因母而贵。"

皇后闻言虽心下不舒服，但她没能生出皇子来，被月贵妃夺了这尊贵，如今也说不出什么。

几人等了半个时辰后，外面传来动静，小泉子出去看了一眼，回来禀告："皇上，叶世子带着林府的二公子来了。"

"宣！"皇帝坐在上首，坐稳了身子，面色不怒自威。

小泉子挑开帘子，叶裳先一步迈进门槛，他穿着一件单薄的轻软锦袍，锦袍衣摆处染了斑斑点点的血迹，迈进门槛后，他随意地瞅了一眼，目光从皇上、太后、皇后、苏风暖、叶昔身上一一扫过，然后收回视线，拂了拂衣袖上的寒气，走了进来。

苏风暖立即站起身，走到他面前，轻声问："又受伤了？"

叶裳平静地说："别人的。"

苏风暖不信，也顾不得这里这么多人，伸手扯过他的手，给他把脉。

叶裳没抗拒，便立在当地，任凭苏风暖给他把脉。

林之孝落后叶裳一步走进来时，入眼处，便看到苏风暖正担心地询问叶裳，给他把脉看伤势，他目光缩了缩，转身向正襟危坐的皇帝、太后、皇后，逐一行叩见之礼。

皇帝、太后、皇后早先都是见过林之孝的，只是谁也没想到，月贵妃竟然如此胆大包天，行易子而养之事。如今三人仔细地打量他，无论是皇帝，还是太后、皇后，都发现林之孝身上没有江湖乡野之气不说，还真的有种天下尊贵之处才能养出来的清贵尊仪，而眉眼处，像极了月贵妃，面容隐约也有些像皇上。

皇后受不住，站起身，声音忍不住地尖刻，对林之孝道："你知道你拿出这些东西，若是伪证，就是死罪吗？还不从实招来！"

林之孝平静地道："这些东西是贵妃所留，托人交给了我，当得知此事时，我也是万分震惊。"话落，他又道，"不敢欺君，我知道，欺君是诛九族之罪。"

皇后闻言转向皇帝。

皇帝沉声道："月贵妃是何时将这些信物交给你的？"

林之孝抿了一下唇，说道："叶世子查破月贵妃案时，她知晓行迹败露，恐性命不保，托人交给了我，辗转到我手中时，她已经死了有月余了。"

太后沉声道："也就是说是半年前的事了，既然那时你就拿到了这些东西，为何不公开身份？"

林之孝道："当时燕北正在打仗，朝中正在破两大旧案，安国公和景阳侯两府被灭门，朝野内外，喧嚣至极。后来西境兴兵，皇上一直忙于朝事，我没敢拿此事来打扰皇上，惹皇上不快。"

太后怒道："那你为何今日拿出来了？你劫持苏府小姐，引叶世子前往林府，就是为了在受叶世子威胁之时，拿出这些信物，公开此事，是不是？"

林之孝微叹了口气道："在下心仪苏小姐，尽人皆知，我入京之后，便前往苏府求娶。皇上为叶世子和苏小姐赐婚后，我本想放弃，奈何心不由己，不受控制。今日听闻苏小姐在茶楼，便想邀苏小姐前往林府喝一盏金玉花茶而已，金玉花茶暖胃祛寒，这京城唯我淘弄了些，也是一份心意。本来苏小姐应了我，奈何中途遇到小国舅，她又反悔了。我也没为难她，便让她随小国舅离开了。没想到叶世子却带了一千名府卫，前往林府要我性命。我虽然长于江湖，但想着性命是父母给的，怎么能草草死去？无奈之下，拿出了月贵妃的信物，以求自保。"

苏风暖已经给叶裳把完了脉，发现他没受内伤，除了早先被齐舒砍的一剑外伤，衣服沾染的血迹还真是别人的。听闻林之孝这一番话，心里想着林之孝果然厉害，说的的确是事实，可是却隐瞒了他威胁她以及在茶楼林客伤了千寒之事。

事情经过皇帝早已经听闻苏风暖说过，于是，他开口道："朕听闻你威胁苏丫头，可有此事？"

林之孝道："与苏小姐开玩笑罢了，我身边只有一个林客，与望帝山有些渊源，厉害些而已。至于在江湖上，林家虽然有些势力，但还到不了只手遮天的地步。"

皇帝沉着眉目道："你前往屏风后，朕亲自给你验明正身。"话落，对太后、叶裳、叶昔道："母后，叶裳、叶昔，都随朕一起。"

虽然男女有别，但太后是长辈，又是一把年纪了，若林之孝真是太子，就是她的孙子，所以，她不必与皇后和苏风暖一样避讳此事，而且如果不让她亲眼所见，她也不相信。

皇帝带着林之孝前往屏风后亲自验明正身，太后、叶裳、叶昔陪同一起。

皇后拿出帕子，攥在手里使劲地搅着。

苏风暖想着林之孝既然敢拿出这些信物，还敢来皇宫，就是自认身份了。在皇帝、太后、叶裳、叶昔面前，这种事情做不得假。

果然，一盏茶的工夫后，屏风后传出皇帝暴怒的声音："好一个月贵妃！好一个月贵妃啊！她竟然……她竟然真敢，朕……朕……"

叶裳声音平静地开口："皇上息怒吧！月贵妃已经死了，您如今有个好模好样的儿子站在这里，有什么不好？没什么可怒的。"

皇帝闻言猛地咳嗽起来。

叶昔瞅了叶裳一眼，想着话虽然这么说，但这滑天下之大稽的愚弄搁在谁的身上也受不了，何况天下至尊的皇帝？

太后生怕皇帝再昏厥过去伤了身体，也有些震怒地开口："这只是验了他一人，还没对废太子验明正身，皇上急什么？"话落，对外面怒喝："小泉子，去请废太子来这里。"

"是。"小泉子应声，连忙去了。

叶裳率先从屏风后走出。

皇后坐不住，迎上叶裳，压低声音问："叶世子，当真是……"

叶裳对皇后点点头："稀世罕见的药料雕刻的龙纹，位于后背心处。"

皇后闻言磨了磨牙。

不多时，叶昔、皇帝、太后、林之孝依次从屏风后走出来。

皇帝因震怒，复又咳嗽不止，太后的脸色也十分难看，林之孝面容如常，从屏风后走出来时，看了一眼苏风暖。

片刻后，小泉子在外面禀告："皇上，废太子来了！"

“让他进来。”皇帝沉声开口。

废太子迈进门槛后，尚不知发生了什么事，看了一圈，对皇帝和太后见礼，对于其余人，神色陌生，显然早已经不认识。

废太子中了阎王渡，未醒来时，苏风暖已经前往燕北，她回来后，废太子被圈禁在明净苑，始终未曾得见。叶裳自从苏风暖前往燕北后，一直在府中闭门养伤，后来也前往了燕北，与苏风暖一样，自废太子醒来失忆后，这是第一次见他，叶昔更是。

皇帝似乎已经懒得对废太子亲自验身了，对叶裳吩咐道：“你带着他去验身好了。”

叶裳点点头。

太后道：“哀家也跟着。”

皇帝点点头。

叶裳和太后带着废太子进入了屏风后，半盏茶的工夫，三人出来后，太后的脸色更难看了。叶裳对皇帝禀告：“后背心处，没有皇上亲自刻的龙纹。”

皇帝虽然早已经肯定，但面上还是涌着震怒：“真想不到啊。”

皇后看看废太子，又看看林之孝，她更不愿意接受这个事实，对皇帝道：“就算月贵妃从出生后就将太子调包，但太子身居皇宫这么多年，身上没有龙纹之事，怎么未曾败露？”

太后愤怒地道：“月贵妃心机深，她身为贵妃，有权抚养自己的骨肉，据说太子出生后，沐浴一众事宜，除了月贵妃身边忠心之人，不让别人近身插手，我们自然发现不了。毕竟多年来，除了近身侍候的人，谁会对太子起疑而要验明正身？”

皇后又气又恨，对皇帝道：“皇上，月贵妃其心可恶，就算如今林二公子是您的儿子，可这堂堂的易子而养的皇家丑事，如何能外传？”

这话里的意思就是，即便承认林之孝的皇子身份，也不能公之于众，给他太子身份，尤其是有月贵妃这样的母亲，难保没有同样的儿子。

皇帝不语。

太后虽然因月贵妃不喜林之孝，但觉得兹事体大，林之孝毕竟是皇上的儿子，而且还是个身体很好、文武双全的儿子。于是，她沉声开口：“此事重大，哀家觉得，皇上还是宣几位朝中重臣商议一番吧。毕竟天家之事，有关国运。”

皇帝依然不语。

太后看着皇帝，知道他心中难受，被月贵妃愚弄了这么多年，搁在谁身上，都会生气。她又看向叶裳。

叶裳缓缓开口：“太后所言甚是。”

皇帝扫了众人一眼，目光最后落在了林之孝的身上。

林之孝坦然地看着皇帝。

片刻后，皇帝问林之孝：“月贵妃累累罪行，你可知晓？”

林之孝摇头，黯然地说：“我收到她遗留的信物后，才知晓此事，以前并不知道月贵妃之事。”

皇帝道：“太子已废。”

林之孝当即跪在地上：“我只求皇上饶我性命，其余一概不求。”

皇后忽然冷哼一声，尖刻地道：“林之孝，你嘴上说不求，谁知道你心里是什么想法。你没准也跟你娘一样，背地里全是阴暗狠辣的心思。”

林之孝垂首，平静地道：“我生于林家，自小不识月贵妃，林家虽然身处江湖，但我也是读着四书五经长大的，皇后娘娘可以不相信我，但在下自认为品行端良。”

皇后怒道：“你若是品行端良就不会威胁苏小姐了！”

林之孝抬头看了苏风暖一眼，一双眸子露出些许浓情，轻声道：“我爱慕苏小姐不是一日两日了，几年前就爱慕她了，那时候不知晓叶世子也爱慕她。得知她是苏府小姐，我进京后便立即去苏府求亲了。即便苏小姐不喜欢我，但我这颗心早就交付出去了，如今自己也不能控制自己的爱慕之心。”顿了顿，他又道，“我言谈虽然因求不得而有所冒犯或者出格了些，但未做非礼之举，若是皇后娘娘因此说我品行不良，我也无话可说。”

皇后一时反驳不得，看向苏风暖和叶裳。

苏风暖是不想说什么了，林之孝戏做得足，她实在不想与他打交道了。

叶裳闻言扬了扬眉，漫不经心地开口：“你若是这样说，倒也情有可原，天下喜欢暖儿的人，不计其数，本世子也不会找所有人计较，既然是一场误会，如今你又是皇上亲子，与我也算是兄弟。所幸，我还没与哪个兄弟起过兵戈，但望你以后守着本心，下不为例。否则，别怪我不讲兄弟情分。”

林之孝闻言道：“既然叶世子这样说，我也不是不识抬举之人，以后定当控制好自己的爱慕之心，尽量不给苏小姐惹麻烦。”

叶裳道：“不是尽量，是一定。”

林之孝看着叶裳，一双眸子漆黑，改口道：“是一定。”

叶裳闻言转过身，对皇帝拱手道：“接下来的事情，便是皇上自己的事情了，臣告退。”

皇帝摆手：“你先留在这里。”话落，他对苏风暖和叶昔道：“你们先回去吧，苏丫头身子骨不好，好生歇着。”

苏风暖和叶昔知晓皇帝定然不会让叶裳离开，齐齐点头，告退出了暖阁。

二人刚走出暖阁，便听到里面皇帝沉声开口吩咐：“小泉子，宣丞相、王大学士、小国舅、六部尚书入宫觐见。”

“是。”小泉子立即应声。

皇帝又补充：“再一起宣上晋王。”

小泉子又道：“是。”

苏风暖与叶昔对看一眼，下了玉阶。

天空飘着雪，雪比苏风暖和叶昔入宫时大了很多，大片大片的雪花如鹅毛一般落下，皇宫楼阁殿宇、亭台宫墙都被染上了一层雪白。

萧寒和谢轩一直等在外面，二人因有内功护体，不惧寒冷。

跟着二人出了宫门，上了马车后，谢轩才开口对苏风暖道："易子而养，千载奇事啊。"

苏风暖嗤笑道："林之孝将身份公开得多么是时候，先太子已废，南齐正缺太子。这个时候他出来，真是有好戏看了。"

叶昔说："不错，这好戏也不单单针对你，对目前的朝局来说，也有意思。"

萧寒道："这京城真是一日不得安宁，以后怕是更不安宁了。"

叶昔不以为然地说："一直躲在背后鬼鬼祟祟才可怕，晾在明面上，有众人眼睛盯着，想翻出大天来，凭他一个自小没长在京城的人，也不是易事。他就算知道朝局险恶，没踏足过，初被牵扯进来，也要有足够的精力和本事才能应付得来。正因为如此，自今日起，他有了这个真正太子的身份，才再抽不出精力找师妹麻烦了，否则你以为叶裳如此好心放过他？"

谢轩啧啧道："有道理。"话落，他好奇地问苏风暖："他身上沾染着血迹，亲自在林府动了手？"

苏风暖道："若我猜测得不错，他应该是仗着一千名府卫，人多势众之下，伤了林客。血迹是林客的。林客重伤了千寒，他不伤林客，难平心中之怒。"

叶昔赞同地说："他是叶裳嘛，哪是那么好欺负的，自然要找回场子。"

第十四章 封二皇子

丞相、王大学士、小国舅、晋王、六部尚书听闻皇帝召见，匆匆进了宫。

京城但凡有风吹草动，各府都会第一时间得到消息。

林之孝在一品香茶楼劫持苏风暖，被许云初拦住送回苏府后，叶裳带着一千名府卫杀去了林府，仗着人多势众，伤了林之孝身边的教习先生林客，林之孝迫不得已拿出一个锦盒，叶裳见过锦盒之后，命人速呈了皇上，不久，皇上有旨，命叶裳押解林之孝入宫。

这样的大事，自然引得各府邸之人猜测纷纷。

如今皇帝急召几人入宫，可见有重要事要商议。

小泉子等在通向御书房的路上，截住众人："王爷、相爷、小国舅、各位大人，皇上在暖阁等着了。"

众人点头。

小泉子带路，将众人引去了御书房旁的暖阁。

南齐建朝后便有后宫不得干政之说，但是事关皇帝亲子被换之事，因为月贵妃也与后宫有关，太后和皇后在苏风暖和叶昔离开后，并没有起身回宫，也要看看众人怎么商议。

丞相等人来到暖阁后，自然看到了暖阁内在座的众人，皇上、太后、皇后、叶裳、林之孝、废太子。

众人行叩拜之礼后，皇帝摆摆手，沉声道："今日朕急召众位爱卿来，是有一件要事要与众位爱卿商议。"话落，他吩咐小泉子，"将那龙纹玉佩和月贵妃留笔拿给众位爱卿看。"

"是。"小泉子应了一声，连忙将龙纹玉佩和月贵妃留笔拿给了众人。

丞相先接过，看罢，露出震惊的神色，立即将信物转交给王大学士。王大学士看罢，也与丞相一样，立即转交给许云初。许云初看过之后，也是有些惊异，之后依次传了下去。

林之孝和废太子，二人一个面色平静，一个一脸茫然。

片刻后，众人看了一圈，自然都明白了皇上急召他们来的目的，这的确是一件耸人听闻、让人难以置信的大事。

许云初虽然早已经料到林之孝敢在京城劫持苏风暖，必有倚仗，但没想到他是皇上真正的儿子，二十年前竟然有一桩易子而养的戏码。他很快就想到，若是林之孝有了太子的身份，那以后可就麻烦了。

"怎么都不说话？"皇帝待众人看过之后，沉声开口。

众人互看一眼，晋王率先开口："皇上，可验明正身，确认无误？"

皇帝颔首："朕亲自验身，太后、叶裳、叶昔陪同，林之孝确实是朕的儿子，他出生时，朕在他身上刻了龙纹。"

晋王闻言当即跪地道："既然如此，老臣恭喜皇上，贺喜皇上。林二公子是真正的太子，对我南齐江山有大利啊，我南齐如今正缺太子。"

皇帝看着晋王，沉声道："王叔的意思是让朕认下他？"

晋王颔首："正是！"

太后这时开口："晋王，你忘了月贵妃一案了？月贵妃累累罪行，她生的儿子，焉能为社稷所用？"

晋王一怔，顿时说："太后，母是母，子是子，况且他是皇上的骨血，即便月贵妃累累罪行，作恶多端，但若是皇上将他带在身边，悉心教导，假以时日，定能随了皇上。"

太后道："你的孙子刘焱，如今在御书房帮皇上看奏折，皇上身子骨不好，带一个在身边教导已经很是劳累，又岂能带两个在身边教导？"

晋王立即说："如今有了太子，刘焱自然不必跟在皇上身边接受教导了。"

太后住了口。

皇帝闻言看向众人："众位爱卿，你们以为晋王的提议如何？"

丞相、王大学士、许云初、六部尚书等人互看一眼，一时间都觉得这事还真不好说。

皇帝见没人开口，沉声道："丞相，你来说，朕该如何处置此事？"

丞相见皇帝点名，斟酌半晌，道："林二公子既然是皇上亲子，不仅身子骨好，且外面传言品貌兼备，风评也极好，这是喜事一桩。但……易子而养之事，老臣觉得，兹事体大，需慎重考虑。"

晋王道："皇上、太后亲自验明正身，既然他才是真正的太子，需要考量什么？"

丞相看着晋王道："易子而养之事，若是传扬出去，滑天下之大稽，我南齐泱泱大国，出了此事，恐怕会令北周耻笑，有失皇室威仪。"

晋王道："如今北周是战败国，楚含还在我南齐做质子，北周有什么资格耻笑我南齐？"

丞相住了口。

太后看着晋王道："被北周耻笑是小事，古往今来，便没听说过这等稀罕事，如今出现在我南齐，一旦被载入史册，怕是会贻笑千载。"

晋王一噎。

皇帝怒道："太后说得不错，朕宠月贵妃多年，宠太子多年，竟没发现真相，被愚弄至今，让朕有何颜面公开此事，告知天下？以后千载的历史里，朕就会一直被人嘲笑。"

皇后这时说："何止会贻笑千载！万年也不见得消弭。"

晋王立即说："想想办法，遮盖过去就是了，古往今来，历朝历代，哪个皇室没有不能对外言说的秘辛？易子而养之事虽然鲜少听闻，但要以江山社稷为重啊皇上，毕竟祖宗基业不可废。如今林二公子是皇上亲子，这是万幸的大喜事。"

皇帝闻言问："王叔既然如此说，可有什么办法能遮盖，不让朕和南齐贻笑千万载？"

"这……"晋王左右看了一眼，似乎一时间也没什么好办法。他瞅见叶裳漫不经心地坐在不远处，似听非听，闲适至极，与暖阁内低沉的气氛格格不入，他立即说："叶裳，你素来歪主意多，快帮皇上想想。"

众人闻言都瞅向叶裳。

叶裳抬眼，看了晋王一眼，懒洋洋地说："皇上在问您话，您又把难题推给我，我前两日便得罪了皇上，皇上气怒之下砸了御书房，您是想我再说出不中听的话，让皇上也砸了这暖阁吗？"

晋王胡子顿时一翘。

皇帝这时开口怒道："让你说你就说，说得不好，朕今日不砸暖阁了，就砸了你容安王府。"

叶裳立即道："容安王府是我父王、母妃留下的府邸，我在府中住了多年，早就腻了，您要砸了也好。"

皇帝一时被堵住，瞪着叶裳，怒道："混账东西，你真觉得朕拿你无可奈何，是不是？"

叶裳笑着站起身，拱了拱手，道："不敢，皇上自小厚爱我，所以我才敢在您面前放肆无忌。"话落，他看了晋王一眼，又看向林之孝和废太子，不当大事一般地道，"林二公子既然是皇上亲子，皇上是一定要认的。至于怎么认，这个好说。只对外面说，昔日月贵妃生了一对双胞胎，一人养在皇宫，一人为了磨炼心智，养在了江湖林家。如今先太子被废，您接回了寄养在林家的另一子。"

皇帝一怔。

众人亦是一怔。

叶裳云淡风轻地道："林二公子品貌兼备，朝中正缺太子，您昭告天下，即刻封为太子，也安了朝野上下浮动的人心。"话落，又道，"至于刘焱，就交由太后教导，皇上便是太后亲手抚养长大，太后如今身子骨还十分硬朗，教导刘焱不是问题。假以时日，刘焱定会大有进益，可以辅助太子理政，以备将来伴随太子为社稷所用。有他们二人在，南齐江山的未来大可无忧了。"

皇帝闻言，思忖片刻，对众人问："你们觉得，叶世子所言是否妥当？"

丞相和王大学士同时点头："叶世子所言，妥当至极，双胞胎兄弟之说极好，这样一来，史册记载，自然不会揪着太子身世多加评说。"

皇后没想到叶裳也支持林之孝做太子，她一想到月贵妃，就觉得那个贱人死后偏偏还弄出一个儿子来，让她见了就觉得眼睛像扎了针一般地疼，十分可恨。她见无人再反对，开口道："可是月贵妃累累罪行，品行不端，这林二公子虽然已验明正身，但是未经考校，光凭传言他风评不错，就立为太子，实在不够谨慎，怎么也要考校个一年半载，毕竟知人知面不知心。若是他人品不好，那对南齐江山来说，不但无利，反而有害。如今就立太子，是否过于草率了？"

皇后此话一出，众人觉得也是有些道理。

皇帝没开口。

晋王立即说："朝中不可无太子，如今朝局不稳，天下诸多事端应接不暇，民心浮动，早立太子，早安民心。林二公子有一半皇上的血统，如今已经来京半年，除了仰慕苏小姐，未做出格之事。林二公子正当年华，爱慕心仪女子，不算过错。若是皇后不放心，不如将其记在你名下抚养，与皇上一起教导，这样也……"

皇后顿时腾地站了起来，断然道："不可能，我的名下地方小得很，可养不了这么大的孩子！"

皇后与月贵妃多年不和，无人不知，无人不晓，皇后果断地拒绝晋王的提议，也不意外。

皇帝看了晋王一眼，又看了林之孝一眼，再看了废太子一眼，之后转向皇后，沉声道："你说得的确有道理，月贵妃累累罪行，朕怒之恨之。她背着朕易子而养，以至林之孝长在林家多年，未在朕身边长大，对朝局更是不熟悉，未加培养，若是草率地立为太子，是对祖宗江山基业的不负责，朕更不是一个合格的皇帝了。"

此言一出，便是赞同了皇后的话。

皇后意外地看着皇帝，自从她入宫后，多年来，因为许家一门两后，国丈又不懂避新皇锋芒，自认扶持皇上有功，既是亲娘舅，又是岳父老泰山，在皇上面前素来托大。皇上亲政后，矛盾加深，以至于皇室和外戚水火不容，争斗多年。

她虽身为皇后，自小仰慕皇上，但皇上不太喜欢她，疏远她。她以前年轻不懂事，看不透皇上恼恨许家日渐势大，只仗着家世，在后宫为所欲为，以至于皇上更加疏远她，厌恶她。长此以往，她背上了不贤、不才、不德、善妒等不好的风评。

自许家众人被打入天牢，又有惊无险地出了天牢后，国丈退朝看开，她也明白了很多事。

今日，这是皇上第一次赞同她的话，她看着皇帝，一时间诸多委屈涌上心头，但她素来刚强，死命地忍住眼泪，转过头，屈膝道："臣妾乏了，容臣妾告退。"

皇帝看着皇后，一时间感慨万千，他以为月贵妃良善如小白兔，却没想到她背着他竟然如虎狼，犯下累累罪行。他以为皇后心性歪扭邪恶，但若是算起来，连月贵妃十之一二都不及。

他暗暗叹了口气，温和地说："每逢过年，安排除夕夜宴，你都会疲乏至极，既然乏了，就回去好生休息吧，回头朕让太医去你宫里给你开个调理方子，过了年，好好养养。"

皇后眼眶一湿，露出笑意："臣妾听皇上的。"

这时，太后站起来，说道："哀家也乏了，朝政社稷的大事，哀家也管不了。既然叶世子提议将刘焱放在哀家身边教导，哀家身子骨还算硬朗，还有些余力替皇上分忧，此事便应下了。"话落，对晋王道："不过哀家教导孩子会比皇上严厉，晋王可别舍不得、别心疼，不一日就来找哀家要人。"

晋王闻言连忙道："能跟在太后身边受教导，是刘焱的福气，越严厉越好。"

太后见晋王对于她教导刘焱没有意见，便与皇后一起出了暖阁，起驾回了宫。

二人离开后，皇帝对众人道："既然如此，就这样定了，废太子与林之孝系双生子，今日既身归皇宫，便要改了名姓，入皇室玉牒，排行第二，诸皇子以此类推，昭告天下。"

众人颔首，俱无意见。

皇帝对林之孝道："林家养你一场，恩情重大。朕为你保留孝字，赐名刘孝。"

林之孝当即跪地："多谢皇上赐名。"

皇帝道："你暂且住在皇宫的韶德殿，待年后，朕再为你封府。"

林之孝再度谢恩："多谢皇上。"

晋王开口道："二皇子，该改口称父皇了。"

林之孝垂首，当即改口："多谢父皇。"

皇帝上前一步，伸手想拍他的肩膀，但看到他与月贵妃相似的眼睛，遂作罢，疲乏地说："小泉子，带二皇子先去韶德殿暂住，按照皇子规制，禀了太后和皇后，安排侍候的人。"

"是。"小泉子应声，挑开帘子，恭敬地哈腰："二皇子请。"

林之孝告退，随小泉子出了暖阁。

林之孝离开后，皇帝看向废太子，仔细地打量他，发现这么多年，自己怎么就忽视了，他明明长得不像自己，也不像月贵妃，倒真的有些像林家主。可是到底是被自己宠惯了多年的孩子，如今身残智残，到这等地步，皆是因为他坐了不属于他的太子位置。总有几分父子情分，他下不去手处置他，遂问："即便你失忆，如今休养也有半年之久了，经过今日一事，如今你该明白些因果了，你可还想去灵云寺出家？"

废太子茫然片刻后，点头："我这样子，以后唯有一生侍佛了。"

皇帝闻言道："既然你还想去出家，朕看你的病也无碍了，今日便启程吧。"

废太子跪在地上，叩了三个头："多谢皇上恩典。"

皇帝摆摆手，废太子出了暖阁。

大事商定后，皇帝当即命人拟旨，张榜贴文，昭告天下，自此，南齐皇室多了一位二皇子刘孝。

一行人出了皇宫后，叶裳对许云初道："天气寒冷，小国舅去我府里喝一杯？"

许云初颔首："好。"

二人上了马车，一起前往容安王府。

二人离开后，丞相问王大学士："王大人，去我府里坐坐？我昨日研磨圣人先贤的《志平赋》颇有些心得，你我一同探讨一番。"

王禄点头："好。"

二人离开后，六部尚书也互相邀请一番，一同而去。

不多时，出了宫门后，就剩下了晋王一人。

晋王站在宫门口，前后左右看了一眼，短短时间，其他人都已经结伴走了，独剩下他自己。他回首看向宫门，在众人出来后，宫门已然重新关闭。他一时觉得哪里不对，过了半晌，恍然发现，多年来，除了宗室的人听他的，朝中的大臣们与他并无深交，但也正因为如此，他这个王爷才能安安稳稳地坐着王爷的位置，不结交朝臣，不被皇上猜忌，在京城待了多年。

他驻足半晌，抛开脑中涌上的某些想法，乘车回了晋王府。

皇帝昭告天下的告示在众人出宫后，张贴在了京城各处，又有人骑快马，下达了各州郡县。

百姓们聚集在榜文前，啧啧惊奇，没想到林府的二公子竟然是皇上的二皇子。

朝臣们更是闻风而动，有的人想着有没有得罪过这位二皇子；有的人想着怎样与二皇子攀上交情；有的人想着太子刚废，便接回了二皇子，皇上除了他，再无适合培养的成年皇子，兴许他便是下一代南齐江山的主人，前途可望可观。

苏风暖出了皇宫，回了苏府后，便乏累得歇下了，对于外面热闹的景象自然不知。

苏夫人等着苏大将军回京的消息，没想到却等来了林之孝是二皇子的消息，她同样惊异不已。本来打算去风暖阁问问苏风暖，但想到她从皇宫回来神色疲惫、气色极差，便作罢了。

入夜，苏大将军由人护送着进了京。

苏夫人欢喜地迎到了府门外，苏大将军被人截杀受了重伤，性命攸关之际被秋华爹娘保住一命后，只养伤几日便启程回京，沿途虽然因为他受伤刻意放缓，但到底是冬日里赶路，伤势好得慢，来到京城后，更是舟车劳顿，躺在马车上起不来身。

马车来到府门口，需让人用担架抬着才能下马车。

苏夫人见到这样的苏大将军，顿时心疼得抹眼泪。

苏大将军已经一年没见苏夫人，见她娇颜依旧，貌美如花，他微笑着握住她的手，轻声说：“夫人不哭，为夫有命活着回来，便是幸事，伤势早晚能养好。”

苏夫人跟在担架旁，被苏大将军握着手，笑中带泪，连连点头：“我知道，我知道，你能回来就好。”

担架头脚抬入了正院，后脚外面便传来一声高喊：“皇上驾到！”

苏夫人刚迈进门槛，闻声顿时一怔。

苏澈连忙说：“快，再将我抬到门口迎驾。”

苏夫人没想到皇上竟然来了苏府，立即心疼地说：“你这副样子，不必到门口迎驾了吧？让人先安置你去床上歇着，我带着人去门口迎驾就是了。”

苏澈断然道：“不行，我刚回京，皇上厚爱臣卿，亲自出宫来府探视，我怎么能不敬皇上？君待臣重，臣岂能待君轻？快，抬我去！”

苏夫人无奈，又命人抬着苏大将军折回府门口。

苏澈的担架刚折回半路，皇帝没摆架势，已经步履匆匆地入了府。

君臣在半途相遇。

苏澈只能躺在担架上，无法起身，见到皇帝，急声道：“皇上恕罪，臣不能行叩拜大礼。”

皇帝几步来到担架旁，苏夫人立即退后避开，他一把握住了苏澈的手，连声道：“爱卿不必多礼，你劳苦功高，朕要替南齐的千万子民谢谢你。”

君臣相见，场面十分感人。

苏夫人在一旁看着，想着最好的君臣，也就是皇上与苏澈这般了。苏澈为了报国，弃燕北，来京都，从无名小卒做到了如今威名赫赫的苏大将军，其中固然有他自己的才华本事，但也有皇上的器重赏识。

诚如苏澈所言，君待臣重，臣岂能待君轻？

君臣二人一个躺在担架上，一个站在担架旁，叙话半晌，最后还是苏夫人见大雪天寒，无论是受了重伤的苏澈，还是身子骨本就不好的皇帝，都受不得冷，才忍不住提醒二人，有话进屋慢慢说。

皇帝这才恍然，命人抬了苏澈的担架，去了内院。

进了内院后，君臣二人就这一年里发生的事情叙谈了一番，二人许久不见，谈得十分投机忘我。苏夫人看看天色，虽然心疼苏澈重伤之下舟车劳顿，但想着皇上虽然在京城，但身子骨不比苏澈好多少，也不好打断二人将皇上赶走，于是，无奈地去厨房张罗晚膳了。

苏风暖一觉睡醒后，见天色将黑，她掀开被子下床，走出内屋，来到画堂，打开房门，见外面飘着大雪，地上已经铺了厚厚的一层雪，天地一片银白。她刚要喊泥鳅，千寒出现在门口，问她："姑娘，您睡醒了？可有事情吩咐属下？"

苏风暖看着千寒，问他："伤势怎样了？"

千寒摇头："属下无碍。"

苏风暖让开门口，对他摆手："你进来我给你把把脉，开一个方子，林客武功霸道，别落下病根。"

千寒点点头，进了画堂。

苏风暖给千寒把脉，诚如她所料，千寒内伤极重，林客打在他身上的那一掌不轻，不过幸好他自小跟着叶裳学武，有一定的内功护体，但因为受了寒气，想必是在容安王府自己罚跪造成的，加重了伤势，但有她在，给他开几服药，喝个十天半个月，就能好。

苏风暖开好药方，递给千寒。

千寒收下药方后，对苏风暖道："苏大将军回府了，沿途奔波，伤势一直未得休养，下了马车后，是用担架抬回来的。皇上也来了，如今正在和苏大将军叙话，已经叙了一个多时辰了。夫人正在厨房张罗晚膳，留皇上在苏府用膳。"

苏风暖点点头，对他说："你就留在院子里，用这院子里的小厨房煎药吧，伤势不能拖延，必须赶紧喝药。我去看看他们，在苏府内，就不必跟着了。"

千寒颔首。

苏风暖拿了一把伞，撑着伞，遮着头顶的雪，出了房门。

来到正院，院中立了一众随皇上来的宫女太监，一个个冻得直哆嗦。小泉子站在屋檐下，见她来了，笑着上前见礼。

苏风暖对小泉子笑着说："外面天寒，公公去里面侍候皇上吧，其余人就先去偏厅避雪休息，若是都冻得染了风寒，谁来侍候皇上？"

小泉子闻言连连点头："苏小姐说得是。"话落，便吩咐院中的人都去了偏厅，自己跟着苏风暖进了画堂内。

苏澈躺在躺椅上，皇帝坐在椅子上，君臣二人正相谈甚欢。

苏风暖迈进门槛，见皇上那笑得开花的脸，想着她还真没听过皇上这般爽朗的笑声，又想起当初皇上喜欢她娘，她娘不愿进宫，嫁了个一穷二白的穷小子，没想到竟是燕北世子，而皇上赏识她爹的才华，也没因此产生芥蒂，胸襟的确宽厚。

那二人见她来了，止住闲聊的话，皇帝看着苏风暖笑道："苏丫头如今的气色比早先见时好多了。"

苏风暖放下伞，给皇帝见了礼，笑着坐在了苏澈身边说："睡了一觉，歇过来了。皇上的气色也比早先看起来好。"

皇帝笑道："大将军回京，朕心里高兴。"

苏风暖笑着说："不只这一桩事吧，您认回了皇子，也该高兴。"

皇帝闻言笑意一收，叹了口气道："但愿这是一桩好事，否则朕没什么好高兴的。"

这话背后的深意不言而喻。

苏风暖明白，无论是月贵妃，还是林家，抑或是林之孝本人，还有如今认了这个皇子后所牵扯的江山继承人、社稷大业之事，都不会让皇上高兴到哪里去。

苏澈这一年远在边境，对朝局之事有些耳闻，但不甚详细，尤其是他今日刚进京，便听说皇上认回了寄养在林家的二皇子，着实惊异了一把，如今看皇上叹气不止，便宽慰道："听说二皇子风评极好，文武双全不说，还品貌兼备，虽然自小没在皇宫长大，但长在江湖乡野，见识也未必浅薄了。如今皇上既然已经认回他，多加教导，定能为皇上分忧，您该往好处想。"

皇帝点点头："如今只能这样想了。"

顿了顿，皇帝毫不避讳地对苏澈直言道："太后听闻你要回京了，在朕的耳边叨咕了两回，有意将淑雅许配给你家三公子苏青。"

苏澈一怔。

苏风暖眨了一下眼睛。

皇帝话落，叹了口气道："苏青的确不错，朕也很喜欢那孩子，但想着淑雅心里有别人，定然不愿意嫁，而且论才华品貌，也配不上苏青，便没应太后。"

苏风暖想着皇帝也不枉她爹对其一片赤诚忠心了，淑雅的确配不上她三哥。

皇帝又道："为此事，太后对朕颇有微词，说苏府如今声威赫赫，荣耀无数，单单一个武侯，不足以抵赏军功。若是下嫁公主，便够了，也让天下人看到朕对爱卿的厚待。"顿了顿，又道，"但太后不知，你是连武侯都不愿受封的，反而想辞官归田。"

苏澈诚恳地说："皇上，如今北周和南齐议和，边境再无战事，臣本就不擅长官场上的尔虞我诈，辞官开设一所军事书院，是臣所愿，也能为皇上培养些人才。

况且，如今臣受了重伤，虽然被暖儿的师叔救回一条命，但这身子骨自此也废了，再也不能上战场了，封武侯受之有愧。尚公主，臣更是从未想过。臣只愿我南齐百姓安居乐业，国运繁荣昌盛。”

厨子做好晚膳，天已经彻底黑了。

用过晚膳后，皇帝起驾回宫。

苏澈吩咐人用担架抬着他送皇帝出府，皇帝连连摆手，让他好生养伤，他非送不可，硬让人抬了担架，执意将皇帝送出了苏府。

苏夫人和苏风暖与苏澈一起，将皇帝送出府门，目送着皇帝的玉辇离开，苏澈才由人抬着回去。

回到正院，苏夫人刚将苏澈扶到了床上，他就乏累得沉沉睡了过去。

苏夫人看着很快就陷入沉睡的苏澈，心疼地埋怨道：“舟车劳顿，本来就累，再加上重伤赶路，怎么能受得住？皇上也真是的，就不能明日再来探望？非要今日来，还一待就这么久……”

苏风暖歪在炕上，好笑地说：“娘，爹的身子骨是铁打的，禁折腾，您不用这么心疼吧？”

苏夫人转头瞪了她一眼：“就算铁打的身子骨，也禁不住这么折腾啊。”

苏风暖笑着说：“爹与皇上这样的君臣，古往今来，也没有多少，诚如爹所说，君待臣重，臣岂能待君轻？您心疼爹负伤舟车劳顿，可皇上今日在宫里吐血昏迷，醒来后又处理二皇子之事，未曾歇着，听说爹回京了，又冒雪来苏府看望爹，也一样乏累至极。我们苏府，掌百万兵权。君臣能和睦至斯，是皇上的福气，也是爹的福气，更是南齐百姓的福气。今日见了爹和皇上这般，虽是君臣，但交情如兄弟。我才明白了为何皇上这么信任、器重爹，不怕苏府持兵权威胁皇权。”

苏夫人闻言，怨气小了些：“说得也是。”

苏风暖看着苏夫人，想着这天下有多少夫妻如仇人怨偶，抑或相敬如宾，平淡无味。而她的爹娘，这样两情和悦，彼此一心，她的家里没有姨娘小妾，没有通房侍婢，少了内院的争斗，这才像个真正的家。

虽然从小到大，她在家里待的时候极少，但对于这样的父母，这样的家，也是眷恋的。

她想到叶裳。

偌大的容安王府，在这样寒冷的冬日里，虽然叶家主和师兄住在苏府，比往年多了些热闹人气，但入夜后叶裳也是孤身一人，室内想必不亚于外面的大雪天，一样清冷。

她想到这里，忽然坐不住了，对苏夫人道：“娘，我去容安王府一趟。”

苏夫人一怔：“天色这么晚了，又下了这么大的雪，你去容安王府做什么？”

苏风暖道：“叶裳今日受了伤，我不放心，去看看他。”

苏风暖出了房门，派人去喊了萧寒和谢轩，二人听闻她要出府，立即换了侍卫的服饰，陪她一起出了门。

大雪天寒，路上无人。

苏风暖顺畅地来到了容安王府。

容安王府大门紧闭，风雪飘打在烫金的牌匾上，雪光映射下，牌匾熠熠生辉。

苏风暖下了马车，上前叩门，门环响了两声后，门童探出头，见是苏风暖，顿时一愣：“苏小姐？”

苏风暖点头，问道：“你家世子睡下了吗？”

门童说：“半个时辰前小国舅刚离府，世子不见得睡下了。”话落，他立即让开门说，“世子以前吩咐过，只要您来府，都不必禀告。”

苏风暖想着还好叶裳给她的特权还在，她迈步进了门，向府内走去。

萧寒和谢轩进京虽有几日了，但第一次来容安王府，相比苏府来说，容安王府的规制更气派一些，即便在冬日里，也透着一丝雅致。

苏风暖绕过前院，来到后院主院，见叶裳的房间亮着灯，一道身影立在窗前，窗子开着，风雪飘进了窗子里，将他的身影打得清冷而模糊。

苏风暖在门口停住脚步，风雪一下子迷了眼，让她几乎看不清叶裳脸上那清清冷冷、孤孤零零、如被世界遗弃了一般的神色。

萧寒和谢轩跟在苏风暖身后，自然也看到了叶裳，想着大晚上这样赏雪，也是别有滋味。不过很快二人就发现了不对劲，叶裳被风雪吹打，仿佛风雪严寒融入了骨子里，让他透出一股入骨的冷。

二人收回视线，看向苏风暖，站在门口的她，一动不动，风雪打在她单薄的身子上，似乎下一刻就会被风雪刮走。

谢轩忍不住喊了一声：“师妹？”

苏风暖一动不动，似乎没听见，只看着立在窗前被窗外风雪吹打的叶裳。

谢轩还要再喊，萧寒一把拉住他，对他摇摇头。

苏风暖看着叶裳，想到果然如她所想，是不是这么多年，下雪天，下雨天，无论是春夏秋冬，严寒酷暑，她看不见他的日子里，每晚他都是这样立在窗前，孤单地一日复一日过来的？就如当年在麓山书院，每月山门开放的那一日，他就立在山门外等着她，大雪天寒，地上的雪落了一尺深，他也一动不动，不怕冷一般地等着她。

这一刻，她觉得叶裳说得对，她对他何其残忍！

她闭了闭眼，一行清泪滚落，被风雪吹走了。

待她再睁开眼，叶裳已经出了房间，站在了她面前，正看着她。她不知道自己脸上是什么样的神色表情，但她多年来习惯了平静，让人难窥端倪。她想着，脸色应该只是不太好看而已。

她看着叶裳，张了张嘴，想说什么，才发现不知道能说什么，该说什么，可说什么。

叶裳盯着她的眼睛，看了好一会儿，才低沉地开口："我不出来的话，你还要在我的院子门口站多久？"

苏风暖眨巴了一下眼睛，将眼眶里的酸涩都眨巴了回去，如以前她每一次偷偷溜进京城看他一样，顿时换作了娇气，上前一步，一把抱住他的身子，整个人赖在他身上，将身体的全部重量都交给他，软绵绵地耍赖说："没力气了，走不动了，就等着你来接我，冻死了，快抱我进屋。"

叶裳看着扑进他怀里的人儿，听着她娇娇软软的话语，一阵恍惚。

苏风暖在他怀里蹭了蹭，见他一动不动，连抱也不抱她，只是呆呆地站着，她在他怀里仰起脸，不满地说："你听到我的话了吗？傻了啊！"

叶裳依旧一动不动。

苏风暖伸手推推他，催促："快点儿抱我进去，再不进去你我都要被这风雪堆成雪人了。"

叶裳回过神，低头瞅着她，这样如画的娇颜，明媚而有生气，他薄唇抿成一线，将她打横抱起，对她身后的萧寒和谢轩道："两位师兄今日就住在我府里吧。"话落，朗声喊："来人，带两位师兄前往表兄处安置住下。"

"是。"有人应声现身，对萧寒和谢轩躬身道："两位公子请。"

萧寒和谢轩对看一眼，齐齐点头，随那侍卫去了叶昔处。

苏风暖被叶裳抱在怀里，脸埋在他胸前，手不规矩地在他胸前画圈圈，被叶裳抱着走了几步后，她小声说："你胳膊有伤，我让你抱你就抱啊，伤打紧吗？"

叶裳脚步一顿，答道："不打紧。"话落，低头瞅着她，问道，"怎么突然来了？"

苏风暖"嗯"了一声，说道："想你了，就来了。"

叶裳想，你还会想我吗？但叶裳看着她娇软乖巧的模样，想着她冒雪前来，哪怕他已经被她伤入心肺，此时也不忍说寒凉的话让她不好受。

这样的大雪天，他的确在想她，但没想到她会来。

他不语，抱着她进了屋。

屋中没有暖炉，显然一直开着窗子，一室凉寒，跟外面温度差不了多少。

叶裳将苏风暖抱着放在榻上，对她说："我去给你倒一杯热茶。"

苏风暖点点头。

叶裳放开手，转身走到窗前，伸手关上了窗子，又走到桌前，倒了一杯热茶，回到床前，递给苏风暖。

苏风暖伸手接过捧在手里，喝了一口，看着他问："我来时，你在做什么？"

叶裳道："没做什么。"

苏风暖看着他："屋中怎么不生暖炉？"

叶裳道："不冷。"话落，又问她，"你冷吗？我去生暖炉。"

苏风暖对他说："你给我取暖的话，我也不冷了，不生暖炉也行。"

叶裳抿了一下唇，问道："怎么取暖？抱着你能暖化你心脉里的寒冰吗？"

苏风暖闻言眨了一下眼睛，将热茶又放回他手里，伸手抱住他，用极小极小的声音说："你今夜要了我吧，好不好？"

叶裳身子蓦地一僵。

苏风暖咬着唇，拽着他身前的衣襟说："抱着我虽然能取暖，但不见得能暖化我心脉里的寒冰，也许你要了我，就能暖化了。"

叶裳大脑轰的一声炸响。

苏风暖往日对这种事情是十分羞涩的，今日却是豁出去了，仰着脸看着叶裳，见他一动不动，如一尊木头人一般地看着她，她低声问："好不好？"

叶裳低头瞅着她，一双眸子神色变幻，明明灭灭。

苏风暖当他默认了，伸手去解他衣襟。

叶裳依旧一动不动。

外衣解下，苏风暖动手解叶裳的内衣，这样寒冷的冬日里，他穿得本就单薄，三两下便解开了他内衣的几颗纽扣，眼看内衬的衣衫即将滑落，叶裳忽然一把攥住了苏风暖的手，止住了她的动作。

苏风暖看着他。

叶裳面上神情又变幻片刻，才低沉地开口："你的意思是，你给我一夜，就算作我这么多年痴心等着你的补偿了吗？"

苏风暖摇头："不是的。"

叶裳看着她："那是什么？"

苏风暖小声说："是今夜想要你而已。"

叶裳忽然哼笑一声，一把扯开她的手，背转身，系上了内衬衣衫的纽扣，对她咬着牙说："苏风暖，你凭什么觉得，你今夜想要我，我就一定想要你？"话落，他随手一扔，手中的热茶平平稳稳地推送到了桌前，不声不响地放在了桌案上，茶盏里的热茶分毫未洒。

苏风暖站起身，从后背抱着他，小声说："叶裳，你为什么不想要我呢？从我回京后，你一直就忍耐着，今夜这样的大雪天，除了你，即便是火炉也不能温暖我的。我来时，你站在窗前，是不是也正在想我？情生欲，你对我有情，焉能无欲？"

叶裳猛地转回头，死死地瞪着她："我便这么好欺负，任你从小到大，一而再，再而三地欺负？"

苏风暖无辜委屈地说："我没欺负你啊，我是想让你欺负我。"

叶裳气怒道："我想欺负你一辈子，不是这一夜，你能答应我吗？能做得到吗？若是做不到，就休想。"

苏风暖张了张嘴，她想说“我能答应，我就想你欺负我一辈子，不是一夜”。可是答应归答应，她真的能做得到吗？她能让自己不死，与他一世相守吗？

叶裳见她只张着嘴发不出声音，这副模样，娇弱中又透着几分可怜，他记得她从小到大天不怕地不怕，脸上从来都是笑意盈盈，从来不会露出可怜兮兮的神色，即便娇弱，也是她要赖时故意装出来的，可是如今，她这副模样，让他怎么忍见？见了怎能不心软？

他又背过身子，走到窗前，打开窗户，清冷的寒风又吹进来，透着入骨的凉气，驱散了他身上因她而起的焦热。

苏风暖也跟着他走到窗前，从身后抱住他，轻声说：“叶裳，你真的不要我吗？”

叶裳伸手拂开她的手，怒道：“你不能做到陪我一辈子，我要你一夜做什么？你今夜跑来我这里，是可怜你自己，免得落下遗憾；还是可怜我，想以此补偿我？”

苏风暖被他说得心都疼得窒息，她死死地扣住他的手，抱着他的腰，不让他拂开，倔强地道：“我没有可怜我自己，也没有可怜你。我们有什么好可怜的呢？横在我们中间的，从来不是别的，一直就是生死，无论是你，还是我，这是我们早就知道的事情。但跨越生死的界限，我们也可以活得不这么苦，是不是？”

叶裳抿唇不语。

苏风暖咬了一下唇瓣，低声说：“千寒陪你多年，虽然在你心底的重量重不过我，但你也不想他出事，对不对？我也是一样的。所以，今日他不敌林客，我认清了形势，才让他撤下。在马车上，我有那么一刻，是想与林之孝同归于尽的，可是，我想着我若是这样死了，到底不值得。”顿了顿，她又低声说，“若是没有你让许云初去救我，今日我被林之孝劫去林府，心里虽然觉得他应该不会下作到对我做什么，但我心里还是有些怕的……”

叶裳想起今日之事，脸色清寒，咬牙说：“你想说什么？”

苏风暖放开他，伸手扳过他的身子，他身子僵硬，她费了很大力气，才将他扳正，面对着他，看着他的眼睛，轻声说：“你这样聪明，怎么会不明白我想说什么呢？世事多变，今夜这样好的风雪之夜，你忍心错过吗？”

叶裳薄唇抿成一线，不语。

苏风暖看着他，以前，他无数次几乎把控不住，可还是坚持要等到他与她的大婚之夜，洞房花烛，可是她能活得到那一日吗？

这样美好的男子，她从小看着、陪着、望着、护着一起长大的男子，无论未来的天平如何倾斜，无论是她死，他活，还是他陪着她一起死，终究都是将来的事，与现在无关。

风雪之夜，这样寒冷，她的心里却烧着一团火，想化去冰封，与他一起燃烧。

过了片刻，叶裳依旧不言不语，一动不动。

她轻喊：“叶裳？”

叶裳不答话。

苏风暖看着他，他心中自苦，想必也没什么风月想法，她就算燃着了自己，也燃不着如今的他。她无奈地泄气，又气又笑地看着他说：“仿佛是我拿着刀逼着你上刑场呢，算了算了，睡觉吧。”话落，她转身向床上走去。

她刚走了两步，叶裳忽然上前一步，将她拦腰抱起，压制着情绪，咬牙切齿地道：“稍后我就让你知道什么叫作上刑场，今夜，你哭着求我，我都不饶过你。”

苏风暖低呼一声，叶裳打横抱着她三步并作两步便来到了床前。

她脸上的无奈泄气还没消散去，便看到了他一双眸子燃烧着的簇簇火焰，她不由得眨了眨眼睛，伸手环住他脖子，笑吟吟地问：“叶世子，想开了吗？”

叶裳轻轻地“哼”了一声，将她放在了床上，俯身将她压在身下。

锦缎被褥被窗外风雪的寒冷之气吹得冰凉，身上压着的胸膛却盖过了外面风雪的寒冷，十分火热。

苏风暖嘴角的笑意刚漫开，叶裳便吻住了她的唇，将她盈盈的笑意吞进了自己腹中。

苏风暖调皮地抬手，动作灵巧地解开了刚才被她解开又被他系上的纽扣，纽扣解开后，胸前的衣衫敞开，她抬手，将他的衣衫从肩膀处拂落，露出他如玉般的肌肤。

多年来，她每次进京，抢他的床，抢他的被子，抢他的枕头，也曾被他这样深吻过数次，可是她从来不敢睁眼，不敢仔细地看他不穿衣服的样子。

室内有烛光，室外有雪光。这一次，她看得清楚，他的肌肤被光映下，透出隐隐光华。

她忍不住甩了掉他的衣衫，轻轻地将手覆在了他的身上。

叶裳如干柴被点燃，在她的手刚触到他的肌肤时，他便狂乱起来，吻得更深，同时伸手解她的衣服。

叶裳的动作十分轻巧熟练，不知是何时练出来的，三两下就将苏风暖的衣衫拂落。

他身子烫，手指也带着异常火热的温度。

苏风暖被他的手覆住时，身子不由得被他的火热烫得微颤。

叶裳敏感地察觉，微微抬头，看着她的眼睛，沙哑地贴在她耳边低声问：“又怕了？若是反悔，还来得及。”

苏风暖一双水眸微瞋地看着他，眼神明媚而勾人，呼吸微窒，软软地小声说：“谁怕了？我才不反悔呢，只是……你会吗？”

叶裳被质疑，顿时沉了一双明目，咬牙说：“一会儿你就知道我会不会了。”

苏风暖低笑，搂住他脖颈，笑着问：“好好观摩春宫图了？”

叶裳的手在她滑如锦缎的身子上游走，所过之处，点起灼热的火焰，他低哑地说：“观摩无数次了。”

苏风暖微微将头抬起，与他脸贴着脸，脖颈贴着脖颈，在他耳边小声说：“即便你没观摩过也没关系，我从小到大看过许多春宫图，还模仿着画过，青楼歌馆里面也见过男子与女子是如何行房的，我……啊……”

叶裳的脸在她话语刚开头时便寒了，之后不只寒，而且黑了，就听他暴怒道：“苏风暖，你好得很！”

苏风暖眨了眨眼睛，叶裳不再给她说话的机会，怒火欲火、狂风骤雨夹杂在一起席卷了她。

多少年来，朝思暮想，梦寐以求，无非是这样，将她拥在怀里，压在身下，好好欺负。

欺负一辈子。

外面风雪呼啸，本来吹得一室清冷凉寒，如今情天欲海，拂散了凉寒，一室温暖，一床火热。

世俗、规矩、礼数、生死，都放在一旁，天平倾斜在如海的深情里。

寸寸相思。

缠绵入骨。

春风拂化了微雨，冬日融化了飘雪。

诚如苏风暖所说，这样的风雪之夜，正是良辰美景。

哪怕不是大婚之期，哪怕不是洞房花烛，哪怕是风雪之夜，但这室内，却是叶裳从小长大的地方，从小睡到大的床，也是苏风暖每回进京来容安王府，与他必抢、必争、必要赖之地。

在这里，情生根，爱入骨髓。

多年相思，欲望沉沦。

夜已经过半，苏风暖通体被洗礼，香汗打湿了枕畔、被褥，酸软乏力到手指都抬不起来时，她娇娇软软地求饶：“好叶裳，我受不住了。”

叶裳的眉目因欢愉而熠熠生辉，举世无双的容颜同样布满汗水，听到她的求饶声，他更把持不住，低头吻她的唇瓣，寸寸吞下她的娇喘低吟，声音微哑：“嗯？”

苏风暖低低吸气：“真的。”

叶裳看着她，她的眉目因沉在他卷起的情潮里，如被月洒了光华，生动而娇媚，这样的她，这样的她……让他恨不得将她整个都吞入腹中。

这样的滋味，抵销了数载孤枕难眠的入骨相思，让他食髓知味，不想止歇。

他低哑地说：“我还没够。”

苏风暖几乎轻泣，死死抱住他：“你再下去……我就要被你化掉了……”

“化掉更好，免得你被冻住。”叶裳不依不饶。

苏风暖轻轻抽噎：“化没了呢？”

叶裳身子顿住，瞅着她，见她一张容颜艳若桃李，眼含泪光，似嗔、似恼、似埋怨、似控诉地瞅着他，他的心软了下来，如一潭春水，先将自己的心化得一塌糊涂，他伸手摸摸她娇艳的脸，又气又笑：“早就说过你哭着求我，我都不饶你，将这话忘了吗？”

苏风暖委屈地瞅着他。

叶裳伸手盖住她的眼睛，轻叹：“从小到大，到底是你拿我无可奈何，还是我拿你无可奈何？”

苏风暖软得没力气地喃喃说：“早已经说不清了呢。”

叶裳点点头，身子滑下，翻身躺在她身边，伸手抱住她说：“是啊，早已经说不清了。”话落，爱怜温柔地捏了捏她的鼻尖，“睡吧，不闹你了。”

苏风暖往他怀里拱了拱身子，实在累极，很快就睡了过去。

叶裳并无困意，看着怀里的人儿，娇娇软软，他爱如至宝。不能想象有一天她丢下他独自一人赴黄泉忘川，留他在这世上，挣扎存活，日日孤影，夜夜孤枕。

他拥紧她。

打定主意，要生就一起生，要死就一起死。他做不到独活。

什么家国大义、亲人血脉、肩上重担、社稷国运，他独活通通不在乎，他只在乎她一人。

古往今来，多少朝代更替，多少江山易主，多少民不聊生，多少阴谋、阳谋、争权夺利，一代一代，都是这样过来的。他没听说过因为少了谁，这世界就暗无天日、时光不转了。

比如他父王、母妃，十二年前，多少人说容安王是承载南齐江山的希望之星，可是他父王战死沙场后，南齐依旧，日月照升，岁月照逝。

十二年后，这世上若是没有了叶裳和苏风暖，他相信，总会有人承接起来，春夏秋冬依旧。南齐的江山也是照样转动，亲人也会有各自的命运。

他负担不了那么多人的生死，他只能负担一个她。

苏风暖，是他叶裳的命。

他想着，忍不住摇醒已经沉睡的她：“醒醒！”

苏风暖被叶裳摇醒，困乏地抬了两下眼皮，没抬起，困意浓浓，软绵绵地娇声说：“困。”

叶裳不依她：“你睁开眼睛，我与你说两句话你再睡。”

苏风暖无奈，睁开沉重的眼皮，看着叶裳一双眸子明亮，她微微动了动身子，痛得“嘶”了一声，小声吸气。

叶裳顿时心疼：“很疼吗？”

苏风暖伸手搂住他脖子，微微气哼哼地说：“你说呢？”

叶裳沉默了一下，说：“我帮你揉揉？”

苏风暖轻哼一声：“不用了，我怕了你了。你不好好睡觉，要跟我说什么？”

叶裳又沉默了一下，说：“我睡不着，想了些事情。”

苏风暖立即说：“你不会是还想吧？”

叶裳低低一笑：“是想。”

苏风暖脸一红，伸手捏他的脸：“不行了。”

叶裳感觉她的手捏他的脸都没什么力道，知道把她累得狠了，笑着说：“不过不是说这个，是想说别的事情。”

苏风暖微微松了一口气：“那你说吧。”

叶裳抓住她的手，与她脸挨着脸，搂着她娇软的身子，低声说：“我想跟你说，你生我生，你死我死，别丢下我一个人，好吗？我负担不了那么多人，只能负担一个你。你若是死了，留下我自己，我真不知道该怎样活下去，怕是不到半年，就会把自己折腾死。到时你已经先走了一步，我晚了一步，恐怕就不能与你一起去黄泉路，一起过奈何桥，转世投胎也不能一起了。所以，容我自私一点，好不好，你也不要那么良善，好不好？”

苏风暖闻言看着他，他低低耳语，虽然坚定、不容拒绝，但透着几分小心翼翼的征询哀求。这样的叶裳啊，看她将他逼迫到了何等地步！从小到大，即便他孤苦无依，守着偌大的容安王府，艰难度日，孤影单薄，何曾求过人？何曾软弱过？多少日子里，怕是打落牙齿和血吞，也是不吭一声的。

她暗暗叹了口气，心软得一塌糊涂，以头抵头，柔声说：“好，我也舍不得将你丢下，否则死也不安心。要生一起生，要死一起死好了。”

第十五章 肌肤相亲

叶裳听到苏风暖的保证，欢喜又安心地放过了她，让她继续睡了。

而他并无困意，抱着她，感觉她身子柔滑细腻，他心神荡漾，怀里的人儿暖香娇绵，不消片刻，让他又有些不能自控。见她睡得沉，又不忍闹她，只能忍着，忍了一会儿，四肢百骸依旧叫嚣，他无奈地起身坐了起来。

虽然他起身的动静细微，但还是碰醒了苏风暖。

苏风暖睁不开眼睛，困意浓浓地问：“又怎么了？”

叶裳伸手拍拍她，低声说：“没事，你继续睡，我起身喝一杯茶。”

苏风暖“嗯”了一声，又继续睡了去。

叶裳披衣下床，来到桌前，将一壶已经凉了的茶一饮而尽，胸腹中的火热还是不能平息，他回头瞅了一眼，帷幔内的人儿又沉沉睡得酣然，他想着她真是被他折腾得累极了，不敢再上床翻来覆去惊动她，让她不得好眠，于是，他穿好衣服，走了出去。

外面，大雪依旧在下着，雪光映照下，容安王府一片银白，虽不及白昼，但十分亮堂。

叶裳在门口站了片刻，生出练剑的心思来，但在院中练剑，若是以他如今想发泄情绪的练法，恐怕要惊醒苏风暖，于是，他出了正院，向后花园的水榭走去。

来到水榭，他随手从树上折了一根树枝，拿在手里，以树枝当剑，挽了个剑花。

树枝所过之处，雪花从天空飘下，还未落地，便被打散。

不消片刻，天空飘落的雪花为他剑气所碰，还未落地，便融化在了他的剑气里。

四周聚成光影，剑如虹，人如玉，一身锦缎华裳，衣袂飘逸，清华倾泻了整个容安王府。

片刻后，花园方圆十丈内，再无雪花落下。

叶昔、萧寒、谢轩三人被后花园的动静引来时，便看到了练剑的叶裳，以及他练剑时的模样。

萧寒对谢轩说："怪不得师妹一颗心系在了叶世子身上，这样的他，我等在他面前，失色颇多啊。"

谢轩点头道："我总算明白了'举世无双、容冠天下'这句话了。安在他身上最适合不过。"

叶昔微"哼"了一声："这小子的容貌和本事比之他的脾气和无赖以及张扬、霸道来说，还是差一点儿。小丫头照着她自己喜欢的样子养大的人，怎么能不一颗心系在他身上？天下再也没有谁比他更合小丫头胃口的了。"

萧寒和谢轩自然也知道苏风暖与叶裳从小到大来往之事，不由得好笑。

叶裳听到动静，收了树枝，微微扬眉，对叶昔说："表兄的伤还不能动武吧？"

叶昔来到水榭，拍拍栏杆上的雪，倚着栏杆坐下说："我虽然不能动武，这不是有两个人能吗？"话落，又道："七师弟、十一师弟，你们若是深夜凉寒睡不安稳，陪他练练，我看他一身火气，没处发泄，你们一起帮帮他。"

萧寒和谢轩见叶裳剑术精妙绝伦，本就想与他过招，如今被叶昔说到了心坎上，齐齐点头。

叶裳刚刚练了片刻，的确不够他挥发一身火气，见二人接招，正中下怀，于是，以二对一，三人都以树枝当剑，打了起来。

叶昔坐在一旁观看。

三人枝影纷飞，衣袂飘扬，人影剑影错杂，令见者眼花缭乱。

容安王府的护卫们都被惊动，聚在不远处，看着三人对打，一时觉得三人剑术精妙，让他们受益良多。

叶昔视力比别人好，看着三人对打，一时间觉得心痒无比，奈何身上受着伤，只能旁观。片刻后，他按捺不住，拾起一根树枝，敲打栏杆，以解手痒。

萧寒和谢轩早在叶裳初登望帝山之日就与一众师兄弟领教了他的本事，如今二人对打，打得十分卖力，但也奈何不了叶裳，他以一对二，十分轻松。

半个时辰后，远处传来轻浅的走路声响，叶昔转头看去，见苏风暖裹着披风，缓缓走来，风雪吹拂下，她纤细娇弱得如被风轻轻一刮就会吹走，他扬了扬眉：“小丫头，你不好好睡觉，跑出来做什么？”

叶裳第一时间也发现苏风暖来了，他当即虚晃了一招，轻轻后退数丈，然后足尖轻点，转眼间便落在了苏风暖的面前，问她：“你不是在睡着吗？怎么来了？”

苏风暖拢着披风，瞅着他说：“大半夜的，你不睡觉，跑这里打什么架？”话落，她看了叶昔、萧寒、谢轩一眼，笑着说：“几位师兄好兴致啊。”

叶昔翻了个白眼：“小丫头，难道你听到动静后，也手痒了不成？”

苏风暖随手夺过叶裳手里的树枝，轻轻晃了一下，扬手对着叶昔掷去。

叶昔伸手去接，可是他手刚伸出去，树枝便在他面前化为数段，噼里啪啦地掉在了地上。他一怔，低头瞅着地面，地面上白雪皑皑，分段的树枝全部嵌入了雪里，星星点点，成了雪地上的点缀。

他愣着瞅了片刻，忽然腾地站了起来，惊道：“小丫头，你恢复武功了？”

苏风暖也怔了一下，低头瞅向自己的手。

叶裳也惊喜地说：“你刚刚那一招剑雨飞花，精妙绝伦。”

苏风暖后知后觉地说：“我刚刚……用了剑雨飞花吗？”

叶裳肯定地说：“用了。”

苏风暖将自己的手腕抬了抬，还是感觉酸软无力，她伸手给自己把脉，脉象如被寒雾笼罩，还是探不到，她泄气地摇摇头说：“没有，我没有恢复武功，刚刚那根树枝应该是被你用久了，你的气劲早已经摧毁了枝干，我随手扔出去，才折成数段。若是我恢复武功，怎么能没打到师兄身上，就半途折成数段落地上去了？”

叶昔闻言立即怀疑地说：“是这样吗？”

苏风暖摊开手：“你过来给我把脉试试，我的身体虽然未曾恶化，但还是没什么长进。”

叶昔闻言泄了气，用脚狠狠地踩了踩地面，嘟囔：“我还以为有惊喜呢，原来不是，白高兴一场了。”

叶裳不理叶昔，伸手给苏风暖把脉。

苏风暖乖巧地站着，任他给她把脉。

他指尖温热，按在她脉搏上，她脉搏处的肌肤微凉，一热与一凉相碰，她心尖儿颤了颤，想起今夜他的身体熨烫她的身体的缠绵来，脸不由得红了。

以前被他握手，她未如此敏感过，如今有了肌肤之亲，到底是不同了。

叶昔走到近前，雪光下，瞅着苏风暖，她脸如红霞，他惊异地说：“小丫头，你脸红什么？”

苏风暖脸更红了，说道：“被冷风吹的。”

叶昔道：“这可奇了，自从你重伤后，寒风越冷，你的脸不是越苍白的吗？”

苏风暖咳嗽一声，瞪了叶昔一眼，不再接话。

叶昔更是纳闷，往日她的嘴从不饶人，除了叶裳，不受谁欺负，说句话能噎死人。难得见她不开口说话，他站在一旁，打量她半晌，她身上透着的分明是小女儿家的娇羞。他又看向叶裳，他虽然一本正经地给苏风暖把着脉，但面如春风拂过，俊逸得不像话，耳根子有一抹红晕。

叶昔微眯了一下眼睛，似了然，凉凉地说："敢情师妹今夜是有好事发生，小丫头害羞了。我竟不知，害羞竟然能让你战胜体内的寒气，让脸色起些顺眼的变化。"

苏风暖被叶昔隐晦地点破，忽然觉得没面子极了，她猛地转过身，不让他看，恶声恶气地说："亏你还是我师兄呢，不说话没人将你当哑巴。"

叶裳这时也凉凉地说："表兄大半夜不睡觉，是不是近日里太闲了？明日我禀明皇上，户部白银被贪墨案的后续，就交给你办吧。"

叶昔冷哼："我不干！"

叶裳道："由不得你。"话落，他拦腰抱起苏风暖，凑近她耳边低声说："不理他，我们回房。"

叶裳抱着苏风暖，出了后花园，回了主院。

回房后，叶裳将苏风暖放在床上，顺势坐下，瞅着她脸如红霞的模样，心神荡漾："怎么不好好睡觉，还跑出去？难道我还是没有把你累狠？"

苏风暖红着脸捶他："我本来睡得很沉，但你们在后花园的打斗声太激烈，震得我耳膜疼，我以为发生了什么事，便起来寻去了。"

叶裳微讶："我睡不着，又不敢闹你，索性出去练剑，想着在院中怕是会吵到你睡不安稳，于是便去了后花园，表兄和两位师兄闻声寻去了倒不奇怪，毕竟他们都有内力傍身，可是你怎么也听到了动静？按理说，后花园距离这里不近，你全然没有武功，不该听到才是。"

苏风暖愣了，也微讶道："也是，可是我明明听得很清楚，睡不安稳。"

叶裳忽然惊喜地说："你是不是真的恢复内功了？刚刚你对表兄使出那一招，明明就是剑雨飞花，我看得清楚，不会出错。"顿了顿，他又道，"另外，那根树枝即便被我用久了，但凭我的武功内力，自己手中的兵器，不可能在使用中因气劲将之摧毁，你从我手中拿过去时，我敢肯定，它十分完好。在被你扔出去的途中，因你使用了剑雨飞花，才折成数段。"

苏风暖闻言又惊异地摊开自己的手，疑惑地嘟囔："可是我刚给自己探脉了，你也给我把脉了，没有什么变化，是不是？"

叶裳道："不是没有变化，是我探不到你的脉，你自己也探不到。或许，在我们探不到的内部，有了什么变化也说不定。"

苏风暖伸手去拉叶裳，顺带起身："走，我们再去院中试试，你给我找一根树枝。"

叶裳点头。

二人重新出了房间，来到院中，叶裳折了一根树枝，递给了苏风暖。

苏风暖伸手接过，以剑雨飞花的手法随手扔了出去，树枝软绵绵地落在了不远处的地上，完好无损，地上的雪很厚，都没有陷到雪里，只落在了雪面上。

她偏头看向叶裳。

叶裳蹙眉，上前两步，将那根树枝捡起来，重新递给苏风暖："不要刻意用剑雨飞花的手法，就如早先你要打表兄时一样，当时如何，现在就如何。"

苏风暖点头，接过树枝，想了想早先她要打叶昔时的情形，依照当时的情形，随手扔了出去。

树枝依旧软绵绵地落在了不远处的雪地上，与刚刚一样。

苏风暖泄气："看来我们想错了。"

叶裳抿唇："那你听到我们在后花园打斗，又使出那一招剑雨飞花，作何解释？"

苏风暖摇摇头，她也解释不了，如今她的身体，就是一个谜，自己都窥探不到。

叶裳突然喊："来人。"

"世子！"有府卫应声出现。

叶裳道："你带十个人，去后花园，打一场架，一盏茶的工夫为限，一定要激烈。"

"是。"那人立即去了。

叶裳拉着苏风暖的手，转身回了房，对她说："你躺下，看看稍后能否听得到动静。"

苏风暖点点头。

回了房间，苏风暖解了披风，又脱了外衣，只穿着里衣，重新躺回了床上。

被子里还残留着余温。

叶裳也解了外衣，与她一起躺下，拍拍她，柔声说："闭上眼睛。"

苏风暖听话地闭上了眼睛。

叶裳与她一起静静地躺着，片刻后，他听到了后花园里传来激烈的打斗声，他问："听到了吗？"

苏风暖摇摇头："没听到什么动静。"

叶裳蹙眉。

苏风暖将心态放平和，如睡觉时一样，静静用心去听，依旧没听到丝毫动静。

一盏茶的工夫后，叶裳见她脸上又现出泄气的神色，伸手搂住她，低声说："听不见便听不见吧，他们已经撤了，别费神听了。"

苏风暖叹了口气，伸手搂住叶裳的脖子："明明你们打斗震得我耳膜响个不停。"

叶裳忽然说："不然我再去将两位师兄喊去后花园，你再听一次？或许是府卫的内力不够，震不到你。”

苏风暖伸手拦住他：“算了，以你的武功，他们在后花园打斗，听得清楚，可见我就是没恢复武功，否则哪用你们以内力震我？估摸着你们三人内力打斗动静实在太大，普通人都能被你们震醒。我去时，不是有不少人在围观你们三人打架吗？”

叶裳道：“也是。”遂作罢，将她身子拽到了怀里，低头吻她，“我看你很有力气，再来一次？”

苏风暖脸腾地红了，刚要伸手推他，他已经翻身，将她压在了身下，吻住了她的唇，熟练、快速地拂落了她内衬的衣衫，露出让他疯狂着迷、如锦缎一般的雪白肌肤，她身子温凉，用冰肌雪肤来形容丝毫不为过。

苏风暖初经人事，身子本就敏感，如今被叶裳这样撩拨，哪里受得住，身子不由得轻颤，连带着心尖都颤了起来，不消片刻，便在他身下软化成了一汪春水。

衣衫滑落，锦绣被褥遮了春光，帷幔挡住了一床娇喘低吟。

对比初经人事时疼得嘶嘶吸气，这一次，苏风暖尝到了愉悦的滋味，叶裳更是感受到了水乳交融的畅快。

雪继续下着，纷纷扬扬。

夜还很长。

又被洗礼了一次后，苏风暖连说话的力气都没有了，彻底地昏睡了过去。

叶裳餍足后，四肢百骸都舒畅无比，也不闹腾了，与苏风暖一起相拥着睡了过去。

大雪下了整整一夜。

第二日，到了上朝的时辰，管家备好了马车，许久不见叶裳出来，便过来喊他：“世子，今日您不上早朝了吗？”

叶裳睁开眼睛，瞅了苏风暖一眼，见她脸色红扑扑的，依旧在酣睡，他低低“嗯”了一声，吩咐道：“派个人去宫里报备一声，就说我昨夜染了风寒，不能早朝了。”话落，又道，“请皇上将户部贪墨案的后续，交给我表兄叶昔代办吧。”

管家虽然知道苏风暖昨日来了容安王府，住在了这里，但不知昨日发生了与以往苏风暖在这里住时不一样的事情，闻言一惊：“世子，您……要请太医……”他话落，想起苏风暖就会医术，立即改口，“要煎药吗？”

叶裳摇头：“不需要，你给我告假，办好我交代的事情就行了。”

管家听叶裳说话清明，想来风寒的确无大碍，又想到这样的大雪，姑娘来容安王府了，世子怕是想陪她，不想起床了，便应了一声，匆匆去了。

叶裳又闭上了眼睛，觉得这一觉是多年以来睡得最舒服的一觉。

他既醒来，便睡不着了，闭着眼睛躺了一会儿后，又睁开眼睛瞅着苏风暖，她有什么变化，自然是瞒不住他这个枕边人的。昨日叶昔说她自从受伤后，脸色就不见红润过，如今她的脸色的确透着红润。

他扯过她的手，给她把脉。

她的脉象如昨日的一样，让人窥探不到里面的究竟，她整个身体就如罩着一层厚重的寒雾。他放开她的手，伸手去摸她光滑如锦缎一般的身子。

苏风暖敏感地嘤咛一声，握住他的手，软软柔柔、娇娇弱弱地小声说："叶裳别闹，困。"

什么样的声音和言语能刻入骨髓，让他不能自已？便是这样的声音和言语了。

叶裳顿时住了手，见她本来酣然地睡着，此时却露出不让他打扰的红粉艳色。他的呼吸窒了窒，深深地吸了一口气，柔声说："好，不闹你，睡吧。"

苏风暖继续睡了过去。

叶裳看着她，想着难道昨日他们在一起，让她身体起了变化？若是这样……

他想了片刻，又暗自好笑地摇头，他与她从未修习过什么双修的功法，自然不会是因为昨日同床行房才致使她身体有了变化。至于是什么原因，想必只有突破她体内笼罩着的寒雾，才能窥探究竟了。

可是如何才能突破她体内笼罩着的寒雾？

他径自思索起来。

苏风暖这一觉睡到晌午。她是被饿醒的，睁开眼睛，见叶裳与她一起躺在床上，不知道在想什么，眉头深锁。苏风暖看着他，见他锁着眉头，如鬼斧神工雕刻的精致容颜怎样看都如一幅画一般。

她伸手摸了摸他的脸，调笑道："这是谁家的公子，长得这么好看？"

叶裳伸手拽住她的手，眉头舒展开，面对她的轻笑，凑上前，吻她唇瓣，声音低润好听，愉悦润耳："你家的。"

二人在床上笑闹了一阵，苏风暖伸手推叶裳："别闹了，我饿了。"

叶裳眉目含笑，轻轻刮她鼻尖，眼神是怎么也看不够的宠溺："想吃什么？"

苏风暖想了想说："想吃你亲手做的阳春面。"

叶裳披衣下床，穿戴妥当，干脆地出门去了厨房。

苏风暖坐在床上，笑意浸染了眉梢眼角。

她在床上坐了片刻，慢慢地推开被子，披衣下床，虽然动作缓慢，到底还能动。

她下了床后，看着床上锦绣被褥上的点点落红，一时不知该如何处置，便站在床前，纠结起来。收起来？往哪儿收？洗了？毕竟是第一次的落红，似乎人家新婚之夜后都要留着的。

枉她聪明，到底对春闺行房这等事情不懂，一时间拿不定主意。

叶裳去了厨房，快速地做了两碗面，亲手端着回来时，便看到了站在床前皱着眉头一副为难样子的人儿，他放下面，走过来问："怎么下床了？不是让你躺着吗？"

"不躺着了，再躺下去，这一日就过去了。"苏风暖伸手指指床上的落红，问叶裳，"这个怎么办？"

叶裳瞅了一眼，想也不想，面不改色地说："收起来。"

苏风暖对他问："收哪里？"

叶裳道："自然是收箱子里。"话落，他伸手将一整套的锦绣被褥叠了起来，走到不远处，打开一面柜子，放入了柜子里，放好后，锁好柜子，回身对她说，"大婚的时候，就铺这床被褥了。"

苏风暖红着脸瞅着他，大婚之日，凤冠霞帔，一个女人一生最梦寐以求的美好日子，不知道她是否真的有福气等到那一天，若是能等到，自然最好不过了，今生也值了。

叶裳走回来，站在她面前，伸手将她抱进怀里，娇娇软软的身子，柔弱无骨，他抱了片刻，低笑："都说女人是水做的，以前我是不信的，即便天下女人都是水做的，但你这个女人肯定不是。"话落，他吻着她脖颈，带着暖暖的缠绵之意，"昨夜我算信了。"

苏风暖伸手捶他，又气又笑："你这是在夸我？"

叶裳点头道："嗯，在夸你。"

苏风暖笑着推开他，前去水盆前净面，叶裳随后跟来，在她刚要将手伸进水盆里时，拦住了她的手，笑着说："我帮你。"

苏风暖眨眨眼睛，乖觉地站好，笑吟吟地说："那就有劳叶世子了。"

叶裳低笑，伸手轻轻地撩水，给她净面，从眉眼到鼻梁，到脸颊，到脖颈，清水洗过，她如出水芙蓉，眉不画而黛，唇不点而红，脸颊似朝霞染了一层胭脂，明丽娇艳，她整个人无处不透着春色芬芳。

外面大雪依旧下着，纷纷扬扬，屋内只生了一个火炉，但也不清冷，温暖如春。

她就像春日里的花朵，灼灼盛放，桃李芬芳。

他忍不住，低头又吻了下去。

苏风暖被叶裳的温柔浸染，脸庞更显瑰丽的霞色。她脑中忽然想着，以后的每一日，若都是这样，她和叶裳，能走一生，一起走过无数个朝朝暮暮、无数个日日夜夜，该有多好。

当二人坐在桌前吃饭时，阳春面已经散去了烫热，正适温。

一碗阳春面下肚，苏风暖总算解了饿意。

饭后，她懒洋洋地坐在椅子上，看着叶裳说："你今日没去早朝，这雪又下得极大，户部怕是还有呈报上来的灾情。"

叶裳说："我已经告了假，表兄在府中养伤数日，伤好了几分了，户部贪墨案后续交给他了。至于户部内部的事情……"他哼笑，"咱们南齐如今不是有二皇子了吗？皇上为了历练他，户部给他接手好了。"

苏风暖立即说："你还真将贪墨案甩给师兄啊？他江南叶家还扔着一个烂摊子呢。"

叶裳道："后续没多少事情了，还不起的，已经死了；还得起的，已经还得差不多了。只剩下背后牵扯的人和事了，如今还不能抖搂出来，他简单地收一下尾就行，放心，累不着他。”

苏风暖点点头：“你将户部也整顿得差不多了吧？林之孝接手的话，功劳可就分出去了。”

叶裳不以为意：“我要功劳做什么？他若是能让人服他，那么这南齐的江山，他担起来有什么不好？若是不能让人服他，也不是匀我这份功劳就能立得住脚的。毕竟有了身份，也不是有了一切。”

苏风暖颔首，说道：“如今他有了这重身份，行事都要小心翼翼，再不能无所顾忌了，免得授人话柄。御史台的人虽然拿你无可奈何，但拿别人的短处，可是揪得死紧。有些事情，倒也是有利有弊。”

叶裳点头：“他是林家的二公子时可以不顾忌地纠缠你，他是二皇子，就要顾忌身份了。除非使什么伎俩背着人来做。”话落，他眸光凌厉，“再有下次，我定不饶他。”

苏风暖看着他问：“你伤了林客哪里？”

叶裳道：“左胸前，射了他一箭。”

苏风暖笑着说：“以多欺少，仗势欺人，如今外面茶馆茶楼指不定怎么说你呢。”

叶裳冷哼一声：“我若是怕他们嚼舌头根子，若是唾沫星子能淹死人，就不必在京城混了。”话落，又道，“他明着与我作对，欺负你，又利用我公开身份，便要承担后果。”话落，他又道，“我射林客的那一箭有毒。”

“嗯？”苏风暖看着他，“你下了什么毒？”

叶裳道：“你可还记得三年前来京那一次，你研制的笑不止，拿来欺负我，后来被我全部收了，就是给他下的那个。”

苏风暖瞅着他：“他本就受了你一箭，再大笑不止，伤口不得将养，这伤口若是没有解药，就不必好了。”

叶裳颔首：“所以，你研制的毒药，别人短时间内难配出解药吧？林之孝也该来求我了。”

苏风暖点头，佩服地看着叶裳：“我以为你当时失去了理智，气疯了，没想到却借此机会，反利用林之孝。”话落，又道，“我配制的笑不止，就算玉灵师叔来，也要费一番心思才能解，林客和林之孝就算想解，也不能太快配制出解药。若是从昨日晌午到今日晌午，一日一夜了，一直大笑不止，还没配制出来解药，林客的确也该受不了了。”

苏风暖话音刚落，管家匆匆走来，在门外道：“世子，二皇子求见。”

叶裳冷笑：“果然来了！”

苏风暖对他说：“让他将瑟瑟和杀手门的人先送来容安王府，你再给解药，没得商量。”

叶裳慢悠悠地站起身，颔首："自然。"话落，对她说，"你去上床歇着，等处理完此事，我与你一起去苏府看望伯父。"

苏风暖自然是不想见林之孝的，点点头："好。"

叶裳出了房门，去了会客厅。

管家快步前往门口，请二皇子入府。

苏风暖坐在窗前，看着叶裳一身轻袍缓带，缓缓踱步往外走，一个背影便清华无限，丰仪无双。她支着额头，嘴角不自觉地露出笑意。

叶裳来到会客厅，管家也已经将林之孝请入容安王府。

二人在会客厅门口碰面，叶裳停住脚步，微微扬眉："二皇子昨日刚入宫，今日不在皇宫中熟悉环境规矩，来我这容安王府，有何贵干？"

林之孝看着叶裳，天空飘着雪，他就那样负手而立，浅浅淡淡地与他说着话，也难掩他无双华贵，面上隐约带着如沐春风之色，与昨日杀去林府时大为不同。他淡淡一笑："叶世子是聪明人，应知道我的来意。"

叶裳转身先进了会客厅，不客气道："二皇子若是不说明白，我不知道。"

林之孝跟着叶裳进了会客厅，见叶裳如此说，便道："自从昨日叶世子离开林府后，林客就大笑不止，如今已经一日一夜了。叶世子的箭上有毒，今日我来容安王府，请叶世子赠解药。"

叶裳坐下来，说道："二皇子是来谈条件的，还是用你的身份来请我赠解药的？"

林之孝也坐下身，对他说："叶世子是聪明人，你想要什么，我也能猜到一二。叶世子素来天不怕地不怕，更不惧我这个身份，我自然是来与你谈条件的。"

叶裳扯了一下嘴角，说道："若是谈条件，本世子的胃口向来大，二皇子确定？"

林之孝看着他："瑟瑟、杀手门，以及与苏姑娘交好的江湖几位前辈的性命，也足够相抵了。叶世子胃口若是开得再大，未免伤了和气。"

叶裳笑了一声，斜眼看着林之孝："你觉得我是怕与你伤了和气的人吗？"

林之孝面色平静，缓缓道："叶世子如今的确不怕与我伤了和气，但是以后呢？苏姑娘的身体现在这副样子，是否还能救，不好说。叶世子与苏姑娘情深，我对苏姑娘有分毫爱慕，叶世子都拔剑相向，恨不得杀了我。若是苏姑娘出事无救，叶世子想必也要跟着一起赴死吧？你们可以一了百了，但活着的人呢？你就半丝不顾念了吗？"

叶裳眯起眼睛："你怎么知道她一定无救？"

林之孝看着他道："我心仪苏姑娘，是许久以前的事了，此事既然从未瞒着谁，便也不怕如今再当着你的面说。她若是有救，我心中自然也高兴。虽然苏姑娘不喜我，我一腔情意空付，但也不想让她与我恨怒相对，无论她无事，还是有事，有些事情，总要顾念，不是吗？"

叶裳挑眉，看着他："你以为，空口白话，便是条件了吗？以未发生的事情威胁人，二皇子的段数还差些。这不足以让你拿出来与我谈条件。”

林之孝蹙眉，面色微微一沉：“难道叶世子真要狮子大开口，堵住这条和气的路？”

叶裳敲了一下桌面，看着他道：“从你拿了瑟瑟、杀手门，以及她在乎的人，在一品香茶楼公然劫走她时，这和气之路便已经被堵住了。二皇子如今轻轻松松地就要和解，未免想得太简单、容易了。我叶裳的女人，容不得别人劫走，连幻想都不行。”

林之孝忽然笑了：“叶世子的意思是，让我将她从心里挖去？”

叶裳看着他：“本来就不该存在。”

林之孝摇摇头：“别说一个林客，十个林客也挖不去我喜欢苏姑娘的心。”话落，他看着叶裳，“不过我可以答应你，自此后，只要苏姑娘不碍着我，我便不找她的麻烦，躲得远些。”

叶裳道：“不行。”

林之孝面容微冷：“叶世子，你是对苏姑娘对你之心没自信，还是你对苏姑娘之心没自信？苏姑娘纵横江湖多年，天下心仪苏姑娘之人多如牛毛。你难道都要将她从他们的心里挖除不成？人心都是肉长的，除非死，否则，挖不除。难道叶世子是想要我死？”

叶裳不语。

林之孝道：“叶世子，杀人不过头点地，以林客一命换那么多人的命，值了。我今日带着诚意来找叶世子，叶世子若是故意刁难我，狮子大开口，那么，对叶世子、对我都不好。”

叶裳看着他，忽然笑了：“二皇子真是令人刮目相看，以前我倒是小瞧你了，到底是月贵妃的儿子。”

林之孝道：“我从来不敢小瞧叶世子。”

叶裳干脆地道：“瑟瑟、杀手门的人，以及她在乎的江湖前辈们，立即将这些人完好无损地送来容安王府，只要人到，解药便会奉上，否则没得商量。”

林之孝当即应允：“如今这些人在京外，今日傍晚，一定送到容安王府。”

叶裳站起身，做出送客之态：“那我就等着二皇子送人来了，少了一只胳膊或一条腿，我也不收。”

林之孝顿时笑了：“叶世子放心，一只胳膊或一条腿都不会少。我早已经说了，对于苏姑娘，我倾慕她之心不见得比你少。她的人，我虽然迫不得已用了些手段钳制，但也不会真正不留情面，让她恨不得杀了我。”

叶裳冷“哼”了一声，听他句句不离苏风暖，脸色难看地道：“你我也算是同宗兄弟，二皇子口口声声将我的未婚妻挂在嘴边，虽然南齐民风开放，但也不曾没了规矩礼数。御史台的官员弹劾起人来，可是不要命的。我奉劝二皇子以后还是死了这份心。”

林之孝拱手：“多谢叶世子提醒，告辞。”

叶裳冷声道：“管家，送客。”

管家连忙进来，挑开帘子，对走出门的林之孝躬身：“二皇子请！”

林之孝本就是为了这一桩交易而来，如今与叶裳达成交易，踏出了会客厅的门，便不再多言逗留，向外走去。

叶裳站在窗前，看着林之孝走远，眸子眯成一线。

苏风暖在内院房中没等多久，便看到叶裳施施然地回来，前后不过两盏茶的时间。

雪花从天空飘下，落在他头上、身上，他踏雪而归，俊逸无双，像从画里走出来的一般。

不多时，他来到门口，推开房门，迈进门槛，见苏风暖依旧坐在桌前，他拂了拂身上的雪花，对她说：“怎么没上床歇着？”

苏风暖偏头瞅了一眼床榻，懒洋洋地说：“被褥都被你收起来了，硬邦邦的床板，我怎么歇着？”

叶裳失笑：“我这便吩咐人重新拿一套出来。”

苏风暖脸一红：“你若是这般堂而皇之地吩咐下去，怕是不出片刻，阖府的人都知道了。”话落，对他说，“你自己动手拿一套来铺上吧。”

叶裳好笑地点头：“好。”

苏风暖端起茶盏来喝茶，看着叶裳又出了里屋，不多时，拿了一套崭新的被褥来，走到床前，自己动手铺床，容安王府尊贵的叶世子，做起家务来驾轻就熟。

她放下茶盏，站起身，来到他身边，从后面伸手抱住他的腰，将身子贴在他后背。

叶裳动作一停，笑着问：“怎么了？”

苏风暖小声说：“一会儿回苏府一趟后，我便还与你回来，顺便将搁置了数日的嫁衣拿来绣，好不好？”

叶裳微笑，笑容漫开，柔声说：“好。”

苏风暖又抱着他待了片刻，松开手，问他：“你与林之孝，怎么谈的？”

叶裳一边铺床，一边简单地将与林之孝会面之事说了。

苏风暖听说他答应傍晚将人送来，思忖了片刻道：“瑟瑟等人应该在灵云镇。”

叶裳颔首：“我猜也是。”

苏风暖道：“东湖画舫沉船案当初就发生在灵云镇，月贵妃当初选择在灵云镇杀你，可见月贵妃在灵云镇有十分庞大的势力。林之孝既然是真正的太子，那么，月贵妃死后，灵云镇的势力也就成了他的势力。”

叶裳点头：“灵云镇距离京城最近，的确是个好地方。”

“我想起了灵云镇的火龙之事。”苏风暖道，“这怕是另一个天大的秘密了。”

叶裳冷笑：“天子之地就在这京城，都城历来建在这里，这京城便是最尊贵之地。灵云镇的火龙，虚幻之物罢了，即便有天大的秘密，也不见得能搅动这南齐的天。”话落，他伸手握住她的手，“与其想这等乌七八糟的事情，不如想想你未喝避子汤，万一……”

苏风暖好笑地捶了他一拳。

叶裳对她说：“要不然，熬一碗喝了吧？”

苏风暖摇头：“若是我这副身子这副样子真能怀上，那就好了。”

叶裳闻言作罢：“走吧，去苏府。”

苏风暖点头。

二人出了房门，叶裳吩咐管家备车，装了些好药，前往苏府。

雪下了一尺深，马车行走在街道上，碾出深深的车辙。

大雪纷扬，街道上除了偶尔路过的一两辆马车，无人走动来往。

叶裳和苏风暖顺畅地来到了苏府。

苏澈昨夜歇了一晚，养回了几分气色，但依旧不能下床，苏夫人坐在床前侍候他用午膳。听闻叶裳过府来了，苏夫人立马放下了碗，就要迎出去。

苏澈一把拉住她：“你是长辈，就算那小子过来，稍后也就进来了，你这么急着出去做什么？”

苏夫人瞋了他一眼：“你就端着长辈的架子吧，我听闻小裳昨日也受伤了。”话落，她快步走了出去。

苏澈无奈又好笑。

苏夫人来到门口，便看到叶裳吩咐管家往下搬东西，她看着装了大半车的药材，立即说：“哪吃得了这么多药？”话落，问他，“小裳，你伤势如何？”

叶裳笑着说：“伯母，我伤势无大碍，昨日暖儿过府给我诊治了一番，已经好多了。”

苏风暖脸一红，扭头不看他，心中愤愤，她昨日哪有时间给他诊治，都没空儿看他胳膊上的伤。

苏夫人自然不明白个中内情，只听叶裳说无大碍了，见他面上含笑，如沐春风，看来真是没事，她欢喜地说：“没事就好，这么冷的天，快进屋吧。”

叶裳点点头。

三人来到正院，进了屋。

叶裳给苏澈见礼，苏澈瞅着他，摆摆手，和蔼地说：“自家人，以后不必多礼。”话落，问他，“今日你没去处理公事？我听说你在户部任职，如今代天子督管户部，户部贪墨案是你查的，还没结案吧？”

叶裳咳嗽了一声，揉揉鼻子道：“我昨日染了风寒，年前告假了，户部贪墨案一事，请皇上移交给我表兄叶昔了。”

苏澈瞅着他，见他面色不像染了风寒的样子，猜想朝局之事，他必定有打算，也不揪着他问，顺着他的话，点点头道：“既然染了风寒，就该在府中好生歇着，我无大碍，不用特意过来看我。”

叶裳笑道：“风寒倒是小事，趁机歇上一歇罢了。”

苏澈失笑。

苏夫人在一旁松了一口气，嘱咐叶裳说：“风寒虽然是小事，但也不可大意了。尤其你身上还受着伤，该好好养着。”

叶裳深切地体会到苏夫人这个准岳母是真的将他当作儿子看，笑着颔首：“听伯母的，今日看过伯父，回府后，便好好养着，年前不出来走动了。”

苏夫人笑着点头。

苏风暖坐在一旁，看着三人，她爹娘见了叶裳，眉眼都是笑着的，虽然她爹笑得含蓄，但显然对叶裳也是十分满意，无论是在西境，还是如今回了京城，都不曾刁难他。她不知道别人家岳父母看女婿如何，总之她家爹娘是将叶裳看出心花儿来了。

苏夫人又对叶裳问了些话，才转向苏风暖说：“你前几日搭建了暖棚焐的那几棵海棠，我今日瞧着都发嫩芽了，过几日，兴许还真如你所说，会焐开花呢。”

苏风暖顿时笑了：“真的？”

苏夫人点头：“不信你自己去看。”

苏风暖站起身，对叶裳说：“走，去看看我用暖棚焐的海棠树。”

叶裳点点头，与她一起出了正院。

二人一起出了房间，苏夫人对苏澈笑着说：“这两个孩子，你看他们是不是很般配？”

苏澈笑着点点头。

苏夫人笑起来：“你不知道呢，当日在灵云镇佛堂，他跪在我面前向我求娶暖儿时的模样以及说的话，把我惊得够呛。我没想到这俩孩子竟然有这个缘分。”

话落，便学着叶裳当日的神色语气，与苏澈复述了一遍当日的情形。

苏澈听罢，深受触动，说道：“这些年，我一直愧疚当年之事，如今这两个孩子能好好的，我也欣慰了。”

苏夫人闻言忧心起来：“暖儿这孩子的身体自从回来就一直不太好，以前能蹦能跳能打架，如今这副弱不禁风的模样，我真是有些担心。若是她身子骨一直养不好，他们大婚后这子嗣问题便是大事……”

苏澈闻言道：“容安王府不能无后。”

苏夫人道：“话虽然是这样说，但别说小裳非暖儿不娶，就是暖儿，她是我的女儿，我也舍不得她受委屈，让他们两个人中间再插入了别的女子。难不成真让小裳纳妾不成？”

苏澈叹了口气：“她的医术高明，总能治好自己的，过早担心这个做什么？平添烦恼。”

苏夫人道："只希望这样。我近来每日都给菩萨烧三炷香，保佑这两个孩子好好的。"

苏澈点点头。

二人背后说的这番话，苏风暖和叶裳自然不知，二人出了正院后，便去了书房外搭建的暖棚看海棠树。

二人来到暖棚，泥鳅正在扒拉火盆，见二人来了，连忙见礼："小姐，叶世子。"

苏风暖笑着点头，瞅见海棠树果然如苏夫人所说，发了新芽，她笑着道："辛苦你每日帮我照料了，若非照料得仔细，没这么快发新芽。"

泥鳅挠挠脑袋，腼腆地说："奴才除了侍候海棠树，在小姐身边也不需要我做别的活计，清闲得很。"话落，又道，"据花匠说，只要发了新芽，暖和的话，用不了几日就会焐出花骨朵，只要有了花骨朵，没准一夜之间就开花了呢。"

苏风暖笑着说："照这样说的话，年前还有几日，兴许年前就能有花骨朵了。"

泥鳅点点头："我准备再添加几个火盆，没准过年时，小姐就能赏花了。"

苏风暖笑着点头。

叶裳负手而立，看着新枝发芽，对苏风暖笑着说："将海棠树改换花季，看来也不是不可能的事。"

苏风暖颔首，轻声说："但愿我的身体也如这海棠树一样，冬日里枯死了，想出办法，就能让她发了新枝新芽活过来。"

叶裳抬手，将她那被风吹乱的发丝拢在耳后，肯定地说："一定会的。"

二人在苏府逗留到傍晚时分，苏夫人准备了晚膳，用过晚膳后，苏风暖带了嫁衣布料，与叶裳一起去了容安王府。

苏澈和苏夫人没意见。

二人回到容安王府，恰巧林之孝将瑟瑟等人送到了容安王府。

瑟瑟、杀手门二十人、与苏风暖交好的江湖前辈九人，皆中了软骨毒，躺在几辆大车里。

叶裳和苏风暖下了马车后，林之孝看到二人，凝视着苏风暖，见她仿佛没看到他，眼皮都没抬一下，他眸底沉涌片刻，移开视线，对叶裳道："叶世子，我依言将人都送来了，你也该兑现承诺了，给解药吧。"

叶裳道："二皇子稍等。"话落，示意苏风暖检查这些人。

苏风暖走到第一辆马车前，见瑟瑟和几个人躺在里面，见到她，瑟瑟张了张口，似乎说话的力气都没有了。她眉目沉了下来，伸手给她把脉，中了软骨毒没错。

她放开手，又依次沿着马车给其余人把脉，的确都中了软骨毒。

林之孝看着她道："这些人本事非凡，若不用些特殊手段，自然钳制不住，苏姑娘勿怪。除了软骨毒，这些人可都完好无损，身上无伤。软骨毒不是什么难解之毒，想必姑娘手中有解药。"

苏风暖点了点头，懒得与他说话。

叶裳见苏风暖没意见，伸手入怀，拿出一瓶解药，扔给林之孝。

林之孝伸手接过，对他道："多谢叶世子。"

叶裳一挥手，府卫将这些人都抬下马车，送入府内。他对林之孝道："二皇子不必谢我，我也不会谢二皇子，只希望这样的事，以后少有。毕竟二皇子如今身份摆在这里，阴险毒辣之事，有碍二皇子树立仁善宽厚的形象，于二皇子将来要走的路有害无益。"

林之孝拱手，算是听了叶裳的忠告，带着解药，骑快马去了林府。

苏风暖看着林之孝纵马走远，转头对叶裳低声说："但愿林之孝不是一颗棋子。"

叶裳不以为然地笑了笑，与苏风暖一起进了府。

回到府中，那些人都被府卫送去了会客厅，苏风暖开了药方，命人抓紧去熬药，半个时辰后，药熬好，喂这些人喝下。

瑟瑟喝了药，不消片刻，便有了精神，对苏风暖恨恨地说："姑娘，真没想到，将江湖搅动得腥风血雨的人是林之孝。太可恨了！"

苏风暖坐在一旁，懒洋洋地纠正她："如今他不叫林之孝了，叫刘孝，是皇上的二皇子。"

瑟瑟一怔，纳闷地问："他怎么成了二皇子？"

与瑟瑟同样中了软骨毒的人也是不解。

苏风暖对众人简单地解释了一番，又对几位前辈歉然说："对不住各位了，因我让你们遭了罪。"

几人都一把年纪了，在江湖上都是呼风唤雨响当当的人物，没想到这一回受人钳制至此，都十分气闷。但能与苏风暖结忘年之交的人，都是豁达之人，闻言齐齐摇头："我们就知道苏姑娘你会救我们，这条老命从没担心丢了去。"

苏风暖想着她自己这条命都快丢了，对于救他们，她真是心有余而力不足，有愧于他们信任。

她对众人道："我如今半丝武功都没有，这条命也仅仅是勉强维持，是叶裳救了你们，若是他不出手，我还真没想好要怎么救你们。"

众人一惊。

有人脱口道："苏姑娘的伤严重到有碍性命吗？"

瑟瑟立即说："我收到碧轩阁长老的传信，知道姑娘失去了一身功力，但功力尽废后，您的身体难道也……"

苏风暖道："我体内住了一座寒冰窟，日日吞噬我，尚未找到解法，若是一旦无解，这条命也就交待了。"

瑟瑟的脸唰地一白，说道："怪不得林之孝敢对江湖动手，原来是知道姑娘如今无能为力了。"

苏风暖点点头，看着他们问："据说我在燕北和西境时，他一直待在京城，未曾出京，他身边的教习先生林客也一直跟着他待在京城，钳制你们之事，不可能是他亲自动的手，是什么人对你们动的手，且与我说说详细经过。"

瑟瑟道："我收到碧轩阁长老的传信，便带着杀手门的人来京，就在来京途中，大雪封山，落宿在一家客栈，有人在水里对我们下了毒。"

苏风暖蹙眉："你虽然在京城待得久了，但也没丢了防身的本事才是，怎么别人在水里下了毒，你没发现？软骨毒用银针一试便能试出。"

瑟瑟道："我们用银针试了，没有试出，最开始被人下的不是软骨毒，而是无色无味，连银针也试不出的神仙倒。"

苏风暖闻言道："怪不得呢，神仙倒银针是试不出的，除非我这种常年与医毒打交道的人，抑或是嗅觉敏锐之人才能辨出，它其实不是无色无味，只是味道太浅，寻常人闻不出罢了。"

瑟瑟道："我与杀手门的人都中了神仙倒，醒来后，有一批人押送着我们行路，我们都被蒙着眼睛，虽然不能视物，但我以风向来辨别，便知道是往京城方向走。后来，那批人到了一处地方，将我们关入了密室，为我们解了神仙倒，却给我们喂了软骨毒，关了几日，便在今日晌午，将我们送进京了。"

苏风暖点头，又看向那几位前辈。

那几位前辈对看一眼，都说是在自己家中的毒。

苏风暖没想到兵不血刃，林之孝便将这些人弄到了自己的手里，可见他在江湖的势力，埋得何其深。

叶裳冷笑道："无伤花、半步死、恨春风、阎王渡，如今再加个神仙倒，这等江湖奇毒的出现，似乎都与二皇子脱不开干系。"话落，他看向苏风暖，"你可知道，是否有这样的江湖门派专攻此类奇毒，以毒传世？"

苏风暖想了想，答道："除了望帝山和恶狼谷以及鬼山派，我还真想不出来还有什么江湖门派。但这三处，都不是专攻此类奇毒。望帝山以博广的功法谋术传世，恶狼谷因为有玉灵师叔，才医毒无双，鬼山派是以奇诡的武学功法而立派。"

一位前辈忽然开口道："苏姑娘少说了一处。"

"嗯？"苏风暖问。

那位前辈犹豫了一下，答道："凤阳镖局。"

苏风暖一怔。

叶裳眯了眯眼睛。

瑟瑟顿时开口："不会吧？凤阳镖局的凤老爷子和凤少主，不该是做这样事情的人。"

那位前辈道："我没说一定是凤阳镖局的凤老爷子对我们出的手，只是就事论事。凤阳镖局南北七十二行，立足江湖已久，数代不倒，在江湖上十分吃得开。凤阳镖局内，收集奇珍无数，这等奇毒，凤阳镖局也是有收集的。”话落，他又道，“若是就天下奇珍来说，皇宫里也不见得有凤阳镖局收集得多。”话落，他又补充了一句，“当然苏姑娘除外。”

瑟瑟闻言住了口。

苏风暖的确没想到凤阳镖局，如今看着几人，她道：“不瞒各位前辈，我发出了十封信，你们都音讯全无，唯独凤老爷子给我回了信。我倒从不曾想过此事。”

几人对看一眼，都沉默了。

叶裳这时道：“是与非，一时半刻也难做定论，诸位虽然解了软骨毒，但到底伤了气血，都需要养上几日。诸位就先在容安王府住下来，其余的事，容后再说。”

众人看着叶裳，都是第一次见这位容安王府的叶世子。

叶世子多年来名传天下，虽然不是什么好名声，但他是容安王唯一的遗孤，无论是百姓，还是江湖前辈，都对他抱以宽容之心，哪怕他纨绔不成样子被无数人说不堪时，也未受人鄙夷，顶多是提到他叹息几句，说他被皇上宠惯坏了。

如今叶世子不同以往，令天下人为之改观，他的传闻听多了，今日才知，百闻不如一见。

举世无双，容冠天下，容安王府世子，天下无人能出其右。

管家依照叶裳的吩咐，将所有人都安排住在了容安王府。

苏风暖问瑟瑟：“涟涟呢？在江南时，你可见到了她？”

瑟瑟点头：“大半年前，姑娘给我传信，命我沿途保护叶昔公子前往江南叶家。我带着人跟随叶昔公子一路到了江南，我们到时，江南正乱，我便带着人暗中帮助叶昔公子处理江南之事。几个月后，涟涟说奉了姑娘您之命，追查湘郡王之事，从燕北一路追查到了江南。”

苏风暖颔首：“不错。”

瑟瑟又道：“涟涟到了江南后，没驻留多久，便寻迹去了东境，如今应该还在东境。而叶昔公子听闻姑娘在望帝山出事，便弃了江南，独自前往望帝山，我带着杀手门的人暂且留在了江南观察江南形势。半个月前，碧轩阁的长老传信，说姑娘武功尽废，于是，我带着杀手门的人进京，没想到半途中却被人算计，出了此事。”

苏风暖道：“这样看来，整个江湖都在林之孝的掌控之中了。”

瑟瑟道：“难道真的是凤阳镖局的凤老爷子与林之孝联手？”

苏风暖摇头：“不能凭猜测妄下定论。”话落，又道，“你先去歇着，其他事情，容后再说。”

瑟瑟点头。

安排好一众人等，叶裳和苏风暖回了房间。

苏风暖疲惫地捶了捶肩，叶裳伸手抱住她，凑近她耳边，低声说：“我让人抬一桶水来，给你沐浴解解乏？”

苏风暖偏头瞅他："为什么不是两桶？你不沐浴吗？"

叶裳道："与你一起沐浴。"

苏风暖脸一红："不行！"

叶裳转身对外面吩咐："来人，抬一桶热水来。"

有人应声，立即去了。

苏风暖红着脸瞪着他。

叶裳抱着她轻笑："我以为过了昨日，你该不害羞了才是，怎么越发害羞了？"话落，缠着她的一缕头发道，"我以前可没发现你竟然这般爱害羞。"

苏风暖伸手捶他："我发现你的脸皮越来越厚了。"

叶裳低笑。

不多时，有人抬了一大桶热水进了房间，摆好了屏风后，又悄悄退了出去。

浴桶内泛着腾腾热气。

叶裳拦腰抱起苏风暖，大踏步走到屏风后，来到木桶前，动作轻巧熟练地解了她的衣服，三两下，便将她衣服除去，将她放入了木桶中。

水有些烫，不消片刻，苏风暖雪白的肌肤便染上了一层粉红色。

叶裳站在木桶前，双手按在了她的肩膀上，指尖碰触她的肌肤，轻轻给她揉按，这样简单的动作，就让他心驰神荡，让苏风暖心尖跟着他手指的力度而轻轻微颤。

片刻后，苏风暖实在受不住了，按住他的手，低声说："要么你就进来，要么就出去我自己洗。"

叶裳自然选择进来，解了衣服，进了木桶中，伸手将苏风暖拽入了怀里。

水温本就温热，肌肤相触，怀抱相贴，更将浴桶内的温度升了上来。

苏风暖脸一时热得发烫，整个身子也跟着热了起来。

叶裳本就刚开荤，这等风月阵仗，他从来就不曾体会过，如今如开了闸的潮水一般，顷刻间便把持不住了，抱紧了怀中未着寸缕的人儿便舍不得再放手，这样的情景，若是不做些什么，他都觉得自己不是男人。

于是，他十分遵从自己的心意，吻住了苏风暖的唇，将自己的火热倾数倒给她。

苏风暖本就敏感，不消片刻，便受不住地软倒在了他的怀里。

一室氤氲，蚀骨缠绵。

第十六章
旖旎情思

这日，刘焱奉太后之命陪淑雅公主出来赏花，想到自己终于可以趁机放放风、透透气，于是便欢天喜地地来了。

刚进门，他便看到数月不见的公主。刘焱瞅着淑雅，她被太后和皇后关着闭门思过数月，整个人似乎沉静了很多，没有以前那么张扬跋扈了，只是瘦得厉害，让人一见，生怕她被一阵风吹走。

半日过后，太阳偏西，毕竟是冬日里，长久在外面待着，耐不住冷寒，刘焱便对淑雅说："咱们回去吧！若是回去太晚，太后该着急了。"

淑雅坐着不动，嘲讽道："皇祖母关心的永远是在宫里站不站得稳脚，许家是不是能在朝局立得稳，保证她和我娘在后宫衣食无忧。我是死是活，她才不会真的关心。"

刘焱四下看了一眼，人都走得差不多了，没人听到淑雅说话，他小声说："公主姐姐金尊玉贵，出生在皇家，本就有许多身不由己之事，你想开点儿吧。"

淑雅哼笑："你倒是看得开。"

刘焱知道她的心结是许云初，无论是皇上、太后，还是国丈府；无论是皇后，还是许云初，都不会同意这门亲事。在所有人都反对的情形下，她的坚持变得渺小无力。

想必今生她都不可能嫁给许云初。

他看着她，不知道该如何劝慰，他年纪还小，也的确不会劝人。

于是，他轻声说："公主姐姐的苦是求不得的苦，无非是因为你心里喜欢别人罢了。既然求不得，为什么不试着放下呢？苏姐姐虽然与叶哥哥两情相悦，可是她身体受的伤太重，那日她去晋王府，我听她说，她的伤怕是没救了，她自己的医术尚且不能医治好自己，比起性命不保，喜欢是不是就显得微不足道了？"

淑雅一怔："你说苏风暖要死了？"

刘焱咬唇："她是医者，不能医自己的病。我们都知道，苏姐姐的医术冠绝天下，若是她都治不了自己的病，那岂不是没多少希望了？"

淑雅闻言道："就算她死，叶裳也会陪着她。你拿她劝我，岂不是更说明我没人喜欢很可怜？我若是死了，连个陪着的人都没有。"话落，她质问刘焱，"你到底会不会劝人？"

刘焱一噎，顿时没了话。

淑雅忽然站起身："走了，回宫。"

刘焱眨眨眼睛，他本来以为自己要费不少唇舌，没想到不过几句话，她竟然就要回宫了。虽然不知道她心里怎么想的，但只要回宫就好。他立即应了一声，站起来，快步跟上了她。

刘焱骑马，淑雅坐车，二人最后一批进城。

马车进了城门后，淑雅挑开帘幕，对刘焱说："去国丈府。"

刘焱一愣，连忙说："天已经晚了，这时候去国丈府的话……"

淑雅对他说："你若是不陪我去，我自己去好了，你先回宫吧。"

刘焱无奈，他陪着人出来，怎么能不陪着人回去？他只能依了她："我陪你去吧。"

淑雅见刘焱答应，落下了帘幕。

来到国丈府，淑雅下了马车，门童见到淑雅登门，想着淑雅公主好久没来国丈府了呢，连忙就要去里面禀告。

淑雅喊住书童，对他说："不必去禀告我外祖父了，我表哥若是在，你让他出来一下，我与他说几句话。"

门童知道许云初最不耐烦应对淑雅公主，但她毕竟是公主，他犹豫了一下，点点头去了。

刘焱看着淑雅，心想着看这样子她是不打算久待，暗暗松了一口气。

许云初正在书房，听闻书童禀告，蹙了蹙眉，但还是放下了事情，出了书房，来到了门口。

淑雅站在门外，看着许云初一步一步缓缓走来，她在宫中被太后和皇后关着闭门思过这些日子，日日苦闷，抗争不得其法，几乎疯掉。可是许云初，他一如往昔，风采半丝不减，温润如玉，彬彬有礼，不受丝毫影响。

她看着他，这一瞬间，像忽然明白了，她虽然贵为公主，但这么多年，她把自己活成了草屑；而他本就出身高贵，更是把自己活成了天上的明月。她猛然发现，她与他之间，不只是隔着皇室和国丈府不能再联姻的距离，而是她穷极一生，也够不到这个人，她与他，是两个层次的人。

他是真的不喜欢她，也不会喜欢她。

她收回视线，垂下头，看着地面，盯着自己的脚尖，她以前怎么就没看明白呢？

许云初来到门口，先看了刘焱一眼，对他微笑说："进府喝一杯茶？"

刘焱摇头，立即说："我是陪着公主姐姐来的，改日吧，今日天色很晚了，太后还等着我们回宫呢。"

许云初点点头，看向淑雅，同样的微笑却透着几分疏离："我听闻数月来，太后亲手教导表妹学规矩，看来是有很多进益了。"

淑雅慢慢地抬起头，看着许云初，没接话。

许云初微微扬眉，面容依旧含笑，温和地问："是不是太后托你带话给我？说吧！"

淑雅心灰意冷，低下头，沉默片刻，又抬起头，对许云初道："皇祖母没有托我带话，是我有几句话想和表哥说。"

刘焱这时立即避开了。

许云初见刘焱避开，脸上的笑容淡了些，笑问："什么话？表妹说吧。"

淑雅咬唇，问他："你是不是真的不喜欢我？不喜欢我纠缠你？想让我离你远远的，再不打扰你？"

许云初没想到她来说这个，点头："是。"

淑雅见他答得干脆，半丝犹豫也无，一颗心瞬间沉入了谷底。

她可以清晰地感觉到，她那颗很久以前就因喜欢他而跳动的心慢慢停止了跳动，一点点地沉落到深渊。

她紧咬自己的唇瓣，眼泪蓄到眼眶，几乎只要轻轻一眨眼，就能泪如泉涌。

许云初看着淑雅，多年来，他对她烦不胜烦，恨不得她永远也不来打扰他，永远也不到他面前晃悠。可是如今看她这副模样，还是有些不忍心，毕竟喜欢一个人没有错。

他轻轻叹了口气，温和地说："淑雅，我年长你两岁，从小便将你当作我妹妹一样看待，对你，我实在谈不上喜欢。"

淑雅睁大眼睛，不让自己的眼泪掉下来，可是她毕竟没有强大的忍劲儿，不多时，眼睛便酸疼地闭上了，眼泪顺着脸颊，如断了的珠子一般，簌簌而落。

许云初站在原地，看着她泪如泉涌而无声，他一时不知道再说什么。

过了片刻，淑雅猛地抬手，用袖子狠狠地一抹自己的眼睛，将眼泪抹去，对许云初道："我今日前来，要的就是你这个'是'字。你不喜欢我，我早就知道，不过以前是我心拙眼瞎，总是看不明白。今日我总算明白了。"

许云初看着她道："喜欢与不喜欢，强求不得，你明白就好。"

淑雅扬起脖子，轻声问："你喜欢苏风暖，是不是？"

许云初点头："是。"

淑雅看着他："可是苏风暖不喜欢你，她喜欢叶裳。"

许云初颔首："没错，她喜欢叶世子，重若生命。"

淑雅抿唇道："所以，你与我一样，哪怕在我眼里，你好到天下所有男子都不及，叶裳也不及，但是在苏风暖眼里只能看得到叶裳，她只喜欢叶裳，在她心里，叶裳无人能及。你也求她不得。"

许云初"嗯"了一声。

淑雅顿时笑了，抹净眼角最后一滴眼泪，对他道："表哥，既然你从小就将我当作妹妹，以后，我若是不在你面前烦你、纠缠你，你还会将我当作妹妹吧？"

许云初点头："自然。"

淑雅深吸一口气，说道："我决定了，你不喜欢我，从今日起，我也不喜欢你了。我发誓。"

许云初看着她，因为数月来她不停地折腾自己，瘦得不成样子，因为瘦，一双眼睛更显大，眼睛里坚定的神色一览无余，看起来真是下了极大的决心。

她今日这样来问他，与他摊开，光明正大，让他有些意外，不过也松了一口气。

这样对她来说，最好不过。

他微微一笑，不同于寻常疏离的浅笑，笑容微暖，对她道："淑雅是十分漂亮的女子呢，若不是因为我，你会与姑祖母、姑姑一样，端庄大气，温婉典雅，名声也不会被传扬得不堪。如今你能看开，我也很高兴，以你尊贵的身份定会寻到一份良缘。”

淑雅闻言，高傲地扬起下巴，对许云初道：“我才不要学皇祖母，也不要学母后，端庄大气，温婉典雅，又能如何？她们可以说是这天下最尊贵的女人，可是活得也不自在。皇祖母落了个厉害的老妖婆名声，母后落了个善妒、不才的名声，即便没人敢在她们面前说，但背后又岂能堵住悠悠众口？”

许云初闻言失笑：“你说得也有道理。”

淑雅看着他说：“比起她们，我因为喜欢你而落下的不堪名声，又算得了什么？我自己不在意，表哥以后也不必在意了。”话落，又道，“我回宫了，表哥记住你刚刚答应的话，但愿你这一辈子，真真正正地将我当作妹妹，对我好些，你是君子，可别做食言而肥之事。”

许云初笑着点头：“不会。”

淑雅不再多说，转身上了马车，喊着不知道躲哪里去的刘焱说：“刘焱，回宫了。”

刘焱躲去了远处背风的墙角，听到淑雅喊他，立即跑了过来，见许云初面上含笑，他也笑着告辞。

马车前往皇宫而去。

许云初站在门口，一时间有些感慨，觉得淑雅长大了，看开了，懂事了。可是与淑雅同岁的他的妹妹，却依旧执迷不悟。

皇帝听闻叶裳染了风寒，不置一词地准了他的告假，依他所言，将贪墨案后续交给了叶昔。

叶昔与萧寒和谢轩宿醉了一日后醒来，便听闻了此事，他揉着有些疼涨的头气骂：“真是个混账东西，自己偷懒，却把麻烦推给我！”

萧寒和谢轩看着叶昔闷笑。

圣旨已下，金口已开，叶昔无奈，只能收拾一番，代替叶裳去了户部。

户部的一众主事已经闻到了风声，不论是叶世子，还是江南叶家的叶昔公子，都是奉了皇命进户部，他们都不敢得罪，如对待叶裳一般，将叶昔恭恭敬敬地请进了叶裳的办公之处。

户部贪墨案的一众涉案官员，一大部分已经还上了贪墨的款项，只剩下少部分涉案金额较大的还未还上，诸如平郡王府、工部尚书府等府邸。

平郡王妃杀了平郡王又自杀，齐舒一下子就垮了，幸好叶裳及时赶到平郡王府，才救了齐舒，让他打起了精神，应对平郡王府之事。即便他变卖了能变卖的所有东西，依旧不够还他父亲贪墨的三百万两的巨额款项。

而工部尚书府，尚书夫人带着腹中胎儿上吊自杀，尚书女儿杀了尚书，一家人只剩下了风流公子贺知。在一众同族亲眷的眼皮子底下，苏风暖让萧寒和谢轩带走了贺知，躲在了她的风暖阁。是以，工部尚书府至今也无人偿还款项，可急坏了一众同姓族亲。

叶裳虽然说后续只剩下收尾，但这收尾该如何收，也是个麻烦。

这日叶裳来到叶家主的住处时，叶昔正巧刚从户部回来，二人在院门口碰了个正着。

叶昔“哼”了一声，问道：“户部贪墨案，你打算让我怎么收尾？”

叶裳道：“收尾简单，还不上银两，可以拿相同价值的东西相抵，比如证据。”话落，又道，“无论是工部尚书府，还是平郡王府，都有些证据，你拿到手里，亲自面君，提交上去就行了。”

叶昔扬眉：“这么简单？证据在哪里？”

叶裳道：“平郡王府的证据在我手里，稍后给你；工部尚书府的证据在帝寝殿的房顶上，届时你面见皇上时，直说就是了。”

叶昔瞪着他：“你当我是你吗？在皇上面前随意什么话都能说？”

叶裳道：“你背后有江南叶家，叶家的烂摊子还要你去收，哪怕你在皇上面前说了什么不中听的话，他也不会怪你。”

叶昔愤然道：“烂账推给我，你倒省心了。”

二人站在门口说了许久的话，叶家主在屋中瞧见了，便打发人出来提醒，说外面冷，让他们有什么话屋里说。

二人这才进了屋。

叶家主道：“前几日，因为苏丫头身子骨不好，我们筹备你们的大婚事宜都暂且搁置了。若是她身子骨有了好转，年后我们再着手筹备起来。”

叶裳道：“过了除夕之日，我们就立即启程去望帝山，大婚之事，该筹备就筹备着，如今苏大将军回京了，外公与苏府和王府商议着做主便是。”

叶家主颔首。

叶昔道：“年后我随你们一起去。”

叶裳知道他不放心苏风暖，也不反对，答道：“好。”

三人说了片刻话，叶裳将平郡王生前在暗室被齐舒逼问出的证据交给了叶昔，便回了主院。

第二日，早朝之前，叶昔早早便进了宫，向皇上递了针对户部贪墨案结案之事的折子。皇帝刚起床，听闻叶昔提早来了，于是在帝寝殿内召见了他。

叶昔将平郡王生前吐出口的证据和证词呈交给了皇帝，又将工部尚书府公子贺知藏在帝寝殿房顶上的证据之事说了。

皇帝听罢，惊讶地抬头看向自己的寝殿，难以置信地问：“你说那证据被贺知藏在了朕的房顶？”

叶昔颔首，将事情推给叶裳：“表弟与我说是被贺知藏在了这帝寝殿的房顶，从左数，第九片瓦里。”

皇帝闻言喊：“小泉子。”

小泉子立即从外面冲进来："皇上。"

皇帝伸手指了指帝寝殿上方，对他吩咐："你爬上去，从左数，第九片瓦里，给朕取个东西下来。"

小泉子应了一声"是"，连忙去了。

皇帝与叶昔便在殿内等着。

大约过了一盏茶的工夫，房顶传来动静，小泉子小心翼翼地掀开第九片瓦，里面果然放了个铁盒，他连忙小心翼翼地捧了，下了梯子，回到了殿内，问道："皇上，可是这个？"

皇帝看了一眼，说道："打开。"

小泉子连忙撬开铁盒，只见里面放了一卷纸，他检查了一遍，再无别物，递给了皇帝。

皇帝伸手接过，翻了片刻，脸色越来越难看，看到最后，脸色几乎铁青。

叶昔看着皇帝，暗想着牵扯了这么多朝臣的户部贪墨案，怎么可能简单呢？背后定然牵扯着诸多复杂的关系。贺知堕落多年，拿到的证据虽然不多，但也可以窥探到冰山一角了。

片刻后，皇帝深吸一口气，将这一卷纸递给叶昔："你看看。"

叶昔伸手接过，翻看片刻，脸色凝重起来，说道："截断各地的赈灾款，攥住众位朝中大臣加以利用，是为了拖垮户部，摧毁国基。京城的几大妓院，是作为据点，会聚茶贩子、人贩子、马贩子等江湖上三教九流的人物。最终，这些款项皆流向东境，想必是用这些款项豢养私兵，打造兵器。"

皇帝震怒道："原来他截杀叶家主所用的弩箭，以及与北周勾结所用的弩箭，都是用朕的国库赈灾款打造的。好个湘郡王，这是谋划了多少年，恨不得整垮朕的江山基业。他难道忘了自己也姓刘，也是刘氏子孙了吗？就不怕九泉之下的列祖列宗撕了他？狼心狗肺的东西！"

叶昔想着湘郡王自然是不怕的，勾结北周显然是以祸谋国。

皇帝气极，骂了两句后，剧烈地咳嗽起来。

叶昔连忙劝说："皇上保重龙体，已知湘郡王乃祸害之人不是一日两日了，您犯不着因此伤了身子。"

皇帝咳嗽片刻，缓缓坐下，沉痛地道："前朝无数手足相残的例子，朕观之叹息。本以为本朝朕统治的天下，兄友弟恭，和睦安泰，携手为社稷。朕十分信任湘郡王，信任晋王，可是没想到啊……"

叶昔无言。

皇帝又道："朕就不明白了，他们为了什么？难道是图谋朕这江山，想坐朕这把椅子？"

叶昔不是晋王，也不是湘郡王，他自然不能代替他们回答这个问题。

皇帝又沉痛气怒片刻，对叶昔道："湘郡王多宗罪，朕如今压着呢，等着合适的时机，给他清算，此事自然也只能先压下。你说，户部贪墨案到了这个地步，该如何收尾结案？"

叶昔道："工部尚书和平郡王都死了，毕竟他们也是受人迫害才到了这步田地。臣以为，这些证据足以相抵诛九族的罪过了，重拿轻放吧。"

皇帝道："话虽然如此，但朕金口玉言，早已经说过，若是还不上贪墨的款项，便诛九族。若是就此轻饶了他们，不再治罪，朕岂不是成了言而无信之人？以后君威何在？"

叶昔道："臣以为，万事都有变通。可以对外说，工部尚书府和平郡王府都拿奇珍抵押给了户部，再加上已经还了的一部分款项，可以与贪墨的款项相抵了。您看在平郡王和王妃以及工部尚书和夫人已死的份儿上，便特此宽恕，不再追究了。两府九族都是无辜之人，定然对皇上千恩万谢。"

皇帝毕竟不是心狠手辣之人，的确宅心仁厚，闻言点点头："也罢，就依照你说的办吧。"

叶昔领旨。

二人商议罢，已经过了早朝的时间，皇帝起驾，前往金銮殿早朝，命叶昔跟随一起上殿，今日了结此案。

早朝晚了半个时辰，群臣早已经听闻叶昔一早便进了宫，都猜到了是为户部贪墨案结案之事，都垂立两侧，想着工部尚书府和平郡王府几乎家破人亡，还不上贪墨的巨款是一定的，不知这两府该如何处置，两府的九族加起来怕是有上万人。

皇帝来到大殿，群臣三叩九拜。

皇帝接受众人跪拜后，高坐在金銮殿上，针对户部贪墨案一事，当即下了结案的圣旨。

圣旨言，工部尚书府公子贺知和平郡王府小郡王齐舒皆以奇珍抵还了其父贪墨的款项，皇上本着宽厚之心，特赦两府九族。

圣旨宣读罢，群臣互相对看，暗自纷纷猜测，不知道那两人拿出什么价值连城的奇珍，竟然能抵还巨大的款项。不过圣旨未明示，显然不可说，众人自然无人敢问皇上。

喧嚣了数日的贪墨案结案，皇帝的重拿轻放让朝廷上下文武百官都松了一口气。毕竟快过年了，谁也不想这个时候京城上万人被诛，血气熏天，哀声一片，那么这个年谁也过不好。

所以，对于皇帝的宅心仁厚，众人纷纷称赞。

偌大的贪墨案结案，笼罩京城上空数日的死气沉沉的气息一改，顿时晴天朗日，阳光明媚。

平郡王府九族和工部尚书府九族拿去了悬在头上的刀，欢喜而泣，对皇帝自是千恩万谢。

齐舒在圣旨颁布后，第一时间来了容安王府。

那一日，平郡王妃杀了平郡王，他中了迷幻药，在神志不清的情况下，连怎么伤了叶裳都不知道。事后，孟太医解了他的迷幻药，他才知道伤了叶裳，但父母死后，偌大的平郡王府一堆烂摊子扔给了他，他恨不得也跟着死了算了。但想到叶裳为了救他，那一日脱不开身，劳烦许云初去救苏风暖，没有扔下他不管，他咬着牙硬挺了过来，设了灵堂，安葬了平郡王和王妃。

平郡王府牵扯这么大的贪墨案，平郡王和王妃死得又不光彩，所以，无人前去吊唁，二人的丧事便简单地处理了。

处理完二人的丧事后，他将所有能变卖的东西都变卖了之后，只凑足了五十万两白银还了户部，其余的两百五十万两，他已经无力再去想办法还了，索性便等着皇上结案了。如果诛了平郡王府九族，他也只能算其中一个。

未曾想到，今日皇上结案，圣旨中言他和贺知以奇珍相抵，平郡王府九族无罪释放，他自然知道自己没什么奇珍给户部，想到必定是叶裳从中做了什么，于是立即来见叶裳了。

管家将齐舒带去了正院。

叶裳和苏风暖、叶昔正坐在画堂中闲谈。

他看着叶裳和叶昔，拱了拱手："叶裳兄、叶昔兄。"接着，又对苏风暖拱了拱手："苏小姐。"

叶裳指了指一旁的椅子，随意地道："坐。"

苏风暖打量着齐舒，平郡王府遭了这场大难，他几乎瘦得不成人形，整个人从内到外都透着一丝颓靡之气。她不由得感慨，陈述、沈琪、齐舒这三人自小与叶裳交好，可惜皆因家门获罪，受了牵连。如今陈述远在西境，沈琪死了，齐舒在京城，皇上虽然宅心仁厚，免了平郡王府九族死罪，却剥夺了平郡王府的爵位，齐舒要想出人头地，以后只能靠自己了。

叶裳给齐舒倒了一杯茶，对他道："户部贪墨案已经结案，接下来，你有什么打算吗？"

齐舒摇摇头："我不知道该有什么打算。"话落，又道，"多谢你了，平郡王府九族能保住，我知道定然是你帮我了。"

叶裳道："我们是兄弟，客气话便不必说了。我查户部贪墨案，查到了平郡王，为整顿户部，肃清朝局，将他揪出来，也是没有办法。皇上本不是心狠手辣之人，诛九族之事，他做不出来。你父亲和工部尚书多年来也是被人下套陷害，才到了这步田地。即便不是看在你我兄弟的面上，就是看在九族多少人无辜的份儿上，我也要从中周旋，不让更多人因此受害。"

齐舒点点头，说道："若是没有你，我真不想活了。"

叶裳伸手拍拍他的肩膀，以示鼓励，对他道："你娘刚硬厉害，不能面对你父亲的那些外室和子女，她杀了你父亲，再自杀，也是解脱了。否则后半辈子，日日怨怼，不得安稳。你父亲也算是死有余辜。至于你，如今贪墨案已结案，今日事今日了，便揭过去吧，天下没有过不去的坎儿。"

齐舒无力地道："这样说着容易，可是我府里那些人，我父亲那些外室和子女，如何处置他们？"

叶昔在一旁接过话道："赶出府去，任其自生自灭就是了。"

齐舒道："我可以不管我父亲那些外室，但他的那些子女呢？算起来也是我的弟弟妹妹。我抄了他们的府宅，将他们所有的东西都变卖了，还了户部，再将他们赶出去，他们如何生存？"

叶昔抚额："齐舒兄心肠太善。"

叶裳不由得露出笑意："人有善念是好事，有善心才得善果。"

齐舒道："虽然我娘因为他们杀了我爹，使我一日之间失去了父母，但究其根本，还是因为我父亲喜好女色，才酿成这个结果。他们也是无辜的。我总归是长兄，他们就算再不讨喜，也是我的弟弟妹妹，虽无手足之情，但有血脉之亲，我做不到狠心赶走他们，弃之不顾。这样冷的冬天，他们在外怕是会冻死街头。"

叶昔耸耸肩："既然如此，只能你养着他们了。"

齐舒咬唇："若是让我养着他们，当成我的拖累，我又十分不甘心，毕竟我娘因他们而死。"

叶昔瞅着齐舒，没了话。

叶裳道："这倒也好办。"

齐舒看向叶裳："你有什么好办法？"

叶裳对他道："平郡王府已经被剥夺了爵位，你那座府邸已经降成了普通府邸，但降成普通府宅的话，以目前来说，规模太大，便不合普通府宅的规制。若是留着，早晚要遭御史台的弹劾。依我看，你不如将其分家，一分为二。你留着主宅，其余部分分给你父亲那些外室和子女，也算是对得起他们了。"

齐舒闻言顿时寻思起来。

叶裳又道："如今齐府只剩下这一座府宅了，金银物事早已经没有，空空荡荡，但是府宅也值些钱。你将府宅一分为二，分家后，便是互不相干的两个府邸。既能避免了朝廷的规制，也算是照拂了他们。他们若是有求生的本事，便守着那二分之一的府宅过活；若是没有求生的本事，可以变卖了府宅，也够养活他们一辈子了。"

齐舒点点头。

叶裳道："这样一来，你对他们也算是仁至义尽，尽了做兄长的义务，他们也不必成为你的拖累，你也不必既管着他们，又因你娘之死而不甘心。"

齐舒闻言长舒一口气，说道："这样也好，还是你有办法，今日回府后，我便这样办了吧！”

叶裳点点头，又对他道：“过年之后，我和暖儿打算出京，会途经西境，你既然不知道该有什么打算，不如跟着我们一起出京吧。也许你出去走一圈，再去西境见见陈述，便知道未来想做什么了。”

齐舒点点头，痛快地答应下来：“好，我还没出过远门，如今没人管制我了，我是该出去见识见识。”

就这样，困扰了齐舒的两桩事便就此决定了下来，他又在容安王府坐了片刻，回府时，心情明显好了很多。

叶昔在齐舒走后，对叶裳道：“你说得没错，有善心才有善果。齐舒有这等心肠，将来差不了。”

叶裳不客气地说：“我与他自小就有交情，若是品行有差，岂不是我识人不清？”

叶昔翻了个白眼，起身回了自己的院落。

叶裳在二人走后，起身来到苏风暖面前，伸手抱住她道：“都绣了半日了，别绣了，仔细累着。”

苏风暖于是放下针线，对他道：“如今贪墨案已经结案，齐舒有了安排，贺知还在我府中，我是否应该将他叫来，问问他的打算？他总不能一直待在苏府。尤其是杀手门的人，也在这里。贺知是风美人暗中收的弟子，我打算将杀手门交给他。”

叶裳道：“也好，派千寒去将他喊来就是了。”

苏风暖点头，对外面吩咐了一句，千寒应声，立即去了苏府。

苏风暖住进容安王府，萧寒和谢轩也跟去了容安王府，风暖阁只剩下贺知和泥鳅了。

贺知住在没有主人的风暖阁，觉得这事可真是新鲜，寻常的闺阁小姐做不出留男子在自己的闺阁之事，但苏风暖不是寻常的闺阁小姐，她不在乎这个。另外，在他看来，她的风暖阁就跟客栈一样，她总共也没在自己的闺阁住几日。听泥鳅说，若是没人打理，她的风暖阁能长房顶那么高的杂草。

户部贪墨案结得简单轻巧，工部尚书府九族无人遭殃，他一时也不知自己以后该如何打算。

于是，在千寒来找他时，他正闲得无事，与泥鳅一起在料理苏风暖搭建的暖棚里的那几棵海棠树。

第十七章 浓浓情潮

听闻苏风暖喊他去容安王府，贺知扔了手里的炉钩子，站起身，暗想她总算想起他了，再住下去，他都以为她将他给忘了。

贺知跟随千寒来到容安王府，这是他第一次进容安王府。

虽然他与叶裳自小都生活在京城，但因为二人不是一路人，自小不玩在一处，属于见面也说不上半句话的那种，所以，他与叶裳真是没什么交情。

容安王府很大，毕竟是世袭王府，府中规制比皇宫差不了多少。

叶裳和苏风暖在屋中待了半日，在派千寒喊来贺知之前，二人便出了房门，去水榭透风了。

所以，千寒便将贺知带到了容安王府后花园的水榭。

叶裳和苏风暖这时向贺知看去，见贺知站在远处不动，苏风暖对他招了招手。

寒冬时节，水榭轩台下的碧湖里结了一层冰，如镜面一般，光可照人。

贺知向冰面上瞅了一眼，便看到了人模人样的自己，可惜，只有他自己知道，这些年，他把自己折腾得形销骨立，人未老心早已经衰了。

他刚走几步，叶裳忽然对他扔来一根枯枝，枯枝到他近前碎为数段，如数把利剑袭向他。

贺知一惊，身子应激地凌空而起，虽然他避得及时，仍然被一截断枝划破了衣袖。他落地后，站稳脚，皱眉看着叶裳，冷声问："叶世子这是何意？"

叶裳懒洋洋地笑着说："我想看看贺兄的武功能否受得起杀手门的门主令而已。"

贺知一怔，他知道杀手门的门主令，是他师父风美人的，可以调动整个杀手门，可是他师父死前，他没见到她，也没留给他只言片语，门主令自然也没给他。

他不明所以地看着叶裳："叶世子什么意思？"

叶裳道："我不和笨蛋说话。"话落，他转向苏风暖："还是你跟他说吧。"

贺知顿时沉了脸。

苏风暖失笑，伸手打了叶裳一下，对他嗔道："若是笨蛋，在旋涡的淤泥里活不了这么久，他爹都死了，他还能活着，证明不是笨蛋。"话落，又道，"你的剑雨飞花用了七成功力，贺知能接下来，也算有本事了。杀手门的门主令他自然是受得起的。"

叶裳"哼"了一声，算是默认了。

苏风暖转头对贺知笑道："贺公子毁了一件衣服，换杀手门的门主令也是值得的，过来我们细说吧。"

苏风暖对他道："你师父临终前，将杀手门的门主令交给了我，让我保下杀手门。她当日并未提到你，我想也是基于保护之心。"

苏风暖又道："我派人接手杀手门，也只不过保住了一部分人。大多数人都在你师父出事时被人围杀了，剩下这一部分人，数日前在进京途中被二皇子钳制住，用来要挟我，幸得叶世子相救，如今这部分人就在这容安王府中。"

贺知看着她，听她继续说。

苏风暖道："如今贪墨案已经结案，皇上不再诛你的九族，你也算是自由了。我思来想去，你既然是风美人的徒弟，杀手门还是交给你最为合适。当日风美人给我，也不过是想我将她一生心血保住。可是我虽然能保住，但没那份心力帮她传承下去，在我手里，早晚是要解散的。你是她的徒弟，承她衣钵，为她传承，理所当然。”

贺知依旧不语。

苏风暖说完这一番话，看着他，笑问：“看你这神色，是不太乐意？”

贺知终于开口，对她道：“师父教导我一场，你如今如此说，我确实不该推辞，但我都不知道自己以后该如何活下去，遑论接手杀手门了。”

苏风暖闻言看着贺知，见他这话说得诚实，她一时也不知道该不该强硬地将杀手门塞给他，于是转头看向叶裳。

叶裳笑了一声，对贺知道：“这世上有千万种活法，男子汉大丈夫，怎么活都是一辈子。当然，除非你不想活；若是想活，总有一条路，是你活下去的路。”

贺知闻言看向叶裳：“请叶世子提点我一二。”

叶裳道：“提点说不上，只是贺兄可以扪心自问，你自己最想做什么。别告诉我，在这世上没有你想做的事情。”

贺知思忖片刻，说道：“报仇。”

“嗯？”叶裳扬眉。

贺知道：“报我父母姐妹之仇，若非背后之人陷害，我父亲未必会走上不归路，我也不至于陷入泥潭多年，更未必会家破人亡。”

叶裳看着他：“除了报仇呢？”

贺知摇头：“报了仇再说。”

叶裳道：“你连小小的杀手门都不敢接，何谈报仇？”

贺知抿唇：“接杀手门与我要报仇，没有什么关系吧！接了杀手门，便是承了师父遗志，会成为我的负担，我如今不想要负担。我浑浑噩噩活了多年，早已经觉得，荣华富贵、美人香粉、权力名利，都是狗屁。我早已经麻木，这些都不想要，负担更不想要，我只想报了仇后轻轻松松地活着。”

叶裳闻言，难得对他露出敬佩的神色，转头对苏风暖说：“你说得对，他是个聪明人。”话落，又道，“难得活得如此明白。”

苏风暖笑着说：“既然如此，杀手门的门主令我便不强行塞给你了。”

贺知点点头。

叶裳对他道：“背后之人树大根深，多年筹谋，谋算更深，你凭一己之身根本报不了仇。”

贺知道：“我知道，所以，我才将那些证据给了苏小姐。”

叶裳道：“你那些证据，如今还不到见天日的时候，不能公之于众，但不能说没有用处；相反，有朝一日会有很大的用处。”话落，他琢磨道，“既然你的宏愿是报仇，若是不嫌弃，你先跟在我身边如何？我将近身护卫送给了暖儿，如今身旁没有称心的近身护卫。”

贺知怔了一下，随后对叶裳拱手：“我贺知如今是贱命一条，以后愿听叶世子差遣。”

叶裳微笑地看着贺知：“好说。”话落，吩咐千寒：“千寒，带他去熟悉熟悉容安王府，府中的规矩、府卫，越详细越好。”

“是！”千寒应了一声，示意贺知跟他走。

贺知不再多言，跟着千寒去了。

苏风暖在二人离开后，对叶裳笑道：“贺知是个人物，聪明、透彻、有见地。最难能可贵的一点是诚如他自己说的，浑浑噩噩活了多年，他早已经觉得荣华富贵、美人香粉、权力名利，都是云烟。因为他活得麻木又清醒，所以几乎没有了弱点，最是得用。”

叶裳颔首：“不然你以为我什么人都收吗？”

苏风暖瞋了他一眼，对他道：“我本来打算将杀手门的门主令交给他，然后扶持他去江湖上占据一席之地，让他与二皇子在江湖上的势力相抗衡。他竟然不要，便宜你了。”

叶裳伸手搂住她：“他一直待在京城，不见得适合江湖，再说在我身边也不会辱没了他。”

苏风暖笑着点头：“的确，叶世子是轻易不会对谁青眼相待的。”

叶裳闻言拦腰抱起她，在她耳边低声笑着说：“我只对你青眼相待，别人在你面前都要靠边站。”说着，他便抱着她离开水榭轩台，向正院折回。

苏风暖将头埋在他怀里，小声说：“就算是在你的府里，也该避讳着些吧，你就不怕府中的人见了你我这般亲密会长针眼吗？”

叶裳轻笑：“他们要习惯长针眼才是。”

苏风暖无语。

回到正院，进了房间，叶裳将苏风暖放在床上，身子覆在她身上，低头吻她的唇瓣，声音低哑地说：“昨夜你睡得香，我没敢闹你，忍了一夜，现在……”

苏风暖脸颊通红，打断他的话：“现在这是白天。”

叶裳笑着说：“白日宣淫吗？御史台的人进不来我这府邸，还弹劾不了我这个。”

苏风暖彻底没了话。

叶裳挥手，一阵风拂过，窗帘忽地落下，室内顿时昏暗下来。他又伸手拂落了帷幔，床帏之间昏暗无光，他伸手解开苏风暖的衣服，话语温温柔柔，低润悦耳：“你闭上眼睛，当夜里好了。”

苏风暖伸手捶他，最终无力地软在他的身下，淹没在他卷起的浓浓的情潮里。

若是时光就此止步，她甘愿沉醉不醒。

奈何，时光不会遂了二人的心愿。叶裳身为容安王府的世子，苏风暖身为苏大将军府的小姐，除夕宫里设宴，二人都是要参加的。

辞旧迎新，来到了除夕之日。

清早起来，苏夫人便派苏府的管家送来了信，说苏风暖的三个哥哥既然不在家，而苏风暖又即将成为容安王府的媳妇儿，她和苏澈决定，今日二人吃了早饭，收拾一番，便一起来容安王府与叶家主、叶昔、叶裳等人一起守岁，免得苏风暖和叶裳在两府之间来回跑。

苏府的管家传了话离开后不久，苏澈和苏夫人驱车来到了容安王府。

叶裳与苏风暖一起到门口迎接，苏澈这几日在苏夫人的照料下养得极好，已经能由人扶着走动。

叶裳给二人见礼后，接替了苏夫人，扶着苏澈往里面走，同时对二人道谢："若非外公住在我府里，理该我去苏府陪伯父和伯母守岁，不该让您二人奔波来我府里。"

苏澈笑道："我已有多年未见叶伯父了，如今他住在你府里，我们过来与你们一起守岁，人多热闹。"

叶裳笑着说："这样的确很好，那以后我们每年都一起守岁好了，明年去苏府。"

苏夫人闻言高兴地说："那就这样定了。"

苏风暖见二人言语间轻松地决定了明年的除夕夜，暗想着但愿上天厚待她和叶裳，明年依旧能陪着父母一起守岁。

因苏澈和苏夫人前往容安王府过年，两府的人合在一起，使得容安王府前所未有地热闹。

晌午用了午膳后，苏澈、苏夫人、叶家主、叶昔、叶裳以及苏风暖便收拾妥当，驱车前往皇宫参加宫宴。

萧寒和谢轩以及贺知和千寒作为护卫，陪同众人一起入宫。

一行人进了皇宫后，还没到开宴席的时间，朝中重臣都被请去了皇上所在的朝盛殿，女眷都前往太后的慈安宫。

叶裳不想和苏风暖分开，对她说："我们哪里也不去了，我带你去御花园赏花吧。虽然是隆冬时节，但宫里也会有应季的花，有专人打点，这个时候开得正好。"

苏风暖也不想与一众女眷凑去太后宫里，不是说胭脂，就是说水粉，再就是谈论谁的衣裳漂亮，谁的女儿出色，东家长西家短，再尊贵的女人与芸芸百姓一样爱八卦。她受不了这个，于是痛快地点头："好啊。"

于是，叶裳拉着苏风暖的手，转道去了御花园。

许灵依瞅着二人去了御花园，抿着嘴角，一双眸子更冷更凉地看着二人的背影，不错眼睛。

许云初回头，正巧看到了许灵依眼中的神色，他脸色蓦地一沉，喊了声："灵依。"

许灵依快速地收起眼中的情绪，收回视线，对许云初一笑：“哥哥。”

许云初看着她，沉声道：“你是国丈府的小姐，是太后的侄孙女，是皇后的侄女，是爷爷的孙女，是我的妹妹，父母都不在了，你还有我们这么多亲人，别往不归路上走，毁了你自己，我能护你一次两次，护不了你无数次。”

许灵依闻言一笑，上前一步，对他说：“哥哥在说什么呢？我好好的，规规矩矩的，没做什么错事吧？你对我就这么不放心？”

许云初无言地看着她，沉默片刻，无力地、淡漠地说：“你若是想让我对你放心，今日就要做到真正的规矩乖巧，别生事。”话落，又道，“天下多少女子羡慕你出身高贵，是国丈府的小姐。即便你什么都不会，仅凭这个出身，就能保证你一辈子荣华富贵。”

许灵依笑着点头：“哥哥说得是，我会时刻谨记自己的身份。”

许云初见她虽然口不对心，但奈何面子功夫做得乖巧，再加之她的恨春风之毒已经解了，他倒也不担心，便点点头，不再多说。

苏风暖和叶裳来到御花园，果然如叶裳所说，宫里由人专门打点的应季之花开得正好。

顶着严寒，花开得十分娇艳，不畏风霜。

二人坐了片刻，淑雅公主和刘焱来了御花园。

淑雅和刘焱进了凉亭，便看到了面色含笑的叶裳和浅笑盈盈的苏风暖。淑雅不客气地撇撇嘴：“你们这样笑，让宫里工匠精心打点的花情何以堪？”

叶裳闲闲地看了她一眼，说道：“公主不是来了吗？有你对比，它们不会觉得难为情的。”

苏风暖喷笑，想着叶裳的嘴只要开口，什么时候都能毒死人。

淑雅“哼”了一声，转头对苏风暖说：“我们和解吧！对于以前之事，我向你道歉，是我看不开，看不透，不懂事。如今我想明白了，也看开了，觉得以前对你简直是无理取闹，空惹你笑话，今后再不会如此了，你也别拿以前之事笑话我了，如何？”

苏风暖看着淑雅，她一脸真诚，虽然这道歉的姿态与她公主的身份一般高高在上，但诚心却是不少。苏风暖笑着点头，对她道：“我以前倒是没笑话你，只是觉得你脑子不开窍，有些烦人而已。如今你既然想开了，好事一桩。我自然更不会笑话你。”

苏风暖觉得放下了许云初的淑雅，其实也蛮讨人喜欢的，难得生长在宫中的她没有那么多心计，这可能跟太后和皇后有关，她们两人把持着后宫，谁敢欺负淑雅？若非她痴心于许云初，这么多年定然会过得顺风顺水。

叶裳、苏风暖、淑雅、刘焱在御花园一边赏花，一边闲谈，不知不觉便到了宫宴的时辰。

几人起身，前往韶华殿参加宫宴。

有资格来参加宫宴的，只有宗室和朝中三品以上的大臣及其家眷，算起来也有数百人之多。

韶华殿布局精致，分内外格局，内可以摆酒席设宴，外可以观赏御花园美景，尤其是殿外的一片梅花，这个时节开得正好。每年的除夕宫宴，都会将地点设在韶华殿。

几人来到韶华殿时，除了皇上，众人差不多都已经到齐了。

皇上、皇后、太后、皇子公主们的席面在韶华殿的北侧，宗室一众皇亲贵裔的席面在东侧，朝中三品以上的重臣们的席面在西侧，南面是入口。

淑雅公主向皇后身边走去，刘焱如今教养在太后身边，向晋王府的席面看了一眼。晋王很精神，很喜庆，见他看过来，对他笑着点点头，刘焱便去了太后身边。

叶裳隶属于宗室，容安王府有单独的席面，苏风暖是他的未婚妻，于是，他扫了一眼，不客气地拉了她径直去了容安王府的席面前。叶家主和叶昔已经在座。

苏府的席面紧挨着王府的席面，王大学士、王夫人、苏澈和苏夫人四人紧挨着，身边带着苏驰，倒也不显冷清。四人瞅了那二人一眼，也没什么意见。

太后这时望向容安王府的席面，见叶裳和苏风暖坐在一起，怎么看怎么赏心悦目。她笑着开口："苏丫头，你到哀家近前来，让哀家好好看看你，你这气色比上次来我宫里时好上许多，看来身子骨大好了。"

苏风暖闻言伸手摸摸脸，看向叶裳。

叶裳笑着在她耳边说："自从我们……你气色的确好了很多……"

苏风暖脸一红，瞋了他一眼，站起来，走到了太后面前，看着太后，笑吟吟地说："大约是这殿里金碧辉煌的灯光映照的，太后您才看我气色好很多。如今过年嘛，人逢喜事，自然精神爽了。我看太后您的气色也比往日好呢。"

太后笑起来，转头对皇后道："你看看，我以前怎么没发现这小丫头这么会说话？"

皇后对苏风暖印象一直就不错，笑着接过话说："母后，您以后可不能再说苏小姐是小丫头了。过了年后，再有几个月，她和叶世子就要大婚了，不小了。"

太后笑着连连点头："你说得对，是不小了。你和叶世子大婚后，就是我们刘家的人了，也算是我的孙媳妇儿了。"

苏风暖见二人一唱一和，刚要开口，皇帝已经走了进来，笑着问："母后，您在说谁是您的孙媳妇儿？"

"皇上万岁，万岁，万万岁！"众人都齐声跪拜。

皇帝今日显然心情很好，笑着摆手："众卿免礼吧！今日宫宴，大家随意。"

众人起身。

太后笑着对皇帝说："我在说苏丫头，过了这个年，她和叶世子大婚后，也是我们刘家的人了，自然算是我的孙媳妇儿了。”

皇帝闻言哈哈大笑：“不错，母后说得是。”话落，他瞅着苏风暖道：“几日不见你，似是养回了些气色。”

苏风暖想着她脸色这么明显吗，一个个的都看出她气色不错了？她笑着说：“我第一次参加宫宴，难免高兴嘛，所以映衬得气色好了。”

她不由得想着，她若是真的身子好了，或许……会怀上孩子，早生贵子？真能怀上孩子，那该多好。不管是男是女，不管是长得像叶裳多些，还是像她多些，都好。

第十八章
掉入机关

皇帝来到，太后也放了苏风暖回席，舞姬鱼贯而出，片刻，整个韶华殿便一片歌舞升平。

除夕夜宴，皇帝与众人推杯换盏，把酒谈笑，殿内十分热闹，气氛融洽。

太后与皇后也与众女眷喝着果酒，谈着和乐事，一派新年的喜庆。

酒过三巡，菜过五味，皇帝忽然摆手，命散去歌舞，笑着说：“今日参加宫宴，来了许多各府的小姐，大家有什么拿手的才艺，献给朕和众位爱卿助助兴，如何？”

皇后见皇帝如此说，而且他近来虽然十分宠幸卿美人，但没将她带来参加这宫宴，心里舒坦，笑着附和说：“臣妾觉得皇上的提议甚好，中秋夜宴时因为燕北出事，搅了宫宴，小姐们都没得到皇上的赏赐呢。”

皇帝哈哈大笑：“皇后说得是！这样，今日但凡敢上前来表演才艺者，不论才艺如何，朕都有赏。”

太后笑着说：“哀家也有赏！”

皇后也点头：“本宫也有赏！”

三人话一出口，席面上的众人顿时热闹起来，小姐们纷纷与各家夫人商议表演什么才艺好。

苏风暖对展示才艺没兴趣，便依旧喝着酒，等着与众人一起欣赏。

过了片刻，许灵依第一个站起身，对皇帝福了一福，说道：“皇上，中秋夜宴时，我与苏小姐对弈棋局，当日虽然苏小姐急忙离开了，但我也知道自己棋艺不及苏小姐，近半年来，我闭门在府中钻研棋艺，自认有些长进，想再与苏小姐对弈一局。”

许云初面色一沉，当即开口：“不行！”

许灵依转头看向许云初，笑着说：“哥哥，我上次输了，承认自己棋艺不如苏小姐。这一次也不是为了非要与苏小姐争个长短，只是我爱棋成痴，天下人都知道，我只想与苏小姐再切磋一番。”

许云初沉着脸看着她：“你早先答应我什么？自己忘了吗？”

许灵依摇头：“我没忘，哥哥放心，我不过是想与苏小姐下一局棋而已。”

这时，皇帝笑着开口，说道：“上一次中秋夜宴，你们二人对弈，着实精彩。既然你又钻研半年棋艺，想必真有很大的长进了，好，朕也想看看。”话落，他看向苏风暖：“苏丫头，你虽然身子骨不好，但还是有力气下棋的吧？”

苏风暖想着，该来的看来还是要来，她想好好看看各府小姐展示才艺，看来是不成了。

叶裳冷着脸说：“许小姐，你想找我未婚妻对弈，她就一定要应你吗？你爱棋成痴，便来找她下棋，那别人都因自己的爱好来找她，她还都给脸不成？”

这话当着这么多人的面说出来，够打许灵依的脸，不给她面子了。

众人见叶世子不客气地驳回许灵依的请求，暗暗感叹。许灵依喜欢叶裳，如淑雅公主当初喜欢许云初一般，无人不知，无人不晓。在感慨叶裳和苏风暖相配的同时，又为许灵依的痴情叹息。

许灵依脸色唰地一白。

皇帝看不过去，微微训斥道：“叶裳，你说的这叫什么话？除了许小姐，朕保证，今日再没有别人来找她。下一局棋而已，累不到她。”

叶裳刚要再反驳，苏风暖伸手拉住了他袖子，笑着说：“好啊，我也想再领教领教许小姐的棋艺。”

叶裳不满，转头瞅着苏风暖。

苏风暖凑近他，压低声音说：“早先我们说好要趁此机会配合她引出背后之人，若是我不应，如何让她有机会靠近我？”

叶裳住了口。

皇帝见苏风暖应了，对叶裳笑骂道：“臭小子，这般疼着护着，小心将苏丫头宠惯坏了。她本就是个活泼的性子，以后还不翻塌了天。”

叶裳道：“反正是嫁给我，要翻塌了天，也只能是翻塌了容安王府的天，皇上放心吧。”

皇帝气笑。

小泉子带着人在大殿的中央摆上方桌，摆了棋盘。

许灵依和苏风暖离开席面，互相对坐。方桌不大，但也不小，二人隔着方桌，想擦到手也是可能的。

叶裳脸色虽然不好看，但没再阻止。

许云初看着二人，虽然知道许灵依的恨春风已经解了，但依旧不敢放松警惕。

二人落座后，许灵依十分有大家闺秀做派地对苏风暖道：“苏小姐先请！”

苏风暖随意地笑着说：“还是许小姐先请吧！”

许灵依拿起黑子，说道：“那我就不客气了。”说着，将手中的棋子落在了棋盘上。

苏风暖看了一眼，执白子，随意地落在了一处。

棋局过了一半，苏风暖发现了一件事情，许灵依的手似乎有意地避着她的手，不与她的手接触。她心里寻思着，便有意地伸手去碰许灵依，许灵依立即躲了过去，她开始不解起来。

她把玩着白子，看着许灵依，许灵依似乎真在专心致志地下棋，眉头轻蹙，似在思索斟酌。她用眼角余光扫了一眼殿内的众人，皇上、太后、皇后，以及一众人等，都看着她们对弈。整个大殿，十分安静。

叶裳在闲适地喝着酒，许云初也端着酒盏，眼睛一瞬不瞬地看着这边，神色分毫不放松，显然提着心，生怕许灵依生出什么事，酒盏里的酒被他无意识地喝光了，身边侍候的宫女立即为他斟满。林之孝也在喝着酒，脸色平静，看不出在想什么，虽然他这个二皇子刚被皇上认回，但丝毫不显得拘谨。

苏风暖收回视线，不知道许灵依在打什么算盘，她面色如常，静观其变。

一局棋落下最后一颗子时，许灵依也没做什么，结果是苏风暖胜，许灵依负。

许灵依笑着站起身，对苏风暖说："苏小姐不仅医术高绝，棋艺也一样高绝，灵依佩服，看来以后我还需要再勤加钻研，将棋之一道悟得更深，才有胜算。"

苏风暖随意一笑，说道："许小姐承让了！"

许灵依福了福身，虽然输了，但她面上没有丝毫不甘心或恼怒的表情，十分有风度地转向，向国丈府的席面走去。

苏风暖看着她离开，也缓缓起身。

众人都感慨苏风暖棋艺比许灵依精深，同时觉得许灵依这样有风度品行，虽然输了棋局，但也令人敬佩。

皇帝大笑地鼓掌："好，这一局棋下得十分精彩，你们二人都有赏！"话落，对小泉子道："小泉子，去将朕的……"

皇帝话音未落，国丈府席面方向传来一声惊呼："小国舅，您怎么了？"

皇帝的话语被打断，转头看去，众人闻言也向国丈府席面看去，只见许云初吐出一口血，倒在了地上。

皇帝大惊，立即问："怎么回事？"

国丈坐在一旁，也惊醒，着急地大喊："云初！"

"快，太医，快……"太后腾地站起身，许云初是国丈府未来支撑门庭之人，他若是出事，不只国丈府后继无人，她和皇后在后宫也再无依靠。

"孟太医！"皇后也站起身，急喊了一声，忽然想起苏风暖，立即喊："苏小姐，快去看看云初怎么了！"

苏风暖这时也看到许云初出了事，他明明刚刚还好好的，转眼便出了事，看他吐出的血是黑紫色的，显然是中了毒。她立即离开桌前，走了过去。

叶裳快速离席，三两步便来到了苏风暖的身边，伸手握住了她的手，轻轻一拂袖，打开了走在前面的许灵依，将她一下子拂出很远。他看也不看一眼，牵着苏风暖的手来到了国丈府的席面前。

苏风暖知道叶裳此举是为了防备许灵依趁机使坏，她也懒得理会，来到许云初面前后，伸手按在了他脉搏处。

皇上、太后、皇后也都来到了国丈府席面前，看着苏风暖给许云初诊脉。

许云初吐血后昏迷不醒。

苏风暖给许云初把了片刻脉后，眉头蹙紧，对他的症状似乎不得其解，又换了另外一只手，凝神探了片刻，忽然了然，对众人道："小国舅是中了……"

她刚开口，忽然一支冷箭对着她眉心处飞来，叶裳面色一寒，上前一步，伸手攥住了射来的冷箭。同一时间，许云初和苏风暖所在的地面"咔"的一声，猛地向下凹陷，顷刻间，在地面上露出一个黑洞。

苏风暖一惊，反应过来时已经来不及，与许云初一起掉进了下面的黑洞里。

有人大呼："保护皇上！"

有人大喊："云初！"

有人喊："师妹！"

叶裳接了那支冷箭之后，回转身，便看到了许云初和苏风暖掉下去的情形，他面色一变，立即扔了手中的羽箭伸手，却只够到了苏风暖一片衣角。他眼见救不得，便要跟着一起跳下。这时，黑洞忽然合上，"啪"的一声，将他的身子弹开，只听又"咔咔"数声轻响，地面恢复如常，只是不见了许云初和苏风暖的身影。

叶裳的脸唰地白了，顷刻间，他勃然大怒。

他没想到，他千小心万小心，却就在他身边，在他的眼皮子底下，有人竟然耍了这么一手，让苏风暖和许云初凭空消失不见了。

他不知道这韶华殿里何时有这等厉害的机关，而且就在国丈府这一处的席面上。

他看着恢复如常的地面，上前两步，用脚猛地跺了两下，地面纹丝不动，他寒着脸转身，扫了众人一圈，皇帝、太后、皇后、国丈等人似乎都被这一瞬间的突变惊呆了，还没反应过来。他眼光扫见许灵依站在人群外不远处，顷刻间掠到了她面前，伸手一把掐住了她的脖颈，几乎发疯地看着她怒喝："你做了什么？"

许灵依看着叶裳，因为他手下的力道太大，她脸上迅速地爬上红紫色，说不出话来。

"说！你做了什么？机关的开关在哪里？"叶裳满脸杀气地质问许灵依。

这时，皇帝、太后、皇后、国丈等人皆惊醒，都难以置信地看着眼前没了许云初和苏风暖的身影，听到叶裳震怒的话，都看向许灵依和叶裳。

苏澈和苏夫人、王大学士和王夫人，以及叶家主和叶昔等人都聚到近前来，每个人的脸色都很难看。

皇帝的脸色也很难看，毕竟这是在皇宫，在韶华殿，同样在他的眼皮子底下，连他都不知道国丈府的席面上什么时候有了机关暗器，竟然能让人凭空消失。

他同样震怒地开口："许灵依，是你做了什么吗？"

许灵依被叶裳掐住脖颈，不能喘息，说不出话来。

叶昔这时上前对叶裳说："你松开手，让她说，你这样她说不出话来。"

叶裳闻言猛地甩开了手。

许灵依身子跌倒在地，猛地咳嗽起来。

太后看着许灵依的模样，怒其不争地道："许灵依，你做了什么？你这是连自己的哥哥都想害吗？"

皇后也怒道："云初可是你的亲哥哥！你到底做了什么？快说！"

国丈指着许灵依，气得说不出话来："孽女！"

许灵依咳嗽半晌，对众人的质问听而不闻，只看着叶裳，露出又凉又冷的笑："叶世子，我说过会让你后悔的。"

叶裳眼中满是杀气，恨不得立即杀了许灵依，咬牙道："机关在哪里？"

许灵依冷笑着摇头："机关？我也不知道。"

叶裳看着她："若是不说，我就杀了你。"

许灵依笑起来："杀了我？好啊，你不杀我，我也不想活了。而且我死前还能拉上你，刚刚你掐了我脖子，碰了我，是不是？你即便现在不杀我，我也要死。我死了，你也要死。总之，杀与不杀，都是死，有你陪着我死，我也如愿了。"

叶裳怒道："你做梦！"

许灵依看着他，见他一张面如冠玉的脸上满是杀气和怒气，额头青筋在不停地跳，手也攥得青筋暴起，似乎对她极其忍耐，她越发开心："我早已经服用了恨春风，如今已经到了全身是毒的阶段，你刚刚碰了我，也会染上毒，跟我一起死。"

叶裳冷眼看着她。

许灵依转向太后，对她笑道："姑祖母，您还不知道什么叫作恨春风吧？"话落，她挽起衣袖，露出手腕，将那一朵凤尾花展现在她面前，对她道，"那日，您问我何时长了这样一朵花，我告诉您，这是我服了恨春风的缘故。"

太后怒道："云初和苏丫头当真是你动的手？你连自己的亲哥哥都害？云初对你这个妹妹何其爱护，护了一次又一次，你还是不是人？你说，恨春风是什么？"

许灵依道："这种毒，是一种很好的奇毒。服用之后，会经历三个阶段。第一个阶段像染了风寒；第二个阶段手腕处会长出一朵凤尾花，十分漂亮，像文上去的一样；第三个阶段，毒入心脉，全身都是毒，成了毒人，无论是什么人，沾身即死。"

太后面色大变，皇后惊骇，没想到世上还有这样的毒。

皇帝闻言怒问："你从哪里弄来的这种毒？"

许灵依摇摇头："我是不会说的。"

皇帝寒下脸。

国丈骇然地指着许灵依，气得几乎要晕过去："云初是你的亲哥哥啊，你……你怎么能对你亲哥哥下手？你竟然如此歹毒，服用这种毒，你……蛇蝎心肠……"

许灵依看着国丈，对他道："爷爷，我这不是害哥哥，而是在帮他。正因为他是我的亲哥哥，我才帮他。"话落，又道，"他不是喜欢苏风暖吗？今天，我就在他的酒里下了两种毒，一种毒是乱心散，一种毒是胭脂雪。他中了这两种毒，不会致命，会让他得偿所愿。"

国丈顿时明白了，脸色唰地变了，看向叶裳。

叶裳眼中迸发出浓郁的杀意，杀意淹没了他的理智，他猛地抬手，就要杀了许灵依。

叶昔立即挡住他的手，对他道："她还杀不得，要赶紧让她说出机关，救师妹。"

叶裳闻言勉强克制住，住了手，狠厉地道："说！"

许灵依看着叶裳，痴狂地笑着说："我说不知道，自然就是不知道。哪怕我死，也是不知道的。我哥哥和苏风暖会在乱心散和胭脂雪的作用下成就好事，而你和我，你即便不喜欢我，那又如何？总之你会陪着我一起死。"

叶裳阴着脸看着她，忽然也跟她一样笑了："你想死，哪有这么容易？"话落，他高喊："千寒！"

"世子！"千寒应声来到叶裳身边。

叶裳沉声吩咐："将她带去容安王府的水牢，用千百种方法折磨她，不准让她死了。"

"是！"千寒上前一步，拽起地上的许灵依，将她轻松地带出了韶华殿。

皇帝、太后、皇后、国丈，无人阻止。

皇帝在许灵依被千寒带走之后，对叶裳沉声道："你现在不立即趁机逼问出许灵依机关来，如何救小国舅和苏丫头？"

叶裳深吸一口气，压下心中翻涌的怒意，回转身，对皇帝道："凭许灵依自己，断然做不到这么精准的谋划和算计，她顶多能做到给许云初的酒里下毒，即便逼问也逼问不出机关开关来。"

皇帝闻言觉得有理，点点头。

叶裳目光扫了一圈，问道："刚刚何人对暖儿放冷箭？"

贺知这时提着一个人来到近前，这人穿着皇宫侍卫的服饰，他将之扔到了叶裳面前："是这个人。"

叶裳看了一眼，只见这个人手里拿着一把弩箭，已经断了气。

又见到弩箭，皇帝的脸色凝聚上风暴，怒道："竟然又是……"

王大学士生怕皇帝当着这么多人的面气怒之下说出湘郡王的名字，那么以后想除湘郡王就麻烦了。他立即大声开口："皇上！"

皇上心神一振，住了口。

王大学士脸色也不好看，对皇帝拱了拱手道："显而易见，这是一场精密的谋害，许灵依即便不知道机关暗器何在，她也是个关键人物。"

"她疯了！"太后这时怒道，"看看她刚刚那个样子，即便死，估计也是什么都问不出来的。"话落，她对皇帝道："韶华殿怎么会有机关？据哀家所知，当年太祖建宫时，没建这座韶华殿，这座韶华殿是后来建的，所以，韶华殿是不该有机关的啊。"

皇帝闻言，脸色更差了，他身为皇帝，一生都在这宫里，这是自己的皇宫，可是他竟然不知道韶华殿什么时候有了这等精密的机关暗道。

他看着太后道："如母后所言，朕也不知这韶华殿什么时候有了机关暗器。太祖传到朕手里的机关秘道图纸，并不包括这韶华殿。"

太后见皇帝也不知，这是挑战皇家威严之事，脸色也寒了寒。

皇宫，可谓南齐最尊贵的地方，这里是帝王所居，是文武百官、万千子民敬仰叩拜之地，可以说是天底下最固若金汤的地方。可是何时有了这么精巧的机关暗道，竟然连皇帝和太后都不知，这实在是让皇家威严扫地。

一时间，众人大气也不敢出，整个韶华殿气氛沉冷。

叶裳检查完地上那身穿皇宫侍卫服饰的死尸后，问贺知："你在哪里抓了他？"

贺知道："在韶华殿门口，他对苏小姐放冷箭的时候，可惜我到他身边时，他已经服毒自尽了。"

叶裳寒着脸道："将他也带回容安王府，将他祖宗八代的身份都查出来。"

贺知点点头，带着那人去了。

皇帝没意见，见叶裳脸色阴沉，今日这件事情，不只挑战了皇室的威严，而且对于叶裳来说更难以接受，毕竟苏风暖和许云初是一起消失的，若真如许灵依所说，许云初中了乱心散和胭脂雪的毒，与苏风暖如何了的话，那么叶裳估计会疯。

他看着叶裳，沉声开口："必须尽快救出小国舅和苏丫头，如今你有什么好办法？"

叶裳闻言，目光看向一处，答道："二皇子成长于机关暗器世家的林家，这韶华殿里的机关秘道，应该难不住二皇子。"

皇帝闻言立即看向林之孝，林之孝站在不远处，脸色也十分难看，皇帝看着他，沉声开口："对了，朕倒是忘了，你从小寄养在林家，今日出了这等事情，你在这里最好，快找出机关秘道，救出小国舅和苏丫头。"

林之孝看了叶裳一眼，对皇帝拱了拱手，说道："刚刚在叶世子逼问许小姐时，我便已经将这韶华殿检查了一圈，没有找到线索和机关。若是我判断得不错，使小国舅和苏小姐陷下去的机关开关应该不在这韶华殿，想必是在别处，被人隔着距离控制的。"

皇帝闻言皱眉："你确定？"

林之孝点头："我自小长在林家，对机关暗器之道虽然说不上十分精通，但也学到了一些。我敢肯定，这里没有开关。"

太后看着林之孝道："这里除了你，没有人懂得机关之道，二皇子确定没藏私？毕竟皇上、哀家都对你不甚了解。"

林之孝闻言，脸色平静地道："太后质疑得对，机关之术，普天之下，林家认第二，无人敢认第一，我今日又正巧在这宫宴上，出了这等事情，确实容易被人怀疑。"顿了顿，又道，"但太后您忘了，我喜欢苏小姐，即便她不喜欢我，我也断然不会想让她与小国舅成就好事。"

苏夫人这时上前，看着林之孝，对他着急地道："二皇子，既然机关暗器不在这里，那会在哪里？快去查啊。"

林之孝抿唇，对苏夫人道："偌大的皇宫，任何一处都有可能埋藏机关，想查出来，恐怕不是一时半会儿能做到之事。"

苏夫人闻言色变，看向叶裳："小裳，怎么办？若是暖儿她……她身子骨本就不好……"

叶裳沉着脸道："伯母放心，即便是死，她也不会与小国舅如何。"话落，又道，"即便掘地三尺，我也会将她找出来。她若是出事了，我陪着她一起死就是了。"

苏夫人顿时失声。

众人都看着叶裳，他在震怒得几乎发疯、险些杀了许灵依之后，终于冷静了下来。

皇帝看着叶裳和林之孝，对二人道："朕将太祖建宫时的机关秘道图纸给你们二人，你们二人一起尽快找苏丫头吧！"

太后闻言大惊，立即说："皇上，这……自古以来，机关秘道图纸只传给历代帝王，与玉玺、即位圣旨一样，是我南齐的传承之物，不能随意拿出来啊。"

皇帝闻言，脸色难看地道："母后，太祖传下来的图纸里并没有这韶华殿的机关秘道，如今就在我们日常生活的皇宫里，突然就有了这样的机关，您以为太祖留下的机关秘道图纸还有用吗？经此一事，还能留吗？"

太后闻言顿时住了口。

皇帝看着韶华殿内的众人，沉声道："此事重大，闭紧宫门，今日进宫参加宫宴之人，任何人不得外出，稍后，朕取了太祖传下来的机关秘道图纸，再回来与众位爱卿一起，就在这韶华殿守岁。"

"吾皇万岁！"众人顿时跪拜在地。

太后想着这韶华殿是不能待了，实在危险，竟然凭空出了机关暗器，将两个大活人卷进去了，若是再出点儿别的事，那还了得？她开口道："皇上，不如移到别处？这韶华殿实在是……"

皇帝摇头："就在这韶华殿！朕也要等着看，韶华殿有秘道之事，到底是怎么回事！"

太后见皇帝坚决，便住了口，她私心里也实在担心许云初，虽然许灵依说是为了让他成就好事才做出这等事情，但谁知道机关秘道下面会不会有更大的危险。许家如今就许云初这么一个子嗣，一脉单传，是国丈府和她以及皇后日后安稳荣华的希望。

于是，她也发了狠心道："好，既然皇上如此说，哀家今夜也陪着你一起在这里等着。"

皇后也道："本宫也等着！"

皇帝对二人点头，转身向外走去，对叶裳和林之孝道："你二人随朕来。"

叶裳和林之孝跟着皇帝出了韶华殿。

御书房日夜有重兵把守，算是皇宫最安全之地。皇帝来到御书房后，从暗格里取出太祖传下来的机关秘道图纸，递给了二人。

林之孝未上前去接。

叶裳看了林之孝一眼，将机关秘道图纸随意地接了过来，对林之孝沉声冷静地道："二皇子，你我先好好研究一番这张图纸。机关不可能凭空而来，想在皇宫悄无声息地建造偌大的工程，显然不可能，一定是以原有的机关秘道为依托，在其基础上，建造了这个机关。"

林之孝颔首，说道："不错，皇宫里有任何动静，都会惊动宫里的人，尤其是宫内的重重护卫。连皇上都不知道什么时候韶华殿有了机关，说明正是以原有的机关秘道为依托。"话落，又道，"也就是说，皇上这张机关秘道图纸或许曾经泄露过，也可能是皇宫的机关秘道被人暗中钻研透了。"

皇帝脸色阴沉："朕这皇宫都不安全了，这南齐还有哪里是净土和安全之地？"

叶裳道："先找人，找到人后，关于今日之事，我定然饶不了背后之人。"

皇帝对二人摆摆手："你们去吧！宫里的禁卫军由你二人全权指挥。"

叶裳颔首，看了林之孝一眼，拿着图纸出了御书房。

林之孝与叶裳一起走了出去。

皇帝在二人离开后，揉揉眉心，出了御书房，又回了韶华殿。

叶裳和林之孝出了御书房后，择了一处亮堂的地方，叶裳坐下看着林之孝："二皇子觉得，什么人能有本事以原有的机关秘道为依托，在其基础上，在韶华殿建造了这个机关？"

林之孝看着叶裳，挑眉："叶世子是在怀疑我？"

叶裳面容冷峻："若是怀疑你，如今你就不会与我在这里商议此事了。"

林之孝道："林家的机关之术，独步天下，林家先祖建造的机关，也只有林家人能参透和改造。"

叶裳点头："这就是了，那么林家谁对机关之术如此精通且有天赋呢？"

林之孝道："林家主能成为家主，于机关之道自是十分精通，上一辈除了他，再无人了。后起之秀中，便是我与林涟涟了，除了我二人，其余人不算精通。”

叶裳颔首：“那你觉得你们三人谁最可能？”

林之孝摇头：“都不可能。林家在江湖上虽然有地位，但在京城没什么地位，尤其是在皇宫，能进宫面圣一次，都算是殊荣。至于我与林涟涟，叶世子觉得以我们的年纪，能悄无声息地在皇宫建造这个机关秘道？”

叶裳道：“这就是了，林家除了你们三人，还有什么人，既能对皇宫伸出手，又能精通机关之术？”

林之孝忽然想到了什么，面色奇异地变幻了一下，紧接着抿起了嘴角。

叶裳看着他，忽然冷冷一笑：“你想到了，是不是？”话落，他摊开图纸道，“月贵妃与林家渊源极深，连与林家易子而养这等事情都做得出，学了林家的机关暗器之术也不稀奇。况且，她受皇上宠爱多年，以她的武功，想去重兵把守的御书房将先祖传下来的秘道图纸偷看、仿抄一份也不是不可能，她在皇宫多年，避人耳目改造机关秘道不算难事。”

叶裳猜测得不错，林之孝的确想到了月贵妃，他沉默片刻，开口道：“我是想到了她，可是不明白她为何将机关陷阱设在了国丈府的席面，若这件事情是她做的，如今她已经死了。她生前没用这个机关害国丈府，死后是谁在利用这个机关？”

叶裳道：“皇室和国丈府拉锯多年，白热化时，皇上恨不得将太后圈禁起来，可惜皇上生下来就体弱，登基时是依靠太后和国丈，登基亲政后，才发现国丈府已经树大根深，他撼不动国丈府的根基。皇后不才善妒，让他更恼恨，于是，他宠月贵妃，扶持月贵妃，在太子出生后，就立了月贵妃生的子嗣为太子。”顿了顿，又道，“换句话说，若是月贵妃不做这些背后的动作，她与皇上其实是一个阵营的人。”

林之孝沉默地点了点头。

叶裳又道：“月贵妃改造这个机关暗道，兴许是为了有朝一日，借此除去国丈，毕竟无论是太后，还是皇后，抑或是国丈，都不乐见月贵妃所生的太子登基。皇上以前十分恼恨国丈，若是她借此除去国丈，正中皇上下怀，想必皇上不会大加追查。只不过她没想到，自己会那么早、那么容易就死了，这个机关陷阱被与她同谋合伙的人在她死后利用了起来，做了今日之事。”

林之孝又抿起唇。

叶裳看着他：“二皇子一定知道何人是月贵妃的同谋合伙人，能知道这么秘密的机关陷阱之事，能今日在皇宫启动，一定是与月贵妃生前关系十分近之人。”

林之孝摇头：“我不知道。”

叶裳扬眉看着他：“二皇子是真的不知道，还是不愿意说？”

林之孝也看着叶裳，说道：“我喜欢苏风暖，不比你喜欢她的时间短多少，算起来也有些年了。你若是不相信我真的喜欢她，觉得我知道尽快救她的办法而不救她，那你就错了。”顿了顿，他又道，“月贵妃虽然是我的亲生母亲，但我与她全无感情，所以，知道苏风暖杀了她时，我也不那么伤心；相反，我的私心里还是将林夫人当作我母亲，所以，我不恨苏风暖，即便她不喜欢我。”

叶裳看着他的眼睛，他脸色虽然不好看，但目光诚挚，叶裳道：“所以，二皇子这是在告诉我，除了将皇宫一寸寸地排查下来，没有别的办法尽快找到机关陷阱了吗？比如通过找到月贵妃的同谋。”

林之孝摇头。

叶裳扬眉：“林家主呢？”

林之孝道：“从进京之日起，他就一直被我圈禁在了林府的宅院内，如今还在林府的宅院圈禁着，我与皇上相认之后，皇上未提对他的处置，我也未放他出来。今日之事，不会是他做的。”

叶裳又道：“那林客呢？”

林之孝又摇头：“林客自那日被你射了一箭，又大笑不止一日一夜，伤势极重，这才过去没几日，他正在林府养伤。”顿了顿，又道，“林客看着我长大，不会背着我做我不想做之事。”话落，又道，“这般算计苏姑娘，便是我不会做的事情。”

叶裳看着他：“那别人呢？比如，这京中还有谁与二皇子私下联系紧密，是有本事操作此事的？”

林之孝看着叶裳，眸光沉涌地道：“叶世子是想让我亮出我在京中依靠的底牌吗？”

叶裳道：“也无不可。”顿了顿，又道，“这件事情我会追查到底，早晚都会知道。如今问二皇子，无非是想节省时间，尽快救出暖儿。若是二皇子不说，事后我追查出来，也会将之碎尸万段，届时，即便有得罪二皇子之处，我也断然不会客气。”

林之孝闻言眉目沉暗地道：“是有一个人，是我在京中的依靠，但他是谁，我也不知道。我这样说，你可能不信，但事实就是事实。我也想等着叶世子追查出来之后看看他是谁。”

叶裳眯起眼睛。

林之孝坦然地看着叶裳：“若是叶世子信我，便别想在我这里通过捷径找出机关了，这是不可能的，因为我确实不知。我若是知道，今日的事情决计不会发生。叶世子与其花时间在这里怀疑、逼问我，不如我们合力研究一下皇上交给的机关图纸，能尽快找出来也说不定。”

叶裳看着林之孝，见他不像说假，于是，他不再言语，将皇帝给他的机关秘道图纸展开。

二人一起看向机关秘道图纸。

韶华殿是一座独立坐落在御花园的宫殿。

当初太祖建造皇宫时，并没有造这座宫殿，但后来太祖发现皇宫中没有一处专设宴席的宫殿，于是才建造了韶华殿。

选址便选在了御花园，因为这座宫殿是每逢年节用来设宴招待群臣及其家眷的，参加宫宴的人可以在外殿赏到御花园中的景色。

距离这座宫殿最近的宫殿，便是太后的慈安宫、皇后的寝宫，还有被焚毁的月贵妃的宫殿。

如今月贵妃的宫殿，已经是一片断壁残垣，这一冬的大雪也没能盖住烧得遍地都是的焦炭。

叶裳既然猜测到韶华殿的机关陷阱是月贵妃所为，自然首先就锁定了月贵妃生前所住的宫殿。他看着图纸，发现在这张太祖传下来的图纸上，月贵妃的宫殿下并没有机关秘道。

他不由得皱起了眉头。

林之孝自然也看到了，对叶裳道："皇宫修建秘道，无非是怕有朝一日宫变，在国将破、家将亡时，以供逃避祸端之用。皇上执掌江山，是至高无上之人，尤其是太祖那样的建朝先祖，他心中只装着天下，生平所爱女人是皇后，自然不会考虑妃嫔。月贵妃的妃子寝宫下没有秘道，也不奇怪。"

叶裳点头："月贵妃当年改造机关秘道时，定然是选择距离这里最近之处入手，最近，才最好改动，太远了，毕竟工程庞大，耗时也久，尤其在想要神不知鬼不觉的情况之下，太远也会十分费力。"

林之孝点头："所以，也就是太后宫和皇后宫了。这两处宫殿下都有机关秘道，都有可能。"他指着这两处，看着叶裳，"叶世子，若你是月贵妃，你选择哪一处？"

叶裳蹙眉道："皇后宫。"

林之孝笑了一下道："我猜也是，毕竟她自诩聪明，认为皇后是蠢人，在皇后的宫殿神不知鬼不觉地动手，比在太后的宫殿动手要容易得多。比起皇后，太后算是精明人。"

叶裳收起机关秘道图纸，起身，对他道："去皇后宫。"

林之孝也站起来，说道："毕竟是皇后宫，不需要请示皇上吗？"

叶裳摇头，转身便走，果断地道："不需要，皇上将禁卫军都交给你我了，出了这等大事，别说是皇后宫，就是皇上自己的寝殿，也会由得我们查的。我耽误不起。"

林之孝点头，与他一起前往皇后宫。

宫中禁卫军统接了皇命，候在不远处，见二人起身向皇后宫走去，立即带着人跟上。

皇帝出了御书房后，回了韶华殿。

韶华殿内的众人在皇帝离开后，一改早先的欢快喜庆和热热闹闹，变得异常沉寂。

太后和皇后坐在座位上，都十分担心许云初，国丈更是似乎一下子苍老了许多。他们皆没想到，他们一直珍视的许家支撑门庭的继承人，出了这等祸事，还是来自许家自己养的女儿之手。

叶家主、王大学士、苏澈、苏夫人都急得坐不住，恨不得跟着叶裳和林之孝去查。可是他们心中清楚，去再多的人，若不懂得机关之术，也是添乱。

叶昔并没有跟着叶裳和林之孝去，一是因为皇室的机关秘道图纸不能轻易被人看，这等事情，也就叶裳和林之孝能知道。二是他要守住这韶华殿，只要叶裳和林之孝找到了机关开关，那么，国丈府席面下的陷阱肯定会再度打开，他自然要第一时间下去救人。

叶裳和林之孝在紧锣密鼓地排查机关开关时，苏风暖和许云初正被关在地下的一处石室里。

苏风暖虽然早已经料到了今日除夕夜宴不会平静，但她却怎么也没有料到许云初会是那个引子。以许云初的聪明才智，他不算计别人就算了，自己被算计的时候应该极少，这回恐怕是头一次。

若是苏风暖武功绝顶之时，她自然是不惧这样的机关陷阱的，机关陷阱开启的第一时间，她就能自救，将自己弹出去。可是，她如今不只武功尽失，且身体孱弱，还不如普通人，自然没力气抗拒，只能眼睁睁地看着自己和昏迷的许云初一起掉入陷阱里。

她看到了叶裳一下子白了的脸和因为只抓住了她一片衣角而没能救到她时震怒至极的眉眼，心下十分无奈。俗话说，防贼千日，也有一失。

今日，背后之人真是连人心也算进去了。

算计到了许云初中毒，她和叶裳跟许云初的交情深，自然会第一时间赶到他面前给他诊脉；算计到了对她放冷箭，叶裳一定不会坐视不理，而会出手接箭；算计到了在他接箭的空隙，机关开启，他再没多余的时间来救她。

这般紧密的算计，连她都不得不感叹。

耳边“咔咔”作响，她和许云初掉入了一片黑暗里，她还没来得及看清地方，身子便被一个类似沙袋的东西打中，随着沙袋打向的方向飞去。

紧接着，她又被打了几次，每次都打中身体的不同部位，将她打得头晕目眩。

苏风暖被打了五次之后，终于在“咔”的一声中停了下来，她和许云初一起掉在了地面上，发出“砰”“砰”两声闷响。

苏风暖被打得头晕，躺在地上半响才睁开眼睛。

她睁开眼睛后，发现这是一处石室，室内有一小颗夜明珠。虽然这颗夜明珠不大，但将这处石室照得十分明亮。

除了这颗夜明珠，再无别物。

石室的地面十分干净，像经常有人打扫，没有尘土。

她又看向许云初，见他手指动了动，似有苏醒的征兆。他早先昏迷，想必是突然被大力打了几下，将他打醒了。

她慢慢地坐起来，感觉被打得浑身疼。

许云初睁开眼睛后，自然第一时间便看到了他旁边正挣扎着起身的苏风暖，他一双眸子现出迷茫之色，紧接着，便渐渐泛红。

苏风暖看着许云初，想着乱心散和胭脂雪两种毒合在一起，不知道是什么人想出的主意。

乱心散是能乱人心神之药，两个时辰内有效，药效过后便恢复正常，但在这两个时辰之内，会让人心神大乱，不受控制，激发心底的渴望，以前一直不敢做的事会在乱心散的作用下被催动。

而胭脂雪则是天下最强最烈的春药，可以说，除了女人，无解。

她看着许云初，一时间没说话，想着早先他在大殿内吐血昏迷，应该是自己运功抵抗过了，可是这两种毒都是越运功越会发作得剧烈。

许云初看着她，眸内涌上浓浓的火色，须臾，他坐起身，伸手去够苏风暖，带着几丝不确定，沙哑着嗓音道："苏……姑娘？"

苏风暖避开他的手，冷静地点头："嗯，是我。"

许云初手抓了个空，复又伸手向她抓来："是你……我……"

苏风暖抿唇，依旧避开他的手，异常冷静地说："你中了乱心散和胭脂雪。"

许云初连抓了两次都没够到苏风暖，不由得起身，向她挪了一步，又伸手向她抓来。

苏风暖后退了一步，脑中飞速地想着怎么化解当前这般状况，敲晕许云初？可是他已经醒来了，不知道以她如今这般没力气，能不能抬手将他敲晕。他虽然服了乱心散和胭脂雪，但是没失去武功，她不见得能敲晕他，即便能敲晕他，那么敲晕他之后呢？即便乱心散之毒两个时辰后解了，可是胭脂雪之毒只有女人才能解。

叶裳在知道她出事后，一定会想办法救她，可是她若是没猜错，找出这个密室不容易，应该不会太快。

许云初早先运功抵抗过，看他如今这个模样，胭脂雪的毒若是不解，顶多能支撑两个时辰。

也就是说，两个时辰后，她即便能将他打晕，若是没有女人给他解毒，他也会爆体身亡。

她是女人没错，是解药也没错，可是她即便是死，也是断然不能给许云初解这个毒的。

她一边思索着，一边抿着嘴角后退。

许云初却向她一点点儿靠近，抓了几次都抓不到她，他显然已经有些耐性不足了。于是，他猛地探身，伸手快速拽住了苏风暖的手。

苏风暖暗暗心底一寒，顿时清喝："许云初！"

许云初猛地摇了一下头，似乎要驱走什么，但他似乎驱不走，摇了几下头之后，一双火红的眸子依旧看着苏风暖。

苏风暖感觉被他抓住的手腕的手烫得让人发疼，几乎能将她手腕的肌肤灼伤，她咬牙冷声道："你松开我，我给你拿药。"

许云初看着她，不言语，却猛地一拽，将她拽到了怀里。

隔着衣服，苏风暖还是感觉到许云初全身如火炉般烫得吓人。他抱着她的手臂如两只火钳，几乎要将她烧着，她抬手，照他的头猛地拍了一下。

这一拍，她几乎用尽了全身的力气。

奈何许云初一动不动，一双眸子紧紧地看着怀里的她，温香软玉在怀，又是埋在心底最深处喜欢的人儿，他低下头去吻她。

苏风暖面色一变，推拒不动，大喝："许云初，你敢！"

这一声大喝，几乎是她长这么大以来发出的最大、最震怒的声音，震得她自己的耳膜都生疼。

许云初似乎听进去了，身子猛地一僵。

苏风暖趁机猛地用力要推开他，可惜许云初抱着她的手臂力道十分大，她竟然推拒不动，她咬紧牙关，对他道："我说的话你听见了吗？你服了乱心散和胭脂雪，放开我，我给你拿药。"

许云初忽然闭上了眼睛，面上现出浓浓的挣扎之色，片刻，他似乎用了很大的力气，猛地松手，推开了她。

这一回，他听进去了。

苏风暖得到自由，伸手入怀，拿出一瓶药，看了一眼，咬牙取出一颗，抛给他："接住。"

许云初伸手接住，毫不犹豫地吞进了嘴里。

苏风暖看着他将药扔进嘴里，微微地松了一口气。她身上虽然带着好药无数——无论是毒药，还是救人的药，但没有能解乱心散和胭脂雪这两种毒的。唯一能抑制片刻这两种毒的药是清心丹，但这两种毒被他早先运功催发得这么猛烈霸道，清心丹估计连半盏茶的时间都挺不过。

不过能让他清醒片刻也好，也让她趁机再想想办法。

果然，吞下药不多时，许云初睁开眼睛，虽然眼里还是泛着红色的火光，但好在人清醒了。

他看着苏风暖，沙哑地开口："苏姑娘，你……我们……这是……"

苏风暖冷静快速地对他道："你在除夕宫宴上吐血昏倒，我给你诊脉时，国丈府席面所在的地面突然出现了机关陷阱，你我一起掉了下来。这里你也看到了，我们落身之处就是这一处石室，没有开启的机关，没有人救的话，我们应该没办法出去。"话落，又道，"你服了乱心散和胭脂雪，不用我说，这两种毒你也知道是什么毒。我刚给你服了一颗清心丹，你大约只能清醒半盏茶的时间。"

许云初闻言，潮红的面色大变。

苏风暖对他道："如今这种状况，考虑是什么人害你，并以你做引子害我，都没什么意义，我们只能尽快想办法抑制你体内的两种毒。"话落，又道，"毕竟这里除了我，再没别的女人，我没办法给你弄来别的女人解毒。"

许云初闻言看着她，目光明明灭灭。

苏风暖知道清心丹也不过是让他心地澄明，两种毒被暂时压制，但还在乱他心神和身体。她一字一句道："我从小到大，心里装着的唯叶裳一人，我是不可能给你解毒的。哪怕我们在燕北对抗北周时有着过命的交情，我也做不到为你献身。"

许云初忽然又闭上了眼睛。

苏风暖说完这一番话，觉得自己已经将情况说清楚了，便住了口。

许云初闭上眼睛后，便一动不动地坐在那里，一言不发，不知道在想什么。

苏风暖看着他，觉得她让他清醒，也不过是给他一个自己选择的机会而已，他是聪明人，明白既无解药，她又不可能以身作药给他解毒，那么他还能有什么办法抑制身体内的毒？

如果他丢开君子风度品行扑过来，强行将她如何，那么这时的她一定无力反抗。

抑或，他将自己敲晕，等着人及时来救，出去后，找个女人做解药。若是叶裳来得快，他就得救了；若是叶裳来得没那么及时，他只能在昏厥中爆体而亡。

无论是哪一种，都是残忍的。

时间一点点过去，许云初一动不动地坐着，苏风暖可以清晰地看到他指尖在颤抖。

她知道除了清心丹的作用，他在用强大的意志力支撑着自己不向她扑过来，她抿起嘴角，有些不忍心，但无论有多么不忍心，她心中比谁都清楚，除了叶裳，她是不可能让任何男子近身亲密的，哪怕是许云初。

就算是死，她也做不到。

心若是给了一个人，爱深情切，至死都会为他守身如玉。

片刻后，许云初睁开眼睛，抬起头，看着苏风暖，眼底一片火光，几乎盖住了他往日温润清透平和的眸光，他动了动嘴角，沙哑着嗓音开口："我知道姑娘与叶世子两情相悦，我即便中了乱心散和胭脂雪，也不该乘人之危。我……你杀了我吧。"

苏风暖心下一悸，不由得动容。

许云初复又闭上眼睛，艰难地说："我是喜欢你没错，不知不觉中，恐怕不止喜欢这么简单了。从燕北回来后，我一直克制着自己，只要你与叶世子互相倾心，顺利大婚，我便不多求，没想到竟然被人……下了这两种药……"

苏风暖看着他，一时说不出话来。

许云初继续道："既然是在除夕宫宴发生这等事情，恐怕被人谋算不是一日两日了，叶世子一时半会儿不见得能破解了机关。我连一盏茶的时间都支撑不住，遑论等上几个时辰。我做不到，万一我失去神志伤了你，那么，于你，于我，于叶世子，都不是什么好事，定然会毁了我们三个人的一生。虽然我喜欢你，但我还不想作这个孽。”

苏风暖唇瓣抿成一线，不语。

许云初开口的声音越发艰难，扶着地的手掌渐渐攥成拳，又道：“爆体而亡实在太难看了，在我还没彻底发作时，你杀了我吧。最起码，死在你的手里，我也死而无憾。而且你趁着现在杀了我，我的死相也能好看些。”

苏风暖看着他，这是用了多么大的意志力才能挣扎着说出这番话来？在这样的境地下，不是想着将她如何，而是想让她将他杀了，天下人传扬他谦谦君子，真是实至名归。

许云初又睁开眼睛看了苏风暖一眼，透过红红的火光，似乎要将她永远记住。须臾，他又闭上眼睛：“姑娘，动手吧！”

苏风暖怎么可能下得去手？她虽然自认冷心冷血、冷情冷性，但也算是个至情至性之人。若是许云初不顾一切地丢失了君子风度向她扑过来，她为了保住清白，兴许还真能下得去手。可是如今他克制着自己，亲口说让她杀他，但凡是个有血有肉的人，就做不到。

“姑娘？”许云初等了片刻，没等到苏风暖的动作，不由得睁开眼睛看着她。

苏风暖看到他一双眸子又彻底红了，半盏茶时间已经到了，他体内的两种毒显然又到了催发的边缘。她咬着牙摇头：“燕北之战后，我对你虽然无爱慕之心，但早已经将你引为知己，做不到杀你。”

许云初闻言，用指甲划破手心，鲜血直流的刺痛让他尽可能地保持着清醒，他惨笑道：“得姑娘引为知己，云初死而无憾。既然你下不去手，我自己下手好了。”

话落，他将拳头抬起，伸开，满手鲜血中，忽然照着自己的天灵盖劈去。

苏风暖面色大变，一时间咬破了唇角，鲜血的味道刺激着她的感官，她心底一片苍凉。

为了她的清白，他以自杀保她，保他自己。

于是，她猛地起身，三两步便到了他面前，一把攥住了他手腕，对他轻喝：“且慢！”

许云初的手掌已经到了自己的天灵盖，他抱着必死之心，下的力道自然极大，苏风暖猛地攥住他手腕时，被他的气劲带得身子向前栽去，二人一起倒在了地上。

许云初睁开眼睛，一双火红的眸子有些怔然地看着苏风暖。

苏风暖快速地说：“我下不去手杀你，也做不到看着你就这样死去。若你为保我清白，就这样死在这里，即便等到叶裳将我救出去，我这一辈子也会良心不安。”话落，她咬牙果决地道，“我们两个一起掉进这密室里，无论是活着，还是死，我们都该各占一半的比例，方才公平。你为了我而死，这不公平。所以，我觉得不如这样，要活，我们两个一起活；要死，就一起死好了。谁也不必担负谁的性命，以后漫漫长夜，也免得谁为谁不安于世。”

许云初怔怔地看着她，火红的眸底涌上些许水渍，他哑声道：“我心甘情愿，姑娘不必良心不安。”

苏风暖道：“你心甘情愿是你的事，我良心不安恐怕自己也控制不了。”话落，她下定决心，对他道，“我体内住着一座寒冰窟，连叶裳体内独霸天下的热毒都能解了，还怕区区乱心散和胭脂雪？你敢不敢试试？”

许云初因为身体汹涌的火意涌上来，使得他额头滚落大滴的汗珠子，他艰难地道：“我连死都不怕，何况试着解毒？只是姑娘你明明可以不必管我……只等着叶世子找到你就好了……若是万一……你与我一起死了……那叶世子他……”

苏风暖眸光坚定地道：“叶裳知道我们清白地死在一起，必不会怨我，他定能理解我，大不了我在黄泉路上等着他。”

许云初的身子轻轻战栗，看着她，忽然伸手将她软软的身子抱住，紧紧地抱在怀里，艰涩沙哑地道：“好，我听你的。”

苏风暖任他抱在怀里，慢慢地调动体内被她刻意以神思压制在心底的寒气。

有过前几次寒冰外泄的经验，她很快便找到了将寒冰催发的引子，须臾，她可以清晰地感觉到身体四肢百骸的经络冲破了寒雾，快速结冰，她不再刻意地压制，而是任它外泄。

片刻间，她的衣服便结了一层冰。

许云初抱着苏风暖，他烫如火炉的身体紧贴着她，即便神志已经不清醒，不受他控制，但他还是很快就感觉到了让他舒服的凉意。这凉意自然来自苏风暖。

他如一个久在沙漠里的人，贪婪地吸纳这种凉意，于是，他的手臂不自觉地将苏风暖抱得更紧，似乎要将她融入身体里。

苏风暖闭着眼睛，任体内的寒意通过奇经八脉汹涌而出，她可以清晰地感觉到，不受压制的寒气如洪水终于找到闸口，倾泻而下。

寒冰溢出体外后，第一时间接触到了许云初的身子，顷刻间便被他的火热烫化了。

苏风暖也不知道这种方法能不能解掉许云初中的乱心散和胭脂雪之毒，更不知道自己催发体内这座寒冰窟的后果是什么。但她清楚一点，若是这样死去，她也不后悔。

人世间除了爱情，还有别的，不能倾心相许，也有愿为知己者死的交情。

她和许云初，便属于后者。

于是，她安静地任由许云初抱着，清晰地感觉体内汹涌而出的寒冰，如暴风一般席卷了她，寒冰外溢的速度越来越快，许云初体内的火热融化寒冰的速度终是不及寒冰外溢的速度。半个时辰后，许云初的身上也结了寒冰，一个时辰后，他们二人便如一个人一般，被寒冰包住，如蚕蛹一般，被裹成了厚厚的冰茧，二人被封在了冰里。

第十九章
春风化寒

外溢的寒冰汹涌如潮，在二人都被寒冰给封住时，苏风暖想收势，寒气却不受她控制了。

索性，她将一切都交给自己的身体，任其变化，听天由命了。

许云初被苏风暖身上的寒冰之气笼罩之后，便感觉身体的火热在一寸寸消退，待寒冰之气侵入他五脏六腑，他感觉如被冰泉之水洗礼一般，通身舒畅。

乱心散和胭脂雪在极致的寒冰之气下，不堪一击，一个时辰后，他觉得自己的毒解了。

可是通体舒畅之后，他便感觉到了入骨的冷意。

他能感受到苏风暖体内的寒气似乎依旧在源源不断地外溢，他的眼睫毛被寒冰封住，眼睛睁不开，他想张嘴说话，嘴巴似乎也被冰封住，张不开，似乎她体内的寒气要将她和他彻底冰封。

渐渐地，他感觉她和他被寒冰之气打造的一副冰棺罩住了，可能会就这样被冻死。他想着若是这样死去，应该是一件很好的事情，能和她这样死去，也是几辈子修来的福分了。

他不知不觉，在脑中想了很多很多，越想越平静，越想越觉得这一刻便是他的天荒地老了。

时间一点点过去，不知道过了多久，四周没有声音，许云初仅剩下心脏有细微的跳动了，他的大脑渐渐地一片空白，想不起任何东西了，几乎连她的模样都想不起了。

就在这时，他听到耳边传来她细微虚弱的声音："许云初，别睡，不准睡。"

这声音极细、极轻柔、极虚弱，似乎就在他耳边，第一次他恍惚以为自己出现了幻觉，直到她喊第二次时，他才清晰地觉得是她的声音，他想说话，可是一个字也说不出来。

苏风暖喊了两声之后，没得到回应，她似乎着急起来，又虚弱地说："许云初，你还醒着吗？你还没死吧？你……你会传音入密吗？你若是会，吱一声。"

许云初这次听清了她的声音，他怔愣了好一会儿，费力地调动内息，发现他的内息似乎也被冰封了。他试了几次，才勉强调动一丝，极其轻浅，让他只能发出"嗯"的一声。

苏风暖却听清了，她既虚弱又惊喜地道："太好了，你还有气，你没死就好。"

许云初想再说话，却调不动内息了，整个身体如被大山压着，纹丝不动，像被冰封的化石，连"嗯"一声的力气也没有了。

苏风暖又虚弱地说："你是不是调不动内息，没办法回应我？我教给你一门功法。"话落，她便低声将望帝山的一门调动内息的功法教给了许云初。说完之后，苏风暖对他说："你慢慢试试，一定要试。我们如今被寒冰封着，我没有力气，没办法破除冰封，所以，你必须自救。"

许云初听得清楚，他本就聪明，一遍就记住了。

苏风暖怕他记不住，又重复了一遍，说完之后，对他说："只要你按照我说的这门功法慢慢地尝试调动内息，就能保住心脉不被寒冰封死。那么，或许我们能等到人来救，或许我能想到办法破除冰封。"

由生到死，由死到生，许云初觉得都不过是他的一念之间，每次，在他抱定必死之心时，她都会给他生的希望。

若是能活着，自然好；若是就这样死了，下一世，兴许他与她就再不相识了。

于是，他按照她教给他的内息功法，开始慢慢调动内息。

望帝山的功法果然与天下诸多门派不同，在这样几乎全身都被冰封住的境况下，他竟然真的可以慢慢地调动内息了。

一丝丝的内息，不是聚在丹田，而是慢慢地凝聚到心脉，在心脉处汇聚成一个保护圈。

又过了许久，苏风暖低声在他耳边喊："许云初，成了吗？"

许云初试着调动内息对她使用传音入密之法，艰难地吐出两个字："成了。"

苏风暖的声音微带着一丝笑意说："这一次，我们俩能大难不死的话，必有后福。"

许云初被她的笑声感染，心底也溢出一丝喜悦，声音也微带了一丝暖暖的笑意："嗯。"

苏风暖对他说："不知过了多久了，有没有一夜，这冰怕是将这处石室都封住了吧？"

许云初道："应该没有一夜，我感觉没多久。冰应该将这处石室都封住了。"

"我却感觉好久了呢。"苏风暖听他话语说得艰难，不像她这么随意，对他说，"你别说话了，保存力气吧。我如今还破不了这冰封，怕是还要想想办法，才能破除它。"

许云初忽然说："你……的武功……恢复了吗？"

苏风暖闻言，笑吟吟地说："应该是恢复了呢。只不过压着我们的冰层太厚了，若是冰层封锁了整个石室，凭我有天大的本事，也是破不出的，毕竟这座石室应该是由重达千斤的石头砌成的。破除冰层相当于把这石室也破开，神仙估计也没这功力，这样的话，只能等着叶裳来救了。"

许云初忽然笑着说："这样说来，若是得救，你应该没有性命之忧了。"

苏风暖笑着说："因祸得福吧！"

苏风暖又说："待出去后，查出谋算我们之人，我要好好谢谢他。"

许云初沉默片刻说："我在宫宴上应该是饮了毒酒，因为我只喝了酒。而唯一可能对我下毒之人，是我妹妹许灵依。"

苏风暖早已经想到了，能害到许云初的人，一个是他爷爷，一个是他妹妹。他爷爷自然不可能，只有他妹妹了。痴狂成疯的人，什么事情都做得出来。

她轻轻叹了口气，说道："这样的妹妹，不要也罢。"

许云初点头，没有丝毫情绪地说："的确不要也罢，以后我再没有妹妹了。"

诚如苏风暖所料，二人所处的这处石室已经被冰填满封住，不留一丝空隙。

苏风暖即便知道自己恢复了武功，能清晰地感应到她被冰封了许久的脉络复苏了，也没办法破除冰封。

她试了许久，最终还是撼不动冰封二人的寒冰，只能无奈地放弃。

她怕许云初出事，每过一会儿便喊他一声，拉着他说两句话。

许云初听到苏风暖与他说话时，他便回应两句；在她不与他说话时，他便按照她教给他调动内息的功法，慢慢地让内息从心脉处向外扩散，让内息顺着经脉艰难地外移，以缓解他冻得已经麻木到没有知觉的身体。

二人就这样，不知道又过了多久。

四周十分安静，半丝声音不闻，这样安静的空间里，让人很想沉睡。

但是苏风暖不敢睡，她怕一睡觉，便永远醒不了了，于是，她也警告许云初，哪怕再想睡，也不准睡。

许云初自然是知道的，轻轻应声，让她放心："只要你不睡，我便不睡。"

时间又过了很久。

苏风暖问道："你如今的内息游走到哪里了？"

许云初回说："心脉到丹田之处，其余地方便不行了。"

苏风暖当即道："这样下去不行，我怕等叶裳将我们救出去的时候，你的两只胳膊和双腿因长久冻住血液不通废了。"

许云初道："可是目前也没有别的办法。"

苏风暖道："让我想想。"

过了片刻，苏风暖说："我有一个办法，可以一试。"

许云初问："什么办法？"

苏风暖道："我破不出这冻住我们的冰，是因为太厚了，又因为石室阻隔，增加了它的坚固，是不是可以试着将我们周身的冰化去？只要我们周遭能划出一小块空间，你的胳膊和腿就得救了。"

许云初道："可以吗？"

苏风暖咬牙说："我试试。"

于是，苏风暖尝试着调动内息游走四肢百骸，试图化去她和许云初周遭压着的寒冰。

许云初静静地等着。

又不知过了多久，许云初忽然感觉睫毛处和嘴唇处似乎品尝到了水的滋味，他顿时心神大振，但不敢开口打扰她。

又过了片刻，他感觉自己的整张脸都湿润了，满是水渍，他心下微颤，尝试着睁开眼睛，眼前雾蒙蒙的，可是他还是透过水光，看到了冰封二人的冰层，霜白色的冰，如一副水晶棺，十分的厚重。

他眨了眨眼睛，便清晰地看到他将苏风暖抱在怀里，她的头枕在他的臂弯处，头上的朱钗早已经滑落，她一头青丝也被冻在了冰里。她的头微低着，埋在他胸前，他看不清她的脸，但可以想象当时被他抱住时，她抱着两人同生同死的决心，她的唇角应该是紧紧抿着的。

他以传音入密对她说："我能睁开眼睛了。"

苏风暖"嗯"了一声，对他说："能睁开眼睛，应该也能张开嘴了，不会说话了吗？不必用传音入密了。"

许云初恍然，慢慢地张开有些冷木僵硬的嘴角，对她说："能说了。"

苏风暖弯起嘴角，对他说："我歇一会儿再继续，顶多再用一个时辰，我就能给我们化出容身的地方。"

苏风暖静静地喘，歇息了片刻，便又开始运功，一周天、两周天、三周天……吸纳功法不停地在她身体的奇经八脉运转游走，一丝丝，一毫毫，一寸寸，吸附周遭的寒冰之气。

果然如她所说，一个时辰后，两人周身的寒冰化成了水，冰封住的身子脱离出了冰层。

许云初惊喜地道："成了。"

苏风暖不敢动，因为许云初的手臂还在紧紧地抱着她，她怕自己一动，将他冻得僵木的胳膊折断，她长长地舒了一口气，问道："你试试，觉得自己哪里不能动？"

许云初试了一下，对她无奈地说："整个身子似乎都不能动，连头都动不了，没有知觉。"

她道："先别急，等我慢慢帮你。"

许云初应声："嗯，不急。"

苏风暖虽然不能强硬地挪动他的胳膊和腿以及身子，但是可以细微地动自己的手脚，于是，她慢慢地将放在自己身侧的手一寸寸地挪到了许云初腹部，手掌摊开，轻轻地覆在他的丹田处，对他道："我现在运功调动内息进入你的身体里，你放松自己，你的内息不要与我的内息硬撞，安稳地在心脉处待着，我以我的内息来疏通你体内的奇经八脉。"

许云初应了一声。

这个时间，是漫长的。

许云初睁着眼睛，看着冰棺顶上，那颗镶嵌在石壁上的夜明珠不受寒冰影响，散发着清白的亮光，将冰棺照得晶莹锃亮。

他能清晰地感觉到苏风暖的内息带着丝丝的绵柔之力，所过之处，如春风一般，抚平他奇经八脉的冰霜雪寒。

他想着，他这一生虽不能得她倾慕相爱，但能得她如此相待，也是值了。

时间一刻一刻过去，不知过了多久，他感觉自己的双腿、双臂和头部都有了知觉，惊喜地道：“我的双腿、双臂和头部都有知觉了。”

苏风暖额头大颗的汗珠子滚落，她声音中带着一丝得意的盈盈笑意：“自然，我的功力不能白费。”

苏风暖撤回放在他丹田处的手，抹了抹额头的汗，对他说：“你的身体怕是会落下寒疾，以后天寒时节，便会痛入骨髓，等出去之后，我想办法慢慢帮你治吧。”

许云初轻声说：“寒疾不怕，如今我已经觉得上天十分厚爱我了。”

困在石室和冰棺里的两个人不知已经过了多久，外面的叶裳和林之孝依旧在锲而不舍地找机关开关。

二人依照早先的推测，去了皇后宫，不放过一丝一毫一地连寝床都搜查了一遍，宫内的一花一草、一树一木，都没落下，可是搜查了整整两个时辰，一无所获。

二人出了皇后宫后，叶裳的脸色已经十分难看，他摊开手里拿着的图纸，对林之孝道：“怎么会没有？”

林之孝沉声说：“韶华殿的机关暗道绝对是从这里接过去的，但开启的机关应该是留在了别处。”

叶裳道：“你觉得会留在哪里？”

林之孝摇头：“皇后宫里若是没有，偌大的皇宫，留在哪里都有可能。”

叶裳面色阴沉，但只能耐着性子保持理智地推想：“以月贵妃的脾性，这么多年来，她在皇室和国丈府的夹缝中兴风作浪，对她来说，最危险的地方反而最安全。这皇宫里，哪里对她来说最危险？”

林之孝道：“太后宫吧！她虽然不敢在太后宫里有动作，但是设置改动小小的机关，应该轻而易举。”

叶裳道：“走，去太后宫。”

二人一起带着禁卫军去了太后宫。

可是两个时辰后，二人从太后宫里出来，依旧一无所获。

如今距离苏风暖和许云初掉入那个陷阱已经过去四个时辰了，已经到了子夜。

叶裳的脸色被寒风一打，又寒了一层。

林之孝道：“皇后宫和太后宫都没有，兴许是在帝寝殿或者是……”他想到一处，住了口。

叶裳接过他的话，说道："御书房。"

林之孝道："这两处地方，轻易搜不得。"

叶裳顾不得了，耽误一时，苏风暖和许云初便多一分危险，他立即果断地对身后跟着的禁卫军统领道："张统领，你前去韶华殿请旨，我和二皇子搜查帝寝殿和御书房。"

张统领一惊，见叶裳断然决定，不敢再耽搁，立即去了。

韶华殿内，皇帝、太后、皇后以及满朝文武官员一众人等一起在守岁，顺便等着叶裳和林之孝的消息。

这时，禁卫军张统领前来请旨，说叶世子和二皇子恳请皇上准许搜查帝寝殿和御书房。

帝寝殿和御书房是天子作息及处理政务之地，何其尊贵和重要，历朝历代没有谁敢搜查天子居所和御书房，这是挑战皇上的天威。

群臣闻言大惊。

但皇帝却果断干脆地道："准！"

张统领得了皇上准许，飞速奔向帝寝殿。

来到帝寝殿后，叶裳和林之孝被看守在帝寝殿的大内护卫拦在帝寝殿门口，张统领老远便喊："皇上有旨，准叶世子和二皇子搜查帝寝殿和御书房。"

帝寝殿外的护卫顿时跪地让开，叶裳和林之孝带着人进了帝寝殿。

两个时辰后，他们一无所获，从帝寝殿出来前往御书房。

又过了两个时辰，二人从御书房出来，依旧一无所获。

叶裳的脸已经不能用黑来形容了，几乎成了焦炭。

林之孝的脸色也十分沉冷难看，对叶裳道："难道我们要搜查整个皇宫不成？"

叶裳站在御书房外，看着泛白的天空，任清冷的风如刀子一般吹着他的脸，单薄的衣衫在冷风中摆动，周身染上了浓浓的霜寒之色，他没回答林之孝的话。

过了片刻，叶裳从天空中收回视线，冷冽地说："开启韶华殿陷阱的机关一定不在皇宫。"

林之孝顿惊："不在皇宫？那在哪里？"

叶裳抿唇，冷冷地说："太后宫、皇后宫、帝寝殿、御书房这四个最可能之处都没有的话，便不在皇宫。若是我所料不错，开启的机关在国丈府。"

林之孝彻底怔住了："怎么可能？"

放眼宫外，各府林立，国丈府绝对不是距离皇宫最近的一座府邸。

寻常来说，机关暗道的开关一定是在机关暗道的最近之处，可是林家的机关暗道之术独步天下，自然能做到将机关暗道和开关分离，不放在最近之处，但即便再远，也不该远到宫外的国丈府。

叶裳脸色冷峻地道："我相信就在国丈府，出宫去国丈府。"

林之孝看着他，见他说完这句话之后，已经快步下了台阶，于是抬步跟上，对他说："叶世子因何肯定在国丈府？"

叶裳道："因为国舅夫人。"

林之孝一怔。

叶裳道："我想到了月贵妃，却将许云初的娘给忘了。她和月贵妃是同门师姐妹，一直以来，月贵妃都是通过她和宫外联络。韶华殿的秘道既然是在月贵妃生前改造的，那么，也就是在国舅夫人生前。设想，国丈多年来与皇上拔河拉锯，无暇理会国丈府内院之事，国舅早殇，国丈府内院之事由她做主。这京城还有什么地方比在自家府宅内挖秘道更容易做到掩人耳目？"

林之孝彻底怔然。

叶裳头也不回地说："就在国丈府。"

林之孝惊异半晌，快步跟上叶裳，对他道："搜查国丈府是不是也该请示皇上，知会国丈？"

叶裳吩咐："张统领，去请旨。"

皇帝、太后、皇后、国丈等一众朝臣一直等了一夜，直到天际泛白，都没有消息。

国丈早已经等得焦急，忍不住在韶华殿内来回走。太后和皇后也十分焦急，王大学士和王夫人、苏澈和苏夫人、叶家主和叶昔更是提着心，毕竟苏风暖连武功都没有了。随着时间一点点过去，他们的心也越来越沉。

张统领来到韶华殿时，皇帝也坐不住了，想去看看叶裳和林之孝到底是怎么查的，为何至今还没有消息。见到张统领进来，不待他跪拜，皇帝便急切地开口问："如何了？是不是有了消息？"

张统领拱手道："回皇上，叶世子和小国舅查了太后宫、皇后宫、帝寝殿、御书房四处，皆一无所获。如今叶世子猜测，开启的机关不在皇宫内，在宫外。"话落，他看向国丈，沉声道，"叶世子和二皇子命卑职前来请旨，搜查国丈府。"

皇帝一怔。

太后顿时惊异："不在宫内？怎么会在国丈府？"

皇后断然道："不可能，怎么会在国丈府？国丈府距离皇宫这么远……"

国丈也当即道："国丈府没有机关秘道。"

张统领沉声道："叶世子猜测，月贵妃和国舅夫人是同门师姐妹，国舅夫人在世时，国丈府内院一应琐事都是国舅夫人掌管，没有什么地方比在她的居所动作更能掩人耳目。"

皇帝闻言，顿时寒了脸。

太后、皇后、国丈一时间面面相觑，他们都将国舅夫人给忘了。

国丈想到当日在天牢里，国舅夫人说了一番话后死去的模样，他立即道："皇上，老臣请旨回府跟着叶世子和二皇子一起彻查。”

皇帝闻言摆手：“去吧！”

国丈连忙向外走去。

皇帝对张统领道：“告诉叶裳和刘孝，国丈府若是搜查不到，不管他们搜查哪里，都不必再请旨了。随便搜查，朕都准了。”

“是。”张统领连忙退出了韶华殿。

皇帝在国丈和张统领离开后，对太后道：“母后若是累了，回宫去歇着吧，朕在这里再等等。”

太后摇头：“哀家不累。”

皇帝又看向韶华殿的众人，将朝臣一直困在这韶华殿总不是办法。朝不运作，国难以安，于是，皇帝对众位朝中大臣和家眷道：“辛苦众卿陪朕一起在这里守岁了。再等一个时辰，宫门开启，众卿便都出宫吧。”

众人连忙道：“臣等不辛苦。”

王叔，你年纪大了，朕着人安排你去暖阁休息？”

上，老臣不累，小国舅和苏小姐一时救不出来，老臣也一

她已经是容安王府的准世子妃了。”

言语。

军很快就出了皇宫，在国丈和张统领刚踏出宫门时，他

搜查了。

到数日，许云初命人封了国舅夫人的院落。

子和二皇子带着禁卫军前来国丈府搜查，曾经经历了一

事情后，人人惊惶。府卫更不敢拦阻禁卫军，二人畅通

迹。

你的猜测是错的？”

院落。”叶裳断然道，“国舅夫人毕竟是许云初的母

，隔三岔五也要来给她请安。但他妹妹之处，毕竟是

哥能随意出入，但唯有一处他定然不会随意进出，就

那我们快些过去。”

二人一起带着人去了许灵依的院落。

这时，国丈已经回了府，赶到了国舅夫人院落后，那二人恰巧刚刚离开去了许灵依的院落，他又追去了许灵依的院落。

果然，在许灵依的闺房床底下，找到了机关暗道。

林之孝自小长在林家，精通林家的机关暗道，他立即探查了一番，打开了机关，在许灵依的床底下现出一条秘道来。他转头看向叶裳，惊喜地道："果然在这里。"

叶裳二话不说，跳了进去。

林之孝一怔，也立即跟了下去。

国丈看着那条黑洞洞的秘道，气血上涌："没想到真的在国丈府……家门不幸啊。"话落，他也要跳下去。

张统领连忙拦住他："国丈，您年岁大了，让卑职跟下去吧，您就在上面等着吧。"

国丈摇头："不行，我要去救我的孙子。"话落，他挣脱张统领的手，也跟了下去。

张统领见国丈都跳下去了，也连忙跟着跳了下去，同时招呼十名禁卫军跟上。

叶裳跳下了秘道后，发现在上面看着虽然黑，但下面的石壁上都镶嵌着小颗的夜明珠。长长的通道，看不到头。

叶裳疾步走在前面，几乎健步如飞，林之孝跟在他身后，速度也极快。

二人走了长长一条通道后，来到了三岔路口。

叶裳停住脚步，思量了一下，便选择了最左边的一处，林之孝没意见，也跟了上去。

国丈虽然没有武功，但在二人之后也跑得飞快。张统领从来不知道国丈一把年纪了还能跑这么快，片刻不敢放松，生怕被落下。

一行人走了大约两三盏茶的工夫，面前是一堵石墙，看起来重约千斤，已经没了路。

叶裳站在墙外，让开身子，对林之孝道："机关应该在这里，你来开启机关。"

林之孝点头，上前，对着墙壁查看了一番，手掌在一处花纹轻轻一按，只听"咔"的一声，这面石墙忽然裂开一道缝隙，紧接着又是"咔咔"数声响动，石墙上现出一个门，缓缓打开。

门打开，入眼处，叶裳和林之孝便看到了厚厚的冰层。

林之孝一怔。

叶裳面色微变，薄唇紧紧地抿起，眼睛一瞬不瞬地看着门继续往两边打开。

可是，门开到一半，似乎被厚厚的冰层卡住了，动弹不得。

林之孝立即说："这里……怎么会有这么厚的冰层？莫非……"

叶裳脸色清寒，不说话，上前一步，猛地以掌推石门。

随着他运足功力，卡住的门又被推动了些，但开启的空隙还是有限，不足一人之隔。他咬紧牙关，猛地用力，门依旧纹丝不动。

林之孝见了，当即说："我运功助你。"

叶裳沉声道："好，有劳了。"

林之孝当即运功，双掌推到了叶裳的后背心处，二人合力，门又动了些。

这时，韶华殿内，因林之孝开启了机关，国丈府的席面上又现出那个将苏风暖和许云初陷下去的陷阱，叶昔见了，二话不说跳了下去。

皇帝腾地站起身，大声道：“这是找到机关了？”

太后和皇后也立即站了起来，一脸欣喜却又担心害怕，生怕许云初和苏风暖真的出事，性命不保了，毕竟过去了八个多时辰了。

苏澈、王大学士、王夫人、苏夫人、叶家主在叶昔跳下去之后，都聚到了那个陷阱旁。

苏澈当即道：“我也下去。”

苏夫人看着他，走路还需要人扶着，立即拽住他：“你下去还不如我下去，我下去好了。”话落，她就要跳下去。

这时，王大人拦住二人道：“你们别争执了，谁也不准下去，我下去好了。”

说完，王大人便跳了下去。

众人低呼了一声，都知道王禄是一介文臣，不会丝毫武功，他竟然跳下去了，可见对苏风暖这个外孙女疼爱得紧。

叶家主落后了王大学士一步，也跳了下去。

这时，皇上已经来到了近前，向下看了一眼。太后当即拦住他说：“皇上，您是一国之君，万万不可涉险。”

皇帝闻言止住了脚步，看了一眼太后，又看了一眼众人道：“朕晓得，我们就在这里等着吧。”话落，喊道，“来人，下去十个内卫。”

“是。”十名殿外守护的护卫立即跳了下去。

叶昔跳下去之后，如苏风暖和许云初落下之时一样，被类似沙袋的东西打了几次，之后落在了一处地方。他从望帝山出来后，伤势至今也只恢复了四五成，如今被打得头昏脑涨，还没等他缓和过来站起身，他身上又砸下了两个人，几乎将他砸岔气了。

他又缓和半晌，扭头一看，见是王大学士和叶家主，顿时无奈地说：“您二人怎么也跟下来了？”话落，他侧身，从地上爬起来，将二人扶了起来。

三人刚站稳，顿时如下饺子一般，“扑通”“扑通”地又掉下了十名护卫。

叶昔也顾不得理会这些大内护卫被甩得晕晕乎乎的模样，连忙打量四周，一眼便看到了不远处的叶裳和林之孝。

因这座机关石室被冰层卡住，所以在机关开启时，他们自然落不到石室里，落在了石室外。

他当即跑过去，问二人：“怎样？”

叶裳扭头瞅了叶昔一眼，也顾不得他身上有伤，对他道：“过来帮忙。”

叶昔来到近前，自然也看到了石门似乎被里面的冰层卡住，南齐的气候没有燕北苦寒，自然是不会有这样的冰层的。他立即想到了苏风暖外溢的寒冰，面色大变，连忙走了过来，颤着手放在了林之孝的后背上。

王大学士和叶家主也急忙走来，王大学士没有武功，见此也是干着急，叶家主是有武功的，也快速地把手放在了叶昔的后背上。

那些大内护卫从地上爬起来后，也连忙走了过来，一人接着一人地叠加起来，运功助叶裳。

国丈跑得气喘吁吁，来到之后，便看到了这样的情形，他的脸色变得煞白无比，一屁股坐在了地上，顿时老泪纵横："天要亡我国丈府啊。"

王大学士也白着脸，看着石门被推开，一寸一寸厚厚的冰层现出，整个石室都是几尺厚的冰层，透过门打开的空隙，隐约可以看到里面被冰封的两个人，他颤着身子，也几乎忍不住落泪。

叶裳铁青着脸，在众人的帮助下，一寸寸地挪动着这处被寒冰卡住的石门，心中却是异常平静。

冰层虽然厚重，苏风暖和许云初还是在石门被触动开关的第一时间便知道了，二人顿时惊喜地对看一眼。许云初道："是叶世子，终于等来了他。"

因苏风暖费了好一番功力在冰棺内将自己和许云初被冰封住的身子化解，又运功帮助许云初化解了他身体被冻住的奇经八脉，如今她早已经没了力气，便只能靠在许云初的怀里，有气无力地向外看了一眼说："好像还有林之孝。"

许云初透过冰棺看着石门开的一道缝隙露出的身影，低声说："是他。"

二人被关了许久，又被冰封许久，完全靠着意志力和功力支撑，如今说话都有气无力，所以声音极小，仅能二人听见。

外面的叶裳和林之孝自然是听不到的。

不多时，二人看到了叶昔，又看到了叶家主，以及一众府卫。

苏风暖侧着身子，看着叶裳，随着石门一寸一寸艰难地被推开，她看到了叶裳的脸，她想告诉他，她没事，不着急，让他慢些，可惜，身体损耗太大，她已经调动不了传音入密了。

许云初看着叶裳，似乎也知道苏风暖所思所想，试着调动传音入密，发现也不能透出冰棺外，他道："我的传音入密也传不出去，早先你我能传音，大概是因为离得近吧。"

苏风暖"嗯"了一声，说道："这寒冰由望帝山的至寒之气凝聚而成，除了望帝山的功法，其他的都穿不透。我虽然教给了你望帝山调适内息的功法，但没教给你传音之术，望帝山的传音之术能传音数里，不是一朝一夕能学会的，可惜，我如今没办法生起半丝力气，调动不了内息了。"

许云初闻言道："这样的话，我们只能等着了。"

苏风暖点点头。

叶裳和林之孝等人足足耗了半个时辰，才彻底地将石门打开。

石门打开后，叶家主以及一众大内护卫都跌坐到了地上，累得大口大口地喘气。

叶裳脸色发白，看着眼前这副塞满了整个石室的冰棺，他轻轻将手放在了冰棺上，手触及冰层，寒凉入骨。

林之孝的面色也十分苍白，他站在叶裳身边，看着厚厚的冰层里面隐约地躺着两个人，一时间觉得，她就这样死了，他多年以来因她而跳动的心似乎也跟着死了。

叶昔死死地盯着眼前的冰棺，猛地上前一步，一把挥开林之孝，对叶裳怒道："我不相信小丫头已经死了，破冰！"

第二十章 破除冰棺

叶昔的一声大喝，震得所有人耳膜生疼。

叶裳回头看了叶昔一眼，对他冷静地道："说得没错，我也不相信她就这样死了。"

叶昔闻言怒道："那还愣着做什么？"

叶裳抿唇，沉声道："所有人都退后。"

众人闻言都向后退去。

林之孝看着叶裳和叶昔，对二人道："我与你们一起。"

叶裳沉声道："你也先退后，若是我和表兄功力不够，你再上前来帮忙。"

林之孝看了被两人占据的石门门口，的确容不得第三个人施展，他点了点头，也跟着退后了数步。

叶昔打量了一下数尺厚的冰棺，对叶裳道："你我一起，用剑雨飞花。"话落，他沿着冰棺的冰层比画了一下，又道，"上下两尺。"

叶裳颔首："好！"

于是，二人一起抬手，对准冰棺发力，沿着叶昔用指甲划出的两尺印痕，同时以掌聚气，剑雨飞花化作千万条气线，齐齐地对着冰棺切割而去。

只听"咔"的一声震天巨响，冰棺沿着划出的印痕上下裂开了两道缝隙。

叶裳和叶昔见冰棺从上下两尺厚的地方被如愿切开，与整个冰棺分体，对看一眼，并未收手，而是齐齐扬手，运力将苏风暖和许云初所躺的中间那部分从被切开的冰层里抽了出来。

随着二人将那个分体的冰层抽出，沿着门口一步步后退，不多时，便将那切去了两层多余冰层的冰棺顺着门口移出了石室。

来到石室外的暗道上，二人缓缓地将冰棺放在了地面上。

这时，众人都聚上来，看着依旧被封在冰层里的二人。

脱离了厚厚的冰层，这回二人被封在冰棺里的身影隐约能清了，只见二人都侧躺着，苏风暖靠在许云初的怀里，二人衣衫完整，除了发丝凌乱，看不出一丝邋遢。

叶裳抿着嘴角，对叶昔道："这次我自己来。"

叶昔本来伤势未愈，刚刚一番动作他已经用了全部功力，又加重了伤势，伤了肺腑，如今再也提不起半分力道了，点头道："好，你自己来吧。"

于是，叶裳抬手，轻轻地覆在冰棺上，运功催化冰层，使之融化。

林之孝站在不远处，看了一会儿，对叶裳道："你自己这样一点点儿地催化，不知要多长时间，我来帮你吧。"

叶裳颔首："好。"

林之孝上前，占据冰棺的另一面，与叶裳一样的动作，可惜，他运功半晌，也不能催化一丝一毫的冰层，反而极致的寒冰之气入体，让他的脸渐渐地染上了寒霜。

叶昔在一旁道："表弟原来中了热毒，多年来，他修习的内功是为了压制热毒，使得长年累月下来，内功与热毒早已经融为一体，虽然如今热毒解了，但他的内功却也可以生热。二皇子的内功与他的不同，还是罢手吧！再下去寒气入体，你会染上寒疾。"

林之孝闻言，只能罢了手。

苏风暖和许云初躺在冰棺内，一起看着外面的人，因冰棺早先被叶裳和叶昔削得薄了，所以，二人更能清晰地看到每个人的表情。

林之孝罢手后，抿着唇，一脸沉凝地看着冰棺，除了面色分外疲惫，心情看起来也十分沉重难受。

苏风暖本来对林之孝厌恶至极，可是如今看到这样的他，觉得他似乎也没有那么坏。至少从对于她的死来说，他看起来是真正不好受的。

既然他与叶裳在一起，叶裳让他跟着解救她和许云初，此次事件，他应该是不知情的。

她收回视线，又看向叶裳，他抿着薄唇，催发功力，一寸寸地融化寒冰，对抗这极致的冰寒是最为耗费功力的，她想着他若是将整座冰棺消融，怕是要累得瘫软。

其实他还用剑雨飞花就好，一寸寸地切割冰层，定然比这种法子省力。

许云初低声说："叶世子应该是怕伤了你，才用此法。可惜你我只能干看着，不能告知他我们没事，让他尽管用刚才的方法。"

苏风暖咬唇，看了叶裳片刻，忽然道："我有办法了。"

许云初挑眉。

苏风暖慢慢地费力地将手抬起，隔着冰层，与叶裳的手贴在一起。

叶裳自然第一时间就发现了，他的手猛地一颤，睁大眼睛，又闭上，又赶紧睁开，颤抖地拿开覆在冰棺上的手，清晰地看到苏风暖的手指动一下又动一下，隔着冰层，她眼睛似乎眨一下，又眨一下。

他顿时心中涌起狂喜，一时间呆呆地看着。

叶昔见叶裳住手，立即问："怎么不继续了？"

叶裳惊醒，转头对叶昔喜道："她真的还活着！"

叶昔立即上前一步，对他急声问："你是怎么知道的？"

叶裳道："她的手在动，眼睛也在动。"

叶昔仔细看去，果然见苏风暖的手指在晃动，她的眼睛也在眨动，他也大喜，一时不能抑制，高兴地大笑道："我就说她死不了，师父说她的命比别人的命都硬。"接着，又催促叶裳，"快些，再催化冰，赶紧救她。"

叶裳点点头，又运功消融寒冰。

林之孝闻言走上前，果然也看到了冰棺内苏风暖的手指在动，眼睛也在眨动，他也开始狂喜，说道："果然还活着！"

叶家主、王大学士、国丈三人也跑上前，国丈连声问："那云初呢？云初可还活着？"

林之孝惊喜之后，又仔细地看了冰棺内二人的神态片刻，对国丈道："我看到小国舅的嘴巴一开一合，是在说话，应该也活着。"

国丈闻言大喜："上天保佑，云初没事就好，活着就好，天不绝我国丈府啊！"

苏风暖费了很大的力气抬手，虽然让叶裳等人知道她和许云初还活着，可是没想到叶裳知道她还活着后，依旧用内功消融的方法，她无奈地叹了口气："笨蛋。"

她说这句话时，恰巧被林之孝看到。

林之孝看了二人片刻，忽然对叶裳说："我看苏姑娘一脸无奈，是不是……她想告诉你什么？你先住手。"

叶裳闻言当即住了手。

叶昔也连忙去看苏风暖。

苏风暖见叶裳停下来仔细看她，她立即费力地抬手，因活动空间太小，她只能浅浅地用手腕比画了个剑雨飞花的样子。

即便别人看不懂，叶裳和叶昔还是看懂了。

叶裳当即对林之孝道："你说得对，她的确在告诉我一件事情。"话落，他沉声道，"你们再退后数步。"

众人闻言，虽然不明所以，但都听话地向后退去。

叶裳又施展剑雨飞花，沿着二人衣袂的边沿，又切下了一层寒冰，紧接着，又沿着二人头顶上方、脚的下方，分别切下数层寒冰。

至此，冰棺被削成了薄薄的一层。

叶裳抿着唇，运功发力将气息笼罩在薄薄的冰棺上，将其包裹，不消片刻，围绕在二人周遭的寒冰彻底被消融，化成了冰碴，二人彻底现出了身形。

冰棺消融后，苏风暖和许云初躺在地上，没力气起来，轻微地喘着气。

叶裳收手，蹲下身，伸手去摸苏风暖的脸。

苏风暖费力地抬手，攥住他一根手指，眉梢眼角挂着劫后余生的暖暖的轻盈的笑意，似嗔似恼、似怨似喜地说：“叶裳，你个笨蛋，总算将我救出来了。”

叶裳听到她的声音，心神巨震，好半晌，才颤抖地伸手将她抱在了怀里，似乎怕抱紧了她便跟着这副冰棺一起融化了一般，低声哽咽着说：“是，我是笨蛋，我来晚了。”

国丈这时冲上前，大喊：“初儿！”

许云初挣扎了一下，发现也不能起身，对脸上还挂着泪痕的国丈笑着说：“爷爷，我没事。”

国丈喜极而泣，连连说：“你活着就好，活着就好。”

许云初轻轻点头：“的确，活着很好。”话落，他看向叶裳，当着众人的面，以证苏风暖清白，对叶裳道，“叶世子，我与苏姑娘是清白的，我并未乘人之危行龌龊之事。”

叶裳闻言看向许云初，对他点头，答道：“我知道，小国舅是君子，不会做出这种事。”话落，他拦腰抱起苏风暖，将她软软绵绵的身子抱在怀里，觉得空荡荡死寂的心似乎才复活了，一字一句地道，“许灵依的命，我要了，你没意见吧？”

许云初抿了一下唇，摇头道：“没有，我以后再没有妹妹。”

叶裳得到了许云初的答复，便拦腰抱起苏风暖，向外走去。

他走了两步，回身看向林之孝，对他道：“多谢二皇子了。”

林之孝面容平静，看了一眼被叶裳抱在怀里、气息虚弱的苏风暖，摇摇头：“不谢。”

叶裳转身继续向外走去。

叶家主、王大学士、叶昔等人立即跟上叶裳。

国丈年迈，自然是抱不动许云初的，立即对一名大内护卫喊：“快来人，带小国舅出去。”

有一名大内护卫立即上前，扛起了许云初。

一众人一起向秘道外走去。

又来到那个岔路口，叶裳停住脚步，对苏风暖说：“皇上和一众人在韶华殿等了一夜，伯父、伯母都十分着急，我是先带你回府再知会他们，还是先带你去韶华殿？”

苏风暖当即道：“去韶华殿吧！”

叶裳道：“你身子可还受得住？”

苏风暖点头：“受得住。”

叶裳见她脸色虽然苍白，气息虚弱，但眉心却隐隐光华流转，点点头，说道：“那我带你去韶华殿，正好也向皇上请个旨意。”

苏风暖问他：“请旨彻查此案？”

叶裳点头：“嗯。”

苏风暖还是没有多少力气，便窝在他怀里，感受着劫后余生能被叶裳抱在怀里的幸福。曾有那么一刻，她觉得自己和叶裳此生再无可能，只能黄泉路上见了。

如今真是上天厚爱她了。

秘道里有三条岔路，一条通向那座密室，一条通向皇宫，还有一条不知道通向哪里。

叶昔见苏风暖没事了，顿时对叶裳道："我去探探那条秘道，看看它通向哪里。"

叶裳偏头瞅了一眼，说道："不必。"

叶昔问他："难道你知道？"

叶裳道："回头再查，总跑不了。"

叶昔闻言作罢。

林之孝向那条秘道延伸的方向看了一眼，没说话。

一行人走了大约两三盏茶的工夫，又来到了一堵墙前。

叶裳停住脚步，回身看向林之孝。

林之孝上前，探查了一番机关，伸手在墙壁一处轻轻一按，"咔"的一声响动，墙壁上打开了一扇门。

叶裳抬步走了出去，发现正是皇帝的御书房。

他扫了一眼，便微沉着脸抱着苏风暖出了御书房，前往韶华殿走去。

那名大内护卫扛着许云初，跟在他身后。

一行人出了秘道后，见是御书房，都暗暗地吃了一惊，想着这样严密的机关，通向之处竟然是御书房。那岂不是说，无论外面多少重兵层层防守，只要御书房内无人，皇上不批阅奏折时，就有人可以从秘道进来，将朝廷的机密一览无余？

暗暗的惊骇中，一行人出了御书房，跟着叶裳一起去了韶华殿。

来到韶华殿，叶裳抱着苏风暖由正门而入。

皇帝等人依旧在韶华殿内等着，都未散去，见叶裳抱着苏风暖，一名大内护卫扛着许云初，竟然从正门进来，都愣了愣。

苏夫人提着裙摆快步奔过来，红着眼眶到了近前，急切地问："暖儿，你怎样？有没有事？"

苏风暖在叶裳怀里，对苏夫人摇摇头，虚弱地说："娘，我没事。"

苏夫人见她说没事，顿时放下了心，又看了一眼被大内护卫扛着的许云初，立即低声问："那你们……"

苏风暖对她摇头："没有。"

苏夫人彻底松了一口气，伸手摸了摸苏风暖的脸，湿着眼角道："小裳和二皇子找了你们整整一夜，没事就好，吓死娘了。"

苏风暖看着她娘，她虽然生了他们兄妹四人，但多年来，心态极好，如今虽然徐娘半老，但风韵犹存，可是这一夜因为担心她，憔悴了不少。

苏澈此时也一瘸一拐地快步走上前，见苏风暖模样完好，也松了一口气，连连道："没事就好。"话落，又问许云初："小国舅还好吧？"

许云初已经被那名护卫放下，由他扶着，勉强站稳，对苏澈道："劳伯父挂心，我还好。"

这时，王夫人也奔到了近前，若不是苏风暖被叶裳抱在怀里，她差点就要一把将苏风暖夺过来抱着她哭了。王夫人一边抹眼泪，一边也连连说："没事就好，你若是有事，我也不活了。"

苏风暖心下感动，她外公和外婆只她娘一个女儿，多年来，他们兄妹四人说是他们的亲孙子、亲孙女也不为过。

太后和皇后也顾不得身份了，急急地奔了下来，围着许云初。

太后看着许云初，见他面容苍白，全无血色，由护卫扶着才能勉强站住，连忙喊："严公公，快过来扶着他。"

严公公连忙上前，接替了护卫，扶着许云初。

许云初看着太后和皇后，尽管她们对他的担心有一部分是因为他是她们在后宫的希望，但还是有些亲情在的，他微笑着喊了一声："姑祖母，姑姑。"

太后上前一步，伸手摸了摸他的胳膊："伤到哪里没有？"

许云初摇头："未曾伤到，受了些寒气而已。"

太后松了一口气："没事就好，杀千刀的月贵妃，死了还在祸害人。"

许云初不再说话。

太后还要再骂，见林之孝走了进来，她想起月贵妃毕竟是他娘，于是住了口，对他道："二皇子协助叶世子一起查出机关，有功了。"

林之孝对太后拱了拱手，又对她身旁的皇后拱了拱手，摇头道："不敢居功，找到小国舅和苏小姐，是叶世子的功劳。"

太后见他一脸疲惫，言语不卑不亢，念他毕竟是救出了许云初的人，不由得有了些好感，说道："你们都有功劳。"

林之孝不再说话，上前给皇帝见礼。

皇帝毕竟是皇帝，一国之君还是要注意身份的，自然不能与众人一起围去苏风暖和许云初身边，他对林之孝点点头，对叶裳喊："叶裳，你带苏丫头过来，让朕看看。"话落，又对严公公说道："严公公扶小国舅过来。"

叶裳抱着苏风暖走向皇帝。

严公公扶着许云初，也走向皇帝。

来到近前，小泉子连忙搬了椅子，叶裳将苏风暖放在了椅子上，苏风暖没力气，靠在椅背上，对皇帝简单地叙述事情的经过："我们掉下去后，发现掉进了一座石室里，我体内的寒毒发作，将我和小国舅冰封在了一座冰棺里。直到叶裳刚刚找到了机关，破除冰棺将我们救出来。"

她说得太言简意赅，省略了很多觉得没必要说的细节。

皇帝闻言道："早先许灵依说，她给小国舅下了乱心散和胭脂雪的毒，你们……"

这时，许云初开口道："回皇上，我们掉进机关陷阱后，苏小姐的寒毒便发作了，将我们困在了冰棺中，至寒之气侵入我身体的四肢百骸，乱心散和胭脂雪碰上了寒毒入侵，自然就迎刃而解了。我们未曾如何。"

皇帝闻言大喜，说道："这便好。"毕竟他也不希望苏风暖和许云初有了什么，否则牵扯的朝中利益与矛盾便难以化解了。

群臣闻言，都觉得这事说起来也太简单了。

晋王这时开口道："苏小姐武功尽失，怎么体内还有寒毒？这倒未曾听闻。"

苏风暖看着晋王，浅浅地笑着说："我有寒毒之事，二皇子可以做证，那一日，他要请我去林府喝茶，途中我寒气溢出，险些将他给冻住。"话落，她道，"若非我体内因解了叶裳热毒而中了寒毒，也不会有性命之忧了。"

晋王闻言看向林之孝。

林之孝点头道："不错，苏小姐体内确实有寒毒，寒毒被催动时，寒气外溢，会在她的衣服上冻出冰碴。若是寒毒发作太凶猛，便不可预料。"

晋王顿时住了嘴。

皇帝道："你刚刚说冰棺？"

许云初颔首，答道："苏小姐寒毒发作，十分凶猛，将整个石室都冻凝成了一副偌大的冰棺，我们被冰封在了冰棺中。"话落，又道，"是叶世子破冰救出了我们。"

这时，王大学士上前，对皇帝拱手道："皇上，那副冰棺我们亲眼所见，他们被冰封得极为严实，费了好多力气，才将他们从冰棺里解救出来。不过万幸，他们没事，怕是再晚的话，他们就真没活路了。"

国丈这时上前道："那个冰棺老臣也亲眼所见，实在是冰寒至极，云初能活着，真是上天厚爱老臣啊，没让老臣白发人送黑发人。"

众人听闻苏风暖体内的寒毒竟然能凝聚成一副冰棺，都暗暗称奇，遗憾没能亲眼见到。

皇帝见众人都言之凿凿，自然也相信了，对苏风暖道："苏丫头，朕也觉得你这个小丫头没那么容易死，你的命的确比别人的命硬。"

苏风暖笑着说："即便我命硬，也禁不住这么惊吓和折腾，我都不敢再进皇宫赴宴了。"

皇帝闻言顿时沉下脸，说道："你放心，今日之事，朕定然给你和小国舅一个交代。"话落，他对叶裳道："你来查案？"

叶裳道："我与二皇子一起来查吧！毕竟二皇子精通机关之术。"

皇帝闻言颔首，对林之孝道："你可有意见？"

林之孝摇头："儿臣没有意见。"

皇帝欣慰地看着他道："协助叶世子找到小国舅和苏小姐，你也有功，待查清此案，朕对你论功行赏。"

林之孝摇头道："协助叶世子查案，因我对于机关之术有些微薄之能罢了。与叶世子一起彻查此案，本就是儿臣应该为父皇分忧之事，不需要奖赏。"

皇帝赞赏地看着他，面容阴沉了一夜，此时难得露出些许笑容："好，你不随月贵妃行祸害之事，反而深明大义，朕心甚慰。"

林之孝见皇上提到了月贵妃，一时沉默，不再言语。

叶裳觉得该说的话都说完了，该请的旨意也请到了，便又重新拦腰抱起苏风暖，对皇帝道："我带她回府。"

皇帝摆摆手："去吧。"

叶裳抱着苏风暖，转身向外走去，途经苏澈、苏夫人、王大学士和王夫人身边，对四人道："我将她带回容安王府，伯父、伯母、外祖父、外祖母出宫后也来容安王府吧。"

苏澈等四人点点头。

叶裳带着苏风暖出了韶华殿。

二人离开后，国丈心疼许云初，对皇帝请旨："皇上，老臣也带云初回府了。"

皇帝道："在国丈府找到机关秘道这件事情，着实让朕意外。"话落，又对国丈道，"许灵依连自己的兄长都迫害，也着实让朕意外。如今她被叶裳带走，关押进容安王府的水牢了。"

国丈想起许灵依，便怒不可遏，对皇帝道："许家以后再没有这样的孽女，老臣回府后便将她逐出家门，从家谱里除名。叶世子要杀要剐，都由了他。"

皇帝闻言点头，又道："这等女子，确实不能留了。"话落，又道，"不过这种精密的谋算，时辰掐算得刚刚好，正是小国舅的毒发时间，断然不是她一个小小的女子做得出的，机关既然在国丈府，那么，定然有人配合她开启机关。国丈府也不是什么人都能进出的，你们回府后，要配合叶裳和二皇子，好好彻查此案。"

国丈咬牙道："老臣一定好好配合叶世子和二皇子，找出何人唆使许灵依，老臣定然扒了他的皮。"

皇帝摆摆手。

国丈让人扶起许云初，离开了韶华殿。

一行人离开后，皇帝疲惫地道："这一夜辛苦众卿了，都出宫回府歇息吧！"话落，严厉地补充道，"小国舅和苏丫头是清白的，在座的众卿都听清楚了吧？出了这韶华殿，朕若是听到什么人乱嚼舌头根子，朕就叫人割了他的舌头。"

群臣顿时叩拜在地："吾皇万岁！"

皇帝起身，也离开了韶华殿，回了帝寝殿。

太后和皇后也累了，自然也回去歇着了。

这一夜的惊心动魄，让所有人都提着心，都觉得若是小国舅和苏小姐出事，这京城的天就甭想晴了。如今二人平安地活着，虽然韶华殿机关陷阱之案还有待查清，但好歹气氛没那么冷寂和沉暗了。

叶裳抱着苏风暖出了韶华殿，一步一步向宫外走去。

这时，天边已经现出第一道霞光，一轮火红的太阳冉冉升起，红彤彤地划破天际线。

出了皇宫，千寒已经得到了消息，赶着马车等在那里，他见到叶裳抱着苏风暖出来，喜道："姑娘，您可还好？"

苏风暖点头："还好。"

千寒连忙挑开帘幕，叶裳抱着苏风暖上了马车。

千寒坐在车前，一挥马鞭，马车向容安王府驶去。

路上，千寒对叶裳低声道："世子，这一夜将酷刑都对许小姐用了个遍，但她就是咬着牙关不说。如今萧公子和谢公子在对其用望帝山的催眠之术，两位公子说也许能有收获。"

叶裳"嗯"了一声，冷冷地道："死也要让她开口。"

千寒应了一声。

苏风暖躺在叶裳的怀里，叹了口气，对他道："真是没有想到，千防万防，为许灵依费力地解除了恨春风之毒，却没想到她竟然利用许云初，对他下了乱心散和胭脂雪的毒，引我掉入陷阱。最嘲讽的是，胭脂雪还是我卖给她的。"

叶裳闻言蹙眉，问她："你何时卖胭脂雪给她了？"

苏风暖便将当初在灵云镇，许灵依不知从哪里打听出了柳开的药铺里有胭脂雪，特意找去要用千金买取一事道出。苏风暖当时以为她要用在叶裳身上，也就卖给了她，没想到，许灵依竟然留了这么久，在今日用到了许云初的身上。

许云初在她和许灵依对弈时，一直盯着许灵依的一举一动，生怕许灵依伤害她，自然疏忽了自己，不小心中了招。

叶裳听闻，脸色不好，对她说："你以为许灵依要用在我身上，就卖给了她，什么道理？"

苏风暖失笑，对他道："当初我觉得许小姐对你痴心一片，若是你中招，必也是心甘情愿，兴许能成全一段风流事，所以……"

叶裳不待她说完，有些恼怒地狠狠地吻住了她，吞噬了她后面要说的话。

回到容安王府，叶裳抱着苏风暖下车。

回到正院，进了房间，叶裳将苏风暖放在床上，对外吩咐："烧一桶温水抬进来。"

有人应了一声"是"，立即去了。

苏风暖浸在温暖的热水里，抱着叶裳的胳膊，脸在他的手心蹭了蹭，满足得直轻叹。

叶裳看着她猫儿一样舒服满足的模样，想着这一夜之间，她不知道受了多少的苦，又是心疼，又是爱怜，对她说："沐浴之后，好好睡一觉。"

苏风暖点头。

苏风暖刚想说什么，外面管家的声音传来："世子，叶家主和叶昔公子回来了，是和苏大将军、苏夫人、王大人、王夫人，以及苏驰小公子一起来的。"

叶裳道："将他们请到……"他看了苏风暖一眼，"请到正院来吧。"

"是。"管家立即去了。

苏风暖连忙说："你快出去，帮我拿衣服来。"

不多时，叶裳取来衣服，将苏风暖抱出水里，为她擦干身子，服侍她穿戴好。

苏风暖听到外面有人声传来，想着来得真快，伸手推他："我自己来，你快出去。"

叶裳点头应了一声"是"。

叶裳来到门口，对王大学士、王夫人、苏澈、苏夫人、叶家主等人见礼。

不多时，苏风暖也从里面走出来，沐浴之后，换了一身干净衣裳的她，虽然脚步有些虚浮，但看起来状态还好，没有卧床不起。她挑开珠帘后，众人便打住了话，向她看来。

苏风暖来到近前，坐在了叶裳身边，说道："林之孝倒是挺让人意外的，我本来在石室里以为这件事情是与他有关的。"

叶昔这时开口说："毕竟喜欢了你好几年，日日将你的画像挂在自己书房的人，自然是不可能盼着你与别人如何，甚至与别人一起死的。要死，也该是他拉着你才是。"

苏风暖顿时气恼地瞅着叶昔："师兄，你不说话，没人将你当作哑巴。"

叶昔"哼"了一声，对她说："你如今有力气了，是不是？快给我把把脉，开一服药，我早先养了月余的伤势，又完蛋了，白白作废了，如今浑身疼得难受死了。"

苏风暖闻言起身，连忙到了他近前，伸手给他把脉。

叶昔的伤势果然如他所说，因为昨夜一番折腾，又倒回去了，她皱着眉头给他把完脉，对他说："我这就给你开一个药方，让厨子煎了，你立即服下。"话落，想了想，又说，"你伤势这般严重，内腹瘀滞，经络闭塞，喝药慢慢养伤的话，恐怕也要落下病根。这样，我先给你开一个疏通气血的药方，你服用三日，三日后，我运功来帮你疗伤。"

叶昔闻言睁大了眼睛，对她说："你运功帮我？"

苏风暖顿时笑吟吟地道："是啊，我运功帮你。"

叶裳当即问："你的功力……恢复了吗？"

苏风暖笑着点头："是啊，恢复了呢。这一回也算是因祸得福了！"

叶昔呆了片刻，顿时大乐："这样说来，你功力恢复了，经络也好了？也就是说，没有性命之忧了，是不是？"话落，他立即攥住她的手，"来，我给你把把脉。"

他顿时也不愁眉苦脸嚷嚷着浑身疼了，仿佛全身都有劲儿了。

苏风暖笑着任他把脉。

叶昔按住她脉搏片刻后，蹙眉道："你的脉，我还是探不到，这不是与早先别无二样吗？"话落，他对叶裳道："你也会把脉了，你来看看。"

叶裳立即起身，走过来给苏风暖把脉，片刻后，也蹙眉道："不错，我也探不到你的脉。"话落，怀疑地说，"你说你武功恢复了，这是怎么回事？"

苏风暖猛地撤回手，手腕轻轻一扬，叶裳的身子顿时被她的掌风推出了数步，她住了手，对他道："你看，这不是功力是什么？"

没有功力的苏风暖是决计推不动叶裳的，遑论只是轻轻抬手便将他推出了数丈。

这回，叶昔、叶裳，以及众人都惊讶不已。

叶裳开心地摸摸她的头："这样说来，你是真的因祸得福，没有性命之忧了吗？"

苏风暖退出他怀里，对他道："我对自己的身体，也算是了解了个大概，知道大约是怎么回事了，应该不会要命了。"

叶昔大嚷道："快来说说，你和许云初掉下陷阱后发生的事，让我们都听听。"

众人都十分好奇，也都看着苏风暖，等着她开口。

苏风暖先是走到桌前，提笔写了一个药方，递给门口守着的人，吩咐下去给叶昔煎药，然后坐下，将她和许云初掉下机关后发生的事仔细地说了一遍。

话落，她叹了口气道："我开辟出容身之地后，发现许云初的胳膊、腿已经冻僵，与冰棺没二样了，想着若是不及时救他，他以后即便能活着，胳膊、腿也会废了，于是，我就运功帮他驱散了体内的寒气。即便如此，他怕是也落下寒疾了。"

苏夫人一听，顿时说："这可了不得，寒疾据说只要受些冷，就会疼入骨髓。"

苏风暖点头："是这样。"

王夫人立即问："没救了吗？"

苏风暖道："也不见得没救，明日我去一趟国丈府，给他开一个药方，让他先吃着。之后我再想办法，帮他挖除寒疾吧。一日不行便两日，两日不行便长久坚持着，总能帮他祛除。"

叶昔道："你既然恢复武功了，为何脉象还是没变化？"

苏风暖对他道："我修习的至寒功法和吸纳禁术两种内功，早先因至寒功法压制了吸纳禁术，使得我身体失去平衡，经络受到重伤。后来，经络结冰，应该是至寒功法在修复我受损的经络，寒冰一层层将经络包裹，我们探不到脉，应该是寒冰起了保护作用，在修复而已。我催发至寒之气外溢后，寒冰冲破身体溢出，恰巧使得体内两种功法又平和了，于是，两相融合下，我又恢复了被压制的功力。如今脉象依旧如此，我觉得是功力达到返璞归真的境界了，曾经听师父提过，一个人的功力若是到了真正的大成境界，别人是探不到脉象的。”

叶昔感慨：“这样说来，你也算是开创我望帝山的功法先河了。”

叶裳笑着说：“总之是好事就对了！”

苏风暖点点头。

众人又说了些话，见苏风暖无事，就散了去。

这一夜叶裳疲惫至极，本来有些旖旎情思，但因为苏风暖的沉沉入睡，他自然也偃旗息鼓，很快就跟着她一起睡了。

苏风暖这一觉睡到了傍晚时分，她睁开眼睛后，叶裳已经不在身边。

她挑开帷幔，看看外面的天色，已近黄昏，她感慨自己能睡，拥着被子坐起来，觉得通体舒畅，这一觉十分解乏，让她觉得神清气爽，浑身像充满了力量。

她掀开被子，披衣下床，穿戴妥当后，来到门口，推开了房门。

千寒守在门外，见她醒来，立即对她说：“姑娘，世子午后便去了国丈府，如今还没回来，吩咐属下待姑娘醒来知会您一声。”

苏风暖点头，想着叶裳去了国丈府，应该是去看望许云初了。

她在门口站了片刻，对千寒问：“许灵依在水牢里？”

千寒点头。

苏风暖问：“我那两位师兄用望帝山的催眠之术可逼问出了什么？”

千寒摇摇头：“她竟然能抵抗望帝山的催眠之术，未曾逼问出什么，两位公子也拿她没有办法。”

苏风暖想了想，对他说：“带我去水牢。”

二人来到水牢，贺知正在看守水牢，见苏风暖来到，对她见礼，同时笑着说：“姑娘可真是命大。”

苏风暖瞅了他一眼，见他一身疲惫，对他说：“我也觉得我确实命大，可见上辈子修了不少福气。”话落，又对他道，“我看你累了，去休息吧。”

贺知摇头：“我不累，如今世子不发话，有些地方我伸不进手，查不了，只是看着那个女人，别让她死了罢了。”

苏风暖道：“我进去看看她。”

贺知点点头。

苏风暖进了水牢，只见许灵依的一半身子泡在水里，一半身子露在水面上，头顶上方拴着钩锁，双臂缠着钩锁，被吊在水牢里，浑身伤痕累累。

听到动静，她低着的头猛地抬起，当看到由千寒掌着火把，在亮光里走进来的苏风暖时，她难以置信地睁大了眼睛，震惊地看着她。

苏风暖来到近前，将许灵依上上下下地打量了一遍，对她道：“许小姐，值得吗？”

许灵依猛地晃动钩锁，锁链发出哗啦啦的响声，她大叫：“苏风暖，你是怎么出来的？”

苏风暖从怀中取出听音铃，拿在手中把玩着，对她说：“是被叶裳救出来的。”

许灵依瞪着她：“他竟然这么快就救出了你？”话落，又阴狠地道，“就算他救出了你，有什么用？你还不是与我哥哥有了夫妻之实！你再也没办法嫁给他了。”

苏风暖看着她，目光露出怜悯之色，对她说：“你觉得你哥哥服了乱心散和胭脂雪，就会失去君子风度吗？你错了。”

许灵依大叫：“是个男人就受不了胭脂雪，何况在乱心散的作用下？男人看到自己心爱的女人，还管什么君子风度？”

苏风暖摇头：“看来你不了解你的哥哥。我与你哥哥并没有发生什么。”

许灵依看着她，怀疑地大声道：“你说我哥哥没与你发生什么，鬼才信！苏风暖，你少在我面前装蒜。我哥哥喜欢你，在乱心散的作用下，你们两个人在石室里，不可能什么都没发生，你骗鬼！三岁小孩子都不信。”

苏风暖用怜悯的眼神看着她，有些哀伤地道：“我说你不了解你的哥哥，也没说错，他服了乱心散和胭脂雪，与我一起被关在了石室中，当他有片刻清醒时，为了保我清白，也为了死相没那么难看，同时也为了不辱没国丈府的门风，抬手劈向自己的天灵盖，自杀了。”

“什么？”许灵依尖叫起来。

苏风暖难受地说：“他就死在了我面前，我是眼睁睁地看着他死的。你的哥哥哪怕是死，也没失了君子风度。”话落，她叹了口气道，“普天之下，真有这样的人，君子如兰，连死都死得君子且有风度。”

许灵依大叫道：“你骗人！”

苏风暖看着她，轻声说：“我为什么要骗你呢？如今你被枷锁困在这里，这座水牢是容安王建府时皇上让他建造的，可是容安王仁慈，从来没有关过人，叶裳长这么大，也没关过任何人，你是第一个。国丈如今悲痛欲绝，早已经将你逐出家门，扬言国丈府以后再没有你这个孽女，太后和皇后也恨不得亲手杀了你。你已经被家族弃了，没有人来救你，即便有人来，容安王府府卫上千，也救不出你，我何必骗你这样一个连死都没有价值的人？”

许灵依听了，凄厉地大叫了起来：“你骗人，苏风暖，你骗人，你不得好死……”

苏风暖任她如疯子一般喊叫，待她喊叫够了，继续道：“我知道你哥哥从小到大待你不薄，十分爱护你这个妹妹，叶裳早就想杀你，他救了你一次又一次，如今他死了，再没有人来救你了。”话落，她道，“我也不杀你，因为在许云初死前，我答应了他，放过你，所以你就在这里自生自灭吧。”

第二十一章
攻人攻心

苏风暖对许灵依说完这番话，转身就走。

许灵依见她要走，顿时大喊："你站住！"

苏风暖不再理她，当没听到。

许灵依又大声喊叫："苏风暖，你别走，你给我站住！"

苏风暖在水牢门口处停住脚步，看着许灵依："许小姐，如今你后悔了吗？可是你即便后悔了，也挽回不了你哥哥的性命了。可惜他那么好的一个人，偏偏被你害死了。国丈含辛茹苦，教养他长大，将他视为许家未来支撑门庭的支柱，太后和皇后视他为未来的依靠。有他在，许家可再荣盛百年，可惜，如今他就这样死了。无论是许家和国丈，还是太后和皇后，都悲痛欲绝。百年世家，恐怕就这样衰落了。"

许灵依又凄厉地大叫起来："你骗人，我不信，我不信！"

苏风暖看着她："你不信又有什么用？总之是事实。人都死了，我与他相交一场，在燕北时，更是生死与共，知己的情分。我何必拿他的死来骗这样的你？"

许灵依红着眼睛喊："他竟然为了保护你死了！你竟然就看着他自己劈了天灵盖死了！苏风暖，你还是不是人？枉我哥哥那么喜欢你！"

苏风暖露出哀伤和深深的无奈来，对她道："他为了保护我而死，是他心甘情愿的，我自从解了叶裳的热毒，武功尽失，比寻常女子都不如，又怎么能拦得住他一心去死？"顿了顿，又道，"他是很好，是喜欢我没错，对我的恩情，我会记一辈子，可是我也不能随他去死，我爱叶裳，自然要与叶裳生死与共。"

许灵依"啊啊"地大叫起来："苏风暖，你不得好死！"

苏风暖怜悯地看着她："我得不得好死，我不知道，但我知道，你自私自利，为了拉着叶裳去死，泯灭良心害你的亲哥哥，不顾亲情，罔顾家族生你、养你、教育你的恩情，许家因你蒙羞，九泉之下，哪怕你死了，你哥哥也不想见你。"

许灵依又发疯地大叫起来。

苏风暖转身迈出了门槛。

许灵依见苏风暖又干脆地走了，又大喊："苏风暖，你站住，你回来，你还我哥哥！"

苏风暖站在水牢门口，把玩着手中的听音铃，一时间分外感慨。

苏风暖不知道情之一字，对许灵依有多么重要，竟然让她灭绝人性，连她的哥哥都利用上了。虽然说她同时也想着让她哥哥达成心愿，与苏风暖成就好事，可是她还是太不了解自己的哥哥了。

苏风暖又站了片刻，低声对贺知说："看好她，不准让她死了。"

贺知敬佩地看着苏风暖，点了点头。

苏风暖收起了听音铃，离开了水牢，忽然想起北周二皇子楚含来，对身后的千寒问："楚含可还在府中？"

千寒道："北周二皇子居住的院落除了那日世子前往林府找二皇子算账，带走了所有府卫，一直都有府卫把守。那一日即便世子带走所有府卫，北周二皇子也没什么动作，院门都未曾踏出，安然地待在院落里呢。"

苏风暖道："我去看看他。"

二人来到了楚含居住的院落，看守的府卫看见二人，垂首见礼，打开了封闭的门锁。

苏风暖抬步进了楚含居住的院落。

这时，天色已晚，仅剩下夕阳的一抹余晖，不得不说，叶裳虽然关着楚含，但没有亏待他，这是一处风景极好的院落，院中梅花正开，清香阵阵。有三两个仆人在做着活计。

仆从见到苏风暖，连忙见礼。

苏风暖对一人问道："二皇子呢？"

那名仆从立即回话："回姑娘，二皇子寒疾发作，正在房中。"

苏风暖一怔，想起楚含曾经掉入了他自己作孽投了软骨毒的湖水里，大雪天气，湖水自然是冰寒入骨，他被人救上来后，勉强保住了一条命，但是自此染上寒疾了。

她道："自他来到京城，住进这容安王府，寒疾发作几次了？"

一名仆从道："每日都会不定时发作，从来了之后，没有一日安稳过。"

苏风暖算算日子，自从结束了西境兵战，两国议和，楚含被送来南齐做质子，差不多有两个月了。

她道："你去知会一声，问问他见不见我。"

那名仆从立即去了。

苏风暖自然不好闯入楚含的房间，便站住院中，赏着梅花。

片刻后，那名仆从快步走回来，对苏风暖道："回姑娘，二皇子请姑娘进画堂说话。"

苏风暖点头，进了画堂。

仆人上了茶，苏风暖端起茶盏抿了一口后，楚含苍白着脸从内室里走了出来，脚步虚浮，额头泛着青色，可见寒疾发作，是在隐忍。

苏风暖看着他，扬了扬眉："二皇子如此可尝到自己作孽的恶果了？"

楚含慢慢地坐下，对她道："你是特意过来看我笑话的？我落到这步田地，你很得意，是不是？"

苏风暖道："在一个手下败将面前耀武扬威，有什么好得意的？"

顿了顿，苏风暖对他道："我今日来这里，是想与你好好聊聊昔日南齐有人通敌卖国的事。不知道二皇子可有兴趣？"

楚含干脆地道："没兴趣。"

苏风暖看着他："难道二皇子甘愿一辈子待在南齐京城，待在容安王府，不想回北周了？"顿了顿，又道，"据说北周皇帝经过数场败仗，割地赔款后，郁结于胸，身体每况愈下，恐怕命不久矣。北周诸皇子都对那把椅子虎视眈眈，二皇子难道真打算将皇位拱手让给你那一众兄弟？如果你相让了，恐怕以后他们其中任何一人登基，首先就恨不得除去你。"

楚含眯起眼睛，看着苏风暖："你不是恨不得我老死在这里吗？如此就不会再兴兵祸乱南齐，你应该更高兴啊！怎么，如今这是想让我回北周坐那把椅子，遥控着你南齐，让南齐以后再不得安稳？"

苏风暖道："家国天下的事，本来就不是我一个女人该插手的，我与你交手数次，抵抗你入侵南齐，原因是我父兄上了战场，你侵犯燕北，践踏的是我燕北苏家的土地，我自然不能坐视不理。至于让你老死在这里，我目前倒没有这个想法。只是觉得，也许，我们能做一笔交易。"

"什么交易？"楚含问。

"我助你离开南齐，返回北周，夺下皇位，你自然要把昔日与北周私通卖国的人告知我。"苏风暖对他道，"这个交易，说起来还是你赚，毕竟你即便不说，我也有办法查出来，只不过需要时间罢了，我如今懒得很，没工夫去查，只想捡现成的。"

楚含看着她："我若是不同意呢？"

苏风暖放下茶盏，答道："那我们就没什么可说的了，毕竟人各有志，你喜欢这容安王府，我也不能强求。"话落，她对他笑道，"我也很喜欢这容安王府，你若是一直待在这里，将来便能看到我与叶裳大婚，还可以喝一杯喜酒，待我们有了孩子，他们也可以找你来玩。毕竟容安王府以前太冷清了，我也希望以后人多热闹些。"

楚含看着苏风暖，一时没说话。

苏风暖也不急，这样的大事，他自然是要好好想想的。

片刻后，楚含对她道："我如何能相信你，如果在告知了你南齐与北周私通卖国的人后，你食言而肥，不放我走怎么办？"

苏风暖道："你以为我是你吗？做人要有诚信，我苏风暖虽然是个女子，但一言九鼎，这个你不必怀疑。"

楚含又道："我来南齐做质子，是在签署的两份协议上明明白白地写着的，你如此轻易地说放我走，就真能放我走？"

苏风暖道："我既然敢来找你说此事，自然有办法让你走。"

楚含道："我不想不声不响地悄悄走，以免再引起两国交战。"

苏风暖顿时好笑，看着他扬眉："二皇子看来是真转性了，我竟不知你还会怕两国交战！"

楚含道："北周兵败，割地赔款，国力十年内都恢复不了，如今还哪里有力气兴兵？我在你面前说怕，也不丢人。另外，我想知道，你为何会与我做交易？别跟我说什么你懒得查的话，我不信。"

苏风暖道："我懒得查，是因为我不想耽搁时间。"顿了顿，又道，"对我来说，时间宝贵，我的嫁衣如今还没绣完，距离我与叶裳的大婚之期也不过几个月了，要准备的事情很多。大婚后，我想为他生儿育女，自然想要一个安稳的环境，我没对你说谎话，你若是不信，那你想听什么？"

楚含像看怪物一样看着她："苏风暖，你还是那个在战场上巾帼不让须眉、大杀四方、运兵如神的苏风暖吗？你除了张口闭口叶裳，想嫁给他，你还能说些什么？"

苏风暖看着他："我身为女子，想嫁给喜欢的人，有什么不对？你是不会明白的。"

楚含脱口道："我自然不会明白，枉你……"他想说什么，猛地顿住，有几分恼怒地道，"你不是懂医术吗？帮我治了寒疾，我就答应你。"

苏风暖摇头："寒疾别说难以根治，就算能根治，也不是一日能治好的，有给你治寒疾的这个时间，我不如去查了。"

楚含道："既然如此，你便去查吧，我不答应。"

苏风暖站起身，对他说："北周也有名医，你回去后，自然可以治好你的寒疾。我们虽然能心平气和地坐在这里说话，过往的仇怨也不能就这样一笔勾销了，我会永远记得你带兵践踏燕北，致五万名将士血战而死，你会永远记得我火烧你九万兵马。这仇，可是人的血肉白骨堆起来的。我还没有给想亲手杀的人治病的习惯。"

楚含顿时怒了："既然如此，你不如现在就杀了我，反正我是在你南齐的地盘，任你鱼肉。"

苏风暖见他恼怒，平静地道："二皇子这便动了怒？看来你这段时间还没修养好心性。你再好好想想吧，这是你唯一的机会，我给你三日时间，你想清楚了就派人告知我。"话落，又道，"这也许是你返回北周的唯一机会，你若是错过，就再没有了。"

说完，她出了画堂。

苏风暖出了院落后，对看守的府卫道："撤了吧，即日起，这座院落不必再封着了，二皇子若是想走动，便让他随意走好了。"

府卫们一怔。

苏风暖又道："他若是想出府上街，也由了他，只派人暗中保护就行。"

府卫们惊讶地看着苏风暖，怀疑自己的耳朵听错了。其中一人道："姑娘，您说二皇子若是出府，暗中保护他？”

苏风暖道：“不错，你们没听错，暗中保护他。”

府卫们对看一眼，想着苏姑娘与世子的关系不必言说，她的话便是世子的话了。于是，齐齐垂首：“是。”

苏风暖抬步向正院走去。

千寒跟在苏风暖身后，不明所以：“姑娘，你今日来看二皇子，是有什么打算吗？竟然还给他解了禁。”

苏风暖道：“是有打算，我打算让他……”她话未说完，便看到了叶裳向这边疾步走来，她立即打住话，对他笑着说：“走得这么急做什么？刚回府吗？”

叶裳很快来到近前，上下打量了她一番，蹙眉道：“我是刚回府，便听说你去了楚含居住的院落，你去见他做什么？”

苏风暖上前一步，挽住他的胳膊，对他说：“我打算与楚含做一笔交易，我放他回北周，他将昔日南齐与北周私通卖国的人告知我。”

叶裳闻言蹙眉：“你要放他回去？放虎归山？”

苏风暖顿时笑了：“我们能在北周全盛时期，打败楚含，打败北周，以后就算他回去，我们何须惧他？他留在容安王府，还要好吃好喝地供养他，没什么用处，不如放他回去，换取价值。”

叶裳道：“倒是有理，只是，他会同意？毕竟一旦与你达成交易，也就毁了北周世代在南齐埋的暗桩，这代价不小。”

苏风暖对他道：“北周在南齐埋的暗桩再深再好，又有何用？如今北周国力衰退十年，这十年内，也不敢兴风作浪。所谓一朝天子一朝臣。北周皇帝经受连番打击，已经支撑不住，哪还能活上十年？楚含若是不回去，登基的是别人，他这一辈子就完了。用这个代价换皇位，对他来说值得。”

叶裳闻言点点头，对苏风暖问：“他同意了？”

苏风暖摇头：“没同意，他让我治好他的寒疾，我没同意。”话落，又道，“我给他三日时间，他会同意的。”

“既然如此，就等着他同意好了。”叶裳问她，“你为何想到要与他谈交易？”

苏风暖叹了口气：“南齐的浑水比我们想象的要深，从我回京后，你我屡次出事，这一次几乎要了我的命，虽然因祸得福，但也是因为我自己早些年修习了两种功法。但凡我少一丝运气，这次必死无疑了。我有些怕了，怕下次你也如我这次一样。放走一个楚含不可怕，要尽快清除背后那只黑手，这才是最重要的事。”

叶裳停住脚步，伸手抱住她：“这一次我也吓坏了，也禁不起下一次了。”

苏风暖靠在他怀里，轻声说：“我只想我们顺利大婚，我身体既然无事了，不知道能不能怀上我们的孩子，我想要一个安稳的环境，在我们的孩子出生后，再无危险，天下安稳。”

叶裳抱紧她，低声说：“会的。”

苏风暖点点头。

回了房间，苏风暖问叶裳：“你去国丈府待了这么久，许云初怎么样了？”

叶裳道：“他看起来精神不大好，明日你去国丈府给他把把脉，再开一个药方吧。”

苏风暖点点头。

叶裳又道：“我与他就昨日之事商议了一番，他的意思也是从月贵妃生前入手查，不只查月贵妃，也要查她的母亲。至于许灵依，自从中秋夜宴之后，她在你面前输了棋局，便将自己关在了房间里。除了在安国公府和景阳侯府两府被满门抄斩之日，她出府带回了陈芝苒，直到中了恨春风之毒，再没出府。许云初早先查她，一直无所获，不明白她的恨春风之毒是从哪里来的。如今发现她房中的秘道后，总算有了解答，定是有人从秘道进入她房中，与她一起谋划的。”

苏风暖听罢，拿出听音铃，轻轻晃动听音铃，她和许灵依在水牢里的对话清晰地从听音铃里传出。

叶裳听完后，对她说：“你是想从许灵依的心理上击溃她？”

苏风暖点头：“攻人攻心，望帝山的催眠之术都不能让她吐出半个字，可见她心魔有多重。既然她拉着你死的同时，还要将我与她哥哥凑成一对，可见心里对她哥哥还是有些许亲情的。如今让她知道自小爱护她的哥哥因为她自杀而死，而我好模好样地与你在一起，她一定会受不住而发疯。只要她发疯，硬如石头的心魔便会有裂缝，心变得脆弱，就好办了。”

叶裳颔首：“既然如此，她就交给你了，我实在懒得再见这个愚蠢的疯女人。”

苏风暖点点头，收了听音铃。

这时，瑟瑟从外面快步冲进了院子，进来后，上下打量苏风暖，见她好模好样地坐在那里，大舒了一口气，问：“姑娘可还好？我听说姑娘在宫里遭了难，吓死我了。”

苏风暖对她笑着说：“是遭了难，不过如今也算是逢凶化吉了。”话落，对叶裳说：“过些日子，我打算依照原计划去望帝山。你觉得呢？”

叶裳扬眉：“你是打算……”

苏风暖点头：“我打算借去望帝山之际，暗中转道去一趟东境。”

叶裳想了想道：“机关秘道陷阱之案，怕是没那么快能查清了结，此案关系到皇宫的秘道，换句话说，也就是皇室的尊严和安危。不结此案，皇上怕是不会放我们离开。”话落，又道，“况且，你身子已经好了，我更不想草草查办此案，一定要将京城翻个底朝天，翻出背后黑手才罢休。”

苏风暖闻言道：“去东境之事不急，你先查着，我知道此事你定不会善罢甘休，我自然也不会善罢甘休。所以，我今日去找了楚含，希望从他那儿入手，能查得快些。”

叶裳颔首。

瑟瑟看着二人道：“真不是二皇子做的？毕竟他一直对姑娘虎视眈眈，是不是他贼喊捉贼？”

苏风暖看向叶裳。

叶裳摇头：“不是他，他是被蒙在鼓里的那个人，我问过他，他在京中的确有一个靠山，只不过连他自己也不知道是谁。他不是说假。否则许云初盯了他这么久，若不是十分隐秘之人，早就被盯出来了。”

瑟瑟道：“我收到传信，碧轩阁的长老们很快就会进京了，不知道能为姑娘做些什么？”

苏风暖对瑟瑟道：“他们若是进京，我打算让长老们送那些前辈离京，送回家去。”

瑟瑟一怔：“京中危险，姑娘却不留长老们在京城？”

苏风暖摇头：“正因为京中危险，我才不想让碧轩阁卷进来。”话落，又道，“你一人留在我身边就好了。”

瑟瑟看着苏风暖：“可是我武功浅，不足以保护姑娘您啊，叶世子要查案……”

苏风暖顿时笑了：“我已经恢复了武功，不需要人保护了。”

瑟瑟睁大眼睛，难以置信地看着苏风暖：“姑娘您……竟然恢复武功了？”

苏风暖点头，简单地将她恢复武功的过程说给了瑟瑟听。

瑟瑟听后，大喜过望道：“怪不得您不想让长老们卷入京中的是非呢，您既然恢复武功了，长老们待在京中的确无用。”

苏风暖刚要再说话，又有脚步声传了过来，她打住话看去，只见齐舒进了院子，同样是脚步匆匆。

不多时，齐舒推门而入，一眼便看到了叶裳、苏风暖、瑟瑟在座，他先看了叶裳和苏风暖一眼，之后伸手指着瑟瑟：“她……她不是红粉楼的瑟瑟姑娘吗？”

瑟瑟用绢帕捂着嘴对齐舒笑：“小郡王还记得奴家啊？”

齐舒立即说：“我不是什么小郡王了。”话落，又道，“我自然记得你，陈述兄找了你很久，你去了哪里？如今怎么又回京城了？”

他虽然在除夕之日就来了容安王府与叶裳一起过除夕，但瑟瑟与江湖的一众前辈并未与苏澈等人坐在一起入席凑热闹，所以，他即便住了一日一夜也未见到瑟瑟。

瑟瑟笑着说：“我回家一趟，日前才回来。”

齐舒点点头，对苏风暖问：“苏小姐可还好？我就知道凭你的本事，定然会没事的。”

苏风暖对他笑着说：“还好，阎王爷不太喜欢我，目前还没打算收了我。”

齐舒坐下，也问：“是不是二皇子动的手脚？”

叶裳摇头。

苏风暖想着看来人人都怀疑林之孝，这也是基于林之孝将对她的喜欢传得沸沸扬扬。她出了事，又是机关陷阱之事，自然第一时间都想到自小长在林家的他了。

齐舒见叶裳摇头，叹了口气道："我没什么本事，身为兄弟，如今也帮不了你什么。"

叶裳道："你活得好好的，便是对我最好的帮助了。"

齐舒心下触动，重重地点了点头："我一定会好好地活下去的。"

四人闲聊了片刻，齐舒和瑟瑟离开，出了正院。

正值晌午，叶昔在院中躺在藤椅上晒太阳。

她走到近前，叶昔依旧闭着眼睛，仿佛不知道有人来。

苏风暖折了一根干枯的树枝，用树枝敲了敲他的额头："师兄，你如今没功力，晒什么太阳？还不到春天，你这样躺在这里，不冷吗？"

叶昔被敲得一痛，挥手打开树枝，睁开眼睛瞪她："臭丫头，打断我想事情了。"

苏风暖失笑："打断你想什么事情了？风花雪月？"

叶昔翻了个白眼："只有你才天天想着和叶裳风花雪月，我是在想师父的死。"

苏风暖找了个地方坐下，问他："那师兄可想出什么来了？"

叶昔道："我在想，师父的死，天命大限，经脉尽断，回天无力。除了他大限已到，经脉自断，还有什么外力能使他全身经脉尽断？"

苏风暖道："这个问题在师父去世那一年我想过很多次，最终没得出结论，天下武学，没有一种是会让一个人在弹指一挥间经脉尽断，而外表完好无损的。"

叶昔点点头，叹道："是啊，没有，可是近来我越发觉得，师父的死不是自亡。"

苏风暖道："那一日，我问过林客，师父的死是否与他有关，他说'有关系如何？没关系又如何？他总归是死了'。"话落，又道，"我也不太明白，按理说以师父的武功，林客受他庇护，是他所教，虽然林客武功很厉害，但就算他不顾念手足之情，对师父动手，也不见得是师父的对手。若师父是他所杀，他究竟是以什么手法让师父经脉尽断而亡？"

叶昔揉揉头："算了，不想了，诚如他所说，反正已经死了。"

苏风暖点点头，问他："用过午膳，我要去国丈府一趟，然后回苏府赏我焐开的海棠花，师兄要不要跟我一起去？"

叶昔痛快地点头："去。"

二人说定，于是，用过午膳后，乘坐一辆马车，带上了萧寒和谢轩，一起前往国丈府。

来到国丈府，国丈府的管家见到二人，连忙见礼，对苏风暖道："苏小姐，我家公子吩咐了，您若是来，只管带您前往他的书房，公子在书房。"

苏风暖点头，笑着说："带路吧！"

一行人来到许云初的书房外，管家对里面轻声喊：“公子，苏小姐和叶昔公子来了。”

许云初应了一声，来到门口，亲自打开了房门，请二人入内。

许云初的书房十分宽敞、干净、整洁，窗前摆了几盆兰花，另外他的桌案上还有两个花瓶，里面插着盛开的梅花，像新折的。

苏风暖笑着对他说：“兰花开得好，梅花开得也不错。”

许云初笑了笑，眉目有些暗淡：“这几盆兰花是我父亲生前养的，自他去后，我便一直精心照料。”顿了顿，又道，“至于梅花，我妹妹喜欢，每年一到梅花盛开时，她就吩咐人每日清早趁着霜露采摘了，给我书房送来两枝，以供我无暇去赏花时欣赏。这么多年，府中的下人们都习惯了，直到今日，依旧摆了这两枝梅花。”

苏风暖闻言暗暗叹息一声，想着无论是父子情、夫妻情，还是兄妹情，修来都不易。

她在桌案前坐下，轻轻拨动娇嫩的梅花，对他道：“许灵依关在容安王府的水牢里，我的两位师兄对她动用了望帝山的催眠之术，她竟然内心强硬到能抵抗望帝山的催眠之术，只言片语不说。昨日我假借你死的消息骗她，她十分激动，今日要见叶裳，叶裳自然不会见她。我想她过不了两日，便会受不住了，崩溃之下，也许会说出点儿有价值的东西。”

许云初点点头，脸色有些沉。

苏风暖对他道：“叶裳虽然找你要了她的命，但到底是你妹妹，你若是不舍，想留她一条命，我就帮你留下她的命。”

许云初摇头：“对她来说，活着不如死了。爷爷昨日已经将她从家谱里除名，逐出家门了，她自此再不是许家的人了，也不是我的妹妹了。”

苏风暖点头，对他道：“我帮你把把脉吧。”

许云初颔首，伸出手腕。

苏风暖按住他脉搏，触手处，他肌肤冰寒，清凉入骨，她微微蹙眉，示意他换另一只手，许云初将另一只手交给她，她又把脉片刻，对他道：“我本来想着先给你开一个疏通气血的药方，如今看来得立即给你运功祛寒了，否则体内的寒气会越来越重，寒疾便真成顽固之势了。”

许云初道：“无碍，你身体也刚好，不宜劳累，你歇几日再说吧！如今能保一条命，好模好样地坐在这里与你说话，我已经觉得十分好了。”

苏风暖摇头：“我不累，就在你这书房吧，正巧师兄在这里给我们护法。”

叶昔说：“我没有武功，护什么法？”

苏风暖瞪了他一眼：“有你一个人在，总比没有强，不护法就当帮我们避嫌！”

叶昔顿时没话了，摆手：“好吧，你们开始吧！”

许云初见苏风暖气色极好，身体真像没有大碍的模样，便也不再推辞，走去了一旁的矮榻上盘膝坐下。

苏风暖也坐去了矮榻上，与他盘膝对坐。

因有在冰棺中帮他祛寒的经验，苏风暖很顺利地调动内息进入许云初体内，帮他梳理奇经八脉，祛除寒气。

叶昔在房中无聊地坐着，无奈许云初的书房里都是四书五经等正统书籍，于是，他便无聊地赏起窗台的几盆兰花来。

赏了片刻，他还是觉得无聊，索性看苏风暖给许云初运功祛寒。

只见这片刻工夫，二人头顶都冒起淡淡薄薄的白气，他看着看着，忽然脑中灵光一闪，想起了什么，顿时惊得腾地站了起来。

叶昔站起来后，盯着二人看了片刻，脸色变幻，现出恍然大悟之色，之后，又一屁股坐下，皱着眉头思索起来。

一个时辰后，苏风暖收功，额头有汗水滴落，她也不在意，用袖子随意擦了一下，对许云初道："这样，每三日，我帮你运功祛一次寒气，同时我再给你开一个药方用以辅助，你的寒疾刚落下，要想治好，也不是不可能，一年半载，总见成效。"

许云初点头，也不说客气话，笑道："好。"

苏风暖来到桌前，见叶昔在想什么，十分出神，她伸手敲了他额头一下，问道："师兄，你什么时候落下发呆的毛病了？"

叶昔被敲醒，看着她，又看看许云初，问她："这就完事了？这么快？"

苏风暖对他道："一个时辰了呢，也不太快，随着以后他体内的寒气越来越少，时间应该一次比一次短才是，晚上我再运功助你。"

叶昔点点头。

苏风暖提笔写药方。

叶昔瞅着许云初，问他："师妹给你运功祛寒时，你是不是不调动半丝内息，将你的身体交由她处置？"

许云初点头："正是。"话落，看着叶昔，"叶昔兄，怎么了？看你神色不太好。"

苏风暖闻言顿住笔，抬头打量叶昔，果然见他神色不太好，问道："师兄，你哪里不舒服？"

叶昔转过头对她说："就在刚刚，看你运功为他祛寒，我想到师父的死。"

苏风暖问："怎么了？你想到了什么，还是发现了什么？"

叶昔对她道："设想一下，师父全身经脉尽断，若不是自己所为，还有一种情况，我们都疑惑不解的地方，就在这里。"顿了顿，又道，"那就是他可能也如你一般，调动内息，进入别人的身体，给人运功疗伤或者祛毒、祛寒；或者，别人调动内息，进入到他身体内，一旦两种内息在体内相撞，那么至少会造成其中一人经脉尽断。”

苏风暖的笔“啪”地掉到了桌案上，脸色顿时变得暗淡。

叶昔看着她：“师父全身经脉尽断，除了他自己自爆经脉，只有这一种可能。”话落，又道，“你可还记得，师父曾经说过，要看着我们将来各自嫁娶，他总要观礼喝一杯谢师的喜酒。他怎么会因为推断自己大限将至而自爆经脉？”

苏风暖道：“正因为如此，我才不相信他是自亡，怀疑是他杀，但这么多年，我也是疑惑不解，如今经你这样一说，倒真是没有其他可能了。”

叶昔道：“与师父亲近的人，除了我们，还有个林客，其余人，还有谁会让他相信？”

苏风暖抿唇，说道：“择一日我再去会会林客。”

叶昔点点头。

苏风暖开好药方，递给许云初，嘱咐他每日按时服药。

许云初道：“叶世子和二皇子清早便下了机关密室，这时候还没出来，不知是否在下面遇到了什么难题？”

苏风暖闻言看了一眼天色：“这样说来，他们已经下去大半日了？”

许云初点头。

苏风暖当即道：“许灵依的院子在哪里？你带我去看看。”

一行人来到许灵依的院子，门口有国丈府的府卫严密把守，这院子暂时被封锁了。

入眼处，满院的梅花竞相开放，一阵阵梅香扑鼻。

苏风暖随手折了一束梅枝，放在鼻间闻了闻，对许云初道：“怪不得我闻这梅花比别的梅花更香，原来这盛开的梅花里含有迷幻香。”

许云初一怔，脚步猛地顿住，看着她：“迷幻香？”

苏风暖将梅枝递给他：“你闻闻，虽然浅淡，但还是细微可闻。”话落，她打量满院的梅树，又看向每棵梅树下泼的冰水，又道，“这迷幻香是被放入了水中，用来浇灌梅树，所以这种香十分细微，很难让人察觉。”

许云初眉头顿时皱紧，又仔细地闻了闻，脸色微寒：“你若是不说，我还真没发现。”

苏风暖对他道：“看来你妹妹院落里的秘密不少，够我们好好研究一番了。”

许云初和许灵依虽然是兄妹，但许家规矩严苛，男女七岁不同席，许云初和许灵依昔日虽然关系极好，但他也不会时常来往许灵依的院落，自是不知什么时候这些梅树被浇泼了含有迷幻香的水。

他沉着脸喊道：“浮影！”

“公子！”浮影应声出现。

许云初对他道：“逐一盘查这座院落的所有人，查清楚是从何时起用掺杂了迷幻香的水来浇这些梅树的？”

浮影应了一声“是”，立即去了。

苏风暖想了想，对许云初道：“再派个人去将你书房那两束梅花取来，早先我就觉得那梅花十分鲜嫩娇艳，气息十分寒冽清香，大约是因为只有两束，太少了，我未曾细闻，没察觉出来。如今让人拿来，我看看是否与这些梅花一模一样。”

许云初道：“整个国丈府，只有这座院子里种着梅树，应是一样的。你早先在我书房时没察觉出来，可能因为两束太少，香味太浅，如今这满院的梅花，香味自然浓郁很多。”

苏风暖道：“这种迷幻香，长久吸入，很容易让人迷失心智。”

许云初立即又对身后人喊：“来人，去将我书房那两束梅花取来。”

“是。”有人应了一声，立即去了。

苏风暖向许灵依的院子里走去，满院梅花香气袭人，置身其中，便如置身繁花锦绣堆。

不多时，有人取来许云初书房的那两束梅花，递给了许云初。

许云初伸手接过，放在鼻间闻了闻，微微蹙眉，递给苏风暖，对她道：“味道很淡，果然也是有迷幻香的。”

苏风暖也闻了闻，脑中寻思片刻，说道：“我想起年前，我被二皇子拦截那一日，平郡王妃杀了平郡王，齐舒中了迷幻药，神志不清下伤了叶裳。我在想，那一日平郡王府，是否也有这种迷幻香。”

许云初一怔。

苏风暖道：“我当时与叶裳闹了些矛盾，被林之孝拦截后，他无暇赶去救我，请了你前去，后来他从平郡王府去苏府后，说摆平了平郡王府的事，我便没细问。只是听闻孟太医查出齐舒中了迷幻药，但不知迷幻药是从哪里来的。”

许云初当即道：“我也未细问当日之事，不然我派人去平郡王府查查？”

苏风暖点头：“平郡王府已然不如昔日，府中仆从没剩下几人了，你暗中派人去查查吧，别弄出动静。”

许云初点头，又喊来一人，吩咐了下去。

苏风暖扔了手中的梅花，对他道：“迷幻香与其说是迷药，不如说是一种极其高级的会使人出现幻觉的毒药。长久吸入，不只让人迷失心智，还会因幻觉而编织各种梦境，严重者，甚至能篡改记忆。”

许云初道：“我竟一直没发觉这梅花有问题。”

苏风暖道：“大雪之后，梅花迎雪开放，只有在它开花后浇这种掺杂了迷幻香的水，才管用。想来，也没有多久。”

许云初抿唇，想了想道：“在她中恨春风之毒的时候，这满院的梅花还没开。具体什么时候她院子里的梅花开了，我却不知道。”

苏风暖道："你妹妹的房间里是不是每日也摆放梅花？"

许云初道："每年冬天，都会折了摆在房中，她爱梅与爱棋一样成痴。"

苏风暖道："秘道在她房中吧？走，我们进去看看。"

许云初点头，领着苏风暖、叶昔、萧寒、谢轩去了许灵依的房间。

许灵依的房中没有摆梅花。

许云初道："她已经被逐出了家门，这个院子和屋子都被我封锁了，在这个院子侍候的人都被我爷爷关了起来，自然无人给她这里折梅花摆放了。"

苏风暖点点头，问他："既然这处院子被封锁了，那你房中的梅花是什么人给你折了摆放到那里的？"

许云初愣了一下，不确定地说："应该是每日里给我打扫书房的云霓吧。"

"云霓？你的婢女？"苏风暖问。

许云初摇头："她是以前跟在我父亲身边侍候笔墨的婢女，我父亲故去后，便留在了我身边，虽然是婢女身份，但我一直喊她云霓姑姑，算是内宅的管家。"

苏风暖道："所以，也就是她在你命人封锁了这处院子后可以无视你的吩咐，依旧能进来折梅花，摆放在你书房？"

许云初抿了抿唇道："我派人将她喊来这里，问问她。"

苏风暖在许灵依的房间内转了一圈，来到她的床前，打量了一眼，伸手按开了通向地下的秘道。下面黑洞洞的，什么也看不见。

她转身，对许云初道："那一日，有人在秘道开启陷阱，与许灵依配合，但到底是不是国丈府内部的人，如今还不确定，今日你书房还摆放梅花，这事不简单。按理说，若是体己之人，经过此事后，定然不想你睹物想起妹妹，愁闷难解，那两束梅花是不会放的。所以，在你书房里摆放梅花的人，不管是什么居心，都有些问题。"

许云初颔首。

苏风暖道："待云霓来了，你好好盘查一番吧，就不必跟我下去了。"

许云初也觉得国丈府有很多问题，都下去没人留守国丈府自然不行，于是嘱咐道："你们小心一些。"

苏风暖点点头，伸手拽着叶昔，跳下了那黑洞洞的机关入口。

萧寒和谢轩在二人下去之后，也跟着跳了下去。

下去之后，两侧墙壁有小颗的夜明珠，比较亮堂，秘道中比较静，只有一条路通往前方。

四人走了一段路后，出现了那日叶裳将二人救出来折返时遇到的三岔路口，一条通向那间石室，也就是韶华殿下；一条通向御书房；还有一条，没走过。

她果断地走向那条没走过的路。

那条路十分干净，走了一段后，开始没了光亮，黑漆漆的。

苏风暖对萧寒说："师兄，折回去从墙壁处抠下一颗夜明珠来照明。"

萧寒点点头，立即折了回去，不多时，他抠下了一颗夜明珠，递给苏风暖。

苏风暖拿着夜明珠，继续往前走，发现前方的路地面不甚平坦，有些硌脚，她低头瞅了一眼，见地面散落着一层石子。

她停住脚步，捡起一颗石子，发现这石子被磨得十分圆滑，大约有鸽子蛋般大小。她又蹲下身查看，发现地上的石子差不多都这么大，散落着。

叶昔道："这是在搞什么名堂？"

苏风暖没说话，用石子敲了敲地面，地面发出空灵的响声，她道："若是我猜测得不错，这些散落的石子就是暗器，一旦我们踩到了机关，地面就会弹出类似弹弓的东西，用这些石子打我们。"

叶昔闻言也蹲下身，捡起一颗石子看了看，也敲了敲地面，说道："果然有问题。"

苏风暖道："在这样的秘道里，没有无用之物。"话落，她用夜明珠仔细地照了照地面四周，又道，"地面设了八卦图。"

叶昔也看到了，说道："可见这条秘道所通向之处，一定是一系列的机关暗器。"

苏风暖颔首，站起身，对三人道："你们跟着我的步子走。"

第二十二章 精密机关

苏风暖带路，一行人往前走。

走了一段路后，地面没有了石子，改换成了细碎的沙子，而且面前出现了一堵墙。

苏风暖停住脚步，仔细地观察这堵墙。研究片刻，她将手按在了墙壁上，轻轻一用力，墙壁"咔"的一声，开了一扇门。

她没立即走进去，而是站在门口。

须臾，便听到里面传出一阵噼里啪啦的声音。

半盏茶的工夫后，里面息止了动静，苏风暖抬步走了进去，叶昔三人紧随其后。

进去后，发现是一间很大的石室，里面四壁十分亮堂，墙面的石头被打磨得十分光滑，石头的纹理清晰，除了镶嵌着数颗夜明珠，什么也没有。

叶昔道："咦？没路了，不会吧？"

苏风暖摇头，说道："不可能没路，这不过是个障眼法罢了。"话落，她沿着石壁走了一圈，又仰头看向顶端，顿时了然，足尖轻点，飞身而上，在顶端的那颗夜明珠上轻轻一按，只听"咔"的一声，石壁又现出一道门。

叶昔赞道："真有你的！"

苏风暖落下后，当先迈进了石门内，只见，里面依旧是一条通道。

地面十分干净，再没有石子和沙子，每隔一段路，墙壁都镶嵌着小颗的夜明珠照明，走出十几步后，苏风暖忽然道：“不对！我们折回去！”

“为什么？”叶昔看着她。

“别废话！走！”苏风暖一把拽过他，转身便向外掠出，同时对萧寒和谢轩道：“两位师兄，退回去！”

萧寒和谢轩不敢耽搁，当即跟着苏风暖一起转身。

就在这时，只听“咔咔咔”数声轻响，地面裂开一个黑洞。

萧寒和谢轩动作略微慢了那么一下，足尖踩空，便要掉下黑洞。

苏风暖猛地扬手，将叶昔推出了那扇他们刚刚迈进的门，紧接着袖中甩出锦绸，顷刻间缠住了萧寒和谢轩的身子，将二人从掉下黑洞一半的身体生生地给拽了上来。

变故不过发生在眨眼之间，地面上的黑洞顿时合上了。

苏风暖和叶昔、萧寒、谢轩三人又回到了那四壁光滑的石室里。

叶昔大喘了一口气，说道：“好惊险！”

苏风暖片刻后才道：“没想到这机关之术这么厉害，步步陷阱，全是死地。”

叶昔道：“表弟和二皇子会不会掉入陷阱了？”

苏风暖道：“二皇子在林家时，是林家新一辈的翘楚，本事高过林家主，叶裳学我所学，应该不会轻易掉下陷阱。”

叶昔道：“可是小国舅说他们下来大半日了。”

苏风暖道：“这条秘道要破解，不太容易，他们可能就是因此耽搁了。”

叶昔点点头，说道：“刚刚那条路不能走，哪里还有路？”

苏风暖蹲下敲了敲地面，答道：“路在地下。一个是天门，一个是地门，天门既然是死路，那么，地门定然是活路。”

叶昔道：“快些吧！”

苏风暖拿着夜明珠，对着地面照了片刻，在这处石室的南角找到了打开的机关，只听“咔”的一声，随着机关打开，地面上现出了仅容一人下去的通道。

有一把木制的梯子，已经很旧。

苏风暖瞅了一眼，第一个顺着梯子下去了。

这架梯子足有两丈高，下去之后，是一个和上面的石室同样亮堂的石室。

苏风暖打量了石室一眼，飞身而起，在顶端按了机关的开关，顿时现出一扇门来。她抬步向前走，叶昔和萧寒、谢轩跟在她身后。

接下来的路，不是十分直，而是七扭八拐，但无论是地面，还是墙壁，再没暗器等物。

走了大约两盏茶的工夫，他们来到了一面石门前。

苏风暖仔细研究了一番，按了机关的开关，门打开，又是一间石室。

叶昔瞅了一眼道：“这是到了哪里？”

苏风暖在石室里转了一圈，只见与早先下地下时一样，有一架梯子，足有两丈，她足尖轻点，上了梯子顶端，伸手扣动顶端的石板，石板被打开，顿时有刺眼的光亮射下来。

她纵身轻巧地跳了上去，只见，落身之处是一处院落，周遭杂草丛生，不远处有一个破旧的屋子，门前台阶上落了厚厚的绿色苔藓。

这是一处不大的小院，不是高门大户的府邸，只是寻常百姓家的小院。

叶昔从下面爬着梯子上来，四处瞅了一眼，说道："我还以为会走到哪里，没想到是这么个小院落。看这院中的荒草，这处院子显然荒废已久。"

苏风暖点头，回身见萧寒和谢轩也上来了，对二人道："我们先将这座院落查看一遍，看看可有其他的秘道，没有的话，我们出去看看这是哪里。"

二人点头。

四人沿着院落仔细地查找了一遍，没发现任何有暗道之处，便去了那间破旧的屋子。

那破旧的屋子上落着锁，贴着封条，写着封字。

苏风暖拔下头上的发簪，在落着的锁疙瘩上轻轻一转动，锁疙瘩应声而开。

她推开门，屋中落着厚厚的一层灰尘，地面上没有人的脚印，屋中的摆设器具都十分老旧。

苏风暖在内外三间屋子都转了一圈，没发现什么机关暗道，便走出屋，说道："这处地方看来空了多年了。"话落，她皱眉道，"难道叶裳和二皇子还真被困在了我们来时的秘道？他们若是也从这条路出来，定然会查看这间被贴了封条的屋子。如今地面上没有他们的脚印，可见是没来。"

叶昔道："也许你高估了他们，这样的机关秘道，不是什么人都应付得了的，顺利出来的。"

苏风暖闻言也没心情去外面查看是哪里了，足尖轻点，飞身上了破旧屋子的房顶，四下打量了一眼，然后落下，对萧寒、谢轩、叶昔三人道："我们回秘道，也许他们二人真的被困在早先我们险些错入的那个陷阱里了。"

叶昔点点头。

四人沿着院落折返，回到了那处同时拥有天门和地门的石室。

苏风暖对三人道："三位师兄，你们在这里等着我，我再去那处探探情况，看看他们是否真的被困在了里面。"

苏风暖与叶昔、萧寒、谢轩定了一个时辰为限，一个时辰若是她不回来，就是出事了。

三人点头，嘱咐她多加小心，便候在了那处石室内。

苏风暖重新打开了那扇天门，走了进去。

与上次一样，走出不远，地上便现出了陷阱，她拔出身上的软剑，斜斜地刺入石壁，身子凌空飞起，依靠着软剑的支撑力，轻轻地贴在了石壁上。

地上的黑洞顷刻间便颠覆了地面，如滚轮一般，将地面滚了个大翻转的个儿。

就在地上滚轮滚起的一瞬间，下面蹿出两个人来。

一个人带着另一个人。

苏风暖看清带着人的那个身影是叶裳，当即喊了一声“叶裳”，甩出袖中的锦绸，缠住了他的身子。将他的身子与他携带着的那个人一起，拽到了她身侧。

叶裳听到苏风暖的声音，转头看来，只见她贴着墙壁，他眉目瞬间舒展，泄了抵抗的力气，顺从地任由她将自己带到了身边，声音轻柔地笑道：“我就知道是你来了。”

苏风暖看清了他怀中抱着的人是林之孝，林之孝紧闭着眼睛，一条腿血污不堪，看来是受伤了，如今看他的模样，仿佛已经昏厥了过去。

她对叶裳问：“你们掉入了陷阱里，被困在了下面？”

叶裳点头。

“你可受伤了？”苏风暖立即问。

叶裳摇头：“我没有，他的腿被石轮碾过，受了重伤，必须尽快医治，否则这条腿就不保了。”

苏风暖想着林之孝如今的身份是当朝二皇子，他若是与前太子一样身残，不是什么好事，当即道：“我们出去，我看看他的腿可还有救。”

叶裳道：“好！”

苏风暖对他道：“我先用功力助你带着他出去，我再沿着墙壁慢慢挪出去。”

叶裳颔首。

苏风暖运足功力，甩出锦绸，将叶裳和林之孝对着那个石室推送了过去。

二人顷刻间便被她送出了十几丈远，可是没送到石室门口，叶裳拔出身上的剑，也插入了石壁内，以石壁做支点，再次借力，飞身带着林之孝进了石室内。

叶昔和萧寒、谢轩三人在苏风暖离开后，一直十分担心，生怕她被陷阱困住出不来，所以由一个人一直专门按着天门的开关，不让天门合上。

三人待了一盏茶的工夫，便看到两个人从门口飞身进来了，齐齐一怔。

当看清是叶裳带着重伤昏迷的林之孝，叶昔立即问：“可是师妹救了你们？师妹呢？”

叶裳点头，答道：“她在后面。”

叶昔松了一口气，看着那扇石门。

不多时，苏风暖沿着墙壁，飞身进了石室。

三人见她完好，彻底放心了。

叶昔顿时对叶裳道：“你怎么这么笨，竟然被困到了石室里？若非师妹冒险去救你，你岂不是就要在那里困死了？”

叶裳扛着林之孝并未将他放下，只道："快，我们先出去，救了他之后再慢慢说。"

叶昔也看到了林之孝的腿伤，住了口。

苏风暖当即引路，一行人快步沿着来路，向外走去。

折返回去的路已经十分熟悉，自然比来时省时省力。不多时，一行人便回到了出口。

许云初一直等在许灵依的房间里，在苏风暖四人下去之后，他命人将云霓喊来，派去的人说云霓已经死了，死在了她自己的床上。许云初面色一变，本欲去看看，又担心着苏风暖等人，毕竟叶裳和林之孝下去大半日了都没回来，一定是出了什么事情，苏风暖四人下去，他不放心。权衡之下，便吩咐人先守好了云霓的院落，他仍在许灵依的房中等待。

他等了一个时辰，见一行人终于上来，当即起身，问道："你们总算出来了，我担心得紧。"话落，他看到了林之孝的腿伤，立即问，"二皇子这是腿受伤了？"

叶裳点头，说道："我们遇到了陷阱，十分厉害。"

苏风暖紧接着说："先将二皇子放下，我来给他诊治。"

叶裳当即将林之孝放在了床上。

苏风暖上前，伸手先给林之孝探脉，紧接着，又划开他腿部的衣物，发现他左小腿被碾得血肉模糊。她蹙了蹙眉，轻轻在他腿骨受伤的部位检查了一番，之后，对叶裳道："他腿骨被碾碎了，不过幸好时间尚短，我能医治好他，不过，三个月内，他这条腿不能走动。"

叶裳道："能保住他的腿就好，立即给他包扎用药吧。"

苏风暖点头，对许云初道："府中可有药箱？没有的话，劳烦派人去苏府将我的药箱取来。"

许云初道："有，我的书房就有。"话落，他对外面喊："浮影，去我房间将药箱取来。"

浮影应了一声，立即去了。

苏风暖又道："让人打水来，拿酒来。"

许云初又吩咐了下去。

苏风暖洗净了自己的手，先动手将林之孝腿部的血污洗净，紧接着，又用酒给他彻底清洗了一遍。不多时，浮影取来药箱，苏风暖看许云初的药箱里都是治跌打创伤的好药，一应俱全，立即动手给林之孝上药包扎。

林之孝的腿伤不轻，若是遇上寻常大夫，恐怕这条腿真的保不住了，即便太医院的孟太医在这里，也不敢保证能治好他的腿，幸好苏风暖在这里，只有她的医术才能保住他的腿。

大约过了半个时辰，苏风暖才给林之孝固定住那条受伤的腿，包扎完。

她刚要用袖子抹汗，叶裳在旁边手里拿着帕子为她擦了擦脸。

苏风暖这才有空儿对他问："怎么回事？"

叶裳给她擦了汗后，收了帕子，说道："我们误入了那个陷阱，发现时，已经晚了，他折返的动作慢了一步，便被石头滚轮卷了下去，我与他一起查案，只我们两个人，自然不能让他出事。于是，营救不及，我只能跟了下去。"

苏风暖道："原来如此，我觉得以你的武功，不该掉入那个陷阱啊。"

叶昔道："二皇子的武功不是也不错吗？"

萧寒道："早先我们也慢了一步，险些陷进去，幸好师妹及时拉住了我们。那个机关陷阱，着实厉害。"

叶昔看了二人一眼，想到二人功力的确不错，他虽然目前不能再动用武功，当时由苏风暖带着，但也能觉出那个陷阱确实厉害了些，于是对叶裳道："下面什么样？"

叶裳道："也是个石室，不过下面都是尖刀。"

众人惊叹。

许云初道："总之是有惊无险，如今二皇子虽然腿伤严重，但三个月能养好，保住了腿，也算是一件幸事。"

叶裳对许云初道："派人去给皇上报个信，就说二皇子腿部受了重伤，如今正在国丈府救治。"

许云初颔首，喊来一人，吩咐了下去。

那人离开后，苏风暖对叶裳道："你们走错的那个地方，是天门，其实还有一个地门。天门是死门，地门才是生门。我和三位师兄沿着地门走的是在那条地道之下两丈处的一条通道。"

叶裳道："你们一定到了出口了，那条通道出口在哪里？"

苏风暖道："是一处破败的被封了多年的院落，满院荒草，无人居住。不过我已经记下了那处院落的位置，稍后我们去看看。"

叶裳点头。

许云初这时开口对苏风暖道："在你离开后，我派人去喊时，云霓姑姑已经死了，我因为一直担心你们，还没过去验尸。"

苏风暖闻言道："走，我们先过去看看你那个云霓姑姑死因到底是什么。"

许云初颔首，对外面喊："浮影！"

"公子！"浮影应声出现。

许云初对他吩咐："将二皇子移到我的院子中，你守着，在皇上派人来之前，寸步不离。"

"是。"浮影垂首，进来小心地扛起林之孝，出了许灵依的院落。

苏风暖知道许云初这是万分小心，毕竟许灵依的院落确实不安全。

一行人走出许灵依的房间，苏风暖便将满院的梅花都掺杂了迷幻香之事对叶裳说了，说完之后，询问他：“那日你前往平郡王府，可曾注意齐舒所在之处是否有这种梅花？”

叶裳沉眉想了想，答道：“似乎有！”

苏风暖道：“这就是了，我怀疑那日齐舒所中的迷幻药，就是这种迷幻香，只不过孟太医应该不懂迷幻香，于是，只说是迷幻药。我当时以为是普通的迷幻药，便没注意此事。”

叶裳道：“平郡王妃也喜欢梅花，在她的院落里种了两棵。”

苏风暖道：“若是当日平郡王府也有这种带迷幻香的梅花，齐舒中了迷幻香伤你，那么是否可以设想，平郡王牵扯贪墨案的背后，也与这里开启机关暗道的背后之人脱不开干系？”

叶裳道：“这样说来的话，此事就需要再好好与二皇子探讨探讨了。”

“与他探讨？”苏风暖扬眉。

叶裳道：“那一日，他劫持你，平郡王府恰巧出事，牵制了我。秘道与他无关，那么迷幻香可与他有关？无关的话，他又知道些什么？”

苏风暖点点头：“既然如此，等他醒来，问问吧。”

二人说着话，出了许灵依的院落。

许云初吩咐：“所有府卫，守好这处院子，任何人不准再进入，违者重处。”

“是！”府卫齐齐应声。

云霓在国丈府内院的身份比普通婢女高，有独立的小院落。

一行人来到云霓的院落后，国丈府管家正带着几个奴仆在门口等候，见许云初带着苏风暖、叶裳等人来到，连忙见礼。

许云初对管家问：“是什么时候发现云霓姑姑出事的？”

管家立即说：“自从少爷去世，云霓性情就有些孤僻了，除了日常在公子您的书房侍候，不与府中婢女们来往。公子您也知道，她这院子，寻常时候不准许人出入，若非今日公子您派人来寻她问话，还不知她已经死了。不知是何时死的，昨日晚上还见她了。”

许云初抿唇，点点头，带着苏风暖、叶裳等人进了云霓的院子。

云霓的院子不大，院中种了几株梧桐，除此再无别的景物。苏风暖看了一圈，没发现什么特别之处，随着许云初进了云霓的房中。

云霓躺在床上，衣裙十分整洁干净，手中拿了一纸诗文，面相平静，像睡着了。

许云初来到她床前，看了一眼，伸手将她手中的诗文轻轻一抽，便拿了出来。他看了一眼，抿起嘴角，没说话。

苏风暖上前拿过那纸诗文，只见上面写着：“春日晴，落英梅花畔。流水潺潺，风吹女儿香。望吾来，青云绕，梧桐栖凤鸾，浅折颜，隽永世。”

毫无疑问，这是一首情诗。

纸张已经有些发黄泛旧，看起来有些年了，端看字迹，笔锋张扬风流，像出自男人的手笔。

她见许云初抿着唇，对他揣测着问：“这首诗，出自……你父亲？”

许云初点了点头。

苏风暖想说原来你父亲这般风流，惯会写情诗讨女儿家欢心，但如今床上躺着个死人，这纸诗文还是从她手中抽出来的，苏风暖便没了开句玩笑的心思了。

于是，苏风暖将诗文递给一旁的叶裳，上前查看云霓，对许云初说道：“我看看她的死因。”

许云初颔首，退后了一步。

苏风暖将云霓通身检查了一遍，从头发处拔出一根金针，金针细如牛毛，她捏在手里，分量极轻，若不仔细看，便会以为是头发，他对许云初果断地道：“是他杀。”

许云初面色一沉，低声问：“如何断定是他杀？”

苏风暖道：“有两个可疑之处，这首诗文应该是你父亲写给她的，这般风流的语气，想必是你父亲年轻时所作，而你父亲年少，云霓应该也是豆蔻年华，任何女子得了此诗文，想必其他男子都不入眼了，所以说，她定然对你父亲用情至深。”

许云初点点头：“这诗文确实是父亲年轻时所作，不过不知为何，后来一直由父亲收着，临终才给了云霓姑姑。云霓姑姑，一生未嫁，的确心仪父亲，用情至深。”

苏风暖又道：“另一点是她虽然对你父亲用情至深，但你父亲死了多年了，她依旧好好活着，说明她没有想随他而死的意思。既然多年都没死，如今也不会拿着他的诗文自尽。”

许云初又点点头，对苏风暖道：“云霓姑姑之所以未陪父亲赴死，是因为她不相信有黄泉路和来世，只想这一生记住他。”

苏风暖又道：“而且，她死的时机未免太巧了，在你发现了许灵依院子里的梅树以及你书房的梅花有问题时，要找她问话，她却恰巧死了。”话落，苏风暖扬了扬手中的细如牛毛的金针，对许云初道，“这么细的金针，一下子插入死穴，手法精准，怎么是自己能做到的？另外，若是一心想死，死法有千万种，没必要找这种有意掩饰死因的细如牛毛的金针，后宅的女子不是投湖沉塘就是爱上吊，这么特别的死法也是问题所在。”

许云初颔首。

苏风暖将金针递给他，说道：“她刚死不久，不过一两个时辰，应该也就是我们查出梅花有问题时，看来你真该好好地查查你的国丈府了，我觉得你的国丈府比皇宫还危险。”

许云初抿唇，轻喝：“来人！”

“公子！”有人应声。

许云初咬牙道：“给我查，在我前往灵依的院子之前，都有什么人进了这处院子。”

“是！”府卫应声。

这时，外面传来一声高喊：“皇上驾到！”

众人齐齐一惊。

许云初听闻皇上亲自来了国丈府，也愣了一下，想着皇上有多久没来国丈府了。他看向苏风暖和叶裳：“皇上听闻二皇子受伤，想必是为他而来，我去接驾。”

叶裳道：“一起去吧！”

许云初点点头。

苏风暖对二人道：“你们先去，我在这里待片刻，再去找你们会合。”

许云初和叶裳点点头。

管家没随许云初离开去迎驾，见苏风暖坐下，问她：“苏小姐，我让人给您倒一杯茶？”

苏风暖对他点头：“多谢了。”话落，听着外面一声接一声地高喊，问道，“皇上驾到，府中的人都要去迎驾吧？管家怎么没去？”

管家恭敬地道：“这里出了人命案，我身为国丈府的管家，已是失职，自然要守在这里。”

苏风暖点点头。

管家吩咐人端来茶水，之后便在一旁陪着她闲聊起了云霓的事。

苏风暖一边喝着茶，一边听着管家说云霓在国丈府这些年的事。

云霓本是许云初父亲的贴身婢女，自小被卖入国丈府，因识文断字，又聪明伶俐，在一众婢女中很快就被国丈夫人看中，选在了许云初父亲身边，侍候文墨。

许云初父亲与容安王交好，二人脾气秉性相投，都是十分正直之人。虽然国丈夫人有意让他将云霓纳为侍妾，但他私心觉得云霓侍候他一场，做侍妾委屈了她，她该嫁去寻常人家做正妻。

国丈府这等规矩严苛的门第，国舅自然不能娶一个婢女做夫人。

所以，虽有些情意，国舅便埋了起来。

云霓知晓国舅的心意，死活不愿出府，愿意待在他身边，哪怕不做侍妾，只做他的贴身婢女，侍候他一辈子的笔墨，也心甘情愿。

国舅只能依了她。

后来，国舅与容安王前往岭山织造办差，遇到了月贵妃和国舅夫人。

再后来，月贵妃心仪容安王，但容安王不喜月贵妃，娶了江南叶家的嫡女，月贵妃含恨进宫做了皇上的女人，得了圣宠。有了身份，月贵妃便将她的表妹接进了宫里，求皇上赐婚给国舅。

当时，皇上刚登基不久，正是被国丈钳制得郁郁之时，既然于朝政之事上奈何不了国丈，那么于私事上，他不想让国丈舒服了，况且这是月贵妃的表妹，他正有心扶持月贵妃，那么有个月贵妃阵营的人在国丈府做国舅夫人，的确不错。于是，皇上欣然地接受了月贵妃的请求。

但给国丈府赐婚，非同小可，宫里有太后、皇后，宫外国丈府里有国丈，他也不能一道圣旨说赐婚就赐婚。于是，皇上将国舅叫去了皇宫，询问他愿不愿意。

国舅见了月贵妃表妹，认出是在岭山织造识得的女子，没有什么意见，便应允了。

于是，皇帝高兴地下了赐婚的圣旨。

国丈自然不同意，太后和皇后也不同意，奈何国舅同意，于是，这事就这样定了。据说因为此事，国丈还气得病了月余，太后也好一阵子拒了皇帝的请安。

国舅夫人嫁入国丈府后，自然知道了云霓的事，不过她十分大度，并未吃醋打压云霓，同时对国丈和国丈夫人也很尊敬，国丈觉得这婚事自己虽然不赞同，但这女子倒是个好女子，比娇娇柔柔的月贵妃强多了。于是，国丈渐渐地也就没了意见。

云霓也未因此受到影响，依旧在国舅身边侍候文墨。

国丈府甚是平静，没有因为新夫人进来而改变什么，哪怕许云初和许灵依相继出生。

后来，容安王和王妃战死沙场，国舅郁郁而终，临终前，据说他将一物私下交给了许云初，安排了云霓，让她侍候许云初笔墨后，便去了。

许云初收了那物，打开看时，见是用锦盒装着的一纸诗文，他了然，将其私下给了云霓，之后安排她去了自己的书房侍候笔墨。

所以，这么多年过去，云霓一直在许云初的书房里侍候。

苏风暖听了这些事后，对管家问："国舅夫人怎么会是月贵妃的表妹，不是师妹吗？"

管家摇摇头道："当年说的是远房表妹，国丈还派人去查了她的底细，确实是沾亲带故的表妹，并没有查出是师妹。多年来，我等都不知道月贵妃和国舅夫人会武功。"

苏风暖点点头："这么说，小国舅的书房多年来只有云霓一人在侍候？"

管家颔首："除了云霓和浮影，多年来，连老奴也不准踏入公子书房半步。"

苏风暖又问："那打扫之事呢？"

管家道："每日都是云霓打扫公子书房，负责公子书房内的一切事情。"

苏风暖道："这么说，小国舅书房里的那两束梅花也是云霓摆放的了？许灵依的院落被封锁，她能随意出入？"

管家摇摇头："这老奴便不知道了。"顿了顿，又道，"她在府中内院的地位比老奴我高，想出入哪里，即便公子封锁了也能去。"

苏风暖又问："多年来，在这国丈府，她就没有要好的人吗？"

管家道："以前是有一个人，死了，后来少爷去世，她就变得性情孤僻了，不喜与人来往。除了与公子说上几句话，再没什么来往交好的人。"

苏风暖点点头，站起来，对他道："走吧，看来想查出凶手，不是一时半会儿就能做到之事，留着你家公子慢慢查吧。皇上进府后去看二皇子，应该直接去你家公子的院落吧？你带我过去吧。"

管家点点头，连忙头前带路。

苏风暖出了云霓的院子。

云霓的院子距离许云初的院落不远，大约是方便她侍候文墨。

不出半盏茶的时间，他们便来到了许云初的院落。

小泉子站在画堂门口，见苏风暖来了，连忙对她见礼。

苏风暖点头，迈进门槛，见皇帝坐在上首，国丈听闻消息也过来陪同，叶裳、叶昔、许云初都在座，林之孝也已经醒来了，架着腿，坐在皇帝身边。

她看了众人一眼，给皇上福了福身。

皇帝面色不太好，见到苏风暖，问她："苏丫头，朕听说今日是你下了秘道，救了他们二人，你武功恢复了？"

苏风暖用眼角余光扫见叶裳，他的眸光细微地动了动，她意会地叹了口气说："我若是武功恢复了，就好了。只不过是掉入陷阱后，寒毒外泄了一部分，感觉整个身体轻松了不少，短时间内应该没有性命之忧了，也算是因祸得福了。"话落，她对身后一指道，"我听说叶裳和二皇子下去了大半日，担心不已，便带着我的两位师兄下去寻了，是我的两位师兄救出了他们。"

她为了隐藏自己恢复武功之事，只能先将萧寒和谢轩拉出来挡一挡了，在她没恢复功力之前，二人身份不宜暴露，如今她既然恢复武功了，自然不怕了。

皇帝闻言看向她身后的萧寒和谢轩，二人虽然身穿着苏府护卫的服饰，但是眉目英气，一看就知道不是普通府卫。

二人闻言，连忙上前对皇帝见礼，自然是以望帝山人的身份拜见皇帝。

皇帝对二人连连点头，说道："望帝山每一个人拿出来都是英才，让你们做苏丫头的护卫，倒是屈才了。"

萧寒和谢轩对看一眼，摇头道："我们望帝山只有师妹一人是女儿家，本就娇气，我们一众师兄弟自当爱护她。如今她身体有恙，性命堪虞，是我等自己要护她安危。皇上过奖了，给师妹当护卫，并不屈才。"

皇帝闻言笑着转头对苏风暖道："小丫头有福气，这么多人着紧你。"

苏风暖扁扁嘴："我若是有福气，应该躺在床上，衣来伸手饭来张口，不这么辛苦。今日我本来是来帮小国舅看看伤势，为他开一个药方，哪知道叶裳和二皇子出了事。下了一趟秘道，之后又给二皇子包扎，我如今浑身乏力，累死了。"

皇帝闻言偏头看了林之孝一眼，接着说道："多亏了你，否则他这一条腿就保不住了。"

林之孝这时开口道："多谢你了！"

苏风暖摆摆手："医者父母心，二皇子谢就不必了，回头你与我说说齐舒当日中的迷幻药和许灵依院子里的迷幻香有没有关系就行了。"

林之孝闻言抿起了嘴角。

皇帝闻言问："怎么回事？什么迷幻药和迷幻香？"

许云初这时开口，将今日在许灵依的院落里查出迷幻香以及他书房插的梅花有迷幻香之事说了，又说到那一日二皇子邀请苏风暖去林府做客，恰巧平郡王府出事，齐舒中了迷幻药，伤了叶裳之事。

皇帝闻言蹙眉："两者有关联？"

叶裳道："我记得那一日齐舒身上有这种梅香的味道，我对江湖上的毒药不熟悉，孟太医当时为齐舒查了，说是迷幻药，我便以为就是普通迷幻药，没想到今日暖儿说许灵依的院落里满院飘散着迷幻香。"

皇帝闻言看向林之孝，沉声问："可与你有关？"

林之孝摇头："与我无关。"

"无关？那一日你请苏丫头前往林府做客，恰巧平郡王府出事牵制了叶裳，这件事情，你怎么解释？"皇帝问。

林之孝面容坦然地看着皇帝，答道："那一日，真是巧合了，我的本意是引叶世子去找我，即便他因为平郡王府出事，后来也去了林府找我。只是我何必多此一举在平郡王府动手，牵扯出小国舅，多出一个得罪之人？"

皇帝闻言，觉得有理，问道："真与你无关？"

林之孝坦然地道："无关。"话落，他对苏风暖道："你仔细想想，那一日，你应该是临时起意前往一品香茶楼，我得到消息，立即赶了去，我是断然没机会筹划对平郡王府动手的。"

苏风暖颔首："倒也有道理。"

林之孝看向叶裳，又道："叶世子不计前嫌，在今日出手救了我性命，若非他救我，我今日必死无疑了。若那件事情真与我有关，我有何不可说？"

苏风暖看着林之孝的眼睛，觉得他不像说假话，暗想，难道她一直以为那日平郡王府是林之孝所为是误会了他，真是赶巧了？

不，她摇摇头，这世上虽然有巧合之事，但那么巧合之事还是少有。

即便不是林之孝所为，也与他有关联。

不过既然林之孝将话说到了这份儿上，她纵有怀疑，也只能住了口，不再逼问他了。

皇帝闻言深觉有理，看向叶裳："这件事情你怎么看？"

叶裳道："二皇子腿伤要养三个月，切不可大意，否则便会残废了。他自然不能再与我一起彻查此案了。"话落，又道，"便让小国舅与我一起查此案吧！"

皇帝闻言道："你们都不晓得机关秘道的破解之法，如何查案？"

叶裳道："免不了要辛苦暖儿跟着我了。"

皇帝想起苏风暖即便没有武功，今日也带着人将叶裳和林之孝救了出来，可见也是精通机关之术。如今望帝山来了人，她背后又有望帝山倚靠，自然能代替林之孝跟着查案，赞同道："也好，那就辛苦苏丫头吧！"

苏风暖没意见。

林之孝惭愧地道："儿臣无能，不能为父皇分忧，实在惭愧。"

皇帝温和地摆摆手："机关厉害，也不怪你。"话落，他感慨道，"朕的皇子，只要在朕身边，无论是以前的假太子，还是如今的你，总会受伤。你切不可大意了，好好养伤吧！将腿养好，才最重要。"

林之孝颔首："是，听父皇的。"

苏风暖看着二人，这般对话，父慈子孝，倒也让人看着舒服。

皇帝对林之孝又道："听说你身边有一个林客，他也出身于望帝山，只不过自小便是望帝山的弃子？"

林之孝道："我身边是有一个林客，他是我的教习先生，自我小时便跟在我身边。至于他出身于望帝山，是望帝山弃子之事，我并不知晓。他从未与儿臣说过。"

皇帝道："你派人将他带进宫，朕见见他。"

林之孝应了一声"是"。

皇帝站起身，对叶裳和许云初、苏风暖三人道："此案就交给你们三人了，务必查个水落石出。"

三人点点头。

皇帝吩咐人起驾回宫。

小泉子喊了一声"皇上起驾回宫"后，便吩咐人抬了林之孝，带着他与皇帝一起走了。国丈、许云初、苏风暖、叶裳、叶昔等人将皇帝恭送到府门口。

皇帝的玉辇离开后，苏风暖对许云初传音入密，说道："云霓之死，与管家脱不开干系，你将之关押起来，好好审问一番吧。"话落，嘱咐道，"别让他死了。"

许云初一怔。

苏风暖又以传音入密对他说："都是府中过了半辈子的老人了，在管家的面上看不出半丝对云霓之事的伤心来，不合常理。"话落，她补充，"提起云霓，人的眼睛最是骗不了人。"

许云初闻言抿起唇角。

苏风暖收了传音入密，面色如常地对他道："府中出了人命案，总归是你国丈府内院之事，我们也不好过于深入插手，你先彻查吧。今日天色晚了，我与叶裳先回去了，明日我们再查机关秘道之事。"

许云初收了神色，点点头，答道："好！"

苏风暖转身看向叶裳。

叶裳颔首，拉着苏风暖上了马车，叶昔与许云初告辞，也与二人一起上了马车。

容安王府的马车离开了国丈府门口，许云初目送着马车走远，之后回身看向立在自己身后的管家，只见他一副恭敬的姿态，容貌看起来十分和善，不带恶相。

若非苏风暖所说，他真的不会怀疑到他。

许云初看着管家，缓缓开口：“国丈府对你不薄，为什么要杀云霓姑姑？”

管家一惊，骇然地看着许云初：“公子……您……老奴怎么会杀云霓？”

许云初道：“你本就出身于国丈府，是府中多年的老人了，我不想对你用刑，你自己招了吧！”

管家后退了一步，咬牙道：“公子为何怀疑是老奴杀害了云霓？老奴与云霓往日无怨，近日无仇，为什么要杀她？公子何以断定是我杀了她？”

这时，国丈在一旁也道：“初儿，你是不是弄错了什么？管家怎么可能是杀害云霓之人？”

许云初道：“爷爷，我不会弄错，是苏姑娘临走之前对我说的。”

“苏小姐？苏小姐为什么说我杀了云霓？”管家更是惊骇，“老奴连皇上的驾都没接，就怕她是公子的贵客，照顾不周，她为什么陷害老奴？”

国丈听闻是苏风暖说的，想到她的本事有目共睹，一时也不由得相信了，也看向管家。

许云初道：“不管她为什么说是你杀了云霓，定然是你在她面前露出了马脚，否则国丈府这么多人，她不说别人，为何说你？”

管家闻言，当即伸手入怀。

许云初向身后看了一眼，浮影瞬间出手，欺身到了管家面前，钳制住了他。

管家拿出了一颗药丸，自然是毒药，没来得及塞进嘴里，便被浮影制住了，他面色顿时一白。

国丈见此，自然确定是他了，顿时大怒：“你这贼子，国丈府哪里亏待你了？你身为管家，有何不满？为什么要杀害云霓？”

管家自然不说话。

许云初看着管家，问道：“管家想杀害的其实并不是云霓姑姑，而是我吧？我也想知道为什么。我书房里摆放的下了迷幻香的梅花，是你让人放的，是不是？”

管家立即说：“我连公子的书房都踏不进去半步，怎么放下了迷幻香的梅花？”

许云初道：“是你让云霓姑姑放的，或者是说服她放的，她应该不知道那梅花含有迷幻香，毕竟不是什么人都能察觉出梅花里含有迷幻香的，若非苏姑娘，我今日也不会知道。”话落，又道，“今日，当有人将书房里的那两束梅花拿去了那处院落验证时，你便知道事情败露了，知道我定然会找云霓姑姑问话，只要问到她，她势必会说出是你。于是，你就提前一步赶去了她的院子里，用细如牛毛的金针将她杀了。”

管家顿时没了声。

许云初又道："因为你们都算是府中的老人了，极为熟悉，她对你自然不提防，就这样被你杀了。因为时间紧迫，你只想到了用我父亲给她的那一纸诗文，想利用那首诗转移你杀人的动机。毕竟那首诗，牵扯出了云霓姑姑和我父亲年少时之事，以及牵扯了我母亲和月贵妃。牵扯的人越多，越容易混淆视听，你便趁机躲过，不会让人怀疑是你所为。"

管家说不出话来。

许云初看着他继续道："你没随我出府接驾，应该是怕当时匆忙中留了什么痕迹，所以，陪在了苏姑娘身边，看她能不能发现你。若是她能发现你，你趁着她没有武功，兴许就会对她动手了。或许，她身边有人保护，你不能杀了她，但自杀却是有充分的时间的。只是你没想到，她当时什么也没揭穿，而是临走时将这件事情告知了我。"

管家看着许云初，一时间眼睛蒙上了灰色。

许云初看着他道："如今你既被我发现，只要我在，你想轻易死去是做不到的。如实说吧，否则，我能让你求生不得求死不能的法子多得是，你身为管家，自然清楚得很。"

国丈已经暴怒："你这个狗东西！还不快说！"

管家被浮影押着，看看国丈，又看看许云初，他在国丈府多年，深知小国舅虽然看着脾气秉性温和，为人君子，但若是触及他的底线，也是个真会下狠手的人。

于是，他豁出去道："既然公子要听，老奴反正是贱命一条，就给你说出原因。老奴喜欢夫人，若非你当初在天牢里揭穿夫人，她根本不会自杀而死。"

许云初没想到是这个原因，顿时怔了怔。

管家道："当年，在岭山织造，月贵妃和夫人与容安王和少爷相识时，老奴也跟着，老奴争不过少爷，只要夫人安好，老奴便知足了。老奴守着国丈府，做着管家，终身未娶，只为夫人。如今她死了，老奴也觉得自己活到头了。哪怕公子您是夫人的儿子，可是从小到大，与夫人不亲近，母子情分薄，老奴杀了你，想必夫人九泉之下也不会怪我。"

许云初没想到问出了这样的事，想着怪不得苏风暖不继续留在国丈府，而是离开了。想必已经猜到，既然是国丈府的管家作案，那么一定牵扯了内宅不能说的事。

他脸色沉暗地看着管家，沉声问："这样说来，给许灵依院子里梅花浇迷幻香也是你做的？"

管家摇头："不是老奴做的，老奴哪里有本事去淘弄来连公子都识不出的迷幻香？不过是老奴自小就心细，且老奴身为府中的大管家，这府中内宅，各房各院的事，自然瞒不了老奴，小姐的院子里有什么变化，老奴自然知晓。今年的梅花入冬后一直不开，前些日子，忽然一夜之间就开了，开得十分妖娆，与往年不同。老奴私下查看了一番，知道梅花有了问题。”

许云初道：“你知道那梅花有什么问题，能够害我性命？”

管家道：“老奴自然不知道是否能够害公子性命，于是便折了一束梅花，拿出府外，暗中找了江湖上的黑市寻人问了，说是梅花掺杂了极其厉害的迷幻香。若是人吸入多了，不只致幻，还能致死。于是，在小姐出事后，老奴便借由云霓之手，又把梅花摆在了公子的书房。”

许云初道：“你就没好奇这迷幻香的由来？”

管家道：“我知道小姐为了谋害容安王府叶世子，自然在做些痴狂之事，老奴对于小姐要谋什么事情并不关心，老奴只想杀了公子，为夫人报仇。”

许云初看着他的眼睛道：“你在说谎。”

管家立即道：“老奴既然被公子所抓，已经是将死之人，为何还要说谎？”

许云初道：“帮助许灵依开启机关秘道的人是你，对不对？”

管家顿时否认：“不是老奴。”

许云初对他道：“人的眼睛最不会骗人，你的眼睛在告诉我，你在说谎。你喜欢我娘，因为我揭穿她，她自杀而死，你恨我是真，但对于许灵依之事，你说谎也是真。”

管家看着许云初，一时又没了话。

国丈大怒：“狗东西，还不如实招来！”

许云初道：“你既然喜欢我娘，她的事情想必你极其关心，所以，当年她在自己院子里暗挖秘道，也自然瞒不过你，你自然是知道秘道之事的。我娘死后，是你利用许灵依，给她服用恨春风，害叶裳的同时，顺便拉国丈府下水。许灵依前去参加宫宴，而你则推算着时辰，打开了暗道机关，借此想害我，是不是？”

管家不说话。

许云初对他道：“我一直在查谁是背后利用许灵依之人，可是没有查到蛛丝马迹，因为我从来没怀疑过你。你身为国丈府的管家，又是府中的家生子，你就在我的眼皮子底下，我偏偏没怀疑你的忠心。”

国丈又暴怒：“狗东西，国丈府养你就是养只白眼狼，你如实说，你与谁里应外合要谋害国丈府？”

管家忽然激动起来：“是，都是我做的，让小姐服用恨春风勾引叶世子，是小姐心甘情愿。既然她配合，我正好能杀了公子为夫人报仇，何乐而不为？”

国丈上前：“我要剐了你！”

许云初伸手拉住国丈的手臂，对他道：“爷爷息怒！”

国丈顿时道：“我如何息怒？这个狗东西，吃着国丈府的，穿着国丈府的，用着国丈府的，竟然为了一个女人害你，简直是狼心狗肺。”

管家道：“我不是为了别的女人，是为了国舅夫人，她也是国丈府的人。”

国丈顿时暴跳如雷："她算是什么国丈府的人，她就是一个扫把星！若不是她死得早，我也要剐了她。"

管家顿时说："老爷剐了我也好，我去九泉之下侍候夫人。"

国丈气得又要动手。

许云初拽住他，声音平静地道："爷爷，息怒，他在说谎。"

"又在说谎？"国丈顿时住了手。

许云初看着管家道："你生在国丈府，长在国丈府，你的本事如何，我是清楚的。这么周密之事，不可能是你做的，而且我问你时，你承认得太快，所以，定然有背后之人。"话落，又道，"月贵妃死了，我娘死了，可是背后之人定然知道你喜欢我娘，所以找到了你。许灵依是为了叶裳，而你是为了杀我，所以，都被他利用了。"

管家又没了声。

许云初对他道："我娘之死，是我揭穿她，她因此而死没错。可是我即便不揭穿她，叶世子也查到了她，她随月贵妃犯了通敌卖国之罪，必死无疑。"话落，又道，"你虽然被猪油蒙了心，但想必在最初也没有杀我的想法，虽然我娘与我亲情浅薄，但我毕竟是她所生，多年来，我该尽的孝道半丝没少。你应该是在后来被人蛊惑了，才兴起了要杀我的念头。"

管家惊异地看着许云初。

许云初叹了口气，对他道："你若真是有害我之心的奸恶之徒，我爷爷、我父亲、我，三代也不会任由你一直待在身边。"话落，又道，"你说吧，我留你一个全尸。"

全尸是对死者最大的慰藉，若是没有全尸，死都不能超生。

"你到底说不说！"国丈怒不可遏。

管家沉默片刻，看着国丈一副恨不得剐了他的样子，道："既然都被公子猜出来了，那我便说。公子当真留我全尸？"

许云初道："我言出必行。"

管家闻言道："我也不知道那人是谁。"

国丈大怒："一派胡言！"

管家看着国丈道："老爷可以不信我说的话，但我说的确是事实。那人每次从秘道来国丈府，都是黑衣遮面，连眼睛都不露。"

"眼睛不露他怎么来国丈府？"国丈自然不信。

管家道："他武功极高，走路无声，老奴第一次见他时，也吓了个够呛。"

国丈道："他是谁？连名字也不知道你就信他？"

管家看着国丈说："夫人死后，老奴就不想活了，为何不信他？反正老奴也想死，死前将公子带下去，也无不可。"

国丈又骂："你这该死的狗东西！"

许云初问："那他是高是矮、是胖是瘦，你总能说出来吧。"

管家道："那人不胖不瘦，比公子您矮一些，说话声音粗重。其余的，老奴就不知道了。"

许云初问："那衣服呢？即便他黑衣遮面，但衣服是什么布料的，你做国丈府管家多年，自来心细，不难知道。"

管家道："那人穿着普通的麻布衣服，脚下的鞋是家常纳的平底鞋，不是富贵人家穿的靴子。双手一直待在袖子里，老奴见了他三次，也没看见他的手。其余的，老奴便不知道了。"

"他第一次找你，是什么时候？"许云初又问。

管家道："公子在燕北的时候。"

许云初又问："第二次和第三次呢？"

管家道："第二次是公子请了孟太医入府给小姐看诊之后。第三次是年前，小姐从郊外的雪梅岭赏梅回来的当日。"

许云初道："你都是在哪里见的他？"

管家道："第一次是在我自己的房中，第二次和第三次我是被小姐叫去了她的房中。"

许云初又问："他是先找的你，还是先找的许灵依？"

管家道："似乎是先找的小姐，应该是在中秋夜宴之后，公子您也前往燕北之后，他先找了小姐，之后找的我。"

许云初道："他可还找了府中其余人？"

管家摇摇头："没有了！在他看来，国丈府有我们两个就够了。"

许云初道："的确够了。"话落，又问，"每次他都什么时辰来？"

管家道："第一次是深夜来的，第二次和第三次都是刚入夜时。"话落，又道，"否则老奴在太晚时也不敢出入小姐的院子。"

许云初又道："他虽然说话声音粗重，但听口音，可是京中口音？"

管家一怔，想了想说："似乎就是京中一带的口音。"

许云初问完了该问的，对他道："我虽然答应给你一个全尸，但没说现在给你，你先活些日子吧。"话落，又吩咐浮影："将他押去地牢。"

浮影应了一声"是"，押着管家去了地牢。

国丈见管家被押走，恨得不行，问许云初："你问了这么多，可知道那背后之人是谁了吗？"

许云初摇头，对国丈道："虽然不知道是谁，但知道一定是与我娘和月贵妃生前关系紧密之人。从明日起，孙儿开始彻查她们生前之事，定要查得一清二楚，早晚会知道是何人。"

第二十三章
屈人之兵

马车内，叶裳问苏风暖："你用传音入密，对许云初说了什么？"

苏风暖将对许云初说是管家杀了云霓之事对叶裳说了。

叶裳闻言道："国丈府的管家是家生子，侍候了国丈、国舅、许云初三代，没想到却成了家贼。"

苏风暖道："既是管家作案，脱不开内宅之事，我们再留在国丈府不太好，等事情有了结果，若与机关秘道之案有关，许云初定会找我们说出结果的。"

叶裳点点头。

苏风暖道："天色还早，去不去那秘道出口的院落看看？"

叶裳道："去！"

于是，苏风暖对外面的车夫吩咐："去西街市井。"

"是。"车夫应了一声，将马车赶入西街。

叶昔道："没想到那秘道的出口竟然是在西街市井的一处荒废的院落，而且那荒废的院落被贴了封条——官府的封条，多年来，无人居住，可真是有意思得紧。"

叶裳"哦"了一声。

苏风暖便将她与叶昔、萧寒、谢轩四人查探到那处院落的所有情形说了。

叶裳道："待去了那处院落之后，看来需要好好地去户部查查，还要去府衙和刑部查查卷宗，看看府宅的主人到底是什么人。"

苏风暖点头。

马车来到西街市井，这一片民宅，是市井百姓居住的地方，也是南齐京城繁荣背后的贫困所在。

苏风暖挑开车帘，看着外面，指挥着车夫，七拐八拐进了一处狭窄的巷子。

来到一处破败的门前，苏风暖对车夫道："就是这里，停下吧。"

车夫勒住了马缰绳，停住了马车。

苏风暖刚想跳下马车，叶裳按住她的手，先一步下了马车，之后将手递给她，苏风暖意会，搭着他的手，缓缓地下了马车。

巷子里有一位胡子花白的老人坐在远处一座院落门前的石礅上，破衣烂衫，听到动静，向这边看来，当看到叶裳、苏风暖等人，露出惊异的神色。

叶裳和苏风暖对看一眼，向不远处那位老人走去。

叶裳喊了一声："老伯！"

那老人缓缓地扶着墙站起身，看着叶裳和苏风暖，二人皆衣着华贵，容色无双，他惊异地问："两位贵人，来这种地方，不知有何事？"

叶裳问："老伯刚刚见到我们，为何现出异色？"

那老人闻言道："十几年了，自从官府给这户人家贴了封条，封了这处院落后，小老儿还是第一次见到有人上门，故此惊异。"话落，他问，"敢问公子、小姐何故来这里？"

叶裳道："查案而来。"

那老人更是惊异道："十几年前不是已经结案了吗？"话落，他打量二人，又看向二人身边跟着的叶昔、萧寒和谢轩，见萧寒和谢轩身穿着苏府护卫的服饰，当即惊道，"是苏大将军府的人？"

叶裳笑道："老伯对各府护卫的服饰看来清楚得紧。"

那老人道："小老儿这等贱命，最怕的就是冲撞京中各府的贵人，是以，都会记住各府的当差之人。"话落，他上前两步，看向那辆二人乘坐的马车，立即说，"小老儿老眼昏花，原来是容安王府的马车。"话落，他惊问，"看来公子和小姐是容安王府的叶世子和苏大将军府的苏小姐了。"

叶裳笑了笑："老伯虽生活在市井，却见识不小。"

苏风暖笑道："正是我们二人。"

叶裳笑了笑："老伯一把年纪了，不知以何为生？"

那老人顿时道："小老儿以前以说书为生，如今老迈病残，苟延残喘，说书也无人听了，还好以前攒了些积蓄，勉强度日。"

苏风暖道："怪不得老伯口才了得，原来曾以说书为生。"话落，她问，"敢问老伯，这里昔日出了什么命案，被官府封锁了多年？一般这种宅院，若是无人承继，不是由官府售卖的吗？"

那老人道："昔年啊，这里住着一家五口，一夜之间，全都死了，官府的人带着仵作前来验尸，可是没能查出死因，后来，官府封了这座府宅。每逢深夜，这一整条巷子的人都会听见这院子里的啼哭声。大家都说是闹了鬼，官府的人也趁着夜间来查，可是什么也没有，但依旧每夜都会听到里面传出的啼哭声。后来，这一条巷子的人都搬走了。"

"都搬走了？怪不得这条巷子这么清静。"苏风暖问，"老伯您怎么没搬走？"

那老人道："我和老伴无儿无女，老伴有腿疾，我们能走去哪里？再说年纪大了，活一天是一天，不怕鬼魂来抓。于是，就留了下来。"

"后来呢？"苏风暖问。

那老人道："后来闹腾了一年，哭声渐渐没了，可是这一条巷子的人也走光了，没过多久，我的老伴也生病死了，只剩下了我，活到了今日。西街的人将这一条巷子称作死巷，但凡在京中生活的百姓，无人不知、无人不晓。这里的府宅除了小老儿一人住在这里，都是空的，官府拍卖府宅，哪怕再便宜，也无人敢买。所以，这一条巷子都荒废了十几年了，除了耗子，只我这么一个喘气的。"

苏风暖觉得稀奇，说道：“这事可真是稀奇了！”话落，她看向叶裳：“你在京中，可听闻过这事？”

叶裳摇头：“未曾听闻。”

苏风暖看向那老人。

那老人立即说：“是十二三年前，那时候容安王战死不久，叶世子尚且年幼，想必是沉浸在伤心之中，自然无暇理会这等市井之事。”

叶裳道：“若是十二三年前，的确。”

苏风暖恍然：“原来是十二三年前。”话落，她问老人：“老伯，你刚说你一直住在这里，一年后，那处宅院便再没有哭声了，那之后可有别的什么动静？”

那老人摇头：“再没什么动静，这一整条巷子，无论是白天，还是夜晚，都安静得很。”

苏风暖看着他：“如今虽然过了春年，但还未立春，这天气还冷寒得很，您怎么不在自己的院中待着，反而坐在这门口的石礅处吹冷风？”

那老人道：“这一整条巷子，除了我，无人居住，冷清得很。我就盼着，有朝一日，有人住进来，跟以前一样热闹。有时候自己不想在院子里闷着，但年纪大了，腿脚不好，又懒得走出去，便时常在这门口坐着，无论冬夏，冬天不觉得冷，夏天也不觉得热。”

苏风暖点点头。

那老人对身后一指：“这处就是小老儿的院子，若是两位不嫌弃，进去喝碗水？”

苏风暖看了一眼天色，看向叶裳。

叶裳点点头：“正巧我们也渴了，那就叨扰老伯了。”

那老头连连说“不叨扰”，他多久没见过这巷子里来人了，尤其两位是贵客，便热情地将二人请去了他的院子。

苏风暖和叶裳跟着那老人进了他的院子，只见他的院子干净整洁，虽然也破败，但并不荒芜，可见真如老人所言，他一直住在这里。

里外三间屋。

老人将二人请到了外间，有一张八仙桌，两个方凳，他请二人坐下，从壶里给二人倒了两大碗水，口中道：“小老儿穷酸，连茶叶也买不起，两位将就吧。”

叶裳端起碗喝了一口开水，说道：“开水最是解渴，老伯不必客气。”

苏风暖也喝了一口，笑着说：“老伯既然以说书为生，想必耳目十分灵敏通达，这巷子里闹鬼的那一年，老伯可知道除了容安王战死，这京中还有什么不寻常的大事发生？”

苏风暖这话问出口，老伯顿时愣了一下。

苏风暖道：“我们是为查案而来，老伯应该知道两日前的除夕夜在皇宫里发生的事吧？”

老人连忙说："京中但凡有风吹草动，茶楼巷陌里就会有人传出风声闲谈，毕竟只是这两日的事，小老儿知之不详，只听说是小国舅和苏小姐您一起在皇宫的宫宴上出了事，皇上命叶世子和二皇子彻查。朝臣和家眷们被关在宫里一夜，陪着皇上、太后、皇后守了一夜的岁。其余的，小老儿便不知晓了。"

苏风暖对他道："太祖建的皇宫里的秘道被人改动了，而那条秘道的出口就在刚刚贴了封条的你说闹了一年鬼的院子里。"

老人惊骇："这……怎么会？那就是寻常的一户人家，怎么院子里会有与皇宫相连的秘道出口？"

苏风暖道："这也正是我们要查的。"顿了顿，她道，"你说那一处院落在死了人之后，每夜有人啼哭，闹鬼一年。这巷陌里的人都搬走了，一年才止息。而你一直住在这里，之后这里一直没什么动静，十分平静。所以，我想问问，那一年京中都发生了什么事？"

老人闻言想了想说："那一年，京中是发生了不少事。先是容安王和王妃战死沙场，之后苏大将军引咎辞官，再之后，户部尚书的嫡子莫名其妙地死了，户部尚书一病不起，没多久，也辞官了。"话落，又道，"小老儿还记得，那一年，晋王府长子闹着要脱离家门，据说是因为看中了一个青楼妓子，晋王不准许他将之接进家门，他便与晋王闹得不可开交，笑话闹出不少。"

"哦？"苏风暖扬眉，"后来呢？"

老人道："闹了一年吧，才消停下来，后来还是晋王妥协了，不再管他了，将长孙接到了身边教养，言明晋王府将来的门庭由长孙刘焱继承，爵位也是，都与长子无关。虽然晋王府长子没脱离晋王府，但据说后来在晋王府也是分门立户，各不相干，晋王不再管他，他便自此更加荒唐起来。"

叶裳道："户部尚书的嫡子莫名其妙地死了，是在那座府宅被官府封之前，还是封之后？"

老人道："是在封之前。小老儿记得清楚，因为这些事都是大事，小老儿以说书为生，当年小老儿还不算老，还能说书，记得清楚。"

叶裳道："我记得当年的户部尚书叫沈让，与景阳侯府是一沈。"

老人道："正是正是，沈大人在户部任职期间，兢兢业业，是个好官。每逢有赈灾之事，都会派人盯着是否把赈灾款项和米粮送到了当地，他只有一个独子，没想到莫名其妙地死了。之后，沈大人伤心郁结，一病不起，再不能为官，便辞官回乡了。他辞官之后，户部尚书换了好几任，再没有沈让大人的本事，一任不如一任了。"

苏风暖寻思片刻，说道："晋王府长子之事，是在沈大人辞官之后？"

老人点头："差不多那时候。那段时间，晋王府都快成京中的笑柄了。"

叶裳道："这件事情我倒是知晓些。"话落，又道，"那一年，你进京在我府中看到文叔叔时，他还在与晋王闹，不过也闹得差不多了。"

苏风暖觉得若是晋王有问题，刘文身为他的长子，一定知道些什么，不过子不言老子之过，就算去找他，他也不会说。

叶裳站起身，对那老人道："老伯，你恐怕不能继续住在这里了，若是不嫌弃，便随我去容安王府养老吧。"

那老人一惊，看着叶裳："叶世子为何如此说？"

叶裳道："今日我们是为查案而来，不曾避人耳目，此案干系甚大，九死一生，都没什么好结果。我们离开后，你恐怕会发生不测。"

那老人顿时惊骇地张大嘴："小老儿……何德何能，一身邋遢，贱民一个，怎么能去容安王府那等尊贵之地养老……"

叶裳笑了笑，说道："在我眼里，民无贵贱之分。"

苏风暖也笑道："老伯放心随我们走吧，你独自一人在这里生活了十几年，虽然不惧死，但若是我们走后，你发生不测，我们良心也难安。另外，容安王府虽然是贵地，但民无贵贱。"

那老人犹豫地道："可是小老儿已老，怎么能去容安王府混吃等死让世子白养活……"

苏风暖笑着说："我看您言语利索，还是能说书的，容安王府冷清，以后您没事就说上一段，也免得我们去茶楼听书了。"

那老人顿时搓手："这……能行吗？"

叶裳笑道："自然行！"

那老人高兴得笑起来，一咬牙道："小老儿在这里孤零零活了十几年，没想到晚景时来运转，有幸跟叶世子进容安王府，三生有幸啊，叶世子、苏小姐，您二人等一下，小老儿收拾收拾，这就随你们走。"

叶裳和苏风暖点头。

那老人连忙去收拾东西了。

苏风暖对叶裳道："这一条街的各府宅院，都该好好地查查了。"

叶裳颔首："你相信这世上有鬼吗？"

苏风暖笑道："据说人有三魂七魄，人死后，魂魄归于阴曹地府，至于有没有鬼，我也不知道。我只是觉得，这事却不是真有鬼，怕是有人装神弄鬼。"

叶裳道："一直听见哭声，却看不见人，恐怕是有人在地道里哭，传到了地面上。"

苏风暖道："很有可能，目的就是让这一条街的人都搬走。"话落，她压低声音说，"可是我看这位老伯，就是寻常老者，背后之人清空了一条街，却为何将他留了下来？"

叶裳笑道："你听过昔年京城有个快嘴的说书先生吗？"

苏风暖点头："隐约听过。"

叶裳道："就是他。"

苏风暖恍然大悟："原来这位老伯当年这么有名。"

叶裳颔首道："他说的书，在京城首屈一指，名声十分响亮。想必背后之人不想杀他惹麻烦，毕竟一个比较出名的说书人死了，比普通没名姓的百姓死了要扎眼得多。"

苏风暖道："这样说来，大约是背后之人闹腾了一年后，所有人都搬走了，而他因为老伴腿疾没办法搬走，后来老伴死了，他又安安分分地待在这里，所以，背后之人就没动他。"

叶裳道："应该是这样。"

二人说话间，那老人已经收拾完了，脱去了早先穿的那件破衣，换了一件洗得发白的干净袍子，拎着一个小包裹，出来后，对二人说："小老儿没什么可收拾的，只有老伴故去之前给我缝制的几件袍子，就这么点儿家当了。"

苏风暖笑着看了一眼他身上虽然洗得发白，但针脚细密匀称的袍子，夸赞说："大娘的针线活做得极好。"

老人闻言道："她当年在锦绣坊做伙计，绣活自然是拿得出手的。"

苏风暖笑着点头："怪不得。"

说着话，三人出了房门。

老人有些恋恋不舍地看了一眼自己的小院，感慨道："住了一辈子，这突然扔下它走了，还有些舍不得。"

苏风暖道："总归是在京城，以后太平了，老伯可以常回来看看。"

"也是，也是。"老人顿时乐呵地收起了不舍的表情。

三人出了院门，叶昔与萧寒、谢轩等在马车前，见二人带着老人出来，叶昔笑问："带去容安王府？"

叶裳点点头。

叶昔道："早先那处院落还没进去呢，不进去了？"

叶裳摇头："既然早先你们已经查看过了，那处院子便无甚可查了，不进去了，天色晚了，明日再来。"

叶昔颔首。

叶裳拉着苏风暖上了马车，叶昔跟上了马车，那老人拎着包裹，挨着车夫坐在了车前，萧寒和谢轩骑马，一行人离开了这条巷子。

马车驶出西街，来到荣华街，走出不远，一人拦住了马车。

车夫一惊，连忙勒住了马缰绳，一见那人，愣了一下，回头禀告："世子，是……北周二皇子……"

叶裳闻言挑眉，伸手挑开了车厢帘幕，看着楚含。

楚含白着脸，一副虚弱的模样，见叶裳挑开车帘，对他说："我出来游逛，寒疾又犯了，走不动了，载我回去。”

叶裳闻言道：“上车。”

车夫连忙下车，让开了车前。

楚含慢慢地扶着车辕上了车。

叶裳偏头对苏风暖道：“暖儿，你给二皇子诊诊脉吧！”

苏风暖按住他的脉搏，虽然他那日被她和叶裳打成重伤，落进掺杂了软骨毒的寒水里，但没想到他体内的寒疾竟然盘踞得这么深，比许云初的寒疾要重很多。这样的寒疾，难怪每日都要发作一次。

若是不诊治，这样下去，他活不了多久。

她撤回手，对楚含道：“以你如今的情况，不诊治的话，最多只能撑着活一年。”

楚含面色一变。

苏风暖又道：“我能费些工夫帮你诊治，但你的寒疾积累已久，我能保住你的命，若想根治，却不可能了。”

楚含看着她：“当真？”

苏风暖扬眉：“我骗你作甚？骗你又没有好处！”

楚含抿唇：“据说寒疾将来有碍子嗣，可是这样？”

苏风暖觉得好笑：“在你看来，子嗣比命打紧？”

楚含道：“身为男人，若是不能子嗣绵延，枉为男人。而且，北周皇室以及朝廷重臣也不会扶持一个不能孕有子嗣的人登基。”

苏风暖听他话音，问道：“你想好了，打算与我做这笔交易了？”

楚含自嘲地说：“我有得选择吗？”

苏风暖道：“没有！”

楚含道：“既然没有，我自然是答应你了。”话落，有些颓然地道，“可是我若是成了废人一个，还回去做什么？”

苏风暖想了想道：“我虽然没有办法根治你的寒疾，但我开一个药方，可以先保住你的命，让你的寒疾渐渐减少发作，你的寒疾积累已久，所谓病来如山倒，病去如抽丝，自然要慢慢祛寒。北周的黑火山有一种叫作烈焰草的药，你回去后，命人采来加入我给你开的药方里，每日煎熬着喝。我不敢保证你喝上两年能根治寒疾，但是于子嗣上，想必是无碍的。”

“当真？”楚含立即问。

“自然。”苏风暖点头。

楚含道：“好，我信你，你准备吧，只要你能拿到让我回去的明旨，让我光明正大地回去，我便告知你想知道的。”

“好。”苏风暖颔首。

马车回到容安王府，车夫停下马车，众人下车。

叶裳下了车后，对迎出来的管家道："给这位老伯安置一个适合养老的院子，以后他就住在这里了。"

福禄仔细地瞅了一眼那老人，顿时讶异道："你是张快嘴？"

那老人有些脸红地拱手："大管家好，我是张快嘴，你认识我啊？"

"自然认识，以前空闲时我便去听你说书，后来你不说了，我还遗憾以后听不到了。"福禄道，"没想到世子将你接来了府中，这样，我的院子里有空屋子，你就住去我的院子里吧，也免得我安排你一个人住一个小院子闷得慌。"

"小老儿闷了多年了，虽然不怕闷，但还是喜欢热闹。多谢管家了。"张快嘴连连道谢。

管家见叶裳没意见，便领着张快嘴去了。

苏风暖对楚含说："稍后我开了药方，派人给你送过去。"

楚含点点头，回了自己的院子。

叶昔在楚含离开后，拍着叶裳的肩膀说："我说表弟啊，你这用的是什么招数，是不战而屈人之兵吗？"

叶裳笑了一声，说道："我要让他知道，只要有我和暖儿在，即便他回了北周，称王称帝，有生之年也不敢再犯南齐——无志再犯，无力再犯，无心再犯。"

回到正院，进了屋子，苏风暖铺好宣纸，提笔给楚含写药方。

她写好药方，递给一旁的叶裳。

叶裳出了里屋，来到画堂门口，将手中的药方递给管家，对他吩咐道："这是暖儿给北周二皇子开的药方，你按照这个药方，将库中的药材都备齐了，送去他所住的院子，不得有误。"

管家接过药方："老奴谨遵世子吩咐，这就去药库房搬药给北周二皇子。"

叶裳颔首："去吧。"

翌日，苏风暖在叶裳走后，披衣起身，穿戴妥当，去了水牢。

来到水牢外，贺知对苏风暖见礼，压低声音说："许小姐昨日在您走后，又哑着嗓子叫了许久，后来哭起来，晕了过去，半个时辰前，醒来后就喊着要见世子。"

苏风暖点点头，并没有进去。

贺知道："看来只要世子来，她就会说什么。要不然请世子……"

苏风暖摇头："叶裳不会见她，哪怕她说出多重要的事情。"话落，又道，"继续看好了，她顶多再撑一日。"

贺知颔首。

苏风暖离开水牢，打算去见见那些江湖前辈，这个年已经过去了，碧轩阁的长老们来了，也该送他们回家了。

她来到安置众人的院落，江湖人起得比较早，都已经起了，见她来了，齐齐地对她拱手见礼。

苏风暖见众人身体都恢复得不错，便笑着将她的打算说了。

众人听罢，说道："京中危险，苏姑娘武功尚未恢复，我们虽然一把年纪了，但也能留在京中为姑娘出些力气。我等已经商议，暂不回家，就留在京中了。"

苏风暖笑着说："诸位遭此难，定然是家中出了内鬼，我身边有人保护，各位前辈放心。京中虽危险，但江湖的规矩也不能被人随意就破了。待碧轩阁的长老们进京，各位前辈就由碧轩阁护送回府，肃清家门，重整江湖之风。"

众人闻言互看一眼，有一人道："既然如此，我们自己回去就可，碧轩阁的长老们是为了姑娘来京，我们帮不上什么忙，又怎么能劳碧轩阁的人护送，给苏姑娘添乱？万万不可。"

苏风暖道："各位前辈与我相交，如今遭难，也算是受我牵连，我理应找人护送你等回府。另外，碧轩阁也是江湖门派，在京中无用武之地。你等回去，我希望江湖各大门派联合起来，主伐止戈。"

众人闻言道："既然苏姑娘如此说，那我等就照办吧！自从姑娘接手碧轩阁，游历江湖，几年来江湖甚是平静祥和，无人做过出格之事。没想到如今出了这等事情，杀手门便是一个重例。若不肃清，任恶行肆意，也许以后还会有别的门派遭殃。"

苏风暖点头："正是。"

有一人道："若是凤阳镖局，怕是不会轻易善了，麻烦了。"

苏风暖道："我与凤老爷子也算是相交多年，若是其心向恶，也不至于瞒过我的眼睛。如今事情未明，未查清之前，诸位也不可咬定是他所为。任何事情，都要讲求确凿的证据。"

那人惭愧地道："苏姑娘说得是，此事查清后，再做定论不迟。"

一番商定后，苏风暖与众人达成一致，定下了此事，便派瑟瑟给碧轩阁的长老们传信。

瑟瑟将信传走，管家便前来禀告苏风暖："苏姑娘，小国舅来了。"

苏风暖走出门槛，对管家道："他来得正好，将小国舅请去会客厅。"

管家应声，连忙去了。

苏风暖来到会客厅，管家也将许云初领到了门口，二人相见，自是不必客套，进了会客厅后，许云初便将昨日盘问管家之事与苏风暖仔细地说了一遍。

苏风暖听罢，说道："若是不需要以目视人，耳朵能听声辨位，依照周遭的声音，即可以准确行事，是需要极高的武功的。京中除了我们，还有谁有这等高绝的武功，你可知道？"

许云初摇摇头："除了我与叶世子，我便不知道京中还有谁有如此本事了。"话落，又道，"以前，我便没发现月贵妃武功高绝，我娘懂些武功我是知晓的，但是也不知她武功竟然十分高绝。我自小在京中长大，活了这么多年，如今发现京中当真是眼见不一定为真，耳听不一定为实。兴许是什么人，一直以来就在我们身边隐藏得极好。”

苏风暖思忖片刻，问道：“你府中的管家可会武功？”

许云初道：“会些拳脚功夫。”

苏风暖道：“也许只凭你府中管家的一面之词，也不能断定那人武功奇高。毕竟你府中管家只会些拳脚功夫，即便见过他三次，也近身不得，只能窥其貌，他所看到的是那人想让他看到的，而不是真实的模样。”

许云初道：“有理。”

苏风暖又道：“另外，他黑衣蒙面也就罢了，竟然连眼睛也蒙上，想必当真是十分熟悉的人，否则，不至于怕露一双眼睛而让人识出他。”

许云初点头：“我府中的管家，自小生于国丈府，长于国丈府，论识人看人，自然是有本事的，否则也不会成为国丈府的管家。若是他见过那个人，单凭眼睛，也许真能识得出来。”

苏风暖道：“这就是那人蒙眼睛的原因了。”

许云初叹了口气道：“身为国丈府的管家，这些年，与京中权贵圈子的人迎来送往，打的交道都极多。凭这些，还真是查不出那个人是谁。”

苏风暖眯起眼睛道：“总之是跑不出权贵圈子去。”

许云初一怔，恍然道：“不错。”

苏风暖道：“国丈府管家接触的人，也就是各权贵府邸的一众人等，他身为国丈府的大管家，俗话说，宰相门前七品官，一般的仆从是不够让他不顾及身份买账的。”

许云初道：“这样说来，我是否要查与国丈府交好的一众朝臣府邸？”

苏风暖想了想道：“先不急，这样盲目地查，总不是办法，再等等，多不过一日，许灵依就会受不住开口了，听听她怎么说。”

许云初听到她提起许灵依，脸色微暗地点了点头：“既然如此，再等等吧。”

二人就此商定后，苏风暖便与他提起昨日她与叶裳前往西街那条死巷，遇到了张快嘴之事。

许云初道：“此事我知道一些。”

“嗯？”苏风暖看着他。

许云初道：“那条死巷，在闹鬼时我曾经偷偷去过，不过什么也没发现，我连去了两日。后来被我爷爷发现了，便不准许我再去查看了。那时我年岁小，大约是怕我出事。”

苏风暖道：“不知道国丈对于此事可有一些别的说法，毕竟，连皇权都不怕的人，不见得怕鬼。”

许云初道：“今日我回府后，问问爷爷。”顿了顿，又道，“不过爷爷多年来不怎么理会市井之事，不见得能知道什么。但此事若如你听那张快嘴说来，因事关当年的户部尚书，也许还真有什么隐情。”

苏风暖点头：“国丈兴许不喜理会市井之事，但定然会理会户部尚书之事。”

许云初颔首。

二人又聊了片刻，许云初便离开了容安王府。

小国舅离开后，苏风暖想了想，便吩咐人备车，回了苏府。

来到正院，苏夫人正扶着苏澈在散步，二人见苏风暖回来了，停住脚步，苏夫人笑着说：“刚刚我还和你爹说起你，想着你今日会回府赏你那焐开的几株海棠，没想到你回来得这么早。”

苏风暖道：“我不是为了赏海棠回来，是找爹问点儿事。”

进了屋后，苏风暖坐下身，对苏澈问：“当年您辞官后，可还关注京城之事？”

苏澈一怔，见她面色郑重，对她问：“怎么了？”

苏风暖道：“我想问问您，关于当年户部尚书沈让的独子之死以及他病倒辞官之事，您可知道什么内情吗？”

苏澈道：“怎么突然问起了他？都十几年前的事了。”

苏风暖便将昨日她与叶裳查探那一条死巷，遇到张快嘴，以及他依着记忆所言的当年发生的大事与苏澈说了一遍。

苏澈道：“你的意思是，当年户部尚书府出事，与皇室的机关秘道案有关系？”

苏风暖点点头：“我觉得定然是脱不开干系的。”

苏澈闻言道：“当年，户部尚书沈让在我辞官不久后，也辞官回乡了。咱们家所在的乡野，距离他那里不是太远，当年，听说他独子出事，他一病不起，辞官归乡后，我去了一趟。”

苏风暖立即问：“您见到他了吗？”

苏澈道：“见到了。”

“怎样？”苏风暖追问。

苏澈道：“病得很重，我去时，已经奄奄一息了。”

苏风暖皱眉：“这么说他已经死了？”

苏澈颔首。

苏风暖问：“他临终前，可与您说了什么话吗？”

苏澈想了想道：“他临终前，交给我一物，说若是我有朝一日回京，位列朝班，再将此物拿出来。”

“您收了吗？在哪里？”苏风暖问。

苏澈道：“收了。”话落，他转向苏夫人：“我回来后交给你保管的那个锦盒，你可还收着？”

苏夫人在一旁道：“收着收着，你回来时，郑重其事地让我好生仔细收着，我想打开看，你说沈大人临终前嘱咐了，说你一日不回京官复原职，一日不准看里面的东西。”话落，她又对苏风暖道：“你爹遵守信义，便嘱咐我收了起来，本以为这辈子都没有机会看了，却没想到十几年后，他真的官复原职了。不过时间太久，他回京后，我也将这件事情给忘了。”

苏风暖闻言立即说：“娘，那您收在了哪里？快去找出来。”

苏夫人点头，连忙去了。

苏风暖问苏澈：“除了当初交给你这样东西，沈大人可还说了别的？”

苏澈摇摇头：“没再说别的了，我只来得及见他最后一面，没说上几句话。”

苏风暖道：“那他死后，他的夫人呢？”

苏澈道：“他本来将他的夫人托付沈氏家族里照料，不过他的夫人对他忠贞情深，在他死后，也碰死在了他的棺木前，随他一起入葬了。”

苏风暖闻言道：“没想到沈夫人如此忠贞烈性。”

苏澈道：“沈大人品性高洁，其夫人与他甚投脾性，二人只有一个独子。”话落，他叹了口气道，“沈大人一家三口，就那样相继去了。”

苏风暖也有些感慨：“据说沈大人是个好官。”

苏澈道：“自然是个好官，不同于景阳侯，他是个真正为国着想、为民做主的好官。他在任期间，户部无贪墨。他去后，户部的官员换了一任又一任，贪墨案层出不穷，国库也日渐亏空了。”

苏风暖道：“可惜这样的好官，如今坟上的青草已经老高了。”

这时，苏夫人拿着一个锦盒走出来，一边走，一边拍着上面的尘土，来到近前，问苏澈：“你看看，可是这个？”

苏澈接过来，看了看道：“就是这个。”话落，将之递给了苏风暖。

苏风暖伸手接过，见这个锦盒是铁制的，由一个小型的铁锁锁着，她拔出头上的簪子，轻轻在锁扣上一捅，锁便开了。

苏风暖打开锦盒，只见里面叠放着十多张房契，还有一份卷宗，以及一封书信，书信是沈让亲笔所书。

苏风暖翻了翻那十多张房契，发现正是那一条死巷十多户人家的房契，那一份卷宗正是那一户闹鬼人家的卷宗。

她看罢，展开沈让的亲笔书信，看罢，对苏澈道：“我猜测得没错，当年沈大人果然因此出的事。”

苏澈道：“拿来我看看。”

苏风暖将那一封书信递给了苏澈。

苏澈看罢，顿时大怒：“岂有此理，没想到当年是这么回事，若是我早知道，一定……”

苏风暖截住他的话道：“您若是早知道，一定会重返京城，找皇上面呈天听，替沈大人伸冤？爹，您想得太简单了。若是您当年返京，怕是也早就如沈大人一样，不在人世了。”

苏澈一时话语顿住。

苏风暖凝重地道：“这件事情牵扯得深，看来，当年有人要将沈大人收为己用，但沈大人不买账，于是，那人背后谋算，害了他的独子，他定是与人抗争不过，一病不起，最终只能辞官归乡了。”

苏澈痛心疾首地道：“可惜了沈大人这么一个好官啊！”

苏风暖道：“爹，您前去看望沈大人时，是悄悄去的吗？没有惊动任何人，对不对？”

苏澈道：“我当年辞官不久，听闻他的事情后，骑快马去了他归乡的沈氏族里。本是为了安慰他的丧子之痛，没想到却是去见了他最后一面。当日我去时，已经入夜，他回乡时只带了一个老仆从，由于多年在京做官，族里的院落已经荒废，就那么将就着住了进去。我找到时，他院子里也没什么下人。见我去了，他喜极而泣，说我来得正好，否则也会让人去找我托付我一件事情，便就是这件事情了。”

苏风暖点头。

苏澈道：“后来，他托付完了这件事情，就催着我快走，不希望沈氏家族里的人看到我，我拗不过他，只能含泪挥别。不过我虽然离开了沈家，但没有离开当地，而是找了一处酒家住了下来。我刚住下不足半个时辰，便听人在传沈大人去了，沈夫人撞死在沈大人棺木前，也随着去了。”

苏风暖道：“看来，当年沈大人之死，除了背后之人施以手段，也与沈家族里对他施压脱不开干系。从他的亲笔书信上看，当年沈大人定然是不从背后之人祸国谋乱，那人便找了景阳侯。他无力应对双管齐下的施压，在独子死后，心灰意冷，暗中留了这些东西，含恨离世。”

苏澈颔首：“可是如今景阳侯府早已经被满门抄斩了，此案却依旧悬而未决，不知是何人，有这么大的本事，偷天换日，密谋这么久。竟然在月贵妃、安国公、景阳侯、工部尚书、平郡王相继出事后，依旧藏得如此之深，实在令人胆寒。”

第二十四章
私运兵器

沈让出身于沈家，是沈家的长房长子，十分有才华，得到皇上赏识，任户部尚书。当年与容安王、国舅、苏澈等人交好，是一个为人坦荡的君子。

沈家在先帝在位时，因沈家二房的嫡子娶了皇上的胞姐瑞悦大长公主，所以，沈家二房自此便压了沈家长房一头，景阳侯的爵位也落在了瑞悦大长公主所生的嫡子身上。

沈让不争不抢，礼让了本属于他的景阳侯的爵位，在皇上的赏识下，任了户部尚书，靠自己的才华本事，位居朝堂。

苏风暖对沈让知之不多，在苏澈零零散散的叙说中，对沈让以及沈家当年有了个大体了解。沈让独子死去，沈让一病不起，直至归西，其夫人随之赴九泉，沈家长房一脉自此算是断绝了。

沈家二房以瑞悦大长公主这个老祖宗为首的景阳侯府一脉，自此成了沈家的掌权人。

大约当年沈让临终之前也没想到他的亲笔书信以及这些东西重现天日之时，景阳侯府已经被满门抄斩了。叶裳先一步破获了月贵妃案、安国公和景阳侯案，而他这封自书，虽然在景阳侯府满门抄斩后用处已然不大，但所留的这些房契和那一份卷宗却大有用处。

至少说明，这些案子都牵扯到一个人。

那个在背后翻云覆雨、步步为营、谋算极深的人。

苏澈说完沈让当年的一些事情后，问苏风暖："这些东西怎么办？是由我呈递给皇上，还是由你来处置？"

苏风暖将东西收起，对他说："爹决心要辞官，便不要掺和这些事情了，交给我来处置吧。"

苏澈颔首。

苏风暖站起来，对二人说："叶裳今日一早就去户部和刑部府衙了，就是去找这些东西了，既然东西在这里，他自然是一无所获。我去找他，将东西给他。"

苏夫人道："那你快去吧，小心些。"

苏风暖点头，出了正院。

她刚走到门口，小泉子赶着马车匆匆来到了苏府，他跳下车，见到苏风暖，立即见礼说："苏小姐，奴才在这里遇到您正好，皇上请您进宫一趟。"

苏风暖看着他问："公公可否告知皇上宣我进宫所为何事？"

小泉子悄声说："是皇上有件事情要找您，同时也请您给二皇子看诊换药。"

苏风暖道："皇上寻我很着急吗？"

小泉子连连点头："很急。"

苏风暖道："好吧，我这就随你进宫。"

苏风暖跟着小泉子前往皇宫，半途中，遇到了晋王府的马车，晋王探出头，对小泉子问："公公这是去了哪里？"

小泉子连忙停车，对晋王见礼："回王爷，是皇上有旨，去请苏小姐入宫一趟。"

晋王"哦"了一声："苏小姐遭了大难，身子可好了？能外出随意走动了？"

苏风暖这时挑开帘幕，笑吟吟地说："自从在密室里寒毒发作，泄出些寒冰之气后，我觉得身子骨轻松了不少，多谢王爷挂怀。"

晋王见她面色不错，笑着道："好啊，你身子骨好了，是叶裳那小子的福气。"

苏风暖笑问："您这是要去哪里？"

晋王道："我昨日听说二皇子受了重伤，今日想进宫看望他。"

苏风暖笑着道："那正好，我们一起进宫。皇上也正宣我去给二皇子看诊换药。"

晋王点点头："一起吧。"

苏风暖落下帘幕，两辆马车一起前往皇宫。

来到岔路口，轿子依照小泉子的吩咐，抬往御书房旁的暖阁，晋王见了，立即问："苏小姐这是要去见皇上？"

小泉子连忙说："昨日因二皇子出了事，皇上心情极差，没来得及细问二皇子伤情，今日大约是想先问问。"话落，问道，"王爷，您也一起去见皇上吗？"

晋王道："我先去看望二皇子，稍后再去拜见皇上吧。"

小泉子点头。

轿子来到暖阁，小泉子先一步前去禀告："皇上，苏小姐来了。"

皇帝在里面沉声吩咐："请她进来。"

苏风暖迈进门槛，便见皇帝独自一人坐在暖阁里，手里拿着一纸文书，见苏风暖来到，对她招手："苏丫头，你过来，看看这个。"

苏风暖上前，伸手接过皇帝手中的那一纸文书，一看，见是一份密报，她粗略地看了看，密报中提到凤阳镖局的凤老爷子暗中去了东境，她蹙起眉头，问："这是轻武卫给您传回来的密报吗？"

皇帝颔首："是轻武卫刚刚传回来的。"

苏风暖道："凤阳早先奉了皇命，前往东境，彻查湘郡王。若是凤阳镖局真与湘郡王有什么勾结，我三哥在东境早就遇到危险了，不会安稳这么久。想来凤老爷子前往东境，必有缘由。"

皇帝道："这密报中提到凤阳镖局押送了一批兵器，正在运往东境，紧随凤老爷子之后。那兵器正是机巧弩箭，缘由自然是这个。"

苏风暖寻思着没说话。

皇帝道："早先，湘郡王利用紫荆县主的封地，私自建造兵器库，制造兵器。可是后来，我们查知，那兵器库的兵器早已经搬运走。凤阳镖局掌管南北七十二行的生意来往，大批的兵器从东境运往燕北，难道能瞒得过凤阳镖局之主的眼睛？哼，依朕看，凤阳镖局并不干净。"

苏风暖想了片刻，答道："我与凤老爷子相识已久，与凤阳也相识五载。凤阳镖局之所以屹立数代不倒，正是因为他们从不牵扯祸国谋乱之事，否则早就不容于列位先皇了。"话落，又道，"您先别急，我出宫后，立即派人去查此事。"

皇帝听闻苏风暖如此说，面色稍霁。

他看着苏风暖道："朕知晓你与凤阳镖局在江湖上打了不少交道，所以第一时间就派人找你来商议，既然你如此说，朕就暂且先压下，先不对凤阳镖局发难。"

苏风暖颔首，说道："您可还记得凤阳镖局曾经在破月贵妃案时，出了内鬼之事？京中的暗桩一夜之间就被人挑了，凤阳被引出京城，也险些丢了性命。所以，一切未查明之前，任何事情都不好说。如今朝野上下，一片乱象，您更不能轻举妄动。"

皇帝叹了口气道："你说得有理，朕如今是但有风吹草动，便草木皆兵了。"

苏风暖道："您吩咐轻武卫，盯紧那批机巧弩箭，看看是运往东境哪里，我稍后派人跟去东境，查看情况。"

皇帝颔首。

苏风暖见他收起密报，放下了此事，便对他道："您今日若不派人宣我进宫，我也想进宫面见您，有一件事情找您商议。"

皇帝问："何事？"

苏风暖对他道："我想放楚含回北周。"

皇帝闻言大惊，皱眉问："为何？楚含在京做质子，这才多久？为何要送他回去？"

苏风暖如实道："我想与楚含做一笔交易。"

皇帝沉眉问："什么交易？"

苏风暖道："您知道，当年容安王和王妃战死，北周于西境兴兵不成，二度侵犯燕北。燕北被困六日，京中半丝消息不闻，三封八百里加急军情在河间驿站被劫，等等，诸多事实证明，这是有内鬼。我们所知，月贵妃、安国公、景阳侯等人通敌卖国，可是他们如今都死了，又出了皇宫机关秘道案，可见，在他们背后，还有那么一个，两个，或者更多，埋藏得很深的人，若是不揪出来，后患无穷。"

皇帝颔首："所以，你的意思是……"

"我的意思是让楚含交出南齐与北周勾结之人，用北周埋在南齐的所有暗桩来换他的自由。"苏风暖接过话道。

皇帝闻言沉思片刻，说道："放楚含归去，他狼子野心，无异于放虎归山。"

苏风暖道："只要肃清我南齐内患，又何惧他被放虎归山后再度入侵？依照如今情形，若是继续这样下去，诸多弊端下的蛀虫就如无数和楚含一样的猛虎，我们内里被腐蚀，大厦全是蛀虫，北周即便无人来犯，我们南齐也会自取灭亡。相较于外患，内忧更是如豺狼虎豹。"

皇帝闻言犹豫道："如今拔出了月贵妃、安国公、景阳侯，还有工部尚书、平郡王一众人等，有你、叶裳、许云初在，一步步彻查，难道就查不出来，肃清不了，非要跟楚含换这个消息？"

苏风暖道："皇上，一步步彻查是可以，但是估计要走不少弯路，背后之人谋算极深，在这期间，指不定会再出什么事。"顿了顿，又道，"而且，如今南齐和北周虽然议和了，但只要北周的暗桩一直埋在南齐，无异于埋了一把极其锋利的剑，会不定时地拿出来刺人心窝。而且据说北周皇帝近来身体每况愈下，如果将来新皇登基，他可不会顾念楚含这个兄弟质子。楚含的命，只有疼爱他的北周皇帝在乎。”

皇帝闻言，不再说话。

苏风暖又道：“您身子骨不好，二皇子此时腿又受了重伤，我能保他三个月腿骨恢复如常，但我没有预测未来之能，保他一直平安无事。毕竟，如今看来，他是您唯一可以寄予厚望的皇子。”

皇帝沉默思索。

苏风暖又道：“另外，北周经过大败议和，十年内缓不过劲儿来。这些日子，叶裳用攻心之术对付楚含，让他知道我南齐泱泱大国，仁心厚德，不惧北周，更不惧他。他即便回了北周，北周皇室诸多皇子，争夺了皇位，想必也是一场血战。他即便能从一众皇子中脱颖而出，拔得头筹，继承了王位，但北周经过大败后，内政本就大不如前，再经过一番皇位之争，更会衰退。我不敢保证他一辈子不敢犯南齐，但十年内，他必要休养生息，不敢再兴兵战。”

皇帝看着她：“说得有理。”

苏风暖又道：“而我们用他的自由，来换铲除北周暗桩以及我们南齐藏在暗中的内鬼，尽快肃清朝局。十年时间，只要朝政肃清，朝野上下矢志清明，励精图治，我南齐定然会国富兵强。十年后，即必楚含有心兴兵，也无力赶追我南齐国力了。”

皇帝闻言颔首：“苏丫头，你打算得深远，利弊摆在了朕的面前，朕若是不答应，便不是明君了。”

苏风暖道：“正因为您是明君，我才敢在您面前放肆，有什么便与您说什么。”

皇帝笑着点头，站起身，对她道：“走吧，你与朕一起去看看二皇子，孟太医那个老东西，钻研了一辈子医术，却是个废物，还要劳烦你为他诊治。”

苏风暖与皇帝出了暖阁，前往林之孝的住处韶德殿。

来到韶德殿，皇帝下了玉辇，有人高喊：“皇上驾到。”

韶德殿侍候的所有人连忙跪在地上，晋王正在韶德殿看望林之孝，闻言连忙从里面走出叩拜。

皇帝看到晋王，眸光微微一动，收整神色，笑着道：“王叔免礼，你这是来看望二皇子？”

晋王直起身，回道：“回皇上，老臣听闻二皇子受了伤，进宫来看看二皇子。皇上子嗣单薄，如今好不容易认回二皇子，没想到二皇子昨日竟然出了事。”

皇帝叹了口气道：“难为王叔为朕和南齐操心劳力了。”

晋王连忙道：“老臣虽然年迈，幸好胳膊腿还算硬朗，身在宗室，操心劳力理所应当。”

皇帝又深深地叹了口气：“怪朕生来就孱弱，多年来为政自认无功无过，可是如今看来，过比功大。堂堂皇宫，竟然被人改造了太祖所留的机关秘道，实在是让祖宗蒙羞。”

晋王连忙劝道："这也不怪皇上，要怪也只能怪国丈府，若非国丈府，也不会出此事端。"

皇帝道："国丈和小国舅也是受害人。罢了，不说了，二皇子如何了？"

晋王立即转了话题道："二皇子情绪似乎有些低落，想必是因为出事了不能为皇上分忧而自责。"

皇帝点点头，进了殿门。

苏风暖想着晋王可真会说话，这般心向着林之孝，未免太明显了吧？她下了软轿，对晋王打了声招呼，也跟着皇帝走了进去。

韶德殿十分宽敞明亮，殿内侍候的人很多，林之孝倚着靠枕躺在床上，见皇帝进了韶德殿，挣扎着要起身见礼。

皇帝摆手制止他道："你腿伤严重，好生躺着吧，不必多礼了。"

林之孝谢了皇上，见苏风暖在皇上身后走进来，跟她打招呼："苏小姐，劳烦了。"

苏风暖来到近前，对他道："据说孟太医给你换不了药，只能我来了，二皇子不必客气。"话落，又道，"这里有医药箱吧？"

林之孝颔首："昨日小国舅将他府中的医药箱给我随身带回宫了，就在这里。"

这时，有人将许云初的医药箱拿到了近前。

苏风暖动手为林之孝换药。

林之孝躺在床上，看着苏风暖，并未再言语。

苏风暖手法十分利落，一气呵成，很快就给林之孝换好了药，对他说："这样，明日这个时辰，我再来为你换药，届时将孟太医一起喊来。他看我换两次，应该就能上手了。孟太医的医术也是十分高超的，只不过因为你是二皇子，身份尊贵，孟太医不敢动手罢了。"

林之孝点点头："好。"

苏风暖洗了手，对皇帝道："皇上，已经给二皇子换完了药，我先出宫了。"

皇帝颔首，对她道："你今日与朕说的事情，朕会好好再考虑一下的。"

苏风暖知道皇帝指的是楚含的事情，点了点头。

晋王见苏风暖要走，也对皇帝告退。

皇帝对晋王道："苏丫头还要查案，朕就不留她了，快晌午了，王叔便留下来与朕一起用过午膳再出宫吧。"

晋王闻言痛快地答应："那老臣就留下了。"话落，他嘱咐苏风暖："你劝着些叶裳那小子，别跟拼命三郎似的，案子虽重，但他也要爱惜身子骨。"

苏风暖笑着点头："多谢王爷，我会转告他的。"

回到容安王府，苏风暖下了马车，进了内院，对身后跟着的萧寒和谢轩道："两位师兄，你们跟我来。"话落，喊过一名府卫，吩咐道："去打探一番，看看叶裳在哪里，若是他不太忙，让他回府用午膳。”

府卫应声，立即去了。

萧寒和谢轩跟着苏风暖去了正院的画堂。

来到画堂，苏风暖对二人道：“两位师兄，我如今恢复了武功，你们二人跟在我身边，也确实是大材小用了。如今京中出了机关秘道案，我暂且脱不开身，想请你们去一趟东境。”

二人闻言对看一眼，萧寒道：“师妹，虽然你恢复武功了，但对外并未宣扬，如今我们二人在皇上面前过了明眼，若是离开你身边，是否会引人猜测？”

苏风暖道：“我让千寒依旧跟在我身边好了。我如今这副样子，别人见了，也不会想到我那么重的伤，竟然在机关陷阱里因祸得福自行恢复了。”

谢轩问：“你让我们去东境，可是出了什么事情？”

苏风暖点头，将皇上的密报之事说了，对二人道：“当初，因月贵妃案，凤阳镖局在京中方圆百里的脉络全部毁了，凤阳也险些丢了性命，而众位前辈被劫持，偏偏少了凤老爷子。如今凤老爷子前往东境，凤阳镖局随之便私运了兵器前往东境，这里面不知有什么内情。我私心里是不太相信凤老爷子和凤阳暗中谋乱祸国，如今我无法离京，所以，想请两位师兄暗中替我去一趟东境查探一番，看看到底是怎么回事。”

萧寒道：“既然师妹如此说，我们便走一趟东境。”

苏风暖道：“如今敌暗我明，除了年前我与三哥通了一回书信，再未与他书信来往，凤阳前往东境这么久了，他也未曾与我联络。当初我从京城发走十封信，彻查林客之事，九位前辈因此遭了劫难，可见飞鹰传书也不太安全。所以，以防万一，我便不与三哥通信了，你们武功高绝，去一趟东境。”

谢轩道：“你如今恢复武功了，我们也安心，去一趟东境自是没问题。”

萧寒道：“东境虽远，但以我们二人的武功，骑快马，途中不耽搁的话，几日就能到。”

苏风暖道：“东境平静了这么久，恐怕会有乱子，你们要多加小心。”

二人齐齐颔首。

商议妥当后，见天色尚早，二人便打算即刻启程，苏风暖没有意见，于是，二人乔装一番，离开了容安王府，出了南齐京城。

二人刚走不久，叶裳回了容安王府。

苏风暖正坐在画堂里等着叶裳，见他回来，问他：“你今日去户部、刑部府衙，可有收获？”

叶裳摇摇头，坐下道：“什么收获也没有，也是真有意思了。”

苏风暖就知道他没有收获，若是能这么轻易查出来，当年户部尚书沈让一家也不至于惨遭迫害，这么多年，南齐内政也不至于演变到这个地步。她拿出那个锦盒，递给他道：“你看看这个。”

叶裳知道苏风暖喊他回来，必然不是吃午膳这么简单，一定有要事，如今见她拿出锦盒，接过来，打开一看之后，眯起了眼睛，问她：“哪里来的？”

苏风暖便将她爹在沈让出事辞官归乡后前往沈氏家族里看望他，得他临终所托之事说了一遍。

叶裳听罢，说道：“真是天网恢恢，疏而不漏。”

苏风暖道：“可见，十二年前到现在，诸多大案都与那背后之人脱不开干系。从沈大人手书可以断定，这些案子都是一个人所为。这份手书中提到了月贵妃、安国公、大长公主、景阳侯的谋乱祸国之举，可惜咱们得到手书太晚，他们都死了。”

叶裳放下手书，拿起那份卷宗，笑道：“他们都死了不要紧，从这留下的东西里，寻找蛛丝马迹，总能找到活着的人，省事不少。”

当日，叶裳在府中用过午膳，与苏风暖一起，拿了沈让托付给苏澈的卷宗以及那一条巷子十多户人家的房契，又去了那一条死巷。

这一次，叶裳调集了刑部府衙的人马，对那一条死巷进行彻底的查探。

半日后，在与那处闹鬼府宅相隔两座院落的一座荒废的院落里，又发现了一条秘道。

苏风暖和叶裳当即进入了秘道中。

苏风暖恢复了武功，与叶裳一起进入秘道，很快就寻着了秘道的出口。

这一处秘道的出口竟然是京中的一家青楼。

这家青楼名曰红袖招，是歌姬伶人的居所，内有诸多妓子和清倌。

红袖招不同于红粉楼内的规制，红粉楼的姑娘可以自由择选卖艺或者卖身，而红袖招则做的是实打实的青楼生意，里面妓子、伶人、清倌，皆卖艺卖身。

红袖招在京城立足已久，在京城中也是久负盛名。

在京城开这等青楼妓院，面对公子王孙、三教九流，自然要有着强大的靠山，红袖招也不例外。

京中权贵府邸的人都知道红袖招背靠东宫，与灵云寺的卿华坊一样，是东宫太子的人在经营。随着东宫太子出事，月贵妃依罪论处，太子被废，送往灵云寺出家，卿华坊完蛋了，关门贴了封条，红袖招也经营不下去了，关门大吉。

叶裳和苏风暖站在红袖招的后院，对看一眼，甚是无言。

没想到查来查去，又回到了东宫太子头上，偏偏太子已经被废，服用了阎王渡后，记忆被清空，一片空白，等于又钻入了一个死胡同。

二人在红袖招里楼上楼下四处走了一圈，没有发现特别之处，各个院落的房间里都蒙了一层灰。

苏风暖看向叶裳：“会不会还有折转的秘道？”

叶裳伸手抱住苏风暖的腰，带着她上了房顶，四下望去，这是荣华街的正街，比邻红袖招的是京城几家最有名的青楼，其中就包括红粉楼。

叶裳扫了一圈，对苏风暖道："你觉得，这里距离你的红粉楼这么近，有人若是暗中挖秘道，你的人能不知道吗？"

苏风暖摇头："那时你我还小，苏府众人刚离京，我还没派人来京城开一家这样的红粉楼，红粉楼在京城也就七八年的事。"

叶裳道："既然如此，就将这一条街都查查。"

苏风暖点头："不只查这一条街到底有没有秘道，还要查红袖招的人，都哪里去了，逐个查清底细。"

叶裳颔首。

二人出了红袖招。

刑部府衙的人闻风赶来红袖招，看到那条秘道出口，都十分惊异，连忙执了官府搜查文书，对整条街进行搜查。

当然也包括红粉楼。

苏风暖顺势进红粉楼坐了坐。

红粉楼的老鸨见苏风暖上门，连忙将其请入了雅间，压低声音问苏风暖："姑娘，这是怎么了？怎么连我们红粉楼也要搜查？"

苏风暖如实说了红袖招秘道出口之事，老鸨惊异不已："这么多年，奴家真是半丝也没发现红袖招有这种问题。"话落，又道，"不过，奴家既然在京中立足，干这个行业，进京后，自然要将这里面的规矩摸得门儿清才能应对自如。这么多年，各家青楼里面的什么事，也瞒不过我。"

苏风暖道："说说，我来这里，就是想听听这里面都有过什么事。"

老鸨道："这么多年，皇上和国丈府拉锯，皇上扶持太子和月贵妃，国丈一派的人向着太后和皇后，所以，朝中大臣和各权贵府邸的人也都分成了两大派，一派是保皇党，一派是外戚党，还有一少部分人保持中立。这样一来，好色风流的人来青楼找乐子，自然也选择不同之处。"

苏风暖颔首："这也有意思，从朝堂分到后宫，又分到青楼了。"

老鸨道："所以，保皇一派的那些好色之徒，为了博得东宫赏识，便去照顾红袖招的生意。而外戚一派，为了博得国丈赏识，便去照顾花烛秀的生意。因花烛秀的幕后东家是国丈夫人的亲弟弟。而那些中立派，除了这两家不去，其他各家青楼便不忌讳了。"

苏风暖道："花烛秀的背后东家原来是国丈夫人的亲弟弟？"

老鸨道："正是。"

苏风暖寻思片刻，说道："花烛秀和红袖招挨着吧？"

老鸨颔首："挨着。"

苏风暖道："这么多年，京中各府邸的人物，什么人惯常光顾哪家，你当清楚，给我一份名单。”

老鸨道：“姑娘稍等，奴家这就给您草拟一份，奴家都记在心里了。”

苏风暖点点头。

老鸨去取了笔墨纸砚，列出京中各大青楼，然后，在对应的青楼下列出了各个人物。当然包括来红粉楼的人。

不多时，她便列好了长长的一份名单，递给了苏风暖。

苏风暖接过名单，看了一眼，失笑道：“没想到孙泽玉这等相府公子，也会逛青楼。”

老鸨道：“孙公子当初是被陈二公子拉了来，不过没坐片刻就走了。只不过他是相府公子，也是个人物，奴家便写了下来。仅那一次。”

苏风暖点头，又道：“晋王府长子刘文，果真风流得很！各家青楼，他光顾的次数都颇多。”

老鸨道：“可不是！遇到顺眼的妓子伶人，他便为其赎身，当初，还想为瑟瑟赎身，不过有叶世子在，都知道瑟瑟是世子的人，就作罢了。他和工部尚书府的贺知一样，不分派系，哪家都去，姑娘们都喜欢这两位出手大方的公子。”

苏风暖看着名单，伸手一指：“除了他们二人，这里还有一个例外的人，这个人是谁？”

老鸨低头一瞧，说道：“这个人是景阳侯府的三公子沈琪，他不想让人传其风流的名声，便有一个化名，叫江木，取的是名字的分音。”

苏风暖蹙眉：“叶裳可知道？”

老鸨道：“知道。”

苏风暖道：“这样说来，沈琪是真风流。我见过他几次，不像风流之人。”

老鸨压低声音说：“沈三公子有点儿隐疾，要找女子治，不得已而为之……”

苏风暖挑眉：“什么隐疾？”

老鸨道：“似乎是不举。”

苏风暖讶异：“他年纪轻轻，为何如此？”

老鸨摇头：“奴家也不知，只是知道有这么一回事，据说，在他十三岁时，大长公主为他安排了一个通房，教导人事，才知道他有此隐疾。”

苏风暖问：“后来治好了吗？”

老鸨道：“治了一年吧，据说治好了，不过自此身体也离不开女人了，隔三岔五，便要光顾一回青楼。不过来红粉楼时，也只是与叶世子等人听听曲，并不做红罗软帐的事。”话落，她叹了口气道，“沈三公子如今陪着景阳侯府遭了难，可惜了。”

苏风暖道：“我倒没听叶裳提起过此事，回头问问他。”

老鸨道：“沈三公子与世子交好，兴许知道些内情。”

苏风暖点点头，拿着名单站起来，对老鸨道：“碧轩阁长老们应该今日晚上到，你若是要见他们，晚上就来容安王府吧。”

老鸨问：“姑娘，不让长老们住在这红粉楼？”

苏风暖摇头：“那些前辈住在容安王府，不是什么秘密，长老们来了之后，也去容安王府好了。明日一早，他们就会启程离开。”

老鸨道：“那我晚上过去与长老们见一面。”

苏风暖颔首，出了红粉楼。

叶裳等在红粉楼外，见苏风暖出来，对她扬了扬眉。

苏风暖将手中的一份名单递给了他，压低声音说：“江木就是沈琪？你对他的事应该知道很多吧？回头与我说说这里面的内情。”

叶裳接过名单，看了一眼，眯了眯眼睛，断然地道：“江木是沈琪没错，但除了红粉楼，他从不踏足别的青楼。”

苏风暖一怔：“什么意思？”

叶裳道：“是老鸨给你的这份名单？她怎么说？”

苏风暖压低声音将老鸨提到沈琪时说的事情与叶裳说了一遍。

叶裳点头道：“他以前确实有隐疾，不过早就被孟太医治好了，那不过是十三四岁时的事情，后来，他除了与我一起在红粉楼听曲，确实没去过别处的青楼。”

苏风暖疑惑地道：“那这是怎么回事？我的人不会对我说谎才是，尤其是这种被你一下子就揭穿的事。”

叶裳蹙眉。

苏风暖道：“今日碧轩阁的一众长老进京，晚上她会去容安王府，届时我再问问她。难道是她弄错了？”

叶裳道：“她在京城多年，得你器重信任，我也与她打交道已久，论忠心，自没有二话。另外，她经营红粉楼，十分有本事，若是她这样说，应该不会错。”

苏风暖道：“难道这里另有隐情？”

叶裳道：“有两点可能，一是沈琪瞒着我，二是有人冒他之名。”

苏风暖道：“若是沈琪瞒着你，这事倒简单了，无非就是隐疾未好，不可言说。不过瞒得了你一日，难道瞒得了你多年？从他十三四岁起，有四五年之久。若不是他瞒着你，那么，这事便复杂了。”

叶裳道：“正是，我身边的人，若是什么底细我都不清楚，怎么会与其称兄道弟？”

苏风暖道：“齐舒不是在你府中吗？今日晚上回去问问他。陈述与齐舒，也是与沈琪交好之人，也许比你更清楚些。”

叶裳颔首：“好，我今日回去便问问他。”

二人便站在红粉楼门口，府衙的一众人等搜查各个青楼。

除了红袖招，红粉楼、花烛秀、玉人坊、美人斋等一众青楼都被搜查了个遍。

天色将晚，全部搜查完后，众人来报，说什么也没发现。

叶裳抿起唇："看来只能从红袖招来往的人员里入手了。"

苏风暖想了想，对叶裳道："机关秘道之案，不可能终止在红袖招。我觉得，也许他们不懂机关。"话落，她看着沿街的青楼店面，对叶裳道，"你我再去仔细查一查花烛秀。"

叶裳扬眉："为何单独查花烛秀？"

苏风暖道："机关秘道始于国丈府，既然月贵妃有心害国丈府，想必秘道也会终于国丈府。"话落，又道，"花烛秀的背后东家是国丈夫人的亲弟弟？"

叶裳颔首："正是。"

"走，去看看。"苏风暖道。

叶裳也觉得苏风暖说得有道理，点点头，进了花烛秀。

东宫太子出事，灵云镇的卿华坊和京城的红袖招一个被封，一个倒闭四散，而国丈府虽然受了月贵妃案的牵连，但到底是平安无事，所以，倚靠着国丈府生存的花烛秀，如今依旧在经营着。

老鸨见二人来到，连忙迎了出来。

叶裳闲闲地看了她一眼道："让楼内所有人，都出各自的房间院落，我与苏小姐亲自挨个搜查房间和院落。"

老鸨一惊，但知道二人特意搜查花烛秀必然是有理由的，不敢违抗，连连点头，一边吩咐人都出来，一边悄悄派人告知幕后的东家。

苏风暖和叶裳沿着花烛秀的各个房间院落仔细地搜查，半个时辰后，在一个房间里，搜到了与国丈府许灵依闺房床下一模一样的机关秘道。

二人对看一眼，想着果然没猜错。

苏风暖道："不知这秘道通向哪里？"

叶裳道："下去探探就知道了。"

苏风暖点头。

二人刚要下去，外面传来众人喊"小国舅"见礼的声音，二人于是止住脚步，等着许云初。

许云初很快就来到了这一处，当看到屋中与许灵依闺房床下一模一样的机关秘道时，脸立刻沉了下来。

苏风暖看着他道："我想着秘道始于国丈府，应该也终于国丈府，所以，便来仔细查了这里。果然！"

许云初的薄唇抿成一线，说道："这里我从未来过，竟然不知有条秘道。"

叶裳在一旁道："也怪不得你，毕竟你是君子，从不踏足花楼，即便这里是你的舅公开的。"

许云初揉揉眉心道："他在三年前就将此处转手交给我了。"

叶裳一怔。

苏风暖看向许云初："京中都知道幕后之人是他，没想到如今竟然是你。"

许云初道："三年前，舅公得了一场大病，是我请了灵云寺的灵云大师治好了他。病好后，他就将此处给我了，我推托不要，他说让我别小看青楼，这是个搜集情报的好地方，我以后会用得着的，我便收下了。"

苏风暖问："收下后，你也没来过？"

许云初道："每隔半个月，花烛秀都会给我送一次消息，包括京中诸事、江湖情报。"

苏风暖恍然："怪不得我认识你时，你对江湖似乎十分了解，原来是通过花烛秀。"

许云初颔首："正是。"

苏风暖道："你舅公看来也是个十分了不得的人物。"

许云初道："舅公年轻时，外出游历，混迹江湖，归京后，为了家族在京城立足，开设了花烛秀。他不愿入朝为官，喜欢从商，以金银辅助家族中的人立足朝堂，他是家族里的经济支撑。花烛秀不只在京中有，南齐各地都有。所以，情报网遍布天下。"

苏风暖想着能嫁入国丈府做国丈夫人，国丈夫人的娘家自然不是普通门第，也是权贵之家。各府为了生存，自然有各府的立足之道、立世之根，国丈夫人弟弟的所作所为倒也不奇怪。

她道："他将所有花烛秀都给你了？"

许云初颔首："对，所有花烛秀都给我了。"

苏风暖疑惑地道："只是因为你救了他一命，他不将花烛秀传给自己的子嗣，反而传给了你一个隔着两层的外甥？"

许云初道："舅公不能生育，一生无子嗣。"

苏风暖道："怪不得。"

叶裳问："如今他在哪里？"

许云初道："去年，他说在京中闷得太久，外出游历了。"

苏风暖道："也就是说，过年也未归？"

许云初点头："未归。"

苏风暖问："不知去处？"

"不知。"许云初摇头，"我曾经动用花烛秀找过他，没找到，便想着兴许他不乐意让我找到，想寻个清静地方隐世几年。舅公一生洒脱，想必他想回来时就会回来。"

苏风暖道："不对啊。"

“怎么不对？”许云初问。

叶裳接过话道：“国丈府的人当初被押入天牢，出了那么大的事，他若是闻到风声，怎么能不回京？”

许云初道：“国丈府的人在天牢里只待了三日而已，待舅公得到消息时，国丈府已经平安无事了，自然不需要回来了。”

苏风暖道：“也有道理。”

叶裳看向那条秘道，对许云初道：“恐怕没那么简单。这里的秘道，便能说明一个问题。在这里挖秘道，不是一日两日能完成的，旁人要是来挖，不可能不弄出动静，必定瞒不过你舅公。只能说明，这条秘道，他知道，也许，就是他同意或者参与挖的。”

许云初以前相信他去游历了，如今这里查出秘道，他自然也想到了其他。他抿唇道：“我们下去看看，这条秘道到底通向哪里。”

叶裳看了苏风暖一眼，对许云初道：“这里如今也算是你的地盘，你还是留在上面吧，我和暖儿下去。”

苏风暖颔首：“你在上面，我们有什么事情，你也能照应我们。”

许云初只能点头，嘱咐道：“好，那你们小心一些。”

苏风暖和叶裳下了花烛秀的秘道，沿着秘道，一边破着机关，一边往里走。

这里的秘道比丞相府的那条秘道更为复杂多变，机关暗器也更为锋利狠辣，幸好二人武功高强，不惧重重陷阱机关，联手并进，顺利地沿着秘道向前走。

走了大约半个时辰，苏风暖对叶裳道：“你有没有发现什么不对劲之处？”

叶裳点头：“我们走了这么久，若是我猜测得没错，我们如今应该已经出了城了。”

苏风暖颔首：“不错，这条秘道是通向京外的，不知道还要走多久。”

叶裳道：“多久也要走。”

二人又走了大约半个时辰，终于来到了出口，出口处堵着一面石墙，重达千斤。

于是，二人联手合力，推动那面石墙的石门，须臾，石门打开，一股异香扑面而来。

苏风暖当即轻喝：“闭息！”

叶裳当即闭息。

苏风暖拉着叶裳的手，闭息出了石门，便见到一片荒废的院落。而刚刚的异香，是悬挂在石门外的香囊，随着石门被打开，香囊被碾破，散出异香。

苏风暖伸手入怀，拿出一个玉瓶，倒出两颗药丸，一颗塞进叶裳的嘴里，一颗自己吞进口中，在药丸下肚后，她才对叶裳道：“这异香是蚀骨毒，只要被人吸入，便从骨头烂起，最终全身溃烂而死。”

叶裳蹙眉道：“好厉害的毒药。”

苏风暖四下扫了一眼，问他："这么破败的地方，好像曾经被毁过，你知道这里是哪里吗？"

叶裳扫了一圈，点点头，说道："这里是京郊，距离京城五里。当初，凤阳追查七十三分舵的舵主冯超，便在这一所院子里追查到了他，这里面布置了极其厉害的机关暗器，冯超启动了机关，要与凤阳同归于尽。凤阳破开了机关，得以逃生，冯超死在了陷阱里。所以，这里一片狼藉。"

苏风暖讶异："原来当初凤阳说的差点儿被冯超害死的京郊院落的机关是这里。"

叶裳颔首："正是这里，我当时来过。"话落，他看向二人出来的机关秘道说，"不过当初也没有发现这处的机关，这样看来，就是一堵墙，着实精密。"

苏风暖道："当初灵云镇东湖画舫沉船案，牵扯了凤阳镖局七十三分舵，而凤阳追查收缴七十三分舵时，冯超死在这里，还要拉着凤阳同归于尽。而这处竟然有牵连花烛秀的机关出口。这么说，当初灵云镇画舫的沉船谋杀案，跟花烛秀脱不开干系了？"

叶裳道："应该说跟花烛秀的幕后东家脱不开干系。"

苏风暖道："国丈夫人的弟弟将花烛秀给了许云初，却没有告诉许云初机关秘道。"顿了顿，又道，"若非许云初这次与我一起遭了难，国丈府也是受害者，真是让人怀疑国丈府啊。这一步一个算计，一步一个陷阱，是要置国丈府于死地。"

叶裳道："看来，这背后之人打算除掉我，再除掉国丈府。只是让人不明白，国丈夫人的弟弟，为何也参与其中？花烛秀的秘道，定然也与月贵妃脱不开干系。"

苏风暖道："月贵妃想杀你，是因为容安王，可是如今月贵妃已经死了，有人依旧利用许灵依杀你，我在想，除了月贵妃，还有什么人想要你的命？为何要你的命？晋王算一个，可是他的理由是什么？另外，这么精密厉害的机关秘道，始于国丈府，终于国丈府，可见，如今被人利用起来，也是要对付国丈府。我在想，杀了你和牵连国丈府倾覆，对什么人有益？"

叶裳思索片刻，说道："有人想杀我，无非是因为我的身份，我不只有着宗室子嗣的身份，还牵扯了江南叶家，又牵扯了苏府、王府，甚至燕北苏家。另外，皇上对我厚爱，杀我，可能会扰乱半个朝纲。"

苏风暖点头。

叶裳又道："至于国丈府，以前皇上有铲除国丈府之心，如今却没有了，可是依旧有人在月贵妃死后，将许灵依和机关秘道利用了起来，皇宫机关秘道案指向国丈府，其一，利用机关陷阱杀了我和许云初最好，毁了许云初，便是毁了国丈府。其二，若是不能杀了我们，也要让国丈府受牵连。"

苏风暖颔首："无论如何，都是冲着你和许云初而来。"

叶裳道："是否可以这样想，杀了我，便是动了一半朝纲；杀了许云初，又动了另一半朝纲？"

苏风暖一惊，立即道："没错，正是这样，国丈府势大，与皇上抗衡多年，已然盘踞着南齐的半壁江山了。而你，虽然你是容安王府遗孤，独自一人，但因为你背后有宗室，有江南叶家、苏府、王府，燕北苏家，综合起来，也算是半壁江山了。这样来说，背后之人还是冲着毁了南齐江山而来，难道是北周暗桩？不可能吧！"

叶裳摇头："北周兵败，如今北周皇帝还活着，哪怕有一口气在，北周皇帝就不会放弃楚含。所以，北周暗桩也不会乱动。"

苏风暖道："湘郡王？他要毁了南齐江山？可是早先我们已经猜测了，他的手伸不到京城这么远，难道是晋王和湘郡王合谋？"

叶裳抿唇，说道："也许不是为了毁了南齐江山，而是为了夺了这江山呢。"

苏风暖道："先毁了再夺吗？"

叶裳道："自古以来，江山帝业，无不是累累白骨堆起的。哪一个谋权篡位之人，不是摧毁再重建？否则如何夺位？"

苏风暖看着他道："这么说来，你和许云初便是阻挡别人夺位了，势必要除去。"

叶裳颔首："可以这样猜测。"

苏风暖觉得有理，说道："可是晋王年岁已大，他图的是什么？皇上待他不薄，京中除了他，便没有旁的宗室王爷了。"

叶裳嗤笑一声，说道："谁知道呢？也许是人心不足蛇吞象。"

苏风暖道："照这样猜测的话，十几年前，或者更远时便有筹谋了吧，你父母之死，便也与他有关。"

叶裳沉了眉目："总会查出来。"

苏风暖看向这处破败的院落，除了四面完整的墙，再没有一处好的地方。她道："除了这一面墙，其余的三面墙不知道是否还有秘道，毕竟，这里因为触动机关，整座院落都毁了，可是唯独这四面墙好好的，不是很奇怪吗？"

叶裳眯了眯眼睛，看向另外三面墙道："我们沿着围墙查查。"

苏风暖点头。

二人沿着围墙走，每走一步，苏风暖都仔细地查看一番，走了一圈后，苏风暖回到原处，蹙着眉头，没说话。

叶裳问她："怎样？是否料错了？"

苏风暖道："不应该啊，我总觉得这里不太对劲，不该只有这一处秘道。"

叶裳又看了四下，对她道："是否在塌陷的房舍的断壁残瓦之处？"

苏风暖看向那一片废墟，思索片刻，摇摇头，说道："罢了，如今天已经黑了，我们再不回去，许云初该急了。他对机关之术不见得精通，若是也下了秘道，恐怕会出事。我们先回去吧，明日再来。"

叶裳痛快地点头："好。"

于是，二人出了废墟。

这一处院落，单独坐落在这一片山林里，如今成了废墟，四下无人，安静得很。

苏风暖出了废墟后，回头看了一眼，对叶裳道："这座院子，这么大的一片山林，距离京城这么近的农庄别院，凤阳镖局七十三分舵的分舵主冯超也没有本事买得到吧？要是凤阳，还差不多能弄这么一圈地和京郊别院。"

叶裳脚步一顿，答道："当初，我查此案时，因凤阳险些丢命，特意查了，确实是在冯超名下。"话落，又道，"不过，当时没深想，如今被你提出来，他确实没有本事买这么一处地方。"

苏风暖道："围绕着京城方圆十里，俱被京中权贵包揽，建了京郊别院和农庄。如今秘道是从花烛秀延伸而来，若是国丈夫人的弟弟，的确能弄到这么一处院落。"话落，又道，"不过我却觉得，不该这么简单。"

叶裳道："先回去再说。"

苏风暖点点头。

第二十五章 一夜缠绵

二人回到城中，天已经彻底黑了。

许云初早已经在花烛秀等得焦急，正打算下去秘道查探，便听浮影禀报苏风暖和叶裳回来了，顿时一喜，连忙迎了出去。

他先打量了二人一番，见无伤无痕，显然没出什么事，才松了一口气，问："如何？秘道的出口在哪里？"

叶裳看了一眼花烛秀的门面，说道："去我府中再说吧。"

许云初点点头。

叶裳吩咐刑部府衙的人收了场，便与苏风暖、许云初一起回了容安王府。

回到容安王府，管家迎出来，叶裳吩咐："福伯，吩咐厨子做几个菜，小国舅今晚在府里用晚膳。"

管家应声，连忙去了。

三人来到会客厅，坐下来各自斟了一杯茶，叶裳便将花烛秀的秘道通往京郊的那处院落之事说了。

许云初听罢，惊异地道："这处秘道竟然通向那里？有何作用？"

叶裳道："作用一，应该是为了不受城门宵禁影响，可以随意出入京城；作用二，昔日，冯超险些拖了凤阳同归于尽，如今成了一片废墟，显然，是以备不时之需；作用三，有待查看了。"

许云初抿唇，说道："真没想到，舅公将花烛秀给我，却隐藏了这样的秘密。"

苏风暖喝了一口茶水，看着许云初道：“你舅公其人如何？对国丈府如何？多年来，是否有什么不能说的秘密？”

许云初想了想，摇头道：“舅公人很不错，是祖母的嫡亲兄弟，若说不能说的秘密，便是他不能生育，膝下无子。其余的，便没有什么了。”

苏风暖道：“他创立了花烛秀，按理说，他即便膝下无子，也该由家族的侄嗣继承，可是偏偏给了你，这里面，除了你救了他一命，加之爱护胞姐爱护你，还有什么缘由吗？”

许云初道：“程家子嗣大多没有出息，无成才者，程家日渐没落。舅公的意思是，国丈府势大，但情势不容乐观，花烛秀给了我，他想让我将来能支撑国丈府门庭时，好生地庇护程家的人，待将来程家小辈里出现有出息的子弟时，再将花烛秀传给程家人。”

苏风暖道：“所以，于情于理，你推却不得，就收下了。”

许云初颔首：“国丈府虽然势大，但对于江湖确实闭目塞听，有了花烛秀，的确耳目通阔得很。”

苏风暖道：“可是，如今从花烛秀里搜查出了与皇宫秘道一模一样的秘道，甚至这里的秘道比皇宫的秘道设计更为精密。而且若非我身上带着避毒解毒的药丸，我和叶裳今日必死在蚀骨毒下。”

许云初抿唇：“我从来不知舅公竟然与这些事情有牵扯。”顿了顿，又道，“我想不透他为了什么。花烛秀是他一手建立，若是这里有秘道，他不可能不知，舅公十分聪明，手下人在他手底下绝对不敢瞒着他做这等事情，必定是他自己所为。”

苏风暖道：“我觉得京郊那一处已经成了一片废墟的别院，应该不止这一条秘道这么简单。只是我一时看不破，明日再去一次，看看还能有什么发现。”

许云初道：“明日我与你们一起去。”

苏风暖点头。

厨子做好了饭菜，管家带着人将饭菜摆到了会客厅，叶昔、齐舒也被喊来一起用晚膳。

用过晚膳后，几人坐下来闲谈喝茶。

苏风暖看了叶裳一眼，又看了齐舒一眼，叶裳意会，问齐舒：“你可知道，沈琪化名江木，这些年是否常去逛青楼？”

齐舒一时脑子转不过来，看着叶裳，纳闷地道：“他年少时有隐疾，治了一年，被孟太医治好了，后来，他不就是与我们一起常去红粉楼吗？也就是听听曲，闹闹场子而已，这你知道啊！”

叶裳道：“除了红粉楼，这么多年，他可曾化名去逛了别家？”

齐舒挠挠头：“没有，你怎么突然问起了这个？”

叶裳便将沈琪曾经化名江木多年来逛各家青楼之事说了。

齐舒听罢，睁大了眼睛，难以置信地说："不可能吧？他有这种事情，我们怎么不知道？"

叶裳道："看来，是另有其人了。"

许云初也听出些意思，说道："沈琪兄应该不是那样的人啊。"

齐舒道："就是，他若是那样的人，我们兄弟也不可能不知道。"

叶裳道："看来要好好地查一查了。"

齐舒问："这怎么查？沈家被灭门了，沈琪兄都死了。"

叶裳道："人虽然死了，但若是要查也查得出来。只要有这个事情，就不可能没有痕迹。"

齐舒道："这些年，我们跟着你，除了红粉楼，别家也不去啊，真没想到，还有这样的事情。若是沈琪兄真瞒着我们有这个事，这么多年，也不可能真瞒得住，总会透出些风儿吧？"

叶裳颔首。

"能在这京城里立足的各大青楼，老鸨们可都是人精。尤其是这么多年来，你们几人混迹京城，成了有名的纨绔子弟，都有名得很，到底是不是沈琪，打交道长了，怎么会辨识不出？"叶昔道，"反正我最近也没什么事，此事交给我查办吧。"

齐舒这时道："也算我一个，沈琪兄人都死了，竟然还有这样的事情，有污名声，我不能坐视不理。"

"行，算上你。"叶昔痛快地答应，"我一个人应付不来。"

二人就此说定，许云初也与苏风暖和叶裳约定明日前往郊外那片变成废墟的别院，天色已晚，许云初告辞出了容安王府。

第二日，日上三竿苏风暖才醒，她睁开眼睛，见叶裳躺在床头一侧，外面的阳光透过窗子从帷幔射进来，可见天色已经大亮了。她立即问："几时了？与许云初约的时辰过了吧？"

叶裳笑着点头，对她道："巳时了。他在前厅等着呢，已经等了一个时辰了，我见你睡得熟，便没喊你。"

苏风暖抱着被子，脸红地瞪着他："都怪你！"

叶裳昨夜缠着苏风暖，一次又一次，直到她精疲力竭，他才放过她，着实荒唐疯狂。

叶裳也知道让许云初等了一个时辰确实有点儿说不过去，小国舅的时间也是极其宝贵的。于是，他恋恋不舍地放开苏风暖，动手帮她穿衣。

二人穿戴妥当后，来到前厅，许云初正坐在里面等着。

从正院到前厅，冷风已经吹散了苏风暖脸上的红霞，她素来是个习惯掩饰自己情绪的人，所以，即便觉得没面子，但也坦然地与许云初打招呼，笑着对他说：

“真对不住，我起晚了，让你久等了。”

许云初微笑地道：“是我来早了。”

叶裳吩咐人端来早饭，清粥小菜，许云初已经用过了早膳，于是，苏风暖和叶裳随意地吃了几口，便赶紧吩咐人备车出府。

苏风暖想起，按照日子计算，昨日碧轩阁的长老们应该进京了，可是她昨日似乎没听到有人禀告，于是问叶裳：“昨日，碧轩阁的长老们进京来府了吗？”

叶裳微笑地对她说：“来了，他们到时，已经二更天了，我吩咐人安排他们歇下了。”

苏风暖想着昨日那个时辰她早已经睡得昏死过去了，她瞪了叶裳一眼，转头对许云初道：“恐怕你还要再等我一会儿，我要去给碧轩阁的长老们嘱咐安排一番。”

许云初笑着道：“不急。”

于是，苏风暖出了会客厅，去了安置碧轩阁长老们的住处。

碧轩阁一共来了十二个人，瑟瑟和红粉楼的老鸨正在与各堂长老说话。见苏风暖来了，众人齐齐起身见礼。

苏风暖笑着与众人一一见礼，询问了众人一路来可顺利，听说很顺利，没发生什么事，便点点头，将她的打算与众人说了。

众人早已经从瑟瑟的传信中知道了苏风暖的情况和安排，听闻她武功恢复了，都十分高兴，对于她的安排并无异议。

苏风暖又对众人提了花烛秀之事，让众位长老离京后，暗中查查花烛秀这些年都做了什么。

众人听闻后，对看一眼，其中，一位长老道：“姑娘为何查花烛秀？”

苏风暖看着那位长老，端详他的神色，对他笑问：“闫长老认识花烛秀的幕后东家？”

那位闫长老年岁是众人中最大的，已经满头白发，他微微颔首，答道：“不瞒姑娘，我确实认识程顾，也与他打过几次交道。他为人洒脱随性，性情爽快，对朋友颇为仗义，是个可结交之人。昔年，老阁主在时，也对他多加赞扬。”

“哦？”苏风暖看着他问，“老阁主都对他多加赞扬，看来其人不错了？”

闫长老道：“的确不错。”

苏风暖道：“昨日，我与叶裳查皇宫秘道案，查到了花烛秀的秘道，牵扯了当初东湖画舫沉船谋杀案。所以，我想让你们查查花烛秀。”

众人闻言，齐齐一惊。

那闫长老更没想到花烛秀有这样的事，说道：“我也有三年没见到程顾了，这三年来，他不在京城，在江湖上似乎也消失了踪迹。”

苏风暖问：“你最后一次见他，是三年前？在哪里见的他？可说了什么？”

那闫长老想了想，回忆道：“当年在源城，我应姑娘所求，前往源城处理矿山之事，恰巧遇到了他，他似乎也有急事要办，只闲聊了几句，便分别了。没说什么。”

苏风暖问：“当年，你可知道他有何急事要办？”

闫长老摇头：“这我就没问了，当年，毕竟姑娘你交给我的事情十分重要，需要避人耳目。我也怕生出事端，毕竟他的身份是国丈夫人的亲弟弟，与国丈府牵扯极深，若是被朝中所知，追查下来，惹出麻烦，不是好事。”

苏风暖道：“他在三年前，将花烛秀给了许云初，可是，你们应该也有听闻，前几日，我与许云初一起被害，掉入了机关陷阱，险些丢了性命。而许云初虽然接手了花烛秀，却不知道花烛秀里机关秘道之事。如今，皇宫的机关秘道案牵扯了花烛秀，我总觉得，当年他将花烛秀交给许云初，没那么简单。”

闫长老闻言道：“这样说来，花烛秀定然脱不开干系了。”

苏风暖颔首，想起一事，对众人道：“去年，师兄给我传信，源城十里外一座农庄里，藏了东湖画舫沉船失踪的那名撑船人，那里的机关暗器布置得十分厉害，他一人破机关暗器闯入的话恐怕失手，便喊我去与他一起破机关。”话落，又道，“后来，我与他擒住了那名撑船人，他供出了冯超。而花烛秀的秘道就通向京郊的一处别院，凤阳在追查冯超时，险些被他害死在京郊别院，看来，源城的那一处农庄和程顾脱不开干系。你在源城碰到他，他那时的急事定然不同寻常。”

闫长老惊异片刻，说道：“姑娘放心，我等离京后，便彻查花烛秀，我认识几位朋友，与他交情也十分要好，出京后，我去与他们打听一番，看看他们是否知道些什么。”

苏风暖颔首。

此事说罢，众人表示立即启程离京，护送那些前辈离京归乡的同时，尽快着手彻查花烛秀。

苏风暖又交代了几句，送走了一行人才回了前厅，这就已经过去了半个多时辰。

叶裳正在与许云初喝茶，二人不知在聊些什么，苏风暖回来之后，将源城的农庄牵连程顾和花烛秀之事提了提，许云初蹙眉：“源城？”

苏风暖点头，将他和叶昔当初在源城的农庄里擒获那撑船人之事说了。

许云初道：“我舅公除了待在京城，以前最喜待在源城。”

苏风暖道：“这样说来，无论怎么看，他都脱不开干系了。”

许云初颔首。

“走吧。我们再去京外那处别院看看。”苏风暖道。

二人点头，站起来。

三人来到容安王府门口，许云初上了自己的马车，苏风暖和叶裳上了府内备好的马车。

上了马车后，苏风暖想起昨日答应林之孝要为他换药，于是，她叫过管家，对他吩咐：“福伯，你派人去宫里跟二皇子说一声，就说我下午再进宫为他换药，上午有一件要事要办。”

管家连忙应声。

两辆马车离开府门口，前往城门，顺利地出了城，半个时辰后，来到了京郊那处荒废的别院。

叶裳和苏风暖下了马车，苏风暖目光扫了一圈，皱眉道：“昨日在我们离开后，有人来过。”

“嗯？”叶裳扬眉。

苏风暖伸手指向一面围墙，说道：“那里，有痕迹。”

叶裳仔细地瞅了一眼，眯起眼睛道：“确实有手指的印痕。”

苏风暖道：“走，过去看看。”

叶裳颔首。

许云初下了马车后，闻言跟上二人。

三人来到那面围墙处，只见墙面上有一道模糊的指印，因墙面被风吹雨打，落了一层灰土，指印落在上面，不是十分清晰，但入目可见，只有两根手指的印迹。

苏风暖伸出自己的手指，微贴着比照了一下，肯定地道：“是女子的手指印。”话落，拿过叶裳的手，贴着对比，叶裳的手指比那两根手指长出寸许，她转头又示意许云初，“你也来对比一下。”

许云初抬起手，贴着对比一番，点头：“不错，的确是女子的手印。”

苏风暖道：“你们二人的手在男子中算得上是修长细润的，可是也比女子的手骨指节大上许多，这样的两指，指骨纤细，与我的手相差无几，可见是女子无疑。”

叶裳道：“是否说明，这一处就是机关所在了？”

苏风暖道：“昨日，我们离开时，天色已经黑了，我总觉得这里不对劲，但说不出如何不对劲，若这两指所在便是机关、可见这里的机关着实精密非常。”

叶裳道：“若无这两个指印，这样看来，就是一面石墙，还真看不出这里是机关所在。石头的纹理十分自然，不见雕琢的痕迹。”

许云初道：“看看是否真有机关。”

苏风暖颔首，将自己的两根手指贴按在那两指处，她微一用力，那一处塌陷了下去，须臾，只听“咔”的一声，墙面向下陷去，从墙根的青石砖缝隙处开了一个容一人下去的洞口。

“果然是机关入口。”苏风暖道。

许云初看着那个洞口道：“这两个指印，虽然不明显，但很容易让你们发现。轻易下去，万一是陷阱，便不好了。”

叶裳摇头，说道：“我们之所以能很快发现，是因为过目不忘，昨日我们来时，便将这里的一切都记在了心里。若是寻常人来，这样浅淡的两个指印不见得能发现。”

许云初道："可是如今有人来过，还是小心为妙。"

苏风暖对叶裳道："你和小国舅在上面等我，我下去探探。"

叶裳道："不行，我怎么能让你自己下去？我与你一起下去。"

苏风暖道："我下去查看，你在上面，若是有什么情况，能及时救我。这样的机关，我们追查到这一步了，我也觉得这里定然不太简单，尤其是昨日在我们离开后，有人来过。"

叶裳执意下去，说道："那也不行，我与你一起。"

苏风暖无奈，看向许云初。

许云初道："我也与你们一起，每次我都是等在外面的那个人，着实焦急。"

苏风暖道："你还是等在外面吧，都下去怎么行？出了什么事的话，外面也没个人照应。"话落，她看了一眼天色道，"如今快晌午了，以两个时辰为限，两个时辰后我们不出来，就是出事了。"

叶裳也道："不错。"

许云初只能点头："好，两个时辰为限，你们小心一些。"话落，又道，"我稍后便吩咐浮影，查查昨日可有什么女子来过这里，再看看附近可有人再留下什么痕迹。"

叶裳点头。

苏风暖先一步下了洞口，叶裳紧随其后，也跳了下去。

二人下去后，许云初喊来浮影，对其吩咐了下去，自己便在这处荒废的院落四下查看。

苏风暖跳下了洞口后，发现洞口有数丈高，幸好她有武功，落在地面安然无事。下面黑漆漆的，伸手不见五指，也不像前面所查的秘道，没有夜明珠之类的在石壁上照明。她从怀中拿出早先在探查秘道时在石壁上抠下来的夜明珠，用以照明。

叶裳随后跳了下来，就着亮光，二人打量这一处地方。

只见这里就是一间十分宽大的地下石室，足有寻常屋子那么大，四面墙壁光滑，空无一物。

苏风暖围着石壁转了一圈，发现无门无路，她探究半晌，也没有找到机关，于是，对叶裳道："这里，好像不是秘道，像存放东西的地下密室。"

叶裳颔首："有一股铁器的味道，这里应该存放过铁器之类的东西。"

苏风暖用鼻子嗅了嗅，没嗅到什么。但她知道叶裳鼻子敏锐，能闻到别人闻不到的气息，她道："难道存放过兵器？"

叶裳道："也许。"

苏风暖问："还有别的吗？"

叶裳道："还有一丝香味，淡淡的，像……"他凝目片刻，细细而闻，接着道，"像名贵水粉的味道。"

苏风暖问："你确定？"

叶裳看着她说："你不擦水粉，但瑟瑟擦，这种水粉味，我昔日似乎在她的身上闻到过。"

苏风暖眨了眨眼睛："瑟瑟昨日在容安王府。"

叶裳颔首："没错，自然不是她。只是，这种水粉味，我却觉得极像。"

苏风暖又问："还有吗？"

叶裳摇头："再没有了。"

苏风暖道："走，我们上去。"

叶裳点头。

二人足尖轻点，出了地下密室。

许云初才在院中转了一圈，没发现什么，听到动静，转过头来，见二人竟然这么快就出来了，愣了一下，问道："怎么这么快？"

苏风暖道："下面不是机关秘道，是一处地下的石室，里面空空如也，但似乎有铁器的味道，还有名贵水粉的味道。"

许云初看着二人："那你们可发现了什么？"

叶裳道："昔日应该存放过铁器，或者说兵器，当然，也不排除江湖上的刀剑等兵器。至于名贵水粉，回去之后，找瑟瑟问问她昔日擦了什么水粉。"

苏风暖道："不错，也不算全无收获。"

许云初道："我又仔细地查看了一遍，没发现什么，要不然，你再查看一番？"

苏风暖点头，又沿着这处废墟转了一圈，还是一无所获，她立在院中，对叶裳道："我总觉得，还是有哪里没被看破，但一时也难以想到。"

叶裳思忖片刻，说道："昨日，你我从这里出去时，天已经彻底黑了，这周遭都没什么痕迹，可是却有人来过。那她是怎么准确地找到那面石墙的机关的呢？"

苏风暖道："不错，这便是问题所在。"

叶裳道："那女子来时，应该是夜间。"

苏风暖看了一眼天色，说道："这样，我们先回去，你我夜间再来一次。"

叶裳颔首："好。"

许云初听二人如此说，便道："既然如此，那我们就走吧，我回去后，好好查查花烛秀，多年来，我从未怀疑过舅公，没想到有这种事情。"

苏风暖道："一个人做一件事情，都会有相对应的缘由。也许你舅公身上，有什么你不知道的事情，你不妨回去问问国丈。"

许云初点头。

三人上了马车，离开了这一处荒废的院落。

马车回到城中，途经荣华街的几家青楼门前，正巧叶昔和齐舒从一处青楼里出来，见到二人，苏风暖挑开车帘问："师兄，你们可有发现？"

叶昔颔首，来到车前，从袖中拿出几张宣纸递给了苏风暖。

苏风暖伸手接过，只见每张宣纸上都画着画像，俱是一个人的画像，画的人都是沈琪。她仔细看了片刻，递给叶裳。

叶裳接过来，随意地翻看了片刻，对车外的叶昔问："这些画像是从哪里来的？"

叶昔道："都是青楼的老鸨画的，她们说那个人的确是沈三公子，都一口咬定。你知道，青楼做的虽然是酒色营生，但里面的姑娘们都是琴棋书画俱佳，才艺精绝。作为青楼的老鸨，也精通这些才艺。于是，我便让她们每个人给我画了一张沈三公子的画像。"

齐舒这时看着叶裳道："我看她们画的这个人，的确是沈琪，难道他真背着我们时常逛青楼？或者，难道这世上真有与他长得一模一样的人？这事可奇了。"

叶裳道："这几家青楼老鸨都画了画像，每张画像，都题了名字。虽然画工各有千秋，但的确是同一人。不过为何独独少了红粉楼老鸨所画的画像？"

叶昔道："沈琪不是时常与你们一起去红粉楼吗？用不到吧？"

叶裳肯定地道："用得到，你这就去红粉楼，也让她画一幅沈琪的画像来。"

叶昔闻言，依照叶裳所说，与齐舒一起去了红粉楼。

苏风暖看了一眼天色，正当午时，也不急着进宫，便与叶裳、许云初一起等在街道上。

不多时，叶昔拿了一幅画像从红粉楼出来，来到马车前，递给了叶裳。

叶裳伸手接过眯了眯眼睛，哼笑道："果然没错。"

"怎么？"苏风暖看着他问，"有什么不对劲吗？"

齐舒纳闷地说："我看着就是一个人啊，红粉楼的老鸨画工精湛，但这也是沈琪，你看出不是一个人吗？"

叶裳拿着那幅画像，将其余的画像摊开在马车的车厢内，将那幅红粉楼老鸨画的画像与一众画像做对比，指着一处道："沈琪的锁骨下两寸处没有黑痣，而这些画像都有。"

齐舒一怔，立即说："还真是。"

叶裳又指向一处："沈琪当年与我们赛马，不小心被马缰绳勒住，曾经断了指骨，后来被孟太医给接上了，自此落下了一个小小的疤痕。"

齐舒道："这个我知道。"

叶裳道："红粉楼老鸨画的，一处没有黑痣，一处拇指有细微疤痕，因为她见的人是真的沈琪，所以，画的才是他真正的模样。而其余人，见的不是沈琪，即便那人易容成他的模样，但这细微的特点却不曾伪装。或者说，易容那人不知道这些特点，抑或，根本不在意这些细节，只要容貌像沈琪就行了。"

齐舒道："那这样的细微之处，万一是那些人忽略了没画呢？"

叶裳摇头："不可能忽略。青楼的老鸨都是人精，眼睛毒得很，擅长丹青之人，最擅长观察人的细微之处，观察这个人与别人不同的特点，才能画出精准的画像。”

齐舒一时没了言语。

许云初道：“易容得如此天衣无缝，连青楼的老鸨们都以为那就是沈三公子，可见不只是神态，还有动作，以及言语都应该与他极像。尤其是沈琪除了踏足红粉楼，从不踏足其他青楼，所以这等细微之处，不靠近的话，老鸨们自然看不到，并不知道。”顿了顿，又道，“这样说来，难道易容成他的人，是与沈琪相识，且极其熟悉之人？否则，不可能将神态模仿得太像。”

叶裳道：“难说。”

齐舒道：“除了我们兄弟几人，他还与什么人熟悉？景阳侯府的人都死了啊！另外，这事是发生在景阳侯府出事之前，之后，沈琪死了，那个江木也就没出现了吧？”

叶昔道：“假冒沈琪之名，化名江木，混迹各大青楼，目的何在？”

叶裳道：“前往花烛秀最多，其他想必是幌子，出入花烛秀便是目的所在。”

叶昔闻言立即问：“今日你们去了京郊那处荒废的院落，可有发现？”

叶裳摇摇头道：“没发现什么。”

叶昔看了一眼天色，说道：“晌午了，我也累了半日了，我这里还算是有些收获。你既然没什么发现，慢慢查吧，我不跟你们在这儿耗着了。”话落，他问苏风暖：“师妹，回府吗？”

苏风暖看了叶裳一眼，说道：“我稍后要进宫去给二皇子换药，你有什么打算？”

叶裳道：“你先与表兄回府吧，用过午膳，休息一会儿再让千寒陪你进宫不迟。我与小国舅要查此案，稍后，我与他去国丈府见见国丈，听听国丈怎么说。”

苏风暖看向许云初。

许云初点点头：“叶世子与我去国丈府与爷爷一起用午膳。”

苏风暖颔首，与叶昔、齐舒一起回了容安王府。

途中，齐舒百思不得其解，对二人道：“会是什么人冒沈琪之名呢？这也太奇怪了吧！为何别人的名不冒，偏偏冒他的名？”

叶昔道：“必定是亲近之人。”

齐舒道：“我也这样觉得。”

苏风暖道：“不见得是太亲近之人，未曾将细微之处伪装得一模一样，可能并不知道沈琪有这个特点。”

齐舒道：“熟悉，但不太亲近。如果这样，那会是谁呢？”

苏风暖道：“背后之人谋算太深，不过，也不是没有蛛丝马迹可查，水落石出是迟早之事。”

齐舒点点头。

回到容安王府，用过午膳，苏风暖让人喊来贺知。

贺知来到画堂，对苏风暖见礼，之后坐下说道：“许小姐的骨头可真硬，如今已经被折磨得不成样子，可还是未松口。”

苏风暖道：“不急，她撑不了多久了。我找你来，是有别的事。”

贺知“哦”了一声，看着她。

苏风暖道：“你自小也生活在京城，与沈琪虽然打交道少，但与江木呢？可打过交道？”

贺知闻言道：“你说的可是沈琪化名的江木？”

苏风暖点头：“对。”

贺知问：“我认识两个江木，你说的是哪个？”

苏风暖一怔：“两个江木？哪两个？”

贺知道：“一个是多年前，我初入青楼时认识的江木，见过他两次，匆匆一面。后来，我又认识了一个江木，与他倒是打过数次交道。”

苏风暖蹙眉：“同是江木，有何不同？”

贺知道：“前一个江木，见到女子就脸红；后一个江木，女子撞到他怀里，面不改色。”

“哦？”苏风暖扬眉。

贺知道：“当年，我还年少，虽然背负着心里阴影陷入青楼，但也是对什么都敏感好奇的年纪。尤其是与他第一次见面，他进了青楼，因为害羞窘迫，被姑娘追着跑出来，让我记忆深刻，也就记住了他。”

“然后呢？”苏风暖问。

贺知道：“然后第二次见他，依旧如此。两面，之后再见他时，发现他面对女子投怀送抱，面不改色，判若两人。”

苏风暖眯起眼睛：“之后呢？”

贺知道：“之后，我见过他和叶世子、安国公府二公子、平郡王府小郡王一起骑马射猎，便知道他是沈三公子沈琪了。”

苏风暖道：“你认识的沈琪，可是后来的江木？”

贺知摇头：“虽然都生活在京中，我属于朝臣家眷子嗣，但他们是勋贵子弟。我与叶世子、沈三公子等人没有交集，便不清楚到底是不是一人了。总之，江木却是两个人。”

苏风暖想起叶裳说沈琪曾经有隐疾，不过后来被孟太医给治好了，男子不举，确实是大事。他去几次青楼，想依靠女子治病，也情有可原。他之前没踏足过青楼，而且身上带有难以启齿的毛病，自然会脸红窘迫了。可见，前一个江木是沈琪无疑。

而后一个，应该是在沈琪病好后，借着他的名声去的青楼。这一个，自然不是沈琪了。

她思索片刻，看着贺知道：“你常年混迹烟花场所，什么样的男人既去那样的地方，面对女子投怀送抱又面不改色、无动于衷？”

贺知道："你问这个还真是问对人了。有两种人，一种是见惯了风月的人，一种是女人。"

"嗯？"苏风暖一怔。

贺知道："见惯了风月的人，对青楼女子的伎俩了若指掌，但既然是去找乐了，哪怕看透了，也会调笑配合。可是女人，大家同为女人，无论美人如何投怀送抱，有用吗？"

苏风暖脑中轰的一声，茅塞顿开，笑着说："你说得有理。照这样说，你后来与那江木打过数次交道，也觉得他是女子易容了？"

贺知道："男子就是男子，女子就是女子，易容了表象，也易容不了内里。我见过了无数女子的红粉颜色，是不是女子，哪怕再天衣无缝的易容，即便蒙得过别人，也瞒不过我的眼睛。"

苏风暖道："这么说，江木是女子无疑了？"

贺知纠正道："后一个江木。"

苏风暖道："你既与她打过数次交道，可知道她为何易容成江木？"

贺知摇头："不知。"

苏风暖道："那你都知道什么？说说看。比如说，她的身份，她可是京中人，寻常去哪家青楼最多，行事有什么特别之处。"

贺知摇头："我与她碰面的次数不少，若说真正打交道，也不过是数次照面而已。至于别的，我是说不出了。毕竟，我堕落于青楼，也有着不可告人的秘密要查探，不敢惹麻烦。但凡女子出入那种地方，掩藏身份，必定有着不可告人的秘密。"

苏风暖颔首："你说得有理，若是你当初惹了，也许如今就没命了，哪能如此与我坐在这里说话。"

贺知点头，见苏风暖再没有别的要问的，便告辞出了画堂。

贺知离开后，苏风暖让人将瑟瑟喊了过来。

瑟瑟见到苏风暖，抹了抹汗道："碧轩阁的长老们将各位前辈送出京城了，我去送了他们一程，刚刚回来。"

苏风暖伸手扯过她的袖子，放在鼻间闻。

瑟瑟一怔："姑娘，我身上带回了什么特别的味道吗？"

苏风暖问："你用的是什么水粉？"

瑟瑟闻言，顿时笑了："姑娘不是素来不用胭脂水粉吗？怎么？如今您也爱起这个来了？"话落，又道，"我用的是荣华街方华斋的玉人香。"

苏风暖虽然是女儿身，但自小与师父和师兄游历江湖，常年不是穿着道袍就是穿着叫花子的衣服，从不将自己正儿八经地当作女儿家，对水粉自然是一窍不通。

她听瑟瑟说是方华斋的玉人香，对她求教："是很名贵的一种水粉吗？擦在何处？"

瑟瑟好笑又无奈地说："我说姑娘哎，您可真是……让我怎么说您好呢？白白浪费了一张好面容。方华斋是京中做得最好的胭脂铺子，宫里的太后、皇后、一众妃嫔等，都对其所产的胭脂水粉甚是喜爱。玉人香是方华斋顶顶名贵的水粉，据说是用数十种名贵花草研磨制成，千金一盒，可以擦在面上，擦在身上，稍微用一点儿，就能幽香处处，闻香知美人。"

苏风暖恍然："果然很贵。"话落，她问，"这么说，只要有钱，就能买得到了？"

瑟瑟摇头："不是呢，若只是有钱就能买得到，就不叫真正的名贵了。玉人香是顶好的东西，是去年方华斋新推出的香粉，只产出十盒。我是因为托了世子的福，买到了一盒。"

苏风暖看着她："托了叶裳的福？但他似乎不知道啊！早先还说要回来问问你。"

瑟瑟笑起来，对她说："您不喜欢，世子也不爱这些，自然就更不在意了。去年您没回京时，我听说方华斋推出了玉人香，便趁着世子去听曲时，与他提了，只说方华斋新推出了一款香粉，求世子帮我买一盒，他当时没甚在意这等小事，便应了，让千寒去帮我订了一盒。方华斋怎么敢不买世子的面子，便卖给了我一盒。世子大约早就将这件事给忘了。"

苏风暖笑着说："还有这事？这个玉人香你一直在用？"

瑟瑟点头："这个香可真好，一盒可以用上一年，只用拇指抠那么一点儿，就能让周身都带着香味。"

苏风暖点头："你这香味确实很好闻，味道也很特别，玉人香的名字当之无愧。"话落，她问，"你可知京中都什么人买到了这个香粉？"

瑟瑟摇头："不知。据说当时刚做出来，宫里的太后、皇后、月贵妃因为没及时得到消息，都没得到这香粉，都被方华斋的老主顾给买走了。能买得起方华斋香粉的人，非富即贵，我是托了世子的福。"

苏风暖颔首，问道："你可知道方华斋是什么人开的？"

瑟瑟摇头："方华斋是京中老字号了，百年店铺，传了一代又一代，不知这一代的东家是谁，从没见过。"话落，又道，"不过，京中无人敢为难方华斋，想必是哪个权贵府邸，或者皇亲勋贵在背后撑腰。"

苏风暖道："看来要让叶裳派人查查了。"

瑟瑟道："世子若查，没有查不出来的。"话落，她纳闷地问，"姑娘，怎么了？方华斋有问题？"

苏风暖道："不见得是方华斋有问题，也许是这个玉人香有问题。"话落，她将叶裳在京郊那座变成废墟的别院地下密室里闻到香味之事说了。

瑟瑟惊异地说："也就是说，有擦了这种玉人香的人，昨夜潜入那里做了什么？"

苏风暖颔首："正是。"

瑟瑟道："这个玉人香，我十分喜欢，自从千寒帮我订下，买了回来，我这一年来，一直擦此香。世子若是没闻错，那就是这种香了。"

苏风暖道："我稍后要进宫去为二皇子换药，你代替千寒守在府中，千寒陪我进宫。待晚上回来，我问问叶裳关于方华斋的事。"

瑟瑟点头："世子自小生活在京中，混迹多年，应该知道方华斋幕后是何人，玉人香不同于别的香，如此稀少，若是要查，世子出手的话，应该不是太难。"

苏风暖颔首，收拾了一番，吩咐管家备车，前往皇宫。

千寒陪着苏风暖一起去了皇宫。

马车顺利地来到宫门口，苏风暖下了马车，便见孟太医等在宫门口，似乎等了有一会儿了，见她来到，连忙上前，笑呵呵地说："苏小姐，二皇子伤势太重，老夫无能，实在不敢轻易动手给他换药包扎，皇上昨日便派人给我传了话，让老夫跟你好好地学学，也免得日日劳烦你进宫，能跟你学，正合我意。"

苏风暖笑着说："走吧，我们进去。"

二人一起递了宫牌，进了宫，很快就来到了韶德殿。

一名贴身侍候林之孝的小太监正等在门口，见二人来到，连忙见礼："苏小姐、孟太医，你们可算来了，二皇子的伤口有些难受，正等着你们来换药。"

苏风暖点点头。

小太监来到殿门口，对里面禀了一声："二皇子，苏小姐和孟太医来了，奴才这就带他们进来。"

林之孝"嗯"了一声，声音有些低。

小太监挑开帘子，请二人入内。

苏风暖迈进门槛，穿过外殿，有宫女守在外面，对她屈膝见礼，随后，挑开珠帘，请她进入内殿。珠帘发出清脆的声响，苏风暖伴着珠翠声响走了进去，孟太医在她身后跟了进去。

林之孝坐在桌前，用椅子架着伤腿，身子靠着椅背坐着，似是刚用过午膳，一副倦倦的模样。见苏风暖进来，他目光平静，并没言语。

苏风暖径直走到林之孝面前，问他："是因为没换药难受，还是因为腿伤疼得难受？"

孟太医随后跟进来，拱手给林之孝见礼。

林之孝对孟太医摆摆手，对苏风暖平静地回话说："都有。"

苏风暖坐在了一旁的椅子上，示意要给他把脉，他伸出手递给她。苏风暖按在他脉搏上，片刻后，蹙眉道："发热了，你怎么会发热？染了寒气？"

林之孝咳嗽一声，说道："大约是夜里难眠，开了窗子，着凉了。"

苏风暖撤回手，对他说："我再给你开一个祛热的方子。"

林之孝点头，吩咐人准备笔墨纸砚。

苏风暖转身，坐在桌前，在宫女铺好宣纸后，她提笔，写了一张药方，写完后，对林之孝道："先命人煎了服下，两个时辰一次，直到退热为止。早先的那个药方，按时服用。"

林之孝点点头："多谢。"

苏风暖又为他解开包扎的纱布，为其换药。

孟太医在一旁仔细地瞅着，不敢错过一丝一毫。

苏风暖为了让孟太医看得清楚仔细，尽量地放慢动作，比往常包扎慢了半盏茶的时间。

包扎完，苏风暖道："伤口看起来恢复得还算平稳，只要好好将养，便能按照预期恢复。"

林之孝点头。

苏风暖又看向孟太医："你没问题的。"

孟太医连连点头："明日老夫就照着你的手法为二皇子换药包扎。"

苏风暖颔首，洗净手，打算告辞。

林之孝见苏风暖要走，对她道："苏小姐喝一杯茶再走吧，我正好也有两句话要跟你说。"

苏风暖看向他，见他没有轻浮之色，便重新坐下了。

孟太医见此，只能自己先告退出了韶德殿。

林之孝挥手让侍候的宫女太监都退下，只剩下他和苏风暖时，他对苏风暖道："今日一早，林家府宅有人给我送来消息，说林家主死了。"

苏风暖看着他，蹙眉问："怎么回事？"

林之孝摇头："我如今伤了腿，没办法去探查，但他身体一直很好，即便被我圈禁，但他养我一场，我未曾亏待他，俱是好吃好喝供养。若无意外，他不会死。"

苏风暖问："你禀告皇上了吗？"

林之孝摇头："皇上虽然没因为月贵妃迁怒林家主，但心中对其极其厌怒。当初，我公开身份时，他都没宣召林家主来觐见，可见不愿意见他。如今他莫名死了，我贸然禀告皇上，也没好处。"

苏风暖觉得这话有理，对他道："林客不是一直在林府吗？他可知林家主是怎么死的？"

林之孝道："林客如今在我这韶德殿，你可还记得在国丈府，皇上说要见见林客？之后，他便进宫了。年前因为叶世子，他伤势一直未好，如今也在养伤。"

苏风暖道："这么说，林府没什么人了？"

林之孝道："林家的老人，除了林客，没有皇上旨意，我都没带进宫。昔日的护卫，都在林府。除了护卫，还有一直跟随林家主的一位忠仆，你见过的，曾经请你去林府见他的那个人。"

苏风暖自然记得曾经奉了林家主之命请她前往林府见他的那个人，是一个身穿短打袍袖蓝布衣服、膀大腰圆、十分强壮的大汉。

她道："林家主死了，那个忠仆呢？"

林之孝道："就是他让林府护卫给我报的信，如今他还在林府。"

苏风暖问："他报信时可说林家主是怎么死的吗？"

林之孝道："说不知死因，他今早发现林家主死了，气息全无。"话落，又道，"我无法出宫，又无法报与皇上，所以，一直等着你来。"

苏风暖道："你想让我去林府帮你看看？"

林之孝看着她道："我知道你一直在查皇宫秘道案，既然皇宫秘道案牵扯出了已经故去的月贵妃，那么，林家主定然知道些什么，可是如今他也死了，事情没有那么简单，你就当顺便去查案了。"

苏风暖确实忘了林家主，一直以来，他被林之孝圈禁着，她也将他给忽略了。如今他死了，若是身体一直好模好样的，突然死去，确实不一般。她的确也想去看看，于是点点头："好，我答应你，出宫去林府看看。"

林之孝伸手入怀，递给她一块令牌，说道："这是我的令牌，有这个在，林府的护卫不敢为难你，也不会为难你。你拿着这个。"话落，又道，"至于进入林家主的居所，我所设的阵法机关应该难不住你，不需要我多说了吧？"

苏风暖不客气地伸手接过令牌，点点头，对他道："我出宫后，立即去林府，有什么消息，我派人知会你。"

林之孝点头："多谢。"

苏风暖不再多逗留，出了韶德殿。

在宫门口，她对千寒吩咐："去林府。"

千寒点点头，将马车赶向林府。

林府虽然没坐落在京中权贵圈子，但因机关暗器世家与京城有颇多牵扯，在京中也有一处极好、极大的府宅。

苏风暖来过一次，上次是被林家主的那名忠仆所请，不过没见林家主，因为林之孝，便及时折返了。这一次，她来到林府门前，下了马车，对看守林府的护卫亮出林之孝的令牌，护卫立即毕恭毕敬地打开了府门，请她入内。

苏风暖想着林之孝在林家的地位，可见是一言九鼎，十分有恩威。哪怕如今他不是真正的林家人，而是皇上的二皇子刘孝，依旧不改模样。

苏风暖迈进门口，对护卫道："带我去见林家主。"

那护卫立即说："家主出了事……"

苏风暖道："我就是为此而来。"

那护卫垂首，不再多言，带她往里走。千寒跟在苏风暖身后。

来到林家主的居所，那名护卫停住脚步，对苏风暖道："这里有二皇子设的阵法机关，卑职也不能进去。里面有人专司侍候，上次林一请了您来，二皇子也将他禁足了。今日一早，他在里面喊家主出事了，我等也无法进去查看，只能报与二皇子。”

苏风暖看着四面围墙，里面树影重重，她站在门口，看了片刻，对千寒吩咐：“千寒，你按照我的要求，踏着生门的足点，带着我进去。”

千寒了然，知道苏风暖是在人前避着恢复武功之事，点点头，上前两步：“姑娘请吩咐。”

苏风暖对他说了门路，千寒一一记下，弯身背起苏风暖，施展轻功，按照苏风暖所言，几个起落，进了林家主所居的院落。

千寒站在屋檐下，放下苏风暖。

苏风暖拂了拂衣袖，直起身，只见这座院落的主屋门前站了一个魁梧大汉，正是昔日被林家主吩咐请苏风暖来见他的那个人，是林府护卫口中的那个林一。

她打量了他一眼，见他红着眼睛，木木地站在门前，太阳直射进来，他的脸色惨白一片。

林一听到动静，见门前落下两个人影，他猛地抬起头，见是苏风暖，顿时一脸恨意，抬手就是一记狠辣的掌风对她劈来。

第二十六章 烈焰毒掌

苏风暖见林一对她动手，掌风狠辣，她站着没动。

千寒当即宝剑出鞘，一道寒光闪过，对着林一的手掌斩去。

林一眼见宝剑到近前，并不收手，千寒面色一沉，当即毫不犹豫地斩了下去。削铁如泥的宝剑遇到人肉手掌，无声地将林一的手斩落，“啪”的一声，断手掉在了地上。

宝剑太快，并没有立即出血，剑身也未沾染一丝鲜血。

林一疼得退后了一步，看了一眼被斩落在地的断手，又看到挡在苏风暖面前的千寒，一时间目眦欲裂。

苏风暖见林一不再动手，对他冷冷地道：“我与你无冤无仇，你见面就要杀我，这是何道理？”

林一红着眼睛看着她：“你来这里做什么？”

苏风暖拿出令牌，在他面前晃了晃：“我应二皇子所请，前来看看林家主的死因。”

林一恨恨地对她道：“上一次，我请你来林府救家主，你来了却又走了，不管林府之事，如今你为何又要来？上一次你若是来见家主，如今家主未必会死。”

苏风暖看着林一：“你就是因为这个见面就要杀我？”

林一不语，显然是默认了。

千寒顿时怒斥："林家的家务事，与我家姑娘何干？我家姑娘没工夫管你林家的家务事，你因此迁怒，真是愚钝不堪。"

林一恨声道："既是林家的家务事，如今家主死了，你为何又来了？"

苏风暖道："今时不同往日，如今林家主已死，在二皇子都不知道的情况下，便不是林家的家务事了。"话落，又道，"皇宫的机关秘道案牵扯了月贵妃，也牵扯了林家主，我奉旨查案。如今自然不是林家的家务事了，而是国之大案。"

林一住了口，依旧恨恨地看着她。

千寒喝道："据说是你将林家主之死派人知会了二皇子，还不如实快说，你家家主到底是怎么死的？什么时辰死的？我家姑娘来此，就是为了他的死因。"

林一怒道："二皇子为何不自己来？家主养他一场，栽培他，他却恩将仇报，将家主圈禁在这林府，如今他做了二皇子，便连林府也不回了吗？"

苏风暖看着他的断手鲜血如注，又道："你还不知道吧？二皇子查皇宫机关秘道案，险些丢了命，如今腿骨被机关暗器碾碎，正在宫里养伤，若是他能来，他自然不会托我前来。"

林一一惊。

千寒喝道："林府规矩真是好得很，你一个下人还当得了家、做得了主吗？还不快说！我家姑娘仁善，否则，你再如此啰唆下去，就不是断一只手这么简单的事了。"

林一的脸色更白了，咬着牙说："家主死在自己的床上，不知是什么时候死的，也不知是何死因，我是今日清早发现的。"

千寒喝道："还不让开门口。"

林一不甘心地让开了门口。

千寒上前一步，推开房门，先向里面看了一眼，不见什么人，也不见什么危险之物，让开门口，请苏风暖入内。

苏风暖没立即进去，而是对林一道："今日是千寒跟着我，若是叶裳跟着我，以你这般恨不得杀了我的模样，你早就没命了。你现在捡起断手，立即去找孟太医，就说是我说的，请他救你，你这断手，兴许还能接回去，孟太医的医术虽然不能让你接回去的断手运功握剑，但能让你如常人一般使用。"

林一恨声道："用不着，不用你操心。"

苏风暖看着他："你倒是一个有骨气、有血性的汉子，不过的确愚钝鲁莽，不堪大用。林家主既是死在自己的床上，死因不明，你若是对他忠心，就该尽快助我查出他的死因，而不是将他的死因归咎于我。如今你断一手，也活该。"

林一白着脸不说话。

苏风暖不再理会他，进了屋。

如林之孝所言，他虽然圈禁了林家主，的确没有怠慢他，屋中一应用具都是上好的。林家主躺在床上，像在沉沉地睡着。

苏风暖来到床前，伸手探他鼻息，果然他气息全无。她伸手为他把脉，刚按到他的脉搏上，顿时面色一变，撤回手，说道："好霸道的蚀骨毒。"

千寒大骇："姑娘？"

苏风暖抬手，对千寒道："为我护法，我必须立即运功祛毒。"

千寒立即应了声"是"。

苏风暖当即抽出千寒腰间的宝剑，划破自己刚刚把过脉的指尖，又将宝剑扔给千寒，盘膝坐在了地上，调动内息，运功凝聚指尖，因她察觉得及时，只一指碰触了林家主的脉搏处，再加之她自石室恢复武功后，武功已经集大成至返璞归真，所以，不过半盏茶的工夫，便在指尖处逼出数滴黑血。

千寒站在一旁，紧张地看着。

林一本来跟着二人进来，见此也惊了。

一盏茶的工夫后，苏风暖指尖流出的再不是黑血，而是鲜红的血时，她缓缓收了手，额头冒出豆大的汗珠子。

千寒见苏风暖脸色发白，显然运功祛毒耗费了极大的功力，见她收手，立即问："姑娘，怎样？"

苏风暖点点头："毒被我逼出来了，没事了。"

千寒松了一口气。

苏风暖慢慢地站起来，眉目微沉地看着床上躺着的林家主，他看着像睡着了，不像中毒。所以，她一时才没察觉着了道。她看了片刻，又转向门口站着的林一。

林一见苏风暖看来，立即说："怎么会有毒？我也碰了家主，并没有中毒……"

苏风暖问他："你碰了他哪里？"

林一道："我探了他鼻息，抱着他摇晃了好久，家主虽然看着像在沉睡，但气息全无，早已经气绝了。"

苏风暖道："你没给他把脉？"

林一摇头："我不懂医术。"

苏风暖道："这就是了，他的脉搏抹了蚀骨毒，我把脉中了毒。"

林一道："若是碰了蚀骨毒，家主早已经毒发全身了，这都大半日了，怎么会……"

苏风暖再次靠近床前，看着床上躺着的林家主，对着他脉搏处仔细地看了片刻，说道："他的脉搏处被人涂抹了一层薄蜡，将蚀骨毒化了，滴在了薄蜡上，蜡隔绝了蚀骨毒，使之侵蚀皮肤。所以，他如今没有中毒之象，全身也没蚀骨腐烂。"

林一来到床前，一看果然如此，一时间十分惊讶。

苏风暖看向林家主另一只手腕的脉搏处，果然也被抹了一层薄蜡，上面滴了蚀骨毒，不仔细看发现不了。

她从怀中拿出绢帕，隔着蚀骨毒，给林家主把脉。

片刻后，她扔了手帕，放下手，对千寒道："他虽然像睡着了，但其实内里经脉尽断，如被火焚烧过，乃是经脉枯竭而死。"

千寒惊异地道："姑娘，内里既然已经经脉尽断，为何外面看不出丝毫，像沉睡了？这是什么杀人手法，这般厉害？"

苏风暖道："这种杀人手法，与当初风美人在容安王府被杀的手法一模一样。"

千寒一怔："不对啊，如今林家主的模样好好的，像只是睡着了，可是风美人当初已经成了一具枯骨，怎么会一样？"

苏风暖道："也许是杀林家主的人所修习的烈焰功火候不够，不能使人血肉成灰，白骨成枯；也许是杀人之人只使用了几分功力，特意让林家主变成这副样子，只等着我来诊脉，用蚀骨毒杀了我。"

千寒面色大变："当初，风美人是月贵妃杀的，如今月贵妃已经死了，这世上还有什么人会这种霸道的烈焰功？"

苏风暖不语，伸手扯开了林家主胸前的衣物，果然见他胸前印了一个浅浅的手印。

这个手印，是一个极浅的黑色手印，娇小，娟秀，其中有两指，苏风暖极其熟悉，不只熟悉，今日上午在京郊的那处别院还见过。

她眯着眼睛看了片刻，对千寒道："去找纸笔来，将这个手印临摹下来。"

千寒应了一声"是"，立即去了。

苏风暖转头看着林一，对他道："如今你也看到了，你家家主之死，是被人用烈焰掌所杀，而且，杀他的人是个女子。"

林一骇然地说："这……谁杀得了家主？我就住在西厢房，没有听到什么动静。"

千寒不客气地看着他依旧流血的断手说："以你的三脚猫功夫，连我的剑都躲不过，怎么能察觉会烈焰功的高手？"

林一顿时住了嘴。

苏风暖问林一："这里可有秘道？"

林一摇头："林家虽然是暗器世家，但在这京中林府却没有挖机关秘道，只有二皇子在这处院子里设了阵法，圈禁家主。这院子里侍候的人没有女子，都是跟随家主的护卫。"

苏风暖道："看来，那女子武功极高，是夜间闯进了林府，破了二皇子设的机关阵法，神不知鬼不觉地杀了林家主。"

查明了林家主的死因，苏风暖又在林家主的房间和院子里转了一圈，再没发现什么疑点。于是，她解了林家主院落的阵法机关，吩咐一名府卫前往府衙去报案，让仵作来验尸，记录林家主死因入档。

府衙的人很快就来了，见到苏风暖连忙见礼。

苏风暖简略地将林家主的死因提了，在府衙的人记录了林家主的死因之后，她带着千寒离开了林府。

府衙的人追出来，小心翼翼地问苏风暖："苏小姐，这林家主……如何安置？"

苏风暖道："二皇子在宫中养伤，林家主养二皇子一场，如今他被人所害，二皇子定然要追查的。府衙先留人在这里等着吧，二皇子自会有安排。"

府衙的人得了提示，连连应承。

苏风暖与千寒离开了林府。

出了林府的大门，苏风暖对千寒道："派一名府卫去找孟太医，请孟太医到林府一趟，帮林一接上断手。"

千寒当即道："姑娘，这林一是个下人，不自知自己的身份，着实嚣张，属下断他一手，也是他自作自受。"话落，他又压低声音道，"而且林一看到您运功祛毒了，属下本来还在想是否要杀了他。"

苏风暖对他道："此人虽然愚昧，但贵在忠心，林家主被林之孝圈禁，已然早在林家失势，他却没投靠林之孝，依旧忠心林家主，这等忠心倒也难得，如今给他一个教训，也就是了。"顿了顿，又道，"我若是只为了自己隐藏武功，而杀害无辜之人，与这世上大奸大恶之人有什么分别？"

千寒当即垂首："姑娘教训得是，我这就让人去请孟太医。"

苏风暖点头："如今他为林家主之死而沉痛不已，不见得会到处宣扬我恢复武功之事。"

千寒颔首，当即招出暗中保护的府卫，吩咐了下去，那府卫立即去请孟太医了。

苏风暖对千寒道："再进宫一趟，我去当面与林之孝说吧，毕竟此事干系重大。"

千寒点头，驱车向皇宫而去。

马车来到宫门后，苏风暖递了宫牌，再次进了宫。

来到韶德殿，一个小太监见了苏风暖，一怔："苏小姐，您这是……怎么又来了？"

苏风暖道："你去禀报，我来见二皇子，有要事找他。"

那小太监应了一声"是"，不敢怠慢，连忙去禀报了。不多时，他匆匆回来，说道："二皇子请您进去。"

苏风暖进了内殿，只见林之孝半躺在床上，脸色有些潮红，看起来还没退热。她径直走到他床前，对他道："林家主死于烈焰掌。"话落，她拿出千寒临摹的那一个手掌印，递给他，"胸前有一个黑色手印，全身经脉尽断，似被大火焚烧过，经脉枯竭，依我判断，正是烈焰功催发的烈焰毒掌。"

林之孝伸手接过那张临摹手印的宣纸，看了看，眉目微沉地说："这是一只女子的手。"

苏风暖道："不错，手骨纤细，是女子的手无疑。"

林之孝抿唇，看着那个临摹的手掌印，不再说话。

苏风暖对他道："而且，我见到他时，他躺在床上，似在沉睡，我探他鼻息全无，已然气绝；把脉查他死因时，他手腕脉搏处被人涂抹了一层薄蜡，而薄蜡上滴了蚀骨毒。"

林之孝顿时看向她。

苏风暖的手隐在袖中，对他道："可见，那个女子是杀了林家主之后才做的这等事情，应该是断定我会去给林家主把脉，所以，借机杀我。"

林之孝道："我请你查看林家主，难道那女子也算计到了？"

苏风暖道："也许，毕竟如今你受的腿伤极重，不能离宫，我为你换药，你趁机托我为你办此事，也不难预料。而我正查月贵妃牵扯皇宫机关秘道之案，林家主死了，我不可能拒绝你不去查看。"

林之孝看着她："你……没中毒吧？"

苏风暖道："发现得及时。"

林之孝抿唇，不再说话。

苏风暖看着他："当初，风美人就是死于烈焰功的烈焰毒掌，你可知道，除了月贵妃，还有什么人会这种烈焰功？"

林之孝脸色沉沉地道："月贵妃虽然是我娘，但我自小没长在她身边，她与我没有母子情分，她只不过给了我一个看起来尊贵的身份而已。我对她的事，几乎一无所知。"

苏风暖见从他这里问不出什么，便作罢，对他道："我本以为，你会知道些什么，有利于我查林家主之死，看来我高估你了。"

林之孝抿唇，伸手入怀，从怀里拿出一个锦囊，递给苏风暖："你不是一直怀疑我背后有人支持吗？这个给你，如今我也不知对你来说有没有用处。"

苏风暖闻言接过锦囊，打开，只见里面放了七八张草纸，她拿出来，看了一眼，发现是无字的草纸。草纸十分普通。

她扬眉："就这些普通草纸？"

林之孝沉着眉目道："曾经是有字的，不过字在我打开看过后消失了。"

苏风暖问："都写了什么？"

林之孝道："指令，指使我做事。"

苏风暖蹙眉："你的身份是二皇子、月贵妃亲子，竟然有人对你下指令，指使你做事？指使你做什么事？"

林之孝道："如今看来，很多事情没有随着月贵妃的死而结束，想必她也不过是一颗棋子而已。我进京后，那人指使我做的事情，有多少张草纸，就有多少桩事情。至于都是什么事，比如，那日我去拦截你，公开身份之事。"话落，又道，"不过，那是最近的一次。"

苏风暖道："他指使你，你就依照指令而做？"

林之孝道："我拒绝不了。"

"为何？"苏风暖问他。

林之孝看着她："为了你。"话落，又道，"你始终不相信我对你之心，林家书房里挂着你的画像，你便是我的软肋，我想夺你，便由人拿捏。"

苏风暖看着林之孝："我以为，你是林家新一代的翘楚，在江湖上，也有着才貌兼备的公子名号，是个堂堂男儿，便这般没有骨气地授人以柄吗？"

林之孝自嘲地笑："苏姑娘心仪叶世子，有没有到如痴如狂的地步？你若是如我一般，便知道我哪怕有骨气，也过不了心里想要你的大关。"

苏风暖觉得此事不能再说下去了，她站起来，对林之孝道："字迹在你看过之后便消失了，可见是用了特殊的药物，定时给化去了。不过，即便字迹化去了，但你都还记得每张纸写过什么吧？我给你拿笔，你现在就模仿着那些字迹写出来给我。"

林之孝闻言打住话，颔首："好。"

苏风暖让人取来纸笔，递给林之孝。

林之孝依照记忆提笔在宣纸上写了七八件事情，写完后，他递给苏风暖道："写字之人，用的是端正的楷书，难以辨认是什么人的笔迹，我模仿得有九成像，大体就是这样，没有什么特别之处。"

苏风暖伸手接过，只见这七八件事情的确件件牵扯她，有的是直接牵扯她，比如他在一品香茶馆拦截她；有的是间接牵扯她，比如对付叶裳的几桩事。

她看罢，收了起来，对他道："这些草纸，是怎么传到你手中的？"

林客道："飞鸽传书，每次鸽子找到我，将草纸送来，我看过之后，草纸的字迹会消失，鸽子也会死掉。"

苏风暖道："所以，你根本不知道那个人是谁，查无可查？"

林之孝颔首："没错。"

苏风暖觉得，到了这个地步，林之孝是不会说谎的。

皇宫机关秘道案，若非叶裳相信林之孝没有参与，那么，他就会成为众矢之的、最大嫌疑人，皇上、国丈、太后、皇后等人恼怒之下，即便他有皇子的身份，也不会容他。

后来，皇上命他和叶裳一起查案，在机关陷阱里，他险些丢命。可见，背后之人是不会在乎他死活的，否则他不会丝毫不知情。如今林家主死了，那么，没准他会成为下一个林家主，不能为之所用，以背后之人的手段，便会被其所弃。

她看着林之孝，他是聪明人，应该也料到了，所以他没必要隐瞒她。

于是，她收好草纸，看着林之孝，对他道："那林客呢？他是望帝山弃子，为何从你小时候就待在你身边？"

林之孝道："据我所知，他是在我出生那日来到我家的，说服了林家主，自此跟在了我身边。我曾经问过他原因，他说不是每一代的江山之主都由望帝山的人来定。他不是望帝山的人，也能定江山之主。”

苏风暖道：“所以，一直跟在你身边，做你的教习先生，传教你武功，是为了扶持你？”

“除了林家的机关暗器之术，我也学了他的武功。”林之孝道，“他对我，亦师亦父。论情分，我与他比与林家主要深。林家主始终记得我是皇子的身份，待我不甚亲近。”

苏风暖看着他道：“林家人入京后，你为何圈禁林家主？”

林之孝抿了抿唇，说道：“他要杀了我。”

“嗯？”苏风暖看着他，“为何？”

林之孝道：“虎毒不食子，因为废太子。”

苏风暖恍然：“太子是他亲子，月贵妃与他易子而养，却为了杀叶裳，而害东宫太子，致使太子残废。太子毕竟是林家主的亲生儿子，林家主因此恼恨月贵妃，正逢她行事败露获罪，落得被诛杀的下场。林家主不再惧怕月贵妃了，所以，要杀了你。”

林之孝道：“正是。”

苏风暖道：“所以，你念在他养你一场，迫不得已圈禁了他，对外传是他染了风寒，一病不起。”

林之孝点头。

苏风暖问：“那废太子中的阎王渡之毒呢？”

林之孝道：“林客手中有阎王渡，我想帮太子摆脱困境，获得自由，所以，早就打算以此来救他。恰逢叶世子求娶你，我为了阻止废太子，便让林客提前去给太子服了阎王渡。他是心甘情愿服下的。毕竟他早就知道自己不是月贵妃的亲生儿子，不是真正的太子了，苦苦挣扎，也摆脱不了别人的摆布，不如重生一回，重新做人。”

苏风暖虽然早就查到当日林客曾经出入废太子的东宫，废太子中的阎王渡十有八九是出自林之孝之手，如今听他亲口承认，她看着他问：“那无伤花、半步死、恨春风、蚀骨毒呢？林客可有？”

林之孝摇头：“这些他没有，他不善于用毒，他之所以有阎王渡，是因为他曾经有一个过不去的坎儿，想借阎王渡清洗记忆，所以才费了很大力气在江湖上找到了阎王渡，本想自用，不过他找到阎王渡后，又决定不用了，才留了下来。”

苏风暖道：“既然如此，让我见见林客。”

林之孝点头，对外吩咐：“来人，带苏小姐去见林教习。”

有人应了一声“是”。

苏风暖出了林之孝的内殿。

小太监带着苏风暖来到了林客的住处，小太监在门口禀报了一声，林客从里面走了出来，站在门口，看着苏风暖：“苏小姐有何指教？”

苏风暖看着他：“我早已经说过，论辈分，我要称呼你一声师叔。没什么指教，我今日找你，不过是郑重地问你一句，我师父可是你所杀？”

林客看着苏风暖，一时没说话。

苏风暖盯着他的眼睛：“望帝山遗弃你，你恨望帝山，但我师父护你，待你不薄，就算你遭父母遗弃，师父也是无辜的，怨不到他身上，你找人报仇，也不该找他。”话落，又道，“我师父全身经脉尽断而死，除了烈焰功的烈焰掌，只有一种死法，就是内力加身，重创之下，经脉尽断，回天乏力。”

林客不语。

苏风暖道：“我去时，已经救不了师父了。我不相信他说的什么天命所归。”话落，她道，“除了亲近之人，我师父不可能让人近身，更不可能不用内力护体。除了我和师兄，这世上，怕也只有林师叔一人能让我师父如此了吧？”

林客沉默。

苏风暖看着他：“林师叔不言语，是不敢承认，还是怕我找你报仇？我如今手无缚鸡之力，你大可不必怕我。况且，以你的功力，如今虽然伤势未愈，但要杀我，也是轻而易举。”

林客看着苏风暖，终于开口，沉声道：“你师父不是我杀的。”

苏风暖扬眉：“那林师叔可知道我师父是被谁所杀？”

林客沉声道：“他不是我杀的，仅此而已。”

苏风暖看着他的眼睛，见他不像说谎，问道：“林师叔在二皇子出生之日，便前往林家，扶持二皇子，是想取望帝山而代之？”

林客看着她道：“这是我的事，与你师父的死无关，我不会回答你。”

苏风暖笑了笑，说道：“我也希望二皇子能继承大统。”话落，她转身出了林客居住之地，向宫外走去。

苏风暖出了韶德殿，便见到匆匆而来的小泉子，她揉揉眉心，暗暗叹了口气，想着皇上大约也知道了林家主林宏的死，特意召她去见。

小泉子对苏风暖毕恭毕敬地见礼：“苏小姐，皇上请您过去一趟。”

苏风暖点头：“好。”

来到御书房旁的暖阁，小泉子禀了一声，挑开帘幕，请苏风暖入内。

苏风暖进了暖阁后，只见暖阁内除了皇上，还坐了一个人，正是卿卿。苏风暖给皇帝见礼，之后笑着对卿卿打招呼：“果然是宫里的水土养人，卿美人越来越美了。”

卿卿笑着对苏风暖道：“苏小姐这般夸我，让妾脸红不已，比起苏小姐的天香国色，妾也只能算是庸脂俗粉。”

苏风暖眨了眨眼睛：“我说的是气度，即便我长了一张还算过得去的脸，但也养不成大家闺秀的气度。卿美人就不要过谦了。”

卿卿转头对皇帝撒娇：“皇上，您看苏小姐，这般夸妾，妾都不知如何接话了。”

皇帝哈哈大笑，拍拍卿卿的手，对她道："她夸你，你受着就好了。朕也觉得宫里的水土养人，你近日确实更美了。"

卿卿得了皇上的夸奖，一手摸着脸，娇羞地说："这要多谢皇上宠爱妾。"

皇帝笑着点头，对苏风暖道："朕近日来确实甚喜卿美人，知道你又进宫了，便命人喊了她过来，你帮她把把脉。"

苏风暖眨了眨眼睛，看着皇上："卿美人身体有哪里不适吗？"

卿卿立即说："没有什么不适。"

皇帝道："年后这个时节，冬去春来，正是乍暖还寒之时，朕爱惜卿美人，怕她这个冬日里落下什么寒症，你医术高绝，给她诊诊脉，若是有什么不适，也好开个药方，让她好生调理。"

苏风暖忽然想起当时先太子被废，卿卿被封为美人，当日皇帝便在花容苑宠幸了她，之后免了避子汤，又对她直言想让卿美人尽快怀孕，让她给他开了补身体的药方。

可见，如今这是想知道卿美人是否有动静了。

她会意地笑着起身，来到卿卿面前，对她笑着说："遵旨，我定好好地为卿美人诊诊脉。"

卿美人笑着将手递给苏风暖。

苏风暖看了卿卿的手一眼，纤细柔软，十分漂亮，她将自己的手按在了卿卿的脉上。

皇帝坐在一旁，看着苏风暖为卿卿诊脉。

苏风暖诊了片刻，撤回手，对皇帝笑着说："皇上，卿美人的身子好得很，不只好得很，我还要恭喜皇上。若我诊断得没错，卿美人应该是有喜了。"

皇帝高兴地大笑起来："苏丫头，你确定没诊错，卿美人当真有喜了吗？"

苏风暖笑着道："卿美人的脉象是喜脉，虽然月份小，不足月，脉象不太明显，但我觉得十有八九不会错。"

皇帝笑着道："好啊，朕终于又能见到皇子了。"

卿卿看着皇帝，见他眉眼都是笑意，高兴之情丝毫不加掩饰，她惊怔片刻，也跟着笑起来，伸手拽住皇帝的袖子，柔声说："皇上，妾……真的有了吗？妾从来不敢想能怀有龙子……妾……怕自己福薄命薄，承受不起……"

皇帝伸手拍拍她："你是个有福气的人，别怕，既然能有喜，就消受得起，不准再说这种话。"

卿卿闻言将手放在小腹上，笑着点点头："妾听皇上的。"

皇帝大为高兴，大声喊："小泉子。"

小泉子从外面跑了进来："皇上。"

皇帝大声笑着道："传旨，封卿美人为昭仪，传诏六宫，卿昭仪怀有身孕，即日起，花容苑解禁，免晨昏定省一切礼数，见朕也可不行跪拜之礼。”

小泉子一怔，十分机灵地连忙答应，笑呵呵地拱手：“奴才恭喜皇上，贺喜卿昭仪。”

皇帝笑着摆手：“去吧。”

小泉子连忙出去传旨了。

卿卿一下子从美人越过了婕妤，晋升为昭仪，位列九嫔之首，这在后宫来说可是最快的加封了。历来少有。可见皇帝对卿卿怀有身孕之事十分高兴，欢喜之情表达在了给她的封赏上，封赏不可谓不重。

卿卿也惊讶得半晌没回过神来，听着皇帝的笑声、小泉子的贺喜声，一时间有些呆。

皇帝笑罢，拍拍她的脸：“怎么了？你看起来不太高兴。”

卿卿连连摇头：“妾只是太高兴了，妾怕命薄。”

皇帝当即收了笑，板下脸道：“有朕护着你，不用怕。”话落，又道，“即日起，朕派两名轻武卫跟在你身边，保护你。朕也会嘱咐皇后，不准为难你，你只管好好养胎就是。”

卿卿闻言点头：“多谢皇上厚慰，妾一定谨小慎微，不出差池。”

皇帝颔首，拍拍她，以示安慰，对苏风暖道：“苏丫头，你为卿昭仪诊脉有功，说，要什么奖赏，只要你开口，朕都赏你。”

苏风暖眼珠子转了转，不客气地说：“听说皇上昔年收藏了容安王一幅佳作，王爷毕生只此一幅笔墨。您送了我吧。”

皇帝一怔：“你要那幅画？”

苏风暖点头：“是您说了我要什么奖赏您都给的，不会又不舍得了吧？”

皇帝上前一步，伸手点点她额头，气笑道：“你倒是会要，朕的确收着，留作纪念。”话落，摆手，“罢了，给你吧。你将来是容安王府的媳妇儿，这幅笔墨，确实该归容安王府，代代相传。”

苏风暖笑着道：“多谢皇上。”

随后皇帝命人护送卿昭仪回花容苑。

卿美人有喜，皇帝大加封赏，使她的封号从美人一跃到了九嫔之首的昭仪，后宫先炸翻了天，紧接着朝廷上下一片哗然。

太后安抚皇后时，朝廷上下也刚得到了消息，人人心里都如炸响了一个惊雷，一时间纷纷揣测着皇上盛宠卿美人，从美人一跃提升到昭仪，这还只是刚有喜，若是将来真诞下皇子，那岂不是还要晋升？再往上越级晋升的话，就是皇妃了。

如今朝中无太子，即便二皇子认回来了，入了玉牒，但也没将其立为太子，如今皇上恩宠卿昭仪，若是母宠子贵，那将来……保不准这肚子里的孩子就是继承人了。

看如今时局，一切还真不好说。

待卿卿走后，皇帝对苏风暖正言道："朕听闻林家主死在了林府，你受二皇子所托，去了林府一趟，如何？"

苏风暖将林家主死因与皇帝说了一遍。

皇帝听罢，脸色沉暗，沉声问道："二皇子怎么说？"

苏风暖道："二皇子也不知道是何人所为，据说，林府没有秘道，但因为您在二皇子受伤之日，将林客叫进了皇宫，所以林府虽然有一众府卫，但没有高手。若是有人武功极高，破了二皇子设置的阵法闯入其中，杀了林家主，也不是难事。"

皇帝道："京中还有什么女子如此厉害？"

苏风暖道："这就需要好好查查了。"

皇帝点头，打住此话，又提到容安王的那幅画，说道："容安王的那幅画，画的是当年岭山织造的盛景。岭山织造的所有人都在其中。"话落，看着她问，"你是想从那幅画上找什么？"

苏风暖笑道："瞒不住您，我是听闻容安王昔年画了一幅岭山织造的画，当年，月贵妃、国舅夫人都在其中，我想看看还有什么熟人也在其中。"

皇帝伸手入怀，拿出一串钥匙，递给她道："这串钥匙，朕从不离身，你拿着这串钥匙，让小泉子陪你去国库的库房里将它取出来吧。"

苏风暖不客气地伸手接过钥匙，应道："多谢皇上。"

皇帝摆摆手："即便你不找朕要，朕也想在归天之后将此画留给叶裳。去吧。"

苏风暖收起了钥匙，退出了暖阁，看了一眼天色，夕阳西下，时辰已经不早了，见小泉子传旨回来，便让他带她前往国库。

从国库取出了那幅容安王的画作，苏风暖便离开了皇宫。

此时，天色已经暗了下来，街道上三三两两地走着人，苏风暖靠着车壁坐着，想着卿卿那一双手，手骨纤细，娇柔漂亮，是一双擅长琴棋书画、十指不沾阳春水的手。

这样的一双手，与林家主被杀后身上留下的掌印，以及京郊那处荒废院落留下的指印倒是有几分相似。

她正想着，忽然听到远处传来一丝破空之声，似是对着她的马车而来，她当即收了思绪，对千寒压低声音道："有人放冷箭，西北方向。"

千寒并没有听到冷箭之声，但听到苏风暖的话，坐着的身子当即站起，立在了马车前，抽出腰间的宝剑。这时，果然有一支冷箭飞来，他凝力刚要打开，那支冷箭忽然在半途中迸发出数支小箭，向着车厢四散射来。

他面色一变，当即大喊："姑娘小心！"

苏风暖虽然看不到外面的情形，但是凭着她如今的武功，不用目视，也能听声辨位，听出外面的情形，一支箭羽破开，虽然破空之声极其细微，但她依旧听得清楚。

她当即沉下脸，凝聚内力，在周身竖起防护罩。

这时，一道身影不知从何处以比箭羽更快的速度来到车前，不等千寒出手，便用衣袖将数支四散射来的小箭以内力卷在了一处，紧接着，又原封不动地对着箭羽射来的方向反掷了回去。

苏风暖感受到熟悉的气息，散去了周身的防护。

千寒惊喜道："世子！"

叶裳站稳身子，面色清寒，眸如冰封，对千寒道："你带着人过去看看，何人如此胆大包天，敢在京城光天化日之下行谋杀之事。"

千寒应了一声"是"，带着府卫当即向那一支冷箭来的方向探去。

苏风暖挑开帘幕，笑看着叶裳，柔声问："你刚刚在哪里？怎么这么及时救了我？"

叶裳道："我刚从墨宝阁出来。"

苏风暖看着他："你怎么去了墨宝阁？"

叶裳道："这要感谢表兄，他派人给我传话，让我从墨宝阁给他带一样东西回去，我便去了一趟。没想到竟然有人公然刺杀你。"

苏风暖低声道："一支冷箭，在射出的半途中迸出无数小箭，这等精巧的机关箭羽，着实厉害。若你没及时赶来救我，我势必会暴露武功。若是不暴露武功，必定会受伤，千寒拦截不住。"

叶裳抿唇，眼神寒凉："背后之人以前屡次要杀我，如今却盯上你了。我听千寒禀告，今日在林府，你中了蚀骨毒，幸亏及时发现。"

苏风暖点头，说道："大约是觉得如今的我好杀吧，毕竟，没有武功的苏风暖，比寻常女子都不如，就是一个废人。"

叶裳寒着脸道："等千寒回来，看看什么人找死。"

苏风暖看向箭羽来的方向，道："千寒去查，也不见得能有收获。"话落，她四下看了一眼，这时街道上没什么人走过，冷冷清清的，只有容安王府这一辆马车。

叶裳道："你是从宫里出来吗？怎么在宫里耽搁了这么久？"

苏风暖道："我去了国库一趟，将容安王当年所作的岭山织造的那幅画，作为皇上给我为卿昭仪把脉的奖赏要了来，才耽搁到了这个时辰。"

叶裳挑眉："哦？你找皇上要了那幅画？"

苏风暖点头，伸手拍了拍她身侧放着的长匣子，对他道："就在这里，今日上午，师兄找青楼的老鸨们画沈琪的画像时，我忽然想到了你父亲当年作的画，记得听你提起过。皇上早就想让卿卿有喜，如今得偿所愿，对我夸下海口，说什么奖赏都给我，我便趁机要了这幅画。"

叶裳蹙眉，问她："皇上给你这个奖赏，都有谁知晓？"

苏风暖道："卿昭仪当时在场，小泉子带我去的国库。"话落，她浅浅淡淡地笑了笑道，"当时，在西暖阁只有我们三人，其余皇上身边侍候的人都在外面候着。"

叶裳眯起眼睛，说道：“如今京中正在查皇宫机关秘道案，刑部、大理寺等府衙全权配合我与许云初，这时候，背后之人应该收着些才是。可是，却这般公然刺杀你，可见，你对什么人产生威胁了。”

苏风暖道：“懂机关秘道之术的二皇子如今因为腿伤躺在了床上，不能与你一起继续查案。而我将皇宫的机关秘道案从国丈府追查到死巷，又追查到红袖招，再追查到花烛秀，之后追查到京郊那座废置的别院。如此隐藏精密的机关秘道案，我破得十分顺利，可见，有人坐不住了。以杀林家主来诱杀我，诱杀不成，如今又公然刺杀，总之是想要我尽快死。”

叶裳颔首：“选在今日，也是迫不及待啊。”

苏风暖低声道：“看来，皇上让卿昭仪有喜，这一步棋，走得也十分对。”

叶裳冷笑了一声：“当初你我倒是看走眼了。”

苏风暖笑着说：“坏人的脸上又没有写着‘我是坏人’的字样，看走眼也没什么，这个世道，还是要多保留些心底的纯善，将人往好处看，否则，你我岂不是也会慢慢地被侵蚀成恶人了？”

叶裳点头：“倒也有理。”

这时，千寒带着人回来，一脸冷寒：“世子，没有发现什么人，也没发现暗器，只不远处一处房顶的砖瓦有被踩踏的轻微痕迹。”

叶裳沉声道：“既然如此，不必查了，回府吧！”

千寒点头。

叶裳上了马车，将苏风暖揽在怀里，说道：“以后更要小心些了，两位师兄去了东境，无人护你了，我再多派给你些府卫吧。”

苏风暖摇头道：“府卫多留些在府内，比在我身边有用，迫不得已时，我暴露武功就是了。可是府内不能再让人如半年前那一次一样，再出现杀了风美人，劫走易疯子之事了。”

叶裳点头，她恢复了武功，还是极让他放心的，今日即便没有他及时相救，她也不会有事。于是，他问：“林家主是死于烈焰掌？”

苏风暖颔首，将林家主的死因仔细地对他说了一遍。

叶裳听罢，说道：“除了月贵妃，还有什么人会烈焰掌？这女子看来一直在京城，否则，不会及时应对风吹草动。”

苏风暖忽然想起玉人香之事来，问他：“你可知道方华斋的幕后东家是什么人？”

叶裳“嗯”了一声，问她：“你怎么想起问方华斋的事了？”

苏风暖便将瑟瑟提到当初让叶裳在方华斋为她订了一盒玉人香的事来，她这一年来，一直用的是方华斋的玉人香。

叶裳闻言扬了扬眉，忽然笑了一声，说道：“这倒巧了。”

苏风暖看着他。

叶裳道："方华斋是我娘的陪嫁。"

苏风暖一怔。

叶裳笑道："当年，北周犯境，南齐粮草军饷供应不上，我爹几乎搬空了容安王府，我娘也几乎搬空了自己的陪嫁，她喜爱香粉，方华斋是外祖母的陪嫁，送了她，代代相传，她没舍得将方华斋变卖，说留给我娶妻送给未来儿媳妇。在战场上，她将我藏起来时，也将方华斋传给了我。"

苏风暖讶异地看着他："我怎么从来没听你说过？"

叶裳敲敲她的头道："你不爱胭脂水粉，我也就没与你提。"话落，他勾唇一笑，"况且，你那时觉得我的容安王府家徒四壁，你立誓对我好，要护着我，为我赚个国库的姿态，着实让人喜欢，我便觉得，不提也罢，就当没有方华斋好了。"

第二十七章
香粉去处

苏风暖无语地看着叶裳，没想到他还有一个他娘留给他的方华斋。

即便她不爱胭脂水粉，但从瑟瑟的描述中，也知道方华斋在京城鼎鼎有名，只一款玉人香的香粉，一盒千金都买不到，可见这么多年他这家底也不少了。

她又气又笑地看着叶裳："我这些年，为了你，累死累活做着营生，没想到你瞒着我还有这么丰厚的家底，太可恨了。"

叶裳轻笑："方华斋虽然是我娘传给我的，但她说是留给她未来儿媳妇儿的，这样说来，也不算是我的，只不过是我替你保管而已。我也不算是有家底。"

苏风暖失笑，不客气地伸手用力捏了捏他的脸，对他道："方华斋既然是你的，那就好办了，据瑟瑟说，当初只有十盒玉人香，除了你给瑟瑟弄了一盒，其余九盒都卖给了什么人？快去查。"

叶裳颔首："回府后，问问卫老就行了。"

"卫老？"苏风暖看着他，"他管着方华斋的事？"

叶裳道："他是我娘从叶家带进容安王府的人，帮我管着我娘的嫁妆，也管着容安王府的账房。"

苏风暖又被气笑："我与卫老也打交道多年，每年都将账本和盈利交给他，没想到他倒是替你瞒得紧，只字不露，半丝没提方华斋的事。"

叶裳笑着说："你给容安王府进第一笔账的时候，他就问我了，说你小小年纪，便为我打算，指不定在外面如何辛苦，问我要不要告诉你方华斋的事。是我不准他告诉你的。"

苏风暖又狠狠地拧了他腰一下："我若是早知道你有娶媳妇儿的家底，便不至于那么辛苦了。"

叶裳轻笑，低头吻了她一下，柔声说："你若是早知道，那也不见得太在意，你不爱胭脂水粉，会觉得不过是一个脂粉铺子而已，还是一样为我辛苦。"

苏风暖想想觉得也对。

回到容安王府，叶裳对人吩咐："去将卫老请到我的院子里。"

不久，卫老便匆匆地来了正院，进了画堂，对二人见礼，叶裳指了指椅子，卫老坐下。

叶裳对他道："去年方华斋出了一款水粉，名叫玉人香，据说一共十盒，除了我给瑟瑟订了一盒，你可知道其余九盒的去处？"

卫老一怔，立即看向苏风暖，见苏风暖微笑地看着他，他咳嗽了一声，说道："世子将方华斋之事告诉苏姑娘了啊？"

叶裳道："案子牵扯了玉人香，瞒不住她了，你便与她说说方华斋的事吧。"

卫老道："方华斋在京中立足，少不了靠人支撑，世子多年来并不管方华斋，也常年不去方华斋，所以，京中人并不知道世子是方华斋幕后的东家。而方华斋在京中已经有二三百年的历史，成了老字号，老主顾颇多，虽然每年都会出些许小事，但掌柜的便能摆平了，倒也没什么人真正为难过。"

苏风暖点点头。

卫老又道："去年，方华斋的一位老制香人研制出了一种香粉，就叫玉人香，采用了很多种名贵的花料，才制成了十盒玉人香。因这种香十分难制，其中一种花要三年才开一次，而且十分稀少，长于万丈高的背阴山涧上。而且玉人香每次只需要用一点儿，一盒能使用一年，因此，便定价千两黄金，成了方华斋最贵的香粉。"

苏风暖道："据说宫里的太后和皇后都因为得到消息晚了，没有拿到玉人香？"

卫老点点头："拿到玉人香的，都是方华斋的老主顾。方华斋每隔十日，必推出一种新的胭脂水粉，这也是这么多年方华斋屹立京中不倒的原因。每一种新的水粉推出前一日就会放出风声，老主顾得到消息后，就会当日去购买。因玉人香不同于别的香粉，定的价格太贵，方华斋的掌柜与我商议，提前三日放出了风声。"

苏风暖点点头。

卫老道："因玉人香价格太贵，去年刚放出消息时，便让京中很多府邸的夫人小姐们望而却步了。但真正爱香粉、懂香粉的大有人在，所以，便有人赶在出售当日去方华斋订下。我记得清楚，当初，国丈府的小国舅为其妹妹许灵依订了一盒，丞相府的孙公子为其妹妹孙晴雪订了一盒，安国公为其最小的女儿陈芝苒订了一盒，景阳侯府的沈三公子为其妹妹沈妍订了一盒，而世子您让千寒为红粉楼的瑟瑟姑娘订了一盒。"

"这是五盒。"苏风暖问，"那剩下的五盒呢？"

卫老道："晋王府长子刘文为他一位宠妾订了一盒，那宠妾名叫铃兰；凤阳镖局的少主订了一盒，据说要给他心仪已久的一位姑娘；机关暗器世家林家的二公子林之孝，也就是如今的二皇子订了一盒，据说也是给他一位心仪已久、十分倾慕的姑娘。”

叶裳忍不住轻“哼”了一声。

苏风暖瞅了叶裳一眼，见他面色有些难看，感到有些好笑。

卫老自然明白凤阳和林之孝都是给苏风暖订的，他看了苏风暖一眼，也笑着继续道：“还剩下两盒，那制香人留了一盒，以备三年后再研制出一模一样的玉人香以做对比；剩下那一盒，老奴为姑娘留下了，本来想着世子和姑娘也到了婚配的年纪，就算姑娘不爱香粉，但大婚之日也是要用胭脂水粉的。再等三年后制出来，有些晚，可是没想到姑娘回京后，与老奴明说不嫁世子，老奴听姑娘如此言语后，便没将那香拿出来给姑娘，如今还被老奴收在府中的库房里。”

苏风暖听罢，蹙眉寻思。

许灵依、孙晴雪、陈芝苒、沈妍、瑟瑟、铃兰、凤阳、林之孝、制香人、卫老。

如今许灵依在容安王府的水牢里，自然不可能是她了；沈妍如今在碧轩阁，千里之遥，若是她离开碧轩阁，自己自然会得到消息，也不可能是她了；陈芝苒才七八岁，最起码从手骨上来说，就要比成年的女子小上一圈，从指印来判断的话，也不可能是她；瑟瑟是她的人，近来一直在容安王府，也不可能了。

晋王府长子刘文的宠妾铃兰，她没见过，不知道是一个什么样的人，不好评断。

凤阳、林之孝的心仪之人若指的是她，那么，二人见她情定叶裳，如今应该还在手里留着。剩下的制香人和卫老，她没见过制香人，但既然是方华斋的老制香人，应该不做这等事情，而卫老的玉人香如今在府中库房。

前五个人里只剩下孙晴雪，后五个人里只剩下铃兰了。

她见过孙晴雪数面，是真真正正的大家闺秀，丞相府一门清贵，丞相与他外公交情极好，而安国公、景阳侯两府的大案就是孙泽玉查办的，如今孙泽玉还在外查办她爹遇刺案，她将小喜都送给他陪同保护了。会是孙晴雪吗？深藏不露？

她寻思片刻，看着叶裳，见他面色浅淡，又接着问卫老：“方华斋的老制香人是个什么样的人？”

卫老连忙道：“是一位比老奴年纪还要大一些的老丈，他喜好研香。”

苏风暖道：“派人悄悄去问问，他的玉人香可还留在手中。”

卫老点点头：“老奴这就让小钱儿去悄悄问问，这孩子稳妥。”

苏风暖颔首，小钱儿还是她送给叶裳的，的确稳妥，上一次风美人之死，未变成枯骨前胸前的手掌印就是他描绘出来的。

卫老连忙去了。

苏风暖偏头看着叶裳，对他道：“你觉得会是谁？”

叶裳道：“如今不好说，逐一排查吧。”

苏风暖道：“瑟瑟的香如今在手里，卫老的香如今在容安王府库房，制香人的香若是也在手中，这三盒便被排除了。”

叶裳点头。

苏风暖又道：“陈芝苒如今在国丈府，她手中的玉人香和许灵依的玉人香就交给许云初查吧，看看是自用了，还是给了别人。明日我进宫去问问林之孝，看看他的玉人香是否还在手中。至于晋王府长子的宠妾……”

“如此贵重，千金难买的玉人香，被哪个女子得到，不见得舍得送给别人，不过也不排除这种可能。”叶裳道，“文叔叔好找，他最近缺钱，明日我去找他。”

苏风暖点头，对他道：“此事不见得好查，风阳如今在东境，沈妍如今在碧轩阁。若是传信去，都需要些时日。十盒玉人香的范围还是太广了。”

叶裳道：“凭玉人香和指印，锁定女子就行了。至于其余的，这样的大案，自然不是一日两日能查清的，如今背后之人要杀你之心有些迫不及待，今日两大杀招都未曾得手，定然很快就会有第三次的。”

苏风暖道：“如今就怕对我不动手，只要对我动手，就好办了。”

叶裳道：“苏府的海棠都开花了，不如你与伯母商议一番，明日让伯母邀京中的夫人小姐们去苏府赏花？”

苏风暖意会，笑着道：“好，稍后我回府去住吧，与娘说说此事。”

叶裳闻言不同意，说道：“让千寒明早去告诉伯母一声就行了，你晚膳都还没用，用过晚膳，回府也晚了，免得打扰了伯父和伯母休息。”

苏风暖看着他：“你确定是怕我打扰我爹娘休息？”

叶裳一本正经地说：“自然，年岁大了，睡得都比较早。”话落，又补充道，“当然，起得也比较早。明日清早让千寒去苏府告诉伯母，并不耽搁什么。”

苏风暖好笑，也不点破他：“行，那就按照你说的办吧。”

叶裳吩咐人端来晚膳，二人简单地用了些清粥小菜。

在二人用过晚膳后，卫老去而复返，对二人道：“世子、姑娘，制香人的香在手里留着，小钱儿将那盒玉人香给取来了。老奴也将自己留在府中库房的那盒玉人香取来了。”

苏风暖想着卫老做事果然稳妥。

叶裳接过卫老递上前的玉人香，两个大钱般大小的小盒，拿在他手中，完全能被他的手攥住。这样一小盒，价值千两黄金，着实贵重，怪不得被称为方华斋甚至天下最贵的香粉。

他放在鼻间闻了闻，点头：“就是这个香味。”之后将两个小盒递给了苏风暖。

苏风暖伸手接过，盒子雕刻着花纹，十分精致，她放在手中把玩了片刻，指尖都被染上了浓郁的香味，她对叶裳道：“这样一小盒，当真如你所说，被谁得到，都舍不得送人吧？毕竟既贵重又稀少。一般被送香之人，都十分爱香粉，不会轻易再送人吧？”

叶裳道："你不爱香粉，把瑟瑟喊来问问不就知道了？看看她得到了玉人香，是什么心理。"

苏风暖笑着点头，对外面吩咐："千寒，你去将瑟瑟喊来。"

千寒应了一声，立即去了。

不多时，瑟瑟风风火火地来了正院，进了画堂，她一眼便看到了苏风暖手里的香粉，脱口道道："呀，两盒玉人香。"

苏风暖见她眼睛都亮了，失笑，问道："你那一盒呢？"

"在这儿呢。"瑟瑟伸手入怀，拿出她那盒玉人香，对苏风暖道："今日午时姑娘问我，我便想着等姑娘回来，将这香拿过来给您看看。后来听说您回府后，世子喊了卫老来，我便没过来，怕打扰世子议事。"

苏风暖伸手接过她的玉人香，打开，一股浓郁的香味扑鼻而来，这一盒香用了一半。她合上，问瑟瑟："这样贵重的香，你说得到的人是不是都会自己用？"

"当然。"瑟瑟道，"涟涟知道我有一盒玉人香，非要缠着我分一半给她，我死活没给。这一盒都不够我自己用三年啊，分给她岂不是一年都用不了了？"

苏风暖知道瑟瑟和涟涟算是情分极好的了，她连涟涟都舍不得给，可见这香是好极了。收到玉人香的人除非有特别的情况，否则自然是自用的。

她转头对叶裳道："明日，您晚些去找文叔叔，先去一趟国丈府，与许云初提提此事，见见那个陈芝苒，看看她如此小，可用此香？之后，你便赶着苏府赏花宴进行到一半时，再去苏府，闻闻明日谁身上有玉人香味。"

叶裳点点头。

第二日，苏风暖醒来后，千寒回禀："今早，贺知说许灵依终于改口了，不再喊着要见世子了，一直喊着要见姑娘您。"

苏风暖闻言，想着时候也差不多了，这么多天，许灵依的确够能撑的，她道："好，我知道了，我收拾一下便先去水牢见她。"

千寒点点头。

贺知这些天一直守在水牢外，寸步不离，一脸倦色，见苏风暖来到，他见了个礼，压低声音说："苏姑娘，她总算开口说要见你了，应该是要交代什么了。"

苏风暖知道她两位师兄没去东境之前，千寒和贺知一起轮班守着水牢，自从他们离开后，千寒跟在她身边，贺知便自己带着府卫守着水牢，他知道许灵依重要，不敢离开半步，对他道："辛苦了，今日之后，你就可以歇歇了。"

贺知点点头，打开了水牢的门。

许灵依在水牢里吊了数日，早已经不成人形。

苏风暖迈进门槛后，看着昔日国丈府集万千宠爱于一身的千金小姐如今落得这个下场，何苦呢？

"苏风暖，叶裳呢？"许灵依听到动静，垂着的头抬起，晃动锁链子，声音沙哑如老妇。

苏风暖眉目清淡地看着她：“我听人说你想见我，我便来了，若你还是想见他，恐怕要让你失望了。”

许灵依瞪着苏风暖，短短数日，她已经变得瘦骨嶙峋，眼眶塌陷得让人都快认不得了，她说：“我是想见你，你不就想知道背后指使我的人是谁吗？我可以告诉你，但是你必须答应让我见叶裳一面。”

苏风暖看着她，到这个地步了，还如此执迷不悟，看来她至死都看不开了。苏风暖淡然地道：“你这副样子，真想让他见你？我若是给你拿一面镜子，你怕是自己都不认识自己了。”

许灵依咬牙道：“死我也要见他一面，我如今样子难看，也是因为他。”

苏风暖摇摇头：“我是不会答应的。”

许灵依忽然凄厉地大声喊：“苏风暖，我恨你！”

苏风暖看着她：“你恨我没有用。若没有我，我父亲当年不会那么快找到叶裳，他也许挺不住早死了，你后来也不会有机会喜欢上他。另外，没有我，他也不见得会喜欢你，皇上和国丈不对盘，他出身于宗室，自然是向着皇上的。你哥哥的死，怨不到我身上，是你被人利用，害死了他。”

许灵依忽然收起了凄厉之色，整个人如秋冬里枯败的枫叶：“没错，我是被人利用了，什么恨春风！根本不是恨春风，我被人骗了……害死了我哥哥，我哥哥对我那么好……”许灵依说着，眼里的泪水便止不住地汹涌流出。

苏风暖看着她，想着这么多天，不容易啊，终于等到她心理防线崩溃了。她浅浅淡淡地加了一把火道：“我曾听说他为你买了一盒千金难买的方华斋出的玉人香。”

许灵依点点头：“是啊，玉人香一共就十盒，连皇宫里的姑姑和姑祖母都没有，哥哥却为我买了一盒。”

苏风暖道：“你用了吗？”

“自然用了。”许灵依道，“从哥哥给我买了之后，每次出府，我都会用玉人香。可是有什么用？再好的香粉，也不能让叶裳看我一眼。”

苏风暖不再说话。

许灵依睁开眼睛，看着苏风暖：“你可以嘲笑我，但我喜欢叶裳，就是喜欢，喜欢到恨不得将他生吞活剥，吃到腹中。”

苏风暖看着她：“天下疯者众，但唯你一人，是真正的疯子。”

许灵依道：“我是疯子，我早就疯了，否则也不会听信别人对我说的骗人的话，而导致你和叶裳都没死，反而害死了我哥哥。”

苏风暖道：“如今你该说是什么人了吧？”

许灵依道：“你能为我哥哥报仇？”话落，看着苏风暖，“瞧你这副弱不禁风的样子，这次虽然你没与我哥哥一起死，但看你这副样子，你也活不了多久吧？”

苏风暖道："就算你不说，再有半个月，我也能查出来。我的命不止活半个月。"

许灵依道："你答应我一个条件，我便告诉你。"

苏风暖道："我不喜欢跟别人讲条件。"

许灵依盯着她："我可以不见叶裳，你答应我，我死后将我火化，骨灰撒入灵云镇的东湖。"

苏风暖看着她："这个我可以答应你，你死后，我也可以帮你留个全尸。"

许灵依摇头："我就要火化，骨灰撒入灵云镇的东湖，我无颜去九泉下见我哥哥，死也不想留魂魄，就让灵云寺的诵经声伴着我就够了。"

苏风暖沉默片刻，答应道："好。"

许灵依见她答应，咬着唇恨声说："骗我的人是晋王府长子刘文。"

苏风暖听到这个名字顿时一怔。

她看着许灵依："怎么会是他？"

许灵依恨声道："怎么就不能是他？他以为他见我时一身黑衣蒙面，连眼睛也蒙上，刻意隐藏了声音，我就不识得他了吗？"

苏风暖闻言道："那你如何肯定是他？"

许灵依道："他通过我房中的秘道找我时，虽然黑衣蒙面，手也藏在袖中，但惯有的动作骗不了人。晋王府长子刘文，喜欢玩斗蛐蛐，他有一只叫作'大将军'的蛐蛐，他爱若至宝，时常带在身边，长年累月，也就养成了他无论是坐，还是站，都是胳膊折放在胸前，提着蛐蛐的姿态。"

苏风暖蹙眉："所以，就凭这个，你就断定他是晋王府的长子刘文？"

许灵依道："除了他还能是谁？另外他喜好美色，一身脂粉味，第一次见我时，我就认出他来了，只不过我装作不知道罢了。"

苏风暖问："什么样的脂粉味？"

许灵依道："还能是什么样的脂粉味？很多种胭脂水粉的味道。你不喜胭脂水粉，自然不在意这个，可是我在意得很，他身上带着各种各样的水粉味，味道颇杂，不是常年混迹美人堆里，还能是什么？"

苏风暖道："据国丈府的管家说，他走路无声，似是武功极高。"

许灵依道："晋王府的长子本就是有武功的人，当年他和皇上、容安王、我父亲一起学武射箭，只不过容安王死后，他就让人以为他荒唐得不学无术。当年，他也是名满京都的人物，和容安王、我父亲一起名满京城，武功自然不差。"

苏风暖道："除了这三样，还有什么能证明他就是晋王府的长子刘文？"

许灵依怒道："有这三样难道还不够吗？试问天下，谁能将这三者合一？满京城数数，也没谁，不是他是谁？"

苏风暖见她情绪波动得厉害，说道："凭这三样，我不能相信你。你说的提蛐蛐的姿态，别人可以模仿；满身脂粉味，也可以模仿；至于武功，更可以了。"

许灵依忽然大叫起来："那你说，什么人会模仿他一个风流公子？"

苏风暖看着她："你再仔细想想，那个人还有什么特点。总之，这三点不足以证明那个人就是晋王府的长子刘文。"

许灵依怒道："你不信就算了，再没有什么特点了。他就是刘文。"

苏风暖看着她："你说说，他找你多少次？每次找你做什么？都是什么时间找你的？"

许灵依道："你不相信我说的人是他，还有必要知道吗？"

苏风暖道："自然有必要，我可以判断你说得对不对。"

许灵依闻言，深吸一口气，似乎压制着怒意道："第一次是在中秋夜宴之后，那一日，听闻你只带了三万兵马前往燕北救急，叶裳请命前往燕北，皇上不准，最后商议之下，由我哥哥带五万御林军前往燕北，就是我哥哥出发前往燕北的当日。"

苏风暖点点头。

许灵依又道："第二次是安国公、景阳侯两府被抄家灭门的当日；第三次是北周从燕北撤兵的消息传回京城之日，也就是那日，他给我带来了一种药，说叫作恨春风，我吃下了；第四次是我哥哥回京筹备粮草助苏大将军在西境兴兵时；第五次是你和叶裳回京之后，哥哥请了孟太医过府给我看诊之后；第六次是在郊外的雪梅岭，我见到你和叶裳的当晚；第七次是除夕前夜，制订了机关秘道计划。"

苏风暖听罢，问道："所以，他一共找了你七次，每次都是一样的装扮姿态？"

许灵依道："不错，他找了我这么多次，我如何不能肯定是他？"

苏风暖道："给你开机关秘道的人是谁？也是他？"

许灵依道："没错，也是他。"

苏风暖想着，除夕当夜，晋王和长孙刘焱都参加了除夕宫宴，的确没见到晋王府长子刘文。她道："据说晋王和长子刘文早些年便父子情绝了，在晋王府，他也是分门别户，这么多年，宫宴他都不参加了吧？毕竟若是参加，就要坐在晋王府的席面与晋王同坐。"

许灵依道："不错，但正因为如此，他才是最有机会暗中做这些事情的人。"

苏风暖颔首："你说得不错。"

许灵依看着她："如今你相信我了吧？既然相信我了，便给我一个痛快。别忘了你答应我的事，将我尸体火化，将骨灰撒入灵云寺的东湖。"

苏风暖道："我答应你的事，自然不会忘，不过你如今不能死。"

许灵依道："该说的我都说了，你还想怎样？"

苏风暖道："我要彻查这个人到底是不是晋王府的长子刘文，所以，你还是再多活几日吧。"

许灵依咬牙道："好，我倒要让你看看，我说的是不是真的。"

苏风暖点头，不再逗留，转身出了水牢。

贺知守在门口，自然听清楚了里面二人的对话，他见苏风暖出来，跟着她走了几步，压低声音说："苏姑娘，你觉得那个人真会是刘文吗？"

苏风暖走得离水牢远些，停住脚步，寻思片刻，对贺知道："听她所说的那几点，的确都能与刘文对上号。尤其是刘文常年混迹于青楼酒肆美人脂粉中，中秋夜宴，他不在皇宫，有机会作案。"

贺知看着苏风暖的神色："可是你还是不太相信是刘文？"

苏风暖颔首："我的确不太相信是他。"

贺知道："种种迹象都指向他，兴许就是他。国丈府的秘道通向死巷，又通向红袖招，之后，又在花烛秀。他常年混迹于青楼，对此应该得心应手。"

苏风暖道："诸多事情都是冲着叶裳而来。我总觉得，他不会杀叶裳才是。"

贺知道："你见过刘文？"

苏风暖点头："见过两面。"话落，她揉揉眉心，又道，"此事暂且放下，你去休息吧，这里的人都撤了吧。"

贺知一怔："许灵依未死，便撤了府卫，不守着水牢了？"

苏风暖摇头："不必守着了，再守下去，也没什么意义。若是有人要杀她，早就来闯容安王府动手了，这么多日，不来也就不来了。毕竟我们要逼问什么，也都逼问出来了。每日给她按时送吃食，让她先活着吧。"

贺知点头。

苏风暖吩咐管家备车，前往苏府。

马车出了容安王府的大门，向苏府而去，途经荣华街，快立春了，今日天气晴朗，街道上人来人往，叫卖吆喝声不绝于耳，十分热闹。

苏风暖闭着眼睛，想着许灵依的话，她因为自己不相信她，十分激动气愤，可见不是说假。可若说那个人是刘文，苏风暖总觉得不对，这是一个人的直觉，凭她对叶裳的直觉。

因为她恢复了武功，武功几乎到了返璞归真的境地，所以，即便闭着眼睛，有厚厚的帘幕阻隔，她依旧能听清楚外面各种各样的声音。

突然，一道熟悉的声音闯入耳中，她对外面喊："千寒，停车。"

千寒立即勒住马缰绳，将车停下，紧张地问："姑娘，怎么了？"

苏风暖伸手挑开帘幕，看向外面，果然见不远处一个穿着道袍、蓄着胡须的老者在给人算命，摇头晃脑，一副得道大仙的做派，他身前坐着一个年轻女子，那女子穿着锦绣罗裙。

苏风暖想着刘文这是该有多么缺钱，今日竟然在这荣华街上摆摊算命。

千寒顺着苏风暖的视线，自然也看到了刘文，他压低声音问："姑娘，过去看看吗？"

苏风暖对他说："那个坐在刘文面前算命的女子穿得极好，应该不是寻常女子，你可认出她是哪个府邸的小姐？”

千寒仔细地瞅了一眼，压低声音说：“不是哪个府邸的小姐，是刘文的侍妾铃兰。”

苏风暖一怔，想着可真是凑巧了，昨日她才刚从卫老口中听到刘文宠妾铃兰的名字，今日他们便一同在这里摆摊算命了，看这架势，一个算命，一个做托，真是良配。

她自然不会错过这个会会刘文和他宠妾铃兰的机会，于是，她道：“将车停下吧，我也过去算算命。”

千寒点头，将马车靠在路旁停下。

苏风暖慢慢地扶着车辕下车，在千寒的陪同下，来到了刘文算命的摊位前。

刘文正摇头晃脑地说着什么，见摊位前招来了人，顿时一喜，抬头看来：“这位姑娘是要算命运，还是要算姻缘？”他刚开口，便看到苏风暖笑吟吟地看着他。他顿时住了嘴，改口瞪眼，压低声音不满地说：“小丫头，你又来做什么，想破坏我的生意吗？”

这副模样，就跟上次苏风暖和叶裳一起撞破他摆摊算命一个模样，显然是极其不乐意见她。

苏风暖笑着说：“文叔叔，上次叶裳可是给了您一锭金子，算十次命也够了，您这么不待见我做什么？”

刘文一噎：“一锭金子哪够了？我算命贵得很。”

苏风暖闻言，笑着坐在他摊位前的小凳子上，偏头看了一眼坐在摊位前的女子。这一次，看到了她的侧脸，瓜子脸，尖下颏，不算极美，但眉目间十分有风情。她笑着道：“这位便是铃兰姑娘吧？幸会了！”

铃兰闻言连忙站起来，对苏风暖见礼，笑着说：“没想到苏小姐认出了妾，妾的确是铃兰，但担不起姑娘二字，您身份尊贵，直接称呼妾铃兰就成了。”

苏风暖微笑着仰着脸看着站着的她，这张面容不算是极美，不是倾国倾城那种，但举手投足都有着柔柔软软的款款风情。这样的女子，就连自己身为女人，也难免想入非非——若是男人把她抱在怀里，一定柔软舒服极了。

苏风暖笑看着她：“久闻你大名，据说文叔叔弱水三千，只宠你一人，今日可算是见到了。”

铃兰羞臊地低下头，小声说：“是爷非让妾扮作客人招揽生意，妾拗不过爷，只能应了。”

苏风暖好笑地说：“这样的事，看起来你驾轻就熟，应该做了很多次了吧？”

铃兰又羞臊地点点头。

刘文瞪眼：“你羞臊什么？你坐在这里，只是一个摆设，又累不到你，累的人是爷，一天到晚，口水都快说干了。”

铃兰顿时不说话了。

苏风暖转过头，笑看着刘文："文叔叔当真缺钱得很？"

刘文哼道："不劳你这个小丫头片子操心，你赶紧走吧。"

苏风暖坐着不动，对他说："冬日里，我焐的几株海棠如今正值盛开，文叔叔可否赏脸带着铃兰去苏府赏花？"

刘文摆手："我对赏花没兴趣。"

苏风暖道："铃兰姑娘如此可人，若是摘两株海棠簪花，想必十分耐看。"

刘文闻言，看了铃兰一眼，对着她绾着的发髻瞅了又瞅，点点头："嗯，不错，回头你派人给我送两株来好了，我今日没空儿，你快走吧，别耽搁我招揽生意。"

苏风暖笑着起来："既然如此，我就不耽搁文叔叔的生意了。"话落，转身向马车走去。

千寒跟上她。

刚走几步，刘文忽然说："小丫头，我观你面相，似有灾星，你今日小心点儿，可别把自己喂了豺狼虎豹。"

苏风暖脚步一顿，回头看着刘文，笑着说："文叔叔，你如何看出我今日面有灾星？"

刘文对她伸手一指："印堂发黑，是灾星的征兆。眉心有云雾隐约成围困之势，是有人要对你围剿而杀。"话落，他摆手，"你可爱惜点儿小命，免得叶裳那小子随你去阴曹地府成双成对。"

苏风暖伸手摸摸眉心，又放下手，笑着说："既然文叔叔这样说，我就信你所言了。"话落，对千寒道："给文叔叔一锭金子。"

千寒伸手入怀，拿出一锭金子，上前递给刘文。

刘文伸手接过，也不见喜色，随手递给了铃兰："收好了，今天第一份生意。"

铃兰接过金子，红着脸看着苏风暖，小声说："爷从清晨便在街上摆摊，我也跟着等到现在了。苏小姐这一锭金子，真是第一份生意呢。"

苏风暖无言片刻，转身上了马车。

千寒嘴角抽了抽，赶着马车，向苏府而去。

苏风暖上了马车后，从车厢里翻腾片刻，从备着的匣子里找出了一面镜子，对着镜子看自己，发现果然如刘文所说，她眉心隐隐有一团青雾。

这的确是凶煞围困的征兆。

难道刘文摆摊算命不是作假？他当真有这个本事？

她放下镜子，伸手挑开帘子，看向那一处摊位，只见刘文和他的侍妾铃兰重新坐好了，刘文依旧摇头晃脑，她的侍妾铃兰依旧背对着街道端正而坐，像模像样地在听他算卦。

她收回视线，想着今日她要回的地方是苏府，自己家里，什么能让她成围困之势？

她思忖片刻，压低声音对千寒说："你继续赶车，前往苏府，我独自暗中回苏府。”

千寒一怔：“姑娘？”

苏风暖指指眉心，笑着说：“早上起来，我对镜子梳妆时，还未见眉间这团凶煞之气，如今这般显出来，的确是大凶的征兆。今日我们要去苏府，我回去看看苏府怎么就成了凶煞之地了。”话落，又道，“你将车赶得慢些。”

千寒点头，压低声音说：“既然如此，姑娘您小心些。”

苏风暖点点头，掠身出了车厢，如云烟一般，只帘幕轻轻地晃了那么一下，便消失在了马车中，不见了她的身影。

苏风暖施展轻功，顺利地回到了苏府，轻而易举地摸进了苏府的高墙，跃了进去。

苏府内一改往日的清静，府中仆从们忙忙碌碌，在准备着今日苏夫人邀请京中各府夫人小姐们参加的赏花宴。

叶裳大清早派人来告诉苏夫人，苏夫人便立即派人去各府请人，虽然是临时下帖子邀请，但大冬天里海棠树开花，实在是稀罕事，各府的夫人小姐十分好奇，前两日便隐约听说苏府的海棠树被苏风暖用暖棚焐开了花之事，但因为叶裳和许云初在查皇宫机关秘道的大案，从除夕夜起，京中一直笼罩着阴云，所以，众人虽然好奇，但也无人拜访苏府，只能暗压下好奇之心，今日听闻苏夫人请众人赏花，自然是有请必到。

有的夫人小姐来得早，所以，苏府内十分热闹。

苏风暖进了苏府后，暗中沿着府内走了一圈，没发现什么异常，便先去了书房，通过书房的长廊，去了焐开了海棠花的暖棚。

先来到的夫人小姐们都被苏夫人请去了会客厅，等着人来齐了，再一起来赏花。所以，如今暖棚里没人，只有泥鳅一人在守着暖棚。

苏风暖悄无声息地进来时，泥鳅正撅着屁股趴在地上用炉钩子捣鼓海棠树下的火炉。

暖棚里暖意融融。

苏风暖看了泥鳅一眼，又看向花开得正盛的海棠树，一丝隐约的异香吸入口鼻，她面色一沉，喊了一声：“泥鳅。”

泥鳅闻声停住手里的动作，回转头，他一张脸被炭火熏得红彤彤的，见到苏风暖，顿时喊了一声：“小姐，您回来了？”

苏风暖走到他近前，弯下身，扣住了他手腕，当即问：“这炭火是从哪里来的？”

泥鳅一怔，转头看了一眼炭火，如实说：“是府中采买的人不久前刚送来的。”

苏风暖闻言，从怀中取出一个玉瓶，倒出一颗药丸，塞进他嘴里，看着他睁大的眼睛，寒声说：“这炭火有毒。”

泥鳅的脸霎时白了。

这毒不是别的毒，正是蚀骨毒。

蚀骨毒被埋在了炭里，借由炭火挥散出隐隐约约的幽香，与整个暖棚的海棠花的香味融在一起，幸好她恢复武功后，嗅觉比以前敏锐了许多，否则也难以发现。

这炭火刚被泥鳅捣鼓开，香味还没彻底地散出，若是再过半个时辰，炭火正红，蚀骨毒会大肆挥发，融入整个暖棚的空气中，届时，夫人小姐们前来暖棚赏花，那么进来多少人，怕是会死多少人。

她咬着牙拿起盆盖，盖住了整盆的炭火，看着泥鳅半截潮红、半截惨白的脸，对外面轻喝："来人。"

有府卫应声现身，来到暖棚内，惊异地看着苏风暖："小姐，您什么时候回来的？"

"刚刚。"苏风暖吩咐道，"调集十名府卫，守好这里，任何人不准进来。"

苏风暖见府卫听命守好了暖棚，当即让泥鳅坐下，她跟着盘膝而坐，运功为他祛毒。

泥鳅的毒幸好还没入心脉，她刚刚给他服用了一颗护心丹，及时为他运功的话，自然能保住他的命。

泥鳅白着脸说："小姐，府中负责采买的人是程伯，他不可能下毒害……"

"别说话。"苏风暖轻斥。

泥鳅顿时闭上了嘴。

苏风暖运功三周天，两盏茶的工夫后，泥鳅一口鲜血吐了出来。

苏风暖见泥鳅吐出毒血，吸入肺腑的毒也就被逼出七七八八了，她缓缓收了功，用衣袖擦了擦额头的汗，对他说："毒还没除尽，我稍后开个药方，你要喝七日的药。"

泥鳅用袖子擦了擦嘴角，白着脸说："谢……小姐。"

苏风暖站起身，对他说："现在说吧。"

泥鳅从地上爬起来，说："今早夫人让人来告诉我，说今日府中要请各府的夫人小姐们来赏花。我去库房取炭火时，发现炭火没了，便去找负责采买的程伯，程伯听了之后，便去外面采买了炭火回来。程伯刚回来不久，小姐来之前，他亲自送过来的，我刚点上没半盏茶的工夫。"

苏风暖道："你若是点上这有毒的炭火，再被熏上一盏茶的工夫，命如今已经没了。"

泥鳅白着脸说："炭火怎么会有毒呢？"

苏风暖也想知道炭火怎么会有毒，程伯是苏府的老人了，当年他父亲引咎辞官变卖家财离京去乡下时，带走了为数不多的老人，其中就有程伯。不只泥鳅相信他不会害苏府，她也相信。她冷着脸说："此事不得张扬，稍后我离开，会带走那盆炭火，之后再让人给你送新的炭火来。"

泥鳅点点头，后怕地说："听小姐的。"

苏风暖又看了一眼暖棚，伸手提起了炭火盆，掠身出了暖棚。

在外面守着的府卫只看到一道光影一闪，眨眼之间便不见了。

泥鳅待苏风暖离开后，后怕地拍拍胸口，连忙用铲子翻了翻地上的泥土，盖住了他吐出的血迹，将暖棚各处又整理了一遍。

苏风暖将有毒的火盆先放去了她的风暖阁，之后，悄无声息地出了风暖阁，去了程伯的住处。

程伯刚采买回来，正在换衣服。他因为采买需要会大清早起床，为了不打扰府中人休息，独自住在一个小院子里。

苏风暖来到之后，敲了敲门。

“谁呀？”程伯粗着嗓子在里面喊。

“是我。”苏风暖道。

“小姐？”程伯听出了苏风暖的声音，讶异不已，连忙穿戴妥当，打开了房门，一见果真是苏风暖，当即问，“小姐，您回府了？怎么来了老奴这里？是着急用什么让老奴去采买吗？”

苏风暖摇头：“不是。”话落，伸手关上房门，对他道，“我找你有事要说。”

程伯连忙请苏风暖入座。

苏风暖坐在了椅子上，问他：“程伯，你今日的炭火是在哪里采买的？”

程伯一怔：“小姐，炭火怎么了？”

苏风暖道：“你只管对我说就是了。”

程伯立即说：“是一家开了有些年头的炭火铺子了，咱们苏府之人没离京前，就在那家买炭火，回京后，那家炭火铺子还在，老奴便照旧去那里采买了。”

苏风暖问：“什么样的炭火铺子，叫什么名字？”

程伯道：“叫老张炭火，他家的炭火十分好，京中各大府邸甚至皇宫都在他那里采买。还需要一大清早排队去买。”

苏风暖闻言道：“你是如何买的炭火？与我说说。”

程伯道：“就如往日一样，到了那里，就买了回来。”

苏风暖问：“你一共买了多少？”

程伯说：“咱们府中的炭火昨日都给各房各院分发下去了，泥鳅就算不找我，我也是要采买炭火的，采买了足足一车。”

“那一车炭火，都放在了哪里？”苏风暖问。

程伯说：“除了给泥鳅看守的暖棚送了一盆，其余的都放在了老奴这院子里的库房。因为冬天最需用的就是炭火，隔三岔五就要买一车分去各院子，老奴图方便，就将我这小院子辟出来了一个小库房，专门存放炭火用。”

苏风暖站起来：“走，带我去看看你那一车炭火。”

程伯这时觉出他新采买的炭火一定是出了什么问题，小心地试探着问苏风暖：

“小姐，炭火可是出了纰漏？”

苏风暖对他道：“今日你送去暖棚的那一盆炭火被人埋了毒，幸亏我及时发现，否则炭火在暖棚里一旦烧旺，毒气就会挥发，整个暖棚的空气届时都会含有剧毒，那么，进去多少人会死多少人。”

程伯面色大变。

苏风暖道：“你带我去看看那些没送去暖棚的炭火。”

程伯腿软了软，骇然地道：“怎么会有这样的事？老奴在老张炭火店采买了一冬天的炭火了啊。”

苏风暖道：“如今是非常时期，也许被什么人做了手脚，你先别慌，带我去看看，查查原因，看看是什么人要害我们。”

程伯点点头，软着腿带路出了房门，来到了他小院子里的库房。

他打开库房，库房里果然放了一车炭火。

苏风暖细细地闻了闻，又用铁钩子细细地扒拉了这些炭火片刻，发现都没有毒。她扔了铁钩子，对程伯说：“这些炭火都没有毒，只有那一盆炭火有毒。”

程伯骇然地说：“小姐，老奴万万不会害将军和夫人的啊。”

苏风暖道：“我没说是你害的，你是苏府的老人了，我爹娘离京时，带走了为数不多的人，你就是其一，无论是在京城，还是在乡野，这么多年了，自然不会是你。你与我说说，这么一大车炭火，你怎么偏偏选了有毒的那一盆送去了暖棚？”

程伯仔细地回想片刻说：“当时装炭火时，就是成车装的，因泥鳅的暖棚急用，老奴在将马车赶回府时，便连忙捡了一盆炭火送去了暖棚，没有特别选炭火。”

苏风暖蹙眉，寻思片刻道：“这一车炭火都没有问题，那么，就不是你采买炭火的地方出了问题。”话落，问他，“你途中都遇到了什么人？”

程伯回想片刻说：“老奴装着炭火回来时，是盖着车厢的，途中遇到几个与老奴一起采买的熟人，只擦车而过时说了两句话。”

“那回府卸车，送去暖棚这一路呢？”

程伯想了想说：“时辰不早了，老奴怕耽搁了泥鳅所用，耽搁夫人的事，连车都没卸，就装了一盆炭火，连忙送去了暖棚，途中……遇到了府中不少人，都在忙碌……”话落，又道，“只和丁香姑娘站着说了两句话。”

“丁香姑娘？”苏风暖看着程伯。

程伯立即说：“是咱们苏府搬进京时，宫里赐来的人。”

苏风暖想起来苏家这些年住在乡野没有多少仆从，进京后，苏府声威赫赫，自然不乏往府中送人者。除了皇上、太后、皇后赏赐进府的人，朝中的大臣也纷纷往苏府送人。她娘谁也不得罪，凡是送上门的人照单全收了。

她隐约想起她第一次进宫时，她娘就让两个宫里赐下来的人跟着，一个叫丁香，一个叫芍药。她娘当时似乎还想将这二人给她做婢女，后来由于她时常不住在府中，所以这二人如今似乎在她娘的院子里侍候。

她蹙眉："你们说了什么？"

程伯道："她端着托盘，正在办夫人交代的差事，说夫人交代了，今日各府的夫人小姐来得多，让我时刻照应着，若是缺什么东西，赶紧去采买。"话落，又道，"她并没有靠近老奴，也没有动炭火啊。"

若不是采买炭火出了问题，那便是程伯在将炭火送往暖棚的途中出了问题。

毕竟一大车炭火，他回府后随手拣了一些放在盆里端去暖棚，这期间，若是提前做手脚，又怎么能保证放了毒的炭火被他拣去火盆里？所以，定然是他急赶着送往暖棚途中被人放了毒。

问题到底是不是出在丁香的身上，有待查证。

苏风暖听罢程伯所言，问他："再没与别人闲聊了？你再想想，除了她，还有谁与你说话，或者做了什么事？"

程伯想了想，摇头道："老奴赶路太急，只与她说了这么两句，再没有别人了。"

苏风暖道："你去了暖棚后，只有泥鳅在？"

程伯点头："只有泥鳅在，老奴便将炭火交给了泥鳅。"

苏风暖颔首，对他道："泥鳅已经中毒了，被我救了过来。你不要声张此事，我自会彻查清楚。"

程伯白着脸点了点头。

苏风暖又道："你再盛一盆炭火，赶紧悄悄送去暖棚给泥鳅。"

程伯又点点头。

苏风暖出了程伯住的院子，估摸着千寒就算赶的车再慢，也差不多该到了。于是，她跃出苏府的墙，去了门口。

千寒果然正赶着马车，慢悠悠地来到苏府所在的这一条街。

苏风暖悄无声息地来到车前，钻进了马车中。

千寒只看到一道光影一闪，立即回头，压低声音试探地问："姑娘？"

苏风暖"嗯"了一声，对他说："稍后，我进府中，你将随行的暗卫也带进苏府，安置在各个角落，盯着今日前来苏府的所有人。"

千寒点头，听苏风暖言语冷清，低声说："姑娘，苏府可是出了什么事？"

苏风暖道："有人在程伯送去暖棚的炭火盆里下了蚀骨毒，幸好我去暖棚查看了一番，否则后果不堪设想。"

千寒面色一变："姑娘，查出是什么人下手了吗？"

苏风暖摇头："没有，稍后你安排妥当，将府中的丁香抓起来，别让她死了，我抽空儿审问她。"

千寒应了一声"是"。

苏风暖靠在车壁上，揉揉眉心，忽然想起什么，拿起那面镜子来，看见凝聚在她眉心的那团黑气隐约散去了些。

她扔了镜子，笑了笑：“你家世子的文叔叔还真有两下子，以前真是小看他了。”

千寒立即说：“姑娘，可见真被他看准了。”话落，他压低声音说，“没听说晋王府长子真的会算命啊。”

苏风暖道：“会不会算命我不知道，今日我的面相还真被他看出了，也说准了。”

千寒小声说：“已经禀告世子了。”

苏风暖“嗯”了一声，不再说话。

马车来到苏府门前，门口已经停了数辆马车，其中一辆马车正巧与千寒赶着的马车一起来到了苏府门前。

千寒低声说：“姑娘，丞相府的马车也刚刚来。”

苏风暖伸手挑开帘幕，千寒停下车，苏风暖慢慢地下了马车。

这时，丞相府的马车停下，孙夫人和孙晴雪相继下了马车。孙晴雪见到苏风暖，顿时抿着嘴笑：“苏妹妹这是刚从容安王府回来？”

苏风暖笑着点头，见孙晴雪一身素净绫罗，淡施脂粉，便笑着说：“孙姐姐又漂亮了呢。”话落，上前给孙夫人见礼：“伯母好。”

孙夫人连忙握住她的手，笑着说：“快不必多礼，你这身子骨还未好吗？怎么这般瘦弱？”

苏风暖笑着说：“已经比年前好许多了。”

孙晴雪这时凑过来说：“都说大难不死必有后福，苏妹妹的气色的确比年前好太多了。”

孙夫人道：“女儿家的身子骨最是娇贵，马虎不得，你懂医术，定要好好给自己调理将养。”

苏风暖点头：“多谢伯母，我晓得。”

三人说着话，进了苏府。

来到会客厅，苏夫人听到禀告，从里面迎了出来，笑着对孙夫人说：“刚刚宫里传来话，说太后娘娘和皇后娘娘也要来赏花。”

孙夫人笑着说：“这回苏府可热闹了。”

苏夫人点点头：“太后娘娘和皇后娘娘估计会晚些到，先进厅里喝茶吧。”

孙夫人笑着点头。

苏夫人请孙夫人和孙晴雪入了会客厅，自己落后了一步，低声问苏风暖：“小裳一早上便对我说让我办个赏花宴，赏你那几株海棠，这是为何？”

苏风暖将苏夫人拉到不远的无人处，对她低声说：“为了查案。”

苏夫人一惊：“今日请的都是京中权贵府邸的女眷，案子还牵扯了女眷不成？”

苏风暖点头，压低声音说：“早先，我悄悄回了一趟府中，去了暖棚，发现有人在程伯送去暖棚的炭火里动了手脚，下了蚀骨毒。”

苏夫人大骇："什么蚀骨毒？"

苏风暖道："只要毒入心脉，会一点点从骨头开始腐蚀、腐烂，最后尸骨全无。"

苏夫人的脸唰地白了。

苏风暖伸手拍拍她肩膀，语气轻松地说："不过幸好被我化解了，我已经吩咐千寒带着容安王府的暗卫守好了各个角落，盯紧今日来的人。"话落，她笑道，"娘您也不必紧张，稍后带着人该赏花赏花，该喝茶喝茶，该唠嗑唠嗑，用不了多久，叶裳就会来，您可别因为害怕怯了场。"

苏夫人闻言勉强镇定下来，伸手拍了她一巴掌："你们父子兄妹五人都上过战场，娘十几年前也去过，怎么会害怕？"话落，她拍拍胸口道，"你和小裳放心查案，若真是这些人里出了鬼魅，定不饶她。"

苏风暖想着到底是她娘，这么快便镇定下来了，她点点头，低声问她娘："丁香是谁的人？这么长时间，您摸清了吗？"

苏夫人小声说："是皇上的人。"

苏风暖眯起眼睛，说道："不见得。"

苏夫人一怔："怎么？她不是皇上的人？"

苏风暖道："我问了程伯，在他将炭火送到暖棚途中，只和丁香接触过。十有八九是她动的手脚。她若是皇上的人，朝臣的家眷们都在苏府因为赏花中毒而死，对皇上半丝好处没有。这等事情，皇上怎么会做？"

苏夫人面色顿时一沉："我一直以为她是皇上的人，当初她是皇上赐来的。"

苏风暖道："皇上赐下来的，还真不见得是皇上的人。当初大家都以为冯盛是皇上的人，殊不知是月贵妃的人。"话落，又道，"您先陪着众位夫人小姐在客厅喝茶吧，我去找管家，将府中的人员捋一遍。"

苏夫人与苏风暖话落，一个进了会客厅陪众位夫人小姐，一个去找管家。

管家正在有条不紊地安排人迎接入府的客人，见苏风暖来到，连忙见礼："小姐。"

苏风暖看着管家，他是苏府的老管家了，做事稳重，十分忠心，当年曾跟随她爹去过战场，为她爹挡过刀剑、受过伤，肩上、腿上还落了伤疤，再不能上战场了。后来她爹辞官，他跟着去了乡野，做了府中的管家，去年她爹临危受命带兵出征，他也要跟随，是她爹硬给拦下了，自然可靠得很。

她对管家低声说："将府中所有人的名单给我一份。"

管家连忙去了他住的院子，不多时，将名单取来，递给了苏风暖。

苏风暖接过名单，只见这一份名单十分详细，记录了府中各房各院安排了什么人，每个人的祖籍、过往经历，以及被何人送进府里等信息。

她拿着名单仔细地看着。

管家在一旁看了她片刻，低声说："自从苏家回京，各府都往苏府送人，夫人不好得罪人，来者不拒。"话落，他叹了口气道，"其实，三位公子和小姐您时常不在府中，咱们府中用不了这么多人，但不好打发了去，每日乱糟糟的，老奴实在心累得很，没有以前在乡野时清静。”

苏风暖看着名单对他说：“很快您就清静了，今日宴席之后，我将这些人都给皇上送去，让皇上安置了。”

管家一怔：“皇上只送来两个人啊。”

苏风暖道：“若非他带头，京中各府邸会挤着给苏府送人吗？既然是他惹的事，便要给他送去。”

管家闻言叹道：“小姐，那可是皇上，虽然皇上宅心仁厚，但您也要悠着点儿，可别惹怒了皇上。”

苏风暖笑出声：“我知道，您放心吧。”

这时，外面有人高喊：“太后驾到！皇后驾到！”

苏风暖没理会，仿佛没听见，管家连忙说：“小姐，太后娘娘和皇后娘娘来了，咱们赶紧去接驾吧。”

苏风暖对他说：“你去吧。”话落，又道，“这份名单先给我收着吧。”

管家点点头，连忙去了府门口。

这时，千寒现身，低声说：“姑娘，丁香死了。”

苏风暖脸色蓦地一沉：“怎么死的？”

千寒摇头：“属下查不出死因，属下依照姑娘的吩咐，入府后便立即找了她，各处都没有，最后发现她死在了一处阴暗的角落里。”

苏风暖蹙眉：“如今呢？”

千寒低声说：“我让暗卫看着那处。”

苏风暖当即道：“走，带我去看看。”

千寒点头，头前带路。

苏风暖跟着千寒来到了苏府西北角一处无人居住的僻静之处，只见丁香无声无息地躺在地上。有前一次在林府受到的教训，她走到近前，仔细查看了一番，才探查她鼻息，将手按在她脉搏处，紧接着，又对她周身检查了一番，之后对千寒道：“与林家主死因相同，死于烈焰掌。”

话落，她扯开了丁香胸前的衣服，见她胸口处果然印着一个浅浅的黑色掌印。

千寒道：“这个掌印，似乎和林家主胸前的一样，他们应该是被同一个人所杀。”

苏风暖点点头，这个掌印她自然不陌生。

千寒看着苏风暖道：“她身子还是温热的，可见刚死不久。”

苏风暖道：“这里应该是她与背后之人碰面之处，背后之人询问她是否得手，在得知得手后，杀了她灭口。她死的时间应该在三炷香之前。”

千寒道：“按照这个时间计算的话，那时候属下刚随姑娘入府，这么说，一定不是会客厅在座的人了，毕竟夫人在陪着众人喝茶。”

苏风暖颔首：“基本可以排除。”

千寒低声道：“今日，夫人请各府夫人小姐过府赏花，除了丞相府夫人和小姐晚来了片刻，与姑娘一起入府，其余的夫人小姐都提前到了。这期间，但凡邀请在列的人，都在会客厅，如今丁香却被人杀了，会是什么人呢？”

苏风暖道：“也许不在邀请之列。”

千寒顿时心神一振。

苏风暖道：“先将她的尸体收起来，等着你家世子来了，让他再看看。”

千寒点头，命人扛了丁香的尸体去安置了。

苏风暖在原地站了片刻，通过丁香倒地的姿势，想象她被杀的过程。之后苏风暖足尖轻点，上了墙头，墙头上有一根草被踩歪了，有一个浅浅的不大的脚印，她对着脚印描绘了一番，然后，跳出墙，下了墙头，站在墙外，看着外面。

苏府坐落在荣华街以南偏东，与荣华街仅隔了一条街，附近有王大学士府、丞相府、六部尚书府等一众府宅。

无论是前街还是后街，这一片都是繁华之地，车辆人员往来不绝，地上的车辙一道又一道，因近日无雪，分不清是新的还是旧的。

苏风暖站了片刻，又飞身上了墙头，进了府内。

千寒低声说：“姑娘，可发现了什么？”

苏风暖摇头，对他道：“我在想，掐算时间的话，丞相府的马车正该从这里过，我实在不愿意怀疑孙晴雪和丞相府，但兹事体大。”

千寒大惊：“丞相府一门清贵，丞相十分得皇上信任，与王大学士交好，是云山真人弟子，教导三公子课业。孙公子在京中虽不及小国舅有名望，但是真正的清贵门第的大家公子，十分有君子之风。孙小姐从不与人发生口角，温雅端庄，待人有礼，会……是她吗？”

苏风暖揉揉眉心：“在没找到那个人之前，任何人都可怀疑。若从时间上推断，丁香死的时间，与丞相府马车路过的时间却是正好。”话落，又道，“走吧，去前厅。”

千寒点点头。

苏风暖离开西北角僻静的角落，回到了前厅，面上早已恢复如常，任谁也看不出来她奔波一日后心中的猜疑和起伏，也无人知道府中刚刚死了一个皇上赐给苏府的婢女。

会客厅内，坐了满满一厅的人，显得苏府的会客厅都小了。

太后和皇后上座，苏夫人这个东道主陪着坐在下首，一众人等正在说着话，话题自然围绕着今日苏府的赏花宴。大冬天的海棠开花，的确是稀罕事。如今虽然快立春了，但到底没到春天，海棠这种娇嫩的物种，在这样严寒的天气里被焐开了花，古来少有。

苏风暖迈进会客厅的门槛，便听到众人说说笑笑，十分热闹。

众人见她来了，都向她看去。虽然很多人都见过了她的美貌，但每见一次，都觉得她似乎更美了，整个人没了刚入京时的活泼劲儿，却多了一种大家闺秀的温婉柔弱劲儿。

苏风暖刚要给太后和皇后见礼，太后笑着对她招手，拍拍身边说："苏丫头，这里坐。"

苏风暖索性便不见礼了，走到太后身边，笑着坐下，对她说："我娘办赏花宴，请到太后娘娘和皇后娘娘来，可真是蓬荜生辉，荣幸之至了。"

太后笑起来，伸手拍拍她，对众人说："你们看看，还是京中的水土养人，是不是？苏丫头越发会说话了。"

众人坐了片刻，太后笑着说："走吧，我们都是为了赏花而来，先去看看苏丫头焐开的海棠花。"

苏夫人笑着站起身："太后请，皇后请，众位夫人请。"

太后、皇后站起身，众位夫人小姐也随着站起身。

太后攥着苏风暖的手不松开，一众人等由苏风暖领着，前往焐开海棠的那处暖棚。

众人刚出会客厅走出不远，管家卑躬屈膝、十分恭敬且小心翼翼地带着几个人进了苏府，众人听到脚步声回头，当看到来人，顿时惊异不已。

苏风暖也怔了一下，想着皇上怎么不请自来了？而且还如此悄悄地来了苏府，连个仪仗车辇都无，只带了小泉子和几名护卫。

她正想着，便看到远处又来了两个人，正是叶裳和许云初，顿时了然，二人要查京中权贵府邸的夫人小姐们，毕竟身为男子，需要避嫌，不好同席，若是皇上在，有皇上顶着，跟着皇上，自然不必避嫌了。

众人都愣了片刻，回过神，连忙跪在地上给皇帝请安。

皇帝来到近前，温和地笑着对众人摆摆手："都免礼吧。"

众人起身。

皇帝对太后道："儿臣得知母后和皇后来苏府赏花，也来凑凑热闹，听说苏丫头焐开了几株海棠，这等稀罕事，朕也想见见。"

太后笑着说："哀家还没见到，你来得正好，我们正要去看。"

皇帝看着被太后握着手、站在太后身边的苏风暖，笑着说："苏丫头，你怎么想起在大冬天焐开海棠花了？"

苏风暖笑吟吟地说："年前，我用了无数好药，伤势不但不见好，反而越来越差，心情差极时，便想着若是在大冬天里将海棠焐开了花，那么兴许我身体还真能有奇迹发生，有得救。于是，我就给几株海棠树搭建了暖棚，没想到，还真给焐开了花。”

一番说笑后，苏夫人继续领着众人前往暖棚。

苏风暖离开了太后，来到叶裳身边，与众人离得远了些，低声将今日发生的事情对叶裳和许云初简单地说了一遍。

叶裳听罢，脸色沉了又沉，说道：“都将手伸进苏府来了，可真是迫不及待。”

苏风暖点头：“这回杀我不成，应该还会有后招。”

叶裳道：“等着她出手杀你再抓她，未免被动了，今日之后，要想想如何请君入瓮。”

许云初接过话道：“不错，这人手段越发狠辣，必须尽快查出她是谁，以除后患。”

苏风暖颔首：“是要好好想想，不过如今只有蛛丝马迹，不见首尾，着实难查，就算请君入瓮，也不好请。”

三人一边说着话，一边往前走，落后众人远了些，前面的人已经来到了暖棚。

皇帝负手站在暖棚外，笑着对苏夫人说：“这一处暖棚，护卫不下百人，什么海棠品种这般珍贵，需要这么多人看顾着？”

苏夫人知道是因为今日出了事端，苏风暖才放了这么多护卫在这里，她面不改色地笑着说：“今日太后娘娘、皇后娘娘，一众夫人小姐来苏府赏花，臣妇怕出岔子，才在这里多安排了人。临时安排的，往日里没有这么多人。”话落，她笑着说，“海棠品种不是多珍贵，是苏家没离京前，暖儿小时候种的。”

皇帝点点头。

小泉子带着人先进了暖棚。

暖棚内只有泥鳅守着，他在倒腾着程伯新送来的炭火，炭火燃烧得正旺。泥鳅心眼多，有了早先中毒的教训，为了以防万一，在新炭火悄悄送来时，他将暖棚的帘幕捅开了两个大窟窿，以便透气。

所以，今日的炭火虽然烧得旺，但暖棚里也不是太暖，有一种冷清之感。

小泉子看了一圈，请皇上入内。

苏夫人当前引路，皇上、太后、皇后、丞相夫人和几位有品级的诰命夫人随后进入。暖棚毕竟不算宽敞，进了一批人后，其余的夫人小姐不再进入，而是等在外面，等皇上、太后、皇后以及众位夫人出来再进去观赏。

叶裳、许云初、苏风暖三人来到暖棚外，停住脚步。

苏风暖笑着对孙晴雪招手：“孙姐姐，这边来，我与你说个事。”

孙晴雪没有随孙夫人入内，与一众夫人等在外面，见苏风暖对她招手，笑着走到苏风暖面前，对许云初和叶裳微笑着见了礼，二人回以微笑颔首示意，她笑着问苏风暖：“苏妹妹，何事？”

苏风暖将她拉到一边，笑着低声问：“你擦了什么粉，这么好闻？”

孙晴雪闻言抿着嘴笑起来，瞅着她说：“我见苏妹妹数次，你都是未施粉黛，如今怎么也对胭脂水粉有兴趣了？”

苏风暖笑着说：“刚刚我们入府时，我与你说话，闻到你身上尽是香味，不浓不烈，十分清雅好闻，也激起了些兴趣。”

孙晴雪笑着说：“是去年方华斋出的玉人香，我哥哥帮我订了一盒。”

苏风暖不解：“方华斋？”

孙晴雪笑着说：“一看你这不懂的样子，就知从不用胭脂水粉，方华斋在京中大名鼎鼎，专做胭脂水粉，尤其是玉人香，更是上上品，只是价钱太贵了，千金一盒。去年因为我过生辰，哥哥帮我订了一盒，不过也是值得，一盒可以用上一年，擦上一点儿，就周身幽香。”

苏风暖道：“果然是好东西。”话落，对叶裳说：“过几个月我们大婚，你也给我去方华斋买一盒。”

叶裳点点头。

孙晴雪见叶裳点头，笑起来：“一看叶世子也不懂香粉，否则也不会答应得这么痛快。方华斋去年推出的玉人香，只有十盒，已经都卖出去了。想要的话，需要等上三年，如今刚过一年，还要再等两年呢。你们大婚要用这个香粉，是来不及的，叶世子也买不到呢。”

苏风暖闻言也不泄气，洒脱地说：“是这样啊，那算了。”

孙晴雪看着她说：“我用了半盒，还有半盒，妹妹若是不嫌弃，我送给你吧。”

苏风暖连忙摇头：“这怎么行？我怎么好夺孙姐姐所爱？我本就不爱擦胭脂水粉，如今闻到孙姐姐的脂粉味好闻，才故此一问。”

孙晴雪笑着说：“两年后方华斋再推出玉人香，你还我半盒就是了。那么贵的水粉，我总不好再让哥哥买了。上次他给我买一盒香粉，半年都拘束着腰包，没敢与人出去吃酒。”

苏风暖见她如此说，顺水推舟地笑着说：“既然孙姐姐这样说，我就不客气地收了。”

孙晴雪道：“你这样痛快收了就对了，你我投缘，不是手帕交，也差不了多少。今日回去我便让人给你送去。”

苏风暖笑着点点头，又道了句谢。

许云初这时在一旁说：“我闻着孙小姐身上似乎不只玉人香的味道，也有某种花粉的味道。”

孙晴雪一怔，将袖子放在鼻间闻了闻，蹙眉道：“还真有些别的花粉的味道，可是我最近没有研制香料啊，也许是在别处沾染的吧。”

许云初笑着点头。

苏风暖伸手抓了孙晴雪的袖子，也放在自己鼻间闻了闻，对孙晴雪眨眼：“孙姐姐，我说怪不得你身上的香味这么浓呢，将我熏得都对水粉感兴趣了，原来还有花香沾染在一起。”话落，她恍然说，“孙姐姐人缘好，一定是从哪位小姐身上沾染的。”

孙晴雪又仔细地闻了闻，说道：“你若是不说，我只顾着和人闲谈了，还真没发现我衣服上有这么浓的香味。”话落，她转头瞅了一眼，笑着说，“我稍后也要找她们问问，谁擦了这么香的粉，沾染到了我身上，连苏妹妹这等不爱香的人都招惹了出来。”

苏风暖笑着点头：“你快问问，回头若是好的香粉，再给我淘弄些。”

孙晴雪轻笑：“好。”

皇帝、太后、皇后、苏夫人、丞相夫人等一众人从暖棚里出来，都不停地夸赞海棠开得好。

叶裳和许云初并未进去，而是等在外面。

皇帝看了二人一眼，问道：“你们不是陪朕来赏海棠花的吗？怎么干站着，不进去看看？”

叶裳笑着说：“我们是陪皇上您来，今日只是陪客，若是想赏这海棠花，什么时候都能来赏。”

皇帝笑着指指他：“不错，朕倒是忘了，你都快将苏府当成自己家了。”

叶裳笑着道：“自然。”

苏夫人笑着说：“皇上，去会客厅喝一杯茶吧。”

皇帝问：“苏澈呢？”

苏夫人笑着说：“他在后院，没听到有人高喊，估摸着还不知道皇上您来。为了不打扰夫人小姐们赏花，他没出来。”

皇帝道：“朕不去喝茶了，去找他。你带着太后、皇后和各位夫人去会客厅喝茶吧。”

苏夫人闻言笑着说：“那我让管家给您带路。”

皇帝点点头。

叶裳和许云初对看一眼，也跟着皇帝一起去了。

随后，叶裳命管家去请苏风暖，告诉她自己和小国舅在书房等着她。

来到书房，叶裳和许云初二人果然在等候。

苏风暖进了书房，关上了房门，来到桌前坐下，问叶裳：“你今日入府一趟，见了她们，可有收获。”

叶裳道：“孙晴雪身上擦的的确是玉人香，除了玉人香，还有些颇杂的水粉气味，仿佛是出入青楼沾染的，普通人不会将多种水粉擦在身上。”

许云初开口道：“不错，我特意对她提了还有别的花粉味道，不过看她的模样，不知是真没注意自己身上沾染的气味，还是装作不知。”

苏风暖道："她今日来苏府时，途经后街，遇到了沈芝兰。"

"嗯？"叶裳挑眉。

苏风暖道："沈芝兰一直待在红粉楼，她身上沾染着颇杂的气味，实属正常。据孙晴雪说，她站着与沈芝兰说了一会儿话，沾染了她身上的香粉，倒也不奇怪。"

叶裳闻言伸手扯过苏风暖的袖子，放在鼻间闻了闻，颔首道："你与孙晴雪待久了，确实染了些脂粉味。"

苏风暖道："这就是了，这个说法，也是说得过去的。她说因为今日是初五，沈芝兰无法去景阳侯府祖坟祭拜，便去了被封的景阳侯府，在门口祭拜了一番。她的马车经过，正好遇到了沈芝兰，便说了片刻的话。"

许云初道："这么说，丁香之死，她和沈芝兰都有嫌疑了？"

苏风暖颔首："可以这么猜。"话落，又道，"不过，回京后我与孙晴雪见面的次数颇多，曾经她弹琴，我起剑而舞。今日我与她携手赏海棠，没探出她有丝毫武功，难道她与我一般，武功已经返璞归真？"

许云初道："你于武学一道是个天赋之才，天下怕是鲜有人能及，月贵妃都死在了你的手里，孙晴雪当真有武功且极其厉害不成？"

叶裳不语。

苏风暖看了叶裳一眼，又道："丞相府一门清贵，素来忠于皇权，去年北周兴兵犯境，丞相举荐你去请我父亲带兵出战，后来，北周吃了败仗，国之危顿解，安稳一时。而丞相是云山真人的弟子，孙泽玉破安国公、景阳侯两府大案，干净利落，我总难相信是她有问题。"

叶裳闻言道："许灵依还没开口吗？"

苏风暖恍然想起她还没与他说许灵依之事，将许灵依说出找她之人是刘文之事说了一遍。

叶裳听完，扬了扬眉。

许云初惊异不已："怎么会是晋王府长子？"

苏风暖看向许云初："你觉得不是？"

许云初道："当初，我父亲、晋王府长子、容安王，三人十分交好，犹如亲兄弟，我觉得他不会杀叶世子。"

苏风暖颔首："我也觉得不是他，今日多亏他看我面相，提醒我折两株海棠送去给他的小妾铃兰，我偷偷提前回了苏府一趟，破解了暖棚的蚀骨毒，否则蚀骨毒浸染整个暖棚的空气，后果不堪设想。"

许云初道："你若没及时破解，先进入暖棚的一批人必死无疑。"

苏风暖点头。

第二十八章
商议对策

先进入暖棚的一批人有太后、皇后、苏夫人、丞相夫人等一众一品诰命夫人。

若是孙晴雪暗中指使丁香动了手脚，又将其杀害，那么，苏风暖在门口碰到丞相府的马车，与她们一起进府，她进府后就被请去了会客厅，之后，并未离开众人的视线，怎么能知道暖棚的蚀骨毒被苏风暖解了？

如果她不知道蚀骨毒已解，怎么能让她娘进暖棚？

难道她狠心至此，让太后、皇后及一众夫人给她娘陪葬吗？

她暗自摇摇头，对叶裳和许云初道："应该不是孙晴雪，是我多疑了，我觉得她身上带有玉人香，丁香之死与丞相府马车路过的时间又正好，而她身上又有青楼里各种香粉的味道，加之手骨纤细，与烈焰掌印差不多，所以，才怀疑了她。"

许云初道："有没有可能，那个人是沈芝兰？"

苏风暖眯了眯眼睛，答道："我一共见了沈芝兰两三面，一次是太后的赏花宴，之后是中秋宫宴，再就是年前我和叶裳前往红粉楼。未近距离接触她，倒真不好评判，总之她十分不讨喜就是了。"

叶裳道："许灵依说那个人是文叔叔，有三点。其一，黑衣蒙面，手也藏在袖中，惯有的动作无论是坐还是站，都是胳膊折放在胸前，提着蛐蛐的姿态；其二，一身多种脂粉味，没有人会刻意把多种脂粉全部擦在身上，唯独在一处待久了被染上，非青楼莫属；其三，武功极高，走路无声。"

苏风暖颔首："对，她是这样说的。"

叶裳道："别人都知道文叔叔惯有的动作，他若真做这等见不得人之事，定然要掩藏起来，所以，定然不是他。"顿了顿，又道，"他这个人，我自小识得他时，就惯会故弄玄虚。他故弄玄虚时，恨不得把自己周身所有让人识得的毛病都藏起来，比如他摆摊算命，所以，不会是他故意让人识破，只能说有人冒充他误导许灵依。而且，他要杀我，早就能杀了，不会等到现在，我从未防过他。"

苏风暖道："我也这样想，所以不太相信。"

许云初道："如今，孙晴雪和沈芝兰都十分吻合，若当真如孙晴雪所言，她今日在苏府后街遇到了沈芝兰，沾染了她身上的味道，那么，杀害丁香的凶手兴许真是沈芝兰。她如今就待在红粉楼。"

苏风暖颔首："若是这样说，沈芝兰冒充刘文，一身脂粉味，会不会她也冒充沈琪？她就是江木？"顿了顿，又道，"或者说，她以前就对青楼十分熟悉，才在许灵依接她出天牢时，不入国丈府，而选择去了红粉楼，红粉楼也是青楼，她对青楼之事得心应手，又能让她避开红袖招、花烛秀等这些与她有牵扯之地，做出什么事情，也好撇得清。”

许云初道：“这样说也有道理，她是沈琪的姐姐，与沈琪极为熟悉，但因他们毕竟不是同母至亲的同胞姐弟，所以，不是特别熟悉，易容时还顾不到细处。而大长公主在皇上降罪时，用免死金牌死保了她，定然也不只是厚爱这么简单。”

苏风暖道：“我曾听你说起你府中管家说那人不胖不瘦，比你矮一些。”

许云初颔首。

苏风暖道：“那就是了，找许灵依和你府中管家的人，应该是女子易容，刘文与你身高差不多，而沈琪偏矮一些，所以，一众青楼老鸨断定是沈琪时常光顾。而沈芝兰……”她偏头问半晌没说话的叶裳：“她在女子中偏高，与沈琪相差无几吧？”

叶裳点点头，眉目忽明忽暗。

苏风暖看着他：“你在想什么？”

叶裳道：“我在想，昔日，国丈和皇上明争暗斗，闹得不可开交。瑞悦大长公主与东宫交好，皇上本就扶持东宫，所以见此十分欣慰，对瑞悦大长公主颇好。沈芝兰是瑞悦大长公主和景阳侯重点培养之人，若是暗中师承月贵妃，那么她定然会烈焰掌。”

苏风暖道：“这么说真是她了？”

叶裳道：“也只能说她有这个嫌疑。”话落，又道，“许灵依说那个人第一次找她时，是在中秋夜宴之后，小国舅出发前往燕北的当日，那时，安国公府和景阳侯府两府还未抄家入天牢。”

苏风暖点点头。

叶裳道：“第二次是安国公、景阳侯两府被抄家灭门的当日，那时，正是她被放出天牢之日。第三次是北周从燕北撤兵的消息传回京城之日，许灵依服下恨春风，若她师承月贵妃，那么手里有恨春风也不稀奇。第四次、第五次、第六次、第七次都是她借助秘道找许灵依。虽然身在红粉楼，但我们都知道，红粉楼规矩并不严苛，行动是十分自由的。”

苏风暖闻言道：“被你这样一说，诸多事情便合情合理了。”

许云初道：“若是她，她能暗中驱使许灵依，自然不会明着受她贬低被接入国丈府为奴为婢。红粉楼规矩不严，行动自由，所以，她才选择了红粉楼。”

苏风暖颔首。

叶裳道：“不过也不能说孙晴雪因此没有嫌疑和干系，毕竟，今日的事情确实有些凑巧。”话落，又道，“每年的正月十五，京城的花灯会十分热闹，各青楼歌坊会齐齐出动，在这一日比拼才艺。往年红粉楼也参加。”

苏风暖闻言道：“今日才初五，还有十日。”

叶裳道：“今日丁香下毒，稍后在皇上面前将此事闹开，然后让皇上开口，各府送进苏府的人都让各府带回去。接下来，就算谁迫不及待地想杀你，应该也会稍微收敛，再等待机会。若是这十日内，无人对你出手，那么我们就借由花灯会，将人引出来。”

许云初道：“若是这期间，那人不出手，花灯会如何将人引出来？”

“我与暖儿去花灯会赏灯，人多冲开了，她身边没有护卫，只一个人的话，背后之人不知晓她已经恢复了武功，那么定会趁机杀她。若想要她的命，这么好的机会，谁会错过？”叶裳道。

许云初颔首：“这样一来，也不显刻意，不会引人怀疑，甚好。”

苏风暖也赞同：“好，那就定在那一日。”

三人就此说定，又闲谈了几句，离开了书房。

苏驰跑出自己的院子，拦住苏风暖，仰着脸问她：“姐姐，叶哥哥说要教导我，什么时候？”

苏风暖看着苏驰，想着除夕宫宴出事后，她还无暇顾上他，闻言看向叶裳。

叶裳弹指敲敲他的头，微笑说：“今日就跟我去容安王府吧，我每日早晚抽空儿教导你一个时辰，白日里你自己温习，如何？”

苏驰眼睛一亮，连连点头。

苏风暖拍拍苏驰肩膀，对他说：“你去收拾东西吧，稍后我们离开时，你跟着一起去容安王府。”

苏驰高兴地连忙去了。

叶裳失笑道：“倒是好学，孺子可教。”

苏风暖也笑了。

三人出了书房，去了正院，苏澈和皇帝刚下完一局棋，君臣二人和棋。

叶裳见了，不客气地笑着说：“伯父不知，多年来，皇上最想别人赢他，偏偏每次与人下棋，不是和棋就是赢棋。”

皇帝闻言笑骂：“你个混账，你这是变相在说朕棋艺差。”

叶裳笑着说：“不敢。”

皇帝“哼”了一声，问他：“案子查得怎样了？你今日神神秘秘地将朕请来苏府，可有进展？”

叶裳道：“不算有进展，更棘手了，恐怕还要过些日子才能查清。”

皇帝正色道：“皇宫秘道案，必须给朕尽快查清，否则朕日夜难安。”

叶裳颔首。

皇帝看着苏风暖：“苏丫头，你不在前面陪着太后和皇后与一众夫人小姐，跑到这里来，是有话要与朕说？”

苏风暖点头，从怀里拿出管家给她的府中仆从的名册，递给皇上，同时问：“丁香可是您赐来这府里的人？”

皇帝闻言疑惑：“什么丁香？”

苏风暖笑看着皇帝："您不会忘了吧？苏家搬回京城，我娘进京当日，您、太后、皇后、各府都给苏府送来些使用的人。其中，您赐来的人是丁香。"

皇帝恍然："是有这回事，她怎么了？"

苏风暖道："死了。"

皇帝皱眉："怎么回事？"

苏风暖便将今日发生的事情与皇帝说了一遍，自然略过了刘文为她看相，她暗中用轻功偷摸入府查看之事。

皇帝听罢，脸色十分难看。

苏风暖看着皇帝，想着任谁知道这样的事情，脸色都不会好看，毕竟这样歹毒的手段，着实心狠手辣，若是得了手，那么南齐京城的天就塌了一半。

苏澈在一旁听闻后也十分震惊。

皇帝伸手拿过苏风暖的名册，扫了一眼，自然看到了丁香的名字，写着皇上所赐。他沉默片刻，说道："当初，苏家回京时，朕听闻苏家带的仆从极少，不符合将军府这偌大的府宅规格，朕也是为了让别人知晓朕盛宠将军府，才赐了人，这人是冯盛给选的。没想到，今日却出了这样的事。"

苏风暖想着当初她和她娘都觉得冯盛是皇上身边的大总管太监，是个好的，没想到冯盛却是月贵妃的人，她一时无言。

皇帝道："可查出是什么人杀了她吗？"

苏风暖看了叶裳和许云初一眼，觉得没有真凭实据，如今还不好说出猜疑的话，于是，摇了摇头，答道："要进一步查实。"

皇帝点点头，对苏澈道："爱卿，朕对不住你啊，赐个人来苏府，还是个包藏祸心的。"

苏澈连忙说："这不怪皇上，臣回京也有数日了，也没发现。"

皇帝道："苏夫人心善，对于送来苏府的人，都不忍拒绝，都收了。既然今日出了这等事情，朕就做主，将那些送来苏府的人都让人领回去好了。正好今日太后、皇后、各府夫人都在这儿。"

苏澈看了苏风暖一眼，见她挤了挤眼睛，他拱手道："一切听凭皇上做主。"

皇帝道："前几日，苏丫头与朕提了让北周二皇子返回北周之事，用以交换南齐背后与北周勾结为祸之人，朕这两日正在思量，爱卿你可有建议？"

苏澈并不知道此事，闻言看向苏风暖："有这事？"

苏风暖便将与楚含交涉之事说了。

皇帝道："可是楚含会说真话吗？空口无凭可不行。"

苏风暖道："既然与他做交易，自然要让他拿出证据。"

叶裳这时开口道："背后之人是无论如何也想不到皇上您会放楚含回北周的，出其不意，攻其不备，才能扭转如今我们被动的局势。"

苏澈这时道："我赞同小裳所言。"

许云初这时也道："自从北周大败后，北周皇帝在连番打击之下，身体每况愈下，大不如从前，北周诸皇子正在明争暗斗，争夺皇位，若是楚含此时回北周，北周一众皇子更有一番血杀。北周本就大败，国力衰退，若是诸皇子大动干戈，那么，北周国力会更加衰退。楚含回北周，于我南齐如今有利无害。"

皇帝闻言点点头："也罢，朕就放他回北周。"

苏澈道："既然皇上决定，那就要找个名正言顺的理由。"

皇帝看向苏风暖："苏丫头，你有什么好提议？"

苏风暖道："皇上宅心仁厚，爱民如子，北周和南齐已经签订和约，两国修好，如今北周皇帝病重，病中思念爱子楚含，给您发来数封文书，您体恤父子之情，深受感触，特准楚含回北周探望北周皇帝。"

皇帝颔首："这倒是个好理由，可只是探望？有探望之日，就有归期啊。"

苏风暖道："您的圣旨先这样写，待楚含回了北周后，北周干戈起，届时，他若是败了，那自然不必回来了。他若是胜了，定然会多派两个兄弟质子来南齐替他。"

皇帝点点头，说道："这样，你随朕进宫一趟，将圣旨自取来吧，然后拿着圣旨，去与楚含交易。"

叶裳这时道："她先留在苏府帮伯母吧，我随您进宫取圣旨。"

皇帝道："不是还要给二皇子换药？"

苏风暖道："我已经教给孟太医了，接下来孟太医为二皇子换药就好。"

皇帝颔首："也好。"

几人商议妥当，皇帝站起身，起身离开，苏澈拄着拐杖送皇帝出府。

一行人出了正院的画堂，来到前厅。

皇帝将名单递给小泉子，对他吩咐道："你去与太后、皇后、众位夫人说，因丁香包藏祸心，害人而被杀，朕下旨，但凡在苏家进京之日各府送来的人一律由送的人领回去。"

小泉子应声，立即去了。

会客厅内，太后、皇后、苏夫人、丞相夫人等众人依旧聊得热闹，宫宴出了那等事情，众人虽然有聚在一起的机会，但未曾好好地闲聊，如今借着苏府的地方，倒是相谈甚欢。

小泉子拿着名单来到时，将此事禀了太后和皇后。

太后听闻皇上赐给苏府的丁香竟然是个包藏祸心的，若不是被察觉，险些害来苏府赏花的这些人遭殃，她脸色大变，骂道："真是该遭五马分尸的贱婢，竟然包藏祸心，其心可诛。"

皇后的脸色也十分难看，问道："那丁香人呢？"

小泉子道："已经被人杀了，凶手还有待彻查。"

皇后道："真没想到，这京中没有一日清静，来苏府赏个海棠也能出这等事情，着实可恨。"

众位夫人也惊骇不已，想想就后怕，虽然她们都不知道蚀骨毒是种什么样的毒，但既然能融入炭火里，炭火燃烧得旺时就能挥散到空气中杀人，可见真是歹毒无比，都齐齐变了脸色。

太后道："苏大将军为我南齐立下累累战功，今日苏府赏花宴，本是好事，没想到出了这么一桩谋杀案，哀家觉得皇上说得极为有道理。现在哀家带头，众位有谁往苏府送了人，都将人带回去吧。"

众人闻言，齐齐应"是"。

太后又问："皇上呢？"

小泉子道："皇上准备回宫了。"

太后站起身，对皇后道："咱们也回宫吧。"

众位夫人闻言，也起身对苏夫人告辞，与太后和皇后一起离开了会客厅。

苏夫人送众人出府，来到府门口，皇帝没有乘坐玉辇来，已经去坐了叶裳的马车，太后和皇后上了凤辇，各位夫人上了马车，管家拿着名册叫了皇宫和各府送来苏府的人，仆从们连忙跟随着自己的原主子，离开了苏府。

众人走后，苏风暖对苏夫人说："累了半日了，我去炕上躺一会儿，叶裳来了再喊我，小驰若是收拾完了，就让他在这里等着。"

苏夫人立即问："小驰要去哪里？"

苏风暖道："与叶裳说好了，每日早晚由他教导小驰一个时辰。"

苏澈这时开口说："我身体一时半会儿不能做别的，但教导个孩子还是能行的。小裳和你都在查案，马虎大意不得，还是让他留在苏府吧，我来教导他。"

苏风暖本来要进里屋，闻言停住脚步回头："爹，您这副样子，行吗？"

苏澈板下脸："怎么不行？你三个哥哥可都是我亲自教导的。你大哥二哥哪里不好了？你三哥都是被你带坏了。"

苏风暖笑着说："既然您行，那您就让管家去告诉那孩子一声吧。"

苏澈拄着拐杖站起来说道："我亲自去告诉他。"

"我陪你去吧。"苏夫人也连忙站起身。

苏风暖不再理会这事，进了里屋，躺在炕上后很快就睡了过去。

从皇宫取了圣旨出来后，叶裳来了苏府。

叶裳来到正院，苏澈和苏夫人不在，苏风暖躺在炕上，睡得十分香甜，他不忍吵醒她，便坐在她身边，把玩着她落在枕畔的青丝，等着她醒来。

苏风暖恢复武功后，即便睡着，周遭的动静似乎也能被她探知。在叶裳走进院子的第一时间，她便敏感地探查到了他的气息，醒来了，只是一时间不愿意睁开眼睛，保持着睡眠。她意识醒来，而人未醒，他是否能发现她其实已经醒了？

苏风暖等了片刻，发现叶裳似乎不知道她已醒来，于是，她闭着眼睛，挠挠他手心。

叶裳一怔，仔细地看着她，忽然失笑："原来你已经醒了。"

苏风暖睁开眼睛，翻了个身，笑看着他："你走进院子时，我就发现了。"

"哦？"叶裳讶异，"我脚步不重，应该很轻。"话落，他微微起身向院外看了一眼，又道，"门口距离这正屋的路程不近。"

苏风暖点点头："我在想，我这般的武功，应该是师父所说的望帝山大成的武功了吧。历经数代，唯我一人。"话落，又道，"那日见林客，我能清晰地感知他气息的变化，他武功应该不及如今的我。"

叶裳颔首。

苏风暖道："所以，我在想，这天下还有谁的武功能如我一般，让人在近处哪怕把脉也无所察觉？"

叶裳听完苏风暖的话，说道："应该没有了，若是以前的你，功力未到返璞归真的境地，也许还能有人比你高，如今的话，普天之下怕是难找出第二个。"

苏风暖道："若是这样，那么，还有什么办法让一个人能隐藏功力，不被人查知？"

叶裳道："古籍上是否有锁脉之说？"

苏风暖忽然坐起，答道："是有这个说法，锁脉就是将人身体的脉锁住，与寻常人无异，但极其损耗武功，锁脉之人，三日内不能开解行功。"

叶裳道："林家主和丁香之死，说明那人烈焰掌的功力尚浅，不及月贵妃，否则尸体不会至今完好。"

苏风暖颔首，问道："林家主的尸体呢，还在林府搁置着？"

叶裳道："林之孝从宫里派了人去林府，将林家主暂时封棺了，搭建了灵棚，如今是冬日，不用冰镇，也能放置十日。"

苏风暖道："丁香的尸首你没见到，我让千寒安置了，如今你与我去看看，查查她死前接触了什么人。"

叶裳颔首。

苏风暖下了床，与叶裳一起出了房门。

千寒将丁香的尸体安置在了苏风暖的院落，二人来到之后，丁香的尸体被平放在了地上。

叶裳走近她，挥手斩断她一截衣袖，拿在手里，闻了闻，随后扔下，掏出绢帕，擦了擦手，对苏风暖道："玉人香，还有其他胭脂水粉味，很杂。"

苏风暖点点头："这样说，孙晴雪和沈芝兰，真的都有嫌疑。"

叶裳颔首。

苏风暖问："丁香的尸首怎么处理？"

叶裳道："她是冯盛派来的人，自然与月贵妃脱不开干系，如今也不必查她的主子了。扔去乱葬岗吧。"

苏风暖点头道："这个下场，也是她罪有应得。"

千寒挥手招来一人，那人带起丁香，出了苏府，奔着城外的乱葬岗去了。

已到午时，苏风暖和叶裳在苏府用过了午膳，才回了容安王府。

二人进了府门后，苏风暖对叶裳道："昨日晚上，被你闹着，我从国库带回来的那幅画还未看。"

叶裳道："稍后回房再看。"

二人回了正院，进了里屋，叶裳从匣子里拿出那幅画，展放在桌案上。

这是一幅二十多年前的岭山织造全景，当初的岭山何其繁华，包揽了整个南齐甚至天下的织造业。可是五年前，瘟疫蔓延岭山，以至片瓦无存。

这一幅画很长，展开后，足有六尺长，三尺宽，桌子都铺不下，有一部分搭在了地面上。

苏风暖看着这幅画，对叶裳道："作这样一幅画，怕是要花上整整三日的时间。"

叶裳摇头："不是三日，是一日。"

苏风暖讶异："一日？一个人怎么能完成？"

叶裳道："不是一个人，还有国舅，父亲善于画人，国舅善于画景与物，二人既能合一，也能分工。"

苏风暖赞叹道："这看起来像出自一个人的手笔。"

叶裳轻叹道："国舅与父亲是知己之交，犹如伯牙与子期，年少时，时常在一起研磨切磋，以至于二人神思相通。当年，他们二人一起前往岭山，那时初出京城，本以为京城便是天下繁华之首，到了岭山后，方知岭山繁华，胜于京城，于是，在赞叹岭山繁华之余，便兴起了将这繁华记下来的想法。所以，二人一拍即合，便一起执笔，作了这幅画。"

苏风暖道："怪不得容安王战死沙场后，国舅郁郁而终，诚如子期死，伯牙终不复鼓琴。知音难觅，知己难求。"

叶裳颔首。

苏风暖道："这人物虽然小而多、杂，但神态活灵活现，这景物虽有浓有淡，但千姿百态尽可观览。这样一幅画，怪不得皇上在你父亲死后要收藏在国库，可见你父亲和国舅当年的画工堪比鬼斧神工了。"

叶裳颔首："皇上和父亲、国舅一起长大，虽政见与国丈不合，但待国舅倒没多少变化，毕竟一起长大，情分非比寻常。"

苏风暖道："这样小的人物眉眼，有的地方怕是用极细的金针刻画而成，以我的眼力都看不甚清。"

叶裳道："你等一下，我为你拿一物，你便看清了。"

叶裳出了房门，似是去了书房，不多时，他手中拿了一面镜子来，递给苏风暖：“这是父亲留下的，你用它来试试，当年他和国舅就是用这个镜子来画的。”

苏风暖伸手接过，拿着镜子对着画一照，墨点大的人物，用眼睛看起来是一团墨珠，如今用镜子一看，顿时醒目非常，眉目也看得极为清晰。

她不由得赞叹道：“以前我还当你府中没有什么好宝物，如今这个可算是一件至宝了。”

叶裳笑着说：“父亲留下的东西，唯这一面镜子和这一幅画了。娘亲留下的东西，唯方华斋。如今我可都交代了。”

苏风暖笑着瞋了他一眼，拿着镜子一寸寸照过来，从景到物，从人物眉目神态到行止，不错过一丝一毫。

叶裳站在一旁，等着她。

足足用了一个时辰，苏风暖拿开镜子，抬起头，揉揉眼睛，对叶裳道：“我只这样看一个时辰，眼睛便疲累不已，容安王和国舅真是画之奇才。”

叶裳问她：“你看了一个时辰，可看出什么了吗？”

苏风暖收了笑意，正色道：“看到了几个熟人。”

“嗯？”叶裳扬眉，“江湖中人？若是京城之人，我看过了，自然都识得的。”

苏风暖点头：“风老爷子，当年他竟然也在岭山织造，且被入了画。还有湘郡王，他有十几年没回京了吧？你多年不见他，哪怕自小见过，也是忘了的，他也在。还有北周皇帝，你没见过他，没想到当年他曾离开北周来过南齐的岭山。还有……”她将镜子递给叶裳，伸手一指，“你看这个女子，是不是眉目与月贵妃长得十分相像？”

“嗯？”叶裳拿过镜子，对着苏风暖指的方向，仔细看了片刻，点了点头，“是有几分神态相似。”

苏风暖道：“这个人，是楚含的母妃。”

叶裳眯起眼睛。

苏风暖道：“我随师父和师兄游历天下，去过北周数次，曾经偷偷进过北周皇宫，这个人是楚含的母妃无疑，她叫凌萧晴。当初，据说她是北周皇帝游历时爱上的民间女子，无人知晓从何处来，北周皇帝不准人查。原来，她出自南齐的岭山织造，二人如此相似，想必是月贵妃的姐妹。”

叶裳道：“她穿着岭山织造萧氏一族的衣服，腰间配有紫竹花，是岭山织造一族的女儿无疑。若她是楚含的母妃，这件事情可瞒得真紧，近二十年，竟半丝风声不闻。”

苏风暖点点头：“我以前不曾见过月贵妃，回京后，也没与她打过交道。杀她那一日，因你受伤，也未曾好好端详过她的眉目，一时没想起来她与楚含母妃有些相似。如今若不是仔细看这幅图画，认出了她，我也想不起来。”

叶裳道："查岭山织造一案时，我曾经在户部拿出了一份岭山户籍的卷宗，如今放在我书房，你等我一下，我再去取来。"

苏风暖颔首。

叶裳出了房门。

苏风暖站得累了，索性拿着镜子坐下，将识得的这几个入画之人的神情、行止、动作又仔细地察看了一遍。

容安王将自己与国舅放在了织布机前，二人皆是一副感叹敬佩的神情，十分生动，可见当时到了岭山后，整个岭山织造业的繁荣，使二人触动很大。

凤老爷子、湘郡王、北周皇帝三人皆是席地而坐，每人一桌，看这样子，似在宴席。坐在上首的显然是岭山织造的家主，而下首空了两个桌案，想必是容安王和国舅，二人本来是坐在席间的，只不过在作画的时候二人将自己放到织布机前。

凤老爷子在举杯对岭山织造家主敬酒，湘郡王在与一名斟酒的侍者偏头说话，那侍者……苏风暖瞧了半天，觉得也有些面熟，但想不起来是谁。北周皇帝正值年轻，十分英俊，正在专心看歌舞，而领舞的女子，便是楚含的母妃。

而月贵妃陪着岭山织造的家主，坐在家主身边的人，整个席面，除了歌舞女子，全是男子。

而这一幅画，之所以如此之长，是因为绘了岭山织造各处的场景，可以说囊括了整个岭山。

叶裳拿了岭山织造的卷宗走回来时，便见苏风暖拿着镜子对着一处皱眉思索，他问："怎么了？有何不解之处？"

苏风暖抬起头，揉揉眼睛，将镜子递给他："你来看看，这个人是谁？"

叶裳闻言接过镜子，对着苏风暖手指的方向，看着湘郡王偏头与之说话的斟酒之人，他蹙眉看了片刻，眯着眼睛说："是晋王府的管家。"

苏风暖道："二十多年前，这个人像是跟随湘郡王的侍者，后来竟成了晋王府的管家！晋王府的管家入晋王府多久了？"

叶裳道："从我记事起，他就在晋王府了。"

苏风暖恍然道："是啊，你自是不知道的，容安王和国舅前往岭山那一年，也就你这般大的年纪，自然没娶你母妃，也没生你呢。"

叶裳点点头。

苏风暖道："晋王府的管家当初是湘郡王的随侍，可见两府二十多年前就十分交好。这样说来，湘郡王在京中虽然不能手眼通天，但有晋王在，打着照拂你的幌子，凝结宗室向心力，联合月贵妃，合在一起，除了皇上和国丈的势力，这便是一股能涵盖京城三分之一的力量了。"

叶裳颔首："可以这么说。"

苏风暖支着头道："怪不得我觉得这个人有些面熟，却想不起来在哪里见过，原来是在晋王府见过的那个老管家，二十多年前，他自然还算是年轻的。”

叶裳点头。

苏风暖道：“当年，风老爷子、湘郡王、北周皇帝齐聚岭山，恰逢容安王和国舅也在。”话落，又道，“当年的容安王和国舅，一定没有识出北周皇帝。北周皇帝当年还是皇子，没有登基，显然是在外游历，兴许是慕岭山织造之名而前往岭山。”

叶裳接过话，说道：“设想，就是那一日，北周皇帝认识了湘郡王，自此，暗中来往不断。”

苏风暖点头：“那时，皇上还未登基，湘郡王兴许有谋宝座之心。”

叶裳颔首：“当年，太后、国丈一心向着皇上，皇上是依靠国丈府势力排除异己，登基为帝的，其余的皇子无力争夺，所以，皇上的皇位得来的十分太平。”

苏风暖道：“形势比人强。皇上依靠外戚助力登基，登基后形势一改，他做了皇帝，便明晓了外戚厉害。所以，多年来，他一直与国丈府抗衡，明争暗斗，以至于月贵妃一党祸乱朝纲。”

叶裳叹了口气：“当年岭山如此繁华，慕名者众，想必我父亲和国舅也没探究北周皇帝的身份。”

苏风暖道：“容安王是正人君子，国舅与他相交，自也相同。”

叶裳点点头。

苏风暖拿过他手里的卷宗，厚厚的一卷，感觉压手得很，对叶裳道：“这些都是亡魂啊。”

叶裳沉默。

苏风暖翻开岭山织造的卷宗，查阅片刻，停在一处，对叶裳道：“岭山织造，萧氏一门，一共十一房三十七院，七嫡四庶。其中，萧氏族长膝下庶出第三子萧葛，有一子二女，一子名萧易，一女名萧灵玥，一女名萧灵晴。看来，萧易就是易疯子，萧灵玥就是月贵妃，萧灵晴就是楚含母妃凌萧晴。”

叶裳颔首：“应该就是他们了。”

苏风暖道：“关于这一房庶出的卷宗，记载寥寥几笔，说他们这一房做下大逆不道之事，被岭山除籍，这是怎么回事，你可知道？”

叶裳道：“据说，萧葛的夫人倾慕其兄长，做了些有违人伦之事，被萧葛怀疑那一子两女不是自己的骨肉，一怒之下，杀了他夫人和他夫人的兄长，之后又要杀三个子女，族长出面，痛杀了萧葛，然后，将这一子两女除籍逐出岭山了。”

苏风暖道：“看着记载，这是三十几年前的事了，那时他们也就七八岁。”

叶裳颔首。

苏风暖道：“不对啊，你父亲和国舅画的那幅画是关于二十多年前的事，他们既然被除籍了，怎么后来又回了岭山？”

叶裳道：“四年前，岭山瘟疫，除了你救下的苏驰，再无活口，此事不得而知了。”

苏风暖道：“从小被除籍，长大回了岭山，可见是手有依凭，让族长重新认回了他们。”

叶裳点头。

苏风暖放下卷宗，说道：“天色还早，我们去会会楚含吧，兴许，他能说出些更有价值的东西。”

叶裳颔首。

二人收了画卷，站起来，出了正院，去了楚含居住的院子。

楚含正坐在门口的台阶上晒太阳，自从苏风暖为他诊脉开了药方，他服用上等的好药，寒疾不再每日发作了，气色也养回了几分。

他正百无聊赖地坐着，见二人来到，想到了什么，眼睛里的情绪起起浮浮，缓缓站起了身，对二人道：“叶世子和苏小姐这么快就来找我了，想必是说通了南齐的皇上，有好消息了。”

叶裳和苏风暖来到近前，都仔细地打量楚含。

北周人大多身材魁梧，而楚含身材虽然高大，但不魁梧，颇为颀长英俊，眉目有着南齐人的柔软俊秀之气。

楚含见二人这般盯着他看，不由得皱眉，问道：“两位这是不认识我了？”

叶裳收回视线，淡淡地道：“是有些不认识了。”

楚含一怔：“叶世子这话从何说来？难道我还换了个人不成？”

苏风暖接过话道：“虽然不至于换了一个人，但你的身份也足够我们讶异几日。”

“嗯？我什么身份？”楚含问。

苏风暖对他道：“原来二皇子的母妃是出自我南齐的岭山。”

楚含一惊，看着二人：“你们查出来了？”

苏风暖笑着说：“真没想到，萧贤妃是出自岭山，与月贵妃是同胞姐妹，而二皇子你的外祖家是岭山织造萧家。你纵兵起戈，马踏南齐疆土，真是半丝不顾及你娘流着南齐人的血液啊。”

楚含忽然嘲讽地一笑：“我母妃对南齐半丝感情都无，对岭山更是全无情分，她都不在乎，我何必替她顾忌？”

叶裳道：“二皇子看来知晓当年之事，不妨说说。”

楚含看着二人道：“叶世子和苏小姐连我母妃的出身都查出来了，当年之事难道不知吗？”

苏风暖道：“不知细节。”

楚含转身进了画堂。

苏风暖和叶裳对看一眼，也进了画堂。

三人进了画堂，落座，楚含道：“我也知之不多，父皇从不准人提母妃出身，因他盛宠母妃，母妃宠冠后宫，连皇后都避其锋芒，所以，无人敢查敢问。我只知道，二十多年前，我父皇还未登基，慕名前往岭山织造，识得了我母妃，便将我母妃带回了北周。”

苏风暖道：“岭山织造萧氏一门，据我所知，对南齐十分忠心，皇室御用的贡缎都是产自岭山，不可能将女儿嫁给北周皇室。”

楚含道：“我母妃在很早之前就被逐出岭山织造了，她已经不算是岭山织造的人。”

苏风暖道：“但她和月贵妃后来为何回了岭山，而岭山也接纳了她们？你不妨说说他们兄妹三人被逐出岭山织造后的事。”

楚含道：“我对他们被逐出岭山之后的事情不好奇，所以没怎么细问我母妃，只能给你们说个大概。我只知道，当年我母妃兄妹三人被逐出岭山织造后，靠乞讨为生。后来，月贵妃被鬼山派的一位宗师看中，带去了鬼山派，剩下我母妃和她兄长又流浪了一阵子。有一天她兄长出去乞讨就再没回来，我母妃找了他很多天，后来晕倒在街上，一位青楼的姑娘路过，好心地收留了她，让她做了使唤丫鬟。她落身在了青楼。我母妃在青楼待了一年，被其兄长找到，将她接出了青楼，安置在了一处农家屋舍里，独自过了两年，两年后，月贵妃派人将她接去了鬼山派，她一直留在鬼山派，直到月贵妃被逐出鬼山派，她也随着月贵妃一起离开了。”

苏风暖闻言道：“兄妹三人，相互扶持，情比寻常。”

楚含点头：“所以，听说你杀了月贵妃，我母妃让我一定要杀了你。”

苏风暖笑了笑：“可惜你没能杀了我，反而来了南齐。”

楚含点头：“月贵妃被逐出鬼山派后，便带着我母妃回了岭山，至于她们如何说服岭山织造接纳了她们，我也不太清楚，总之，我父皇慕名到岭山织造游历时，她们姐妹二人都在。我父皇被母妃一舞所迷，倾心于她，便带她回了北周，我父皇登基，封她为妃。”

苏风暖道：“多年来盛宠不衰，让你父皇爱护至极，连带对你爱屋及乌，可见你母妃十分厉害了。你兴兵西境，后来攻打燕北，她出力不少吧？”

楚含说道：“在西境大败后，我本来打算养精蓄锐，再攻打西境，是我母妃派人传信，让我从燕北兴兵，确实出力不少。”

苏风暖道：“想必十三年前，两国边境一战，你母妃也出过力，一个你母妃，一个月贵妃，这两个女人间接地挑起并参与两国战争，真是让人喟叹。”

叶裳道：“二皇子如今该说了吧？”

楚含道：“我要光明正大地回去，皇上的圣旨呢？”

叶裳从袖中拿出皇上的圣旨，递给他。

楚含接过，看了一眼圣旨，盖着印玺，他将圣旨放在一旁，说道：“东境湘郡王。”

叶裳挑眉："还有呢？"

楚含道："我只与湘郡王有过书信来往，其余的，你便要找湘郡王问了。"

叶裳拿起桌子上的圣旨，卷在一起，敲了敲桌案道："二皇子若是不如实而言，你恐怕带不走这圣旨，出不了我这容安王府，更出不了南齐京城，遑论回北周了。"

楚含道："我说湘郡王，有书信为凭，你不信，那你还让我说什么？"

叶裳道："从你兴兵侵犯西境，之后又侵犯燕北看来，不止一个湘郡王。湘郡王在东境，北周到东境，隔着一个南齐京城，不说万里之遥，也有数千里路程，书信来往十分不方便，这等通敌卖国的信函，必不敢用信鸽或鹰鸟传书，以防被人截获。所以，一封书信来往，人为送达最快也要两个月之久。若是京城有中转，或者主谋之人在京，便方便得多，也能掩盖很多事。所以，京城必有人。"

楚含闻言道："我怎么能确定我如实坦白后，你们真让我回北周，不会半途截杀我？"

苏风暖道："我们巴不得北周乱，自然要放你回北周争夺皇位。北周皇室同室操戈，这对南齐有利无害。如果你父皇传位给你，毕竟你数次兵败，又在南齐做了数月质子，你那一众兄弟自是不服，定要夺你皇位。如果你父皇不传位给你，你也不干，不是吗？"

楚含抿唇："你倒真将我看透了。"

苏风暖道："既然是交易，二皇子不妨拿出诚意来，至少，我们的诚意摆在这里了。皇上的圣旨可不是虚言，金口玉言，下了圣旨，便收不回了。"

楚含道："我说出京中那个人，你们便让我拿着圣旨离开吗？"

苏风暖摇头："你不仅要说出京中那个人，还要交代北周在京中甚至南齐的暗桩，此番放你归北周，你便将暗桩都一并带走吧。反正你回去夺位，也是需要人手的。"

楚含道："你可真是半丝余地不给我留。"

苏风暖道："放你回北周，你总要拿出同等价值的东西来交换，没有余地。"

楚含咬牙："你等我一下。你要的东西，都在我穿的护心甲里。"

苏风暖点点头。

楚含进了内室。

第二十九章
送玉人香

楚含进了内室后，不多时，便拿着一块一尺见方的薄薄的蚕丝布走了出来，递给了叶裳。

叶裳伸手接过，见上面写着密密麻麻的名字以及联络信号，是北周安插在南齐的暗桩。他看了片刻，递给苏风暖。

苏风暖伸手接过，看了一眼，说道：“这上面有不少我识得的老熟人啊，怪不得你兴兵如此狠勇嚣张，依凭不小。”

楚含道：“这是北周在南齐的所有暗桩了，主要集中在京城方圆五百里内。”

苏风暖点点头：“从这绢帛看来，你未藏私，涵盖得十分广泛细密。”

楚含讽笑：“我如何敢藏私？”

苏风暖放下绢布，对他道：“京城的那个人和信函呢？”

楚含道：“我来京城，是做质子，如何会将信函带在身边？自然是留在北周可靠之人的手里了。”

叶裳扬眉：“这么说，你手中没有了？”

楚含道：“我离开北周，来南齐，也未曾料到会入住容安王府，更未料到苏小姐与我谈交易，我本指着人救我，怎么会将暴露南齐盟友的信函带在身边？若是被你们非人虐待搜身，我岂能保得住？自然是不带的好。”话落，又道，“毕竟信函很厚，不同于这薄薄的绢帛，随身携带隐秘方便。”

叶裳道：“在单灼手里？”

楚含看了叶裳一眼，点点头：“我与他交情如兄弟，他自然会替我好好保管。”

苏风暖道：“也就是说，你如今拿不出来了？”

楚含道：“只要你们送我到北周边境，提前知会单灼在北周边境接应我，我便能从他手中拿出那些信函，交给你们。”

苏风暖皱眉：“你知道，出了皇室机关秘道案，我们要破案，一时走不开。我与你谈这笔交易，也是想尽快摸清谁是奸细。”

楚含道：“若是你信我，我可以告诉你那个人是谁，只是如今没有信函为依凭拿给你看而已。”

叶裳扬眉：“姑且信你，你说吧。”

楚含道：“我说出这个人，恐怕叶世子最不相信，毕竟这个人与你关系非同寻常。”

“哦？”叶裳眯了眯眼睛，“二皇子只管说。”

楚含道：“晋王。”

叶裳抿唇，没言语。

楚含看着他，细细打量他的眉目神色，又看向一旁的苏风暖，苏风暖面色不改，神色不动，他忽然一笑：“看来你们二人早就知道了，才不惊异。既然知道，又何苦找我绕这么大的弯子而做这笔交易呢？”

苏风暖道：“自然是缺少真凭实据。”

楚含笑道：“东境湘郡王，京城晋王，都是南齐宗亲，一个在东境暗中招兵买马，一个在京城打着心向皇上的幌子，暗度陈仓，论阴谋诡计，我北周皇室的一众子嗣，不及你们南齐。”顿了顿，又道，“他们树大根深，若是没有真凭实据，确实轻易动不得。”

苏风暖不再说话。

楚含道：“据闻晋王十分心向叶世子，我以为叶世子是无论如何也不相信晋王通敌卖国。原来叶世子早就心地澄明，十分清楚了。”

叶裳淡淡道：“一次又一次地被谋算，若再不清楚，死都不知道怎么死的了。”话落，他站起来，拿起楚含的那块绢帛道，“这个我要拿走彻查，确实无误的话，会将人都还给你带走。”

楚含知道想回北周，自然要付出这些代价，点了点头：“好，不过叶世子和苏小姐要快点儿，我喜欢我父皇将皇位正大光明地传给我，不喜欢背上乱臣贼子的罪名继承那个本该属于我的位置。”

叶裳颔首：“你放心。”

苏风暖站起身，对楚含道：“你母妃既然与月贵妃是姐妹，又在鬼山派待了数年，不是软脚虾。她如此厉害，总会让你父皇活着等到你回去。”话落，又道，“花灯节之后，机关秘道案结案，便送你回北周。十日而已。”

楚含闻言点头：“既然如此，一言为定。”

叶裳和苏风暖再不多留，出了楚含居住的院落。

皇帝放楚含归北周的圣旨二人并未带走，而是留给了楚含。毕竟如今的他，身在容安王府，即便拿了圣旨，若没有叶裳和苏风暖护送，也出不了南齐京城。二人放心得很。

楚含将圣旨收起来，目送二人相携的身影出了院落，想着总算能回北周了。

叶裳和苏风暖出了楚含的院落，叶裳对苏风暖道：“你回房休息，我进宫一趟。”

苏风暖知道关于圣旨换回了北周暗桩以及楚含说出湘郡王和晋王之事，叶裳自然要进宫去向皇帝禀告，于是点点头，对他道：“你小心一些，这几日有人迫不及待要杀我，未必不杀你。”

叶裳点点头：“好。”

苏风暖又道：“早先我答应刘文，要给他的小妾送两株海棠花赏，回府时忘了，你稍后进宫出来，再去一趟苏府，折两株海棠花，派人送去。另外带泥鳅来一趟，我忘记给他开清除余毒的药方了。”

叶裳颔首。

苏风暖回了内院。

刚进了内院，便听管家禀告：“姑娘，丞相府的孙小姐来了，说来给您送玉人香。”

苏风暖闻言停住脚步，回转身，对管家道：“快将孙小姐请到会客厅，我这便过去。”

管家应了一声“是”，连忙去了。

苏风暖来到会客厅，管家带着孙晴雪来到会客厅门口，二人碰面，孙晴雪笑着将玉人香递给苏风暖：“这等名贵的香粉，派人送来，我着实不放心，便亲自给苏妹妹送来了。”

苏风暖伸手接过，打开闻了闻，幽香扑鼻，十分好闻，她笑着说：“多谢孙姐姐，果然是好香。”

孙晴雪抿着嘴笑：“妹妹的嫁衣绣好了吗？”

苏风暖摇头：“近来未曾顾得上绣。”话落，请她进会客厅道，“孙姐姐进来坐吧，今日人多，你我未曾好好闲聊，如今天色尚早，你我好好聊聊。”

孙晴雪笑着点头，随着苏风暖进了会客厅。

苏风暖动手沏了一壶茶，给孙晴雪倒了一杯，又给自己倒了一杯。

二人有一搭没一搭地聊着京中的事。

聊了聊许灵依，聊了聊沈芝兰，又聊了聊京中其他苏风暖不识得的小姐，最后，孙晴雪似乎不经意地问：“苏三公子去东境有几个月了吧，可说什么时候回来？”

苏风暖眼睛眨了眨，看着孙晴雪，她面上坦然，看不出这话是否刻意，苏风暖笑着说：“他不回来正好，免得我如今打不过他，受他欺负。”

孙晴雪捂着嘴笑：“依我看，苏三公子很规矩，不是个惯会欺负人的，反倒总被你这个当妹妹的欺负吧？”

苏风暖看着孙晴雪：“孙姐姐对我三哥很了解嘛。”

孙晴雪脸上闪过一丝不自然，说道：“是父亲昨日提起，说苏三公子去东境有几个月了，哥哥也走了有月余了，他们这一走，父亲觉得身边可真是清静。”

苏风暖好笑地说：“不错，去年刚回京后好长一段时间，我哥哥总去丞相府打扰丞相。”

孙晴雪道：“苏三公子好学，文武双全，我父亲很是看重他，说他文能承袭王大人，武能承袭苏大将军，真是南齐少有的文武双全的少年英才了。”

苏风暖笑着说：“去年，太后和皇后每逢遇到我，都跟我夸一通我三哥，我却没发现他哪里好，如今听你说丞相也夸他，难道只我眼拙，看不见他的长处？”

孙晴雪一怔，须臾，捂着帕子笑起来：“苏妹妹口中说三公子不好，但若是谁与你抢哥哥，你定是不饶的。”

苏风暖大乐：“孙姐姐一语中的，哥哥再不好也是我自己的。”

她话音未落，外面管家匆匆走来，禀道：“姑娘，淑雅公主来了。”

苏风暖笑着说：“今日可热闹了。今日赏花，她没去苏府，如今怎么找来容安王府了？难道是想让我陪着她再去苏府赏花？”话落，对管家道：“请她进来吧。”

淑雅公主匆匆来到二人跟前，当先急急地开口道：“苏风暖，父皇让我来告诉你，苏三公子在东境失踪了。”

苏风暖一惊。

孙晴雪面色微变，当即问："苏三公子失踪了？怎么会？他不是钦差大臣吗？去东境几个月了，都好好的，怎么突然失踪了？"

淑雅看了孙晴雪一眼，说道："就是失踪了，我正好在我父皇处，小泉子被我父皇派了差事，父皇收到东境湘郡王送来的请罪奏报，我父皇便抓了我，让我立刻来告诉你。"

"东境湘郡王的奏报？"苏风暖闻言面色微沉，"奏报呢？"

"在这里。"淑雅立即从袖中拿出奏报，递给苏风暖。

苏风暖伸手接过，打开奏报，看了一眼，发现的确是东境湘郡王的奏报，且是他亲笔所书，盖着他的郡王印。上面写着苏青于七日之前失踪，不知所终，他念及苏青身份是钦差大臣，不敢瞒而不报，特此向皇上请罪。

奏报走八百里加急的话，东境到京城需要四日，也就是说苏青失踪十一日了。

到底是真失踪，还是湘郡王察觉他去东境的目的而把他关押起来惩处了？

苏风暖不确定。

她问淑雅公主："叶裳呢？他不是进宫了吗？你来时，他不在？"

淑雅道："堂哥是进宫了，不过没待多久就出宫了，他走后不久，父皇便收到了奏报，看过之后，便命我赶紧给你送来了。"

苏风暖颔首，对淑雅公主道："你去回禀皇上，就说我知道此事了，奏报我先留片刻，待叶裳回来参谋一番，再送去还给皇上。"

淑雅点点头："好。"

因要回宫复旨，淑雅公主没多留，便出了容安王府，回了皇宫。

苏风暖站在原地，思索着她三哥是不是真出了什么事，十一日之前失踪的话，那时候萧寒和谢轩两位师兄还没启程前往东境。

孙晴雪并没有离开，而是看着苏风暖，紧张地问："三公子不会真出了什么事吧？"

苏风暖稳定下心神，对孙晴雪道："我三哥这个人，生性爱玩，他在东境待了几个月了，都没出什么事，如今兴许是遇到了什么好玩的事，一时贪玩，被绊住了手脚。"

孙晴雪道："苏三公子不像贪玩的人。"

苏风暖道："他呀，在我外公、丞相、你们面前不敢闹腾罢了，其实他跟我一样贪玩。"

孙晴雪闻言松了一口气，说道："若真是这样就好了，我听哥哥说，三公子前往东境去看望湘郡王，这一趟山高路远，东境没有我们想象的那么安稳，也是凶险之行。"

苏风暖道："他只是去看望湘郡王而已，传回的消息都是与湘郡王相处融洽，应该不会有什么事。”

孙晴雪点点头：“三公子没事就好，希望尽快有他的好消息。”

苏风暖颔首。

二人正说着话，听到脚步声，二人抬头看去，叶裳从外面走进来，孙晴雪道：“苏妹妹，叶世子回来了，我改日再与你叙话，先回府了。”

苏风暖点头，微笑着说：“改日再与孙姐姐闲聊。”话落，对管家道，“劳烦您送孙姐姐出去。”

管家连忙应了一声。

叶裳来到近前，孙晴雪与叶裳见了礼，说了一句话，叶裳颔首微笑，孙晴雪便出了容安王府。

苏风暖目送孙晴雪离开，看着叶裳，沉默地将湘郡王的奏报递给了他。

叶裳伸手接过，看了一眼，道：“这是湘郡王的奏报无疑，多年来，他每年都有数封奏报上奏朝廷，我在皇上的御书房都看过。”

苏风暖道：“你觉得我三哥会不会出了什么事？”

叶裳道：“不好说。”

“嗯？”苏风暖看着他。

叶裳道：“几日前，轻武卫奏报，凤阳镖局的凤老爷子前往东境，凤阳镖局随后押送着兵器前往东境，我便觉得要出事。”

苏风暖道：“此事的确非同小可。”

叶裳道：“不过我倒觉得，他不见得是因为被湘郡王发现他去东境的目的给扣押起来惩处了，湘郡王一日没与朝廷翻脸，一日便不敢做这等事。尤其是涟涟也带着人在东境，对他自然会照拂。你与凤阳有多年交情，就算他爷爷做什么，他也不会陷自己于不义，对付你三哥。兴许他是探听到了什么风声，背后去做什么事了，所以，干脆玩了个失踪。”

苏风暖道：“但愿如此，否则便麻烦了。你我在京城查机关秘道案，脱不开身，就算脱得开身，救他的话，远水也救不了近火。”

叶裳伸手拍拍她肩膀：“别担心，你三哥在秋风山险些踏进鬼门关，后来是真切地吸取了教训了。尤其是在东境那样的地方，他自然是万分小心，轻易不敢动。”

苏风暖颔首。

涟涟在东境，萧寒和谢轩也被苏风暖派去了东境，所以，即便湘郡王这份向皇帝请罪的奏报说苏青失踪了，苏风暖暂且也只能按捺住前往东境探查的心思。

湘郡王送给皇上的奏报自然不能在手中留着。

于是，苏风暖对叶裳道：“我进宫一趟，将奏报给皇上送去。你再去苏府一趟吧，我爹娘若是得到消息，恐怕会坐不住，你安抚他们一番。”

叶裳颔首：“好。”

于是，二人出了容安王府，分头前往皇宫和苏府。

苏风暖来到宫门口，小泉子正从里面急走出来，见到苏风暖，连忙见礼："苏小姐，您可算来了，皇上在等着您了。"

来到御书房旁的暖阁，小泉子对里面禀了一声，挑开帘子，请苏风暖入内。

苏风暖拿着奏报迈进门槛，便见皇帝愁眉不展，她见了礼，对皇上道："我与叶裳商议了一番，觉得我三哥应该出不了大事，皇上不必如此忧心。"

皇帝叹了口气道："京城的机关秘道案还没破，若是东境再出事，朕觉得不大好啊。"话落，摆手让她坐，又道，"何以见得苏青不会出事？不是湘郡王故弄玄虚？"

苏风暖便将她和叶裳对湘郡王和苏青的分析说了一遍。

皇帝点点头："这样说来，是朕过于担心了。"话落，他揉揉眉心道，"朕近来真是草木皆兵。"

苏风暖道："皇上放宽心，自古便是邪不胜正，那等阴邪之人，早晚被会揪出来绳之以法，决计不会任其逍遥下去。"话落，便将湘郡王的奏报还给了皇帝。

皇帝伸手接过，放在一旁，对她道："今日叶裳进宫来与朕说了与楚含交易之事。楚含说出了湘郡王和晋王，交出了北周在南齐的暗桩布置，可是如今没有湘郡王和晋王的信函，待送他回北周，才能拿到。他说花灯节之后，将机关秘道案查清，便与你一同前往望帝山，顺便送他回北周，取到湘郡王和晋王通敌卖国的证据。"

苏风暖听着皇帝似乎有话要说，便等他继续说。

皇帝顿了顿，说道："今日出了苏青之事，朕思索之下，觉得就算查清了机关秘道案，如果你们都离开京城，朕颇不踏实。苏丫头，为了这南齐江山，朕能不能请你自己去望帝山，顺便送楚含回北周？朕给你一万御林军沿途保护。"

苏风暖闻言看着皇上，见他似乎又多了些霜发，想着若是她没恢复武功，叶裳是决计不会准许她独自去望帝山的，但如今她恢复了武功，自是不怕妖魔鬼怪路上找她麻烦，对她不利了。

如今皇上能倚仗的人，也就叶裳和许云初了。

机关秘道案本就出在国丈府，许云初又落下了寒疾，很多事情，心有余而力不足。叶裳若是离开京城，皇上确实会觉得不踏实，如今看来，皇帝能倚仗的的确只有叶裳了。

于是，她对皇帝道："皇上放心，我本就决定自己前往望帝山，若您给我一万名御林军用，也符合您准许楚含光明正大回北周探望北周皇帝的举措，我虽然没有武功，但有一万名御林军在，也能将自己守护周全。"

皇帝见苏风暖答应得痛快，心下宽慰，对她道："苏丫头，朕从第一次见你，就觉得你这个丫头虽然顽皮好动，随性而为，但深明大义，心地透彻。尤其是你十分聪明，朕知道，没有武功，你也能依靠你的聪明才智保护好自己。"

苏风暖笑着点头。

皇帝道："苏大将军回京之日，便将大将军的兵符和兵马令牌交还给了朕。"话落，他从怀中取出一枚兵符，递给苏风暖，"朕今日将兵符给你，途中若是有变化，你可调动周遭兵马。"

苏风暖摇头推拒："皇上，您忘了，我有铁券符和帝师令，兵符我便不要了。"

皇帝看着她道："几日前，朕见了林客，他也出身于望帝山。望帝山的帝师令，朕不知你试过没有，也不知到底好用不好用。"话落，他叹道，"朕浸淫权力一生，到头来，发现枕边人都信不过，苏丫头，人心难测啊。"

苏风暖一怔，看着皇帝。

她是不相信望帝山自己人里有内鬼的。

皇帝见苏风暖鲜有地沉默，说道："朕不过是以己推人，为你猜测一番罢了。苏丫头，朕相信你能识清看清。总之，你去望帝山是为了治病，要万分小心，毕竟叶裳离不得你。"

苏风暖终于开口，对皇帝道："若是望帝山出了内鬼，这天下可就真没有一处清静之地了。"话落，她叹了口气道，"我虽不愿怀疑望帝山的人也参与其中，但皇上放心，若是真有人参与其中，我定会查出，决计不饶。"

皇帝点点头，说道："兵符你收着吧，朕给你兵符，除了让你保护好自己，送楚含回北周，还有一件事交付于你。"

苏风暖伸手恭敬地接过，应道："皇上请说。"

皇帝道："你前往望帝山，送北周二皇子归国之后，朕希望你暗中取道折转东境。湘郡王既然多年来招兵买马，私自造兵器库，太后寿宴他称病不来，恐怕朕再宣召他，他也不会轻易进京。你拿到楚含给的他和晋王通敌卖国的证据后，便前往东境，替朕办了他。只要是办湘郡王之事，你届时在外，不必对朕禀报，可先斩后奏。"

苏风暖点头，收起了兵符："好。"

与皇帝商定好事宜之后，苏风暖回到容安王府。

苏风暖回到正院，叶裳已经回来了，正迎着飘雪在门口等着她，苏风暖见他懒懒地倚着门框站在房檐下，一身轻软锦袍，眉目清俊如画，姿容无双。他本是百无聊赖地站着，眼神带着一丝如飘雪一样的清凉，见她回来，眼眸顷刻间转为暖意和柔情，好一副风吹花暖的模样。

苏风暖在门口停住脚步，隔着一院的距离看着他，觉得这一世醉在他的深情里也不白活。

叶裳牵着苏风暖的手回了房间。

苏风暖脱了外衣，坐在暖炉前，将今日与皇上的谈话对叶裳说了一遍。

叶裳听罢，蹙眉："皇上让你一个人前往望帝山，顺便送楚含回北周，给了你兵符，还让你暗中去东境办湘郡王？我不同意！"

苏风暖看着他："我如今恢复武功了，多年来，我一直在外游历，不会出什么事。你应该放心，别待在我没武功需要你保护的日子里走不出来了。”

叶裳闻言郁郁地说：“不是不放心，只是我舍不得与你分开，你一去定然很久。”

苏风暖敲敲头，笑着说：“我会尽快回来，也就一两个月的事。”

叶裳道：“一日不见你，都难以忍受，何况一两个月？”话落，他摆手，霸道地道，“此事皇上说了不算，先查清机关秘道案再定好了。”

苏风暖无奈又好笑地点头：“好。”

这一夜自是无限浓情，春风化雨，大雪也掩盖不住两心相依，缱绻缠绵。

第二日，叶裳清早醒来，便听到千寒在门口汇报：“世子，小国舅派人来传话，说陈芝苒开口了。”

叶裳见苏风暖睡得熟，就“嗯”了一声，对千寒道：“去回话，告诉他，我这就过去国丈府。”

千寒应了一声“是”，立即去了。

叶裳动作轻而慢地披衣下床，静悄悄地梳洗收拾妥当后，出了房门。

临走时，叶裳对千寒道：“待她醒来，告诉她我去国丈府了，午膳不必等我，我今日要去刑部和大理寺再查查关于安国公府和景阳侯府的卷宗，看看是否当初有疏漏的细节。”

千寒点点头。

叶裳吩咐人备马，出了容安王府。

苏风暖睡到午时，方才醒来，千寒听到动静，在外面试探地问：“姑娘，起了吗？”

苏风暖应了一声：“起了。”

千寒连忙将叶裳交代的话说了一遍，苏风暖点点头，吩咐他：“你去我师兄处，告诉他，一会儿我陪他用午膳。”

千寒应了一声“是”，立即去了。

苏风暖梳洗一番，披上披风，出了房门，到了叶昔的住处。

叶昔正在等着她。

叶昔对她道：“今日来找我，有什么事？”

苏风暖本来想与他贫嘴两句，但压在心底的事情着实沉重，让她贫嘴不起来，于是，她将昨日与皇帝叙话完，猜测望帝山之事说了一遍。

叶昔听罢，也深深地皱起了眉头。

沉默许久，叶昔道：“皇上对你的提醒，也不无道理。”

苏风暖轻轻点头，说道：“他即便再孱弱，但诚如他所说，他是浸淫权力一生的九五之尊。经历了月贵妃一事，他对人心看得兴许比别人更透彻了。”

叶昔道：“望帝山的绝学青九堂灭杀式，如今算起来，会的人只有你、我、叶裳、三位师祖、紫风师叔。其余四位师叔，玉灵师叔专攻医术，玄青师叔专攻天地道，严琦师叔专攻玄字学，启明师叔专攻九星移。他们所修习的功法更正，对青九堂的武学从不染指，觉得这等灭杀式太凶戾，对修身养性不利。”

苏风暖点头：“还有个林客，以他对千寒动手的功力来看，可以轻易地使出青九堂九重灭杀式。”

叶昔道：“若不是林客所为，除了你、我、叶裳三人，三位师叔祖和紫风师叔，真是让人不敢猜想他们中间一人或者几人参与其中，着实费思量了。”顿了顿，又道，“不说青九堂的灭杀式，只说师父之死，小辈们不敢对师父动手，可以排除一众师兄弟。”

苏风暖道：“若是暗中行这等隐晦之事的是师叔师祖辈，那么，对望帝山来说也是一场浩劫了。”

叶昔抿唇：“你带叶裳前往望帝山解他热毒，住了将近一个月啊。”

苏风暖道：“是啊，三位师祖、四位师叔、十四位师兄弟都在，玉灵师叔和紫风师叔也去了，望帝山嫡系一脉的人都不缺了。”

叶昔道：“玉灵师叔和紫风师叔自从回了望帝山，一直未传信来。按理说，事关你的身体，过了这么多日子，他们也该在望帝山的藏书阁里查出个结果了。你有救没救，总该回个话，可至今音讯全无。”

苏风暖道：“难道他们出了什么事？”

叶昔又思忖片刻，答道：“会不会是鬼山派玉颜轻动的手？当年，月贵妃杀了鬼山派八大长老，宗主将月贵妃逐出师门后，一病不起，她的大弟子玉颜轻承继了宗主位。她与师父相识于微末，情到浓时，或许传教探讨过一二。”

苏风暖摇头：“师父和玉颜轻若是到了将武学互传的地步，也不会一生未结连理了。玉颜轻顾及鬼山派门规，师父顾及望帝山规矩，二人一生相望不相亲，各自辛苦。”

叶昔揉揉眉心，问道：“你什么时候去望帝山？”

苏风暖又将与叶裳、许云初商定正月十五花灯节之后，引蛇出洞，查清机关秘道案，结案后她前往望帝山，以及皇帝交代之事一并说了。

叶昔听闻皇帝将兵符给了她，感慨道：“咱们这个皇上啊，如今看来真无可信之人了，才将兵符交给了你，让你对付湘郡王去。”

苏风暖道：“我听皇上话里话外的意思，还是未放弃让叶裳支撑大局的心思，一直在说让我好好养身体。”

叶昔道：“月贵妃伤皇上极深不说，林之孝刚认祖归宗，还未来得及表现一番，如今却因腿伤躺在床上不得用。皇上心里没底，也是人之常情。”

苏风暖点点头：“我只怕，将来这一堆烂摊子真砸到他手里。”

叶昔嗤笑一声：“你怕什么？车到山前必有路。”

苏风暖顿时笑了，说道：“师兄教训得是。”

用过午膳，苏风暖帮助叶昔运功疗伤。

叶昔比许云初坦然得很，自然不客气。加之二人同门，自小一起长大，多年来，对各自行功方式十分了解，所以，苏风暖为叶昔疗伤，并不觉得疲乏劳累，比为许云初治疗寒疾省力不少。

这一疗伤，半日一晃而过。

天色将晚时，苏风暖收功。

叶昔一身轻松地站起来，在画堂里打了几招，对苏风暖道："小丫头，你这功力返璞归真后，果然不同凡响，经你这半日为我疗伤，我感觉身体恢复了七八成，真有起死回生之效了，比吃了数日的苦药汤管用多了。"

苏风暖好笑地看着他生龙活虎的模样，笑着说："师兄，你可别得意得太早，我为你辛苦疗伤可是有目的的。"

叶昔顿时瞪着她："说，你又在打什么主意？"

苏风暖道："我再为你运功疗伤两日，你的伤便能恢复了，我如今走不开，你悄悄离京去东境呗。"

叶昔闻言翻白眼："你可真会使唤我，我是打算陪你一起去望帝山的。"

苏风暖道："如今我三哥失踪了，虽然我觉得他应该出不了事，但到底也让我不安心。东境虽然没乱，但背后的肮脏事不少。我一时脱不开身，就算脱开身，前往望帝山，然后送楚含到北周边境，再折转到东境的话，最快也要一个多月了，这一个多月，会发生很多事。"

叶昔道："本来若是不猜疑望帝山有人参与其中，我自是放心你去望帝山，如今却不放心了，若真被猜中，你应付得过来吗？"

苏风暖道："应付得过来。"话落，她眉峰一耸，"我手中的帝师令，号令望帝山所有人，毕竟是正统传下来的，就算是师祖师叔，我一旦拿出帝师令，也要听从，况且我的武功如今也不惧。"

叶昔不太愿意："我跟你去，总算是你的助力。"

苏风暖道："你去东境探听消息，顺便等着我。"话落，又道，"况且叶裳执拗，他若是执意跟我一起去，我也要由了他，他何时听从皇上的话了？定不会安心待在京中等我，安排妥当后，自是要跟去。"

叶昔无奈地道："好吧，若是他跟你去望帝山，我倒还放心些。"

苏风暖见他松口，当即道："那就这样定了。"

叶昔点点头。

二人正说着话，叶裳进了叶昔的院子。

进了屋，叶裳抖了身上的雪，解开披风，坐下，对苏风暖道："许灵依在宫宴被我带来府中，关押在水牢。自从许云初和你被救出后，许云初将许灵依院落里的人都关押了起来，陈芝苒与众人关在一起，生了病，无人管她，遭了许多罪。查玉人香，许云初问她话，她说要见许灵依，许云初不允许，她便咬紧牙关一言不发，今日，方才开了口。”

苏风暖点头，想着陈芝苒一个七八岁的小姑娘，安国公宠爱她，保她一条命，可是有没有想过，若非许灵依将她接到国丈府，她何以为生？如今许灵依自己都被逐出许家了，她在许家，连个下人也不如了。

苏风暖问：“她怎么说？”

叶裳道：“她说她根本没有什么玉人香，当初她父亲以送给她的名义买了玉人香，可是她连玉人香的影子都没见到，不知道她父亲送给了谁。”

苏风暖蹙眉：“这话可信吗？”

叶裳道：“她病得很重，许云初为她请了孟太医，孟太医查出她也服用了恨春风，手臂已经长出了凤尾花。因她自小被娇养，身子骨弱，进入国丈府后也没遭罪，许灵依对她不曾虐待，虽然让她学些不是大家闺秀该学的东西，但确实是当小姐养着的。所以，在许灵依出事后，她院子里的人都被关押了起来，她便染了风寒病倒了，许云初本来是想让孟太医给她治风寒，没想到被查出中了恨春风。她知道自己快死了，怕得很，这才吐了口。”

苏风暖讶异：“她也服用恨春风了？她还是一个孩子啊。”

叶裳道：“的确还是一个孩子，服用恨春风的时间应该是在许灵依服用恨春风之后。”

苏风暖道：“许灵依与我说那黑衣人之事时，并未提到陈芝苒也服用了恨春风。”

叶裳道：“孟太医应该不会诊错，我也看了她手臂长出的花，确实是凤尾花，貌似她自己并不知道。”

苏风暖道：“一个小孩子，也拿来利用，许灵依真是可恨。”

叶裳道：“我今日查安国公府和景阳侯府的卷宗，发现了一件稀奇事。安国公继夫人竟然与湘郡王暗中有体肤瓜葛，且安国公知道此事，而陈芝苒的生辰也有些问题，或许，她不是安国公的女儿，而是湘郡王的女儿。”

苏风暖讶异道：“竟有这样的事？”

叶裳颔首。

苏风暖感叹：“我早先还在想安国公为何保七岁的女儿，她无力为生怎么办？没想到，她竟然是湘郡王的女儿。这可的确是一件稀罕事了。”

叶昔看着叶裳：“你的意思是，安国公甘愿戴绿帽子？”

叶裳道：“安国公和景阳侯伙同月贵妃或者是伙同湘郡王通敌卖国，迫害我父王母妃以及一众将士，再加之四年前岭山织造案，安国公授人以柄，戴了绿帽子又有什么办法？”

叶昔感叹：“真是天下之大，无奇不有。为了湘郡王的女儿，害死了自己的长子，临终还保下了她。难道真是爱他那个继夫人，爱屋及乌，到死都甘愿救别人的女儿？”

叶裳道：“谁知道，反正安国公已经死了。”

苏风暖道：“既然陈芝苒是湘郡王的女儿，那她身上的恨春风又是怎么回事？难道背后之人与湘郡王不是一伙？虎毒不食子啊。”

叶裳道：“我总觉得，陈芝苒身上还藏着秘密，明日你去一趟国丈府看看她。你是女子，总好说，我和许云初是男子，不方便对她近身查看。”

苏风暖点头：“好。”

三人又说了片刻话，叶裳和苏风暖在叶昔处用了晚膳，回了正院。

第三十章
九龙奇景

第二日，二人用过早膳后，叶裳对苏风暖道：“我先送你去国丈府，然后我进宫一趟，从宫里出来，再去国丈府接你。”

苏风暖点头，随后二人出了容安王府。

来到国丈府，苏风暖在管家的带领下，来到了许云初的书房。

听到脚步声，许云初打开房门，对苏风暖一笑，说道：“没想到你来得这么早。”

苏风暖道：“醒来用过早膳便过来了。”

许云初点点头，问她：“我现在就带你去看看陈芝苒？”

苏风暖颔首。

许云初出了书房，带着苏风暖来到一处院落，苏风暖察觉到这不大的一处小院落，有不下两百名府卫看守。

许云初低声道：“你稍后给她诊脉时，也检查检查她的身子，昨日我和叶世子见她时，她后背的衣服破了，露出一小块肌肤，我们二人看来，她后背像有什么图案。”

苏风暖恍然，问道：“她后背的衣服怎么会破？”

许云初道：“许灵依出事后，我将她院子里的人都关在一起，关了数日了，她年岁小，兴许是被人欺负抓挠的，或许是被柴房里的干柴扎破的。”

苏风暖点头。

进了院子，来到房间，一室的药味，陈芝苒病恹恹地躺在床上，见有人进来，她先是露出惧色，当看清是苏风暖，眼睛一亮，立即说：“你是来救我的，对不对？”

苏风暖无言，不知道该怎么回答她，想到她这样小的年纪，若是不解恨春风，必死无疑，可是即便有好心，也没有救她的理由。

许云初对她道：“她是来给你诊脉的，你好好配合，她会看看如何救你。”

陈芝苒点点头。

许云初说完这句话，看向苏风暖，苏风暖对他点头，他转身走了出去。

苏风暖道："我给你把脉。"

陈芝苒点点头，将手伸给了她。

苏风暖看到她手腕处的凤尾花，凤尾花十分漂亮，十分夺目，已经到了第二阶段末尾了。依苏风暖推断，多不过两日，若是不及时救治，她就会变成全身是毒的毒人。

苏风暖伸手给她把脉，发现从脉象上看的确中了恨春风之毒。

苏风暖慢慢地撤回手，对她肯定道："你的确中了恨春风之毒，且已经到了第二阶段。"

陈芝苒睁大眼睛看着苏风暖："我还有救吗？外面很多人都传你医术高绝，有活死人肉白骨之能，比孟太医还厉害，是个神医。你能救我，是不是？"

苏风暖转过身，走到不远处的桌子前坐下，对她道："我不救无用之人。"

陈芝苒一怔。

苏风暖继续直白地道："我只救有用之人。你身上中的恨春风之毒，我的确能解，但到了第二阶段，会耗费我很大的力气，花费我很多时间，你要想想，你有什么价值，值得我救你？"

陈芝苒咬唇，摇摇头。

苏风暖道："你没有价值，就不要怪我不心善了。"话落，她站起身，干脆地转身欲走。

陈芝苒看着苏风暖，见苏风暖毫不犹豫地走到了门口，干脆地迈出门槛，再不看她一眼，她立即喊："你等等。"

苏风暖停住脚步，回头瞅着她。

陈芝苒道："什么是对你有价值的东西？"

苏风暖道："你从小到大，所知道的一切。关于安国公府，关于景阳侯府，或者，关于你的身世，还有关于其他，你都说说，若是其中一点让我觉得满意，对我有用，我便救你。"

陈芝苒道："那我说完了，对你都没用呢！"

苏风暖道："那就对不起了。"

陈芝苒道："你骗人，你想哄骗我都对你说了，如果有用，你也当作没有用，你岂不还是不会救我？"

苏风暖道："我虽不是君子，但也是一言九鼎，对我来说，有用就是有用，没用就是没用，我骗你浪费时间。"话落，她耸耸肩道，"不过我不觉得你这么一个豆芽儿大的小姑娘能说出什么对我有价值的东西。"话落，她摆摆手，"你若是不说，我不听也罢，反正救你是要费我很大一番心力的。"

陈芝苒咬唇："从小到大，我受父母宠爱，我自己没什么可说的。不过，有一件事情，我知道一定对你有用。"

“哦？”苏风暖看着她。

陈芝苒道：“不过你要答应，一定要救我。”

苏风暖道：“我不想重复，只要有价值，我即便万难，也会救你。”

陈芝苒伸手指指后背：“我的后背，藏着一个秘密。”

“嗯？”苏风暖扬眉，“什么秘密？”

陈芝苒道：“我也不知道我后背藏着的是什么秘密，你过来看就知道了，我父亲保我时，让我一定好好活下去，守住后背的秘密。”

苏风暖重新迈进门槛，来到床前，站在她面前，对她道：“你父亲既然让你守住后背的秘密，可是你为什么这么轻易就告诉了我？”

陈芝苒道：“我知道恨春风很厉害，能让人变成毒人，要人的命，许灵依给我讲过，我若是活不了，还拿什么守住秘密？”

苏风暖点点头：“你算得上是很聪明的人了，我像你这么小时，不见得如你这么精透。”话落，对她道，“是你自己解衣服，还是我帮你？”

陈芝苒道：“我没力气，你帮我吧。”话落，又说，“落下窗帘。”

苏风暖挥手落下了窗帘，动手解了陈芝苒的衣服，她趴在床上，露出了她的后背。

她的后背上，光洁无瑕，什么都没有。

苏风暖挑眉：“什么都没有。”

陈芝苒道：“是用了特殊的手法，将图案篆刻在我后背上，只有我身体发热时，才会显现出来。你可以拿酒帮我擦热。而且你医术不是厉害吗？可以对我用药，让它显露出来。”

苏风暖点头，本来她可以用内力催热陈芝苒的身体，但为防泄露武功，即便在这么小的孩子面前，也不能大意。于是，她伸手入怀，拿出一个玉瓶，倒出一颗药递给陈芝苒：“你吃下这个。”

陈芝苒张嘴吃了。

不多时，她面色潮红，身上发起了热，果然后背渐渐地现出图案来。

苏风暖看着她后背的图案，这个图案十分熟悉，她曾经见过这个图案的实景。

那是在去年七夕，灵云镇的乞巧节，叶裳做了鸳鸯灯，带她去五里坡赏景。她看到了整个灵云镇的九条长街，每条街点了灯笼后，串联起来，如九条火龙。而那不算最新奇的，最新奇的是，除了九条火龙，从五里坡可仔细观察出九条山脉如盘旋的巨龙包围着灵云镇。

当时，她震惊不已，询问叶裳渊源，叶裳说早已经追溯不清了。

没想到今日从陈芝苒的后背上显露出了这样的一幅奇景图，九条长龙，包围着灵云镇，蜿蜒盘踞，气势雄浑。每条龙不同，十分逼真。可见篆刻之人有着十分精妙的画工，才能在小女孩的背上篆刻出这么一幅图景。

这样一幅画，用特殊手法隐藏，说明那个篆刻之人不只篆刻功力卓绝，而且十分精通医术。

苏风暖盯着陈芝苒后背的图案，深深地沉思。

陈芝苒感觉苏风暖半晌没动静，问她："你看到了吗？"

苏风暖平静地道："看到了！"

陈芝苒问："是什么？"

苏风暖道："一幅山水图。"

陈芝苒睁大眼睛，难以置信："真的是一幅山水图，不是什么秘密？你不要骗我，我父亲保下我时，让我一定好好地收好它，决计不是一幅山水图这么简单。"

苏风暖点头，声音依旧平静："就是一幅山水图。"

陈芝苒道："什么样的山水图？"

苏风暖道："灵云镇的山水图。"

陈芝苒道："你能说出是灵云镇，看来真没骗我，我自己看不到。"

苏风暖伸手拿衣服给她盖上了后背，问道："你既然看不到，怎么知道我说灵云镇是对的？安国公临终时，告诉过你什么吗？"

陈芝苒咬唇："他死前，说了三件事。第一件事是我不是他的亲生女儿；第二件事，就是我后背藏了一个秘密，让我保护好；第三件事就是让我活不下去时，去灵云镇的济世堂药铺。安国公府满门被斩首那一日，我觉得我活不下去，没人管我，我就打算去济世堂药铺。可是许灵依接我来了国丈府，我便随着她来了。"

苏风暖道："你不是他的亲生女儿，是谁的亲生女儿？"

陈芝苒道："我问了，他不说，所以，我也不知道。"话落，又道，"我只认他是我父亲。我虽不是他亲生的，但从我出生之日起，他就待我很好，我从没觉得他不是我的亲生父亲。"

苏风暖点点头："你怎么服用了恨春风？"

陈芝苒忽然激动起来："我不知道我什么时候服用了恨春风，我只知道许灵依服用了恨春风，她以为她要变成毒人时，都不让我碰她，我怎么会服用了恨春风？"

苏风暖道："你是在她服用恨春风之后服用的恨春风，恨春风的毒要从口入。"

陈芝苒道："我来到国丈府后，吃穿所用都是国丈府的，我不知道。"

苏风暖看着她，见她像真不知道，便站起身，对她道："你愿意与我去容安王府吗？我要救你，需要叶世子功力相助，用药将你身上的恨春风截止，如今你已经到第二阶段尾梢，虽然我不敢保证能将你体内的恨春风拔除，但是能保你性命，让你不至于变成毒人。"

陈芝苒闻言道："我愿意随你去。"

苏风暖点头，对她道："你收拾一番吧，穿好衣服，我去与小国舅说一声。"

陈芝苒点点头。

苏风暖出了房门。

许云初等在外面，见她一脸凝重地出来，他立即问："如何？"

苏风暖将与陈芝苒的对话以及她后背的图案说了，也提到了去年乞巧节叶裳带她在灵云镇五里坡观看九条火龙之事，正与陈芝苒后背的图案吻合。

许云初面色凝重，说道："难道一直传说的龙脉就在灵云镇？"

"嗯？"苏风暖看着他，"什么龙脉？"

许云初道："帝王龙气凝聚而成的风水宝地，谓之龙脉，天时地利，由天地造化而成。一般朝代更替，建都之地，便是龙气最盛之地。据闻我朝建都，经天师推算，说京城之地是风水宝地，故而太祖将帝都建在了京城。"

苏风暖扬眉："什么天师？"

许云初道："太祖时期十分有名的一位天师，叫凌祝。"

苏风暖闻言默了默，道："他出身于望帝山。"

许云初一怔。

苏风暖道："善于观星辰，推术法，研习五行八卦，确实是一位称得上天师的人。"

许云初点头，说道："按理说，经他推算，京城才是盘龙之地。可是灵云镇竟有龙脉。"

苏风暖道："人倒立看时，九条山脉如盘旋的巨龙包围着灵云镇，是天地造化无疑。"

许云初道："九条山脉是天然雕饰也就罢了，可是据你所说，人为的灯火长龙，每年的七夕都要燃上一夜，怕是不能等闲视之。尤其是如今发现陈芝苒的后背上被人雕刻了这样的图案，实在令人闻之惊骇。"

苏风暖道："既然发现了这件事情，陈芝苒就不能死，我先带她去容安王府，为她控制住恨春风。"

许云初颔首："我稍后再去查些关于灵云镇的史料。"

苏风暖点头。

二人话落，苏风暖为许云初运功祛除寒疾。

半个时辰后，苏风暖收了功，二人出了书房。

许云初吩咐管家去将陈芝苒带出来。

不多时，陈芝苒被人扶着走出来，苏风暖带着陈芝苒来到国丈府门口，叶裳正坐在车中等着苏风暖，见陈芝苒一副跟着要走的样子，他下了马车，对苏风暖挑眉。

苏风暖道："她随我们回容安王府安置。"

叶裳不多问，点了点头。

陈芝苒怯怯地看了叶裳一眼，由人扶着上了马车。

马车回到容安王府，叶裳看了自己挣扎着慢慢下车的陈芝苒一眼，对管家道："福伯，将她安排在落华轩吧。"

福伯带着陈芝苒去落华轩安置，苏风暖和叶裳回了正院。

苏风暖将今日与陈芝苒叙话以及她后背上藏着的秘密之事说了一遍，叶裳听罢眉头深锁，对苏风暖道："你可还记得清楚？将她后背的那幅图案临摹下来，给我看看。"

苏风暖点头，她过目不忘，自然记得清楚。

于是，苏风暖走到桌前提笔，将在陈芝苒身上所见之图临摹了下来。

苏风暖放下笔，对他道："你看，是不是去年乞巧节，你带我在灵云镇五里坡看到的奇景？"

叶裳颔首："不错。"

苏风暖道："不知有什么秘密。这幅图案为何篆刻在她身上，这个秘密让安国公在生她之日，舍弃亲子；在满府灭门之日，竟然只保下她？"

叶裳看着这幅画，沉默片刻道："这幅画虽然是我们看到的奇景，但少了一处。"

"嗯？"苏风暖看着他。

叶裳道："少了灵云寺。"

苏风暖细细一想，说道："还真是，站在五里坡，能看到九龙盘旋围绕着灵云镇，在山脉的一角，能看到灵云寺的……二景？"

叶裳颔首："灵云寺有二景，一景是藏经阁，藏书万卷，囊括许多孤本书籍；二景是灵云山观景台上的十八仙景古壁画。"

苏风暖闻言道："难道这幅图案的秘密就在灵云寺？"

叶裳道："一幅实景为图，却独独缺少这两处，自然别有意义。"

苏风暖道："安国公临终前，嘱咐陈芝苒活不下去时，去济世堂药铺，而济世堂药铺是灵云寺开设的，可见真是非同一般。"

叶裳道："南齐竟然连佛门之地也不是真正的清静之处。"

苏风暖一笑，说道："佛门本就不是清静之地，万千香客，来来往往，香烟缭绕中，多少面孔，数都数不清。佛门是天下最不清静之地，只不过一个佛字误人罢了。看来我们要再去一趟灵云镇了。"

叶裳道："事不宜迟，我立刻进宫去请旨，请皇上准许，查抄灵云寺。"

苏风暖一惊。

叶裳道："反其道而行之。"

苏风暖看着他。

叶裳道："机关秘道案始发，你我查案至今，层层剥离线索，可是似乎总是有人走在前面，让我们查到痕迹，却抓不到收尾。可见我们总是慢了一步，那人消息通天。陈芝苒中了恨春风之毒，背后之人是想让她害人，还是想要她死，恐怕都有。如今你将陈芝苒带出国丈府，接来容安王府，消息瞒不住，如今怕是已经传出去了。关于她后背的秘密，既然我们了悟了，那就要第一时间动作，不给别人可乘之机，即刻查封查抄灵云寺，占据主动。”

苏风暖正了神色，颔首道：“好，你即刻进宫，请皇上下旨，给你调派御林军，不管灵云寺是否藏污纳垢，今日就来一个敲山震虎，也不失为一个占据主动之机。”

叶裳点头。

苏风暖道：“陈芝苒的恨春风拖不得了，我立即请师兄助我，为她止住毒发，使之不变成毒人。”

叶裳点头，问她：“你随我去灵云镇吗？”

苏风暖道：“我自然跟随你去灵云镇，陈芝苒也要带在身边，有师兄相助，以我如今的功力，半个时辰我便可压制住她的恨春风。”

叶裳颔首：“这样，我请旨后，派人来给你传话，在城门口会合，我便不回府了。”

苏风暖道：“你我一走，师兄若是得到消息，想必也会好奇地跟随。容安王府便空了，许灵依还在水牢，是否要安置一番？”

叶裳道：“将她交给许云初吧。”

“嗯？”苏风暖看着他。

叶裳道：“她被人利用，已经全无用处，无论她是死是活，交给许云初比较妥当，免得许云初落下心结。”

苏风暖了然一笑。

二人就此说定，叶裳卷起了苏风暖画的灵云镇奇景图，出了容安王府。

苏风暖对千寒吩咐：“去请小国舅速速来府一趟。”

千寒应了一声“是”，立即去了。

苏风暖吩咐完，也匆匆出了房间，去了叶昔的院子。

叶昔正在自行运功疗伤，听到动静，他收了功，见苏风暖步履匆匆，他挑眉：“小丫头，风风火火的，又出了什么事？”

苏风暖当即拉了他就走：“你随我去救一个人。”

“谁？”叶昔问。

“到了你就知道了。”苏风暖不多说。

叶昔扁扁嘴，连忙跟着她出了院子。

来到安置陈芝苒的落华轩，叶昔见到陈芝苒，她手腕上的凤尾花十分华艳明显，他顿时皱眉，明显一脸不乐意：“你是让我来帮你救她？她是安国公府的那个小丫头，陈芝苒？”

苏风暖点头：“时间紧迫，没时间与你细说，你先帮我截住她恨春风的毒变再说。”

叶昔虽然不情不愿，但苏风暖救陈芝苒，必有她的道理，于是，他依照她的吩咐，帮她护法。

半个时辰后，叶昔依照她的办法，截断了恨春风蔓延的枝丫，将陈芝苒的心脉用她的至寒功法给冰封了，护住了陈芝苒的心脉，恨春风自然侵蚀不了陈芝苒。

叶昔敬佩地道："臭丫头，真有你的。"

苏风暖得意地扬了扬眉，简单地将事情原委用两句话对他说清，又将叶裳入宫请旨之事提了，之后对他道："我要带她去灵云寺，师兄你……"

叶昔截断苏风暖的话："这等好事，自然要和你们一起去见识见识。"

苏风暖想着她就知道他要跟去，于是点点头，对他道："你先带着陈芝苒去备车，我去见见许云初，交代他一番。"

叶昔点头。

苏风暖来到会客厅，许云初已经来了，正在等着她，见她一边迈进门槛一边抹汗，问她："我刚刚听闻叶世子又入宫了，可发生了什么急事？"

苏风暖简略地讲了陈芝苒后背那幅图案少了灵云寺那二景，于是，他当机立断入宫请旨，请皇上恩准，查抄灵云寺。她也跟着前往，许灵依在水牢，让许云初来处置。

许云初听罢，吃了一惊，说道："灵云镇那二景，在灵云寺法会时，藏经阁无住持和寺中长老领着，进不去。我便带你去观赏十八仙景古壁画了。"

苏风暖颔首："当时，我们刚登上十八仙景古壁画所在之处，还未好好观赏，恰逢灵云老和尚出事，你我匆匆下了观景台。"

许云初颔首："不错。难道灵云寺那二景当真有问题？"

苏风暖道："查查就知道了，只有皇上下旨，才能查抄佛门之地。"

许云初点头，说道："叶世子说得对，抢得先机，占据主动，免得一直处于被动之中。既然如今这里有突破，是该当机立断。"

苏风暖与许云初叙谈一番后，将许灵依交给了他，便与叶昔带着陈芝苒离开了容安王府。

在苏风暖离开后，贺知带着许云初来到水牢。

许云初并没有立即入内，而是在门口站了片刻，收整心绪，缓步进了水牢。

虽然在那日苏风暖审问出许灵依所有事情之后，撤了封锁水牢的府卫，但并没有撤掉绳索，她依旧被绳索绑着，听到动静，她抬起头来，见是许云初，恍了一下神，喃喃地说："哥哥？"

许云初心下一酸，偏了一下头，不忍看她。

"哥哥？"许灵依又喊了一声，忽然猛地晃动绳索，绳索发出噼里啪啦的响声。她道："我不是在做梦，哥哥，真的是你？"

许云初看着她已经不成人形的模样，想着昔日端庄温婉、身穿锦缎绫罗的大家闺秀，他的妹妹，国丈府的小姐，曾经何等金尊玉贵。可是，如今这副模样，是她自己一手造成的。他平稳了一下情绪，对她开口："是我。"

听到清楚、熟悉的声音，许灵依忽然疯狂地晃动绳索，声音尖厉："苏风暖她竟敢骗我，她骗我说你死了，原来你还活着，苏风暖这个贱人，不得好死，下十八层地狱！"

许云初听到她如疯子般一声声叫骂，初见到她时有些温热的心一寸寸地冷了下去，沉默冷然地看着她。

许灵依骂了片刻，忽然大声怒道："哥哥，你竟由得她骗我，可见你心中已经没有我这个妹妹了。枉我以为……以为我害死了你……"

许云初声音低沉，冷静地道："我服了胭脂雪，又服了乱心散，在两种毒的作用下，我是要自杀来着，是她拦住了我，与我同生共死，我们被困在石室的冰棺里一日一夜，才等到了叶裳来救。若没有她，我的确是死人了。"

许灵依顿时尖叫："你不是喜欢苏风暖吗？难道你不想得到她？我是在帮你，那两种毒根本不算什么，苏风暖没有武功，一个弱女子，你有武功，你们被关在一起，她岂不是任你为所欲为？你用得着死吗？我是你的亲妹妹，如何会害你，我只想拉着叶裳一起死而已。"

许云初闻言，淡漠地道："你是我的亲妹妹没错，可是你却不了解你的亲哥哥，我不屑用这种手段来谋求心中所爱。我宁愿得不到她，我也不忍破坏一丝一毫在她心中的好感，让她觉得我不堪入目。"

许灵依大声道："那是你愚蠢。"

许云初道："在你看来，我是愚蠢；在我看来，我得到的比失去的多。得到一个一生的知己，比留住性命要值得多。"

许灵依闭上眼睛，任眼泪横流："我这些日子也想自己，我若是如你一般，只盼着叶裳好，那该多好。可是，我得不到他，我就不想让他过得好好的，我只想让他陪我死。"

许云初怜悯地看着她："到头来，你只能自己死。"

许灵依大声痛哭："是，我只能自己死。"

许云初看着她哭，心都揪到了一起，他只有这么一个妹妹，一母同胞的亲妹妹。但凡可以，他是想护着她快乐无忧，一生幸福的，可是如今，她还能活吗？

许灵依哭了片刻，对他道："哥哥，你杀了我吧。"

许云初抿唇。

许灵依道："苏风暖答应过我，死后将我尸骨火化，骨灰撒去灵云寺的东湖，可是她不相信我所说的那个人是晋王府的长子刘文，让我再活几日，等着结果。我想着，你大仇未报，我便多活几日，看看到底是谁。如今你既然活着，我死了也就一了百了。"

许云初沉默片刻，说道："离开京城，远走千里，你还是能活的。"

许灵依摇头，凄笑起来："哥哥，我早已经不能活了，我如此偏激执拗，无论去哪里，魔鬼都住在我的心里，我放不下叶裳。我这个样子，活着也了无生趣，不如死了干净。"

许云初薄唇抿成一线。

许灵依道："苏风暖既然让你来见我，可见，她是知道我全无用处，愿意让我死了。哥哥，你动手吧。死在你手里，比死在苏风暖手里强。至于那个人到底是不是刘文，我也不想知道了。"

许云初道："应该不是晋王府长子刘文，至于是谁，妹妹，你擅长棋艺，擅长由棋观人。你就没想过，若不是刘文，会是什么人蒙骗你吗？"

许灵依一时没了声。

许云初又道："你中的恨春风之毒，早就被我请苏风暖暗中为你解了，你不知道而已。那时，你一心想着叶裳，想着对付苏风暖，可是她却不计较，为你解了恨春风之毒。"顿了顿，又道，"陈芝苒在你之后也中了恨春风之毒，你可知道是什么人给她服用的？"

许灵依惊异地说："她也中了恨春风之毒？"

许云初点头。

许灵依道："她什么时间中的？"

许云初道："她手臂已经长出了凤尾花，即将到第三阶段了。"

许灵依忽然说："自从她入了国丈府，每日与我待在一起，我虽然想培养她学些魅惑人的伎俩，为我做事，但所吃所用从不苛待她，她每日吃的饭食都与我一样。唯有一次，她吃了我不吃的东西，就是在我手臂长出凤尾花之后的一日，我带她上街，那一日，遇到了两个人。"

许云初看着她："你遇到了哪两个人？"

许灵依道："一个是苏风暖，那一日丞相府孙公子离京查案，她似乎是出城去送孙泽玉，途经荣华街，我拦住了她的路。不过，我没下车，她也没下车，说了几句话而已。她离开后，我便去了胭脂铺，在胭脂铺里，遇到了沈芝兰，她正去胭脂铺买胭脂，手里拿了一包糖炒栗子，给了陈芝苒。"

许云初眯起眼睛："哪个胭脂铺？"

许灵依道："方华斋。"

许云初道："你确定她这么长时间与你待在一起，只吃了那一包糖炒栗子？"

许灵依点头："陈芝苒喜欢吃糖炒栗子，当时她便吃了。因二人同是家道中落，见到了不免有同是沦落人的相惜之感，我便没拦着。"话落，她肯定地道，"只那一次，算算时间正吻合。"

许云初眯起眼睛："沈芝兰……"

许灵依道："是她，一定是她，她也喜欢叶裳，她想让叶裳死。"话落，她肯定地大叫起来，“哥哥，是我错了，那个人不是刘文，是沈芝兰。她身在青楼，自然是一身脂粉味，她恐怕擅长易容伪装，故意迷惑我，让我以为是刘文，我是被她骗了。”

许云初见许灵依十分激动，一时没说话，沉默地想着关于沈芝兰的事。

前两日，苏府赏花宴，有人指使丁香下毒，之后又杀了丁香，据苏风暖说，孙晴雪的马车在后街一角经过，遇到了沈芝兰。今日，许灵依又说陈芝苒只吃了她给的糖炒栗子，便中了恨春风之毒，那么，综合种种，难道沈芝兰真的与机关秘道案有关？

许灵依大叫半晌，见许云初在一动不动地想着事情，她道：“哥哥，安国公府和景阳侯府两府被灭门当日，我去天牢外等着接陈芝苒和沈芝兰，陈芝苒一直在哭，沈芝兰却面无表情。她若不是那等厉害之人，遭逢家族大变，焉能不哭？我见她脸和眼眶都未红。”

许云初点点头，说道：“是不是沈芝兰，还有待查清。”

许灵依住了嘴，忽然凄惨一笑，激动的情绪平复下来，说道：“是啊，是与不是都与我没有关系了。哥哥，你动手吧，杀了我。”

许云初看着她，说道：“你当真只求一死？”

许灵依点点头。

许云初道：“如今你这般死了，你可甘心？心绪可平？”

许灵依咬唇：“甘心如何？不甘心又如何？哥哥，到了这步田地，我还能活吗？”

许云初叹了口气，对她道：“你随我回国丈府吧。”

许灵依一惊：“哥哥？”

许云初道：“昔日，废太子服用了阎王渡，了却前尘，你若是同意，我也为你寻来阎王渡服下。昨日种种昨日死，从今以后，你换个活法新生吧。”

许灵依一时间眸中闪过万千情绪，须臾，红了眼睛，看着许云初：“哥哥，我差点儿害死你，你不怨我，还让我继续做你的妹妹吗？”

许云初道：“你总归是我的妹妹，我在这世上，只有你这一个亲妹妹。”

许灵依看着他：“若我服用了阎王渡，还是控制不住自己的心呢？若我还是想拉着叶裳一起死，还是想害苏风暖，还是嫉妒她嫉妒得发狂呢？”

许云初道：“我这一次会看好你，若你还是放不下，对你来说也是痛苦，生不如死，若是阎王渡都不能救你，我再亲手杀了你。”

许灵依又哭了半晌，忽然用力地点点头：“哥哥，我听你的，你为我寻阎王渡吧，我服下阎王渡，若是还不能忘掉叶裳，我甘愿自尽。”

许云初点头：“好。”

兄妹二人话落，许云初扬手，斩断了铁锁。

许灵依被吊了数日，乍然被放开，身子一软，躺在了地上。

许云初上前，解开了她手腕的绳索，也不嫌弃她脏乱，将她抱了起来，走出了水牢。

贺知站在水牢外，自然听到了兄妹二人的一番对话，如今见许云初抱着许灵依出来，他心下感慨，许云初不愧是一个好哥哥，他昔日也当过哥哥，可是没有他这个哥哥当得好，当得够格。

许灵依托生做他的妹妹，的确有福气。

许云初走出来后，贺知让到了一旁，许云初对他道："贺公子，人我带回国丈府了。"

贺知点头："苏姑娘和叶世子已经交代了，任由小国舅自己处置。"

许云初颔首，抱着许灵依，离开了水牢，出了容安王府。

许灵依乍然出水牢，眼睛不敢见光，她将脸埋在许云初怀里，一路小声哭泣。

许云初带着许灵依回到国丈府，刚下马车，国丈得到了消息，从里面匆匆地走了出来，他拄着拐杖，站在门口，将地面敲得当当响，对许云初怒道："我不准这个孽女再踏入国丈府，云初，你带她回来做什么？"

许灵依哭红了一双眼睛，从许云初的怀里探出头，慢慢地睁开眼睛，无声地看着满头华发的国丈气青了的脸，没说话。

许云初对国丈平静地道："爷爷，我只有这一个亲妹妹，她若是死了，我就再也没有亲妹妹了。"

国丈闻言一时失声。

许云初道："我会寻找阎王渡，给她服下，效仿昔日废太子，给她个新生的机会吧。"

国丈伸手指着他："你就是心软。这个祸害，她执迷不悟，鬼迷心窍，心狠手辣，险些害死你啊，你忘了吗？你当她是妹妹，她没当你是哥哥。"话落，又道，"叶世子呢？苏小姐呢？怎么就由得你把她带了回来？怎么没杀了她？"

许云初道："叶世子和苏小姐离京了，将她交给我处置了。"话落，又道，"爷爷，你放心，妹妹如今也算是遭了大难死劫，若是阎王渡也不能驱除她心底的恶魔，让她重生，她不自杀，我也会杀了她。"

国丈道："我已经将她驱逐出家门了，如今你放她进来，以后让别人怎么看我们国丈府？"

许云初道："爷爷，别人怎么看国丈府不重要，您即便将她驱逐出家门，她也是我们国丈府的女儿。将来人提起国丈府，也不会消弭她的存在。她做的那些事情，让我们国丈府沦为笑柄，她若是就此死了，以后，更不会消弭。若是她新生了，自此重新做人，那么，终有一日别人会对她另眼相看，也会渐渐地忘了这一桩事。"

国丈一噎。

许云初道："她姓许，不是'驱逐'两个字就能否认她流着国丈府的血液，即便除籍，她也是国丈府的女儿。"话落，他叹了口气道，"叶世子和苏小姐对我知之甚深，了解我的为人，他们都能做到对妹妹宽厚，不要她的命，爷爷，我们是她的至亲之人，又有什么理由这样放弃她呢？”

许灵依本来不哭了，闻言又埋在许云初怀里，痛哭失声。

国丈被说得哑口无言，他既无奈又欣慰又心酸，好半晌，才让开门口。

许云初抱着许灵依进了府内，对她道：“我将你带去我的院子安置吧，你的院子不能住了。”

许灵依点头：“我听哥哥的，我也不愿意回我自己的院子了。”

许云初颔首，带着许灵依去了自己的院子，将她安置在了西厢房，亲自选择了一名忠心的婢女侍候她，又将他的近身侍卫浮影给了她。

许灵依在水牢被关数日，被折磨得不成人形，早已经疲惫不堪，梳洗之后，很快就睡着了。

许云初安置好许灵依后，便进宫了，径直去了二皇子的韶德殿。

小太监见他来了，讶异地瞅了他一眼，连忙进里面去禀告二皇子。

林之孝听闻许云初来找他，点点头，吩咐小太监请他入内殿。

许云初进了内殿，见林之孝半躺在床上，似乎瘦了很多，他给林之孝拱手见了礼，开门见山地道：“二皇子，我知晓林客手中还有阎王渡，可否请二皇子将此药送给我？定有重谢。”

林之孝一怔，没想到许云初第一次踏足他这里，是为此事而来，他看着许云初问：“小国舅为何要此药？”

许云初道：“为了救我妹妹。”

林之孝看着他：“许灵依？”

许云初颔首：“是她。”

林之孝眯起眼睛：“叶世子曾经说过要许灵依的命，小国舅如今却要救她？”

许云初道：“叶世子心善，苏姑娘宽厚，我只有这一个妹妹，但凡有救她的希望，我还是不想她死，她若是死了，我在这世上便没有亲妹妹了。”

林之孝点头：“许灵依能做你妹妹，真是有福气。”又道，“林客手中的确有阎王渡，我让他给你吧。不必谢了。”

答应了许云初后，林之孝命人将林客喊到了近前。

林客听闻许云初来求阎王渡，看了许云初片刻，点点头，从怀中拿出一个瓶子，递给许云初，说道：“普天之下，也就剩这一颗阎王渡了，小国舅既是为了救人，我就听二皇子的，送你吧。”

许云初接过药瓶，对林客拱手：“多谢。”

林客摇头：“小国舅若是谢，谢二皇子好了。”话落，他转身走了出去。

番外
小剧场之青梅竹马（五）

叶裳从来没有半夜去麓山书院的大厨房拿过东西，他顶着风雪到了厨房后，发现门窗紧闭，都落着锁，他在门口站了一会儿，咬牙，从怀中拿起苏风暖几年前给他的一个金钩，对着锁捣弄了片刻，打开了大厨房的门。

大厨房里干净整洁，隔夜的饭菜早已经倒掉，他翻了翻，只看到了备好的明日的肉和青菜以及面粉，没有一样是熟的。

他站在大厨房里咬牙切齿半晌，挽起袖子，动手和面。

大厨房里很冷，但是他却出了一身的汗。

陆文峰昨夜喝醉了酒，半夜醒来饿了，也找来了大厨房，远远地看着大厨房似亮着灯，他加快了脚步，待来到大厨房门口时，叶裳听到脚步声，动作霎时一僵。

陆文峰推开门，便看到了双手沾了面的叶裳。

叶裳自然也看到了他的老师陆文峰。

陆文峰顶着风雪愣了一会儿，才伸手关上门，笑着说："臭小子，你昨日又等人去了没吃饭，半夜饿了跑来做吃的？正好，也给我做一份。"

叶裳看着陆文峰，扭过头，继续和面，没出声。

陆文峰来到他近前，拍拍他的肩膀："昔日容安王风骨清流，待人从来是笑如春风，无失礼之处，你怎么半丝没继承？都来了一年了，还是这副绷着脸的样子。"

叶裳依旧不说话。

陆文峰找了个木墩坐下，对他说："你和这些面不够我一个人吃，我给你烧火，再加面粉。"

叶裳仿佛没听见，不理他。

陆文峰瞪着他："我说的话你听到了没有？臭小子，何为尊师重道，你知道不知道？"

叶裳心中憋着气，没想到第一次半夜来大厨房就碰到了陆文峰，尤其是在他根本没下过厨房的情况下，他憋了一会儿，才别扭地说：“我做出来的东西，不知道能不能吃，老师自己动手吧。”

陆文峰一愣，哈哈大笑：“无碍无碍，只要熟了就能吃，反正我也不会做。”说着，站起身，走到面袋前，用半个葫芦做的舀子舀了一勺面，倒进了叶裳面前的面盆里，然后又帮他加了水。

叶裳磨了磨牙，继续和面。

陆文峰心情极好，似乎终于发现了徒弟的另一个天赋，笑呵呵地对他说：“搁在往常，估计你宁愿饿着，也不来大厨房，想必是你等了一年的人来了，她饿了。”

叶裳身子一僵，没说话。

陆文峰顿时高兴地说：“我也想见见你心心念念的那个小丫头，一会儿做好了面，我们一起端着，我跟你去见见她。我要瞧瞧，到底什么样的小丫头，勾了我徒弟的魂儿。”

叶裳吸了一口气，辩驳：“我才没有被她勾魂。”

陆文峰给他一个小小年纪就说谎不是好孩子的眼神，笑呵呵地说：“臭小子，上心的小姑娘，要自小就定下，否则，你觉得她好，别人也会觉得她好，你不主动拽死了她，一旦长大了，没准就拽不住了。尤其是活蹦乱跳的小姑娘，更要拽死了。”

叶裳闻言，倏地转头盯着陆文峰。

陆文峰一副过来人的模样，热诚劝诫：“师父的箴言，你可记好了，不白吃你这一碗面的。”

叶裳沉默地转过头，继续和面。

在费了半个时辰的工夫后，叶裳终于做好了三碗面，看着虽然不是很养眼，但难得闻着挺香，陆文峰果然依照早先所说，跟着叶裳，端了面，去了他的住处。